ANNE LORÉAL

Ingénieure de formation et mère de deux enfants, Anne Loréal a vécu et travaillé aux États-Unis. De retour en France, elle réside aujourd'hui dans le Loiret. Après avoir publié son premier roman en 2018, elle revient en 2021 avec *Un jour nouveau se lève sur les grandes plaines* aux Éditions du 123.

UN JOUR NOUVEAU SE LÈVE SUR LES GRANDES PLAINES

ANNE LORÉAL

UN JOUR NOUVEAU SE LÈVE SUR LES GRANDES PLAINES

ÉDITIONS DU 123

MIXTE
Papier issu de
sources responsables
FSC® C003309

L'éditeur de cet ouvrage s'engage dans une démarche
de certification FSC® qui contribue à la préservation
des forêts pour les générations futures.

Pour en savoir plus :
www.editis.com/engagement-rse/

ISBN : 978-2-266-32275-1
Dépôt légal : juillet 2022

I

L'appel du lointain

1

La leçon de monseigneur Bazin

Hiver 1860

La chapelle était plongée dans le silence et l'obscurité. Pas un souffle de vent, pas un bruit ne venait troubler le sommeil de la petite église de campagne. À l'intérieur comme à l'extérieur, tout était plongé dans un repos glacé.

Allongée de tout son long sur les grandes dalles de pierre polies au pied de l'autel, la jeune novice ne sentait plus ses membres. Son corps entier était engourdi, transi de froid. Elle reposait face contre terre les bras en croix, parfaitement immobile, presque statufiée. Comme si le contact avec le sol avait opéré au fil des heures une transformation miraculeuse et pétrifié tout son être, l'immortalisant en une pierre dure et froide. Elle se tenait là depuis la veille au soir, après complies[1], juste

1. Dernière prière du jour, qui se récite ou se chante le soir, après les vêpres.

avant 21 heures. La nuit durant, elle avait pu suivre le défilement des heures au tintement des cloches : un coup pour le quart, deux coups pour la demie, trois coups pour les trois quarts, et enfin l'annonce de l'heure qui s'achevait.

Un rayon de lune tombé d'un vitrail avait un moment inondé le corps de la moniale de sa lumière bleue, sans s'y attarder. L'astre nocturne avait été bien incapable de la réchauffer. Endolorie par sa trop longue position immobile, elle avait enduré son supplice en silence, les mâchoires serrées et les larmes refoulées par sa seule volonté, persuadée que cette épreuve la mènerait tout droit dans les bras du Seigneur. Car enfin, si le Seigneur avait souhaité lui infliger cette souffrance, c'était bien dans un but précis. Elle avait eu toute la nuit pour y réfléchir et elle était maintenant certaine que tout cela n'était que le préambule logique et la préparation nécessaire à l'accomplissement de son destin. Un destin dont elle rêvait depuis plusieurs années, depuis qu'à l'aube de ses 16 ans elle avait formulé à voix haute son rêve de sacerdoce.

Son tourment ne devrait plus durer bien longtemps. 5 heures avaient sonné. D'un moment à l'autre on viendrait la délivrer de sa pénitence. C'est alors qu'un grand fracas brisa le silence et la fit sursauter. La porte principale de la chapelle venait de s'ouvrir. Elle entendit un crissement, des sandales de cuir glissant sur la pierre lisse. Lentement, des petits pas nerveux se rapprochèrent, traversèrent la nef, le transept et le chœur, pour enfin s'arrêter devant la pénitente. Une forte odeur de camphre inonda les narines de la novice.

— Sœur Judith, il est temps, lâcha une voix enrouée et chevrotante.

La statue commença alors à s'animer. Doucement, elle se redressa et découvrit la cruauté d'un nouveau supplice. Ses muscles ankylosés lui arrachèrent des gémissements de douleur. Elle serra les dents et fixa la vieille nonne qui lui faisait face. Il s'agissait de sœur Marie-Adélaïde, la doyenne de la congrégation. Ridée par les nombreuses journées passées dans les champs inondés de soleil ou battus par les pluies, sœur Marie-Adélaïde était voûtée par les années et le poids de toute une vie passée à servir Dieu. Maintenant, à plus de 70 ans, elle regrettait qu'Il restât sourd à ses plaintes et à ses lamentations. Devait-elle vraiment continuer à Le servir avec autant de dévotion malgré l'arthrite, malgré les douleurs que le baume au camphre avait tant de mal à apaiser ? Devrait-elle se résigner à attendre qu'Il décide de la rappeler enfin à Lui pour goûter un repos éternel qu'elle imaginait béni de Sa lumière ? Bien entendu, le Seigneur restait obstinément silencieux, alors sœur Marie-Adélaïde continuait à trottiner aussi vaillamment que possible, faisant résonner ses petits pas nerveux partout dans les couloirs de la congrégation, promenant son odeur de camphre et son dos brisé. Courageuse, elle ne rechignait devant aucune des corvées que la mère supérieure lui affectait, soucieuse dans sa bienveillance de ménager les forces de la religieuse tout en lui offrant un sentiment d'utilité. Ainsi, c'était elle qui l'avait envoyée délivrer la novice de si bonne heure. Sœur Judith, elle, ne portait pas encore les marques d'une vie de servitude. Son visage, d'un ovale harmonieux, était celui d'une jeune femme fraîchement sortie de l'enfance. Elle avait ce teint pâle des demoiselles de condition aisée qui ont le privilège de se protéger du soleil. Son allure élancée, alliée à un maintien impeccable, portait la marque d'une éducation de qualité. Toutefois, elle n'avait rien de l'arrogance de ces gens-là et son attitude était soumise.

Ses grands yeux noirs continuaient à fixer le sol avec résignation ; la novice attendait les instructions de son aînée. D'un simple geste de la main, la vieille nonne lui intima l'ordre de la suivre. Celle-ci longea de nouveau le transept, puis la nef, trottinant toujours, suivie de près par sœur Judith dont le pas était infiniment plus long et plus souple. Elles sortirent dans le froid piquant de cette nuit de février. Le vent rougit les joues fraîches de la novice mais n'eut aucun effet sur celles flétries et tannées de la vieille nonne. Elles dévalèrent les quelques marches du porche puis traversèrent à la hâte la petite cour pavée qui séparait la chapelle du logis des moniales.

La petite congrégation du Sacré-Cœur s'était installée en périphérie de la ville de Châtillon une vingtaine d'années auparavant. Avec le succès grandissant de la communauté religieuse, des bâtiments s'étaient construits au fil du temps. Deux logis se faisaient face, encadrant l'église. Celui sur la droite abritait les cellules des prêtres et des frères, le second, à gauche, logeait les sœurs ainsi qu'un certain nombre de journaliers dévoués à l'entretien de la communauté. La maison des moniales se voulait avant tout fonctionnelle. C'était une longue bâtisse rectangulaire de deux étages, avec en son centre un escalier d'un quart tournant orné d'une élégante rambarde de fer forgé, seul élément décoratif de l'austère façade. Le premier étage était le domaine de la mère supérieure. Il comportait une salle de prière, une bibliothèque, une salle à manger privée, une cellule et un bureau, le tout d'une simplicité et d'une modestie voulue par la religieuse. Les murs, dont le plâtre avait été blanchi voilà plus de vingt ans, avaient maintenant cette couleur jaunâtre des intérieurs paysans. Les meubles, peu nombreux et disparates, étaient le résultat de donations successives faites à la congrégation. La mère supérieure répondait souvent, à qui la pressait de faire des travaux, que cet intérieur simple était propice à l'accomplissement de l'œuvre de Dieu. Le rez-de-chaussée était réservé aux religieuses, où réfectoire, cuisine, salles d'études se succédaient dans un espace certainement trop restreint pour la trentaine de sœurs qui s'y pressait chaque jour. Enfin, sous les toits à la Mansart du second étage étaient aménagées en enfilade une quarantaine de petites cellules, toutes identiques, qui accueillaient chaque soir les moniales pour le coucher. Pour l'heure, chacun était encore retranché derrière les murs épais de sa cellule, à l'abri de la rigueur hivernale. On pouvait deviner combien il était pénible à cette époque de l'année de quitter le dessous des couvertures, si minces soient-elles, alors que les feux dans les cheminées n'avaient pas encore été rallumés et que le vent glacial s'insinuait dans les soupentes, les fissures sur les murs ou les jointures des fenêtres. L'aube ne viendrait que dans deux heures mais il serait bientôt temps de célébrer laudes, le premier office de la journée. L'ensemble de la communauté du Sacré-Cœur se presserait alors dans la chapelle, les visages encore ensommeillés et les ventres vides, pour louer le Seigneur et le nouveau jour qui s'annonçait.

Sœur Judith et sœur Marie-Adélaïde gravirent prestement l'escalier de pierre extérieur et entrèrent avec soulagement dans le bâtiment, retrouvant la tiédeur du feu de la veille et la lumière réconfortante d'une lampe à huile. Elles traversèrent la salle de prières, la bibliothèque, puis arrivèrent devant la porte du bureau de la supérieure générale. Elles entrèrent. Mère Claude du Repentir était assise à son secrétaire, travaillant déjà à quelque courrier à la lueur d'une chandelle. La vieille femme accusait plus d'une cinquantaine d'années. Elle avait les traits sans finesse d'une paysanne et un embonpoint qui ne faisait qu'accentuer sa bonhomie. Un feu venait d'être allumé et crépitait dans l'âtre, dispensant dans la petite pièce une lumière dansante. Un fauteuil à haut dossier, tapissé d'un velours vert aux tons passés, tournait le dos aux deux moniales. Sœur Judith s'imagina un instant pouvoir s'y blottir pour enfin se réchauffer. Mère Claude leva les yeux sur les nouvelles venues. Derrière ses petites lunettes, son regard était doux et bienveillant.

— Ah ! mon enfant, murmura-t-elle.

Une ombre de tristesse passa sur son visage lorsqu'elle constata l'état dans lequel se trouvait la novice. La mère supérieure affectionnait tout particulièrement cette jeune fille ardue à la tâche, généreuse, parfois impétueuse. Elle était attachante et ne méritait pas cette torture qu'on lui avait infligée. La novice plia les genoux en signe de déférence et baisa le dos de la main de la révérende mère, comme il se devait. Ses lèvres exsangues glacèrent la vieille dame.

— Je ne vous demanderai pas si vous avez passé une bonne nuit, ma pauvre enfant, continua la mère supérieure.

Une voix monta soudain depuis le fauteuil à haut dossier, faisant sursauter la jeune fille. La mère supérieure se raidit.

— Non, non, et NON ! rugit la voix.

Invisible de là où se tenaient les deux moniales, l'occupant ne laissait voir que sa longue main agrippée au bras du fauteuil. Sœur Judith posa furtivement les yeux sur l'imposante bague épiscopale qui ornait l'annulaire droit.

— Comment pouvez-vous plaisanter, ma mère ? L'affaire est on ne peut plus grave ! s'écria l'homme.

Il se redressa, quittant à regret la chaleur de l'âtre. Monseigneur Bazin, évêque du Mans, se tenait là dans toute sa dignité épiscopale, portant soutane, camail et calotte du même violet chatoyant. Il arborait fièrement une croix de laiton rutilante sur son poitrail. La magnificence du personnage détonnait avec le décor modeste et austère du petit bureau de la mère supérieure. Il contourna le fauteuil et tendit le bras afin d'offrir le dos de sa main au regard des deux religieuses. Celles-ci s'empressèrent de déposer un humble baiser sur l'anneau épiscopal. De grande taille et de corpulence fine, l'évêque portait plutôt bien la quarantaine. Il faut dire qu'il avait œuvré pour cela, veillant depuis toujours à mener une vie saine et équilibrée. Après tout, il était l'un des ministres de Dieu sur cette Terre et se devait de Le représenter dignement auprès de la multitude. En cela, il n'avait d'ailleurs que mépris pour la mère supérieure qui, de par son obésité, n'était un exemple pour personne. Oui, on peut dire que monseigneur Bazin avait fière allure. De fait, il se savait de tournure agréable malgré une pâleur quelque peu excessive. Ses cheveux gris blond étaient coupés court. Il avait le front haut, dégagé par une calvitie naissante, la mâchoire carrée, le nez droit et les yeux d'un bleu limpide, un menton assez fort, signe de volonté, et des lèvres si fines qu'elles disparaissaient lorsque sa bouche était fermée. Connaissant le personnage, mère Claude du Repentir y voyait la marque d'un narcissisme exacerbé, doublé d'une tendance à l'avarice. Il était notoire que Son Excellence aimait à passer pour l'homme le plus important de la région, se targuant même de surpasser monsieur le préfet dans l'esprit des petites gens.

Le prélat posa sur la novice un regard condescendant. Elle n'était, selon lui, qu'une de ces nombreuses filles dont la foi n'était que façade, entrée au noviciat pour échapper à sa famille ou à un mariage dont elle ne voulait pas. Pire, il la soupçonnait d'appartenir à cette sorte de femmes bien plus venimeuses encore, de celles qui développent une vocation religieuse *romantique* ! Or, ces vocations-là naissent dans les cœurs exaltés et orgueilleux, enflammés par les récits épiques des missionnaires revenant du lointain. Persuadées d'être investies d'une mission divine, ces jeunes filles s'imaginaient qu'il suffisait de venir en aide aux indigents pour accomplir l'œuvre de Dieu, mais ignoraient avec dédain l'âpre chemin de souffrance et d'humilité que Son ministère exigeait, confondant « don de soi » avec « œuvre de charité », « renoncement » avec « chasteté ». Qui plus est, elles étaient souvent subversives et se soumettaient difficilement à l'autorité, répandant tel un cancer un courant séditieux au sein même de la grande Église romaine.

L'évêque toisa la jeune femme de son regard bleu glacé, décidé à ne pas se laisser abuser par cette beauté insolente et son apparente soumission. Cette dernière, tremblante encore du froid de la chapelle, appréhendait l'entrevue avec l'homme le plus puissant du diocèse.

— Ma fille, vous repentez-vous ? demanda-t-il.

— Oui, monseigneur, répondit-elle d'une voix claire.

— Quel péché confessez-vous ? poursuivit-il, les mâchoires serrées.

Elle hésita un instant, jeta un bref regard à la mère supérieure avant de conclure :

— L'impertinence, monseigneur… J'ai douté de votre jugement.

L'évêque se composa un masque de regrets.

— Non ! Ma fille, vous êtes effrontée, fière et déterminée, ce qui fait de vous un monstre de vanité. Voyez, vos joues ne portent même pas la trace d'une larme ! Puis il ajouta, dans un rictus cruel, comme avide de détails sur son supplice : N'avez-vous pas souffert, cette nuit ?

— Si, terriblement ! lâcha-t-elle dans un cri.

Il inspira profondément.

— Pourquoi alors n'en portez-vous pas les stigmates ce matin ? demanda-t-il en plissant ses yeux, visiblement insatisfait de la réponse.

La jeune moniale hésita. On lui avait appris à ne pas se plaindre. Elle avait enduré le supplice avec dignité, comme il se devait, et elle en était fière. Elle ne comprenait rien à cet interrogatoire et hésitait à répondre pour ne pas irriter l'évêque davantage.

— Je ne sais pas, monseigneur, finit-elle par avouer.

Un sourire carnassier se peignit sur le visage du prélat. Il avait maintenant la preuve qu'il attendait de la nature pernicieuse de la jeune fille.

— Je vais vous éclairer. Si vous n'avez pas versé la moindre larme, c'est que vous vous êtes refusée à céder à la souffrance et que seul votre orgueil vous a permis de passer cette épreuve !

L'angoisse était maintenant manifeste sur le visage de la jeune fille. L'évêque poursuivit :

— Novice, vous n'êtes pas digne de prononcer vos vœux. Il vous faudrait perdre cette estime de soi que je vois bien trop solidement ancrée en vous ! Seules l'humiliation et la souffrance physique pourront vous permettre de vous rapprocher de notre Seigneur !

Les yeux du prélat s'étaient enflammés. Dans une ferveur presque prophétique, il leva un doigt accusateur au Ciel, comme pour invoquer le jugement divin.

— Nous briserons cette volonté et cette vanité, croyez-moi, pécheresse ! L'orgueil n'a pas sa place dans les rangs des serviteurs de Dieu.

La mère supérieure, restée impassible jusque-là, se leva d'un bond, alarmée.

— Monseigneur…

L'évêque la fusilla du regard.

— Il suffit, mère Claude ! hurla-t-il.

La figure si parfaite de l'évêque était maintenant rouge écarlate et bouffie de colère. Mère Claude s'inclina.

— Monseigneur…

L'évêque se figea, conscient d'avoir perdu tout contrôle.

— Ma mère, cette novice devra poursuivre sa pénitence. Vous lui confierez les travaux les plus pénibles. Elle ne pourra plus assister aux messes et priera seule et sans interruption de matines jusqu'à sexte[1]. Jusqu'à nouvel ordre. Puis, se tournant vers la novice, visage fermé : Nous verrons bien si nous arriverons à briser cette volonté et à faire revenir cette *effrontée* à la raison…

La novice se raidit. Elle avait si souvent entendu ce qualificatif ! Mais c'était il y a bien longtemps, dans une autre bouche… Elle venait d'avoir 11 ans. Farouche, elle avait réussi une fois de plus à fausser compagnie à sa gouvernante pour courir la campagne avec Joseph, le fils d'un métayer du domaine. Mais voilà : elle avait oublié ce dîner auquel sa mère tenait tant. Un dîner très officiel, dont l'invité de marque était monsieur le préfet. La petite était apparue en retard, déguenillée et crottée, alors que la famille, tout endimanchée, était rassemblée au salon. Elle se souvint du silence qui avait soudain succédé au brouhaha. Elle se souvint de ces visages austères, choqués de son apparition incongrue. Elle se souvint du regard méprisant de sa sœur aînée Hortense, qui débordait de rubans de soie et de boucles réalisées avec soin, et de celui indifférent de son père, qui s'était volontairement détourné vers la fenêtre pour ignorer la honte que lui infligeait cette enfant récalcitrante. Elle se souvint de madame et monsieur le préfet, qui s'étaient contentés d'un rire forcé et d'une grimace de désapprobation. Mais, plus que tout, elle se souvint du

1. Matines : prière de minuit. Sexte : prière de la sixième heure du jour.

rictus de mépris qui s'était peint sur le visage dur et sec de sa mère quand celle-ci, furieuse, l'avait congédiée sur-le-champ en l'humiliant une fois de plus devant les invités : « Non mais regardez-moi ça ! N'est-elle pas ridicule ? Mes pauvres amis, plaignez-moi ! Que voulez-vous que je fasse de cette effrontée ! » Puis, s'adressant à sa fille : « Sortez ! Nous nous passerons de votre présence, comme d'habitude ! »

La fillette avait cru voir le sol se dérober sous ses pieds. Elle n'avait dû son salut qu'à ce regard doux et vibrant de tristesse qui avait croisé le sien, celui de son parrain, l'abbé Pierre Fournerie, au visage semblable à ces statues grecques dont l'enfant admirait les portraits dans son livre d'histoire. Cet homme élégant, malgré la simplicité de sa soutane noire, se tenait un peu à l'écart des autres convives, comme un ange côtoyant les démons. Assez près pour les observer mais à distance suffisante pour ne pas se brûler les ailes. Il s'était immédiatement excusé auprès de la maîtresse de maison et avait proposé de sortir avec la jeune enfant pour la sermonner sévèrement. Madame de Choisel l'avait remercié à grands cris. Le sage homme d'Église avait fait quelques pas dans le jardin avec la petite, mais au lieu de la réprimander lui avait tenu un discours d'apaisement. Elle s'était alors imaginé que Dieu ne pouvait pas être très différent de son parrain : un être de lumière, beau, bienveillant et compatissant. Hélas, l'abbé n'avait pu empêcher la suite des événements, quand sa mère l'avait fait enfermer dans la réserve attenante à la cuisine le jour suivant. Elle ne lui avait plus adressé la parole durant toute une semaine. Pire que cela, l'enfant n'allait plus jamais revoir son ami Joseph que l'on avait placé comme valet de ferme dans une autre métairie, à plus de deux jours de voyage du domaine…

Un cri sortit brusquement sœur Judith de sa rêverie.

— Eh bien, répondez donc ! hurla l'évêque.

La novice en était incapable ; elle n'avait pas entendu la question. Elle osa un murmure timide pour toute réponse. Excédé, monseigneur Bazin jeta, dans une grimace de mépris :

— Ma mère, j'ai décidément peu d'espoir en celle-ci. Puis, s'adressant directement à sœur Judith : Hors de ma vue !

Tremblante, la silhouette noire voilée de blanc se retira et disparut du bureau de la mère supérieure sans plus de bruit qu'une ombre balayée par un courant d'air.

2

Mademoiselle Eugénie

5 h 30. Malgré la nuit, la congrégation s'éveillait. On entendait dans les étages des bruits de pas sur le plancher, quelques portes qui s'ouvraient puis se refermaient, une cheminée que l'on nettoyait ou que l'on regarnissait de bûches, et plus loin, dans l'arrière-cour, le bruit d'éclaboussures provenant d'un pot de chambre que l'on vidait.

Sœur Judith regagna prestement sa cellule pour une toilette sommaire avant d'assister à l'office de 6 heures. Sous le coup de son entretien avec monseigneur Bazin, sa main tremblait encore lorsqu'elle saisit la poignée de porte. Elle entra dans sa chambre et s'assit machinalement au bord du lit, soudain abattue. Ses yeux s'arrêtèrent sur le mur gris en face d'elle, là où le crucifix de bois austère, unique ornement de la petite pièce, semblait la regarder d'un œil accusateur. Sa cellule était identique à celles de toutes les novices, sœurs, prêtres et frères de la congrégation. Elle mesurait environ deux mètres de large sur quatre de long, était meublée d'un simple lit de bois de chêne blotti sous la mansarde, sans tête ni pied, affublé d'une vilaine couverture brune. Le chien-assis au-dessus du lit était de belle dimension et sa fenêtre inondait de lumière la petite cellule pendant les longues journées d'été. Mais l'hiver, un vent froid soufflait à travers les vitres trop minces et la novice grelottait au fond de son lit. Il y avait aussi, le long du mur, une petite écritoire, si petite que l'on ne pouvait envisager d'étaler deux lettres côte à côte, et l'indispensable prie-Dieu sur lequel elle s'agenouillait autant de fois que nécessaire pour un moment de communion privée avec le Seigneur. Cet environnement simple et austère rassurait la jeune femme. Il lui rappelait qu'elle était là pour une mission d'importance et que le superflu ne faisait plus partie de sa vie. Elle se savait appartenir à un tout, à une œuvre qui dépassait de loin toute considération personnelle, et ce sentiment lui gonflait le cœur. En postulant au noviciat deux ans plus tôt, elle avait voulu donner un sens à sa vie, et c'était bien là tout ce qui comptait à ses yeux.

Machinalement, elle dénoua la corde qui lui enserrait la taille et retira sa lourde robe de laine noire pour ne garder que sa chemise de coton, son jupon et son corset. Elle versa l'eau glacée du broc dans sa bassine avant de se frictionner le visage, les bras et le buste. Son corps, fin et menu, avait bien changé au cours des deux dernières années. Les rondeurs de l'enfance, témoins de son ancienne vie paresseuse, avaient disparu, peu à peu remplacées par les chairs fermes et musclées qu'apporte une vie de labeur, de rigueur et de prière. Le contact de l'eau glacée sur sa peau fut si violent qu'elle poussa un cri de surprise. Elle crut voir sa chair passer du bleu au rouge. Elle fit au plus vite, se frictionnant avec énergie, puis se rhabilla à la hâte, imaginant qu'elle pourrait faire un détour par la cuisine pour se blottir quelques instants devant l'âtre qui avait dû être déjà rallumé. Mais elle devait, comme toutes ses consœurs et malgré sa nuit de pénitence, respecter l'enchaînement précis des prières et des activités de la journée si elle ne voulait pas déchaîner de nouveau les foudres de l'évêque. À l'évocation du sinistre prélat, ses angoisses lui étreignirent de nouveau le cœur, mêlées à un sentiment profond d'injustice. Depuis toujours, elle avait eu conscience de ses défauts. Sa mère, exigeante et sévère, les lui avait répétés maintes fois : rêveuse et sans réelle ambition, négligée et sans goût, dénuée des talents que l'on attend d'une femme du monde, et un penchant détestable pour les gens de peu et les plaisirs simples… Sur ce dernier point, sa mère avait raison, pensa-t-elle. Indisciplinée ? Oui, peut-être, si l'on considérait que donner son point de vue quand on ne le requérait pas était de l'indiscipline. Effrontée ? La jeune femme reconnaissait qu'elle avait le don de faire tout le contraire de ce que sa mère attendait d'elle, et cela lui avait longtemps brisé le cœur de voir à quel point elle pouvait décevoir cette femme exigeante. Mais orgueilleuse et vaniteuse, ça, non ! Elle ne comprenait pas que l'on puisse lui reprocher ces défauts-là. Soucieuse de se corriger, elle avait toujours cherché à bien faire et veillait à rester dans le rang, ou du moins essayait-elle de faire de son mieux. Tout cela ne pouvait être qu'un malheureux concours de circonstances. À aucun moment elle n'avait eu l'intention de manquer ouvertement de respect à Son Excellence. Et pourtant…

L'incident s'était produit la veille, second jour de la visite de l'évêque à la congrégation. Celui-ci avait voulu suivre les religieuses dans leurs travaux journaliers. Il avait mené lui-même la grand-messe du jour, puis, en début d'après-midi, avait suivi le groupe de moniales parti au dispensaire. Trois fois par semaine, quatre sœurs du Sacré-Cœur s'y relayaient pour seconder les médecins qui apportaient les soins de base aux indigents. Elles traversaient la moitié de la ville en procession pour se rendre à ce dispensaire du quartier Saint-Georges. L'évêque avait tenu lui aussi à faire ce même chemin à pied, montrant par là l'exemple d'humilité et de sacrifice auquel tout ministre de Dieu doit se conformer. Ce jour-là, sœur Judith faisait partie des quatre volontaires. Un vent froid balayait la campagne, et la terre n'avait pas dégelé depuis trois jours. Une couverture blanche, étincelante, recouvrait les champs. En ce début d'après-midi, la journée était belle et le soleil d'hiver réchauffait timidement les quatre moniales emmitouflées dans leurs longs manteaux noirs. L'évêque, accompagné de son diacre, suivait à distance le petit groupe, ne se mêlant pas aux humbles servantes de Dieu. Construit au siècle précédent, le dispensaire du quartier Saint-Georges était une simple bâtisse jouxtant la chapelle éponyme. Un sol de terre battue recouvert de paille, une grande salle unique dotée de deux lits et de rares paravents constituaient la salle d'auscultation. Deux médecins s'y relayaient et officiaient avec le peu de moyens qu'on leur mettait à disposition, mais c'était déjà beaucoup. Ce dispensaire avait ouvert une dizaine d'années plus tôt à l'initiative de l'abbé Fournerie, le fondateur de la congrégation du

Sacré-Cœur. Voyant l'hôpital du centre-ville engorgé de malades, les médecins de campagne sans moyens ni structure et perdant leur temps sur les routes, l'abbé avait réuni les fonds nécessaires et rassemblé les bonnes volontés disponibles, au grand dam de l'évêque Bazin qui aurait volontiers utilisé ces mêmes fonds pour rénover sa cathédrale.

Les quatre sœurs avaient commencé leur service comme à l'accoutumée. Tout d'abord par l'enregistrement des malades et l'inventaire du matériel chirurgical et de la pharmacie, puis la prise en charge et l'examen des pathologies féminines ainsi que quelques soins préparatoires à l'examen des médecins, entre autres le nettoyage des plaies et la prise de température. Sœur Judith se sentait rarement aussi utile que lorsqu'elle œuvrait au dispensaire. Son cœur, trop vite ému, souffrait à la vue de ces malheureux qui venaient, souvent trop tard, quémander l'aide du médecin. Mais ce même cœur se gonflait de bonheur lorsque l'un de ces miséreux revenait plus tard remercier le personnel avec quelques œufs. Dans son ignorance du monde et dans sa foi encore intacte, elle s'imaginait alors être l'héritière d'une lignée de membres du clergé qui avaient consacré leur vie à soigner l'humanité, y compris Jésus lui-même, guérisseur prolifique. Elle s'attelait donc toujours à la tâche avec application, sérieux et empathie.

Il y avait, parmi les malades, une femme entre deux âges, sale, effondrée sur une chaise et à l'écart des autres patients. Sa toux, déchirante, attirait l'attention. Elle était grosse d'au moins sept mois et son énorme ventre se secouait à chaque quinte de toux. De multiples taches de sang maculaient son corsage usé de vagabonde. Sœur Judith, après avoir nettoyé une plaie visiblement très infectée sur la jambe d'un enfant et l'avoir remis entre les mains expertes du médecin, s'était empressée auprès de la femme enceinte. Ignorant l'odeur infecte qui se dégageait de la patiente, elle l'avait fait s'allonger sur un lit, derrière un paravent. Cela se présentait mal : une respiration difficile et la présence de sang dans les glaires confirmaient un stade avancé de consomption. Il n'y avait probablement plus rien d'autre à faire que d'apporter un peu de réconfort à la pauvre femme avant une fin inéluctable. De son côté, monseigneur s'entretenait avec le médecin de garde. Il voulait s'assurer de l'opinion favorable de l'homme de science quant aux œuvres de la congrégation, tout en se renseignant sur la qualité de la ferveur chrétienne de ce petit coin de Sarthe. Depuis quelques instants, cependant, son attention était attirée par sœur Judith et il l'observait avec suspicion. Que faisait donc la novice avec cette Jézabel[1] si sale et repoussante ? Elle ne pouvait être considérée comme une créature du Seigneur. Son ventre proéminent était comme un aveu de ses péchés alors que ses haillons laissaient entrevoir la pire des promiscuités.

Un rictus de dégoût s'était dessiné sur le visage de l'évêque. La novice aurait dû immédiatement mettre dehors cette créature. Au lieu de cela, elle lui avait passé un linge d'eau chaude sur le front et lui avait nettoyé le cou tout en la réconfortant, alors que d'autres

1. Princesse phénicienne de l'Ancien Testament à l'origine de persécutions de la religion juive. Souvent citée par l'Église comme l'essence même de la femme cruelle, belliqueuse et séductrice.

patients, bien plus honorables et au plus mal, attendaient des soins…

— Qui est cette femme ? avait demandé Son Excellence au médecin.

L'homme de science avait rajusté ses petites lunettes rondes avant de répondre avec indifférence :

— C'est une mendiante, Votre Excellence. Un groupe de pauvres hères s'est installé pour l'hiver dans une ruine près d'un bourg voisin. Cette femme n'en a plus pour très longtemps. La seule question qui demeure, à présent, est de savoir si elle mènera sa grossesse à terme…

L'évêque avait plissé les yeux et opiné du chef d'un air entendu.

— Je vois… Ces gens vont-ils à l'église ?

— Je ne saurais le dire, avait répondu le médecin, surpris par la question. Il me semble ne les avoir jamais vus à l'office…

Puis, fier de son bon mot, il avait ajouté :

— Je crois que je m'en serais souvenu rien qu'à l'odeur !

Agacé, l'évêque avait serré les mâchoires et fusillé l'homme de science du regard.

— Elle n'a rien à faire ici, avait-il conclu.

Confus, le médecin avait balbutié quelques mots, ce qui avait terminé d'irriter Son Excellence qui l'avait coupé sèchement avant de rejoindre la novice. Il avait porté un mouchoir de dentelle à son nez, ne supportant pas la puanteur qui émanait de la pauvresse. Sans plus de formes, il avait ordonné à la religieuse de raccompagner immédiatement la femme à la porte. Mais c'était oublier la candeur de la jeune novice qui avait spontanément répondu :

— Vous n'y pensez pas, Monseigneur !

Elle avait posé une main sur le buste de la patiente comme pour la protéger des intentions de l'évêque.

— Je vous demande pardon ? avait-il lancé, indigné de ne pas avoir été obéi.

— Monseigneur, cette femme a besoin d'être soulagée, avait répondu Judith, les yeux écarquillés. Je vais chercher de la morphine, avait-elle renchéri en se dirigeant vers le cabinet aux décoctions.

Rouge de colère, l'évêque s'était dressé de toute sa hauteur, comme si cela avait suffi à retrouver son autorité.

— C'est hors de question ! Elle n'a rien à faire dans notre dispensaire. Faites-la sortir !

Il avait perdu son sang-froid. Ses yeux jetaient des flammes, et ses mâchoires contenaient difficilement sa rage. Sœur Judith avait hésité un instant, cherchant du regard l'aide de ses aînées. Elle ne comprenait pas ce qu'on lui demandait. Renvoyer cette femme agonisante sans même essayer de la soulager était tout bonnement contraire aux principes chrétiens. Ses consœurs, toutes trois affairées auprès d'autres malades, avaient interrompu leurs tâches, alertées par les éclats de voix, mais étaient restées muettes et immobiles, fixant leur consœur avec appréhension. Sœur Adélaïde avait discrètement secoué la tête de gauche à droite pour signifier que l'on ne contredisait pas l'évêque. Tout au plus pouvait-on espérer le faire changer d'avis. Mais sœur Judith avait insisté.

— Monseigneur, cette femme se meurt… Il ne serait pas chrétien de la renvoyer dans son état !

— Comment osez-vous me dire à moi ce qui est chrétien et ce qui ne l'est pas ? siffla l'évêque. Obéissez !!!

Un silence absolu régnait dans le dispensaire. Sœur Judith avait alors compris qu'elle n'avait plus aucune alternative. Ici-bas, on se devait d'obéir. Obéir à ses parents, à son confesseur, à son évêque, à sa mère supérieure, et à son époux, évidemment. C'était ainsi. Même si cela n'avait parfois aucun sens, même si cela allait à l'encontre de vos propres valeurs ou de vos propres convictions. La jeune femme avait échangé un regard chargé de regrets avec la mendiante qui, résignée, avait poussé un soupir fataliste mais n'avait pas protesté. À contrecœur, sœur Judith avait passé son bras sous les épaules de la pauvre femme et l'avait entraînée avec difficulté vers la sortie. Épuisée par ses quintes de toux, la malade peinait à supporter son propre poids. Au moment où les deux femmes étaient passées à sa portée, l'évêque avait toisé sœur Judith.

— Nous n'en resterons pas là ! avait-il lancé comme une menace.

La jeune novice avait traversé la petite salle du dispensaire avec la mourante qui vacillait sur ses jambes, sous les regards médusés des autres malades et dans un silence effrayant. Quand la mendiante était sortie sous le porche, le froid avait ravivé sa toux, soulevant violemment son ventre déjà trop lourd. La porte du dispensaire s'était refermée, laissant sœur Judith désemparée de l'autre côté du lourd battant de bois. Les conséquences de son inconduite avaient été immédiates. Dès son retour à la congrégation, Son Excellence avait ordonné qu'on mette la novice en pénitence. Seuls le jeûne et la prostration seraient capables de raisonner l'effrontée et de lui donner une bonne leçon. Prostrée sur le sol de la chapelle, la jeune femme avait ainsi passé la nuit à retracer les événements un millier de fois.

À présent seule dans sa cellule, alors même que le manque de sommeil la harcelait, elle ressassait avec angoisse les dernières paroles de l'évêque et sa menace de ne pas confirmer ses vœux. Intuitivement, elle comprenait en quoi résidait sa faute : elle était incapable de cette obéissance aveugle que l'on exigeait d'elle. Comme s'il fallait que l'histoire se répète… Comme si le Seigneur, après lui avoir offert un moment de répit au sein de son Église, avait décidé de la mettre de nouveau à l'épreuve. Elle n'avait pas oublié ce qu'il lui en avait coûté dix ans plus tôt, lors de ce déjeuner familial en présence du préfet, cette humiliation en public et la haine soudaine qu'elle avait lue sur le visage de sa mère. Et ce pauvre Joseph que l'on avait éloigné du domaine… Ce fut ensuite une longue série de remontrances, sa mère exigeant d'elle toujours plus. Elle s'appelait alors Eugénie Marie Louise de Choisel. Par la suite, elle avait fait tant d'efforts pour se faire aimer de cette femme, endurant les brimades sans sourciller, dans l'espoir de devenir une fille meilleure… Mais les années passant, elle avait fini par comprendre ce qu'elle s'était toujours refusée à voir : cette femme – sa mère – ne l'aimerait jamais. La simple obéissance ne suffirait pas à la satisfaire. Thérèse de Choisel voulait faire de ses filles une réplique d'elle-même, ce qu'elle ne serait jamais.

En ce matin de février 1860, Eugénie de Choisel songeait à cet épisode lointain non sans un pincement au cœur. Elle était maintenant âgée de 21 ans. Elle avait acquis cette sagesse et cette tempérance qui lui avaient tant manqué alors. Mieux, elle était à présent forte de ce sentiment d'appartenance à cette communauté qui l'avait accueillie en son sein. Pourtant, une fois encore, Dieu avait décidé de l'éprouver. Mais à quelle fin ? Était-ce là une ultime épreuve destinée à confirmer ses capacités ? Devrait-elle encore se montrer digne de ce destin dont elle rêvait ? Plus déterminée que jamais, persuadée qu'elle tenait là l'occasion de sceller ce destin, de confirmer qu'elle emprunterait sans faillir cette route que Dieu avait tracée pour elle, elle était résolue à ne pas trembler devant l'évêque comme elle avait tremblé devant sa mère. Elle savait sa foi infaillible, sa détermination intacte et sa force solide. Elle surmonterait cette nouvelle épreuve.

3

Un homme de bien

La jeune novice se remettait de son entrevue avec monseigneur Bazin en se plongeant avec ardeur dans les travaux quotidiens de la congrégation, comme pour oublier cette mésaventure et la menace qui pesait sur sa confirmation. La mère supérieure avait fait son devoir en l'affectant aux corvées les plus difficiles, ajoutant à son temps quotidien des prières supplémentaires. Cependant, mère Claude du Repentir était loin d'être aussi rustre et dénuée de finesse que sa lourde apparence pouvait laisser croire. Elle avait vite compris, voilà plusieurs années de cela, quel homme était Son Excellence, de ceux qui tiennent par-dessus tout au respect dû à leur rang et s'attendent à la soumission totale de leurs administrés, surtout en public. Deux travers que Son Excellence aurait bien fait, selon elle, de confesser comme péché d'orgueil. Aussi la mère supérieure avait-elle sermonné sa novice, mais certainement pas comme l'aurait entendu l'évêque.

— Ma fille, vous devez apprendre à vous contenir, avait-elle commencé. Toute vérité n'est pas bonne à dire et il y a un temps pour tout.

Devant le regard interrogateur de la jeune femme, elle avait ajouté :

— Obéissez à l'évêque en toute circonstance tant qu'il est ici, aussi borné et peu chrétien soit son comportement. Rien ne vous empêche de faire ce qui vous semble juste et bon. Courez donc retrouver cette femme et soulagez ses derniers instants… Mais ne manquez pas à vos autres obligations.

Sœur Judith avait béni la mère supérieure, oubliant pour un temps les nuages qui planaient sur son avenir. Sur ce point, la jeune femme s'était fait une raison. Seul son parrain serait à même de démêler cet imbroglio et la faire entrer de nouveau dans les bonnes grâces de l'évêque. Il lui faudrait attendre patiemment son retour à Châtillon…

*

* *

Comme chaque année, Pierre Fournerie avait quitté la congrégation pour son voyage annuel au Vatican. Il s'y rendait pour discuter finances la plupart du temps, mais ses séjours, qui n'étaient censés durer que quelques semaines, tiraient fréquemment sur deux mois.

Il avait passé une bonne partie de l'après-midi au cabinet du trésorier Giacomo Antonelli. Alors que la journée touchait à sa fin, il avait hâte maintenant de rejoindre son ami de toujours, le cardinal d'Argenteau. L'élégante silhouette noire de l'abbé se faufila d'un pas déterminé dans le dédale des couloirs du palais épiscopal. L'abbé Fournerie connaissait l'endroit comme sa poche. Il quitta le bâtiment des grandes salles d'apparat et des bureaux officiels pour rejoindre l'aile gauche, celle des appartements privés. Il se fit annoncer par un garde palatin et pénétra dans un petit salon. Le cardinal se tenait penché sur une flambée, négligemment accoudé au manteau de l'immense cheminée de grès rouge, un verre de cognac à la main. La lumière des flammes arrondissait encore la silhouette de cet homme d'une cinquantaine d'années, au léger embonpoint et à la peau mate.

— Eh bien, tu as tout du vieux soldat, mon ami ! lança l'abbé, sarcastique.

Le cardinal, en bras de chemise, son pantalon retenu par des bretelles, passa machinalement la main dans ses cheveux bruns clairsemés avant de foudroyer l'abbé du regard.

— Tu fais référence à mon crâne ou au verre de cognac ?

Les yeux de l'abbé brillaient.

— Au cognac, bien sûr…

Le cardinal sourit et remplit un second verre du précieux breuvage.

— Tu fais bien… Tiens, goûte-moi ça !

Les deux hommes s'installèrent dans de profonds fauteuils, face à la cheminée. L'abbé couvait son ami d'un regard amusé.

— Je faisais aussi référence à tes pantalons…

— Oh, ne m'en parle pas ! Je n'ai qu'une hâte en fin de journée : quitter le camail et la soutane pour retrouver quelque chose de plus confortable.

Le cardinal enviait parfois son ami l'abbé qui, loin des affres de la politique du Vatican, avait choisi une vie simple et sans apparat.

— Alors, dis-moi, Pierre, tes négociations, ça avance ?

— Hum ! Antonelli est dur en affaires…

— Il l'a toujours été. Rappelle-toi la première fois que tu es venu !

— C'est vrai. C'était pour l'école de jeunes filles. Et ça n'a pas été plus facile pour le dispensaire.

— D'autant que tu avais Bazin contre toi à ce moment-là.

— Bah, les réparations de la cathédrale ont fini par se faire aussi, mais plus tard. Je ne comprends toujours pas pourquoi Bazin m'en veut encore.

— Je te l'avais dit, pourtant, mais tu ne veux pas m'écouter. Tu fais de l'ombre à cet évêque. Regarde-toi ! Tu évolues ici comme chez toi, tu es dans les bonnes grâces de Giovanni[1], tout te réussit. Ta congrégation, ton dispensaire, tes écoles… Ton travail est salué par tous, alors que Bazin n'est jamais mentionné au conseil.

L'abbé secoua la tête. Il ne voulait pas reconnaître que sa réussite pouvait créer l'envie.

— Alors, dis-moi, poursuivit le cardinal, sur quoi rechigne Giacomo, cette fois-ci ?

— Oh ! le projet en soi ne pose aucun problème. Antonelli a même reçu une lettre de l'archevêque Blanc[2]. Celui-ci s'impatiente. La mission dans le Nebraska se fera,

1. Le pape Pie IX, de son nom civil Giovanni Maria Mastai Ferretti.

2. Archevêque de la Louisiane, en poste de 1850 à 1860.

il n'y a aucun doute là-dessus. Il s'agit maintenant d'évaluer un budget qui soit le plus juste possible, c'est tout.

Le cardinal d'Argenteau dévisagea son ami, envahi tout à coup par un sentiment de tristesse.

— Dire que c'est peut-être la dernière fois que nous dégustons un bon cognac ensemble… Crois-tu vraiment que cette nouvelle mission soit raisonnable ?

Les yeux gris et malicieux de l'abbé s'illuminèrent.

— Tu oublies à qui tu t'adresses ! Ne t'ai-je pas sorti des barricades il y a tout juste trente ans ? Ce n'est pas une mission d'évangélisation dans l'Ouest américain qui va m'achever ! Ne t'inquiète pas, je reviendrai te raconter mes exploits !

— Oh, ça, je n'en doute pas ! Tu étais déjà un fieffé aventurier à l'époque ! Un drôle de séminariste à qui toutes les coquettes de Paris faisaient de l'œil. Tu n'as pas beaucoup changé, à vrai dire, malgré la cinquantaine. Mis à part ta tignasse bouclée qui n'est plus noire mais poivre et sel, c'est à peu près tout !

— Et toi, tu n'étais alors qu'un petit étudiant en philosophie mais déjà destiné aux plus hautes fonctions au Vatican !

— Et nous rêvions tous les deux de redonner à l'Église l'élan et l'éclat qu'elle mérite. Rappelle-toi…

L'abbé répondit par un simple sourire.

— Je reste d'ailleurs convaincu que tu y es mieux parvenu que moi, ajouta le cardinal.

— Pourquoi donc ? s'étonna Pierre Fournerie.

— Oh ! la politique, mon ami, je ne fais que ça ! Toi, tu consacres tes journées à trouver des solutions pour nourrir, soigner et éduquer ton petit coin de Sarthe, tandis que moi je déjoue les complots et je passe mon temps à essayer de faire éclater au grand jour les manigances des cardinaux. Je suis très loin des petites gens et de leurs besoins…

— Charles, te voilà bien amer, tout à coup !

— C'est de te voir partir pour si longtemps. Ça me laisse songeur. Encore une fois, tu vas emmener avec toi… Qui donc, d'ailleurs ? Une nonne, un prêtre, peut-être ? Vous allez devoir braver à vous trois la sauvagerie de ces régions vierges de toute Église. Vous allez tenter de pacifier et d'éduquer ces colons qui ont oublié qu'ils ont été baptisés, et même tenter de convertir les autochtones. Je devrais peut-être vous accompagner !

L'abbé resta silencieux et soutint le regard brun du cardinal d'Argenteau.

— Bah, oublie ça ! lâcha ce dernier, résigné. Sans moi ici, les choses iraient encore plus mal. Et puis, je me sens trop vieux pour pareille aventure.

Les compagnons des barricades de Juillet[1] se séparèrent tard dans la soirée. La bouteille de cognac avait été sacrifiée sur l'autel de leur amitié. Pierre Fournerie prit le chemin du retour vers Châtillon quelques jours plus tard. Il avait obtenu un financement qu'il estimait un peu juste, mais suffisant pour l'établissement d'une mission d'évangélisation sur la frontière du Nebraska. La route de Rome avait bien changé depuis dix ans qu'il se rendait au Vatican. La durée du voyage s'était réduite progressivement de quarante jours à une dizaine tout au plus, au gré des mises en service des tronçons de chemin

1. La révolution des Trois Glorieuses, les 27, 28 et 29 juillet 1830.

de fer. Comble de la modernité, même la traversée de la Méditerranée s'était motorisée deux ans auparavant, avec les fameux steamers de la Compagnie des messageries impériales. Pour autant, l'abbé n'en ressentit pas moins la fatigue du voyage. Pour la première fois il perçut le poids des années, un je-ne-sais-quoi de raideur dans les jambes le matin au réveil, après une nuit inconfortable dans le train, et des lombaires douloureuses après une journée à cheval… Ce n'était pas grand-chose, mais toutefois suffisant pour le contrarier, voire l'inquiéter. Lui, dont l'esprit restait plus vif et enflammé que jamais, voyait ses forces physiques diminuer au moment même où il sentait ses facultés à leur optimum. Fort de son expérience et de sa maturité, l'abbé pensait être au meilleur de lui-même, et pourtant il appréhendait de devoir quitter son petit univers, cette congrégation à laquelle il avait consacré une bonne partie de sa vie, où il avait accueilli, formé chaque moine, chaque religieuse et chaque prêtre. Durant vingt années il avait porté en lui leurs souffrances, leurs doutes. Ils avaient grandi, vieilli ensemble. Et ils avaient tant accompli… Était-ce le moment de partir ? De les abandonner ? Bien évidemment, il connaissait déjà la réponse à cette question. Il se savait être à un tournant de sa vie. En fait, il comprenait les doutes du cardinal. À son âge, c'était peut-être la toute dernière fois qu'il aurait à prendre une décision qui orienterait de manière décisive le cours de son existence.

Ce fut donc le cœur lourd mais déterminé qu'il poussa les portes de la congrégation en ce matin du mois de mars 1860, à la fois impatient de rejoindre sa famille de cœur et anxieux à l'idée de devoir bientôt faire ses adieux.

4

Tractations

Il fallait se hâter. Ergoter ne servait à rien, sinon à trouver de nouvelles raisons de repousser l'inéluctable. Les heures qui avaient suivi son arrivée, l'abbé Fournerie laissa toute la congrégation se réjouir de son retour, chacun partageant sa joie de retrouver le fondateur de la communauté. Tous l'interrogèrent sur sa santé, quémandant quelques anecdotes sur le Vatican et Rome la merveilleuse. Mais l'abbé avait déjà l'esprit ailleurs.

Ce ne fut qu'après le dîner qu'il convoqua au chapitre les deux plus hautes autorités de sa congrégation : mère Claude du Repentir et le prieur Joseph. Discret et effacé, ce dernier était un petit homme au visage doux et au regard pétillant et malicieux. Il avait été élu prieur par les moines de la congrégation pour son intelligence et ses qualités de conciliateur hors pair. Depuis lors, le prieur Joseph avait fait preuve de tant de dévouement et de loyauté envers son abbé que celui-ci lui déléguait avec une confiance aveugle nombre de responsabilités administratives. Tous trois s'étaient réunis au centre de la salle du chapitre. Le prieur et la mère supérieure étaient dans l'expectative. Le prieur, certainement plus hardi que la dévouée et obéissante mère Claude, plongea son regard dans celui, hésitant, de son abbé. Et avant même que celui-ci n'ait eu le temps d'ouvrir la bouche, le prieur Joseph sut.

— Quand partez-vous ? lança-t-il brusquement, alors que mère Claude ouvrait grand ses yeux ronds.

— Dès que possible, répondit l'abbé d'une voix mal assurée.

Le regard gris du père Fournerie, d'ordinaire habité d'une détermination sans faille, exprimait ce soir-là le doute. Mère Claude ne comprenait toujours pas cette conversation qu'elle trouvait sans queue ni tête.

— Mon père, allez-vous enfin me dire…, bougonna-t-elle, impatiente.

L'abbé posa une main apaisante, presque paternelle, sur le bras potelé de la mère supérieure.

— Je vais vous quitter pour un temps, ma mère.

Mère Claude scruta le père Fournerie avec attention, comme pour y chercher le sens profond de cette phrase. Elle n'avait jamais vraiment pu définir pourquoi elle le trouvait si beau, bien qu'elle ne pût nier l'attrait des proportions harmonieuses de son visage aux lèvres généreuses et au menton volontaire, encadré d'une abondante chevelure grise et bouclée. Mais là, il y avait autre chose, forcément, car l'abbé rayonnait littéralement. Était-ce la bonté de cet homme à la force tranquille et au sourire toujours bienveillant ? Était-ce la douceur de ses yeux pourtant parfois si tristes, comme accablés par toute la misère du monde ? Ou était-ce tout simplement leur amitié sincère et profonde qui habillait sa personne d'un voile de lumière, cette complicité quotidienne qui les unissait depuis plus de quinze ans et leur avait permis de tant accomplir ? Elle avait trouvé sa place en ce bas monde dans l'ombre de cet abbé. Elle s'enorgueillissait d'être à la fois sa secrétaire, son bras droit, sa main armée et besogneuse, la gardienne de son œuvre. Pour la première fois, mère Claude remarqua dans ce visage révéré les joues creuses qui faisaient ressortir les pommettes. Elle y trouva là à la fois un air de sagesse, mais aussi la marque de l'âge. Elle resta silencieuse, attendant patiemment que l'abbé s'exprime plus avant.

— Trois ou quatre ans. Peut-être plus…, ajouta celui-ci.

Soucieux de clarifier ce que le père Fournerie se refusait visiblement à expliquer de vive voix, le prieur Joseph reprit :

— Ma mère, notre abbé va prendre la tête de l'expédition missionnaire aux Amériques.

Le père Fournerie salua d'un hochement de tête la perspicacité de son prieur.

— C'est exact, confirma-t-il. Puis, prenant une profonde inspiration, il ajouta : C'est un choix mûrement réfléchi.

La mère supérieure accusa le coup en silence, trop raisonnable pour montrer son émotion et trop sage pour laisser éclater sa peine.

— Mon père, ne cherchez pas à me ménager, se résigna-t-elle. Je sais qu'il est de ces voyages dont on ne revient que rarement…

L'abbé plongea son regard dans le sien. Mère Claude était une amie chère. Elle serait celle qui souffrirait le plus de son départ. Car si elle menait la congrégation de religieuses comme personne, il lui arrivait aussi de douter dans l'obscurité du confessionnal, cherchant l'approbation de son abbé en tout. Elle éprouvait invariablement le besoin d'être encadrée, guidée par lui. Elle ne l'imaginait pas vouloir la tromper. Cela aurait été une insulte à leur amitié.

— Le voyage et l'installation de la mission demanderont du temps. Et ni l'un ni l'autre ne seront dépourvus de danger. Dire le contraire serait mentir…

— Qui emmenez-vous avec vous ? demanda-t-elle vivement, comme pour mieux appréhender la dimension de la catastrophe qui s'annonçait.

Le prieur Joseph souleva un sourcil, intéressé lui aussi.

— Cela reste à déterminer, répondit l'abbé, volontairement évasif. Rome me permet d'emmener deux moniales, mais il faut penser à la congrégation qui doit garder son intégrité.

— Cela va sans dire, convint-elle. Vous pensez à sœur Judith, je suppose ?

Le père Fournerie se refusa à tergiverser.

— Oui, lâcha-t-il dans un souffle.

Bien évidemment. Comment n'aurait-il pas pensé à sa filleule ? Cela faisait plus de cinq ans que cette enfant, avec constance et ténacité, suivait pas à pas le long chemin qui aujourd'hui allait la mener à cette mission. Pas une fois elle n'avait douté. Pas une fois elle n'avait fait montre d'impatience ou de découragement à la vue du long parcours qu'elle s'était elle-même imposé. L'abbé se rappela sa détermination lorsqu'elle lui avait annoncé en confession avoir choisi sa destinée. Elle venait d'avoir 16 ans. L'adolescente avait cru entendre un petit rire à travers la grille de bois du confessionnal.

— Vous riez ? l'avait-elle questionné, vexée.

— Je suis surpris, surtout. Tu es si jeune…

Le père Fournerie considérait Eugénie encore comme une enfant. Il n'avait, à cette époque, accordé que peu d'attention aux confessions de la jeune fille qu'il écoutait d'une oreille distraite. N'était-ce pas l'âge des rêves extraordinaires, des fantasmes et des chimères ? Pour autant, tout cela ne disparaissait-il pas naturellement quand l'âge adulte apportait raison et pragmatisme à ces esprits enflammés ?

— Eugénie, dis-moi, que sais-tu de la vie de missionnaire ? lui avait-il alors demandé.

— C'est une vocation. Une vie de labeur qui vous rapproche du Seigneur. C'est bien plus que ce à quoi on me destine. Vous savez bien que…

Elle avait hésité.

— Je t'écoute, avait insisté l'abbé.

— Eh bien, je ne serai jamais à la hauteur de ce que l'on attend de moi ici. Je n'ai pas besoin de vous l'expliquer. Vous avez bien vu que maman…

— … est une femme exigeante. Elle souhaite le meilleur pour toi, au même titre que pour Hortense.

— Non, ne croyez pas ça ! Je ne serai jamais comme ma sœur, et maman le sait bien. Je ne serai jamais à la hauteur de ses attentes.

L'abbé avait émis un profond soupir.

— Fuir ta famille ne fera pas de toi une bonne religieuse, Eugénie. Seuls ta foi et ton engagement à servir le Seigneur le pourraient.

— Ma foi est solide et ma volonté à me rendre utile dans cette vie l'est tout autant.

— Te rendre utile ? Crois-tu que c'est là le seul moyen de trouver une place dans ce monde ?

Oui, Eugénie en était persuadée. Comment espérer se faire aimer un jour si ce n'était par ce moyen ? Elle avait pourtant gardé le silence, incapable d'articuler clairement sa pensée.

— Tu souhaites donc quitter le domaine ? avait demandé l'abbé.

— Sans aucun doute possible.

— Mais tu n'éprouves aucune peur ? Il se peut que ce soit un voyage sans retour.

— Cela m'est égal.

— Que tu crois ! En réalité, tu ne sais pas ce qui t'attend, ma pauvre enfant. Et l'inconfort, y as-tu pensé ? Toi qui as été élevée au chaud derrière les murs d'une maison douillette, es-tu vraiment prête à affronter le froid, bref, tout ce que tu ne connais pas ?

— Oui. Tout ça n'est pas important.

— Et qu'est-ce qui est donc important à tes yeux ?

— Me savoir utile, parrain. Soigner, enseigner, soutenir ceux qui en ont besoin. Comme vous à la congrégation…

L'abbé avait souri.

— Tu as dû être très attentive à mes sermons.

Il avait pris une profonde inspiration, considérant avec gravité le projet de sa filleule.

— Que connais-tu de la vie de moniale ?

— Rien, mais je vous vois vous, parrain. Votre vie est si… exaltante. Vous faites le bien tout autour de vous. Vous travaillez dur, c'est certain, mais au moins, votre vie a un sens. Et je peux sentir Dieu à travers vous. Je veux m'approcher de cette lumière…

— Flatterie, tout ça ! avait répondu le prêtre sur un ton moqueur. Mais soit, je comprends tout cela. Pour autant, n'as-tu pas envie de fonder une famille ?

Eugénie était restée silencieuse un instant. Ses joues s'étaient enflammées, mais cela, le prêtre n'avait pu le voir.

— Eugénie ? avait-il insisté.

— Si j'en crois maman, aucun homme ne voudrait d'une fille comme moi, si peu accomplie. Cela fait longtemps que j'ai abandonné cette idée. Dieu voudra de moi, Lui. Il nous aime tous quels que soient nos défauts, n'est-ce pas ? Et puis…

— Oui ?

— Je sais que je serai une bonne religieuse. Je suis solide et le travail ne me fait pas peur. Ce qui me fait peur, c'est de me sentir inutile.

L'abbé était resté silencieux un moment, se souvenant de sa propre détermination au même âge. Mais ses motivations étaient différentes. Il pensait alors pouvoir changer le monde avec l'aide de Dieu. Il se rappelait aussi combien les premières années avaient été difficiles. Il ne l'avait pourtant jamais regretté, et avec le recul, il ne pouvait imaginer avoir mené une autre vie.

— Soit. L'avenir nous le dira, avait-il conclu.

Depuis cette confession, sa filleule avait montré toutes les qualités qui font les excellents missionnaires : l'ardeur au travail, le renoncement de soi, l'empathie, les qualités pédagogiques… Rien n'y manquait. Pourtant, l'abbé était partagé. En emmenant sœur Judith avec lui, il avait conscience d'amputer la congrégation de l'un de ses membres les plus prometteurs. Sa filleule avait l'éducation, l'intelligence et le bon sens qui lui auraient permis un jour d'être élue mère supérieure de cette communauté, même s'il lui manquait l'ambition et le désir d'assumer de telles responsabilités. Elle était de ces moniales qui, au quotidien, se contentaient de tâches simples et n'ambitionnaient rien de mieux que de prodiguer des soins aux malades et d'apporter un peu d'instruction aux enfants.

L'abbé en était là de ses réflexions quand il sentit le poids du regard de mère Claude sur ses épaules. Sûrement avait-elle réalisé que la seule candidate à sa succession était sur le point de quitter les lieux.

— Je devine vos pensées, ma mère…

— Je ne crois pas, révérend père, répondit-elle sans douceur, ajoutant, contrariée : Monseigneur Bazin est venu nous visiter la semaine dernière. J'imagine que vous l'ignoriez ?

— Ah, oui ! je l'ignorais. S'attendait-il à me trouver là ?

— Je ne pense pas, répondit-elle. Tout le monde sait qu'à cette période de l'année vous vous rendez à Rome.

— Une simple visite de courtoisie, je présume ? demanda-t-il, amusé.

— Loin de là, répondit le prieur Joseph. Il a demandé à voir nos registres et nos comptes. Il a eu également un long entretien avec monsieur Rebillard. Pensez, il est bien plus aisé de fureter partout en votre absence !

— Ainsi, il a rencontré notre maire ? Allons donc, s'amusa l'abbé, que nous mijotent-ils encore, ces deux-là ?

— Nous n'en savons rien, révérend, reprit la mère supérieure. Ce qui m'amène, c'est qu'il s'est produit un… incident.

— Un incident ? De quelle nature ?

— Je vous passe les détails, continua-t-elle. Monseigneur s'est senti offensé de la conduite de sœur Judith. Il est allé jusqu'à mettre en doute sa capacité à prononcer ses vœux solennels.

Le sourire s'effaça sur le visage de l'abbé.

— C'est une plaisanterie ? Mais enfin, c'est ridicule ! Que s'est-il passé ?

— Sœur Judith s'est publiquement opposée à lui au dispensaire. Au sujet d'une vagabonde que Monseigneur souhaitait expulser et que notre sœur Judith voulait soigner.

L'abbé retrouva son calme et adressa un sourire complice à la mère supérieure.

— Quelle bonne petite ! La voilà qui s'affirme, ne dirait-on pas ?

Mère Claude bougonna.

— Oui, enfin, en attendant, révérend père, je doute que Monseigneur accepte de la confirmer ! Ce qui vient immanquablement contrecarrer vos plans, à ce que j'ai compris…

— Hum, c'est possible, en effet, admit-il. Il réfléchit un instant, avant d'ajouter : Je doute d'une véritable résistance de notre évêque. Imaginez un instant qu'il mandate une enquête sur la probité et la foi de notre novice. Vous savez comme moi qu'elle se conclurait en faveur de sœur Judith…

— Croyez-vous ? insista mère Claude. Je n'ai pour ma part aucune confiance en ces émissaires du diocèse qui prétendent pouvoir déterminer en quelques interrogatoires la véritable nature de notre foi !

Pierre Fournerie soupira. L'incident pourrait bien être un sérieux contretemps. Il n'était pas envisageable d'emmener en mission une novice qui n'aurait pas encore confirmé ses vœux. Sans avoir terminé sa formation aux règles du sacerdoce ni éprouvé la force de son engagement, comment pourrait-elle guider des populations ignorantes vers la vraie foi ? Cela ne serait crédible ni pour Rome ni pour l'archevêque Blanc. Il lui faudrait régler lui-même cet énième et, espérait-il, ultime différend avec l'évêque.

*

*   *

« *Évêché du diocèse de la Sarthe, 10 mars...* » Son Excellence Jean-Baptiste Bazin exultait. L'évêque avait lu et relu la lettre plusieurs fois. Il n'en croyait pas ses yeux. Installé confortablement devant l'âtre, dans la pénombre douillette de ses appartements, il tenait encore négligemment le pli dans sa main droite et admirait avec contentement les flammes qui crépitaient au cœur de la cheminée de marbre blanc. Savourant son plaisir, il relut une dernière fois la lettre avant de s'attaquer enfin à la réponse qu'il pourrait y faire.

« *Votre Excellence,*

Je viens d'apprendre que la congrégation du Sacré-Cœur a eu la chance de recevoir votre visite en mon absence, il y a deux semaines de cela. Vous me voyez bien entendu désolé de n'avoir pu vous rendre mes hommages en cette occasion. Il m'aurait été bien plus aisé de vous faire part de mes projets de vive voix. Me voilà donc contraint de vous informer par la présente de la suite favorable accordée par le Saint-Siège à ma requête portant sur le financement d'une mission aux Amériques, sur initiative de monseigneur Blanc, archevêque de Louisiane et de Floride.

Vous n'êtes pas sans savoir que monseigneur Blanc a déjà fait appel à mes services par le passé, et cela, je puis le croire, à sa grande satisfaction. Monseigneur renouvelle sa demande ce jour, en requérant que je lui envoie un prêtre et deux moniales afin d'établir une mission dans l'Ouest américain, territoire encore vierge et seulement partiellement évangélisé.

Il est temps pour moi de vous annoncer que je serai ce prêtre, laissant à la grâce de Dieu, s'Il le veut bien, ma succession à la tête de la congrégation de Châtillon. Il me faut vous indiquer que le prieur Joseph Duval me semble avoir toutes les qualités requises pour être nommé abbé de cette congrégation et qu'il ne fait aucun doute que l'ensemble des moines le confirmeront dans ce rôle à mon départ.

Cela étant dit, je dois maintenant aborder auprès de vous l'objet principal de cette lettre. Il se trouve que je suis actuellement très limité dans le choix des moniales qui pourraient m'accompagner. Après avoir écarté les religieuses dont l'âge ne permet en aucune façon un si long voyage, après avoir renoncé à convaincre les plus faibles natures de tenter une telle aventure, il ne me reste guère de choix. Une seule moniale de Châtillon a les qualités requises pour mener une telle mission :

sœur Judith, qui a montré depuis plusieurs années sa volonté de s'embarquer pour le lointain.

Bien qu'au terme de son noviciat, elle n'a pas encore eu la chance de recevoir votre bénédiction lors de la confirmation des vœux solennels. Je me permets donc de solliciter votre bienveillance en ce cas et d'organiser au plus tôt la confirmation de cette novice. Celle-ci est la candidate idéale pour le départ : ardue à la tâche et appliquée, ayant reçu une solide éducation chrétienne, elle saura me seconder avec talent dans cette entreprise. Comme vous l'imaginez, nous nous ferons porte-parole du diocèse du Mans outre-Atlantique et il est indispensable que les candidates retenues soient à la hauteur de la tâche afin de dignement vous représenter.

En vous remerciant par avance de la suite que vous voudrez bien accorder à cette requête, je vous prie d'agréer...

Révérend père Pierre Fournerie. »

Monseigneur Bazin savoura intensément cet instant. Ce petit abbé de campagne lui empoisonnait la vie depuis si longtemps... Sa congrégation affichait une insolente réussite, plébiscitée jusqu'à Rome ! Tout cela au détriment du diocèse du Mans dont il avait la charge. Dieu seul savait à quel point il s'était battu et se battrait encore pour garder l'intégrité de son diocèse et en garantir la bonne gestion... Il lui avait fallu contrer les incessantes manœuvres de cet abbé qui avait déséquilibré la géographie du territoire au profit de la petite paroisse de Châtillon. Qui plus est, c'est lui qui en avait retiré les lauriers, alors que lui-même se voyait bouder les honneurs du Saint-Siège ! Ah ! Comme il avait pu souhaiter qu'il lui arrivât malheur ! Comme il avait rêvé qu'il ne revienne jamais de son premier voyage aux Amériques ! Mais non, comme une infection dont on ne peut se défaire aisément, l'indésirable abbé était encore là, plus triomphant et plus arrogant que jamais, avec de nouveaux projets en tête… Au fil du temps, une haine sournoise et inavouable avait grandi au creux du cœur de l'évêque, dépassant depuis longtemps le stade du simple ressentiment. Il avait même fini par tenir l'abbé pour responsable de ce sentiment fort peu chrétien qui avait envahi son âme. À la réflexion, cet homme était probablement un démon que Dieu lui avait envoyé pour éprouver sa constance ! Alors oui, ce soir, à la lecture de sa lettre, l'évêque savourait sa revanche. Enfin ! Cet abbé de malheur annonçait un départ qui serait probablement sans retour. Qui plus est, il le suppliait presque de confirmer une novice pour ce départ. Lui qui n'avait jamais réussi durant ces quinze dernières années à avoir la moindre emprise sur ce prêtre de campagne, n'était-ce pas extraordinairement savoureux ?

Depuis quelques minutes, cependant, l'évêque butait sur ce nom : sœur Judith… N'était-ce pas justement cette effrontée qui avait osé lui tenir tête ? Quelle ironie ! Voilà qu'il détenait entre ses mains bien plus de ficelles qu'il n'en avait jamais eu auparavant pour forcer le destin de ce maudit prêtre. L'occasion était trop belle. Qu'allait-il en faire ? Comment en tirer le meilleur parti ? S'abandonnerait-il à ce délicieux sentiment de vengeance ? Ne serait-il pas particulièrement piquant de lui refuser sa requête ? Ce qui le priverait de répondre positivement à la demande de monseigneur Blanc et aurait incontestablement pour effet de le discréditer auprès de Rome. Mais dans ce cas, cette mission serait confiée à une autre congrégation et l'abbé serait de nouveau coincé ici, à Châtillon, et il continuerait probablement à lui empoisonner l'existence. Ne faudrait-il pas à l'opposé lui accorder un droit de départ le plus rapidement possible ? Ne serait-ce pas le moyen de le voir quitter son diocèse de manière définitive ? Il serait du même coup libéré de la présence de cette novice nuisible, pernicieuse et insoumise, véritable gangrène dont il était urgent de se défaire. Pour son malheur, son diacre lui avait confirmé que la famille de l'enfant était bien trop influente dans le département pour que cette affaire se règle sans bruit : cette fille était une « de Choisel », famille influente et proche du préfet, qui plus est fort généreuse envers l'Église. Il n'y avait vu que complications et difficultés sans avoir pu trouver de moyen simple d'y remédier. Et voilà que l'abbé Fournerie lui offrait une solution sur un plateau d'argent.

L'évêque était décidément bien indécis et ressassait toutes ces questions sans pouvoir trancher. Il replia la précieuse lettre avec précaution, quitta à regret son fauteuil et se dirigea vers son secrétaire. Il déposa la lettre bien à plat sur le plan de travail, fermement décidé à y consacrer sa toute première heure demain matin. Il resta pensif quelques instants, la contemplant longuement, comme figé devant le pouvoir que lui conférait ce courrier. Oui, décidément, il était plus prudent d'attendre le lendemain pour prendre une décision avisée. Une bonne nuit de sommeil lui éclaircirait les idées.

5

Le grand départ

Sœur Judith n'en revenait toujours pas. Assise depuis plus d'une heure devant sa petite écritoire dans la pénombre de sa cellule, elle contemplait en silence la flamme de sa chandelle. Celle-ci avait déjà perdu la moitié de sa hauteur, alors que la jeune moniale n'avait toujours pas écrit un mot. Elle ne savait comment commencer cette lettre qu'elle destinait à son père et à sa mère. Le fait était pour le moins extraordinaire : la date de sa confirmation avait été fixée au 20 juillet, à seulement une quinzaine de jours de là. On venait de l'informer à l'instant de cette grande nouvelle en lui précisant cependant que les préparatifs seraient sommaires et que la cérémonie se tiendrait à huis clos. C'était tout à fait inhabituel, une confirmation étant un événement public. Elle aurait dû se dérouler en présence de l'évêque et d'un bon nombre de prêtres du diocèse, mais aussi de la famille et des amis de la professe. Puis une grande fête aurait été organisée au manoir pour clore la cérémonie… Mais rien de tout cela n'aurait lieu. Ce soir, ne sachant comment éviter de décevoir ses parents, la jeune femme avait décidé de rédiger une lettre toute simple, se limitant aux faits. Après tout, elle n'était pas responsable des décisions du diocèse…

Le lendemain, son parrain l'invita à le rejoindre au confessionnal. C'était un des rares moments d'intimité dont elle jouissait encore et elle appréciait tout particulièrement ce moment de partage. L'affection qu'elle portait à son parrain n'avait cessé de grandir depuis qu'elle avait rejoint les rangs de la congrégation et elle s'était félicitée d'avoir pu le garder comme confesseur. Sans qu'elle n'en ait pris conscience, cet homme charismatique avait très vite pris la place de son père, figure inexistante et effacée.

— N'est-ce pas une excellente nouvelle, Eugénie ? conclut-il après l'avoir informée de son prochain départ pour les Amériques.

Elle ne répondit pas sur l'instant, soufflée par cette annonce. Tout se bousculait dans son esprit.

— Je n'ai pas de mots ! Vous savez bien ce que cela représente pour moi. Mais…

— Tu te demandes pourquoi tout cela est si précipité et si confidentiel, n'est-ce pas ?

— Oui ! Vous imaginez la réaction de maman ? J'aurais enfin pu espérer… Elle aurait été si fière d'assister à la cérémonie !

Pierre Fournerie émit un profond soupir.

— J'ai dû négocier avec l'évêque, Eugénie. Telles étaient ses conditions. Ça, et le fait que nous soyons accompagnés du père Bellecour, de la paroisse de Saint-Julien au Mans. Et puis… Il hésita, avant de poursuivre :

Eugénie, ne regrette rien. Je ne suis pas sûr que cela aurait modifié quoi que ce soit aux yeux de Thérèse.

L'abbé n'en dit pas plus. Il ne pouvait avouer à sa filleule qu'il croyait Thérèse de Choisel incapable du moindre témoignage d'affection vis-à-vis de sa fille cadette. Cette femme était un monstre à ses yeux, et depuis bien longtemps.

— Non, sincèrement, n'aie aucun regret, mon enfant.

Sœur Judith accomplit sa confirmation deux semaines plus tard, presque comme une somnambule, sans tout à fait savourer ce moment qu'elle avait pourtant attendu car son esprit était déjà ailleurs. Finalement, ce rite de passage n'était qu'une simple étape qui allait la conduire vers l'événement occupant désormais toutes ses pensées : le grand départ. Elle se demanda si ses parents viendraient la voir avant qu'elle ne quitte la congrégation, peut-être pour toujours. En deux ans de postulat, aucun des membres de sa famille n'avait pu, ou voulu lui rendre visite. Ni Hortense, sa sœur, maintenant mariée et mère d'un enfant qu'elle n'a jamais rencontré, ni son propre père, Ernest, invisible et effacé, ne s'étaient présentés à la congrégation située pourtant à seulement une heure de voiture du manoir. Quant à sa mère, la jeune novice ne s'attendait pas à ce qu'elle se déplace. Leur dernière entrevue n'avait été qu'une blessure de plus dans le cœur de la jeune femme.

Deux ans s'étaient écoulés depuis le jour où elle avait quitté la demeure familiale. Elle revoyait très nettement l'image de cette femme altière habillée de soie grise. Elle se tenait sur la plus haute marche du perron les bras chargés de fleurs destinées à décorer le salon. Sa fille était prête pour sa cérémonie de prise d'habit, sur le point de quitter pour toujours le manoir des Choisel. Elle avait cherché sa mère partout dans la maison pour lui faire des adieux formels. Son parrain l'attendait sur le perron, heureux et impatient d'emmener sa protégée au sein de sa congrégation. Eugénie avait fait irruption en haut des escaliers, le cœur bondissant. Apercevant enfin sa mère, elle s'était naturellement approchée, tendant une joue pour un baiser d'adieu. La grande dame avait lentement détourné son visage et avait jeté d'une voix froide :

— Va. Et tâche de ne plus me faire honte. Puis, s'adressant à l'abbé : Pierre, je vous souhaite bien du plaisir…

Elle était ensuite rentrée dans la maison, laissant sa fille désemparée au milieu de l'escalier. L'abbé Fournerie en était resté béat. Il avait grimpé les marches quatre à quatre et avait pris la jeune fille par le bras.

— Viens. Tu n'as plus rien à faire ici, lui avait-il murmuré.

Elle n'avait jamais revu sa mère. Mais maintenant qu'elle allait quitter la France pour de longues années, ferait-elle enfin un geste ? Un pas vers sa fille ? Sœur Judith ne savait trop à quoi s'attendre et n'osait l'espérer. La réponse lui parvint trois jours plus tard, sous la forme d'une grande malle à compartiments, accompagnée d'une courte note :

« *Eugénie,*

Ton père et moi avons appris ton départ. La chose étant faite, nous souhaitons que ton voyage se passe le mieux possible. Cette malle, de confection récente,

t'accompagnera. Nous nous en remettons entièrement à ton parrain qui saura te guider dans cette aventure.
Thérèse et Ernest de Choisel »

Cinq lignes. Cinq petites lignes en guise d'adieu définitif. Ainsi, elle ne reverrait jamais ses parents. Elle devait maintenant aller de l'avant, comme le lui avait soufflé son cher parrain. Elle s'en remettrait à son ordre, à sa congrégation et à Dieu.

Mère Claude fut une précieuse conseillère et veilla personnellement aux préparatifs de sa protégée. Il lui fallait emmener le minimum, ne pas trop se charger mais s'équiper suffisamment pour une aventure en terre inconnue, avait précisé la révérende mère. Qu'est-ce que cela voulait bien pouvoir dire ? Pragmatique, sœur Judith fit l'inventaire de ses possessions : un habit de laine noir qu'elle réservait aux occasions d'importance, deux corsets de change, deux jupons, deux chemises de coton, des bas de laine, une paire de chausses pour l'hiver. Elle ajouta quelques souvenirs de sa vie antérieure : trois daguerréotypes représentant sa famille et quelques livres. Au final, sa malle s'avéra bien légère. Mère Claude, affectée par le départ de la jeune fille, lui fit don d'une belle couverture de laine neuve et d'un magnifique chapelet de bois de rose et d'ivoire, une façon pour elle de montrer son attachement à cette toute jeune femme qui se lançait dans une aventure sans retour sans en avoir tout à fait conscience…

Le départ de Châtillon fut fixé au 24 juillet. Sur les coups de 15 heures, les malles furent chargées sans ménagement à l'arrière de la berline au relais de Châtillon, alors que le père Fournerie et sœur Judith se frayaient une place parmi les occupants de la voiture déjà bien chargée. Il y avait là, comme souvent, des personnages hauts en couleur et qui, par leur haut verbiage, interdisaient toute conversation privée. Le père Fournerie et sœur Judith restèrent muets pendant les trois longues heures que dura le voyage jusqu'au Mans, première étape de leur périple. À leur arrivée au presbytère de la paroisse Saint-Julien, ils furent accueillis comme prévu par le père Auguste Bellecour. Sur le seuil de la petite maison de ville, l'homme d'Église affichait un air grave. Âgé d'une quarantaine d'années, il n'était pas doté d'un physique très avenant : un front dégarni, de fins cheveux sombres plaqués sur son crâne, de grands yeux noirs, de petites lunettes rondes en écaille, un nez d'aigle et un visage émacié affublé d'un sourire inquiétant. De taille moyenne, il n'était pas de constitution particulièrement robuste, mais plutôt nerveuse. Il se présenta dans les formes à ses hôtes, froid et pincé, puis les invita à partager son dîner. Une fois les trois convives attablés, et alors que la femme de charge versait une soupe claire dans des assiettes usées, il sortit enfin de sa réserve et engagea la conversation.

— J'imagine que vous êtes soulagés d'être arrivés. Je ne vous demanderai pas si vous avez fait bon voyage ; les routes de notre département sont dans un état pitoyable, ce qui rend tout voyage détestable !

Comme à son habitude, le père Fournerie se voulut rassurant et chaleureux.

— Tout s'est très bien passé, au contraire, mais je vous remercie de vous en inquiéter. Il ne s'agissait que de trois petites heures de trajet, autant dire rien en regard des dix heures qui doivent nous emmener au

Havre. Pour ma part, j'ai l'habitude de voyager. Quant à sœur Judith…

Pierre Fournerie réalisa que c'était probablement son premier long voyage.

— Eh bien, sœur Judith, qu'avez-vous pensé de cette première étape ?

Un large sourire se peignit sur le visage de la jeune religieuse, illuminant ses doux yeux d'une joie sincère.

— Oh ! mon père, tout est un enchantement depuis que j'ai appris mon départ. Ne vous attendez pas à ce que je me plaigne du moindre désagrément dans les mois à venir. Dieu me transporte !

Le père Bellecour fit la grimace. Ses yeux acérés scrutèrent le visage de la jeune femme. Ses lèvres roses et pleines étaient une insupportable invitation au péché, tout comme la douceur de son grain de peau que l'homme d'Église pouvait deviner depuis l'autre bout de la table. Damnation ! Cette moniale était bien trop jolie. Rien qui ne fût de bon augure pour un voyage d'évangélisation…

— Sœur Judith, rétorqua-t-il d'un ton acerbe, permettez-moi de vous rappeler que nous ne partons pas en voyage d'agrément. Nous devons à notre Seigneur le sacrifice d'une vie de souffrances et croyez-moi, ce périple en sera le paroxysme.

Le sourire de Judith disparut aussitôt et son nez replongea dans sa soupe trop claire pour être nourrissante. Pierre Fournerie, contrarié de voir sa jeune filleule ainsi rabrouée, mit fin à la conversation.

— Je crains que nous ne soyons tous fourbus. Nous irons dormir dès notre soupe terminée. Père Bellecour, pourriez-vous nous montrer nos chambres ?

— Mon presbytère est bien modeste, répondit celui-ci d'un air faussement contrit. J'ai pour vous, mon père, une chambre correcte. Mais en ce qui vous concerne, ma sœur, nous n'avons pas eu d'autre choix que d'installer une paillasse dans la remise.

Les yeux de Bellecour scrutèrent ceux de Fournerie comme pour guetter sa réaction.

— Nous n'allons pas faire les difficiles, bien sûr, répondit l'abbé. Cependant, je laisserai la chambre à sœur Judith et prendrai la remise.

Un rictus de mépris déforma la bouche du père Bellecour.

— Comme vous voudrez, jeta-t-il.

Son Excellence l'évêque Bazin avait vu juste. Fournerie était un prêtre faible, cédant aux caprices de confort d'une novice, une religieuse indisciplinée. Voilà ce qu'on lui envoyait… Il soupira. Monseigneur lui avait confié la responsabilité de contrôler le bon emploi du dogme pendant cette mission et il entendait bien exercer son autorité en la matière, même s'il lui faudrait s'accommoder des choix de cet abbé Fournerie.

Sœur Judith se coucha ce soir-là dans une chambre guère plus grande que sa cellule et tout aussi austère. Le modeste presbytère était impeccablement tenu, d'une sobriété presque excessive. Il sentait à tel point le propre qu'Eugénie se demanda comment un prêtre pouvait ainsi employer le personnel requis pour maintenir ce niveau d'hygiène. On pouvait dire que le père Bellecour aimait l'ordre, le rangement et la propreté ! La religieuse sourit en son for intérieur. Comment cet homme appréciera-t-il de dormir à la belle étoile, en forêt ou dans la boue, tel qu'elle imaginait leurs futures conditions de voyage ?

Le départ fut donné dès l'aube le lendemain matin. Les malles des trois voyageurs alourdirent considérablement la voiture qui les emmenait en gare du Mans, malmenant les suspensions sur une route en trop piteux état pour que ce court trajet pût paraître agréable au père Bellecour. Sœur Judith, quant à elle, s'émerveillait à tout instant, de la découverte de la gare du Mans jusqu'au moindre recoin du train qui les emmenait vers Paris. Arrivée à la capitale, elle découvrit avec effroi et fascination la fourmilière parisienne à travers les vitres du fiacre les conduisant de la gare du Montparnasse à celle de Saint-Lazare. La ville lui sembla si chaotique qu'elle se demanda comment tant de gens pouvaient survivre dans un tel enfer. Une fois à Saint-Lazare, et à peine remise de ses émotions, elle embarqua dans un nouveau train qui fila à toute vapeur vers la campagne normande, révélant peu à peu un paysage de bocage aux douces collines. Durant tout le trajet, Bellecour se montra désagréable, claironnant haut et fort sa haine du train et des voyages. Il houspillait tout un chacun, pestait contre les passagers qui encombraient le passage, sermonnait les mères de famille qui ne savaient pas tenir leurs marmots, malmenait les employés du chemin de fer. La pauvre moniale n'en avait malheureusement pas fini avec ses commentaires incommodes. Une heure à peine après le départ, alors que le père Fournerie s'était absenté pour se dégourdir les jambes, Bellecour commença par lui faire l'article sur l'horrible navigation qui les attendait.

— Préparons-nous, ma sœur. Cette traversée durera soixante jours, peut-être même soixante-cinq. Nous serons confinés dans des cabines sans hublot et à la promiscuité avilissante. Il nous faudra renoncer à toute hygiène. Avec un peu de chance nous pourrons éviter les Allemands mais nous aurons à coup sûr des Alsaciens. Et croyez-moi, ceux-ci ne sont guère plus propres, ni plus discrets !

Sœur Judith, sans pour autant avoir confiance en ce prêtre mais le tenant plus expérimenté qu'elle ne l'était, le questionna pour en savoir un peu plus.

— Oh ! c'est bien simple ! répondit-il. Quand vous partagez une cabine d'entrepont de huit lits avec une famille nombreuse d'Alsaciens, rien ne vous échappe de leur intimité : leur odeur, leur saleté, leurs flatulences, leurs ronflements, les pleurs des marmots à toute heure de la journée et de la nuit. Sans compter leur propension à accomplir à tout bout de champ leur devoir conjugal, sans même se soucier de la présence d'étrangers à leurs côtés.

Il plissa ses petits yeux noirs, cherchant à entrevoir dans le visage innocent de la religieuse le trouble qu'il avait voulu créer. Devant sa mine impassible, il se ravisa.

— Enfin, bref, c'est un enfer !

Les grandes pommettes de sœur Judith se colorèrent.

— Les Alsaciens ou les Allemands seraient-ils de pires compagnons de voyage que nos compatriotes ? demanda-t-elle.

— Bien évidemment ! cracha-t-il avec mépris.

— Mais pourquoi cela ?

— Allons, ne le savez-vous pas ? Pour deux raisons fondamentales. Premièrement, ils sont pour la plupart luthériens. Ces gens-là ne reconnaissent pas l'autorité du Saint-Père et, j'en suis certain, aucune autorité en général ! Leur moralité, par conséquent, laisse à désirer. Ensuite, ce sont presque tous des indigents fuyant la misère, voire la justice ! Je vous assure qu'il faut s'en tenir le plus éloigné possible !

— Mais dans ce cas, ne devons-nous pas leur porter secours ?

— Les ramener vers la vraie foi, vous voulez dire ? Vous plaisantez ? Non, non, oubliez cela… Il y aura bien d'autres problèmes à régler avant de s'occuper de ces misérables.

— Comment cela ?

Le père Bellecour prit un air grave.

— Nous devrons d'abord surmonter le manque de sommeil, la sous-alimentation, le manque d'hygiène, et surtout éviter le typhus et la gale qui prolifèrent sur ces vaisseaux de l'enfer.

Voyant avec satisfaction la mine décomposée de la jeune religieuse, il continua avec ces mêmes yeux exorbités et menaçants :

— Je crains que l'on vous ait mal informée sur les conditions de ce périple et sur les voyageurs avec qui nous allons voyager, fit-il en secouant la tête d'un air désolé.

C'est alors que le père Fournerie fit irruption dans le compartiment. En voyant la mine défaite de sa filleule, au contraire du père Bellecour qui affichait un air satisfait, il s'inquiéta.

— Eh bien, sœur Judith, que vous arrive-t-il ?

— Nous parlions des conditions de traversée…

Comme par magie, le regard sombre du père Bellecour s'éclaira tout à coup.

— Je ne faisais que mettre en garde notre jeune amie sur les dangers du voyage.

Imperturbable, Fournerie prit place sur la banquette aux côtés de sa filleule.

— Ah ? Vous avez donc déjà effectué ce genre de traversée ?

Bellecour perdit instantanément de sa superbe.

— Non, Dieu m'en garde ! Mais tout le monde sait parfaitement que…

— Quoi donc ? le coupa Pierre Fournerie, flegmatique.

— Vous savez bien, s'excusa presque Bellecour, que les émigrants sont la lie de notre vieille Europe et que ces clippers affrétés ressemblent plus à un transport de bestiaux qu'à celui de voyageurs !

— Il y a peut-être un peu de cela, mon père, encore que ces familles soient bien plus dignes que vous ne semblez le croire.

— Dignes, peut-être, mais sales, maladives et sans moralité. Et luthériennes, par-dessus le marché !

Fournerie émit un long soupir résigné.

— Gardez bien à l'esprit que ces familles seront nos ouailles au terme de notre voyage. Il nous appartient de les considérer avec notre bienveillance chrétienne.

— Bien entendu, bien entendu, céda Bellecour du bout des lèvres. Mais la bienveillance n'exclut pas une certaine rigueur. Il s'agit pour nous de faire en sorte que ces nouveaux territoires ne se transforment pas en

Sodome et Gomorrhe. Vous et moi pourrons discuter de la méthode à employer en temps utile !

Pierre Fournerie ne releva pas, laissant glisser son regard vers le paysage qui défilait derrière la vitre du compartiment. Il comprenait mieux à présent pourquoi l'évêque Bazin avait choisi ce Bellecour. De son côté, sœur Judith commençait à percevoir les profondes différences de vues entre les deux hommes de Dieu. Les trois missionnaires n'en étaient qu'au début de leur voyage, mais il lui sembla évident qu'elle et son parrain auraient à l'avenir à composer avec ce prêtre acariâtre et rigoriste.

6

À bord du *Saint-Nicholas*

Une brume froide et humide baignait le port du Havre. En ce matin de fin juillet, l'horizon était bas et d'un gris désespérément uniforme. Sœur Judith se tenait debout face à la fenêtre, le nez et la joue collés contre la vitre donnant sur la rue Saint-Julien. Depuis la petite auberge, entre l'église Notre-Dame et le Grand Quai, elle apercevait au bout de la rue une forêt de mâts dressés vers le ciel. À cet endroit, l'horizon était encombré de haubans, d'écoutes, de drisses et autres cordages qui s'entremêlaient entre les vergues, les bômes ou les cornes de brigantine, formant un enchevêtrement inextricable. Les deux prêtres et la religieuse étaient arrivés au Havre la veille au soir, alors que la nuit avait déjà noyé la ville dans les ténèbres. Déçue, sœur Judith n'avait rien pu voir du port, ni de l'horizon émeraude. Mais ce matin, tout était différent…

Elle quitta son poste d'observation, s'empara de son sac de velours contenant ses effets de voyage, puis dévala aussi vite qu'elle le put l'étroit escalier qui menait à la salle commune. Pierre Fournerie et Auguste Bellecour l'attendaient. Ils sortirent tous trois sous une pluie fine et pénétrante qui recouvrit leurs manteaux de laine d'une constellation de minuscules gouttelettes. Sœur Judith remercia le Seigneur de lui avoir procuré ces habits lourds et enveloppants de moniale. Les trois missionnaires atteignirent le bout de la rue Saint-Julien avec empressement, manquant de glisser à chaque pas sur le pavé luisant et verdâtre. Au bout de la rue, c'était déjà un autre monde.

L'odeur assaillit la jeune moniale et la prit à la gorge. Une odeur salée, humide et poisseuse. Sans doute les relents de la marée qui se mêlaient au sel des embruns et à la puanteur du poisson pourri, mais peut-être aussi à tout un tas d'autres choses dont elle n'avait pas idée. Ils se trouvaient maintenant sur le Grand Quai du port du Havre, lieu d'embarquement vers le continent américain. Des familles aux traits tirés, munies de paquetages informes, entre baluchons et valises de fortune, attendaient là, assises sur leurs malles ou accroupies à même le pavé inondé de flaques boueuses. Des négociants haranguaient les matelots chargeant leur cargaison, des colporteurs hurlaient, pressant la foule de leur acheter des couvertures, des lampes-tempêtes et autres babioles indispensables, selon eux, à la traversée. Des cantinières au sourire édenté vendaient une soupe fumante, disputant la chaleur d'un feu de fortune à des marmots en guenilles qui se battaient pour être au plus proche des braises. À cette heure matinale, des silhouettes dormaient encore à même le sol, emmitouflées sous de vieilles couvertures, tassées contre des rouleaux de cordages ou des piles de paniers qui attendaient d'être chargés, masses inertes, humides et sombres dont personne ne se souciait.

De la foule s'échappaient des colonnes de porteurs en file ininterrompue, grimpant avec peine les étroites planches d'accès aux bateaux, le dos courbé sous le poids des ballots de marchandises ou des malles de voyageurs fortunés. Pierre Fournerie partit à la recherche de leur navire. Il interrogea un matelot qui lui indiqua celui se trouvant en tête du quai. L'abbé fendit la foule, suivi de près par les deux missionnaires auxiliaires et quatre porteurs chargés de leurs malles respectives. Se frayant un chemin dans la cohue, sœur Judith observait avec attention tout ce qui se présentait à elle et imprimait dans sa mémoire chaque détail : les odeurs, la majesté des gréements, les visages effrayants de pauvres hères qui la dévisageaient, les regards perdus des enfants encore ensommeillés ou la force animale des matelots charriant d'énormes paquets. Elle avait le sentiment de vivre à chaque minute une nouvelle expérience et ne voulait pas en perdre une miette. Elle faillit bousculer son parrain lorsque celui-ci s'arrêta net devant un navire en s'écriant, les yeux brillants et la mine exaltée :

— Nous y voilà, mes amis. *Saint-Nicholas*, notre vaisseau pour le Nouveau Monde !

C'était un navire de trois mâts à la coque noir et or, bien plus petit que le clipper blanc plus loin sur la jetée, néanmoins taillé pour le transport transatlantique de passagers et de fret sur ligne régulière. De construction manifestement récente, il émerveilla sœur Judith par la hauteur de ses mâts, la complexité apparente de sa voilure et le nombre infini de cordes et cordages impeccablement arrimés ou lovés sur le pont et dont elle ne devinait pas encore les fonctions.

Pierre Fournerie disposait de trois billets cabine. On ne pouvait espérer mieux sur un tel vaisseau. Il se présenta au second du navire en brandissant les trois billets ainsi que les certificats de bonne santé des trois voyageurs obtenus plus tôt du médecin du port, garantissant qu'aucun d'eux n'était porteur d'une maladie contagieuse. Ils montèrent immédiatement à bord, guidés par le second qui se fraya un chemin parmi les autres passagers entassés le long du quai et attendant dans un silence fatigué et somnolent l'embarquement des dernières classes. Ils gravirent la planche prudemment et se coulèrent dans le flot des matelots dont ils ne voyaient que le haut du crâne, leurs mains agrippées aux ballots de marchandises au-dessus de leur tête.

Sœur Judith trouva le bateau plutôt spacieux. D'environ une quarantaine de mètres de long et plus de dix de large, le pont n'était encombré que de deux chaloupes de secours. Des conduits d'aération et des habitacles protégeaient les accès aux ponts inférieurs ou, supposa-t-elle, le matériel de navigation. On dirigea les voyageurs vers le pont supérieur auquel ils accédèrent par un escalier large et aéré. Les cabines privatives, alignées le long de la coque du navire à bâbord et à tribord, étaient séparées par un large espace meublé d'une longue table centrale flanquée de bancs capitonnés de cuir et de quelques divans étroits mais confortables. L'espace était aéré, éclairé par des puits de lumière centraux. L'ensemble était correctement tenu. Étroites, les cabines possédaient cependant tout le confort : un matelas, des draps de lin, un petit secrétaire. La jeune religieuse fut ravie de retrouver un logement digne de sa cellule du Sacré-Cœur, loin du tableau alarmant que lui avait brossé le père Bellecour.

Une fois embarqué, l'ensemble des voyageurs cabine fut invité à rester au salon – désignation tout à fait exagérée de l'espace libre entre les deux rangées de cabines bâbord et tribord – pendant que les voyageurs de l'entrepont montaient à bord à leur tour. Lorsque les amarres furent larguées, aux alentours de midi, une jolie bousculade anima le pont. Les émigrants de tous pays et de toutes confessions agitèrent mouchoirs et chapeaux en signe d'adieu au Vieux Continent, fous d'espoir d'une vie meilleure, oubliant pour quelques instants la fatigue et les épreuves qu'ils avaient surmontées pour arriver jusqu'ici. Installé au salon, loin de cette agitation, le père Fournerie conseilla à Judith et à Bellecour d'attendre que la foule se calme et redescende à l'entrepont avant qu'ils ne montent à leur tour pour voir une dernière fois les côtes françaises. Sœur Judith, malgré une curiosité dévorante et son envie de visiter chaque recoin du navire, fut cantonnée cet après-midi-là dans les espaces réservés aux passagers cabine et fut priée, comme les autres dames, de ne pas s'aventurer seule hors du salon et du pont supérieur pour ne pas gêner les manœuvres ni faire de rencontre inappropriée. La déception de la jeune religieuse fut grande lorsque la même instruction lui fut donnée les jours suivants. Durant les premiers temps de la traversée, elle se contenta donc de rester sagement dans le sillage de son parrain et du père Bellecour, respectant un emploi du temps aux rouages bien huilés. Chacune des prières, depuis laudes jusqu'à complies, se disait en privé dans leur cabine individuelle, puis tous trois montaient sur le pont pour prendre l'air frais avant le lever du soleil. Ils rejoignaient ensuite le salon aux alentours de 7 heures pour une première collation en compagnie des autres passagers de première classe et du capitaine. Les prières et les séances de lecture se succédaient jusqu'au déjeuner, toujours au salon du pont supérieur, puis l'après-midi, alors que le père Bellecour quittait la compagnie pour une sieste qui durait deux bonnes heures, sœur Judith et le père Fournerie alternaient promenade au frais, lecture ou causette avec les autres passagers. La jeune religieuse essayait de questionner son parrain sur la suite du périple. Elle voulait connaître leur adresse à La Nouvelle-Orléans, la date et le lieu de l'étape suivante, leur destination finale, mais celui-ci restait vague et éludait ses questions, précisant qu'elle saurait tout cela en temps voulu et que rien ne pressait. Le père Fournerie préférait de loin lier connaissance avec les autres voyageurs du premier pont, contrairement au taciturne Bellecour qui, s'il avait pu, n'aurait adressé la parole à aucun étranger.

Le *Saint-Nicholas* emportait pour cette traversée un total de deux cent quatre-vingt-dix passagers et une trentaine d'hommes d'équipage. Seulement vingt passagers cabine dont les trois missionnaires occupaient le pont supérieur. Ceux-ci se retrouvaient invariablement au salon les jours de pluie et sur le pont les jours de grand beau. L'abbé fit rapidement connaissance de leurs compagnons de voyage, quelques négociants en coton américains et leurs épouses, une riche héritière française accompagnée de sa vieille tante qui se rendaient à un mariage à Saint-Louis, un spéculateur attiré par les promesses de la ruée vers l'or, un médecin de Rouen et sa famille décidés à s'établir à La Nouvelle-Orléans, un écrivain plus ou moins aventurier et quelque peu excentrique, et enfin deux jeunes avocats parisiens tentés par le Nouveau Continent. L'abbé, d'ordinaire attiré par les personnages peu conventionnels, trouva l'écrivain fort divertissant et les jeunes avocats pleins d'avenir. Sœur Judith, elle, se recroquevillait au fond d'une chaise et écoutait d'une oreille distraite ces gens importants deviser de tout et de rien, s'intéressant toutefois à la conversation lorsqu'ils abordaient la question de ce qu'ils allaient trouver au terme de leur voyage : une nation en pleine mutation économique, dont le pouvoir central peinait à contrôler les frontières et l'expansion vers l'Ouest, sans compter les querelles intestines entre le Nord et le Sud, aux modes de vie diamétralement opposés, qui compliquaient notablement la politique intérieure du moment.

Au bout d'une semaine, sœur Judith, à force d'inactivité, s'ennuyait ferme. Le 5 août, après le petit déjeuner, elle décida de ne pas suivre son parrain au salon mais de monter sur le pont. L'air y était particulièrement doux et propice à la rêverie. Elle se demanda si, à terre, l'été était maintenant radieux, ou bien si cette douceur signifiait que le navire voguait à présent sous des latitudes plus clémentes. D'ordinaire, il y avait peu de monde sur le pont à cette heure de la journée, sinon quelques passagers de l'entrepont, plus matinaux que les autres, qui s'essayaient à la pêche à la traîne avec une longue ficelle et un hameçon de fortune, souvent sans succès. Les familles ne montaient qu'en fin de matinée, à l'heure où sœur Judith suivait invariablement son parrain au salon. Ce matin-là, sœur Judith était d'humeur rêveuse. Elle s'accouda au bastingage en cherchant un signe à l'horizon qui pourrait lui indiquer leur position. Rien, évidemment, n'apparut. Elle plongea son regard dans le sillage du navire, captivée par les remous de l'eau à l'arrière du bateau. Les vagues mousseuses disparaissaient quelques mètres plus loin et son regard se perdit dans les eaux profondes durant de longues minutes. Elle était comme hypnotisée, quand une voix la tira de sa rêverie.

— *Sei vorsichtig !*

Elle sursauta, avant de se retourner sur l'homme qui la fixait d'un regard bleu acier.

— Je vous demande pardon ? demanda-t-elle.

Il parut faire un effort avant de reprendre en français, avec un fort accent germanique :

— Faites attention ! Vous vous penchez trop.

— Oh !

Elle avisa le bastingage contre lequel elle était appuyée. À cet endroit, il était particulièrement bas et une gîte un peu trop forte aurait pu la faire basculer.

— Je me suis laissée absorber par le sillage, s'excusa-t-elle.

L'étranger accusait une bonne trentaine d'années et faisait au moins une tête de plus qu'elle. Sa large carrure l'impressionna.

— Julian Eckermann, dit-il en lui tendant la main.

Elle la saisit sans timidité et étudia cet inconnu plus avant. Il était robuste, avait les cheveux blonds et les traits harmonieux. Sa physionomie était celle d'un homme vif et intelligent.

— Sœur Judith, moniale de la congrégation du Sacré-Cœur.

L'homme resta impassible, l'examinant d'un regard dénué de chaleur.

— Vous êtes la première religieuse catholique que je rencontre…

— Oh ! assurément, vous ne venez pas de France ! s'écria-t-elle, enjouée. Nous sommes légion, dit-on dans notre pays.

— *Nein*… Je viens de Schopfheim, non loin de Basel.

— Bâle ? Vous êtes suisse ?

— Allemand. Schopfheim est à portée de voix de la frontière suisse et à quelques heures de marche de la France.

— Voilà donc pourquoi vous parlez un français si correct…

— Pas tout à fait. Mais mon père était pasteur et surtout un très bon professeur.

L'homme n'était pas très engageant mais cette dernière information illumina le visage de la moniale.

— Un homme de Dieu ! Béni soit-il…

Cette nouvelle suffit amplement à sœur Judith pour accorder toute sa confiance à l'étranger malgré sa réserve.

— Je suis enchantée, monsieur Eckermann.

Celui-ci hésita un instant, gêné de voir une si jolie femme dans cet habit de moniale, puis détourna le regard vers les flots et s'accouda au bastingage.

— J'ai cru comprendre que vous voyagez avec deux prêtres, n'est-ce pas ? Je vous ai déjà aperçus plusieurs fois en promenade sur le pont.

— Ah oui ? répondit-elle, surprise. Je ne saurais en dire autant. Nous sortons trop peu à mon goût et nous restons cantonnés le plus souvent au salon. Nous arrivons d'ailleurs à un point où la sensation de tourner en rond devient difficile à supporter. N'est-ce pas votre cas ?

— S'il n'y avait que cela…

— Que voulez-vous dire ?

Il se tourna vers elle, l'air grave tout à coup.

— Ma sœur, nous aurions bien besoin de la parole de Dieu dans l'entrepont.

Elle le regarda avec inquiétude.

— Mon Dieu, quelqu'un est-il en train de passer ?

— *Nein, nichts dergleichen*[1] *!* Non, c'est que nous n'avons ni pasteur ni prêtre, en bas, et… Vous savez, les hommes tournent en rond. Les esprits s'échauffent. Nous ne sommes partis que depuis une semaine et nous avons déjà dû contenir deux bagarres. Certains auraient bien besoin d'un prêche ou deux pour calmer leurs esprits…

— Bien sûr, monsieur Eckermann. J'en parlerai au père Fournerie. Soyez assuré de sa bienveillance. Cependant, dans quelle langue faudra-t-il donner le sermon ?

— Comme vous voudrez. Il y a de tout, en bas. Des Anglais, des Français, des Alsaciens, des Allemands, des Suisses, et même quelques Irlandais. Il ne faut pas s'attendre à ce que tous comprennent, mais assister à l'office avec leurs femmes leur ferait tout de même le plus grand bien.

1. Non, rien de tel !

— Fort bien. Nous ne saurons tarder à vous rendre visite.

Regagnant le premier pont, sœur Judith exultait. Voilà que la suite du voyage s'annonçait sous de meilleurs auspices. Elle avait enfin une opportunité de se rendre utile ! Sans surprise, le père Fournerie accueillit la demande avec le plus grand naturel, un sourire bienveillant aux lèvres.

— Bien entendu, Eugénie. J'ai proposé au capitaine de célébrer un office ce dimanche si le temps le permet. Ce sera l'opportunité de rencontrer pour la première fois l'ensemble de nos paroissiens de fortune.

— C'est parfait, parrain. De mon côté, je souhaite rendre visite aux femmes et aux enfants au plus tôt.

— Oui, bien sûr. Merci, ma petite Eugénie.

Le père Bellecour, enfoncé dans un fauteuil en train de lire, s'indigna sans lever les yeux de son ouvrage.

— Mon père, vous ne devriez pas utiliser le nom de baptême de votre filleule mais celui qu'elle a pris lorsqu'elle s'est donnée à Dieu !

Pierre Fournerie lui jeta un regard agacé.

— Vous avez certainement raison, père Bellecour, pardonnez-moi, répondit-il poliment. D'ailleurs, je m'abstiendrai désormais de vous appeler Auguste.

— Je vous en dispense volontiers ! s'écria l'homme d'Église, indigné.

— Nous sommes donc d'accord sur ce point, répondit Pierre Fournerie, irrité à son tour.

— C'est ça, conclut l'autre du bout des lèvres.

Il se replongea dans sa lecture. Au bout de quelques minutes, ne parvenant pas à se concentrer sur son texte, il reprit, d'un ton toujours acerbe :

— Vous ne m'avez pas informé de votre démarche auprès du capitaine…

— Vraiment ? s'étonna Fournerie. Pardonnez cette négligence. Il m'a semblé naturel d'offrir nos services pendant la traversée. Assurer les offices du dimanche est bien le moins que l'on puisse faire.

Se ravisant, l'abbé, qui souhaitait rompre la tension avec son confrère, ajouta :

— Nous pourrions nous partager les sermons, si vous le souhaitez.

Sa proposition eut l'effet escompté.

— Volontiers, reprit poliment l'autre.

— Nous accompagnerez-vous aussi à l'entrepont ? D'expérience, les bagarres éclatent facilement à partir de la seconde semaine de voyage. Si l'on n'y prend pas garde, les plus faibles se feront voler la moitié de leurs repas et ne mangeront plus à leur faim. Notre présence est indispensable pour ramener les brebis galeuses dans le droit chemin et garder un climat serein sur le navire.

— Je vois… Nous ne serons pas trop de deux hommes d'Église.

Pierre Fournerie salua l'apparente bonne volonté du père Bellecour d'un mouvement de tête, sans toutefois être convaincu. Les rapports entre les deux hommes s'étaient tendus au fur et à mesure qu'ils se découvraient mutuellement des points de désaccord, et ceux-ci étaient nombreux. L'avenir dirait si ce prêtre serait ou pas un bon missionnaire.

Le surlendemain, le prêche de l'abbé captiva l'attention de la foule multilingue qui s'était pressée sur le pont en cette matinée ensoleillée. Il y avait là des familles entières venues rompre l'ennui du voyage.

Confinés dans un espace réduit, sans lumière ni air pur, sans qu'aucun événement notable ne vienne rompre la monotonie des longues journées de navigation, les deux cents passagers sombraient peu à peu dans une torpeur assommante. Éblouis par le soleil, les bigotes et les dévots buvaient littéralement les paroles de l'abbé. Certains des émigrants ne comprenaient pas un traître mot du sermon mais se laissaient porter par la prestance et l'éloquence de l'homme d'Église alors que les jeunes femmes de confession luthérienne, fascinées par cet abbé à la tournure agréable et au charisme naturel, regrettaient que les prêtres catholiques ne soient pas autorisés, contrairement aux pasteurs, à prendre femme. Loin de ces considérations, Pierre Fournerie, soucieux de créer un climat de paix et de bienveillance sur le bateau, insista dans son prêche, qu'il fit en français et en anglais, sur l'absolue nécessité d'un esprit de partage et d'entraide dans un tel environnement confiné. Il enjoignit aux représentants de chacune des communautés de s'adresser à lui en cas de besoin et encouragea les femmes à faire de même avec sœur Judith. Au milieu de la matinée, la foule se dispersa à regret, après que le prêtre eut conclu la messe par la traditionnelle bénédiction.

C'est alors que, se frayant un chemin parmi la cohue, la haute et large silhouette de monsieur Eckermann s'avança vers l'abbé. Le migrant était suivi de deux marmots tout aussi blonds que lui, pendus à son pantalon. Il salua sœur Judith d'un hochement de tête puis s'adressa au père Fournerie sur un ton direct et brusque, lui demandant de le suivre dans l'entrepont. Le regard visiblement soucieux de l'homme alarma l'abbé.

— Bien entendu, mon fils. Que vous arrive-t-il ?

— *Mir ? Nichts, Vater*[1]. C'est la petite Anna, elle refuse de s'alimenter depuis deux jours et je crains… Pouvez-vous venir sur-le-champ ?

N'ayant aucunement besoin de plus d'explications, l'abbé acquiesça et demanda à sœur Judith de l'accompagner. Tous deux suivirent monsieur Eckermann et les deux blondinets qui restaient obstinément muets et toujours accrochés aux basques du migrant.

1. À moi ? Rien, mon père.

7

L'entrepont

L'escalier était particulièrement exigu. Il fallait placer ses pieds de biais sur les marches pour être sûr de ne pas glisser, d'autant qu'aucune lampe n'éclairait l'espace. Le père Fournerie précédait sœur Judith qui devait soulever sa robe pour voir où elle posait les pieds, ce qui n'était pas chose aisée avec ses yeux encore éblouis par le soleil. L'escalier descendait vers l'entrepont en une pente raide et singulièrement dangereuse. Loin devant, Julian Eckermann et les deux gamins dévalaient l'escalier avec agilité.

Une odeur de sueur âcre mêlée à celle, moite, de l'atmosphère confinée prit les nouveaux arrivants à la gorge alors qu'ils débouchaient dans une salle d'où émanaient un brouhaha de rires et de nombreux éclats de voix et de chuchotements. Dans la pénombre, sœur Judith découvrit un immense dortoir, sans fenêtre ni hublot, à peine éclairé de quelques lampes à huile. Le long de la coque, de chaque côté d'un espace encombré de valises et de gamins jouant à même le sol s'alignaient des lits superposés sur deux niveaux qui ressemblaient plus à des planchers intermédiaires recouverts de paille qu'à de vrais lits. Des espaces privatifs étaient délimités par des planches de bois de dix centimètres de haut, grossièrement clouées sur les poteaux de soutènement des lits, formant des rebords de fortune. Chaque espace privatif hébergeait au moins deux ou trois personnes d'une même famille dans un impressionnant capharnaüm. Outre les gamins abandonnés au sol au milieu des baluchons et des valises entassés sens dessus dessous, des vêtements traînaient au bord des lits alors que d'autres, pendus à des fils, dégoulinaient d'eau qui s'échouait sur le plancher ou sur les valises malencontreusement posées dessous. Accrochés aux poteaux de soutènement, on trouvait de tout : des seaux, des baluchons, des jambons secs, des vêtements, des couvertures, des pots de chambre… Les lits étaient les seuls lieux de vie à la disposition des passagers de l'entrepont. Certains, assis et courbés, jouaient aux cartes tandis que d'autres somnolaient. À leur côté, des enfants chahutaient ou des femmes langeaient leurs bébés, d'autres reprisaient, collées au plus près de la lampe à huile la plus proche. Aucun, en tout cas, n'avait la possibilité de s'isoler pour trouver le silence ou le repos, et tous faisaient ce qu'ils avaient à faire à la vue de tout un chacun.

Eckermann se dirigea vers le fond du dortoir en prenant garde de baisser la tête au passage des poutres principales soutenant le plancher du pont supérieur. Ni sœur Judith ni le père Fournerie, de plus petite taille, n'eurent à prendre cette précaution. Le migrant s'arrêta devant la couche d'une jeune fille à peine sortie de l'enfance, allongée sur le flanc. Une femme blonde au regard épuisé, assise en tailleur à ses côtés, leur offrit son visage creusé par la fatigue.

— Comment va-t-elle ? s'enquit Eckermann en allemand.

— *Nicht besser. Sie hat immer noch nichts gesagt*[1]…, répondit la jeune femme.

Le père Fournerie s'approcha et détailla la physionomie de la malade. C'était une toute jeune fille, 12 ou 13 ans à peine. Elle avait le regard vide et ne montrait aucune réaction à ce qui l'entourait.

— Depuis quand se trouve-t-elle dans cet état ? demanda-t-il.

— Deux jours. Elle ne dit plus un mot ni ne s'alimente plus, répondit Julian Eckermann.

— Allait-elle tout à fait bien auparavant ?

— Son comportement était du moins habituel. Anna est… *dumm* depuis sa naissance. Simple, si vous voulez.

— Comment cela ?

— Son comportement n'est pas celui d'une fille de 12 ans mais plutôt d'une enfant de 4 ou 5 ans.

— Oh ! je vois, comprit l'abbé. Monsieur Eckermann, savez-vous ce qui s'est passé il y a deux jours ? Ce qui a pu déclencher son état ?

— Oui… Enfin, non, pas exactement. On pense qu'elle s'est perdue lorsque nous sommes montés sur le pont pour prendre l'air. Nous nous sommes aperçus de son absence au moment de redescendre pour préparer le souper. On l'a retrouvée à la tombée de la nuit. Elle était à fond de cale, dans le noir et hébétée. Elle a eu probablement très peur et n'a pas su trouver le chemin pour remonter.

1. Pas mieux. Elle n'a toujours rien dit…

— Probablement…, confirma l'abbé, pensif.

— Que faut-il faire, *Vater* ? demanda Eckermann.

— Eh bien, je pense que cette petite a d'abord besoin d'un bon bol d'air et d'une toilette à l'eau fraîche. Cet endroit n'est pas propice au bien-être de l'âme. Sœur Judith priera pour elle et tentera de lui faire dire ce qui l'a mise dans cet état. Il semble que nous ayons là une enfant murée dans le silence à la suite d'une terreur quelconque mais sans aucun mal physique. Il est néanmoins vital qu'elle s'alimente de nouveau…

— Merci, mon père, répondit Eckermann.

— Le plus simple serait de la porter dans ma cabine, proposa sœur Judith. Pourriez-vous l'accompagner ? Votre présence la rassurera.

Il en fut décidé ainsi, ce qui déclencha une vive émotion parmi les passagers du pont supérieur.

— *Poor child !* s'écria Mrs Whitaker, l'épouse du négociant en coton, qui occupait à elle seule deux cabines dont l'une était réservée uniquement pour ses bagages.

À 50 ans passés, cette mère de quatre enfants et déjà dix fois grand-mère, à défaut d'avoir une once d'intelligence, n'était dénuée ni de cœur ni de compassion, surtout lorsqu'il s'agissait d'un petit.

— C'est hors de question ! Vous n'y pensez pas, s'indigna en revanche le père Bellecour, de concert avec le capitaine.

Eckermann tenait alors Anna dans ses bras, consciente mais inerte, sur le seuil du salon.

— Quel est donc le problème, capitaine ? demanda avec flegme Pierre Fournerie, ne tenant pas compte des protestations de Bellecour.

— Mais enfin, mon père, ils n'ont pas de billet cabine, voyons ! Ils ne peuvent pas pénétrer ici ! répondit le capitaine.

— Allons… Ils ne vont léser aucun passager de ce pont. Sœur Judith et moi-même nous nous en arrangerons. Nous allons garder cette enfant avec nous le temps de lui faire une toilette et d'essayer de l'alimenter au calme, à l'abri de la cohue de l'entrepont. Vous ne souhaiteriez pas être responsable de son décès, capitaine, non ?

— Bien entendu, voyons, mais tout de même, elle n'a pas l'air si mal en point que cela ! Est-ce que tout cela est vraiment indispensable ?

— Je le crains, capitaine, affirma Fournerie avec assurance. Laissez-nous deux jours pour lui rendre sa santé et elle retournera en bas.

Contrarié, le capitaine ne voyait pas comment se sortir de ce mauvais pas. Il jeta un œil aux autres passagers. Aucun d'eux n'osait piper mot. Les dames couvaient la pauvre enfant d'un regard compatissant et leurs maris n'osaient pas s'interposer. Les avocats avaient à peine levé les yeux de leurs livres, indifférents au drame qui venait de faire irruption sous leur nez. Quant au journaliste, il fusilla le capitaine d'un air de reproche, signifiant qu'il soutenait Fournerie. Il n'y avait plus guère que le père Bellecour pour s'offusquer de la présence de ces étrangers au salon. Après tout, si ce problème reste au sein de l'Église, se dit le capitaine, il reviendra au père Fournerie de gérer la colère de son exécrable coreligionnaire.

— Eh bien soit, remettez-la sur pied. Deux jours, pas plus ! conclut le capitaine. Et ne me faites pas ce coup-là à chaque fois qu'un passager de l'entrepont tourne de l'œil, mon père ! Ça deviendrait ingérable !

— Bien évidemment, le rassura Fournerie, conscient de l'incongruité de la situation.

La jeune Anna fut déposée avec précaution sur le lit de sœur Judith, au confort incomparable à la paillasse de l'entrepont. La moniale lui nettoya le visage et le cou à l'aide d'un linge humide. Elle examina son pouls, ses yeux, palpa son cou mais ne trouva rien d'anormal, du moins aucun signe d'affection visible. Elle envoya Eckermann chercher une chaise afin de pouvoir veiller correctement la malade. Elle prit place un peu en retrait et demanda au migrant de s'asseoir aux côtés de la jeune fille. L'Allemand couvait l'enfant d'un regard soucieux et triste.

— Pouvez-vous lui demander si elle souffre ? demanda la jeune religieuse.

Il saisit délicatement la main de la petite dans la sienne.

— *Anna, tut es dir weh ? Wo*[1] *?* Anna ? insista-t-il.

Devant l'absence totale de réaction de l'enfant, il laissa échapper un soupir de déception et serra les dents.

— Bon sang ! Que lui arrive-t-il ?

— Monsieur, pourriez-vous sortir quelques instants afin que j'examine votre fille ? demanda sœur Judith.

Il regarda la jeune femme sans comprendre.

— Ma fille ? *Nein*, Anna est la fille de ma sœur Theresa que vous avez vue en bas.

— Oh ! s'écria sœur Judith, gênée de sa confusion. Bien sûr, pardonnez-moi.

---

1. Anna, as-tu mal ? Où ?

— Il n'y a pas de mal. Depuis que ma sœur est veuve, il est de mon devoir de prendre soin d'elle et de sa famille.

— C'est tout à votre honneur, monsieur Eckermann, acquiesça poliment la religieuse. Puis, revenant à la patiente : Pouvez-vous donc dire à votre nièce que je vais l'examiner ?

Il s'exécuta, avant de sortir et de laisser les femmes entre elles. Sœur Judith était perplexe. Elle savait combien un esprit faible comme celui-ci pouvait être fragile et impressionnable et pensa que seule une expérience violente ou traumatisante avait pu générer un tel état. Elle apposa ses mains de nouveau sur le cou de la patiente et palpa avec précaution les ganglions. Rien. Elle souleva les bras l'un après l'autre et reconduisit l'opération sous l'aine. Tout allait bien là aussi.

— Anna, je vais poser mes mains sur ton ventre, annonça-t-elle. Il faudra que tu me dises si je te fais mal. D'accord ?

L'enfant fixait d'un air absent le plafond de la petite cabine. La religieuse palpa l'intestin, l'estomac, la rate et le pancréas sans qu'aucun signe de douleur ne vienne déformer les traits d'Anna. Elle descendit plus bas, au creux des hanches de la fillette, toujours en apposant ses mains à plat et en exerçant des pressions, cherchant un mal interne. Un gémissement sortit enfin de la bouche de la petite qui se recroquevilla sur le lit comme pour protéger son ventre.

— Ah ! Nous y voilà, dit doucement sœur Judith.

Elle lui caressa les cheveux. Le regard bleu de l'enfant scrutait à présent la religieuse. Le contact était établi. Sœur Judith se demanda si c'était simplement la découverte de sa puberté qui avait mis l'enfant dans cet état. Il lui fallait questionner sa mère…

La jeune moniale n'avait pu mener son enquête sans l'aide d'Eckermann. La situation s'était révélée extrêmement gênante pour la religieuse qui avait dû demander à la mère de l'enfant si elle avait déjà eu ses menstrues et si c'était le cas ces jours-ci. Elle apprit que la jeune fille était effectivement devenue femme un an plus tôt. Mais non, ce n'était pas la période en ce moment. Sœur Judith informa son abbé.

— Une douleur au ventre, dites-vous ? Ce n'est donc pas une maladie de l'âme…

On alla chercher le docteur Varangeville sur-le-champ. Celui-ci se prélassait au soleil sur le pont, ignorant tout du drame qui se jouait dans la cabine de sœur Judith. Le médecin normand se rendit au chevet de la patiente et l'examina. L'homme n'était pas délicat et Eckermann manqua plusieurs fois d'enfoncer la porte de la cabine en entendant les cris de douleur poussés par sa filleule. Quand l'homme de science sortit enfin de la cabine, visage fermé, Eckermann se précipita à sa rencontre.

— Êtes-vous le responsable de cette enfant, monsieur ? demanda le médecin.

— Oui, monsieur.

— Entrez, je dois vous parler.

La porte se referma sur l'Allemand qui s'approcha du lit, précédé du médecin. Sœur Judith était toujours au chevet de l'enfant. L'étroite cabine suffisait à peine à contenir tout ce petit monde.

— L'affaire est sérieuse, monsieur, commença le médecin.

Le visage d'Eckermann s'allongea. Il jeta un œil à sa nièce. La voir ainsi, les joues rouges de pleurs et l'air apeuré, lui fendit le cœur.

— Monsieur, cette enfant n'est pas malade mais elle a été molestée, annonça alors le médecin avec une gravité de circonstance.

— Comment ça, « molestée » ? s'emporta le migrant.

— Eh bien, elle porte des traces de coups sur le ventre et les jambes, en particulier à l'entrejambe. Je n'ai vu aucune trace de saignement mais je n'ai pas pu examiner son intimité. Cependant, rien n'indique à ce stade que… Enfin, vous voyez. Néanmoins, les ecchymoses sont bien là.

Eckermann se décomposa au fur et à mesure que le médecin débitait son diagnostic. La fureur se lisait à présent sur son visage, et les muscles de son corps étaient tendus comme un arc.

— *Mein Gott ! Wer hat es gewagt*[1] *?!* cria-t-il.

— Calmez-vous, monsieur Eckermann ! réagit le médecin en posant une main apaisante sur son épaule. Votre nièce n'a certainement pas besoin d'être témoin d'un nouvel accès de violence ! Si vous ne pouvez pas vous contenir, sortez !

Eckermann parvint à reprendre ses esprits. Il tomba assis sur le lit. Touchée par son désarroi, sœur Judith prit les choses en main.

— Docteur, il n'y a plus rien que la médecine puisse faire. Il s'agit maintenant de la laisser récupérer et d'apaiser son cœur. Je peux me charger de la suite, si vous le voulez bien…

1. Mon Dieu ! Qui a osé ?!

Varangeville acquiesça et salua l'initiative de la religieuse. Le silence revint dans la petite cabine. Eckermann enveloppa sa nièce d'un regard inquiet, serrant sa petite main dans la sienne, infiniment plus large. Sœur Judith pensa qu'il fallait la faire boire et remplit un verre d'eau qu'elle tendit à son oncle.

— Voulez-vous essayer ? lui demanda-t-elle. Elle doit se réhydrater. N'a-t-elle vraiment rien mangé ni bu depuis deux jours ?

Il secoua négativement la tête tout en saisissant le verre, puis souleva le cou de la jeune fille.

— *Trink, Anna*[1]...

Elle détourna son visage, refusant le verre d'eau. Son oncle serra les dents, à la fois peiné et irrité de la voir réagir ainsi. Il regarda la religieuse d'un air exaspéré.

— Bon sang ! Mais que lui arrive-t-il, ma sœur ?

— Je ne sais pas exactement, répondit-elle gravement. Elle s'est comme coupée du monde…

Ils restèrent tous les trois silencieux un moment. Dans la petite cabine, le brouhaha du salon était perceptible mais étouffé. Les craquements du plancher et de la coque du navire occupaient le silence.

— Comment est-elle, d'ordinaire ? finit par demander sœur Judith.

La question sembla sortir Eckermann de sa torpeur.

— Anna ? Elle est pleine d'énergie, sans retenue, comme toute jeune enfant. Agaçante, parfois. Son retard crée un tel décalage entre son apparence et sa façon d'être… Avec elle, ce n'est pas facile tous les jours.

— Je le conçois, acquiesça sœur Judith.

1. Bois, Anna…

— Pourtant, elle est heureuse à sa façon. Elle et ses frères sont très soudés. Malgré leur jeune âge, ils perçoivent sa différence.

— Oui, cela se voit.

Le cœur de la moniale se serra. Il leur avait fallu certainement beaucoup de courage pour quitter leur village allemand. Mais la force de l'amour qu'ils se portaient valait dix fois le peu qu'elle-même avait reçu de sa propre famille. Elle réalisait à présent combien elle aurait aimé avoir un frère ou un père qui la regardât avec seulement la moitié de la tendresse qu'elle lisait dans le regard d'Eckermann. Elle comprit aussi l'angoisse qui devait étreindre le cœur de cet homme. Avec ce voyage, tant de dangers, tant de risques exposaient ceux qu'il aimait. Il n'avait certainement pas eu d'autre choix que de partir.

— Puis-je…, commença-t-elle.

— Quoi donc ?

— Je me demandais, au risque de paraître indiscrète, ce qui vous avait poussé à quitter votre village pour faire un si grand voyage ? Cela n'a pas dû être une décision facile.

— Non… La décision aurait été plus aisée s'il ne s'était agi que de moi seul. Mais pour ma sœur, avec d'aussi jeunes enfants, et Anna, qui demande tant d'attention… Nous avons mûrement pesé le pour et le contre. Nous n'avons pas eu le choix.

— Comment ça ?

Il hésita.

— C'est… une longue histoire.

Sœur Judith acquiesça, polie, avant de continuer :

— Mais comment vous est donc venue l'idée d'émigrer aux Amériques ?

L'Allemand la dévisagea avec curiosité.

— Vous n'avez vraiment aucune idée de ce qui nous pousse tous à nous embarquer, n'est-ce pas ?

— Je crains que non, effectivement.

L'homme se rembrunit.

— C'est pourtant évident : la misère pour beaucoup, le manque d'espoir pour certains, le rêve d'un ailleurs, souvent tout ça à la fois. Mais pour vous ce ne sont que des mots, n'est-ce pas ?

— Que voulez-vous dire ?

— Vos mains blanches, votre façon de parler et de vous tenir… Vous avez de l'éducation. Vous êtes probablement issue d'une famille aisée. Vous ne savez pas ce que c'est que de vous lever chaque jour en vous demandant comment vous allez nourrir vos enfants. Vous êtes à mille lieues de pouvoir comprendre…

La novice se redressa sur sa chaise, offensée.

— Vous vous méprenez…, glissa-t-elle.

— Allons ! Pouvez-vous vraiment imaginer quel désespoir il faut pour jeter sur les routes une femme, deux enfants de 4 et 7 ans et une fille si vulnérable ? Les exposer à la fatigue, à la maladie, aux dangers d'un tel voyage ?

La colère perçait maintenant dans la voix d'Eckermann.

— Écoutez, je n'ai effectivement pas subi ces privations, répondit sœur Judith avec calme, mais tout de même, j'ai officié dans un dispensaire depuis bientôt un an et je sais parfaitement…

— Vous ne savez pas, non, la coupa le migrant. D'ailleurs, je me demande bien ce qui peut pousser une femme qui ne manque de rien à entreprendre un tel périple. Pensez-vous réellement faire du bien à tous ces pauvres gens en les nourrissant de vos prières ?

Pour sœur Judith, c'en était trop. Elle se leva de sa chaise, prête à quitter la cabine trop étroite pour contenir sa colère. À ce moment, Anna ouvrit les yeux. Eckermann se tourna immédiatement vers elle, fou d'espoir. L'enfant posa sur son oncle un regard fatigué.

— *Anna, meine Liebe, wie geht es dir*[1] *?* demanda-t-il.

— *Ich habe durst*[2], dit-elle d'une voix faible, à la surprise des deux gardes-malades.

Eckermann s'empressa de lui donner le verre d'eau qui était toujours sur la table de chevet. Elle but à toutes petites gorgées un tiers du contenu alors que son oncle lui caressait doucement les cheveux, puis reposa la tête sur l'oreiller.

— Quel soulagement ! s'écria sœur Judith, oubliant soudain sa colère.

La jeune Anna regarda la religieuse avec curiosité.

— Jeune fille, reposez-vous ici tout le temps que vous souhaitez. Il vous faut reprendre des forces. Je resterai à vos côtés.

Eckermann traduisit les propos de la religieuse. Celle-ci ne put s'empêcher de lui jeter un regard lourd de reproches.

— Vous vous demandiez quelles pouvaient être les raisons de mon voyage, monsieur Eckermann… Eh bien, nous y sommes ! Et je n'échangerais pour rien au monde un instant comme celui-ci.

---

1. Anna, ma chérie, comment vas-tu ?
2. J'ai soif.

8

Julian Eckermann

Julian Eckermann ne parvenait pas à s'endormir, se retournant sans cesse sur son lit de paille sèche tout en prenant garde de ne pas réveiller le petit Johann qui revenait invariablement se coller contre lui. Cela faisait plusieurs heures maintenant qu'il s'était étendu pour se reposer mais il ne pouvait fermer l'œil, gêné par les ronflements, les bruits de frottement dans la paille, ou même des quintes de toux qui se terminaient par d'infâmes gargouillis et d'abjects crachats. Il fallait avoir le cœur bien accroché ou être désespérément dépourvu d'imagination pour ne pas sentir une vague de dégoût vous envahir la bouche…

Il ouvrit les yeux et essaya de deviner les formes tapies dans l'obscurité. Un rai de lumière bleu pâle tombait de l'escalier étroit qui menait au pont supérieur, parvenant difficilement à donner quelque épaisseur aux ombres. Julian décida de se lever et d'aller prendre l'air. Il s'extirpa le plus discrètement possible de sa couchette et roula en boule sa veste contre le petit

Johann pour lui laisser l'illusion de sa présence. Il se pencha ensuite sur la couchette du dessous. Theresa dormait profondément, son fils Franz blotti contre elle. Il les recouvrit du plaid de laine qui gisait à leurs pieds. Dans l'obscurité, il traversa avec prudence l'espace le séparant de l'escalier, enjambant valises, baluchons et autres provisions qui traînaient au sol, avant de gravir l'escalier avec la souplesse d'un félin. Une fois à l'air libre, il ne résista pas à l'envie d'emplir ses poumons de l'air frais du large et mit son visage face au vent. La pleine lune jouait à cache-cache avec les nuages et les étoiles illuminaient par endroits le bleu profond de la voûte céleste. Il s'accouda au bastingage et son regard se perdit dans les multiples reflets de l'astre nocturne sur l'eau noire. La douceur de la nuit, la légère brise et le clapotis des flots contre la proue du navire finirent par l'apaiser. La mer était belle. Enfin un moment de plénitude. Cette nuit lui rappelait celles à Schopfheim, l'été, paisibles et tranquilles. Il se souvint combien il aimait, le soir venu, s'asseoir sur le banc de pierre sous le chêne, à l'entrée de sa petite ferme. De là, il pouvait contempler la vallée coincée entre les premiers contreforts des Alpes et les collines sombres de la Forêt-Noire. La vie était douce, seulement il était devenu impossible d'y envisager un avenir quelconque. La terre, trop morcelée, ne suffisait plus à nourrir une famille nombreuse. Sans héritage et sans fortune, retrouver son niveau de vie d'antan était devenu tout bonnement impossible. Or, Julian, même s'il ne l'admettait pas, était un homme ambitieux. De son éducation rigoriste il avait gardé une solide ardeur au travail et un sens aigu des responsabilités. Il avait profondément admiré son père, un homme d'Église cultivé, dévoué à la communauté et entièrement désintéressé, mais il lui avait cependant reproché son manque de considération pour l'avenir de ses enfants. Le pauvre homme avait, au fil des ans et au gré de multiples donations, réduit son patrimoine à une peau de chagrin et anéanti les chances de Julian et sa sœur de trouver une situation à la hauteur de leur éducation. Lorsque survint le décès du pasteur, il ne restait presque plus rien et Julian dut abandonner de brillantes études de droit pour subvenir à ses propres besoins et exploiter le dernier lopin de terre qui restait de l'héritage. À force de travail et d'acharnement, il réussit en une dizaine d'années à reconstituer un pécule suffisant pour acheter une parcelle supplémentaire et quelques bêtes, puis à y construire deux bâtiments de ses propres mains. Il espérait qu'à l'issue d'une dizaine d'années encore, il accéderait enfin au niveau de vie auquel il s'estimait avoir droit : celui d'un propriétaire prospère employant quelques manouvriers et possédant un cheptel conséquent. Il aurait eu alors 40 ans et il n'aurait pas été trop tard pour fonder une famille. Rigoureux, il avait entretemps repoussé les avances de quelques jeunes filles parmi les plus belles de la région, séduites par ce parti de belle allure et au destin prometteur. Mais pour cet homme ambitieux, il était hors de question de se laisser détourner de ses projets et de dilapider ses économies par un mariage et l'entretien d'une femme.

Hélas, tout avait été réduit à néant un an plus tôt, lorsqu'il avait fallu recueillir sa sœur et ses enfants, ses revenus s'étant avérés insuffisants pour subvenir à leurs besoins quotidiens. Chaque jour, il fallait se priver pour les petits. Sans parler de ses rêves de prospérité qui s'étaient définitivement envolés. Ce travailleur acharné n'était pas resté abattu longtemps ; il n'était pas dans sa nature de se morfondre. Loin de le décourager, cette succession de revers de fortune avait créé chez lui une obsession de l'anticipation. Il était devenu cet homme extrêmement prévoyant, qui ne laisserait plus jamais le destin se mettre en travers de son chemin. L'idée de migrer vers les États-Unis lui était alors venue tout naturellement et il s'était jeté à corps perdu dans le projet. Non content d'organiser le voyage et la traversée puis de choisir la destination finale sur recommandation du bureau d'immigration, il avait été jusqu'à réserver, moyennant acompte, des options d'achat sur un ensemble de terres situées dans le territoire du Nebraska. Pour cela, il avait fait appel à son ami Kurt Schreiber, un ancien camarade d'études établi depuis lors comme magistrat à Bâle. Ce dernier s'était lui-même mis en relation avec un magistrat d'Omaha, au Nebraska. Il était évident que Julian Eckermann ne se serait pas engagé dans une telle affaire au hasard…

Julian respira à nouveau l'air frais du large à pleins poumons, certain d'avoir pris la bonne décision en emmenant sa sœur et ses enfants vers un avenir meilleur… À cette pensée, il se sentit plus léger malgré la fatigue. Le calme de l'océan et la douceur de l'air l'avaient apaisé et une douce torpeur commença à le gagner. Il se redressa, prêt à rejoindre le sombre entrepont et son lot de gargouillis indécents.

Au même moment, sœur Judith somnolait tant bien que mal sur l'étroite chaise coincée entre la table de chevet et le placard de sa petite cabine. À demi inconsciente, plaquée contre la moulure de la porte du placard, elle sentait sa tempe devenir de plus en plus douloureuse. Trop endormie pour se décaler de quelques centimètres, elle renonça à changer de position. À ses côtés, la petite Anna dormait du sommeil du juste. Lovée dans la couverture et les draps en lin de sœur Judith, la fillette s'était abandonnée à un sommeil réparateur. La petite cabine était plongée dans l'obscurité la plus totale ; seules les respirations des deux jeunes femmes meublaient le silence. C'est alors que, sans aucun bruit, la poignée de la cabine tourna doucement sur son axe, jusqu'à désengager le pêne de la serrure. Une main apparut, attrapa la poignée côté intérieur puis entrebâilla la porte, suffisamment pour s'y glisser. Une silhouette de taille moyenne et de carrure masculine pénétra furtivement dans la petite pièce. Elle s'immobilisa quelques instants et contempla les deux femmes-enfants endormies, puis fit deux pas en direction de sœur Judith effondrée sur sa chaise. Sa respiration régulière confirmait un sommeil profond. L'homme se tourna ensuite vers Anna. Il resta quelques instants à contempler l'enfant étendue sur la couche étroite, avant de s'approcher du lit. Il tira délicatement le drap de lin jusqu'aux genoux puis le souleva entièrement. L'homme tendit la main et promena ses doigts à quelques millimètres au-dessus de la peau blanche, les descendit jusqu'aux chevilles en faisant mine de la caresser sans la toucher. Puis il remonta sa main le long de sa petite jambe, toujours sans la toucher et à une distance infime, comme si éviter tout contact lui demandait un effort terrible pour résister au désir brûlant qui l'animait. À cet instant, l'enfant sentit l'air frais sur sa jambe et gémit doucement. Elle se retourna dans le lit, bousculant la main de l'homme silencieux. Surprise par ce contact, elle s'éveilla d'un coup et hurla de terreur. L'ombre resta paralysée une fraction de seconde. Au même moment, sœur Judith se redressa d'un coup, les yeux grands ouverts. L'homme réagit avec célérité et se glissa aussitôt hors de la pièce puis s'évanouit dans les ténèbres. Sœur Judith, tout à fait éveillée à présent, n'eut que le temps d'apercevoir la silhouette qui se précipitait hors de la cabine. Hébétée, elle se jeta sur Anna pour s'assurer malgré l'obscurité que l'enfant n'avait rien.

— Anna, Anna, calmez-vous, mon enfant. Êtes-vous blessée ?

Elle palpa la petite des pieds à la tête, ne trouva aucune blessure, puis lui caressa les cheveux et le visage et lui murmura des mots apaisants pour essayer de la rassurer. En vain. La gamine était tétanisée. Sœur Judith se précipita alors sur la lampe à pétrole et, tremblante, craqua une allumette. À la lueur de la flamme, elle découvrit Anna dressée sur le lit, les cheveux en bataille, le drap retroussé jusqu'aux genoux. Elle était saine et sauve mais une peur profonde se lisait au fond de ses yeux.

Dans l'instant qui avait suivi le cri déchirant de l'enfant, les portes des cabines avoisinantes s'étaient ouvertes avec fracas. Le médecin rouennais, les deux jeunes avocats, le père Fournerie, le père Bellecour, la plupart des négociants en coton… Tous étaient soudainement sortis de leur cabine, les yeux encore ensommeillés et les cheveux défaits. Réuni au salon, ce petit monde s'interrogeait maintenant sur ce qui s'était passé. Sœur Judith surgit alors et s'adressa à la cantonade :

— Un homme s'est introduit dans notre cabine ! Il se tenait près de l'enfant. Je ne sais pas ce qu'il lui a fait, mais elle est terrorisée.

Ces messieurs s'indignèrent tour à tour dans un brouhaha de colère et de scandale, puis le père Bellecour s'écria :

— Trouvons-le ! Il ne doit pas être bien loin !

Un grondement d'approbation traversa l'assemblée. Chacun ferma son peignoir et lissa ses cheveux ébouriffés, excité par la perspective d'une chasse à l'homme au milieu de la nuit. Déjà, deux ou trois passagers s'engouffraient dans l'escalier menant au pont... Le père Fournerie, calme et réfléchi, ne céda pas à l'appel de la traque et ordonna au médecin et à sœur Judith de rester auprès de l'enfant. Il tenta d'appeler l'assemblée au calme alors que quelques hommes de plus s'élançaient dans l'escalier à la suite des premiers.

De son côté, Julian Eckermann s'était instantanément immobilisé en entendant le cri de terreur alors qu'il descendait l'étroit escalier menant à l'entrepont. Il avait immédiatement reconnu la voix d'Anna. Son sang n'avait fait qu'un tour et il avait remonté quatre à quatre les marches glissantes. Dans sa précipitation, son pied avait heurté le rebord d'une des marches et il s'était effondré de tout son long, se blessant au tibia. À ce moment précis, deux silhouettes apparurent en haut des marches, munies de lampes-tempêtes qu'elles braquèrent aussitôt sur l'Allemand. Ce dernier, ébloui, se cacha le visage. Le père Bellecour et Whitaker, le négociant en coton, découvrirent ainsi Julian Eckermann, le visage déformé par la douleur et la panique. Aussitôt, le père Bellecour s'écria, les yeux furibonds et un doigt accusateur pointé sur lui :

— Le voilà ! C'est lui ! Puis, à l'intention des autres poursuivants dont on entendait les pas précipités sur le pont : Oh là ! À l'aide ! Nous le tenons !

Whitaker dévisagea le père Bellecour, hésitant un instant à condamner aussi précipitamment cet homme qui se redressait tant bien que mal dans les escaliers. Mais, devant la conviction évidente du respecté homme d'Église, il trancha rapidement : il fallait se saisir de ce suspect ! Abasourdi, Julian ne comprenait rien à la scène qui se jouait au-dessus de lui. Il se remit debout avec peine et entreprit de remonter les marches alors que deux nouveaux arrivants avaient fait leur apparition. Georges Laborie, l'un des avocats, et Achille Flochard, un négociant replet aux petits yeux sans intelligence, souhaitaient eux aussi en découdre. Ils s'engouffrèrent dans l'étroit passage et fondirent littéralement sur Eckermann, bien décidés à lui infliger la correction qu'il méritait. S'ensuivit une lutte acharnée. L'Allemand, bien que surpris par l'assaut, rua comme un diable et envoya bientôt les deux attaquants valdinguer dans l'escalier. Flochard dégringola jusqu'à l'entrepont alors que Laborie s'écroulait, sonné, sur les marches. Quelques marins se joignirent à la meute enragée et fondirent à leur tour sur le migrant. Malgré sa carrure et sa force bien au-dessus de la moyenne, Eckermann fut vite débordé. Ils le plaquèrent violemment au sol et le rouèrent de coups, jusqu'à lui faire perdre à demi connaissance. Il ne fallut pas moins de quatre hommes pour le hisser hors des escaliers, salués par les vivats d'une foule assoiffée de justice.

Eckermann gisait maintenant de tout son long sur le pont, entouré d'une vingtaine d'hommes à la mine satisfaite. Outre la lèvre et une arcade sourcilière fendues, il souffrait probablement d'une ou deux côtes cassées. C'est alors que le cercle s'ouvrit sur le père Fournerie qui venait de rejoindre l'attroupement.

— Que diable avez-vous fait ? s'écria celui-ci, horrifié en découvrant Eckermann au sol, hagard, couvert de son propre sang.

La solennité et le charisme du personnage en soutane noire imposèrent le silence à l'assemblée. L'abbé fixa tous les hommes l'un après l'autre dans le blanc des yeux, avant de reprendre :

— Malheur à vous ! N'avez-vous pas honte ?

Le père Bellecour prit la parole le premier.

— Mon père, de toute évidence, cet homme est l'agresseur ! Il est de notre devoir…

— … de rouer de coups un innocent ? le coupa Fournerie, furieux. Certainement pas ! Vous plus que tout autre, père Bellecour, auriez dû contenir la folie de ces hommes au lieu de les encourager ! Cet homme est monsieur Eckermann, l'oncle de l'enfant. La petite est sous sa protection et vous le savez parfaitement !

Le visage de Bellecour se déforma dans une grimace de mépris.

— Allons, nous l'avons surpris en pleine fuite, mon père. C'est lui, le coupable, cela ne fait aucun doute. Qu'il soit son oncle ne le disculpe pas ! Bien au contraire, même. Vous savez comme moi que ces émigrants, en plus d'être calvinistes, ont parfois des mœurs douteuses.

C'en était trop. Pierre Fournerie était ulcéré. Rien ne le révoltait plus que ce qui se jouait à cet instant sous ses yeux.

— Bellecour, vous faites honte à la sainte Église, lâcha-t-il d'une voix atone. Au lieu d'éclairer ces hommes, vous les entraînez dans la plus abjecte haine de leur prochain !

Un brouhaha de protestations monta de l'attroupement alors même que Julian Eckermann retrouvait suffisamment de forces pour se remettre debout. Claudiquant, l'œil tuméfié et les lèvres ensanglantées, il toisa l'assemblée d'un air de défi. Soudain, la silhouette noire et gracile de sœur Judith apparut derrière l'abbé.

— Vous vous méprenez, messieurs ! annonça-t-elle d'une voix claire et assurée.

Les regards se tournèrent vers la jeune femme qui fit figure d'apparition angélique au milieu de ces visages déformés de rictus haineux et empreints de dégoût.

— J'ai aperçu la silhouette de l'agresseur. Furtivement, mais aussi sûrement que je vous vois tous, ici réunis. Je n'ai pas vu son visage mais je puis vous affirmer que l'homme en question était brun et faisait une bonne tête de moins que monsieur Eckermann. Par conséquent, ce ne peut être lui !

Un tonnerre de protestations et de grognements accueillit la nouvelle. Certains se détachèrent immédiatement du groupe, à la fois dépités et honteux d'avoir ainsi contribué à une injustice flagrante. D'autres s'indignèrent, ne pouvant admettre leur bavure.

— Mais comment est-ce possible ?

— Ma sœur, êtes-vous bien sûre de vous ?

— Ce que vous avancez est trop grave, ma sœur !

Le père Bellecour fixa longuement la jeune religieuse de ses yeux menaçants, comme s'il cherchait à percer le mystère de ce qu'elle avait vu. Sœur Judith dut confirmer à plusieurs reprises son témoignage, jusqu'à ce que le père Fournerie décide de mettre un terme à tout ceci et ordonne à tout le monde de regagner les cabines sur-le-champ, cette mascarade de justice n'ayant que trop duré. Le calme revenu, il se tourna vers Julian Eckermann.

— Ce qui vient de se passer est déplorable.

Le migrant, à moitié défiguré par ses blessures, répondit d'une voix caverneuse :

— Bah, j'en ai vu d'autres. Merci de votre intervention, mon père.

Il s'épousseta le torse et essuya d'un revers de la main le sang qui coulait de sa lèvre.

— Mais, dites-moi, qu'est-ce que c'est que cette histoire ?

Le père Fournerie échangea un regard inquiet avec sœur Judith. Le blessé s'alarma :

— C'est bien Anna qui a crié, n'est-ce pas ? Où est-elle ? Comment va-t-elle ?

Sœur Judith eut un geste apaisant.

— N'ayez crainte, monsieur Eckermann, elle se porte bien. Le médecin est avec elle. Elle n'a eu qu'une grosse frayeur. Cependant…

— Pourquoi a-t-elle hurlé ? lâcha-t-il brutalement. Pourquoi m'est-on tombé dessus ?

Sœur Judith eut un mouvement de recul. Eckermann lui faisait peur. Il s'en aperçut.

— Pardonnez-moi, reprit-il d'une voix calme. Pouvez-vous m'emmener auprès d'elle ? Maintenant, s'il vous plaît.

La jeune religieuse hésita.

— C’est que… Je crains que vous ne l’effrayiez. Vous êtes affreux à voir ! Suivez-moi, je vais nettoyer vos blessures. Le docteur Varangeville devra peut-être recoudre votre arcade sourcilière. Venez, et nous vous dirons tout.

L’abbé Fournerie ajouta, le ton grave :

— Même si nous sommes encore au milieu de la nuit, nous devons avoir une conversation pour essayer de comprendre ce qui s’est passé, et surtout décider des mesures à prendre.

Le trio quitta le pont principal pour rejoindre le salon maintenant désert. Sœur Judith fit asseoir Eckermann dans l’un des divans moelleux et revint chargée d’une bassine d’eau et de linges propres. Pierre Fournerie prit place à ses côtés. Varangeville examina rapidement le blessé.

— Hum… À première vue, il faut effectivement recoudre l’arcade, conclut-il. La lèvre n’en n’aura pas besoin. Souffrez-vous d’autres blessures ?

— *Ja, Herr Doctor*, les côtes.

— Enlevez votre chemise, que je regarde ça.

L’Allemand s’exécuta, non sans grimacer de douleur. Sœur Judith, pourtant habituée à la nudité des corps disgracieux du dispensaire de Châtillon, ne put s’empêcher de rougir et de détourner le regard à la vue du torse dénudé de cet homme qui n’était en rien repoussant, bien au contraire. Le médecin constata une côte cassée et deux autres fêlées.

— Eh bien, ils n’y sont pas allés de main morte, dites-moi ! Il faut espérer que la fracture soit belle et qu’il n’y ait pas d’éclat mal placé. Seul le temps nous le dira… Ma sœur, amenez des draps et faites-en des bandages. Mais d'abord, nettoyez-moi ces plaies, je vous prie, le temps que j'aille chercher de quoi recoudre ce robuste gaillard.

Sœur Judith humidifia un premier linge et entreprit de nettoyer le visage du blessé. Avec précaution, elle dégagea les deux plaies ouvertes et redonna peu à peu au migrant une figure humaine. Ce visage correspondait en tous points à l'image qu'elle se faisait de ces Prussiens dont on parlait dans les livres de géographie : des cheveux blonds, de larges épaules, un corps fin, sec et robuste. Nul doute que celui-ci serait bientôt couvert d'ecchymoses. Pour l'heure, Eckermann avait retrouvé son teint clair. Croisant son regard, sœur Judith fut saisie, presque troublée par la douceur triste qu'elle y lut. Se reprochant immédiatement son égarement, elle reporta son attention sur la plaie à l'arcade sourcilière. La blessure était assez profonde, elle devait s'assurer qu'aucun éclat d'os ne soit resté coincé dans les chairs pour une bonne cicatrisation.

Varangeville réapparut avec une aiguille et du fil de chirurgien en main. Il recousit rapidement l'arcade et vérifia l'état de la lèvre tandis que la religieuse déchirait un drap de lin pour en faire de longues bandes de tissu. Il lui appartint ensuite de bander le torse du blessé, sous la surveillance du médecin. Elle serra suffisamment le tissu pour immobiliser les côtes et éviter toute sollicitation externe. Elle s'appliquait, essayant de surmonter le trouble que cette proximité inévitable provoquait. Elle devait en effet enserrer le large buste d'Eckermann dans ses bras à chaque passage, et sa joue effleurait sa poitrine lorsqu'elle passait la bande de tissu d'une main à l'autre dans son dos. Lorsqu'elle eut terminé, les joues de la jeune femme étaient rouge pivoine. Le médecin salua la qualité de son travail, ignorant le blessé qui grimaçait sous la pression des bandages.

— Merci, ma sœur. Je pense que cela fera l'affaire, dit-il. Il faut quand même que je respire…, grogna le migrant.

Après un bref silence, il dévisagea la moniale avec gravité.

— Maintenant, pouvez-vous me dire ce qui s'est passé ?

La religieuse s'assit sur une chaise, en face du sofa, et entreprit d'enrouler les bandes de tissu restantes, fuyant le regard inquisiteur du médecin.

— Un homme s'est introduit dans ma cabine il y a une heure à peu près, répondit-elle. Anna s'est mise à hurler, le faisant fuir. Je n'ai eu que le temps d'apercevoir sa silhouette qui se précipitait au-dehors. Anna ne souffre d'aucun mal, mais elle a eu très peur.

— Est-ce là tout ?

— Pas tout à fait, non. J'ai remarqué que le pied de mon lit était défait et que les draps avaient été retroussés jusqu'aux genoux d'Anna.

Sœur Judith, sans pour autant avoir une expérience de ces choses, était suffisamment fine pour deviner ce dont il s'agissait.

— *Mein Gott !* Il n'est pas nécessaire d'en dire plus pour comprendre à quel genre d'homme nous avons affaire ! pesta Eckermann.

— Mais vous-même, nota Pierre Fournerie, que faisiez-vous dans cet escalier, et apparemment en bien mauvaise posture ?

Le migrant le toisa en plissant les yeux, méfiant.

— Vous doutez de moi, mon père ?

— Du tout, s'empressa de répondre l'abbé. Le témoignage de sœur Judith me suffit. Néanmoins, je m'interroge sur la concomitance des événements…

— Rien de plus simple. J'étais sorti prendre l'air, et alors que je redescendais vers l'entrepont, j'ai entendu Anna crier. Dans ma précipitation, j'ai fait une chute dans l'escalier. Ça aura suffi à me faire condamner !

Le père Fournerie eut ce regard à la fois doux et triste que mère Claude affectionnait tant.

— C'est bien ce qui me désole dans ce que j'ai vu cette nuit, monsieur Eckermann. Les hommes sont prompts à condamner mais peu enclins à pardonner… Qui plus est lorsque l'Église s'en mêle à mauvais escient. Nous replongeons au cœur des heures les plus sombres de notre histoire.

Eckermann réalisa à cet instant qu'un gouffre séparait cet homme d'Église de son coreligionnaire, le père Bellecour. De cet autre, il savait à présent qu'il lui faudrait se méfier.

— N'avez-vous aucune idée de qui ce peut être ? reprit le prêtre.

— Non, absolument aucune, mon père. Notre voyage depuis Bâle s'est déroulé sans aucun incident de ce genre. Au Havre, on nous avait bien mis en garde contre les marauds qui s'organisent pour détrousser les émigrants, mais rien de tel ne s'est produit durant toute la semaine où nous sommes restés à l'auberge de Graville. D'ailleurs…

— Oui ?

— Je ne crois pas qu'il faille chercher un coupable chez les migrants. L'individu ne peut pas venir de l'entrepont, mon père.

— Qu'est-ce qui vous permet d'affirmer cela ?

— C'est bien simple, je n'ai vu personne monter l'escalier pour gagner le pont supérieur alors que j'y étais moi-même, et je n'ai croisé personne non plus qui aurait cherché à regagner l'entrepont après l'incident.

— Hum…

Pierre Fournerie réfléchissait. Ils s'entassaient à plus de deux cents sur ce bateau. En comptant les migrants, les marins et les passagers cabine, il était impossible de déterminer qui avait pu jeter son dévolu sur Anna et en faire sa proie. D'ailleurs, il avait bien saisi le sous-entendu d'Eckermann qui semblait soupçonner un passager du pont supérieur. Si tel était le cas, l'affaire se compliquait notablement ! On ne mettait pas en cause un passager du pont supérieur si facilement. Prudent, le père Fournerie décida de laisser de côté cette affaire pour se concentrer sur Anna.

— La question primordiale est d'assurer sa sécurité pour le reste du voyage. Si tout se déroule bien, nous devrions atteindre La Nouvelle-Orléans d'ici cinq bonnes semaines.

— Je suggère de la faire redescendre dans l'entrepont dès demain. Elle y sera plus en sécurité, proposa Eckermann.

— Croyez-vous ? demanda sœur Judith, tout à coup inquiète.

Un regard de connivence coula entre l'Allemand et le père Fournerie.

— Oui, c'est évident, répondit l'abbé. Elle n'y sera jamais seule. Monsieur Eckermann y veillera.

— Bien…, se résigna-t-elle. Puis, après un moment d'hésitation, elle ajouta : Je tiens à lui rendre visite chaque jour. De plus, il lui faut une alimentation saine et adaptée pour ne pas déclencher de nouvelles crises d'angoisse. Avez-vous encore suffisamment de produits frais ?

— Des produits frais ? s'étonna Eckermann.

Il lui jeta un regard dédaigneux.

— Non, ma sœur, nous n'avons pas de produits frais. Nous sommes déjà rationnés sur la viande salée. Theresa et moi pouvons diminuer notre part afin qu'elle ait ce qu'il faut de biscuits et de pommes de terre. Nous devrons tenir les cinq semaines qui restent.

Sœur Judith se rembrunit. Elle ignorait tout de ces problèmes ! La table du capitaine et des passagers cabine était garnie de fruits et de viandes à chaque repas et il n'était question d'aucun rationnement. Elle se composa un air indifférent.

— Faites donc, oui. Je verrai ce que je peux récupérer de mon côté pour vous aider à compléter.

Le migrant était épuisé. Une lourde torpeur s'empara de lui alors même qu'un mal de crâne se mit à sonner le tocsin au niveau de ses tempes. Il en avait assez de tout ça. La seule chose qui lui importait maintenant, c'était de s'assurer qu'Anna soit en sécurité pour le restant de la nuit. Il demanda s'il pouvait dormir sur une chaise devant la porte de la cabine. Le père Fournerie refusa tout net. Il veillerait lui-même depuis le sofa du salon jusqu'au lendemain matin. Sœur Judith insista de son côté pour qu'Eckermann dispose d'un vrai lit. Il était crucial qu'il s'allonge pour que ses côtes se remettent. N'ayant plus la force de protester, celui-ci obtempéra sans plus de discussion et quitta le salon pour rejoindre l'entrepont. Là, il s'effondra de tout son long sur sa paillasse, sans répondre à aucune des questions dont le pressait Theresa.

9

Terre !

Les semaines suivantes se déroulèrent sans incident notable. Une tension perceptible flottait cependant sur les différents ponts, et un climat de suspicion s'était installé parmi les passagers. Les parents redoublaient de prudence et veillaient sur leur progéniture. Julian Eckermann inspirait la méfiance, bien que son innocence eût été attestée. Le clan Eckermann s'était soudé après « l'événement », si l'on peut dire qu'il eût été possible de resserrer davantage les liens unissant cette famille. Theresa reprenait vertement quiconque osait mettre en doute les mœurs de son frère et refusait que quelqu'un d'autre que lui veille sur Anna. Elle faisait néanmoins une exception avec sœur Judith.

Le quotidien avait peu à peu repris ses droits et assommait les migrants de l'entrepont de ses multiples désagréments. L'ennui, le rationnement, l'humidité des couchettes ou le manque d'hygiène rendaient la traversée chaque jour plus insupportable. Le navire dépassa les Açores au bout de la troisième semaine de navigation et voguait maintenant sous les tropiques. La douceur ambiante se mua peu à peu en une chaleur moite que peinaient à dissiper les alizés et que le rationnement en eau rendait proprement insupportable. Qui plus est, les denrées salées à outrance pour leur conservation achevaient d'assoiffer les passagers. Les journées s'étiraient en longues semaines sans qu'aucun événement n'apportât la moindre distraction. Rares étaient ceux qui souhaitaient encore jouer aux cartes ou piocher dans le vaste répertoire de chansons de l'Europe continentale, épuisé depuis longtemps. L'horizon, quant à lui, demeurait désespérément vide de tout relief. Lors de la cinquième semaine de traversée, cependant, le navire croisa la route d'un groupe de dauphins qui jouèrent à suivre le vaisseau sur quelques miles. Le pont fut soudainement envahi d'une foule qui se pressa contre le bastingage pour apercevoir les mammifères marins. L'agilité et la vitesse de ces animaux extraordinaires étaient impressionnantes. Le spectacle ne dura qu'une vingtaine de minutes mais fut dans toutes les conversations pendant plusieurs jours. Une autre fois, un groupe d'enfants aperçut à tribord avant une nuée de petits points au-dessus de l'eau. Tout le monde crut voir des oiseaux, et le fol espoir d'atteindre un rivage courut immédiatement parmi les passagers. Las, une fois à hauteur du nuage ailé, ils découvrirent des centaines de poissons volants sautant hors de l'eau pour échapper aux prédateurs sous-marins. Ces animaux, que l'on aurait dit tout droit sortis d'un bestiaire imaginaire, fascinèrent les spectateurs qui s'étaient rassemblés sur le pont. Les plus romantiques y virent le signe que Dieu bénissait leur traversée.

Le quotidien au salon n'était guère plus animé. Le père Fournerie s'était organisé un emploi du temps qui alternait recueillement, moments d'études, élaboration de sermons et visites aux passagers. Il s'était convaincu dès les premiers jours de la traversée qu'il était grand temps de travailler sa maîtrise de la langue allemande, au vu de la forte proportion de Germaniques sur ce bateau. Il avait fait connaissance avec l'ensemble des familles hébergées dans l'entrepont et les visitait régulièrement, prodiguant ses conseils en de multiples domaines et s'intéressant à leurs projets d'avenir sur le continent américain. La plupart d'entre elles prévoyaient de remonter le fleuve Mississippi en direction du nord, la vallée du Missouri ou le territoire du Nebraska, là où les terres étaient vastes et libres de droits. Le père Bellecour, quant à lui, restait au salon à raturer nerveusement ses sermons, éternellement insatisfait de ses tournures de phrases ou du manque de clarté de sa prose. Il évitait à tout prix l'entrepont, prétextant ne pas pouvoir supporter l'odeur pestilentielle qui y régnait. De son côté, sœur Judith suivait le père Fournerie dans ses visites aux familles, décelant au passage quelques pathologies et prodiguant quelques soins ici et là. Elle avait soif d'apprendre et à cœur de s'exprimer dans la langue de ses patients. Si sa pratique de l'anglais s'affirmait de jour en jour, s'appuyant sur de solides bases acquises bien des années plus tôt, elle ne faisait que débuter en allemand et comptait bien sur l'aide de Theresa Eckermann et de ses enfants pour progresser. Elle avait d'ailleurs pris l'habitude de clore ses journées par une promenade sur le pont en compagnie d'Anna et de Theresa. Au début pour se tenir au fait de la santé de la petite, puis par simple goût pour leur compagnie. Ces nouvelles amies se prêtaient d'ailleurs de bon cœur au jeu de l'élève et du professeur et s'amusaient à lui parler en allemand aussi souvent que possible. Eckermann se joignait à elles de temps à autre et jouait avec les petits garçons.

Au fil des jours, la jeune religieuse avait pu constater les progrès d'Anna. Celle-ci avait retrouvé sa joie de vivre et sa spontanéité de jeune enfant, surprenant les passagers du pont supérieur au regard de son handicap. Un jour, sœur Judith osa aborder le sujet de son avenir avec Eckermann.

— Nous la garderons à nos côtés quoi qu'il advienne, lui avait-il répondu catégoriquement, comme si la question ne se posait pas.

— Bien entendu, répondit la jeune femme. Elle ne sera jamais plus éveillée qu'aujourd'hui, n'est-ce pas ?

— C'est probable, en effet. Elle ne sera jamais capable de tenir un ménage et d'élever des enfants. Lorsque Theresa et moi serons trop vieux, Franz et Johann devront la prendre en charge.

Sœur Judith s'amusait de voir les espiègleries des deux petits garçons qui jouaient à quelques pas devant eux.

— Quel âge ont-ils, déjà ? demanda-t-elle.

— 4 et 7 ans…

Il remarqua le sourire attendri de la jeune femme.

— Vous regrettez de ne pas avoir d'enfants ? demanda-t-il.

Elle rougit et hésita un instant avant de répondre.

— Vous posez de ces questions, monsieur Eckermann… Vous êtes décidément très direct.

Un sourire discret se peignit sur le visage de l'Allemand.

— Cela m'évite en général de perdre du temps.

— Je vois…

Elle lui jeta un regard furtif. Il la dévisageait toujours, attendant sa réponse.

— Non, je ne regrette rien, finit-t-elle par avouer. Bien au contraire.

— Pour l'instant, du moins.

— Que voulez-vous dire ?

— Vous êtes si jeune… Il faudrait que l'on vous repose cette question dans dix ans et on verrait si vous feriez la même réponse. Ne prenez pas mal ce que je vais vous dire, mais je suis sidéré que vos papes et vos évêques envoient de si jeunes femmes comme vous si loin.

— Pourquoi donc ? s'amusa-t-elle, ne le prenant pas au sérieux.

— Vous êtes idéaliste, inexpérimentée, pétrie d'illusions et en aucun cas préparée à ce que vous allez devoir affronter.

Le sourire de la jeune femme s'envola d'un coup.

— Vous voyez, reprit-il, vous le prenez mal.

— Cela vous surprend ?

— Je ne vous reproche ni votre inexpérience ni votre naïveté, je reproche à l'Église catholique son inconscience.

— La nuance est bien ténue. Je n'ai certainement pas votre expérience de la vie, monsieur Eckermann, mais ma foi est mon plus grand atout. Elle fera la différence.

— Votre foi ? s'étonna-t-il.

Il soupira, presque triste.

— Vous n'avez certainement pas été confrontée au pire et c'est tant mieux. Pour ma part, j'ai appris qu'il vaut mieux ne compter que sur soi-même pour se sortir de l'ornière, au cas où le Seigneur vous ait complètement oublié et vous laisse vous débrouiller tout seul !

Sœur Judith accusa le coup. Ce jugement était sévère et de bien peu de foi. Elle s'enferma dans un silence contrarié quelques instants, puis accéléra le pas pour rejoindre Anna un peu plus loin. Julian Eckermann s'accouda au bastingage et inspira l'air marin à pleins poumons. Au bout de longues minutes, il céda à sa curiosité et observa la jeune religieuse. Celle-ci couvait Anna d'un regard attentif alors que la petite fille jouait à courir derrière un morceau de chanvre ballotté par le vent. La jeune femme avait la beauté envoûtante d'une madone. Il ressentit un intense pincement au cœur et détourna vivement le regard. Anna courut vers lui et se jeta dans ses bras, bientôt suivie de sœur Judith.

— Pardonnez-moi si je vous ai semblé trop direct, souffla-t-il.

Elle accepta ses excuses.

— Nos routes se sépareront probablement à La Nouvelle-Orléans, ajouta-t-il. Vous et le père Fournerie, vous êtes des gens de bien. Vous devrez prendre soin de vous et être particulièrement prudents. Ne comptez ni sur la bonté des gens ni sur la bienveillance du Seigneur. Présumez plutôt du contraire, cela vous évitera bien des ennuis.

Pour toute réponse, elle le gratifia d'un sourire timide. Elle n'osait lui avouer à quel point elle se sentait forte du soutien du Seigneur. Leur mission était légitimée par Dieu lui-même. Elle ne pouvait que réussir…

La terre fut en vue un matin clair de la fin septembre. La vigie lança à l'aide de son porte-voix le fameux cri de victoire : « Terre ! Terre ! » Le bruit courut immédiatement parmi les passagers. Il s'agissait de l'île de Saint-Domingue. Le capitaine avait annoncé au dîner, trois jours auparavant, qu'ils étaient sur le point d'entrer en mer des Caraïbes. Une chaleur étouffante et humide était venue confirmer ses dires dès le lendemain. Le navire, selon le capitaine, voguerait au large de l'île de Saint-Domingue durant un ou deux jours, puis longerait la longue île espagnole de Cuba quelques jours supplémentaires avant de remonter au nord le golfe du Mexique en direction de La Nouvelle-Orléans. Pour l'instant, cette terre de Saint-Domingue n'était qu'une bande informe à bâbord avant, rien de plus. L'impatience des passagers était tangible et nombre d'entre eux restèrent de longues heures sur le pont à guetter le signe d'une arrivée imminente. Les premiers oiseaux, impressionnants de par leur taille, furent salués par des vivats. Les marins se firent un devoir de renseigner les passagers sur la position du navire aussi souvent que nécessaire, se vantant de pouvoir nommer chaque nouvelle espèce observée.

Trois jours après avoir quitté Cuba, l'eau de bleu turquoise devint jaune à bâbord arrière. Le Mississippi déversait ses alluvions au large. On n'avait jamais été aussi près du but. Le continent américain apparut tout d'abord comme une ombre sur l'horizon, un trait à peine plus foncé que l'océan et sans aucun relief visible. Puis, cette ligne sombre se matérialisa en une forêt impénétrable. À ce moment, le navire n'était plus seul sur la mer. De nombreux bateaux convergeaient vers un même point : l'embouchure du fleuve Mississippi. À quelques encablures de là, alors que les plus petites embarcations s'engouffraient dans la passe la plus large qui permettait l'accès direct au fleuve, le capitaine fit jeter l'ancre et affaler les voiles. Il informa les passagers qu'une inspection sanitaire de routine devait avoir lieu avant d'aller plus avant. Quelques heures de patience, encore, imposées aux passagers qui ne tenaient plus en place. Une chaloupe aborda et quelques hommes à la mine suspicieuse montèrent à bord. Ils suivirent le capitaine pour une visite du navire, en ressortirent une demi-heure plus tard avec une mine un peu moins renfrognée après avoir constaté l'état sanitaire satisfaisant du navire et de ses passagers.

Parmi les quatre hommes qui étaient montés à bord, trois regagnèrent leur chaloupe tandis que le dernier se positionna à la barre. Il s'apprêtait maintenant à diriger le navire parmi les nombreux pièges de la baie. Les multiples bancs de sable et les troncs d'arbres à fleur d'eau étaient autant de dangers qu'il fallait savoir éviter. Les voiles furent de nouveau hissées et le navire s'engagea dans la passe. Un paysage grandiose s'offrit alors à la vue des migrants massés sur le pont. Une forêt immense s'étendait de part et d'autre du fleuve. Des arbres aux troncs de dentelle, avec leurs racines plongeant dans la mer, semblaient vouloir gagner du terrain sur le fleuve. Ici, point de plage de galets ou de sable, ni de falaise, comme au Havre… Il était impossible de déterminer l'endroit exact où commençait la forêt et où finissait la mer ; les deux éléments se confondaient en un enchevêtrement d'eau et de branchages entremêlés. Quelques cabanes de bois apparurent ici et là, à peine dissimulées par quelques troncs : les premières cabanes de pêcheurs du bayou. Peu à peu, au détour des circonvolutions du fleuve, des berges sauvages révélèrent les premiers signes de civilisation. Une première propriété, aux jardins parfaitement dessinés, apparut au loin, puis d'autres bâtiments, plus blancs encore, plus majestueux. La splendeur des plantations de Louisiane apparut aux passagers comme une légende qui aurait pris corps sous leurs yeux ébahis. Ils dépassèrent le fort Jackson, un édifice massif construit en étoile, à la Vauban, à demi enterré dans la berge sud du fleuve, premier bastion de défense de la ville. Quelques méandres plus loin, ils découvrirent la plantation de la Ronde, connue pour être la plus belle de toute la région. Un murmure d'admiration parcourut le pont. On s'extasia devant la magnifique bâtisse aux murs d'un blanc immaculé, avec ses hautes colonnes en façade inspirées de l'architecture grecque, et la beauté des massifs de magnolias. Au détour de la dernière courbe du fleuve apparut enfin le port de La Nouvelle-Orléans. Sur la rive nord du fleuve, là où un large coude permettait aux voiliers transatlantiques et aux nombreux steamers de manœuvrer sans risque au milieu d'une multitude d'autres embarcations de taille plus modeste, s'étendait un seul et unique quai dont les passagers du *Saint-Nicholas* ne devinaient pas encore le bout. En toile de fond, derrière les dizaines de navires agglutinés les uns contre les autres et amarrés à coupe se détachaient les trois flèches de la cathédrale Saint-Louis. Les nouveaux arrivants pouvaient distinguer un bout de la ville dont le fourmillant *French Quarter*[1],

1. Quartier français, ou Vieux Carré.

avec ses rues droites et perpendiculaires. Sœur Judith était émerveillée. Elle ne s'était pas imaginé une ville aussi moderne, bien plus vaste que Le Mans.

Le pilote dirigea la manœuvre pour amarrer le *Saint-Nicholas* directement à quai. Lorsque le navire fut immobilisé, tout le monde s'affaira. Les passagers rassemblèrent leurs effets dans une cohue indescriptible alors que les marins, organisés et disciplinés, s'assuraient de remettre le navire en ordre, drisses et écoutes lovées, voiles carguées sur les vergues. Une foule se pressait sur les quais, des familles entières venues accueillir leurs cousins, amis ou parents. Chacun des passagers se hissait sur la pointe des pieds pour apercevoir à travers la nuée de chapeaux et de chignons un visage familier. Cependant, les retrouvailles ne pourraient se faire que dans une ou deux heures. Il fallait en effet passer la douane et s'enregistrer au bureau de l'immigration. Chacun prit son mal en patience avec bon cœur malgré la fatigue et la chaleur étouffante, avant de fouler enfin le sol de cette terre promise après plusieurs mois de voyage depuis les quatre coins de l'Europe et une soixantaine de jours de navigation éprouvante.

Le petit Johann s'était hissé sur les épaules de son oncle et dominait la situation, au grand dam de son grand frère qui aurait bien aimé en faire autant si sa mère ne l'avait pas agrippé d'une poigne de fer, tout comme sa sœur Anna qu'elle tenait tout aussi fermement de l'autre main. Soucieuse, Theresa se préparait à débarquer de ce maudit navire avec la peur au ventre, redoutant surtout ce qui les attendait dans cette grande ville étrangère. Elle jeta un regard inquiet à son frère.

— Sois tranquille, Theresa, la rassura-t-il. Tout se passera bien. Contente-toi de ne pas perdre les Zimmermann de vue.

Deux baluchons sanglés sur son dos, le petit Johann sur ses épaules et une valise dans chaque main, le migrant était chargé comme un mulet. Theresa, elle, devait veiller sur Franz et Anna pour ne pas les laisser filer dans la cohue du débarquement. Julian Eckermann avait tout prévu, comme à son habitude. Il avait de quoi loger toute sa famille à l'auberge durant quelques jours, le temps de trouver des billets pour Saint-Louis au meilleur prix. Ce qu'il n'avait pas anticipé, c'était que les Zimmermann lui offriraient de les héberger gratuitement tous les cinq dans la maison familiale de leur oncle, établi depuis plus de quinze ans dans le faubourg Marigny. Eckermann ne balança guère longtemps entre sa répugnance pour l'imprévu et l'opportunité d'économie que représentait cette offre… Les Zimmermann étaient un couple de jeunes tourtereaux de Rheinfelden, un village situé à une heure de Schopfheim. Ils avaient l'air tout à fait honnête et partageaient une même nostalgie de leur région du sud de la Forêt-Noire. Theresa avait sympathisé avec Anke Zimmermann qu'elle retrouvait sur le pont pour prendre l'air alors que les journées s'étiraient, interminables, et il apparut comme une évidence au jeune couple d'offrir l'hospitalité à cette famille de passage. Ne devait-on pas s'entraider entre migrants d'un même pays ?

Lorsqu'il mit le pied sur la passerelle instable du *Saint-Nicholas*, Julian Eckermann s'arrêta un instant. De là où il se trouvait, il avait une vue plongeante sur le port, le quai et la ville. Il huma l'air et prit une profonde inspiration. L’Amérique ! Enfin ! Instinctivement, il chercha sœur Judith dans la foule, scruta les quais, les douanes, en quête de la silhouette élancée de la jeune femme. Évidemment, c’était peine perdue ; elle avait dû débarquer bien plus tôt avec les passagers du pont supérieur et elle était loin maintenant. Une douleur lui enserra la poitrine. « Eh, mon gars, faut avancer ! » grogna un homme entre deux âges derrière lui, vacillant sous le poids de ses bagages. Julian reporta alors son attention sur Theresa qui l’attendait au pied de la passerelle, flanquée d’Anna et de Franz qui s’agitaient chacun au bout de ses bras. Il descendit la passerelle et gagna prudemment le quai. Le petit Johann, toujours sagement assis sur les épaules de son oncle, poussa un cri de victoire au moment où ce dernier foula, pour la première fois, le sol américain. Ils rejoignirent les Zimmermann, puis le petit groupe disparut au milieu de la cohue qui se pressait vers les douanes.

II

Un ange passe

10

La Nouvelle-Orléans

— Pierre ! Mon ami ! s'écria l'archevêque.

Le petit homme s'extirpa avec entrain de son fauteuil mais sa démarche était mal assurée. Engoncé dans une soutane noire élimée, une modeste croix de chêne sur son poitrail, il n'avait pas bonne mine. Son teint était pâle et des cernes violacés encadraient ses petits yeux bruns.

— Enfin, Pierre, vous voilà ! Venez ! Venez par ici !

Le vieil archevêque invita le prêtre à s'asseoir devant la cheminée éteinte.

— Nul besoin de feu, n'est-ce pas ? Quelle touffeur ! souffla-t-il en s'épongeant le front.

— Comme toujours en cette saison, Excellence, glissa Pierre Fournerie.

L'abbé trouva l'archevêque Blanc fortement diminué mais n'en dit rien. Il avait laissé quatre ans auparavant un homme âgé mais encore fringant, il retrouvait aujourd'hui un vieillard de 60 ans fatigué. Comme s'il avait lu dans ses pensées, l'archevêque rumina :

— Quel malheur ! Plus les années passent, moins je supporte ce maudit climat. Voilà quarante ans que je n'ai pas mis les pieds en France et la douceur des saisons me manque toujours autant. Alors, votre voyage, votre traversée, tout s'est bien passé ?

— Nous n'avons pas essuyé la moindre tempête, c'est vous dire !

— Bien, bien… Vous voilà donc à pied d'œuvre. Mais vous êtes seul ? N'avez-vous pas amené vos missionnaires ?

— Ils prennent leurs quartiers. Je vous les présenterai d'ici peu.

— Je suis curieux de faire leur connaissance. Nous avons tant besoin d'aide, vous savez…

Il s'épongea à nouveau le front en poussant un long soupir.

— Les choses se sont tellement compliquées depuis ma dernière lettre.

Il reprit son souffle et jeta un regard ennuyé à son ami.

— Je crains que votre départ pour le Territoire ne doive être différé. Les nouvelles qui nous sont arrivées sont alarmantes.

— Comment cela ?

— Les attaques se multiplient de nouveau. La région est à feu et à sang. On dirait qu'ils veulent faire monter la pression, à Washington.

— En vue des élections de novembre ?

— Indirectement, peut-être. Dans l'immédiat, il est surtout question de la constitution du futur État.

— Je vois. Le point n'est donc toujours pas tranché. Mais qu'en est-il de la mission Saint-Paul ? Le père Schoenmaker ?

Le vieil homme émit un nouveau soupir.

— Nous n'avons plus de nouvelles depuis plus d'un mois. Il avait pourtant réussi à rester neutre.

— Excellence, si la mission avait été attaquée, ne l'auriez-vous pas appris par un moyen ou par un autre ? Les journaux ont fait leurs choux gras des exactions des Border Ruffians[1] il y a quatre ans, alors imaginez : une mission catholique attaquée ! Tout Washington serait en émoi, ne croyez-vous pas ?!?

Un sourire timide se peignit sur le visage fatigué de l'archevêque.

— Je savais que votre venue me serait d'un précieux réconfort, mon ami !

Pierre Fournerie eut un sourire rassurant, même si la santé de l'archevêque l'inquiétait.

— Si je comprends bien, nous devrons trouver à occuper nos missionnaires à La Nouvelle-Orléans en attendant que tout cela s'apaise, n'est-ce pas ?

— Dans un premier temps, oui. Oh ! ce n'est pas le travail qui manque, rassurez-vous. Nous devons prêcher, catéchiser, instruire, baptiser, visiter les malades auprès d'une population qui a augmenté de moitié en dix ans. Que voulez-vous ? Rien que dans le Vieux Carré et le faubourg Marigny, on nous réclame quatre prêtres supplémentaires !

---

1. Armée privée levée par les grands propriétaires esclavagistes du Missouri ayant participé au *Bleeding Kansas*, une série de violentes confrontations politiques et populaires qui opposèrent, de 1854 à 1861, dans le territoire du Kansas et les villes de la frontière ouest du Missouri, les Free Soilers, les antiesclavagistes, et les Border Ruffians, partisans de l'esclavage.

Le vieil homme s'extirpa de son fauteuil et se servit un verre d'eau.

— Je crains cependant que vous ne trouviez la ville bien changée depuis votre dernière visite, reprit-il.

Pierre Fournerie se contenta de lui adresser un regard interrogateur.

— Nous avons toujours bénéficié d'une certaine harmonie, poursuivit l'archevêque. Certainement un héritage de la période espagnole. Mais les choses ont changé et la tension devient palpable.

— Ici, à La Nouvelle-Orléans ? Nous sommes pourtant bien loin de la Frontière…

— Rassurez-vous, il ne s'agit pas d'une bataille rangée. C'est beaucoup plus sournois que ça. Le gouverneur s'est mis en tête de faire respecter des lois que tout le monde avait oubliées. Il veut diminuer les droits des nègres libres et s'aligner sur le système plus général des États du Sud. Pour lui, il y a deux castes et non trois. Blanc et libre, nègre et esclave. Dans ce cas, que vont devenir nos gens de couleur libres ?

— Mais pourquoi ce revirement ?

— C'est un cercle vicieux, mon pauvre ami. Les États du Nord multiplient les déclarations à l'encontre du système esclavagiste. Les députés en viennent même aux mains au Congrès, alors que le Sud renforce ses positions les plus dures et revient sur tout ce qu'il avait pu concéder. Nos nègres affranchis sont poussés à bout par les brimades et les droits qui leur sont maintenant refusés. Alors de là à fomenter une révolte… Tout est possible.

— Hum… Tout cela n'augure rien de bon.

— Je le crains. Votre présence ici nous sera d'autant plus utile. Tous ont grand besoin de vos extraordinaires prêches sur la tolérance !

Modeste, comme à son habitude, le père Fournerie conclut :

— Au moins pouvons-nous nous féliciter d'avoir ici un solide terreau catholique.

*

* *

Auguste Bellecour détestait déjà cette ville. Avec le père Fournerie, il s'était installé dans une petite dépendance du presbytère gracieusement prêtée par le diocèse. Mais voilà qu'à peine arrivé, il était déjà malade. La faute en revenait certainement à cet infâme plat local, le gombo, que la petite mulâtresse lui avait servi deux jours d'affilée. Par deux fois, les épices lui avaient donné une suée comme jamais et lui avaient brûlé le palais, au point de ne plus pouvoir sentir le goût du pain. Mais tout cela n'était rien en comparaison des spasmes et des douleurs qui lui tordaient le ventre depuis le milieu de la journée. Il peinait à tenir debout et avait dû annuler le cours de catéchisme qu'il devait dispenser à 15 heures. « Maudit soit ce pays ! » gémissait-il, étendu sur son lit. Il allait réprimander sévèrement cette mulâtresse qui leur servait de femme de charge. Elle devait bien se douter que les Européens fraîchement débarqués n'étaient pas habitués à cette cuisine. Fallait-il y voir de la négligence ou de la malveillance ? Il avait longuement observé la petite servante allant nonchalamment d'une pièce à l'autre sous son nez. Paresseuse, négligente… Encore fallait-il espérer qu'elle ait quelque notion d'hygiène et un minimum de moralité. De toute façon, que pouvait-il attendre d'une esclave illettrée ? Chez elle, tout était à refaire en matière d'éducation et de discipline. Il se pencherait sur la question plus tard, lorsqu'il serait remis.

*
* *

Le faubourg Marigny était un quartier coloré situé en aval du fleuve, au nord-est du Vieux Carré. Bâti selon la même logique, avec des rues rectilignes se coupant à angle droit, ce secteur de la ville avait pourtant une allure bien différente de celle du quartier français. Ici, pas de bâtiment à étage, ni de mur en brique rouge, mais de modestes petites maisons de bois de toutes les couleurs. Julian et Theresa avaient été ravis de découvrir avec quel soin les Zimmermann entretenaient la leur, coincée entre deux autres constructions identiques. Avec sa volée de quatre ou cinq marches menant au porche, la maison surprenait le visiteur par sa structure tout en longueur. Des pièces en enfilade s'enfonçaient depuis la rue jusque dans une arrière-cour arrangée en potager. L'étroitesse du bâtiment était trompeuse car les familles installées ici étaient au large. Les immigrants avaient quitté sans regret leurs petites fermes de torchis composées de seulement deux pièces qu'ils partageaient avec un bétail odorant et fumant pour ces maisons de bois offrant un espace incomparable, aéré et confortable. Les Zimmermann s'étaient installés ici vingt ans plus tôt. Paysan du nord de la Suisse, le vieux

Heiko avait d'abord été simple manœuvre sur le port, puis il avait trouvé une place de cocher pour finalement monter dix ans plus tard sa propre affaire de transport de marchandises entre La Nouvelle-Orléans et Lafayette. Il employait à présent deux cochers et trois manœuvres. Une réussite à l'américaine…

Heiko Zimmermann avait trouvé de quoi héberger la famille Eckermann à l'arrière du potager. Ils étaient à l'étroit mais confortablement logés sur des grabats neufs que l'on avait installés pour l'occasion dans une cabane en bois récente et propre. Le cœur sur la main, Heiko et Kristin Zimmermann retrouvaient chaque soir leur petit monde autour d'une longue tablée réunissant leur dernière fille Emma, leur neveu Peter et son épouse Anke, ainsi que Julian, Theresa et ses enfants, Anna, Franz et Johann.

— *Mein Gott*, Kristin ! s'écria le patriarche en frappant la table du plat de sa main, un large sourire aux lèvres. Voilà bien longtemps que nous n'avons pas été aussi nombreux !

Son épouse, une petite femme toute menue aux cheveux déjà blancs, osa un sourire timide.

— Nous n'avons plus qu'Emma pour nous tenir compagnie, reprit Zimmermann, mais notre grande famille compte trois grands gaillards de plus. Des gaillards qui mangeaient comme trois ! N'est-ce pas, ma Kristin ?

— Oui, nos fils nous manquent, c'est certain, répondit la discrète Kristin d'une petite voix.

— Ils sont partis tous les trois l'année dernière vers le nord, comme vous-même vous apprêtez à le faire, ajouta fièrement le vieux Heiko à l'intention de Julian. Leur dernière lettre, en août dernier, a été postée d'Omaha où ils ont trouvé à négocier un lopin de terre conséquent. Ils ont la bosse du commerce, je vous le dis !

— C'est justement notre destination ! s'écria Eckermann, enthousiaste. Les terres sur lesquelles j'ai mis une option se trouvent au sud d'Omaha. Peut-être y croiserai-je vos fils, monsieur Zimmermann.

— Ah ! voilà qui se pourrait, en effet. Les territoires sont immenses mais les colons se pressent tous aux mêmes endroits, vous savez.

— Vos fils ont fait ce grand voyage avec leurs familles ?

— Non. Ils ne sont pas encore mariés. Andreas et Alexander sont pourtant en âge… Je ne sais pas si vous avez remarqué, mais les jolies filles ne sont pas légion, ici ! Enfin, les jeunes filles de chez nous, je veux dire. C'est aussi pour ça qu'ils sont partis tenter leur chance dans le Nord… Mais notre Emma, elle, n'aura aucun mal à trouver un mari à La Nouvelle-Orléans, jolie comme elle est !

Le vieux Heiko adressa une œillade à la jeune fille, assise à sa droite. Eckermann l'observa un instant. Elle avait des cheveux bouclés et blonds comme les blés, des traits harmonieux, des lèvres roses et délicates. Le visage de sœur Judith s'imposa soudain à son esprit, lui faisant l'effet d'une gifle. Il adressa à la jeune femme un hochement de tête poli et reprit :

— Monsieur Zimmermann, je ne vais pas rester les bras croisés jusqu'au départ du bateau pour Saint-Louis. Theresa non plus, d'ailleurs. Nous tenons à participer aux frais. Savez-vous où nous pouvons trouver de l'ouvrage pour quelques jours ?

— Oh, ça, c'est pas difficile. Sur le port, on a toujours besoin de main-d'œuvre. Vous êtes vif et costaud, ça ne devrait pas vous poser de problème de charger les ballots de coton…

— Non, aucun.

— Vous n'aurez qu'à vous présenter de ma part à Müller, sur la nouvelle levée, en face de Montague Street. Le travail est dur mais la paye est honnête.

— Merci. Le labeur ne me fait pas peur. Et puis ce n'est l'affaire que d'une semaine ou deux, pas plus.

Les jours suivants, tandis que Julian Eckermann faisait bon usage de sa stature charpentée en charriant durant des heures de lourds ballots de coton sur les steamers du port, Theresa effectuait de menus travaux de couture. Quelques cents, tout était bon à prendre. Quant à Franz, Johann et Anna, ils passaient leurs journées dans les jupes de « madame Kristin », ravie d'avoir des petits à la maison. De son côté, la jeune Emma avait discrètement modifié ses habitudes. En fin d'après-midi, lorsque sa journée de travail était finie, elle faisait un détour par le port, s'étant mis en tête d'apporter à Julian des biscuits confectionnés par ses soins. Ce soir-là, les deux compatriotes cheminaient ensemble sur les quais de la levée baignés dans la lumière du crépuscule, en direction de la rue Urquhart. Eckermann dévorait les biscuits. Marchant à ses côtés, Emma ne disait mot, aussi timide qu'embarrassée. La jeune femme n'était guère bavarde et Julian, avec sa journée de travail dans les jambes, n'était pas d'humeur à faire la conversation. Il se décida malgré tout à briser ce silence devenu presque ridicule.

— C'est vraiment aimable de votre part d'apporter ces biscuits, mademoiselle Emma, lâcha-t-il.

Les joues blanches de la jeune femme s'empourprèrent aussitôt.

— Oh, ce n'est rien ! Je suis ravie…

Avant d'enfourner le biscuit suivant, il demanda, soucieux de meubler la conversation :

— Et en dehors de faire des biscuits, comment passez-vous votre temps libre ?

La jeune femme sembla ne pas comprendre.

— Que voulez-vous dire ?

Il s'enflamma, à la fois curieux et inspiré.

— Eh bien, je ne sais pas… Que voulez-vous faire de votre vie ? Vous habitez La Nouvelle-Orléans, une cité en pleine expansion et aux portes du pays le plus jeune que je connaisse. Tout est à construire, ici. Vous avez certainement un rêve, une ambition…

— Non, je ne vois pas, balbutia-t-elle, rougissante.

Emporté par son idée, le migrant insista :

— Allons, mademoiselle Emma, ne soyez pas timide ! Tout est possible, il suffit de saisir sa chance !

— Oui. Enfin, je crois… je crois que j'aimerais trouver un bon mari et élever ses enfants, lâcha-t-elle dans un souffle.

Eckermann en resta muet quelques instants. La réponse allait de soi. À quoi d'autre s'attendait-il, donc ?

— Évidemment. C'est tout à votre honneur. Vous n'avez pas envie de suivre vos frères ?

— Dieu m'en garde ! J'aime trop ma vie, ici. Je n'avais que 4 ans quand on a débarqué à La Nouvelle-Orléans et je n'ai rien connu d'autre. Je ne quitterais cette ville pour rien au monde !

Elle contemplait Julian de ses grands yeux bleus qui ne dévoilaient rien d'autre que candeur et simplicité. Rien de commun avec les prunelles vives et flamboyantes de cette religieuse rencontrée sur le bateau, songea Julian. Dans le regard de cette autre jeune femme, il avait décelé un feu impérieux, une soif de conquête sans pareil qui l'avait ému. Il fit un effort pour chasser cette image de sa tête et accorda de nouveau toute son attention à Emma.

— S'il le fallait, reprit-elle, je suivrais mon mari dans l'Ouest, mais je préférerais qu'il reste ici. Je suis sûre que mon père lui offrirait du travail. Vous aussi vous pourriez rester ici si vous le vouliez, non ? J'aimerais tellement que vous restiez, monsieur Eckermann…

Son regard était maintenant implorant, presque larmoyant. On y était… Voilà qu'elle lui faisait des avances à peine déguisées ! Julian laissa s'échapper un soupir. Pauvre enfant ! Cette jeune femme avait donc le béguin pour lui. Non pas qu'elle ne soit pas attirante avec sa blondeur et ses rondeurs. Elle ferait sans nul doute le bonheur d'un épicier ou d'un marchand local, mais pas le sien, c'était certain. Il était temps, sans la brusquer, d'être ferme et sans équivoque.

— Emma, vous serez certainement heureuse, ici. Vous épouserez un homme qui aimera cette ville et aura les mêmes rêves que vous. Theresa, les enfants et moi-même partirons très bientôt. C'est notre destinée. Mais pressons le pas, voulez-vous. On nous attend pour le dîner.

Le lendemain puis les jours suivants, la jeune femme renonça définitivement à rejoindre Eckermann sur le port. Peut-être un peu vite, constata le migrant, presque amusé, mais elle s'en remettrait. Lui n'avait à l'esprit qu'un seul objectif : quitter La Nouvelle-Orléans au plus tôt. D'ailleurs, il devait dès à présent se préoccuper sérieusement des préparatifs de leur départ. Les premiers jours, il s'était heurté à la confusion générale qui régnait dans ce pays si jeune, où chacun jouissait d'une liberté totale. Rien, ou presque, n'était organisé et les autorités n'encadraient que peu de choses. Il n'était pas aisé de trouver des billets pour Saint-Louis sans être victime d'un escroc ou d'un capitaine moins bien intentionné que les autres. Trois ou quatre compagnies régulières proposaient bien leurs services pour remonter le Mississippi, mais les horaires de départ n'étaient pas fixes et les tarifs changeaient tous les jours, en fonction de la quantité de fret que le bateau avait réussi à charger. Les indépendants, généralement propriétaires d'un seul bateau, haranguaient les foules de migrants sur la place de la cathédrale pour faire le plein, brouillant les cartes de leurs offres alléchantes mais risquées. Une place pour 4 dollars ? Mais bien sûr ! Le jour du départ ? Fallait voir… Rien n'était encore décidé. Le jour d'arrivée ? Ça dépendait… La destination elle-même était aléatoire. Un billet pour Saint-Louis pouvait ne vous emmener qu'à Memphis, ou à Vicksburg si le capitaine trouvait une course plus rentable en chemin et décidait de changer ses plans…

Julian Eckermann faisait tous les matins la tournée des vendeurs avant de prendre son travail chez Müller. Au bout d'une semaine, il les connaissait tous et avait observé leurs manœuvres. Si on n'y prêtait pas attention, on pouvait payer un billet deux fois le prix. Ainsi, le migrant ne laissait rien au hasard. Ce matin-là, les revendeurs étaient agités, manifestement pressés de boucler leurs ventes plus tôt que d'habitude. L'Allemand flaira la bonne affaire. Il vola de l'un à l'autre, surveillant le cours, espérant faire une affaire avant 7 heures. La raison de cette effervescence déboula sur le coup de 6 h 30, quand le capitaine du *Flying Cloud* annonça un départ à 3 dollars le jour même à midi, son steamer étant déjà lourd d'une importante cargaison. Julian Eckermann n'hésita pas une minute. Il demanda cinq places, négocia le prix à quatre compte tenu de l'âge des deux petits derniers, et boucla l'affaire en un tournemain. Il avait très peu de temps pour tout préparer et fonça immédiatement rue Urquhart afin de prévenir Theresa et les enfants.

11

La quarteronne

À La Nouvelle-Orléans, la chaleur de l'automne était à peine supportable. Chaque jour, depuis les premières heures de la journée jusque vers le milieu de l'après-midi, le ciel restait d'un bleu azur immaculé, franc, majestueux et d'une intensité sans pareille. Le soleil, implacable, brûlait quiconque osait s'aventurer quelques heures au-dehors alors que la moiteur de l'air, lourde et épaisse, écrasait les plus vaillants. Puis, vers 16 heures, invariablement le ciel s'assombrissait et se chargeait de nuages lourds de pluie. La tension devenait palpable jusqu'à ce que, n'en pouvant plus de toute cette humidité, le ciel se libère enfin et qu'un orage éclate, déversant des trombes d'eau sur la ville.

Sœur Judith, d'ordinaire fringante et sémillante, peinait à supporter ce nouveau climat avec ses lourds habits de moniale. Voilà deux semaines, déjà, que le *Saint-Nicholas* était amarré à la foisonnante Front Levée, face à la *Customs House*. Accommodant le rythme de son pas à l'écrasante chaleur locale, la jeune femme constatait chaque jour un peu plus combien tout, ici, était différent. Cette ville fourmillante et cosmopolite, colorée et épicée, n'avait décidément rien de commun avec ce qu'elle avait pu connaître jusque-là. La cité mélangeait subtilement modernité – la moitié des bâtiments n'avait pas 50 ans –, exotisme bariolé et un je-ne-sais-quoi de violence silencieuse. Appréciant la nouveauté qu'offrait ce jeune pays, la moniale ne pouvait néanmoins se défaire d'un vague sentiment de crainte et d'effroi lorsqu'elle naviguait dans les rues du Vieux Carré. Elle avait tout d'abord tenté de se raisonner, attribuant sa méfiance à une certaine peur de l'inconnu et à sa flagrante inexpérience de petite provinciale. Elle s'était efforcée de ne rien montrer de son inquiétude, pourtant, ce sentiment de peur latente était bien présent. Elle en avait rapidement identifié l'origine. La brutalité de cette institution de la honte qu'était l'esclavage, ce mépris décadent pour les gens de couleur s'étalait à même le pavé des rues, au milieu des boutiques opulentes, des hôtels particuliers somptueux et des habitants manifestement civilisés et fortunés. C'était bien là ce qui déstabilisait profondément la jeune moniale. Comment pouvait-on admirer la finesse de l'architecture de la rue Bourbon, s'émerveiller devant la délicatesse des balcons en fer forgé sur les arcades de Jackson Square et à la fois ignorer l'inqualifiable spectacle d'enfants enchaînés, mis à prix avec ou sans leurs parents sur une vulgaire estrade de la rue Saint-Louis ? Non, décidément, songeait sœur Judith, cette ville, véritable carrefour de commerce et de cultures, aurait pu être un fleuron de modernité si elle n'avait exhalé cette nonchalance caribéenne mêlée aux relents de violence et d'inhumanité de cette innommable institution qu'était l'esclavage.

L'aube pointait le bout de son nez. Sœur Judith cheminait à travers les rues droites et parfaitement rectilignes du Vieux Carré. La fraîcheur matinale et le silence de la ville encore endormie avaient eu raison de ses sombres pensées et elle se laissa séduire par le charme du lieu. Les bâtiments avaient un plaisant côté espagnol qu'elle n'avait vu nulle part ailleurs. Les façades de briques rouges s'effaçaient derrière les balcons en enfilade, juchés sur de fines colonnes en fonte. Des cascades de fleurs et de plantes tropicales ruisselaient depuis ces balustrades de dentelle et rafraîchissaient l'atmosphère. Les rues étaient presque désertes. Seules quelques ombres battaient déjà le pavé. Les domestiques irlandais avaient les bras chargés de provisions, les épiciers emplissaient leurs étals de fruits et légumes et disposaient les aromates et les condiments aux odeurs capiteuses sous leurs enseignes pimpantes qui affichaient en lettres d'or ou d'argent : *Primeur Prévert*, ou *Hoffman, Fine Spices*. Le Vieux Carré était à lui seul un ersatz du Vieux Continent. Tout en déchiffrant l'une après l'autre les enseignes des devantures et les plaques rutilantes de laiton ornant les portes cochères, la jeune femme constatait combien chaque nom résonnait comme le souvenir d'une autre vie.

La moniale se rendait à l'Institut catholique pour orphelins du faubourg Marigny, à une vingtaine de minutes de marche du diocèse. Fondé vingt ans plus tôt par la veuve Couvent[1], cet Institut pour orphelins de couleur issus de familles libres était activement soutenu par l'archidiocèse. Il n'était pas dépourvu de financements, loin de là, mais il manquait aujourd'hui cruellement de professeurs. Sœur Judith avait donc rejoint les rangs du corps enseignant quelques jours seulement après son arrivée, à la demande expresse de Son Excellence. La jeune femme avait été surprise, puis ravie de constater l'existence d'un tel établissement, se sentant tout à coup moins prompte à condamner l'ensemble de la classe dirigeante de cette ville. Elle fut rapidement conquise. Les élèves, assidues et consciencieuses, portaient leur croix avec dignité et ne semblaient pas avoir renoncé, malgré leur condition, à s'élever dans ce monde qui ne semblait guère leur offrir d'avenir. Elles se prénommaient Marie, Louise, Adélaïde ou Charlotte, avaient entre 14 et 17 ans et rêvaient toutes de trouver une situation à la hauteur de leurs charmes et de leur éducation. À n'en pas douter, elles avaient de l'ambition à revendre.

Ce matin-là, alors que la moniale atteignait enfin les grilles de l'Institut, des cris s'échappèrent de l'aile ouest. Le bâtiment, d'ordinaire désert à cette heure, semblait encore endormi.

— Lâchez-moi ! cria soudain une voix désespérée, à demi étouffée.

Le sang de la jeune moniale ne fit qu'un tour. Elle se précipita vers la grande porte qui donnait sur l'aile ouest

1. Marie Bernard Couvent (1757-1837), ancienne esclave afro-américaine, est devenue femme d'affaires après avoir obtenu son émancipation. Elle doit sa célébrité à sa philanthropie.

et l'ouvrit avec fracas, tomba nez à nez avec un colosse à la peau noire comme l'ébène. Le géant lui barra le passage de ses deux mains larges comme des poêles à frire. Derrière lui se tenait une femme d'une quarantaine d'années au teint café au lait et aux cheveux crépus, engoncée dans une robe de taffetas blanche à rayures rose fuchsia. Elle enserrait fermement le frêle poignet d'une jeune fille de 17 ans que sœur Judith reconnut immédiatement. C'était Joséphine Bruno, l'une de ses élèves. La religieuse l'avait remarquée non pas pour ses talents académiques mais pour son extraordinaire beauté. Il s'agissait d'une quarteronne, une sang-mêlé. Elle avait des yeux en amande d'un vert d'eau limpide comme la mer des Caraïbes, une peau magnifiquement cuivrée, une sombre chevelure bouclée aux reflets dorés. De constitution fine mais vigoureuse, cette jeune fille était l'exemple même d'une féminité racée, affichant à la fois des formes généreuses et une grâce naturelle, élégante et hautaine. Elle se débattait fermement.

— Mon Dieu ! Mais que se passe-t-il donc, ici ? s'écria sœur Judith, le cœur serré de voir ainsi maltraitée la jeune fille.

La femme en robe de taffetas s'immobilisa soudain, tandis que Joséphine se débattait toujours, le poignet coincé dans ses griffes acérées. La matrone jeta un regard glacé à la religieuse.

— Ma sœur, je vous souhaite le bonjour. Cela est une affaire privée. Je vous demande de bien vouloir nous laisser faire notre travail, je vous prie.

Impressionnée par l'assurance de cette femme imposante, la religieuse hésita un instant à réagir. Un regard de plus à la victime lui brisa à nouveau le cœur et tout scrupule s'envola.

— Non ! s'écria-t-elle, s'abritant soudain derrière la légitimité que lui donnait l'habit sacerdotal. Vous molestez l'une de mes élèves. Lâchez-la immédiatement !

— Cette jeune fille n'est plus votre élève, reprit calmement la mégère. Nous agissons sur ordre de monsieur Camille Sheperd. Je vous le répète, laissez-nous passer.

Son calme était désarçonnant.

— Mais… comment ? balbutia sœur Judith. Comment ne serait-elle plus mon élève ?

À ce moment, à l'autre extrémité du long couloir, une porte s'ouvrit violemment.

— Oh là ! Quel est ce tintamarre ? tonna une voix autoritaire.

C'était Armand Lanusse[1], le directeur de l'Institut. Homme de couleur lui aussi, bien que pâle comme un linge, ce professeur fin et cultivé dirigeait son établissement avec rigueur et clairvoyance. Il rejoignit le petit groupe au pas de course.

— Voyez, monsieur, comme elle fait des difficultés ! claironna le dragon en robe de taffetas.

Le directeur n'eut pas l'air surpris.

— Il fallait bien s'y attendre, convint-il, ennuyé.

— C'est pourtant pour son bien et elle devrait le savoir ! rugit l'autre.

— Je le sais, soupira Lanusse. Laissez-moi lui parler quelques instants.

---

1. Armand Lanusse (1810-1867), poète et professeur afro-créole, directeur de l'Institut catholique de 1852 à 1867.

Il prit délicatement la jeune fille par le coude et l'emmena quelques pas plus loin, laissant sœur Judith et la matrone en jupon pantoises au milieu du large couloir.

— Allons, Joséphine, nous nous connaissons depuis si longtemps. N'ai-je pas toujours agi dans votre intérêt et celui de vos consœurs ? Ne me faites-vous pas confiance ?

La jeune fille lui fit une moue charmante.

— Si, monsieur, mais je ne veux pas partir chez lui sans avoir été présentée !

— Je peux le comprendre. C'est légitime, dit-il d'une voix rassurante.

Elle s'enhardit et osa un regard effronté.

— Je ne sais pas s'il me convient, après tout ! Pourquoi n'ai-je pas le droit comme tout le monde de faire mon propre choix ?

— Mais parce qu'il ne peut y avoir de meilleur choix pour vous, voyons ! rétorqua le directeur, piqué par son insolence. Allons, faites un effort. Nous vous emmenons aujourd'hui justement pour vous présenter. Lui vous a déjà choisie. C'est une opportunité extraordinaire que vous n'aurez pas deux fois ! Une chance que vous devez saisir.

La quarteronne eut une grimace renfrognée. De guerre lasse, le directeur finit par céder.

— Écoutez, Joséphine, acceptez de le rencontrer. Nous gardons vos bagages. Voyez, nous ne vous forçons pas la main…

La jeune femme jeta un regard hostile à la matrone puis scruta à nouveau le visage de Lanusse. N'y voyant que bienveillance, elle rendit les armes.

— Bien. Voilà une attitude raisonnable, conclut le directeur. Puis, s'adressant à la matrone : Madame Thibaut, vous pouvez procéder. Avec ménagement, je vous prie.

Joséphine confia docilement sa main à la femme et elles quittèrent l'Institut dans un silence pesant.

Croyant comprendre ce qui s'était joué sous ses yeux, sœur Judith peina à contenir son indignation. Elle interpella Lanusse alors qu'il s'apprêtait à rejoindre son office.

— C'est un mariage qu'elle n'a pas désiré, n'est-ce pas ?

Il lui adressa un regard las.

— Non, pas exactement. Mais je ne m'attends pas à ce que vous compreniez. Sachez que nous faisons pour le mieux. Pour son avenir.

S'inclinant respectueusement, il conclut par un salut très formel et disparut dans son bureau, laissant sœur Judith révoltée au milieu du couloir.

*

* *

Quelques semaines s'étaient écoulées depuis l'installation du père Bellecour et de l'abbé Fournerie rue Sainte-Anne. Comme à son habitude, Bellecour ronchonnait du matin au soir, pestant contre la petite mulâtresse qui leur servait de bonne à tout faire. En bon chrétien, il avait pourtant tout tenté avec cette enfant. Patiemment, il lui avait spécifié ce qui, à ses yeux, faisait un logis bien tenu. Les sols lavés une fois par jour, les déchets de cuisine évacués dès les préparations terminées, l'aération au petit matin, les poussières à faire en fin de journée… Rien de bien extraordinaire, somme toute ! Pourtant, il n'était arrivé à rien. Nonchalante, paresseuse, rêveuse, la petite se contentait d'un minimum qui était loin de répondre aux attentes du rigoureux homme d'Église. Pour couronner le tout, il la soupçonnait de vouloir l'empoisonner avec une mixture abjecte qu'elle déclinait à l'infini, le gombo, ce ragoût épicé arrangé de crevettes, de bœuf ou de porc, et lorsqu'il ne restait plus de viande, décliné en soupe ! C'était, à n'en pas douter, une tentative pour ruiner sa santé.

Bellecour enrageait. Cette mulâtresse prénommée Henriette n'en faisait qu'à sa tête et se révélait obtuse et réfractaire à toute notion d'effort et de discipline malgré sa condition d'esclave. Son âge était son seul atout. Elle n'avait pas 15 ans et sa jeunesse était bigrement rafraîchissante. Bien sûr, elle n'avait pas grand-chose de ces enfants pures et innocentes dont l'austère homme d'Église raffolait… C'était bien dommage. Bellecour, cependant, ne pouvait s'empêcher de trouver quelque attrait à sa silhouette gracile et enfantine. Et quand il tentait fébrilement de perfectionner sa prose, attablé pieusement dans la cuisine, son œil aiguisé se laissait trop facilement happer par le froufrou de son jupon, son souffle tout proche, ou par l'apparition aussi furtive qu'aguichante d'une cheville délicate. Son œil vif et acéré caché derrière de petits binocles ronds capturait à la volée, au gré des tâches domestiques, ces images troublantes de bras à demi dénudés, de cou gracile où battait un pouls discret et pourtant vibrant… Il s'imaginait alors, dissimulés sous le tissu, des jambes agiles et légères, un corps ingénu, frêle et enfantin. Mais bien souvent, le sinistre curé se raidissait d'un coup et se redressait sur sa chaise droit comme un « I », remettant subitement de l'ordre dans ses papiers et ses livres éparpillés sur la table avant de replacer avec ses mains moites les binocles qui glissaient sur son nez huileux. Déjà, sur le bateau, il y avait eu cette autre petite simplette qui lui avait fait perdre le contrôle. Elle avait envahi ses pensées jour et nuit, et malgré ses efforts il n'avait pas su combattre ses propres démons et s'était laissé aller à l'approcher. Si près. Trop près, bien trop près… Il ne pouvait pas reproduire la même erreur !

Ce matin-là, son exaspération était à son comble. La petite mulâtresse tournait autour de lui, virevoltait à nettoyer ceci ou à préparer cela avec une efficacité toute relative, brassant de l'air inutilement tout en faisant voler son jupon décoloré sous son nez. Le prêtre referma bruyamment son livre.

— Henriette ! cria-t-il. Allez donc faire les poussières ailleurs et cessez de faire du vent dans cette pièce !

Elle lui jeta un regard indifférent, sans vraiment réagir… Son indolence irrita le curé de plus belle.

— Allez ! Dehors ! rugit-il à nouveau.

— Si vous voulez, m'sieur l'abbé, répondit Henriette en haussant les épaules.

Elle tourna les talons, ramassa ses chiffons d'un air nonchalant et quitta la cuisine en fredonnant un air léger. Bellecour reprit sa respiration, il avait besoin d'air. Il saisit son matériel catéchistique et sortit sur le pas de la porte, décidé à se rendre au presbytère avec un peu d'avance sur l'horaire. La matinée s'annonçait belle mais chaude, comme toujours. Il resta planté sur le seuil quelques instants à humer les senteurs matinales. La petite dépendance dans laquelle on les avait logés se trouvait à deux pas du diocèse et de la cathédrale. La rue était assez large, droite et aérée comme toutes les rues du Vieux Carré. Bellecour appréciait ce côté rectiligne et ordonné de la ville. Au moins y avait-il ici quelque chose qui bénéficiait d'un semblant d'organisation…

Il quitta son logis sans entrain. Aujourd'hui encore, il lui faudrait enseigner à des esclaves obtus. C'était bien une idée de planteur que celle-là, le catéchisme en récompense d'une soumission exemplaire… Ses élèves étaient pour la plupart des esclaves du centre-ville que leurs maîtres envoyaient au presbytère par groupe de deux ou trois pour deux heures de catéchisme. Il n'était pas question de leur apprendre à lire et écrire. Un sacrilège ! Non, avec ceux-là, il s'agissait de purifier la foi tout juste naissante de ces cœurs primaires, une foi encore trop souvent teintée de pratiques païennes et diaboliques. Le prêtre entendait leur faire découvrir la vibrante parole de Dieu, la seule véritable, espérant domestiquer chaque jour un peu plus ce troupeau de travailleurs corvéables à merci. Ce faisant, leurs maîtres comptaient sur les religieux pour endormir d'éventuelles velléités de révolte. Ainsi, malgré ses réticences, Bellecour leur lisait deux heures durant les Évangiles. L'un après l'autre, jour après jour, semaine après semaine.

Le mardi, la classe était réservée aux esclaves de la plantation de la Ronde. Un jour spécial qui relevait d'une véritable expédition. Le contremaître de la plantation traînait au fond d'un chariot brinquebalant une petite dizaine d'esclaves dociles et épuisés depuis le domaine jusqu'au centre-ville. Le teint gris et l'œil sombre, le visage fendu de rides marquant un peu plus son air sévère, l'homme intimidait Bellecour. Non pas qu'il fût de haute prestance – sa silhouette de quinquagénaire, sèche et légèrement avachie, ne sortait pas de l'ordinaire, pas plus que son cheveu noir huileux, sa moustache et ses favoris entretenus avec soin, ou son habit de qualité bien qu'usé jusqu'à la corde –, cependant, un je-ne-sais-quoi d'inflexible et d'implacable émanait de cet homme. Tout était probablement dans son regard sombre, glaçant et dénué de toute émotion, qui mettait le curé mal à son aise.

Ce matin-là, le contremaître était déjà à pied d'œuvre lorsqu'arriva le père Bellecour. Le dos calé contre la façade du presbytère, une pipe fumante au bord des lèvres, l'homme devisait avec un individu au visage masqué par un vilain galurin. À quelques pas de là, une dizaine d'esclaves de tous âges étaient sagement assis dans un chariot et chuchotaient à voix basse. Lorsqu'il aperçut le Français, le contremaître fit signe à l'homme au galurin. Celui-ci jeta un œil mauvais au curé avant de déguerpir sans demander son reste.

— Mon père, vous êtes bien matinal ! lança le contremaître d'un air de défi.

— Monsieur Bauer, bonjour ! répondit Bellecour, impassible, drapé dans sa dignité ecclésiastique.

— Puisque vous êtes là, je vais pouvoir vous livrer ma cargaison, continua Bauer en désignant d'un coup de menton son chargement.

Dans la carriole, tout le monde s'était tu. Une dizaine de paires d'yeux fixaient maintenant le contremaître en silence, guettant un signe. D'un simple geste, l'homme ordonna aux esclaves de quitter la charrette dans laquelle ils étaient entassés. Ceux-ci se précipitèrent pour descendre, le regard bas et craintif, puis se regroupèrent docilement devant la porte du presbytère. Bellecour était béat d'admiration. Quelle autorité ! Le prêtre déverrouilla la porte d'entrée et s'effaça devant la colonne disciplinée qui pénétra à l'intérieur du presbytère. Resté seul sur le seuil avec le contremaître, il brava son appréhension.

— Il semble que vous sachiez y faire !

L'autre lui adressa un regard méfiant.

— Que voulez-vous dire ?

— Eh bien, manifestement, ils vous obéissent sans rechigner. J'aimerais savoir en faire autant avec la petite mulâtresse qui me sert de femme de charge.

— Ah ! Auriez-vous des problèmes de petit personnel ?

— Ne m'en parlez pas. C'est une de ces esclaves… Elle est très jeune, indolente, paresseuse et négligée. Elle n'entend rien à la discipline, contrairement aux vôtres !

— Oh, ne vous y fiez pas, mon père. Ceux-là ont été triés sur le volet. Le patron y tient.

— Que voulez-vous dire ?

— Venir ici est une récompense que l'on ne donne qu'aux plus obéissants. Ce sont les ordres de monsieur Sheperd.

— Ah ! moi qui pensais pouvoir prendre conseil auprès de vous pour la mulâtresse…

— Je peux certainement vous aider, allez. J'ai été propriétaire pendant vingt ans dans le Missouri ! Et contremaître depuis que je suis arrivé à La Nouvelle-Orléans. Alors je les connais bien, moi, tous ces nègres.

Bellecour ferma la porte du presbytère pour s'isoler des élèves et baissa la voix d'un ton.

— Leur nature est bien différente de la nôtre, n'est-ce pas ?

— Ça, c'est certain ! s'exclama Bauer.

Prudent, le contremaître se tut, plissant ses petits yeux bruns comme pour sonder l'abbé.

— Précisez votre pensée, poursuivit-il.

— Eh bien, cette nonchalance, cette arrogance parfois dans le regard…

— Tout ça, je vous rassure, ça se corrige. Autant vous prévenir tout de suite, rien ne sert de les sermonner ou de les amadouer. Il faut être ferme.

— Pensez-vous ! Je suis d'une nature intransigeante mais cela n'a rien donné avec celle-ci.

— L'avez-vous corrigée ?

Bellecour hésita.

— Comment ça ?

— L'avez-vous privée de repas ? L'avez-vous enfermée ? A-t-elle tâté du bâton ?

— Je l'ai sermonnée plus d'une fois, mais de là à l'affamer ou à la corriger, non, bien entendu…

— Nous y voilà. Ne cherchez pas, certains d'entre eux ne comprennent que le fouet !

Bellecour ouvrit de grands yeux.

— Le fouet ? Voyons, vous parlez à un homme d'Église !

— Peut-être, mon père, mais avec ceux-là, on n'a guère le choix.

Bellecour en resta muet. Bauer traitait de cette question avec un calme désarmant. Baissant le ton, le contremaître murmura avec l'accent de la confidence :

— Écoutez-moi bien, mon père, si vous n'obtenez rien avec votre mulâtresse, c'est qu'elle ne vous craint pas. Elle sait parfaitement comment ça se passe. Tant qu'elle n'aura pas reçu de correction, elle se dira que vous êtes content d'elle et elle ne changera rien à ses habitudes. Alors, à vous de voir…

Déstabilisé, Bellecour faisait son possible pour garder sa contenance. Il prit son air le plus pincé.

— Je vous remercie, monsieur, mais je doute de devoir en arriver à de telles extrémités.

— Comme vous voulez, répliqua Bauer, un sourire en coin. Mais ne perdez pas de vue que ces nègres ne sont pas plus intelligents que des animaux. Et leur nature est… perverse. Ils ont besoin de nous pour les guider vers le droit chemin. Et souvent, il n'y a que la manière forte pour ça. Mais vous ne pouvez pas encore le comprendre, vous n'êtes pas d'ici.

Bellecour écourta la conversation poliment. Bien que probablement nécessaire, la perspective de corriger la mulâtresse en faisant claquer le fouet n'était guère envisageable. L'archevêque ne l'admettrait pas et Fournerie en ferait un scandale, c'était certain. À la réflexion, rouer de coups un domestique qui se rendait coupable de menus larcins allait de soi. Mais il ne savait trop définir pourquoi l'idée du fouet découpant les chairs avait un tout autre effet sur lui. Il éprouvait une certaine répulsion à cette idée, mais aussi, et c'était bien ce qui le troublait le plus, une incontestable attirance à voir les chairs nues de la petite Henriette déchirées par la fine lanière de cuir… Ces pensées perturbèrent Bellecour toute la matinée. Confuses, elles erraient bien loin des Évangiles que sa bouche récitait avec application. Après plus d'une heure passée à lire à voix haute un passage du Livre des Rois sans parvenir à se concentrer sur la signification du texte, son esprit atterrit enfin sur le sol de terre cuite du presbytère. Lorsqu'il reprit pied, il se trouvait face à une dizaine de paires d'yeux inexpressifs qui le dévisageaient, attendant la suite du chapitre 20, verset 32. Il scruta un à un chacun des élèves qu'on lui avait confiés. À quelques exceptions près, il les trouva aussi hermétiques à l'apprentissage des Saintes Écritures que pouvait l'être Henriette et ne vit dans leur physionomie que l'aveu de leur condition. Obéissants, discrets, le regard fuyant et presque muets, ils n'étaient bons qu'à exécuter les ordres qu'on leur donnait. Bellecour n'était pas fin psychologue, et là où il aurait dû déceler la peur et la rage contenue, il ne vit que docilité et soumission naturelle. Là où leur mutisme n'était que prudence, il ne vit qu'imbécillité, à la limite de l'animalité. Il en conclut que ces pauvres hères donnaient bien raison à Bauer. À quoi servait-il en effet d'employer la persuasion ou la pédagogie avec ces êtres dénués de jugeote et de conscience ?

Il réalisa qu'il avait fait fausse route avec Henriette. Il l'avait considérée comme une domestique ordinaire, de celles que l'on trouve partout dans les campagnes françaises : étroites d'esprit, fainéantes mais tout de même douées d'un bon vieux sens commun. Or, il ne s'agissait pas de cela chez elle. Bauer était dans le vrai. La nature de ces esclaves à la peau sombre était différente… Le prêtre se décida à considérer avec le plus grand sérieux les conseils de Georges Bauer. Il lui fallait s'occuper au plus tôt du cas d'Henriette.

12

Au fil de l'eau

Julian Eckermann n'avait jamais vu de fleuve aussi large de toute sa vie. Il avait laissé derrière lui les douces collines de la Forêt-Noire et les ruisseaux cristallins des premiers contreforts des Alpes, traversé une campagne française ponctuée de petits villages et de clochers tout aussi charmants que ceux de son Allemagne natale, puis navigué pendant presque deux mois sur un océan dont l'immensité et la puissance lui avaient signifié l'infinie petitesse de l'homme dans l'univers. À présent, il se retrouvait face à un défi de taille : le fleuve Mississippi.

Installé confortablement sur les ballots de coton entassés à la proue du *Flying Cloud*, le migrant contemplait l'aube. Devant lui, calme et silencieux s'étendait le delta du Mississippi dont la surface était à peine ridée par la brise, avec ses multitudes d'îles recouvertes de forêts inhabitées. C'était à s'y perdre. Où se trouvaient donc les berges de ce fleuve aux eaux sombres et boueuses ? Plus d'une fois, le migrant allemand avait été surpris de constater que la forêt sauvage qu'ils longeaient depuis de longues minutes n'était autre qu'une île, avant que n'apparaisse tout à coup une autre rive, plus loin derrière, identique en tous points. Par endroits, la largeur du fleuve était telle qu'il était impossible de distinguer sans longue-vue une quelconque présence humaine sur l'autre rivage. C'est à peine si l'on apercevait les détails de la forêt.

Le soleil pointait à l'horizon. Quelques minuscules embarcations firent leur apparition, se détachant peu à peu du rivage – des pêcheurs qui partaient relever des lignes. De temps à autre, des bruits étranges accompagnaient la progression du bateau. Des croassements inquiétants résonnaient du fond de la forêt, alternant avec le chant d'oiseaux exotiques. Fasciné, l'Allemand au regard bleu azur crut distinguer dans les premières lueurs de l'aube de longs corps lourds glisser furtivement sur les berges, puis plonger dans l'eau sombre à l'approche du bateau. S'agissait-il de ces fameux alligators, ces monstres à la cuirasse d'écailles dont on lui avait parlé ? Soudain, il entendit sur le pont inférieur un bruit sourd. Il jeta un œil par-dessus son épaule. Sous la plateforme se dressaient de multiples caisses de bois, des ballots de coton, de tabac et de sucre entassés entre les piliers de fonte du pont supérieur. Des ombres ronflaient entre les caisses, allongées sur des sacs de tabac bien plus confortables que ceux du pont inférieur. Le migrant perçut quelques mouvements. Les hommes se retournaient dans leur sommeil, l'un d'eux avait dû se cogner contre une caisse. Lui-même avait laissé Theresa et les enfants blottis les uns contre les autres dans les deux lits rudimentaires de leur cabine à l'avant du pont supérieur, d'où l'on entendait de nuit comme de jour le bruit infernal de la machine à vapeur qui occupait quasiment tout l'avant-centre du bateau.

Sorti de sa rêverie, Eckermann se remit debout et traversa prudemment le parterre de sacs de toile qui tapissaient l'avant du bateau. Il sauta habilement de son promontoire et, arrivé à hauteur du ponton, s'engagea dans l'escalier. De là, le bruit des machines était assourdissant. Il rejoignit Theresa et les enfants dans leur petite cabine qu'il avait obtenue pour un prix raisonnable. Longue et étroite, celle-ci comportait, outre les deux lits, une vilaine table flanquée d'une bassine émaillée et d'un pot de chambre. Theresa était toujours blottie contre le petit Johann profondément endormi. Elle cligna des yeux lorsque la faible lumière de l'aube inonda son visage fatigué.

— Où étais-tu ? demanda-t-elle sèchement, inquiète et soupçonneuse.

Son frère s'assit à ses côtés. Le lit grinça sous son poids.

— J'admirais le lever du soleil, répondit-il avec douceur.

Elle poussa un long soupir et se laissa retomber sur le matelas.

— Pardon, murmura-t-elle dans un souffle, se reprochant son ton abrupt.

Julian remarqua ses traits fatigués. Sa sœur avait vieilli trop vite ces derniers mois. Ses joues s'étaient creusées et son regard n'avait plus l'éclat qu'il lui connaissait jadis.

— Détends-toi, Theresa. Nous ne courons aucun danger, ici.

Elle lui jeta un regard lourd de reproches.

— Ce n'est pas vrai, Julian. Je serai rassurée à notre arrivée. Pas avant.

— Theresa…

Elle se dégagea doucement pour ne pas réveiller le petit Johann et s'assit à côté de son frère. Elle poussa un nouveau soupir, de fatigue cette fois.

— Je vais me coiffer et préparer du gruau. Il me reste du lait d'hier.

Julian comprit qu'il devait sortir. Sa sœur aînée avait été mise à rude épreuve depuis leur départ. Durant la traversée, elle avait craint de perdre Anna et avait été horrifiée de voir son frère pris à partie par les autres passagers. Et puis il y avait cette tension permanente qui ne la quittait pas à devoir surveiller les enfants à chaque instant sur cette route semée d'embûches. Tout ça commençait à être de trop pour elle, et Julian se sentait responsable de l'avoir entraînée dans cette aventure. Contrarié, il voulut se changer les idées. Il décida de monter voir le pilote de quart. Il était bien le seul déjà éveillé à cette heure. Il grimpa quatre à quatre l'escalier menant jusqu'au second ponton où se trouvaient les cabines de l'équipage, puis emprunta un autre escalier pour gagner le poste de pilotage, au troisième et dernier étage. Juchée au sommet du navire à plus d'une dizaine de mètres au-dessus du niveau de l'eau, la cabine vitrée offrait au pilote une vue imprenable.

— Bien le bonjour, l'ami, s'annonça Eckermann.

Le pilote se retourna d'un mouvement vif.

— Bon sang ! J'vous ai pas entendu monter !

C'était un homme proche de la cinquantaine, desséché comme un fruit sec, la peau tannée par le soleil et le visage disparaissant sous une moustache hirsute et épaisse comme du crin de cheval. Cet extraordinaire ornement pileux était du même gris poivre et sel que ses cheveux qui dépassaient de sa casquette noire élimée. Il accueillit le nouveau venu avec bonhomie.

— J'ai rien contre un peu de compagnie, mon gars, mais faut pas me distraire, hein ? S'agit pas de perdre de vue ce banc de sable, là…

Il pointa son menton vers bâbord avant.

— Oh ! pardon, s'excusa le migrant. Je cherchais quelqu'un à qui faire la conversation. Tout le monde dort encore, en bas…

L'homme eut un rire bref.

— Que vous croyez ! Z'êtes pas allé faire un tour en salle des machines, vous !

Julian hocha la tête en signe d'assentiment. Il cala son dos contre le chambranle. L'endroit était purement fonctionnel. La pièce, d'un mètre cinquante sur deux, aux parois vitrées à mi-hauteur, était vide de tout ornement. L'espace central était occupé par une immense roue aux multiples poignées : le gouvernail. Le pilote s'était autorisé un petit confort. Une flasque de whisky trônait à l'avant du tableau de bord. L'homme jeta un œil à Julian et lança :

— Alors, fraîchement débarqué d'Europe, hein ?

— C'est ça…

— Et vous allez au nord-ouest comme tous les autres, je parie ?

— Omaha.

— Ah, ouais… Un peu plus loin que les autres. Beaucoup s'arrêtent à Kansas City.

— Et vous, d'où êtes-vous ? demanda le migrant.

— D'ici, du fleuve, répondit l'homme.

Il mâchouilla quelque chose sous sa moustache et cracha par terre.

— Moi, c'est Bennett. Et toi ?

— Eckermann.

— Ouais… Ton accent est bien allemand. J'ai hésité, faut dire. J'connais pas bien tous ces pays de l'autre côté de l'océan, même si mes ancêtres étaient de là-bas. Mais ça remonte tellement que personne s'en souvient dans la famille.

— Bennett, c'est plutôt anglais, non ?

— Ouaip, p't'être… Mais moi, ch'uis du fleuve, mon gars. Ch'uis né sur ses rives, j'y ai passé ma vie et j'y mourrai, c'est sûr.

Il tapa du plat de sa main sur le gouvernail comme pour légitimer ses dires.

— Alors, tu vas acheter un lopin de terre là-bas, à Omaha ?

— Oui. J'y emmène ma sœur et ses enfants.

— Ah, t'es pas seul. C'est bien, ça. Ce sera moins dur au début. Moi, seul ou pas, j'aurais jamais pu être fermier. Ça non ! Encore que, là-bas, dans l'Ouest, c'est peut-être faisable, mais ici… Je suis bien mieux sur mon bateau. Même si, faut ben l'dire, c'est une vraie vacherie, ce fleuve. Pire qu'une femme !

Julian Eckermann sourit.

— Pire qu'une femme ? Tu m'en diras tant…

— Pour sûr ! T'as beau être doux et prévenant, t'es jamais à l'abri de prendre une avoinée !

— Tu es marié, Bennett ?

— Oh, je l'ai été y a longtemps. Et ch'uis pas assez fou pour retenter l'aventure…

Il adressa un clin d'œil à son compagnon avant de recentrer son attention sur le fleuve.

— Ah ! Attention, on arrive à la Pointe Rouge !

Julian Eckermann se pencha par-dessus le tableau de bord pour mieux voir.

— La Pointe Rouge ? Qu'est-ce que c'est ?

L'homme eut un rire moqueur.

— Oh ! Tu verras rien au-dessus de la surface de l'eau. Tu vois le prochain coude, là ?

Le migrant opina de la tête. Le fleuve s'étirait méandre après méandre, et chaque coude ramenait presque le bateau dans la direction opposée à celle qu'il venait de suivre.

— Eh ben, faut se coller encore plus à la berge. Y a un haut-fond pile à bâbord avant et mieux vaut pas s'y frotter. Il reste des morceaux de carcasse de l'*Acadia* qui a coulé y a plus de dix ans.

— Pourtant, je ne vois rien du tout, répliqua Eckermann, les yeux rivés sur la surface de l'eau.

— C'est bien pour ça que c'est moi le pilote et pas toi, pardi !

Bennett s'apprêtait à entamer la manœuvre, ferme au gouvernail, et joua avec les manettes de pression de la machine. Il réussit à coller le vapeur contre la berge tant et si bien que des branches d'acacias vinrent racler le toit du ponton à tribord. On pouvait voir à cet endroit une nette séparation des eaux. De petites vaguelettes révélaient la présence du haut-fond à droite du fleuve qui filait à toute allure. Bennett poussa un « hourra ! » de soulagement une fois la zone tumultueuse passée.

— On croirait pas, hein ? Un fleuve si large, pourtant. Les passages pour remonter sont compliqués à prendre. Faut se coller à la berge pour éviter le courant qui t'emmène en aval. Mais les pièges le long des rives sont terribles…

Un commis monta à cet instant pour informer Bennett que le pilote en chef venait le relever de son quart. Julian laissa les deux hommes en conversation et décida de rejoindre Theresa et les enfants. La journée se déroula dans le calme, ponctuée par un arrêt vers midi pour refaire le plein de bois. Une pause d'une heure suffit à l'équipage pour charger le combustible tandis que les passagers se dégourdissaient les jambes. La plupart d'entre eux ne s'aventuraient pas très loin, craignant les moustiques et les alligators tapis le long des berges. De temps à autre, le *Flying Cloud* croisait un vapeur qui descendait vers La Nouvelle-Orléans. Ces embarcations se réservaient la partie centrale du fleuve, là où le courant était le plus fort. Des vivats et des cris de salut s'échangeaient de part et d'autre des bastingages dans une étrange ferveur. Les migrants qui remontaient le fleuve saluaient les marchands américains qui le descendaient, comme si, tous autant qu'ils étaient, ces hommes et ces femmes faisaient partie d'une seule et unique famille : la grande Amérique. Julian Eckermann était sidéré par la vitesse de ces bateaux descendant en aval du fleuve, de fantastiques machines portées par un courant galopant et qui atteignaient presque les quinze miles à l'heure.

Le voyage se poursuivit, paisible et monotone, au rythme des machines et des panaches de fumée. De rares événements, cependant, vinrent rompre la quiétude des voyageurs. Peu après Bâton-Rouge, vers la fin de la journée, de grands cris résonnèrent à l'avant du ponton.

Des enfants venaient d'apercevoir un énorme alligator sur la berge à tribord. La rumeur parcourut le pont en un éclair : le monstre faisait plus de sept pieds de long et se déplaçait à la vitesse de l'éclair sur quatre horribles pattes aux griffes fourchues. La bête avait plongé dans l'eau à l'approche du bateau, comme pour venir y chercher son dîner, sous les cris horrifiés des enfants et dans le brouhaha effrayé des parents qui accouraient pour se saisir de leur progéniture. Un autre jour, peu avant midi, un grand bruit sourd affola les mécaniciens et le pilote. Les passagers observèrent sans comprendre les hommes d'équipage quitter leur poste et se précipiter sur le ponton pour examiner les pourtours du bateau. La raison en fut vite trouvée. Un *snag*, un de ces énormes troncs d'arbres morts enlisés dans le lit du fleuve, venait de heurter la proue du vapeur et longeait tranquillement les flancs du bateau à bâbord dans un silence menaçant. Pas de voie d'eau, cette fois-ci, mais les hommes restaient vigilants.

Malgré ces événements, une routine s'était installée. Les passagers s'étaient acclimatés au bruit omniprésent des machines. Ils ne s'extasiaient plus devant les oiseaux ou les alligators qui croisaient le chemin du navire et avaient repris leurs activités coutumières : jeux de cartes, lecture pour les plus cultivés, sieste pour la plupart. De son côté, Julian Eckermann faisait la lecture aux enfants et leur confectionnait quelques jouets avec les branchages qu'il ramassait sur les berges. Habile de ses mains, il jouait de son couteau pour créer des petits personnages ou des chevaux de quelques centimètres de hauteur, à la grande joie de la bruyante troupe d'enfants réunis sur le ponton. Mais ces occupations étaient répétitives et il finit par s'impatienter.

Lassé de tourner en rond, le jeune homme se rapprocha de l'équipage, s'intéressa à la mécanique des machines et se rendit utile de temps à autre. Il donnait à présent volontiers un coup de main aux commis pour refaire le plein de combustible dans la salle des machines et participait au ravitaillement en bois lors des arrêts quotidiens. Outre les escales aux relais, le vapeur fit des haltes de deux heures dans les ports les plus importants : Natchez, Vicksburg et Memphis. Seulement quelques passagers y accostèrent, le *Flying Cloud* n'ayant à son bord que quelques marchands, la majorité étant des migrants qui ne descendraient qu'à Saint-Louis. Le dixième jour, le vapeur atteignit Cap-Girardeau, un port important situé à une centaine de miles au sud de Saint-Louis. Il ne restait tout au plus que deux jours de navigation. Une partie de la cargaison y fut déchargée et quelques marchands montèrent à bord, accompagnés de leurs manutentionnaires dont un certain nombre étaient des esclaves. Le bateau quitta le port le soir même, alors que le soleil disparaissait derrière les hautes futaies de la forêt. Les marchands ne tardèrent pas à se retrancher dans leurs confortables cabines tandis que leurs hommes s'installaient par petits groupes sur le ponton qui, dégagé d'une partie de sa cargaison, avait pris des airs de dortoir.

Quelques heures seulement après avoir laissé les dernières lumières de Cap-Girardeau à bâbord arrière, le calme revint sur le *Flying Cloud*. Assis sur les marches de l'escalier menant à la cabine de pilotage, Julian Eckermann et Zach Bennett devisaient sur la beauté du ciel étoilé, partageant une cigarette et une flasque de whisky.

— Je t'assure, Bennett, la lune est plus grosse ici, répétait Eckermann. Regarde-moi ça, dit-il en levant les yeux au ciel. Je n'ai jamais vu un quartier aussi large !

Le vieil homme secoua la tête, incrédule.

— Fiston, c'est pas possible. La lune, c'est la lune. Elle peut pas avoir deux tailles différentes, une chez toi, en Europe, et une autre ici !

— Mais si, c'est tout à fait possible, lui répondit le migrant en riant. C'est une question de trajectoire et d'inclinaison de la Terre.

— Foutaises ! J'comprends rien à ton charabia ! Tiens, bois un coup au lieu de m'abreuver de tes sornettes !

Eckermann rit de plus belle.

— Non, ça va ! Ça va ! On a assez bu pour ce soir, l'ami. Tu prends ton quart dans quatre heures, tu ferais mieux de te reposer.

Joignant le geste à la parole, il fit mine de se lever, lorsqu'une secousse fit vibrer l'escalier en fonte, suivie d'un bruit sourd. Bennett bondit d'un coup.

— Bon sang ! cria-t-il. Un *sawyer*[1] !

— Un quoi ? cria Eckermann à son tour.

— Un tronc d'arbre, bon sang ! Ça peut crever la coque !

Affolé, le vieil homme dévala l'escalier à toute vitesse, laissant tomber sa flasque de whisky qui se répandit sur les marches. Inquiet, Julian le suivit dans sa course vers le pont inférieur. Les hommes d'équipage

1. Tronc d'arbre flottant dans les eaux du Mississippi.

étaient déjà sur place, agglutinés autour de la proue du navire.

— Sacredieu ! cria l'un. Il est énorme !

Julian Eckermann s'accrocha à un hauban et se pencha par-dessus bord pour voir ce dont il s'agissait. Un faible clair de lune illuminait les eaux noires du fleuve et il distingua avec effroi le tronc d'un arbre mort d'au moins un mètre de diamètre et une dizaine de mètres de long, flottant contre la coque du bateau qu'il avait heurtée comme l'aurait fait un puissant bélier. Eckermann se tourna vers Bennett.

— Qu'est-ce qu'on peut faire ?

Le vieil homme marmonna dans sa moustache.

— Bon sang de bon sang de bon sang ! Pour sûr, c'est un coup dur ! Pourvu qu'il n'ait pas percé la coque !

Le capitaine ordonna d'aller chercher des cordages pour amarrer le tronc. Les hommes d'équipage réagirent avec rapidité ; ils savaient parfaitement quoi faire. Deux d'entre eux lancèrent les cordes en lasso de manière à attraper le reste des grosses branches sur le flanc de l'arbre. Une fois les cordes solidement amarrées, les hommes se mirent en rang, Julian en tête, pour hisser les cordages et faire pivoter le tronc qui restait désespérément coincé contre la proue du navire. Au cri du capitaine, ils tirèrent tous à l'unisson. Soudain, une voix retentit. Elle semblait provenir de l'arbre.

— Hey ! Du bateau !

L'équipage se figea, cordages en main.

— Qui va là ? hurla le capitaine.

— Au secours ! hurlait la voix.

Les hommes d'équipage essayèrent de voir qui pouvait se cacher sur le tronc d'arbre, mais la nuit était trop sombre et il était impossible de distinguer entièrement la forme du corps flottant. Quelques-uns se signèrent, craignant l'apparition d'un démon du fleuve. La voix cria de nouveau :

— Hey, du bateau, aidez-moi !

Cette fois, le capitaine n'hésita plus.

— Qui que vous soyez, on va faire pivoter ce foutu *sawyer* et l'envoyer par bâbord !

Il ordonna à ses hommes de recommencer la manœuvre. Tout le monde obtempéra malgré la frayeur que l'on pouvait lire sur certains visages. Julian et les hommes d'équipage tiraient sur les cordages par à-coup, cherchant à déstabiliser l'arbre flottant. Quelques minutes d'efforts suffirent à le dégager. Le tronc d'arbre tourna doucement sur lui-même et glissa en direction du centre du fleuve. Un « hourra » général salua son départ. Soudain, Julian Eckermann aperçut une ombre bouger sur les flancs du tronc.

— Hey, il y a quelqu'un ? cria-t-il.

Il avait nettement distingué une forme humaine à moitié immergée et accrochée au tronc qui tentait de se glisser vers l'un des cordages que l'on avait fixé autour d'une branche lors de la manœuvre. Le migrant rattrapa *in extremis* le cordage abandonné et le laissa volontairement filer avec l'arbre. Il hurla à l'inconnu :

— Attrapez la corde et détachez-la de l'arbre, vite !

Le capitaine saisit Eckermann par les épaules.

— Lâchez cette corde immédiatement ! Le *sawyer* va vous emporter et on ne pourra rien faire pour vous !

— Mais on ne peut pas laisser cet homme !

— Si, on peut ! On a cent vingt passagers sur ce bateau, et peut-être une voie d'eau !

Le cordage se tendait à mesure que le tronc s'éloignait du bateau. Tout à coup, Julian ressentit une violente secousse. À ce moment, la voix hurla :

— Ça y est, je l'ai ! Pitié ! Hissez-moi à bord !

Eckermann tira sur la corde et celle-ci vint sans effort car elle avait été détachée du *sawyer*. Voyant cela, quatre ou cinq hommes d'équipage, Bennett en tête, vinrent lui prêter main-forte. Quelques instants plus tard, le naufragé était à portée.

— Allez, mon gars, attrape ma main ! lança Eckermann.

Il hissa l'inconnu sur le ponton. Il était léger comme un fétu de paille. C'était un homme à la peau noire, vêtu de l'un de ces grossiers pantalons de toile que portent les esclaves. Le migrant l'aida à se remettre debout.

— Mon vieux, on peut dire que vous revenez de loin !

Les hommes d'équipage, agglutinés autour de Julian, se turent. Le capitaine prit un air soupçonneux.

— D'où viens-tu ? Qui est ton maître ?

L'homme noir jeta un œil effrayé autour de lui avant de répondre :

— De Natchez[1], sir ! La famille Thompson, sir !

— Et qu'est-ce que tu fais là ?

Le migrant dévisagea le capitaine, ne comprenant pas cette agressivité soudaine. Des voix s'élevèrent parmi les membres de l'équipage. C'était pour sûr un marron. L'un d'eux lâcha :

— Aux fers !

— J'ai rien fait de mal, sir, j'vous jure ! Ch'uis tombé du bateau où j'étais avec monsieur Thompson ! *Le Neptune*, qu'y s'appelait !

1. Ville portuaire du fleuve, État du Mississippi.

L'homme était trempé, visiblement affaibli. Il tenait à peine debout. Impassible, le capitaine s'adressa à son pilote en chef :

— Monsieur Gardner, attachez-le sur le ponton et qu'un homme le surveille. On verra à Saint-Louis ce qu'on fera de lui.

Eckermann, toujours aux côtés du rescapé, ouvrit la bouche pour protester, mais Bennett ne lui en laissa pas le temps.

— Tais-toi donc ! Viens par là, souffla-t-il.

Tandis que les passagers réveillés par le tohu-bohu regagnaient leurs cabines, Bennett prit à part son nouvel ami.

— Va pas t'en mêler, Eckermann. Je vois bien quel genre d'homme tu es…

— Qu'est-ce que tu veux dire ? On ne va quand même pas…

— Mais si ! Ils vont enchaîner ce pauvre bougre. Laisse les gens d'ici régler leurs problèmes. De deux choses l'une : soit ce nègre est ici parce qu'il s'est enfui, soit parce qu'il est vraiment tombé à l'eau. Dans les deux cas, son honnête propriétaire va perdre beaucoup d'argent si ce nègre ne lui est pas rendu.

— Un honnête propriétaire ?

— Ben ouais, un honnête propriétaire ! C'est comme ça, ici. Laisse tomber, j'te dis.

Eckermann n'en croyait pas ses oreilles. Il venait de sauver un homme de la noyade pour le voir maintenant être traité comme du bétail. Il dévisagea Bennett avec dédain.

— Je vais lui apporter de l'eau et de quoi manger. Et n'essaie pas de m'en empêcher ! cracha-t-il à son ami.

Il tourna les talons, plantant là le pilote. Il passa en coup de vent aux cuisines, y confisqua une bouteille de vin et un morceau de pain puis revint sur le ponton. Le prisonnier était affalé contre un poteau de soutènement, les mains attachées dans le dos. Il tremblait. Le commis désigné pour le surveiller était assis à bonne distance et pelait une pomme. Eckermann s'agenouilla aux côtés du prisonnier.

— Vous avez faim ?

— Un peu, oui. J'ai surtout très soif, monsieur.

Eckermann déboucha la bouteille de vin et l'approcha des lèvres de l'esclave.

— Comment vous appelez-vous ?

— Lucius, monsieur. Lucius Brown.

Tandis qu'il buvait à grandes gorgées le vin, Eckermann l'observa de plus près. L'homme était maigre, il avait les yeux fiévreux et tremblait comme une feuille.

— Ça va pas, Brown ? Vous êtes malade ? Combien de temps êtes-vous resté dans l'eau ?

— J'ai froid. J'y ai passé une bonne partie de la soirée. Il était juste 18 heures quand je suis tombé.

— Mangez, alors. Vous avez besoin de reprendre des forces, répondit Julian en détachant des morceaux de pain qu'il porta à la bouche du captif.

Il resta quelques instants à ses côtés, lui proposa à nouveau du vin.

— C'est tout ce que je peux faire pour vous ce soir. Tâchez de reprendre des forces, cette nuit.

L'homme lui jeta un regard vide et fatigué.

— Merci bien, m'sieur…

L'arrivée de Lucius Brown aurait pu n'avoir aucune conséquence sur le reste du parcours du *Flying Cloud*. Le ciel était clément, aucun autre *sawyer* ne menaça la coque du bateau et le prisonnier, toujours aussi faible, resta sagement attaché à son poteau toute la nuit. Au matin, l'équipage se relaya pour le surveiller. On poussa la magnanimité jusqu'à le détacher quelques instants afin qu'il se dégourdisse un peu les jambes. Eckermann avait renoncé à s'en mêler. Après tout, du moment que l'homme était nourri et qu'on ne le maltraitait pas, pourquoi interviendrait-il ? Vers midi, un nouveau commis lui apporta un bol de gruau. Mais le prisonnier refusa de s'alimenter et recracha la bière qu'on lui donna.

— Hey, t'es pas un peu gonflé ! cria le commis, excédé. On ne te donnera plus rien si tu gâches tout ainsi !

L'homme tremblait et se tenait maintenant la tête entre les mains.

— Ah ! J'ai mal ! J'ai mal ! hurlait-il.

Le commis plissa les yeux sans se défaire de son air hautain.

— Quoi ? Qu'est-ce que t'as ?

L'homme sortit la tête de ses mains et révéla un visage gonflé et des yeux injectés de sang. Des gouttes de sueur perlaient sur son front. Le commis recula, effrayé.

— Qu'est-ce que c'est ? Qu'est-ce que t'as ?

Des tremblements secouaient maintenant Lucius Brown. Le commis s'enfuit à toutes jambes et revint quelques instants plus tard accompagné du capitaine et du pilote en chef. Prudent, ce dernier s'arrêta à bonne distance du prisonnier.

— Bon sang ! Il lui faut un médecin…

Livide, le capitaine serra les mâchoires. Il demanda à l'homme ligoté depuis quand il était malade. L'homme ne répondit pas.

— Je parie que tu le savais quand t'es monté à bord, crapule !

L'esclave leva les bras pour se protéger des coups.

— C'est pas ma faute, j'vous jure ! Y m'ont jeté à l'eau ! J'savais pas, moi…

— Qui ça ? Qui t'a jeté à l'eau ? Pourquoi ?

— Mon maître, pardi ! L'a vu que j'commençais à avoir d'la fièv alors l'a pas cherché longtemps et il m'a fait jeter par-dessus bord !

Le capitaine sortit de ses gonds.

— Pourquoi ? Réponds ! hurla-t-il. Pourquoi ton maître t'a-t-il jeté par-dessus bord ?

— Il avait peur du *vomito negro*, m'sieur… C'est pour ça qu'on est partis de Natchez. Y avait déjà eu cinq morts à la plantation !

Le pilote en chef se tourna vers son capitaine et lui demanda :

— Qu'est-ce qu'il a, monsieur ?

— La fièvre jaune, souffla le capitaine atterré. Que le Seigneur ait pitié de nous !

13

Le démon

C'était une de ces soirées terriblement pluvieuses durant lesquelles le ciel déversait des trombes d'eau pendant des heures. Les fossés s'emplissaient en quelques heures, les rues terreuses de La Nouvelle-Orléans devenaient des bourbiers et les pelouses de Jackson Square prenaient des airs de marécage. « Tout est décidément dans l'excès, ici », pesta Auguste Bellecour. Même la pluie est incapable de tomber doucement, régulièrement, intelligemment, comme il aimait à le dire. Non, il fallait que ce soit une pluie forte, drue, qui ravinait la terre, noyait les jeunes pousses ou gâtait les récoltes, accompagnée souvent de vents violents. Pour les autochtones, il ne s'agissait que de la pluie du soir. En France, on aurait parlé d'une méchante tempête.

Bellecour avait été convié, avec l'abbé Fournerie et trois séminaristes fraîchement débarqués en ville, à un dîner à l'archevêché prévu à 19 heures. Le rigoriste homme d'Église pestait d'avance de devoir sortir par un temps pareil. Tout ça pour écouter Monseigneur et son ami Fournerie deviser avec complicité de tout et de rien. Quand il ne leur prenait pas l'envie de s'essayer à parler politique et philosophie ! fulminait Bellecour. Ces deux-là s'entendaient comme deux larrons en foire, refaisant le monde à leur façon. Une façon qui consistait à brosser l'oisiveté des plus paresseux dans le sens du poil, en somme à perdre son temps à instruire des esprits obtus et inadaptés à l'instruction tout en omettant la partie la plus importante, la plus cruciale, le cœur de l'action missionnaire : l'évangélisation ! Pour gâter le tout, Bellecour arriverait en retard à ce dîner, ce qui ne serait pas du meilleur effet.

De fait, il courut à travers les rues du Carré français, levant péniblement sa soutane à mi-mollet pour ne pas la mouiller. Il pataugeait maintenant dans deux bons centimètres d'eau et de boue, courbant l'échine sous le déluge qui se déversait sur ses épaules. Arrivé à l'archevêché, il se trouva bien embarrassé. Il dégoulinait pitoyablement sur le marbre blanc et ne savait trop s'il devait pénétrer dans les appartements de l'archevêque dans cet état. Il fut accueilli par un diacre qui lui proposa des serviettes afin qu'il puisse se sécher avant de rejoindre le grand salon où monseigneur Blanc et l'abbé Fournerie étaient déjà en grande conversation.

— Nous serons fixés d'ici deux semaines, de toute façon, précisait l'archevêque tandis que le diacre venait de refermer la porte.

Entendant le crissement des chaussures détrempées sur le parquet, le vieil homme s'interrompit. Un coup d'œil sur le pauvre hère figé sur le seuil l'alarma.

— Ah ! Bellecour, mon pauvre ami ! Vous voilà dans un bel état ! N'avez-vous pas investi dans un parapluie ?

Le prêtre rejoignit les cinq hommes d'Église qui s'étaient installés dans de confortables banquettes de velours et s'assit avec précaution dans un fauteuil, affectant de ne pas en abîmer le tissu délicat.

— Ne m'en parlez pas, Excellence ! bougonna-t-il. Même un parapluie ne peut rien contre un tel déluge !

— Allons donc… Séchez-vous et prenez un cognac pour vous remettre, le rassura-t-il en lui tendant un verre. Vous arrivez à un moment crucial, voyez-vous !

— Ah, bon ? s'étonna l'autre.

— Parfaitement ! confirma l'archevêque. Nous en étions à faire des pronostics sur le résultat des élections. Quelle est votre opinion, Bellecour ?

Le prêtre plissa les yeux, méfiant. Il scruta les cinq coreligionnaires qui lui faisaient face. Fournerie affichait comme toujours un air débonnaire et cachait bien son jeu. L'archevêque, avec son côté paternaliste, cherchait certainement à l'évaluer. Quant aux trois autres, de jeunes séminaristes à peine sortis de l'enfance, ils ne faisaient que boire les théories de leurs aînés et se gardaient bien d'avoir une quelconque opinion sur quoi que ce soit.

— Oh, ne me demandez surtout pas cela ! répondit Bellecour du bout des lèvres. Je connais trop peu ce pays pour me permettre de jouer au devin.

Ses yeux mi-clos glissèrent sur Pierre Fournerie alors que ses lèvres esquissaient un sourire obséquieux.

— Mais vous, l'abbé, qui avez déjà passé quelques années ici, vous avez certainement une opinion pertinente… Peut-être l'avez-vous déjà partagée ?

— Hum, la situation était bien différente il y a quatre ans, répondit Fournerie avec sincérité. Puis, s'adressant aux trois jeunes séminaristes : À la réflexion, voilà un sujet qu'il serait bon d'aborder ce soir avec vous, messieurs. Il est important, lorsque l'on entend évangéliser les populations, de comprendre leur histoire et les drames qu'elles ont traversés. Ce qui s'est passé au Kansas il y a quatre ans va jouer un rôle incontestable dans le résultat de ces élections.

Bellecour fit grise mine. Fournerie allait encore briller par sa rhétorique. Il se consola avec une gorgée de cognac.

— La situation était différente, reprit Fournerie, mais elle explique par bien des façons ce que nous vivons actuellement. Avez-vous entendu parler du *Bleeding Kansas* ?

Les trois jeunes séminaristes, presque imberbes, secouèrent la tête de concert. L'abbé s'éclaircit la voix :

— Eh bien, figurez-vous que tous les Américains ne soutiennent pas l'usage de l'esclavage. Loin de là. Les États situés au nord du trente-sixième parallèle interdisent l'esclavage, alors que la plupart de ceux situés au sud l'y autorisent.

— Pourquoi ça ? demanda Jean Bouvier, certainement le plus audacieux des jeunes hommes en soutane.

— C'est bien simple, répondit l'archevêque, toute l'économie du coton et du tabac repose sur cette main-d'œuvre quasiment gratuite… Dans le nord du pays, l'esclavage a été aboli il y a bien longtemps, avant même la guerre d'Indépendance. La prospérité y est maintenant assurée par une industrie moderne et beaucoup plus rentable, qui peut payer de vrais salaires.

— On pourrait très bien en rester là : le Nord « libre » et le Sud « pays d'esclavage », ajouta Fournerie. Mais voilà que l'Union entend conquérir l'Ouest à grande vitesse. La question est donc de savoir si l'esclavage sera autorisé ou pas dans ces futurs États de l'Ouest.

— N'est-ce pas au pouvoir fédéral de Washington de décider ? demanda Bouvier.

— Bien sûr ! confirma l'archevêque. Mais l'Union comprend autant d'États esclavagistes que d'États anti-esclavagistes, ce qui veut dire que le Parlement compte autant de voix *pour* que de voix *contre*... Impossible de trancher !

— Il y a cinq ans, continua Fournerie, le gouvernement fédéral a fait une grossière erreur en faisant voter une loi qui laissait à chaque futur État toute latitude pour autodéterminer sa politique en matière d'esclavage. C'était au peuple du futur État de décider. C'est cela qui a mis le feu au territoire du Kansas.

— Pourquoi ? demanda à nouveau Jean Bouvier.

— Dans la perspective du référendum qui autodéterminerait la constitution du futur Kansas, les États des deux bords envoyèrent chacun une marée de colons s'installer dans le Territoire afin d'orienter le vote. Voyant les colons du Nord arriver en masse, les esclavagistes du Missouri ont dépêché au Kansas des milices pour intimider les populations antiesclavagistes fraîchement installées.

— Des milices ? s'étonna le plus rondelet des séminaristes, resté jusqu'à présent muet.

— Oui, ceux qu'on a appelés les Border Ruffians. Des armées privées levées par de grands propriétaires terriens du Missouri. Des contremaîtres, des hommes de main, des criminels aussi. Ils ont organisé des raids sur les fermes des colons nordistes puis brûlé les récoltes et incendié leurs propriétés en commettant crime sur crime.

— Comment cela s'est-il terminé ?

— Je ne crois pas que l'on puisse dire que cela soit vraiment terminé. On a bien élu deux gouverneurs, l'un esclavagiste, l'autre antiesclavagiste, dans deux villes différentes. Mais le gouvernement fédéral a accusé les esclavagistes de fraude électorale… Alors les Border Ruffians ont encerclé la ville de Lawrence et l'ont assiégée.

— Une guerre en bonne et due forme ? s'étonna Bellecour.

— Pas réellement, infirma Fournerie. Plutôt une guérilla locale, sans uniformes et aux forces invisibles. Les crimes commis ont cristallisé les passions de part et d'autre. L'escalade de violence a atteint son paroxysme avec une série d'assassinats perpétrés dans les deux camps. Le nouveau gouverneur, nommé par Washington, a fini par faire intervenir l'armée fédérale pour pacifier le Territoire.

— Hum… Et en quoi cela va-t-il peser sur les élections de ce mois-ci ? demanda Bellecour, dubitatif.

— Les tensions sont toujours présentes, reprit l'archevêque. De nouveaux incidents ont eu lieu à la fin de l'année dernière. La question n'est toujours pas tranchée, ni pour le Kansas ni pour le reste du pays. Les grandes exploitations de tabac et de coton s'accrochent à l'esclavage comme une puce sur le dos d'un chien, alors que les gens du Nord refusent cette pratique au nom de principes chrétiens. Les tensions sont de plus en plus palpables, même ici.

— Et nous, Excellence, quelle position devons-nous prendre ? demanda Bouvier.

— Ah ! Voilà une bonne question ! Voyez-vous, nous ne pouvons pas officiellement rejeter le mode de vie de nos administrés. Il ne nous resterait plus qu'à plier bagage sur-le-champ. Mais nous ne pouvons pas non plus le légitimer, et ce pour des raisons évidentes. Notre devoir est de nous assurer que tout ceci se déroule avec un minimum de sentiment chrétien. Par nos prêches, nous pouvons influencer les esprits et, qui sait, au fil des ans, faire reculer cette pratique d'un autre temps.

— Ce qui pourrait arriver de meilleur à ce pays serait l'élection de ce monsieur Lincoln, conclut Pierre Fournerie.

— Pourquoi ? demanda Bellecour.

— C'est le seul candidat à avoir inscrit l'abolition de l'esclavage à son programme. Reste à savoir comment réagiraient dans ce cas les États du Sud.

— Certainement mal, nota l'archevêque. Cela pourrait même mettre le feu aux poudres.

Le vieil homme soupira bruyamment avant de finir son verre de cognac. Un silence inquiet s'installa.

— Messieurs, il est temps de passer à table, reprit l'archevêque en se levant de son fauteuil. Je n'ai plus 20 ans, ni même 60 ! J'ai bien l'intention de me coucher de bonne heure. De toute façon, mon estomac crie famine !

Les invités suivirent le mouvement, et un ballet de soutanes noires se dirigea vers la salle à manger.

Comme à son habitude, Bellecour fut aussi taciturne que Fournerie était loquace et aimable. Ce dernier appréciait manifestement de refaire le monde avec les jeunes séminaristes qu'il considérait comme les futures forces vives de l'Église. Après tout, sa mission n'était-elle pas de s'effacer bientôt devant ces jeunes générations ? Lorsque le dîner toucha à sa fin, Bellecour fut le premier à quitter les lieux. Il avait fait son devoir et répondu positivement à l'invitation de Son Excellence mais il n'y avait pris aucun plaisir. Il n'avait pas l'intention de s'éterniser.

C'était déjà le milieu de la nuit et l'orage était passé. Sur le seuil de l'archevêché, Bellecour leva le nez pour admirer le ciel étoilé et le quartier de lune qui scintillait au-dessus de sa tête. Il huma l'air encore chargé d'humidité et en apprécia la fraîcheur. Le trajet jusqu'au logis fut bien plus serein qu'à l'aller, même s'il devait veiller à ne pas s'enfoncer dans les bourbiers qui jalonnaient encore les rues. Arrivé rue Sainte-Anne, il fut intrigué par la faible lueur qu'il percevait depuis la fenêtre de la cuisine. Il pesta contre Henriette. Elle avait encore oublié d'éteindre les bougies. « Maudite soit-elle, rumina-t-il. Elle finira un jour par mettre le feu ! » Il pénétra dans le presbytère et se dirigea vers la cuisine. Personne. La lueur provenait en fait d'une petite lucarne nichée sur le mur donnant dans l'arrière-cour. Bellecour ressortit de la cuisine, longea le corridor et se dirigea vers la porte de derrière. Il ne mettait jamais les pieds dans cette arrière-cour, mais il faut dire qu'il n'avait jamais rien eu à y faire. C'est là que Henriette faisait sécher le linge et déplumait les poulets. C'était un endroit sans intérêt, coincé entre les façades des immeubles avoisinants et où le soleil ne pénétrait jamais. Lorsqu'il ouvrit la porte arrière de la maison, le prêtre fut saisi d'effroi en découvrant le spectacle sordide qui s'offrit à son regard. Une multitude de bougies à la lueur rougeâtre étaient disposées sur le sol, projetant des ombres monstrueuses qui dansaient sur les murs éclairés par les flammes. On aurait dit un ballet sorti tout droit de l'Enfer. Des plumes de poulet étaient éparpillées tout autour d'Henriette qui se tenait à genoux devant une sorte d'autel entouré de bougies, les mains ensanglantées et marmonnant une litanie incompréhensible. Un poulet dont on avait coupé la tête gisait à ses pieds.

— Qu'est-ce que ça veut dire ? hurla Bellecour, horrifié.

Henriette fit volte-face, les yeux exorbités, effrayée à son tour par l'arrivée du prêtre. Un rictus de dégoût se peignit sur le visage du prêtre.

— Démon des Enfers ! Tu es le démon, sorcière ! cracha-t-il.

Il se précipita vers elle et agrippa ses cheveux avec violence, la secouant dans tous les sens.

— Qu'est-ce que c'est, sorcière ? Quel démon as-tu invoqué ?

Elle gémit sans pour autant hurler. Il la mit debout et la saisit par la taille pour la neutraliser.

— Je le savais ! cria-t-il, hors de lui.

Il lui cracha à la figure, déversant tout son mépris pour tout ce qu'elle incarnait en cet instant : la perversion, le paganisme, l'essence même du mal. Il comprit soudain qu'il avait été séduit par le même démon qui possédait la petite esclave. Cela expliquait tout :

cette fascination lascive qu'il éprouvait pour ce corps gracile, cette attirance incontrôlable ! Il la gifla de toutes ses forces, laissant libre cours à sa rage et à son dégoût. Le sang coula des lèvres de la jeune fille. Elle l'essuya d'un revers de la main. La haine se lisait à présent dans ses yeux noisette. Elle lui cracha au visage à son tour et psalmodia une litanie que Bellecour ne comprit pas.

— Tu es un mauvais homme, prêtre ! cria-t-elle. J'ai bien vu comment tu me regardes. Ayeda Wedo[1] m'avait mise en garde contre toi. Tu es mauvais ! Mauvais !

Il la gifla de nouveau et elle tomba à la renverse, se cognant la tempe sur le pavé. Elle se releva aussitôt, gémissant, le visage en sang. Frêle et tremblante, elle faisait pourtant toujours face à l'homme d'Église, et cette insolence le rendit fou. Il se jeta sur elle, saisit son cou gracile à pleines mains, le serra de toutes ses forces, écrasant le corps de l'esclave contre le mur de briques rouges. Henriette essayait désespérément de se défaire des longs doigts crochus de l'abbé enserrés autour de sa gorge, de libérer de son emprise sa trachée et sa veine carotide, mais rien n'y fit. Peu à peu, elle sentit ses forces l'abandonner alors que l'air se vidait de ses poumons et que le sang enflait ses tempes. Sa poitrine s'enflamma d'une brûlure insoutenable et les vaisseaux de son cou se gonflèrent. Elle suffoquait mais ne pouvait détacher ses yeux horrifiés du visage de l'abbé. Les mâchoires serrées, les yeux exorbités d'une folie meurtrière, la face rougie, l'homme d'Église avait

1. Esprit vaudou haïtien, déesse du ciel, des nuages et des tempêtes.

perdu toute figure humaine. Ce fut la dernière chose qu'elle vit…

L'abbé sentit alors le petit corps se relâcher entre ses mains. La tête roula sur le côté et les mains retombèrent le long du torse, puis la jeune esclave glissa doucement contre le mur avant de s'écrouler à terre. Bellecour resta un instant interdit et ne prononça pas un mot. Enfin, il s'accroupit à côté d'elle, sourit au petit corps sans vie, enfermé dans sa folie…

— Voilà, je t'ai libérée du démon, mon enfant. Te voilà enfin paisible. Je t'ai sauvée du démon… Je t'ai sauvée ! répéta-t-il en lui caressant les cheveux d'un air attendri.

Au bout de quelques instants, son regard changea, comme s'il reprenait enfin conscience. Il se releva et regarda autour de lui, hagard, prenant la mesure de ce qui venait de se produire : la petite esclave était morte ! Qu'allait-il se passer, à présent ? Paniqué, l'homme d'Église se précipita dans la cuisine et sortit dans la rue. Il s'arrêta tout net sur le pas de la porte. Que fallait-il faire ? Il ne pouvait se permettre d'être accusé de l'avoir tuée ! C'était un accident… Il devait cacher le corps, faire disparaître toutes ces bougies. Diable, comment allait-il s'y prendre ? C'est que Fournerie allait rentrer sous peu lui aussi ! Comment faire pour qu'il ne découvre pas ce désastre ? Le prêtre fit demi-tour et retourna dans l'arrière-cour. Dans un mouvement de frénésie, il renversa les bougies, éteignit tous les feux et plongea la petite cour dans le noir absolu. Puis il rentra dans le bâtiment et referma la porte avec soin. Après tout, Fournerie n'avait aucune raison d'aller dans la cour en pleine nuit. Sans la lueur des bougies, lui-même ne se serait pas inquiété de savoir ce qui s'y passait. Mais ça n'allait pas suffire à le sortir de ce mauvais pas. Il lui fallait de l'aide. Le nom de Bauer lui vint immédiatement à l'esprit. L'homme saurait quoi faire dans cette situation. Sans attendre, le prêtre se précipita dans les écuries du presbytère, au coin de la rue, et sella le premier cheval qui lui tomba sous la main.

Quelques minutes plus tard, il chevauchait en direction de la Ronde, déterminé à traîner Bauer jusqu'au presbytère. Coûte que coûte.

14

Quand l'infamie fait loi

Le contremaître de la Ronde avait passé une mauvaise journée. Sheperd lui était tombé dessus tôt le matin, furieux après avoir découvert deux de ses jeunes esclaves enchaînés derrière la maison, grelottant au milieu de la cour après le déluge de la nuit précédente. Sur le coup, Georges Bauer n'avait pas compris la colère de son employeur.

— Hey ! Faut bien faire régner un minimum de discipline, sir ! s'était-il défendu. Une nuit dehors rafraîchit les idées et ceux-là en avaient bien besoin ! Ils avaient chapardé la pastèque dans la cuisine de madame Sarah. Et encore, j'ai été plutôt gentil ! Là d'où je viens, ils auraient pris cinq coups de fouet chacun !

Camille Sheperd avait alors perdu son calme.

— Monsieur Bauer ! Je me félicite de vivre en Louisiane, dans *ma* propriété, et non dans le Missouri ! Bon sang ! Ce ne sont que des enfants ! Ils ont à peine 10 ans ! Comment avez-vous pu les laisser enchaînés dehors toute la nuit sous l'orage ? Et vous me parlez de coups de fouet ? Avez-vous perdu le sens commun ?!

— Sir, sauf votre respect, ils ne sont pas morts..., répondit Bauer qui n'avait pas perdu son sang-froid. Et si je puis me permettre, faut bien châtier les petits larcins, sans quoi de plus importants vont vite arriver.

Camille Sheperd avait toisé son contremaître. Il l'avait embauché il y avait six mois seulement et se questionnait maintenant sur son choix. L'homme brun aux cheveux gras et à la moustache impeccable lui inspirait quelques doutes. Oh ! bien sûr, la plantation fonctionnait, plutôt bien, d'ailleurs. Les rendements avaient même nettement augmenté depuis que Bauer avait rejoint la Ronde. Mais à quel prix ? On lui avait signalé ses méthodes un peu musclées, et quelques-uns des esclaves parmi les plus anciens avaient osé s'en plaindre à madame Sarah, la cuisinière. Rien de significatif pour l'instant, mais il était grand temps de faire preuve de fermeté.

— Monsieur Bauer, je crains que vous ne manquiez de discernement. Nous n'avons jamais eu besoin d'employer de tels moyens à la Ronde et nous n'allons pas commencer aujourd'hui. J'entends ne pas avoir à vous le redire.

Le contremaître avait alors dévisagé son employeur. Ce jeune planteur était né avec une cuillère d'argent dans la bouche, c'était évident. Il n'avait rien connu d'autre que le confort de sa plantation et s'imaginait que l'on pouvait diriger une centaine d'esclaves avec des « s'il vous plaît » et des « merci bien, mon brave ». Il avait tout de l'aristocrate du Sud : bel homme, cultivé, passant le plus clair de son temps en dîners et réceptions, s'inquiétant à peine de ses finances, déléguant à son régisseur l'entretien de la propriété, à son contremaître la direction de la main-d'œuvre et à son comptable la gestion de ses finances. Son seul malheur avait été son incapacité à trouver une épouse qui lui convienne.

Bauer n'avait pas cherché à argumenter plus avant. Tenant de deux doigts à peine le bord de son chapeau, il avait lâché un « sir » à peine respectueux, avant de tourner les talons en grommelant dans sa moustache. Très bien ! Sheperd le prenait de haut mais il ne perdait rien pour attendre. La paye était bonne, il ferait profil bas pour l'instant. Fallait bien se faire une raison. Pour le moment…

Quelques heures plus tard, il enfourcha son cheval et se dirigea vers le champ de la Cerisaie, à l'ouest de la plantation. Le soleil était déjà haut. À cette saison, on étouffait dès le milieu de la matinée. Dieu que son Missouri lui manquait ! Ce pays-ci n'était qu'un immense marécage nauséabond et infesté d'alligators. On y étouffait de mars à octobre. Sans compter l'humidité dans l'air, tout bonnement insupportable. Un véritable bourbier infesté de moustiques, voilà où il avait atterri ! Son pays à lui était fait de douces collines et de majestueuses montagnes. Les ruisseaux chantaient au printemps, à la fonte des neiges, les gelées de l'hiver purifiaient la terre, chassant la pestilence des chaudes journées d'été. Les fermes se cachaient au creux des vallons, la terre était fertile, tout y était paisible et chacun était à sa place. Les nègres étaient la propriété des fermiers et des planteurs, et ceux-là étaient de loyaux citoyens. Il n'y avait aucune ambiguïté sur le sujet…

Bauer avançait maintenant au pas sur le chemin de terre qui longeait la Cerisaie. L'animal donnait le rythme, faisant doucement se balancer le cavalier à chaque coup de reins. L'homme laissa son regard errer sur les champs. Les pieds de cotonniers, hauts d'un mètre cinquante, s'étendaient à perte de vue, alignés en sillons rectilignes jusqu'à l'horizon. Une mer de flocons de neige immaculée recouvrait encore une bonne moitié des arbustes. Mais cette neige-là ne fondait pas sous le soleil. Cette fibre de coton, c'était de l'or blanc, l'essence même de la plantation de la Ronde. En cette fin octobre, la seconde récolte venait de commencer. Les nègres progressaient par groupes de deux le long des sillons, de part et d'autre des arbustes. D'un geste sec et rapide, les mains noires comme l'ébène et fines comme des crochets volaient de branches en capsules et détachaient les précieuses fibres en un éclair. Puis les hommes les laissaient tomber dans le lourd sac de jute qui pendait à leur cou. Ces derniers auraient pu se cacher dans ce sac tellement celui-ci était grand. Une sangle passée autour du cou positionnait l'ouverture du sac à mi-poitrine alors que le fond traînait à terre, entravant leurs mouvements. Bauer reconnaissait qu'avec cette chaleur, les nègres avaient moins d'entrain au travail. Cela n'aidait pas, mais cela n'excusait pas leur fainéantise. Ici, à la Ronde, la famille Sheperd avait été bien trop laxiste et arrangeante avec ses esclaves. Pire, le précédent contremaître, parti dans l'Ouest, était un nègre libre. « Quelle ineptie ! » enrageait Bauer. Pas étonnant que leurs journées soient plus courtes qu'ailleurs et qu'ils aient des privilèges que Bauer n'avait jamais vus ailleurs. Ils avaient même un coin de potager pour leur propre usage ! Sans compter le regard effronté de certains, les hommes d'âge mûr, surtout, qui se permettaient presque de toiser le contremaître. « Balivernes ! ruminait Bauer. Un esclave doit vivre dans la terreur, avec la peur du fouet au ventre et ce qu'il faut de fatigue pour lui retirer l'envie de s'enfuir. » Tout ça commençait cependant à rentrer dans l'ordre… Il y veillait depuis son arrivée.

Tout d'abord, il avait fallu, pour des raisons sanitaires bien entendu, détruire tous ces potagers, et maintenant que l'on allouait à chacun des rations de maïs, réemployer ce temps dévolu à l'entretien des potagers pour les travaux des champs. Bien sûr, il avait aussi réinstauré un minimum de discipline. Il était assez content du résultat car les rendements augmentaient. Restait cette confusion générale à laquelle il était confronté à chaque fois qu'il se rendait en ville. Il ne supportait pas de voir ces nègres libres se pavaner dans les rues, habillés comme les maîtres, portant chapeau et montre à gousset. À ce qu'on lui avait dit, certains étaient propriétaires de biens et possédaient eux-mêmes des esclaves. Cela n'avait décidément aucun sens !

Bauer s'interrompit soudain dans ses réflexions. Son regard s'était arrêté sur un vieil homme un peu plus loin dans le champ. Celui-ci ne suivait manifestement pas la cadence. Courbé en deux sur son lourd sac de coton, ses mains tremblaient lorsqu'il agrippait les précieux nuages blancs. Bauer stoppa son cheval au milieu du chemin et sauta à terre. Il décrocha son fouet de la selle. Quelques-uns des travailleurs se figèrent et le suivirent des yeux, dans la crainte de ce qui allait inévitablement arriver.

— Qu'est-ce que vous regardez ? hurla-t-il.

Les visages sombres et fatigués replongèrent immédiatement le nez dans leur labeur. Personne n'osait plus relever la tête, même si chacun brûlait de savoir ce que voulait le contremaître. Qui serait sa victime du jour ? Bauer parcourut une bonne vingtaine de mètres dans un silence pesant, au milieu d'ombres muettes aux gestes rapides et précis, courbées sur leur ouvrage. Il s'arrêta face au vieil homme qu'il avait repéré depuis le chemin. Celui-ci s'immobilisa à son tour et planta ses yeux dans ceux du contremaître sans lâcher un mot. Bauer tira sur la sangle pendue à son cou et jeta un œil dans le sac.

— Tu sais ce qui t'attend, vieillard ? dit-il à la vue du sac presque vide.

— Pardi, oui, j'le sais ! souffla l'autre sans sourciller. Il esquissa un sourire presque arrogant et ajouta : Et j'en ai vu d'autres.

C'était la dernière des insolences. Bauer se raidit.

— Vieux John ! s'écria une femme deux sillons plus loin.

En un éclair, elle quitta son ouvrage pour rejoindre le vieil homme et le contremaître.

— Pardonnez, sir ! Il a pas toute sa tête… Hein, Vieux John ? Y va faire plus vite maintenant, m'sieur, c'est sûr !

Rapide et précise, Alinda était une bonne travailleuse et avait le cœur sur la main. Chaque jour, la jeune femme emplissait le sac de Vieux John en plus du sien, à l'insu du contremaître. Tous tremblaient depuis que ce nouveau contremaître avait imposé un nouveau tarif quelques mois plus tôt : un coup de fouet par livre manquante à la pesée du soir. Bauer plissa ses petits yeux noirs et eut un sourire en coin.

— J'en suis sûr. Parce que ce soir, c'est toi qui en répondras. Mais pour l'heure…

Bauer ouvrit la main et laissa la longue lanière de cuir se dérouler et tomber à terre, sans quitter la jeune femme du regard.

— Tourne-toi, vieil homme, et retire ta chemise.

Vieux John s'exécuta. Il posa lentement son sac de coton et ôta sa chemise sale avec indifférence. Alinda regardait la scène avec horreur, sans savoir quoi faire. Une série de coups de fouet tuerait Vieux John !

— M'sieur, s'il vous plaît ! S'il vous plaît ! Y va s'rattraper !

— Recule-toi, femme. Et retourne au travail ! Sinon, tu vas y goûter aussi, j'te le dis !

Alinda ne bougea pas.

— Pitié ! Dites c'que vous voulez mais battez pas Vieux John ! Y pourra pas l'supporter ! On peut s'arranger si vous voulez. Ce soir…

— J'ai pas besoin que tu m'offres quoi que ce soit, négresse. Si je veux quelque chose, je le prends. Retourne au travail.

Vieux John, resté silencieux jusqu'ici, intervint :

— Alinda, va-t'en ! J'sais ben c'qu'je fais.

Bauer commençait à bouillir. Il n'avait pas l'habitude que l'on discute ses ordres.

— Ça suffit, maintenant ! s'écria-t-il, excédé.

Serrant les dents de rage, il recula d'un pas, fit claquer le fouet une première fois et l'abattit de toutes ses forces sur le dos de Vieux John. Le cuir noir de son dos décharné se teinta de rose, puis de rouge à chaque coup de fouet supplémentaire. Alinda criait, gesticulait. Elle tenta de s'interposer en agrippant le bras du contremaître. Les silhouettes sombres et fatiguées dans le champ avaient toutes interrompu la cueillette et observaient la scène en silence, n'osant faire le moindre geste. L'intervention d'Alinda déclencha la fureur de Bauer qui abattit le fouet sur la jeune femme, la blessant au bras. Elle recula, tomba à la renverse. Le fouet s'abattit de nouveau sur elle, de multiples sillons se formèrent sur ses bras et son cou. Elle brandit ses deux bras en l'air dans un geste désespéré pour se protéger de la lanière de cuir tranchante. Les hurlements déchirants de la jeune femme emplissaient le champ, jusqu'à ce qu'un cri aigu de colère retentisse, couvrant ceux d'Alinda.

— Monsieur Bauer ! Cessez immédiatement !

Bauer se figea, le fouet suspendu en l'air. Il tourna sur lui-même, curieux de voir qui avait osé l'interrompre, le visage rougi de haine. À travers les perles de sueur qui lui coulaient dans les yeux, il aperçut une femme en robe de mousseline blanche juchée sur la jument alezane de monsieur Sheperd. Il s'essuya les yeux d'un revers de main tandis que la silhouette gracieuse descendait de cheval tout en maintenant d'une main son chapeau de paille à large bord enfoncé sur sa chevelure bouclée et cuivrée. Elle se dirigea vers lui d'un pas assuré. « Bon sang ! se dit-il. C'est Joséphine, la nouvelle protégée du patron. » Elle était arrivée au domaine quelques semaines auparavant et monsieur Sheperd en était déjà fou. C'était une de ces orphelines de couleur *libres*, une des protégées de cet institut du centre-ville. La quarteronne se précipita dans le sillon, courant presque. « Une vraie beauté du Sud, celle-là. Dommage que ce ne soit qu'une négresse », pensa alors Bauer.

— Comment osez-vous ?! s'écria-t-elle, furibonde.

Une fois à la hauteur du contremaître, Joséphine découvrit avec horreur les bras de la pauvre Alinda. La pauvre femme était couchée sur le sol et gémissait faiblement. Vieux John, malgré sa souffrance, tentait de la réconforter.

— Et vous, de quoi vous mêlez-vous ? répondit Bauer aussi sec.

Elle fronça son joli petit nez d'un air de dégoût.

— Vous me répugnez, Bauer. Je vais en référer immédiatement à monsieur Sheperd.

Le contremaître éclata de rire.

— Oh ! Oh ! Mais écoutez-moi ça ! La négresse prend des airs de grande dame !

Il se rapprocha de la jeune quarteronne jusqu'à ce que son visage ne soit plus qu'à quelques centimètres du sien. Elle porta instinctivement une main gantée à son nez pour se protéger de la puanteur âcre du contremaître.

— Mon petit, c'est pas parce que le patron t'a à la bonne que tu peux te permettre de me parler sur ce ton, murmura ce dernier. Si tu me cherches, tu vas le regretter, crois-moi ! Sheperd ou pas Sheperd. Je vais t'apprendre à garder ta place !

Joséphine vacilla. Du haut de ses 17 ans, malgré l'assurance que lui avait donné son éducation, malgré l'emprise qu'elle savait avoir acquise sur le maître de la Ronde, elle prit peur.

— Nous verrons, répondit-elle, prudente.

La jeune fille tourna les talons en s'efforçant de garder son sang-froid puis se hissa sur sa jument sans dire un mot. Elle pria pour que Bauer en reste là aujourd'hui. Pour l'heure, elle devait trouver Camille Sheperd de toute urgence…

*

* *

La pluie avait cessé depuis une heure environ. Durant toute la soirée, des hallebardes avaient tambouriné sur le toit, empêchant Bauer de faire sa petite tournée habituelle du côté des baraquements. Il aimait vérifier le respect du couvre-feu. Encore une amélioration qu'il avait apportée dès son arrivée. Il avait fait cesser les chants autour du feu, à côté du lavoir, et interdit les veillées durant lesquelles les esclaves se rassemblaient chez Armand pour jouer aux cartes. Perte de temps et de rendement, avait soutenu le contremaître à monsieur Sheperd. Un couvre-feu à 21 heures avait réglé la question.

Bauer sirotait maintenant un verre de mauvais whisky à la lueur tremblotante d'une lampe à huile, affalé devant l'unique petite table de sa maisonnette. La nuit était déjà bien avancée et il avait attaqué une deuxième bouteille. Il avait pris une soufflante dans l'après-midi. Ça n'avait pas manqué, Sheperd avait déboulé dans son bureau, furieux, hurlant à tout-va. Enfin, tout en gardant ses grands airs de gentleman… La petite négresse avait bien œuvré en traînant le patron jusque dans la case d'Alinda et de Vieux John. Le planteur n'était pas habitué à la vue du sang et en avait eu l'estomac retourné.

Furieux, il avait signifié à son contremaître que c'était la dernière fois qu'il tolérait ce genre de brimades. À la prochaine erreur de cette nature, ce serait la porte.

Bauer émit un long soupir devant son verre de whisky. « Et alors ? se dit-il. Cet endroit n'est peut-être pas fait pour moi, après tout. » La porte de la petite maison s'ouvrit soudain dans un grand fracas, interrompant le cours de ses pensées. Dans l'embrasure se dessina une silhouette en robe noire.

— Bonsoir, monsieur Bauer, hésita le curé.

Bauer se renversa sur sa chaise, surpris et amusé de cette apparition incongrue.

— Ah ça ! Si je m'attendais ! Eh, l'abbé, moi qui croyais que vous vous leviez avec les poules ! Vous savez l'heure qu'il est, au moins ?

Bellecour entra et s'assit en face du contremaître dont la face était rougie par l'alcool. L'homme d'Église était pâle comme un linge.

— Monsieur Bauer, je crois que j'ai besoin de votre aide, lâcha l'abbé d'une voix mal assurée.

— C'est du sérieux ?

Le contremaître lâcha un sourire goguenard et se pencha en arrière pour atteindre le buffet. Il en sortit un second verre et le posa devant l'abbé avant d'y verser une lampée de whisky.

— Vous avez besoin d'un verre, l'abbé ! Dites-moi ce qui vous amène…

Bellecour ne se fit pas prier. Il but une gorgée d'un trait et lança :

— La petite Henriette, cette esclave qui nous a été allouée par le diocèse…

— Oui ? Eh bien ? Elle vous fait des difficultés ?

— Oui, enfin…

Bellecour s'éclaircit la voix.

— Elle… elle a eu un accident.

— Un accident ? Comment ça ?

— Elle a rejoint notre Seigneur.

Bauer comprit qu'il s'était passé quelque chose. Le regard du prêtre était plus fuyant que d'habitude. Le contremaître haussa les sourcils, impassible.

— Des esclaves qui meurent, y en a tous les jours ! répondit-il. Pour autant, personne ne vient m'en parler au milieu de la nuit… Alors, que s'est-il passé ?

— Je l'ai surprise ce soir, en rentrant d'un dîner chez l'archevêque, en train de pratiquer je ne sais quel rituel. Certainement le culte d'un démon païen ! Elle s'est jetée sur moi et je me suis défendu. Bref, elle n'est plus. Mais c'est un accident, ça, c'est certain !

Bauer resta silencieux un instant, observant l'homme d'Église. « Voilà qui est intéressant », se dit-il.

— Je vois. Tuer une esclave n'est pas très grave en soi, l'abbé. En revanche, si cette esclave ne vous appartient pas, il se peut que vous deviez en rembourser le prix à son propriétaire.

Bellecour ouvrit de grands yeux.

— En rembourser le prix ? Mais…

C'était la dernière chose à laquelle Bellecour aurait pensé. Cette annonce le choquait mais il ne fallait en aucun cas montrer sa gêne à Bauer.

— Cela revient à avouer que je suis responsable de sa mort. Or, ça, ce n'est tout simplement pas possible.

— Pourquoi ? Quel est le problème ? demanda l'autre, incrédule. Ce n'est qu'une question d'argent, après tout.

Le père Bellecour secoua la tête de dépit. L'homme en face de lui n'avait aucune morale.

— Mais enfin ! « Tu ne tueras point », cela vous dit bien quelque chose, non ? Comment voulez-vous qu'un prêtre impliqué dans la mort d'une esclave conserve sa place au sein de la sainte Église romaine ?

Bauer se resservit un verre de whisky et le descendit d'un trait avant de fixer de nouveau Bellecour dans le blanc des yeux.

— Ah, je vois mieux où vous voulez en venir. Mais là, nous devons avoir une autre conversation…

15

Sous un ciel d'orage

Les couloirs de l'Institut étaient plongés dans l'obscurité. Les trois bourdons du clocher de la cathédrale Saint-Louis venaient de sonner six coups alors que le ciel s'assombrissait par l'ouest. Une fois encore, la journée se terminerait par une pluie diluvienne qui balayerait la moiteur de l'après-midi. S'il y avait bien une chose que la jeune moniale avait appris à apprécier, c'était ce cataclysme quotidien à la fin de la journée, aussi soudain que tempétueux. Les élèves avaient déserté les salles de classe une heure auparavant et s'étaient retranchés dans les dortoirs. Il ne restait guère que monsieur Lanusse, terré au fond de son bureau entre les murs de l'aile ouest, perdu dans quelque tâche administrative.

La jeune femme savourait en solitaire le silence et la fraîcheur des grandes salles de classe au sol carrelé, attendant le déluge qui s'annonçait. Impatiente, elle collait de temps à autre son nez à la vitre et guettait le ciel, observant l'arrivée des nuages gris, puis noirs, jusqu'à ce que le son du tonnerre retentisse enfin.

Un rien espiègle, elle ne se lassait pas du ballet des éclairs zébrant le ciel, ni du spectacle de la pluie se déversant avec violence sur le petit carré de verdure au milieu de la grande cour de l'Institut. Dès les premières gouttes de pluie, il se produisit ce phénomène qu'elle attendait par-dessus tout, quand les volutes de vapeur commencent à s'échapper des dalles de pierre chauffées par le soleil. Une brume d'un mètre de haut apparut tout autour du carré de verdure, tandis que la pluie continuait à marteler le sol de la cour. Sœur Judith n'y résista pas et se précipita au-dehors. La pluie, lourde et dense, avait cette tiédeur toute tropicale qui la ravissait. Une fumée cotonneuse s'enroula autour de ses jambes nues, cachées sous son sévère habit de religieuse. Elle n'avait jamais rien expérimenté d'aussi délicieux… La jeune femme resta ainsi de longues minutes, savourant cette sensation de chaleur venant du sol, indifférente au ciel qui se déversait sur son voile. Soudain, une ombre à peine identifiable franchit les grilles de l'Institut, à l'autre bout de la cour. Les yeux embués par la pluie, sœur Judith crut reconnaître une silhouette familière. Intriguée, elle se lança à la poursuite de l'ombre qui s'engouffrait maintenant dans l'aile menant aux dortoirs. Elle parvint à la rattraper au pied de l'escalier.

— Joséphine ! s'écria-t-elle.

La quarteronne s'immobilisa. Sa robe de soie sombre était maculée de boue et avait perdu tout éclat dans la tempête. Ses cheveux, rassemblés d'ordinaire en une coiffure élaborée, dégoulinaient de pluie et dépassaient tristement de son capuchon. La jeune fille tourna sur elle-même, dévoilant un visage tuméfié.

— Sainte Marie, mère de Dieu ! s'écria sœur Judith.

— Chut ! fit Joséphine en apposant un doigt sur ses lèvres.

Elle redescendit avec prudence les quelques marches qu'elle venait de gravir et s'approcha de la religieuse. Horrifiée, celle-ci lui saisit le menton et examina son visage. Un élan maternel s'empara d'elle.

— Qui vous a fait ça ?

— Je… Est-ce que je peux rester ici cette nuit ? Je vous en prie !

— Bien sûr, voyons, surtout dans votre état ! s'offusqua sœur Judith. Mais répondez d'abord à ma question.

Joséphine baissa les yeux sans un mot.

— Je vois, conclut sœur Judith. C'est l'homme chez qui on vous a envoyée, c'est ça ? Monsieur Sheperd ?

Joséphine dégagea vivement son menton et s'indigna à son tour.

— Non ! Camille est incapable de faire une chose pareille !

La religieuse, le cœur soudainement gonflé d'un instinct protecteur, lui adressa un regard inquisiteur.

— Qui, alors ?

Les yeux de la quarteronne s'embuèrent tout à coup et ses lèvres tremblèrent. Elle éclata en sanglots.

— Oh, mon Dieu ! Oh, mon Dieu ! Camille, mon pauvre Camille !

Maintenant secouée de spasmes, la jeune fille était incapable de tenir un discours cohérent. Sœur Judith soupira de dépit. Considérant l'état d'épuisement de la jeune fille, elle la prit doucement par le bras.

— Bon, venez, je vais trouver un endroit où vous pourriez vous étendre…

Sœur Judith alla trouver monsieur Lanusse dans son bureau. Ce dernier n'accueillit pas la nouvelle du retour de Joséphine avec la bienveillance attendue. Visiblement désolé de la mésaventure de la jeune fille, il était cependant déterminé à vouloir la renvoyer chez elle. Les problèmes domestiques n'étaient pas du ressort de l'Institut, ils devaient se régler au sein du ménage.

— Je vous demande pardon ? s'indigna sœur Judith. Sans vouloir vous commander, monsieur, elle a été battue ! Nous devons lui donner asile !

Lanusse était un homme aux lourdes responsabilités mais non dénué de cœur. Il émit un long soupir.

— Croyez bien que cela ne me fait pas plus plaisir qu'à vous de la trouver dans cet état. Cependant, l'Institut ne peut se mettre à dos l'un de ses plus grands donateurs. Joséphine a été placée à la Ronde pour son plus grand bien et elle y restera.

Il s'interrompit un bref moment, avant de poursuivre :

— Va pour cette nuit. Gardez-la à l'infirmerie. Mais je compte sur vous pour lui faire entendre raison et la ramener à la plantation dès demain matin.

Les grands yeux noirs de sœur Judith trahirent sa profonde indignation. Monsieur Lanusse n'y fut pas indifférent.

— Votre cœur est encore bien trop tendre, ma sœur. Cela vous passera avec le temps…

Sans plus d'explication, il abandonna la jeune religieuse à son désarroi et retourna à ses tâches administratives. Quelques instants plus tard, celle-ci retrouvait Joséphine effondrée sur le lit de camp de l'infirmerie et toujours en sanglots. Ne sachant trop comment la réconforter, elle s'en remit à ses réflexes d'infirmière.

— Je vais nettoyer votre visage et vous passer un onguent. Cela fera disparaître l'hématome plus rapidement.

— « Léma » quoi ? interrogea Joséphine, le visage défait et l'œil poché.

Son ignorance arracha un sourire à la moniale qui apposait déjà un linge humide sur son front. À mesure qu'elle appliquait l'onguent autour de l'œil tuméfié, Joséphine se calma.

— C'est un homme merveilleux, vous savez, murmura-t-elle.

— Qui donc ? demanda distraitement sœur Judith.

— Camille Sheperd.

— Oh ! Je n'en doute pas. Du moins, si ce n'est pas lui qui vous a fait ça…

— Bien sûr que non ! s'écria Joséphine.

Un rictus de mépris se peignit sur le joli visage de la quarteronne.

— C'est le contremaître ! Ce Georges Bauer…

La religieuse avait terminé ses soins et considéra avec le plus grand sérieux ce que venait d'avouer la jeune fille.

— Eh bien, je vous conseille d'en informer au plus tôt votre mari qui prendra les dispositions nécessaires. Cet homme ne devrait pas rester employé chez vous longtemps.

Joséphine ouvrit de grands yeux.

— Mon mari ?

— Oui, monsieur Sheperd. Je suppose qu'il ne tolérera pas de garder cet homme à son service un instant de plus.

Joséphine sourit à son tour et dévisagea son aînée avec une pointe d'arrogance.

— Vous n'êtes vraiment pas d'ici, vous, n'est-ce pas ?

Sœur Judith resta interdite, ne comprenant pas.

— Pour l'heure, vous avez raison, reprit Joséphine. C'est pour ça que je me suis enfuie à toutes jambes. Camille est arrivé au moment même où Bauer m'a giflée. Le ton est monté et ils ont commencé à se battre tous les deux. J'ai pris peur… Je n'ai pas réfléchi et j'ai couru le plus loin possible.

— Et vous voilà. Vous avez bien fait. Comme je vous le disais, vous n'êtes pas sans protection. Si les deux hommes en sont venus aux mains, le sort de ce contremaître est scellé.

— Je l'espère. Ce Bauer est un vrai bandit ! Alors que mon Camille est un gentleman, lui.

L'inquiétude se peignit à nouveau sur son visage.

— Je devrais peut-être retourner là-bas, suggéra-t-elle.

— Non, il est tard. Il ne serait pas convenable de ressortir seule à cette heure, vous le savez très bien. De plus, qu'y feriez-vous ?

— Je prendrais des nouvelles de Camille…

— N'insistez pas, jeune fille ! la coupa sœur Judith, feignant une autorité qui ne lui était pas familière.

La jeune quarteronne s'allongea sur l'inconfortable lit de camp et promit de se reposer sagement jusqu'à l'aube, quand la moniale viendrait la chercher pour l'escorter jusqu'à la Ronde. La religieuse quitta l'infirmerie, refermant la porte derrière elle. Elle se dirigeait vers le bureau de monsieur Lanusse quand des éclats de voix montèrent de la cour. Un tonnerre de sabots sur le pavé annonçait plusieurs chevaux. Elle se précipita vers l'une des grandes fenêtres du couloir. Dans la pénombre du crépuscule, elle aperçut trois inconnus descendant de leurs montures. Ils semblaient agités. L'un d'eux, un individu de taille moyenne coiffé d'un large chapeau noir et portant moustache et favoris, avait l'air particulièrement de méchante humeur.

— Pressez-vous donc ! jeta-t-il aux deux autres.

Le plus âgé, un homme bedonnant, répondit :

— Bien sûr, bien sûr ! Mais je doute qu'elle s'envole toute seule à travers les marais, voyons…

L'homme à la moustache grommela d'impatience tandis que les deux autres attachaient tranquillement leurs montures à la grille de l'Institut. Les trois hommes pénétrèrent dans le bâtiment par la porte centrale, là où se trouvaient les appartements de monsieur Lanusse. Sœur Judith entendit l'écho d'une agitation lointaine à travers les couloirs, des portes qui s'ouvraient et claquaient à grand bruit. Son instinct lui commanda de retourner auprès de Joséphine qui pourrait s'alarmer de tant de bruits inhabituels au sein de l'Institut, si calme d'ordinaire. Prudente, elle glissa dans les couloirs jusqu'à l'infirmerie tel un spectre silencieux et s'assit aux côtés de la jeune fille endormie, guettant dans le noir pendant de longues minutes. Le silence avait de nouveau envahi le bâtiment. À peine devinait-on les murmures d'une conversation lointaine. Peut-être dans le bureau du directeur, pensa sœur Judith, elle n'aurait su dire exactement. Seule la respiration calme et régulière de Joséphine occupait maintenant le silence.

Elle se rappela la dernière fois qu'elle s'était trouvée dans la même situation, lorsqu'elle avait veillé la petite Anna dans sa cabine, à l'écoute des bruits sur le bateau. L'image d'Eckermann s'imposa à elle, la prenant par surprise. Elle se souvint de son regard clair, le soleil sublimant ses yeux azur. Elle se souvint de sa haute et large silhouette accoudée au bastingage du voilier, ses cheveux blonds flottant sous le vent. Elle se souvint surtout de cette douce chaleur qui l'avait submergée alors qu'elle l'entourait de ses bras, effleurant son torse pour passer les bandages qui allaient maintenir ses côtes meurtries. Le cœur de la jeune femme donna des coups sourds dans sa poitrine. Elle inspira un grand coup et lissa machinalement sa robe de moniale sur ses genoux pour chasser son trouble. Mais c'était sans compter la persistance des souvenirs. Son cœur indiscipliné l'emmena au moment de l'arrivée du bateau à quai. Elle n'avait pas osé chercher Eckermann parmi la foule qui se pressait sur le pont pour lui faire ses adieux. Ne sachant quoi lui dire, elle craignait de se trouver dans une situation gênante et tout à fait inappropriée. Elle y avait si souvent songé, depuis, et à chaque fois la douleur d'un profond regret l'avait submergée. Pourtant, c'était la seule chose à faire. Elle le savait.

Elle entendit des pas résonner sur le carrelage du couloir, des bottes martelant le sol. Un instant plus tard, la porte s'ouvrit en grand sur monsieur Lanusse, armé d'une lampe à huile. Il était suivi du gros homme bedonnant, de l'homme à la moustache et du troisième, le plus discret.

— Ma sœur, ces messieurs vont emmener Joséphine, annonça le directeur d'une voix calme.

À son nom, la jeune fille émergea lentement de son sommeil et ouvrit les yeux avec peine. Sœur Judith se leva d'un bond.

— Vous n'y pensez pas, monsieur le directeur ! Nous sommes au beau milieu de la nuit, et cette enfant a été…

— Cette enfant est responsable d'un crime ! la coupa le gros homme.

— Comment ? s'indigna la moniale. Qui êtes-vous, monsieur, pour affirmer une telle ineptie ?

Maintenant tout à fait réveillée, Joséphine fixait l'homme à la moustache, le regard hargneux.

— C'est lui ! Mon Dieu ! Ma sœur, c'est Bauer ! s'écria-t-elle.

De colère, la jeune fille se mit debout sur ses jambes.

— Monsieur Bauer, j'espère que vous avez confessé le vôtre, de crime ! lança-t-elle avec un air de défi. Et d'ailleurs, où est Camille ? Monsieur Sheperd… J'espère bien qu'il vous a mis à la porte ! C'est tout ce que vous méritez ! Dites-lui, monsieur le magistrat ! ajouta-t-elle, haranguant le gros homme qu'elle connaissait visiblement.

Le magistrat, voyant le contremaître prêt à réagir, lui ordonna de garder le silence d'un geste ferme de la main.

— Joséphine Bruno, commença-t-il, vous allez répondre de l'assassinat de Camille Sheperd, votre bienfaiteur.

Sœur Judith interrogea le directeur d'un regard effrayé. Celui-ci ne broncha pas, se contentant de hocher la tête d'un air impuissant. Joséphine ne semblait pas prendre l'affaire au sérieux et ricana.

— Allons ! Qu'est-ce que vous me chantez là, monsieur Davenport ? demanda-t-elle sur un ton arrogant.

Le gros homme dessina un cercle imaginaire du bout de son index à quelques centimètres de la jeune fille, désignant son œil tuméfié.

— Vous portez l'aveu de votre crime sur le visage, ma petite ! Ne niez pas.

Joséphine perdit son sourire en un instant et tout se bouscula dans sa tête. Muette de stupeur, ne sachant par quoi commencer, elle bredouilla :

— Camille ? Conduisez-moi à Camille sur l'heure ! Où est-il ? Pourquoi n'est-il pas venu me chercher lui-même ?

Le gros homme se tourna vers le troisième larron resté en retrait au fond de l'infirmerie. Ce dernier sortit aussitôt des menottes de son dos.

— Si on pouvait éviter ça…, intervint le directeur de l'Institut.

— Je compte sur vous pour qu'elle nous suive sans histoire, monsieur Lanusse, avertit Davenport.

Le dos calé contre la porte de l'infirmerie, Bauer gardait le silence. Sourire aux lèvres, il observait avec délectation Joséphine maintenant gagnée par la panique. Cela n'échappa pas à sœur Judith. Elle avait jugé le contremaître dès son entrée à l'infirmerie : cet homme à moustache avait l'œil mauvais et il empestait le whisky.

— Monsieur Bauer, pourquoi avez-vous frappé Joséphine cet après-midi ? lâcha-t-elle d'un coup, d'une voix froide et tranchante.

Bauer se redressa contre la porte et perdit son sourire.

— Hein ? De quoi parlez-vous ?

— Cette jeune fille est venue se réfugier ici aux alentours de 18 heures, après que vous l'avez violemment frappée. Pourquoi ?

L'œil mauvais de l'homme à la moustache étincela.

— C'est ce qu'elle vous a raconté, je suppose ? Puis, prenant un air faussement affligé : Allons, ma sœur, faut pas croire cette négresse. Elle ment comme elle respire !

— Ma sœur, ajouta le magistrat, je vous prie de laisser la justice suivre son cours. La vérité éclatera, je puis vous l'assurer. D'ailleurs, dans cette affaire, nous avons déjà tant de preuves que cela ne devrait pas prendre plus d'une séance.

Abasourdie, Joséphine cherchait du réconfort auprès du directeur qui tenta de la calmer.

— Mais de quoi parlez-vous donc, à la fin ? réagit-elle. Se dégageant de l'emprise du directeur, elle ajouta, paniquée : Lâchez-moi ! Je veux voir Camille ! Faites venir monsieur Sheperd ! De suite !

La confusion qui s'ensuivit contraignit le magistrat à faire menotter la pauvre Joséphine qui se débattait comme un diable. Bauer et l'homme aux menottes se saisirent d'elle et l'emmenèrent de force. Les cris de la quarteronne résonnèrent dans les couloirs de l'Institut. Le magistrat emboîta le pas de Bauer et ses hommes, suivi de monsieur Lanusse et de sœur Judith qui tentait vainement de convaincre le directeur d'intervenir.

— Monsieur, retenez-les ! Joséphine est la victime, voyons !

Le petit groupe traversait maintenant la cour en direction des chevaux. Bauer installa sans ménagement Joséphine sur son cheval et attacha les menottes à la selle. Puis il enfourcha à son tour son cheval et fila au galop, suivi de ses sbires. En un instant, la cour replongea dans le doux silence de la nuit.

Sœur Judith arpentait la petite cuisine de la rue Sainte-Anne de long en large. Depuis le milieu de la matinée, son manège faisait tourner la tête du père Bellecour qui essayait vainement de rédiger un sermon. La jeune moniale s'asseyait quelques instants puis, n'y tenant plus, reprenait ses allées et venues autour de la table, passant et repassant devant Bellecour agacé. Dès l'aube, la jeune femme s'était précipitée chez les deux prêtres et avait tambouriné à la porte de toutes ses forces, provoquant un boucan à réveiller les morts. Persuadée de l'innocence de Joséphine, elle ne pouvait admettre l'injustice flagrante dont elle était victime et en appelait à leur aide. L'abbé Fournerie avait alors décidé d'aller aux nouvelles et avait dû user de son autorité pour l'obliger à l'attendre patiemment.

Il réapparut sur le seuil de la cuisine sur le coup de 13 heures. La mine sombre, il prit place autour de la petite table tout en invitant sœur Judith à en faire autant.

— L'affaire semble mal engagée, annonça-t-il.

Bellecour posa sa plume et dévisagea Fournerie à travers ses petites lunettes rondes. Ses yeux acérés trahissaient son intérêt pour cette affaire.

— J'ai rencontré le magistrat. Monsieur Davenport est certes un homme intègre et pragmatique, mais je n'irai pas jusqu'à dire qu'il fait preuve de grande intelligence.

Le regard gris de l'abbé Fournerie se perdit dans le vide. Il émit un long soupir.

— Votre jeune élève est accusée de l'assassinat de Sheperd, son bienfaiteur, reprit-il. Ce monsieur n'était d'ailleurs pas son mari, contrairement à ce que vous m'avez affirmé ce matin.

Les yeux ronds de la jeune moniale trahirent sa surprise.

— Elle a été « placée » chez lui, continua-t-il, comme beaucoup de jeunes filles de sa condition.

— Qu'est-ce que cela veut dire ? s'étonna sœur Judith.

— En bref, c'est le seul moyen légal pour un homme blanc d'officialiser sa relation avec une femme de couleur libre. De cette façon, il lui assure une couverture financière substantielle et permanente.

— Vous voulez dire qu'elle n'était que… sa maîtresse ?

— Oui… et non. C'est une coutume locale. Ici, un homme blanc ne peut légalement épouser une femme de couleur. Mais la pénurie de femmes blanches dans cette ville a poussé les autorités à trouver des palliatifs. Le placement en est un. Dans ce cas, les deux partis passent un contrat en bonne et due forme, qui assure la protection de l'élue même si elle ne bénéficie pas du statut d'épouse. Votre élève a réussi à se placer de la meilleure façon auprès de monsieur Sheperd. Le magistrat m'a soufflé que son contrat était des plus avantageux.

Sœur Judith resta pantoise. Comment pouvait-on bafouer ainsi l'institution du mariage, nier l'importance de la bénédiction du Seigneur sur l'union de deux êtres ? Ces gens pensaient-ils réellement pouvoir prospérer sans Dieu à leurs côtés ?

Bellecour commenta, un rictus de mépris aux lèvres :

— Décidément, cette ville a tout de Sodome et Gomorrhe. Comment voulez-vous instruire des gens aux mœurs si dépravées ?

Un sourire las éclaircit le visage du père Fournerie.

— Cher collègue, je n'en attendais pas moins de vous !

Bellecour pinça les lèvres et fusilla Pierre Fournerie du regard, puis se replongea dans son sermon. Sœur Judith garda ses objections pour elle, se gardant de paraître étroite d'esprit.

— Revenons à l'affaire qui nous occupe, reprit l'abbé. Le contremaître de la Ronde, un certain Bauer, affirme avoir aperçu, certes à bonne distance, une lutte entre la jeune fille et son amant dans la cour de la propriété. Le temps qu'il arrive sur place, il a découvert le corps de son employeur sans vie. Le pauvre homme portait trois blessures au couteau dont une en plein cœur. Monsieur Bauer confirme avoir clairement vu votre élève s'enfuir en courant vers les champs de cotonniers.

— Mais cet homme affabule, voyons ! s'écria sœur Judith.

— Ce n'est pas le seul témoin, Eugénie, rétorqua Pierre Fournerie. Même si leur témoignage n'est pas recevable par le juge, deux esclaves ont confirmé avoir vu la jeune fille s'enfuir sur cette même route et au même moment. Pour le magistrat, tout concorde.

— Ces pauvres esclaves sont certainement terrorisés par le contremaître. Mais enfin, a-t-il au moins entendu la version de Joséphine ?

— Il semble que oui. Elle prétend avoir eu une altercation avec le contremaître au sujet de deux esclaves qu'il avait battus la veille. Elle affirme aussi que ce dernier l'a frappée violemment et que monsieur Sheperd serait intervenu pour prendre sa défense. Les deux hommes en seraient venus aux mains et la jeune fille se serait alors enfuie, laissant là les deux hommes se bagarrer.

— Et donc ? s'étonna sœur Judith. Cette version est tout aussi plausible que la précédente !

— C'est là que le bât blesse, ma pauvre Eugénie, intervint Pierre Fournerie. Il s'agit de confronter les allégations d'une négresse à celles d'un homme blanc aux fonctions respectables. Elle n'a aucune chance, conclut-il.

Confuse, sœur Judith ne pouvait admettre ce qu'elle venait d'entendre.

— Mais enfin, parrain, le Seigneur ne peut laisser faire une telle injustice ! Vous m'avez toujours enseigné qu'Il fait toujours ce qui est juste.

L'abbé pouvait aisément lire le désarroi sur le visage de sa filleule. Il soupira de tristesse.

— Le dessein du Seigneur peut parfois nous sembler cruel…

Sœur Judith était trop choquée pour s'y résoudre. Pire, elle ne comprenait pas que son parrain puisse admettre si facilement l'impensable. Elle resta sans voix quelques instants, n'osant contredire cet homme qu'elle révérait. Une question, tout à coup, la tarauda.

— Quelle est la peine encourue ? demanda-t-elle timidement.

L'abbé posa sur elle un regard triste.

— La corde, je le crains.

16

Une planche de salut

— Il n'y a rien que je puisse faire, Pierre. Je ne peux pas intervenir si le jugement a été rendu. Et dans le cas contraire, je ne vois pas bien ce qui justifierait mon intervention.

L'archevêque, enfoncé dans son fauteuil rouge au velours passé, affichait une gravité résignée.

— Le jugement n'a pas encore été rendu, répondit Pierre Fournerie. Je suis bien conscient que cela ne rentre pas dans nos attributions, cependant, sœur Judith est réellement persuadée de l'innocence de la jeune fille…

— Vous vous fiez à son jugement, mon ami ? Une personne si jeune ?

L'abbé Fournerie sourit avec tendresse.

— Son instinct est sûr. Elle est jeune, c'est vrai, et elle n'a pas encore vu le monde. Mais elle se trompe rarement sur la nature des gens. De plus, le contremaître, ce Bauer, n'a pas particulièrement le profil d'un homme au-dessus de tout soupçon. Comme par hasard, il est arrivé dans la région après avoir fui le Missouri au moment même où l'armée de l'Union y pourchassait les Border Ruffians…

L'archevêque soupira bruyamment.

— Nous voilà bien ! Un ruffian parmi nous… Mon ami, j'aimerais vous assurer que justice soit rendue avec la plus grande impartialité, croyez-le. Je connais bien Davenport. Ce n'est pas un mauvais homme, mais il s'arrêtera aux apparences. Et jamais il ne se mettra un contremaître à dos. Cela lui donnerait une bien mauvaise image et pourrait nuire à sa réélection. Je crains donc que vos prédictions ne se réalisent. Il n'y a aucune chance pour que cette petite soit innocentée.

Le vieil homme s'interrompit un instant.

— Cela étant dit, cette condamnation pourrait mettre le feu aux poudres. La communauté des gens de couleur est agitée, ces jours-ci.

— Pourquoi ? Serait-ce la récente élection de Lincoln ?

— Oui. Sitôt la nouvelle arrivée, Desbrosses a organisé une première réunion au théâtre avec la plupart d'entre eux. Enfin, ceux qui tiennent le haut du pavé dans le Vieux Carré. Ils ont l'intention de plaider pour reprendre leurs licences de débit d'alcool.

— Qui est ce Desbrosses ? Je ne crois pas le connaître.

— Nelson Desbrosses possède une fabrique de cigares en ville. Peut-être l'une des plus importantes. Il a été affranchi par son maître qui n'est autre que son propre père. Il connaît le prix de la liberté. C'est un agitateur…

— Cela pourrait-il nous aider à convaincre Davenport ?

— De quoi donc, mon ami ? De libérer cette jeune fille ? Si elle est reconnue coupable, la justice suivra son cours, aussi triste que cela puisse être.

À cet instant, on frappa à la porte. Un diacre entra, un courrier à la main.

— Monseigneur, une lettre de la mission de Saint-Paul. J'ai cru bon de vous l'amener immédiatement.

Le visage de l'archevêque s'illumina.

— Serait-ce possible ? Entrez donc ! Oui, bien sûr ! Donnez ! Donnez !

Il décacheta le pli avec empressement.

— Saint-Paul ? Une lettre du père Schoenmaker ? demanda l'abbé Fournerie, impatient d'en connaître le contenu.

L'archevêque lut le courrier à voix haute, sautant un mot sur quatre et une phrase sur deux.

— « *Monseigneur... ai été victime d'une forte fièvre le mois écoulé... sommes tous saufs... reconstruire les deux bâtiments qui ont brûlé... tout cela est fort encourageant... Signé : Père John Schoenmaker.* »

Il leva des yeux étincelants vers l'abbé Fournerie.

— Entendez-vous cela, mon ami ? La mission est sauve ! Quelle bénédiction ! Laissez-moi voir en détail…

Il se replongea dans sa lecture et lut calmement cette fois-ci.

— « *Monseigneur, je puis enfin vous écrire, ma santé me le permettant à nouveau. J'ai été victime d'une forte fièvre le mois écoulé, juste après que les soldats de Fort Scott sont venus nous porter secours et ont chassé les renégats de la mission. Nous sommes tous saufs. Les pères Bax, Sheehan, de*

Bruyn et Coglan se portent bien aussi. Nous avons malheureusement, comme vous pouvez vous en douter, perdu nos réfugiés affranchis qui ont été lâchement exécutés pendant l'attaque. Je remercie le Seigneur chaque jour de nous avoir épargnés, mes frères et moi-même. Nos installations ont quelque peu souffert de l'attaque mais nous ne tarderons pas à reconstruire les deux bâtiments qui ont brûlé. Les Osages[1] *ont disparu quelque temps après le drame, ils commencent peu à peu à revenir. Tout cela, et grâce au solide soutien de Fort Scott, est fort encourageant. Le gouverneur du Territoire a enfin doté ce fort des troupes nécessaires à la pacification de la région. Nous sommes maintenant impatients d'accueillir les renforts promis et d'ouvrir enfin notre école pour filles. Très respectueusement...* »

— Mon Dieu ! s'alarma Pierre Fournerie. La mission attaquée ? Je n'aurais jamais cru cela possible ! Pourquoi cette nouvelle n'est-elle pas arrivée jusqu'ici plus tôt ?

— Je l'ignore, Pierre. Mais vous en saurez bientôt plus que moi car le moment de votre départ est arrivé. N'est-ce pas inespéré ?

Pierre Fournerie se leva brusquement, tout à coup animé d'une énergie nouvelle.

— Oui ! Il est temps ! Il me faut prévenir mes missionnaires. Je pars sur-le-champ ! Il s'arrêta brusquement dans son élan, la mine défaite. Cette nouvelle me rend si heureux que j'en ai oublié l'objet de ma

1. Nation indienne occupant un large territoire au sud du Kansas et du Missouri.

visite. Dois-je donc abandonner cette jeune fille à son triste sort ?

— Je le crains, répondit l'archevêque. Une tâche bien plus importante vous attend maintenant, qui requiert toute votre attention.

L'abbé Fournerie s'apprêtait à prendre congé, quand le vieil homme s'écria :

— Attendez ! Et si…

L'abbé s'immobilisa et interrogea l'archevêque du regard.

— Il m'apparaît soudain aberrant d'abandonner au bourreau une jeune fille qui, avec son éducation, serait bien mieux employée à cette mission pour laquelle vous vous apprêtez à partir.

— C'est évident… Mais qu'avez-vous en tête ?

— Le père Schoenmaker recherche des moniales et des enseignantes depuis longtemps et nous ne pouvons lui envoyer que sœur Judith. Une seconde aide serait précieuse ! Je pourrais proposer à Davenport de commuer la peine de l'accusée en bannissement à vie, assorti d'une obligation de service à la mission de Saint-Paul.

— Pensez-vous cela possible ?

— Ça s'est déjà vu pour des crimes moins graves. Cela vaut la peine d'essayer, même si je ne puis rien vous garantir. Partir pour le Grand Ouest n'est pas une sinécure. Voilà ce que je pourrais plaider. Je suis même convaincu que pour une jeune fille de son éducation, qui de plus a la tête farcie de rêves de grandeur, c'est un châtiment bien pire que la mort. Davenport y sera sensible…

— Ma foi, ce serait là un heureux dénouement. Je vais rejoindre mes missionnaires et faire préparer nos malles immédiatement. Si tout se passe bien, nous pourrions partir d'ici quelques jours. Pensez-vous pouvoir faire fléchir Davenport avant notre départ ? Il ne vous reste pas beaucoup de temps…

— Je saurai vite si l'homme se sent d'humeur flexible. Je vous le ferai savoir dès que l'issue sera certaine.

L'abbé Fournerie et monseigneur Blanc se quittèrent le cœur plus léger que lorsqu'ils s'étaient retrouvés. Les deux hommes, animés d'une même énergie, n'étaient jamais autant grisés qu'à l'annonce d'un départ pour une mission.

Les jours suivants, Pierre Fournerie régla en un tournemain une foule de détails logistiques. Il réserva les places sur *La Belle de Memphis*, demanda à la nouvelle bonne de la rue Sainte-Anne de faire le plein de provisions puis écrivit à l'archidiocèse de Saint-Louis pour l'avertir de son arrivée et solliciter un hébergement quelques jours. Sœur Judith, de son côté, n'avait pas été enthousiasmée à l'annonce du départ comme elle l'aurait espéré. Elle ne pouvait se réjouir alors que la pauvre Joséphine se morfondait dans une cellule, dans l'attente de son jugement. Quant à Bellecour, il avait accueilli la nouvelle avec un sentiment mitigé.

— Quoi, si tôt ? s'était-il écrié.

L'abbé Fournerie n'en était pas revenu. Cet homme rigoriste avait décidément des airs d'enfant capricieux et déraisonnable.

— Bellecour, cela fait déjà deux mois que nous séjournons à La Nouvelle-Orléans, l'avait-il sermonné. Et nous voilà début novembre !

— Justement ! Il est trop tard pour tenter un tel voyage alors que l'hiver s'annonce.

— Oh, rassurez-vous ! Vous pourrez profiter de la douceur de cet automne exceptionnellement chaud jusqu'à Saint-Louis. Nous ne sentirons la fraîcheur de l'hiver que lorsque nous serons arrivés à Kansas City, pas avant. Et puis vous ne vous plaisiez pas, ici. Ce départ devrait donc vous réjouir. Allons ! Préparez vos malles, avait conclu l'abbé avec fermeté.

Bellecour avait vite cédé. En son for intérieur, en dépit des désagréments du voyage et de la vie rude qui l'attendait sur la plaine, il était bien heureux de mettre plusieurs milliers de lieues entre lui et le cadavre de la petite Henriette. Ce n'était pas qu'il craignait la justice, personne n'avait vraiment noté la disparition de la jeune fille. Tout au plus l'intendant du diocèse s'était-il désespéré du manque de fiabilité des esclaves. Et il avait raison. Quand ils ne s'enfuyaient pas pour tenter l'aventure vers les États du Nord, ces nègres étaient rarement qualifiés et guère assidus à la tâche. L'intendant en avait d'ailleurs tiré la leçon et avait engagé une femme de charge irlandaise pour la rue Sainte-Anne aussitôt la petite esclave disparue malgré le coût. On ne l'y reprendrait plus ! Cependant, si la justice ne menaçait pas de frapper à sa porte, Bellecour était harcelé par sa propre conscience. Combien de fois s'était-il réveillé en sueur au milieu de la nuit, la chemise de nuit trempée, les images du corps d'Henriette encore présentes à son esprit ? Il revoyait le frêle petit corps s'écrouler contre le mur de la cour intérieure, sa tête se renverser dans le vide et ses yeux blancs se fixer sur lui alors que Bauer et lui la portaient hors de la maison de la rue Sainte-Anne. Il n'avait pas non plus oublié l'image de sa tête ballottant contre le flanc du cheval, ni ce silence lugubre qui avait accompagné leur marche funèbre vers le fleuve, au plus profond de la nuit, comme si les animaux nocturnes ou les éléments eux-mêmes s'étaient tus devant le triste cortège. Et puis il y avait eu ce corps sombrant dans les eaux boueuses du fleuve et le visage impassible de la jeune femme englouti peu à peu par les eaux noires… Bauer, pragmatique, lui avait assuré que les alligators en feraient leur affaire avant même que le cadavre ne soit emporté jusqu'à l'embouchure. Ainsi, l'incident avait été clos sans plus de bruit ni de scandale, laissant Bellecour seul face à ses propres démons.

Le surlendemain de l'annonce du départ, une excellente nouvelle parvint à l'abbé Fournerie, en pleins préparatifs. Une courte lettre de l'archevêque annonçait que Davenport avait été sensible à ses arguments. Le magistrat avait estimé, au vu du passé sans incident de l'accusée et de la réputation douteuse de l'homme qui avait déposé plainte, mais aussi du caractère d'intérêt général, presque sacerdotal de sa future mission, que commuer la peine de l'accusée en emploi à vie au sein de la mission de Saint-Paul ne serait pas inapproprié. Le gouverneur y avait vu du même coup l'occasion d'apaiser la communauté de couleur. L'accusée resterait cependant en cellule jusqu'au départ ; il ne s'agissait pas d'échauffer les esprits qui pourraient juger cette sentence trop clémente. Sœur Judith, dans sa foi innocente et inconditionnelle, y vit dans ce signe la main du

Seigneur. Elle avait tant prié pour que la jeune fille soit épargnée qu'elle n'avait pas imaginé d'autre origine à cet heureux dénouement. Elle se félicita de n'avoir pas douté et jura de nouveau sa foi au Seigneur omniscient et miséricordieux. Elle regretta même de ne pouvoir mettre une telle preuve de Sa toute-puissance sous le nez de monsieur Eckermann, lui qui avait si ouvertement douté de Son omniscience.

*

* *

La Belle de Memphis appareilla le lendemain à l'aube, avec à son bord trois missionnaires et une domestique. C'est ainsi que l'abbé Fournerie, le père Bellecour et sœur Judith avaient enregistré Joséphine Bruno. Insatisfaite de son sort, pourtant, la jeune fille n'avait pas desserré les dents de la matinée et était restée obstinément prostrée, assise sur l'un des bancs disposés à l'arrière du navire. Cette magnifique créature avait perdu de sa superbe : sa toilette sobre et ses cheveux rassemblés en un chignon sévère avaient métamorphosé la belle en une modeste voyageuse effacée. Sa mine boudeuse achevait le tableau, d'autant qu'elle avait refusé d'adresser la parole à qui que ce soit depuis qu'elle avait posé le pied sur le pont du vapeur.

Il était déjà midi lorsque sœur Judith s'assit à ses côtés pour tenter de nouveau de lui arracher quelques mots.

— Avez-vous faim ? lui demanda-t-elle en tendant un petit paquet entouré d'un linge.

Joséphine détourna la tête, hautaine. Sœur Judith soupira.

— Vous êtes ingrate, lâcha-t-elle, fatiguée de devoir supporter la mauvaise humeur de la jeune fille.

Elle ouvrit le linge et prit le demi-pain au son qui s'y trouvait, avant d'en déchirer un morceau et de le porter à sa bouche.

— Savez-vous que vous avez une chance inouïe ?

Joséphine haussa le sourcil et grogna.

— Je n'ai pas eu l'occasion de vous dire par quel miracle vous êtes arrivée sur ce bateau…, continua la religieuse.

— Cela ne m'intéresse pas ! rétorqua la quarteronne.

— Je n'en crois pas un mot.

La mine boudeuse de la jeune fille se fit plus sombre encore. Sœur Judith, depuis le jour où elle avait tenté d'arracher la pauvre jeune fille des mains de la matrone à l'Institut, ne s'était jamais séparée de cet élan maternel qu'elle éprouvait alors pour Joséphine. Elle s'amusa avec bienveillance de sa rancœur.

— Le magistrat était prêt à vous envoyer à la potence, jeune fille.

Joséphine posa un regard scandalisé sur la sœur.

— Et personne ne doutait de l'issue du procès. Votre exécution était déjà quasi certaine, poursuivit la religieuse.

— Vous mentez ! s'écria la jeune fille.

Impassible, sœur Judith mâchait un petit morceau de pain tout en continuant de parler.

— Je reste persuadée de votre innocence, voyez-vous, mais je suis à peu près la seule dans ce cas. Le Seigneur, car je suis convaincue de Sa bienveillance en cette affaire, m'a aidée à convaincre l'abbé Fournerie que vous n'y étiez pour rien dans cette affaire. Et c'est encore le Seigneur qui l'a aidé à convaincre l'archevêque et monsieur Davenport de commuer votre peine en travaux d'intérêt général. Voilà pourquoi vous êtes ici. Grâce à la bienveillance de notre Bien-Aimé Seigneur…

— À mon tour de ne pas croire un mot de ce que vous dites, lâcha Joséphine d'un ton abrupt. D'ailleurs, je sais très bien où nous allons.

— Ah, tiens ? Dites-moi donc…

Les prunelles de la jeune fille jetèrent des éclairs.

— Nous allons dans l'une de ces misérables missions de la Frontière… Dans le froid et la boue, là où les hommes sont des brutes illettrées, là où il n'y a pas de limites à ce qui se vend et où tout s'achète, là où il n'y a aucune loi. Là où les sauvages vous égorgent pour le plaisir !

Sœur Judith resta interdite un instant, avant de s'écrier :

— Mon Dieu ! Mais quelle image avez-vous de votre propre pays ?

La jeune fille partit d'un rire sinistre.

— Mais c'est vous, ma sœur, qui êtes ignorante ! Pauvre petite religieuse que vous êtes, échouée sur les côtes d'un pays inconnu ! Tenez, vous avez même imaginé que je pouvais épouser Camille. Quelle naïveté ! Vous n'avez aucune idée de ce que c'est que de ne pas avoir la peau blanche. Vous avez certainement grandi à l'abri d'une riche maison, dans un pays sans guerre et sans esclavage. Et vous pensez que porter la bonne parole va suffire à transformer nos hommes en bons chrétiens ? Quelle naïveté !

Sœur Judith resta muette de stupeur.

— Vous n'avez aucune idée de ce qu'est la Frontière, renchérit Joséphine avec la même rancœur. Vous devriez vous préparer au pire parce que vos prières ne vous seront d'aucune utilité, là-bas…

La pauvre enfant était en proie au délire. Sœur Judith essaya de la calmer.

— Mon enfant…, commença-t-elle.

— Oh, non ! Pas ça ! protesta tout à coup Joséphine. Ne me servez pas ces sermons qu'on assène à longueur de journée à ces « pauvres enfants » de l'Institut ! J'ai certes quelques années de moins que vous, mais je connais bien les hommes et je sais très bien ce que deviennent les femmes sur la Frontière. Alors, non ! Ne m'appelez pas « mon enfant » !

Elle s'interrompit un instant, affichant un sourire froid.

— Ce serait peut-être à moi de vous appeler « mon enfant », ma sœur, conclut-elle avec ironie.

La moniale en resta muette. En un instant, la tendresse qu'elle croyait éprouver pour la jeune fille s'envola.

— Très bien, alors parlons d'égale à égale, répondit-elle, glaciale. D'accord, je ne vous considérerai plus comme une enfant. Mais en échange, vous devrez m'obéir, et cela tant que vous serez sous ma responsabilité. Car j'ai bien l'intention de contribuer au succès de cette mission, aussi dangereuse soit-elle. J'attends de vous que vous soyez à la hauteur de la tâche. Une dernière chose, ne me prenez pas pour plus idiote que je ne le suis. Ignorante de certaines choses, peut-être, naïve et crédule, parfois, mais ne croyez pas que je n'ai rien à vous enseigner. J'admets que vous pouvez m'en apprendre. Dans ce cas, je compte sur vous pour m'affranchir en toute honnêteté. Sommes-nous d'accord ?

Joséphine s'apaisa mais ses yeux en amande étincelaient.

— Je vous en voudrai toujours de m'avoir arrachée à ma vie. Alors ne comptez pas sur moi pour que nous soyons amies. Mais puisque nous devons maintenant cheminer ensemble, alors oui, nous sommes d'accord.

Sœur Judith acquiesça. Sa colère retomba doucement. Elle n'avait certainement pas perçu la complexité de la situation et avait cru bien faire en arrachant Joséphine à sa ville natale. De nouveaux doutes assaillaient maintenant son esprit. La Frontière était-elle réellement cet enfer décrit par la quarteronne ?

17

La levée de Saint-Louis

De légères volutes de brume flottaient d'une berge à l'autre au-dessus des eaux boueuses du Mississippi. La fraîcheur de l'air surprit sœur Judith lorsqu'elle sortit de sa cabine pour admirer l'aube naissante. *La Belle de Memphis* glissait sur les eaux lisses du fleuve et semblait fendre sans peine le léger brouillard. La jeune femme aurait pu croire à un songe étrange si le vacarme des machines à vapeur n'avait été si assourdissant. Elle aspira à pleins poumons. Ce matin, la moniale perçut nettement le changement de climat et elle savourait à présent le pincement que lui procurait sur la peau cet air frais matinal, loin des vapeurs étouffantes de La Nouvelle-Orléans.

En bas, l'équipage s'affairait déjà. Les hommes préparaient l'arrivée au port de Saint-Louis. Les deux semaines de voyage s'achevaient après s'être écoulées sans incident, au rythme tranquille du navire. Les haltes aux relais de bois avaient offert l'opportunité de courtes promenades. Les arrêts à Bâton-Rouge, Natchez ou Vicksburg avaient également permis aux trois missionnaires de découvrir ces villes de quelques milliers d'habitants qui avaient poussé si vite le long du fleuve, colonne vertébrale de la région. Ce périple avait apporté son lot d'expériences nouvelles à la jeune femme. Les monstrueux alligators paresseusement allongés sur les berges l'avaient saisie d'effroi et les tout premiers Indiens aperçus au loin, sur la berge ouest, majestueux et fiers, dressés à moitié nus sur leurs chevaux, l'avaient fascinée. Tout cela avait donné une touche décidément très exotique à l'excursion. Cependant, elle restait préoccupée. Elle se savait maintenant responsable du devenir de la jeune Joséphine. Doublement responsable, de fait, car non seulement elle allait devoir la préparer à son futur rôle de missionnaire, mais également garantir sa sécurité. Si le Grand Ouest était aussi dangereux que la jeune fille le prétendait, sœur Judith devrait s'armer de toute sa détermination pour faire face aux multiples dangers qui les attendaient…

Alors que le bateau abordait un nouveau méandre du fleuve, Pierre Fournerie vint s'accouder au bastingage, faisant sursauter sa filleule.

— Allons, te voilà bien vite effrayée ce matin, s'amusa-t-il.

Au fil du courant, la forêt laissa place peu à peu aux premiers contours d'une ville que l'on distinguait à bâbord avant.

— Voilà Saint-Louis ! s'écria l'abbé.

Quelques instants plus tard apparurent les silhouettes d'une multitude d'immeubles à plusieurs étages, le long d'une levée sans fin. Plus à l'ouest, les bois d'acacias et de platanes laissèrent place à une forêt de clochers et de toits d'ardoises parmi lesquels se dressait un dôme imposant qui pouvait bien être celui d'une basilique. La cité était aussi étendue que La Nouvelle-Orléans et au moins deux fois plus importante que Le Havre.

— Mais c'est une vraie ville ! s'étonna la jeune femme.

— Bien sûr, confirma l'abbé. La plus importante sur le fleuve. La porte d'entrée vers l'Ouest !

Plus le bateau à vapeur progressait, plus la jeune religieuse pouvait mesurer l'importance de la cité qui se révélait sous ses yeux. Des dizaines de bateaux à vapeur pressaient leurs cheminées noires les unes derrière les autres, le long d'une haute et large levée qui bordait toute la ville. Une multitude d'immeubles de quatre ou cinq étages en briques roses et rouges s'alignaient sur cette levée dont les hautes arcades abritaient probablement de multiples commerces. Pas moins de dix clochers d'une hauteur tout à fait respectable se hissaient vers le ciel à proximité du fleuve, rassurant sœur Judith sur la ferveur religieuse des habitants de Saint-Louis.

La Belle de Memphis s'approchait à présent du port et l'équipage se prépara aux manœuvres de mise à quai. Une foule se pressait autour du *Caledonia*, un vapeur aux roues à aubes rouge carmin. La passerelle rudimentaire du vapeur avait déjà déversé son flot de migrants sur le quai, hagards et désorientés, alors que les ballots de coton, de tabac et de café étaient débarqués à la force des bras par une armée de dockers déguenillés. De larges rangées de tonneaux étaient alignées à même les pavés inégaux de la levée, attendant d'être à leur tour chargés sur des chariots que tiraient de pauvres mules qui tremblaient à la vue de la lourde cargaison qu'elles allaient devoir hisser jusqu'au sommet de cette pente vertigineuse. Sœur

Judith fut impressionnée par cette activité fourmillante qui n'avait décidément rien à envier à celle du Havre ou de La Nouvelle-Orléans. La modernité des équipements était même saisissante. Il n'y avait là que des bateaux à vapeur mais aucune trace de vieux gréements. Elle se rassura. L'Ouest sauvage était encore loin…

Les trois missionnaires et leur étrange domestique s'étaient préparés à débarquer et sinuaient maintenant au milieu de la foule des voyageurs amassés contre le bastingage, admiratifs des manœuvres de mise à quai. Lorsque les machines se turent enfin, le capitaine quitta le poste de pilotage et rejoignit à son tour le ponton principal, prêt à faire installer une rampe d'accès au quai. C'est alors qu'un homme à l'allure modeste se planta au pied de *La Belle de Memphis*, une casquette noire flanquée d'un insigne officiel vissée sur sa tête. L'homme avait la mine sombre.

— Eh là, Jones ! cria-t-il.

Le capitaine s'interrompit et se retourna sur l'individu.

— Ah, ça ! Comment va, Willis ?

— Ça pourrait aller mieux ! cria le chef de quai. On va t'envoyer une inspection sanitaire. Personne ne débarque avant qu'on ait le rapport du médecin.

Le capitaine perdit son sourire.

— Qu'est-ce qui se passe ?

— On a un bateau en quarantaine. Fièvre jaune ! On inspecte tout le monde jusqu'à nouvel ordre.

Un murmure d'effroi parcourut les passagers massés sur les pontons de *La Belle de Memphis*.

— La fièvre jaune ? s'écria Bellecour, blême. Mon Dieu, mais qu'est-ce que c'est encore que ça ?

Pierre Fournerie accusa le coup de la nouvelle.

— Une maladie épidémique, répondit-il dans un murmure. Mortelle, ajouta-t-il.

Bellecour se décomposa et ses yeux globuleux disparurent derrière une fente noire.

— Voilà ! C'est un signe du Seigneur ! Cette ville mérite d'être purifiée de ses péchés…

— Il suffit, Bellecour ! souffla l'abbé, exaspéré. Puis, s'adressant à sa filleule : Je ne crois pas que notre navire soit infecté, l'inspection ne devrait pas durer longtemps. Mais nous devrions prendre contact avec les médecins afin de proposer notre aide. T'en sens-tu capable ?

La jeune femme n'hésita pas une seconde.

— Évidemment, répondit-elle.

Son cœur se gonfla d'impatience à l'idée de se rendre enfin utile.

— Bien ! conclut Fournerie. Bellecour, nous appuierez-vous ?

Le prêtre était maintenant livide. Il n'avait pas fait tout ce chemin pour mourir dans les souffrances atroces d'une maladie tropicale ! Il représentait une bien trop grande valeur pour la sainte Église. Il avait été missionné par l'évêque de la Sarthe lui-même pour veiller au bon emploi du dogme dans ces contrées reculées, pas pour tenir la main de quelque miséreux agonisant ! Le petit homme aux yeux noirs perdus derrière ses lunettes ne se démonta pas.

— Si besoin, je m'occuperai des offices pour les trépassés, rusa-t-il. Et je prierai pour les pauvres malheureux, bien entendu !

Fournerie n'était pas dupe. Il ne faudrait pas compter sur ce lâche pour s'approcher des malades encore contagieux. Sœur Judith interrogea Joséphine du regard.

— Ça ne me fait pas peur. Je vous aiderai, répondit la jeune femme.

Pierre Fournerie salua son courage.

— Merci à vous, mademoiselle Bruno. Les bras manquent souvent dans ce genre de situation et les volontaires sont toujours les bienvenus.

Un gros homme, vêtu d'un gilet de soie maculé de taches, se présenta à bord trente minutes après la mise à quai. Il annonça être le médecin dépêché par la ville, en charge de l'inspection des navires arrivant à quai. Il était accompagné d'un officier roux comme un Irlandais. Les deux hommes s'installèrent sur le pont et passèrent en revue chacun des passagers et des membres de l'équipage. Le médecin examina leur langue, la couleur de leur peau, et prit leur température corporelle en apposant la main sur leur front. L'officier prenait note de chacun des noms et des résultats détaillés de l'examen. Deux heures plus tard, l'inspection se solda sans surprise par une bonne nouvelle : aucun cas déclaré, ni même suspect, ne se trouvait à bord. Le capitaine obtint l'autorisation de débarquer et les opérations purent reprendre leur cours normal.

Sœur Judith posa le pied sur le pavé inégal de la levée et s'immobilisa un instant, ses sacs de voyage en main, laissant de côté la foule des passagers qui débarquaient en une file ininterrompue depuis la passerelle. Voilà ! Elle se trouvait donc au cœur du continent nord-américain, à Saint-Louis, dernière grande cité où elle ferait escale et qu'elle ne verrait certainement plus avant de longues années… L'abbé Fournerie rassembla la petite troupe en haut de la levée. Rapidement, il chargea Bellecour de faire livrer leurs malles au diocèse et d’y accompagner Joséphine qui se sentait lasse du voyage. Tous deux se hissèrent sur la banquette d’une carriole brinquebalante tandis que sœur Judith et l’abbé se dirigeaient vers la capitainerie. Là, on leur indiqua sans peine le navire en quarantaine amarré à l’écart des autres vapeurs, à l’extrémité nord de la longue levée. Ils ne pouvaient pas le manquer. La municipalité avait fait installer des tentes rudimentaires à même le quai, qui tenaient lieu d’hôpital de fortune.

Les deux longues silhouettes ecclésiastiques sinuèrent avec peine dans le capharnaüm de marchandises et de voyageurs, évitant les piles de ballots de coton, les pyramides de tonneaux de mélasse, bousculant parfois cette foule multicolore et dépareillée de négociants en complets modernes et coûteux, d’hommes rudes au teint brûlé par le soleil et d’autochtones drapés de peaux de daim à longues franges. Sœur Judith exultait devant un tel spectacle de nouveautés et d’étrangetés. Alors que la foule se faisait plus rare, les deux missionnaires dépassèrent le dernier navire accosté en enfilade et distinguèrent enfin l’extrémité de la levée. Loin du centre de l’activité commerciale, un vapeur aux larges cheminées noires se dressait devant un quai presque désert. Seul un campement à première vue sans vie lui faisait face. Le claquement des souliers de la moniale et de l’abbé résonna sur le pavé. Un silence de mort régnait alentour. Le quai était bordé de terrains en friche, distant d’une centaine de mètres à peine de l’immense forêt aperçue un peu plus tôt depuis le bateau. Sœur Judith scruta les environs. Il n’y avait aucune âme qui vive, si ce n’était deux hommes armés à la mine renfrognée, postés devant l’accès au camp. En s’approchant, elle put lire sur l'immense carter blanc de la roue à aubes le nom du navire peint en lettres bleu azur : *The Flying Cloud*. Les gardes s'animèrent à la vue des deux silhouettes noires.

— L'accès est interdit ! cria l'un d'eux, dont l'accent rocailleux était difficilement compréhensible.

Le père Fournerie salua les hommes d'un signe de tête.

— Nous venons proposer notre aide à ces malheureux. Qui est en charge, ici ?

L'homme à l'accent rugueux détailla de pied en cap les nouveaux venus. Il cracha à terre un liquide visqueux, avant de répondre :

— Pardon, l'abbé… Allez dans cette tente, là, répondit-il en désignant le plus petit des trois abris provisoires. Demandez le docteur Gibbons. C'est un petit vieux à lunettes avec une barbe blanche.

Sœur Judith examina les deux hommes à la dérobée, deux brutes imbibées d'alcool et à la saleté repoussante. La ville n'avait guère dû trouver mieux pour ce travail dont certainement personne ne voulait, au risque d'être contaminé. L'abbé et la religieuse se dirigèrent vers les tentes. Leur sobre silhouette noire avait intrigué les deux compères. Les regardant s'éloigner, le plus petit siffla entre les dents qui lui restaient :

— Sont pas bien, ceux-là ! Vont droit au casse-pipe !

Et l'autre de répondre, après avoir de nouveau craché par terre une sorte de liquide noir, mélange de salive et de tabac chiqué :

— Des catholiques. Cherche pas…

Pierre Fournerie écarta d'un geste décidé le pan de toile qui occultait l'entrée. Malgré le jour lumineux à l'extérieur, l'atmosphère y était jaunâtre et lugubre. L'abbé se dirigea vers le fond de l'abri à la rencontre du vieux médecin. Sœur Judith s'arrêta net. Des relents âcres de bile et d'humeurs corporelles la prirent à la gorge. Elle porta une main à son visage et pénétra plus avant, déterminée à surmonter son haut-le-cœur. Elle fit quelques pas entre des draps tendus çà et là, suspendus à des cordages. Les malades gisaient sur des paillasses à même le sol, blottis sous de vilaines couvertures. Certains tremblaient, à moitié conscients, alors que d'autres laissaient échapper de faibles râles qui trahissaient leur état de faiblesse. Il y avait là majoritairement des migrants, des femmes et des enfants. Ces pauvres hères macéraient dans l'infection. Les grabats, repoussants de saleté, portaient les traces sordides de la maladie. Les pots de chambre, emplis d'urine et de matière fécale contaminées n'avaient pas été vidés depuis longtemps. D'abjectes flaques de vomissures souillaient le pavé par endroits. Quant à l'odeur… L'air n'avait pas dû être renouvelé depuis plusieurs jours et la pestilence confirmait la présence de germes. Le cœur de la moniale se serra devant un tel état d'abandon. Pierre Fournerie la rejoignit bientôt.

— Nous avons bien fait de venir. Ce vieux médecin est bien seul face à l'ampleur de l'épidémie. Le diocèse avait envoyé une moniale, mais celle-ci est décédée la semaine passée.

— Un homme seul pour s'occuper de tous ces malades ? s'écria la jeune femme, horrifiée. Mais combien sont-ils, donc ?

— Une quarantaine, je suppose. Une quinzaine de femmes et d'enfants ici, une dizaine d'hommes plus loin, et… Le médecin n'a pas su me dire combien de gens de couleur étaient dans la troisième tente ; il n'y met pas les pieds.

— Comment ça ? Qui s'occupe de ces malades ?

L'abbé adressa à sa filleule un regard qui en disait long.

— Comme je te le disais, nous avons bien fait de venir.

— Il n'y a donc plus personne sur le bateau ? s'inquiéta sœur Judith.

— Si, les passagers qui ne sont pas encore infectés. Ils sont retenus en quarantaine. Un ou deux cas se déclarent encore chaque jour, d'après le docteur Gibbons.

L'abbé jeta un regard à la ronde. La situation sanitaire était préoccupante.

— Nous devons agir vite, lâcha-t-il. Tu vas commencer par trouver de l'eau. Il nous en faut en grande quantité pour réhydrater les patients et rétablir un semblant d'hygiène. De mon côté, je vais faire le point avec le médecin sur le matériel et les vivres. Je me rendrai ensuite directement au diocèse pour réclamer plus de moyens.

Il saisit les mains de sa filleule entre les siennes et souffla, solennel :

— Eugénie, rappelle-toi bien ça : lorsque tu t'occuperas des malades, ne néglige surtout pas de te protéger toi-même. Rappelle-toi les gestes incontournables…

— Bien entendu. Se laver les mains régulièrement au savon et faire bouillir toute l'eau avant de l'utiliser. J'éviterai tout contact inutile.

L'abbé pressa ses mains dans les siennes et lui adressa un dernier sourire avant de la quitter pour aller chercher de l'aide au centre-ville.

Sur le quai, rien ne s'avéra simple. Il fallut la matinée entière à la religieuse pour faire venir une dizaine de tonneaux remplis d'eau fraîche. Elle dénombra les patients, identifia l'état général des grabats, fit l'inventaire du linge, des réserves de savon et de lessive, puis découvrit avec frayeur l'état du recoin insalubre et chargé d'immondices qui servait de cuisine. L'ampleur de la tâche était titanesque : treize femmes, trois enfants et quinze hommes, dont dix isolés dans une tente qui aurait pu en contenir le double, gisaient là dans des conditions d'hygiène déplorable. La jeune femme songea aux passagers encore sains ; elle n'aurait guère de temps à leur consacrer… Elle s'attela à la tâche avec détermination et énergie, sous l'œil indifférent du vieux médecin qui vaquait mollement à ses occupations routinières, sans se laisser perturber. Placide, le vieil homme se contenta de faire le tour des malades aux alentours de 11 heures. Il consigna soigneusement l'évolution des symptômes de chacun d'entre eux dans un petit carnet de cuir marron puis se retira sous sa tente où il disparut le restant de l'après-midi. Sœur Judith le soupçonna d'être parti faire une sieste.

Sur les coups de midi, la jeune femme entreprit d'aérer les tentes. Le plus urgent était de renouveler l'air vicié, d'évacuer les miasmes et de donner un peu de ce radieux soleil d'après-midi aux malades. Elle entreprit ensuite de sortir des tentes les grabats inutilisés, de balayer la paille souillée et de la remplacer, puis de répartir les malades pour utiliser au mieux l'espace tout en minimisant la propagation des germes. Vers la fin de l'après-midi, à bout de forces, elle renonça à nettoyer les derniers grabats souillés. Elle attrapa au vol un tabouret et s'effondra devant un baquet d'eau savonneuse. Ses jambes étaient lourdes, ses pieds la faisaient souffrir et ses bras tremblaient de fatigue. Satisfaite cependant du travail accompli, elle se laissa aller un instant, les bras ballants, puis releva sa jupe de laine noire et massa ses chevilles douloureuses.

Le docteur Gibbons trônait depuis un moment sur un siège pliant installé à l'entrée de sa tente. Il avait observé la religieuse de loin, étonné de voir cette jeune étrangère courir dans tous les sens pour quérir de l'eau, faire les lessives, changer les grabats, nettoyer le sol, donner à boire aux malades. Elle avait de l'énergie à revendre et ne manquait pas de sens de l'organisation. C'était déjà ça… Un sourire s'était peint sur son visage ridé, et un éclat nouveau était apparu au fond de ses yeux délavés. Elle était peut-être le second souffle qu'il espérait depuis quelque temps. Après tout, il ne serait plus le seul à s'intéresser au sort de ces malades… Le vieux médecin s'approcha de la jeune femme en claudiquant, son tabouret à la main, et s'installa à ses côtés. Il sortit une pipe de son gilet, la bourra de tabac, craqua une allumette et tira deux ou trois bouffées. Il laissa échapper un long soupir de satisfaction.

— Ce que vous avez fait en un après-midi est épatant, ma sœur. Vous êtes une rapide ! Mais cela ne va pas les guérir, vous savez.

La jeune femme se redressa, porta les mains à son dos douloureux et se cambra pour étirer ses muscles endoloris.

— Peut-être pas, docteur, mais cela évitera au moins que les germes passent d'un patient à l'autre. Et puis le moral du patient joue pour beaucoup dans l'évolution de la maladie, alors de l'air pur et du soleil, cela ne peut pas leur faire de mal.

— Si vous le dites..., lâcha-t-il d'un air dubitatif.

Il l'observa un instant, l'œil brillant.

— Vous faites des merveilles à vous toute seule. Il m'en faudrait trois comme vous pour maintenir ce campement en ordre. Mais ça ne risque pas d'arriver. Le diocèse a déjà perdu une religieuse et on a trop peu de femmes par ici pour en sacrifier davantage. Pensez donc, il ne resterait que des squaws et des putains sur des milles à la ronde !

Sœur Judith se figea. Le vieux médecin ne s'excusa pas pour autant de sa grossièreté. Manifestement, il avait oublié comment on devait s'adresser à une femme éduquée.

— Ça fait trois semaines que ce maudit bateau est arrivé ici, continua-t-il, et on a déjà perdu trente-deux malades. Personne n'est épargné. Hommes, femmes, enfants, nègres...

— Pourquoi êtes-vous le seul médecin ici ? demanda-t-elle.

— Je suis le seul à ne pas avoir peur du *vomito negro*. J'suis trop vieux pour craindre la mort et je n'ai plus rien à perdre. Et puis je l'ai déjà attrapé il y a quinze ans, au Texas...

— Le *vomito negro* ? Qu'est-ce que c'est que ce nom-là ?

Gibbons eut un sourire amusé.

— C'est le doux nom qu'on a donné à la fièvre jaune parce que vous vomissez du sang noir avant de crever. Gentillet, non ?

— Et avez-vous une idée de la façon dont cette fièvre se transmet ?

— Ça, mystère ! Mais la quarantaine a du bon. Aucun cas n'a été déclaré en ville, mis à part une pauvre religieuse tombée malade seulement quelques jours après son arrivée. Faut dire qu'elle n'avait pas votre jeunesse ! Bref, il arrive qu'on ait encore des cas qui se déclarent au bout de trois semaines d'isolement[1]. C'est à y perdre son latin.

— Y a-t-il eu d'autres victimes en dehors des passagers ?

— Non. Voyez. Moi-même, et ces deux voyous qui gardent le camp, là-bas, on est toujours en pleine forme malgré les trois semaines passées ici.

— Les voies du Seigneur sont impénétrables, docteur.

Le vieil homme s'étouffa à moitié avec sa pipe.

— Oh, non, pitié, ma sœur ! Ne me saoulez pas avec la « volonté du Seigneur ». J'ai quarante ans de pratique de la médecine dans l'Ouest et je peux vous dire qu'Il n'a jamais montré le bout de son nez quand il le fallait, celui-là ! Laissez-le donc là où Il est et continuez à faire de votre mieux pour m'aider. Ce sera déjà pas mal !

Contrarié, le vieil homme ramassa son tabouret, prêt à retourner à la tâche.

— Pour l'heure, lâcha-t-il, ma tournée d'inspection m'appelle !

La jeune femme resta interloquée, seule devant sa planche à laver. Voilà quelqu'un en froid avec le Seigneur, se dit-elle. Elle reprit courage et se remit à sa

1. Le vecteur de la fièvre jaune (piqûre de moustiques infectés) ne sera découvert qu'en 1881.

lessive. Elle avait bien trop à faire pour s'appesantir sur les états d'âme du vieux médecin. Pierre Fournerie la rejoignit quelques instants plus tard. Il avait l'air fourbu.

— Te voilà encore en plein travail, souffla-t-il. Tu as donc trouvé de l'eau ?

— Oui, sans problème. Mais il va falloir prévoir un budget si on veut s'en faire livrer de grandes quantités tous les jours. Les dockers me l'ont bien fait comprendre…

— Bien sûr. As-tu inspecté les provisions ? Sont-elles saines ?

— Je le pense. Le médecin a réceptionné la livraison il y a une heure. De la viande salée à faire bouillir, du café, du sucre, et une sorte de biscuit dur comme du plâtre. Les quantités sont insuffisantes pour nourrir à la fois tous ces malades et les passagers coincés sur le bateau. Ah, j'oubliais, devinez qui prépare les repas pour les malades ?

— Le médecin ?

La jeune femme sourit.

— Non, les deux individus avec la triste mine que vous voyez là-bas. Et vous imaginez bien qu'ils se servent en premier. Sans compter le fait qu'ils ignorent tout des notions d'hygiène les plus élémentaires. Il va falloir que je m'occupe de cela aussi.

— Bien. C'est très bien. Joséphine pourra t'aider dès demain. Je reviens du diocèse, l'archevêque ne peut pas se permettre de nous envoyer du secours mais il m'a accordé quelques fonds. De quoi tenir deux semaines environ, et dans de meilleures conditions que celles-ci.

Sœur Judith couvrit son parrain d'un regard attendri.

— Nous voilà bel et bien à pied d'œuvre, n'est-ce pas ?

— Regarde-toi, répondit-il, attendri à son tour. Tes mains rougies et gonflées par les lessives, ton habit trempé et ton front en sueur, et malgré cela la mine réjouie…

Elle baissa les yeux, fuyant le regard empli de fierté de son parrain. Sa pudeur ne pouvait tolérer un tel contentement. Devant cette sollicitude, elle pensa à ceux qu'elle avait laissés si loin derrière elle.

— Croyez-vous que maman le serait aussi ? Fière de moi, je veux dire.

Son parrain se contenta d'un sourire discret.

— Je ne sais pas… Est-ce si important ?

— Non, peut-être plus maintenant.

Chassant ces tristes pensées d'un geste de la main, elle se remit à l'ouvrage sous l'œil bienveillant de l'abbé.

— Ah ! autre chose, ajouta-t-il, nous allons bien sûr devoir loger ici jusqu'à ce que tout risque de contagion soit écarté. J'ai demandé au père Bellecour de nous faire livrer des lits de camp. Pour ce soir, nous nous débrouillerons avec ce que nous trouverons sur place. Cela te convient-il ?

Bien sûr que cela lui convenait. La jeune femme était comblée. Ce sentiment d'accomplissement lui procurait la certitude d'avoir enfin trouvé sa place en ce monde. Elle mettrait un point d'honneur à accepter tous les sacrifices que cela requerrait.

Ce soir-là, après ses dernières prières, elle se coucha de bon cœur dans l'un des lits de fortune installés sous l'une des tentes, à l'écart des malades. Elle allait passer sa première nuit sur le terrain.

18

Fièvre

La fraîcheur et l'humidité de l'air l'éveillèrent au petit matin. Elle avait eu beau se blottir sous sa petite couverture, la jeune femme avait frissonné tout au long de la nuit. Réveillée à maintes reprises par les gémissements et les râles des malades, elle s'était levée à deux reprises, inquiète de la toux incessante de l'un d'eux. À présent, un mal de crâne insistant vrillait ses tempes et des courbatures élançaient son dos douloureux. Certainement le contrecoup des lessives de la veille. Ainsi, le tableau de la vaillante infirmière de campagne s'éloignait derrière les premiers désagréments de l'inconfort. La jeune femme se leva malgré tout sans plus attendre. Elle passa un simple peigne dans ses cheveux en désordre. Voilà plus de six mois qu'elle n'avait plus personne pour les couper et ils atteignaient presque ses épaules. Résignée, elle rajusta sa robe noire de religieuse et se recoiffa de sa guimpe et de son carré de cou. Tous deux avaient perdu leur blancheur immaculée d'origine.

L'aube pointait tout juste à l'horizon lorsque l'abbé Fournerie fit son apparition dans la lumière pâle de ce matin de novembre. Il frotta ses mains l'une contre l'autre et exhala une bouffée de vapeur. L'hiver était arrivé à Saint-Louis, les nuits seraient dorénavant froides et longues. Sœur Judith s'affairait autour du feu. La jeune femme s'était vite adaptée à ce campement de fortune, pensa-t-il tout en l'observant.

— Bonjour, parrain, lança-t-elle. Je prépare du café. En voulez-vous ?

— Merci. J'en ai bien besoin, répondit-il d'une voix fatiguée. Un homme est décédé cette nuit et on nous a amené deux nouveaux patients.

La religieuse se redressa d'un coup, la louche en main.

— Pardon ? Comment se fait-il que je n'aie rien entendu ?

— L'homme était dans la tente des gens de couleur. Je l'ai veillé une bonne partie de la nuit et il s'est éteint vers 2 heures ce matin. Ceux-là, on les enterre un peu plus loin, à l'orée de la forêt.

Une voix se fit entendre derrière sœur Judith. C'était le docteur Gibbons, qui venait de s'extirper d'une tente de petite dimension chauffée par un poêle rudimentaire.

— Je veux bien de votre café moi aussi, ma sœur, ajouta-t-il en s'approchant du feu.

Celle-ci le servit machinalement.

— Mais pourquoi ne m'avez-vous pas réveillée, parrain ?

— Hum, votre café est fameux ! lâcha Gibbons. Voilà une raison de plus de me réjouir de votre arrivée !

Il enserra la tasse de liquide fumant dans ses deux mains et souffla dessus avec application, ignorant les échanges inquiets entre l'abbé et la religieuse.

— Tu n'aurais rien pu faire de plus, continua l'abbé. En outre, il fallait bien que l'un de nous deux se repose.

— Et les nouveaux patients, où les avez-vous installés ?

— Dans la tente la plus spacieuse. Mais...

Pierre Fournerie prit un air embarrassé.

— Ces gens sont de notre connaissance, Eugénie. Je crois que la petite Anna Eckermann est au plus mal.

Sœur Judith s'immobilisa tout net.

— Anna ? Elle est ici ?

La jeune femme essuya ses mains dans son habit de laine, lissant machinalement le tissu pour chasser son angoisse. La petite Anna... Theresa et les enfants, Franz et Johann... Et monsieur Eckermann ! Elle se refusa à penser au pire.

— Menez-moi à elle, parrain ! lâcha-t-elle.

Dans la tente la plus vaste du campement il y avait maintenant une vingtaine de grabats largement espacés, disposés sur un paillage frais. Sœur Judith y avait transféré la veille quelques malades en état de marcher, désengorgeant ainsi les deux autres tentes. Malgré l'aube qui pointait à l'horizon, les ténèbres enveloppaient encore l'espace sous la bâche de toile grise. À la lueur de sa lampe à huile, elle repéra immédiatement les deux nouveaux arrivants, à droite au fond de la tente. Elle s'agenouilla auprès du premier des deux malades. Sous deux couches de couvertures brunes, elle reconnut Anna. La petite tremblait, elle avait le front perlé de sueur, le teint rouge violacé, et gémissait dans un demi-sommeil. Sœur Judith souleva l'une des paupières délicatement. Ses yeux étaient injectés de sang, encombrés de pus jaunâtre. La religieuse repoussa vivement les couvertures. La fièvre ne pourra pas tomber si le corps reste ainsi confiné. La jeune femme se tourna vers l'autre grabat. Une silhouette adulte lui tournait le dos. Elle s'approcha et posa une main sur l'épaule du malade qui se retourna dans un réflexe. C'était Theresa Eckermann. La pauvre femme était méconnaissable. Son visage était d'un jaune pâle translucide et ses yeux vides de toute expression trahissaient une forte fièvre. Sa joue était maculée de traces noires. Du sang séché. À croire qu'elles souffraient toutes les deux de maladies différentes tant les symptômes étaient différents ! La religieuse se redressa d'un coup et sortit de la tente à la recherche de Gibbons. Le vieil homme était toujours blotti devant les braises rougeoyantes du foyer, penché sur sa tasse de café fumant. La jeune femme se campa devant lui, déterminée.

— Docteur, pourquoi les malades n'ont-ils pas tous les mêmes symptômes ?

Peu enclin à la conversation, Gibbons leva son visage fatigué, l'air incrédule.

— Maintenant ?

Elle croisa les bras sur le torse, manifestement impatiente. Le vieil homme se résigna.

— Ouais… Maintenant, on dirait.

Il soupira un grand coup.

— C'est un mal pervers, ma sœur. Il vous donne de l'espoir avant de vous achever pour de bon ! On commence par avoir une forte fièvre, une coloration rouge violacée de la face et un gonflement des tissus du visage, le tout accompagné de conjonctivite et de violents maux de tête.

Il s'interrompit un instant pour tremper ses lèvres dans le café bien chaud.

— Après trois jours de ce tarif, la fièvre tombe pendant quelques heures. C'est là que vous reprenez espoir… Ensuite, c'est quitte ou double : soit vous retrouvez des forces et vous vous en sortez pour de bon, soit la fièvre repart de plus belle. Dans ce cas, vous prenez cette horrible teinte jaune sur tout le corps, vous pissez le sang par tous les bouts et vous crevez trois jours plus tard.

— C'est toujours comme ça ?

— C'est toujours comme ça.

— Il y a donc des malades qui s'en sortent ? Qui ne subissent pas cette phase de jaunisse ?

— Oui.

— Et que deviennent-ils ?

— Je les renvoie sur le bateau, pardi ! Que voulez-vous que j'en fasse ?

Le cœur de la jeune femme battait la chamade. Il restait un espoir pour Anna. Mais sa maman… Elle portait cette teinte jaunâtre.

— Docteur, quel traitement leur donnez-vous ?

— Aucun. À ma connaissance, il n'en existe pas. Tout ce que l'on peut faire, c'est attendre et faire baisser la fièvre comme on peut. Et vous, vous pouvez prier pour eux !

Prier… Oui, Dieu leur viendrait en aide. Il le devait. La jeune femme leur consacrerait ses prières. Elle prierait de tout son cœur et de toute sa ferveur pour Theresa et Anna. Pour toute la famille Eckermann et pour l'ensemble des autres malades, bien entendu. À cette pensée, elle fit volte-face et rejoignit son parrain resté sous la tente. Savait-il où se trouvaient les garçons et monsieur Eckermann ? Étaient-ils encore vivants ? Bien portants ? Ou au contraire avaient-ils été parmi les premières victimes de cette terrible épidémie ? Elle le trouva assis au chevet d'un vieil homme, murmurant une prière.

— *Deus, Pater misericordiarum, qui per mortem et resurrectionem Filii sui mundum sibi reconciliavit et Spiritum Sanctum effudit...*

L'absolution... Encore une âme que le Seigneur s'apprêtait à recueillir. La jeune femme recula de quelques pas. Il était hors de question d'interrompre son parrain en un tel moment. Elle se posta à l'entrée de la tente et attendit. Dehors, le jour était presque là. Les malades encore conscients se réveilleraient bientôt. Ils auraient soif, il faudrait les rafraîchir, les laver, les soulager, ils auraient besoin d'entendre des paroles réconfortantes, de ce peu d'attention qui, même aux portes de la mort, les fera se sentir moins seuls face aux affres de la maladie. Tant de tâches attendaient la jeune femme...

Pierre Fournerie finit par sortir de la tente. Il lut dans les yeux de sa filleule l'inquiétude et la peur. Le visage grave, il apposa une main rassurante sur son épaule.

— Les jours qui nous attendent seront difficiles mais Dieu sera à nos côtés, conclut-il.

— Parrain, pour monsieur Eckermann et les petits, savez-vous...

— Ils vont bien. Pour l'instant. Monsieur Eckermann est venu lui-même quérir l'aide du médecin cette nuit et a porté tour à tour Anna et sa sœur jusqu'ici.

Sœur Judith sentit son cœur faire un bond dans sa poitrine.

— Je peine à comprendre que le médecin n'ait pas détecté le cas de Theresa plus tôt, poursuivit son parrain. Son cas nécessitait des soins urgents, c'est évident ! Le pauvre Eckermann est atterré mais il est solide, comme tu le sais. À présent, il veille sur les petits.

La moniale lissa machinalement les pans de son habit. Un espoir irrationnel venait de prendre vie au creux de son cœur. Elle se le reprocha immédiatement et ne dit mot de sa confusion.

Vers le milieu de la matinée, Joséphine Bruno et le père Bellecour firent leur apparition sur la levée. Si, par son physique peu avenant, Bellecour n'inspirait que de l'indifférence ou tout au plus de la méfiance aux badauds qui traînaient sur le port, la jeune quarteronne, elle, ne passa pas inaperçue, même engoncée dans sa triste robe grise. Son teint doré, ses yeux vert d'eau et sa chevelure cuivrée attirèrent bien des regards admiratifs. Fière de se savoir ainsi regardée, elle se fit un plaisir de les ignorer avec dédain. Sœur Judith les accueillit avec soulagement. Elle avait déjà nettoyé plus de cinq matelas, baigné quatre enfants et distribué des litres de café. Elle était déjà épuisée alors que la journée ne faisait que commencer. De son côté, le père Fournerie assistait le médecin en nettoyant et préparant le corps des trépassés.

Avec l'arrivée de Joséphine, sœur Judith revisita la répartition des tâches. Se sachant robuste et endurante, elle décida de garder pour elle-même les travaux les plus difficiles et cantonna la jeune quarteronne à la préparation du café et à la cuisson des repas, ce qui présentait le double avantage de la tenir éloignée des malades et de la laisser à l'air libre. De plus, elle lui interdit formellement de pénétrer dans les tentes. Elle voulait à tout prix éviter de l'exposer directement aux malades, autant pour préserver sa santé que pour lui éviter la vue de cette fièvre dégradante pour les corps et les esprits. Cette jeune fille était trop délicate pour supporter tout cela. Bellecour, lui, quitta bien vite les lieux, traînant derrière lui une charrette chargée de deux cadavres fraîchement nettoyés et enveloppés de linceuls de fortune. Il les ferait inhumer en terre consacrée et accompagnerait leur dernier voyage de prières de circonstance. Finalement, il sera bien utile, consentit Fournerie en le voyant s'éloigner, le corps ployé sous le poids de son attelage.

Ce jour-là, Joséphine fut mise à forte contribution bien malgré elle. Nettoyage de la vaisselle, préparation des repas, approvisionnement en eau, récurage des marmites… Jusqu'alors, personne n'avait osé lui infliger un tel traitement et la jeune fille, indignée, le faisait savoir. On l'entendait maugréer d'un bout à l'autre du campement.

— Quelle horreur ! Non mais, regardez-moi ça, lâchait-elle la mine dégoûtée tout en s'attaquant à la saleté rebutante des gamelles. Puis, l'instant d'après : Ne me dites pas que… Mais si ! Ils ont osé ! jurait-elle devant les marmites dont le fond était maculé de couches successives de graisses anciennes. Gibbons, avachi sur un tabouret, finit par lancer à sœur Judith :

— Mais où est-ce que vous l'avez dénichée, celle-là ? On n'entend qu'elle. Elle ne va pas bougonner comme ça tout le jour, non ? Elle n'a jamais été cantinière, en tout cas !

— Non, c'est certain, répondit la religieuse en souriant. Puis, avisant l'inactivité du vieux médecin : Mais elle, au moins, elle ne reste pas les bras croisés assise toute la journée sur un tabouret !

Gibbons resta un instant bouche bée devant l'audace de la religieuse. Puis il dévisagea la jeune femme d'un air amusé tout en mâchonnant sa pipe.

— Non mais, voyez-vous ça ! Qui aurait cru qu'un tel caractère pouvait se cacher derrière ce visage d'ange ? Vous êtes impitoyable, ma sœur…

Sœur Judith ne releva pas, indifférente aux compliments autant qu'aux reproches du médecin. Son regard était attiré par le *Flying Cloud*, à une centaine de mètres en contrebas, au pied de la levée. Des silhouettes se promenaient sur les ponts.

— Docteur, vous rendez-vous régulièrement sur le bateau ? demanda-t-elle.

— Oui, un jour sur deux, pour y détecter les signes précoces de symptômes.

— Combien reste-t-il de passagers ?

— Une cinquantaine à peine. Ils étaient cent vingt, on en a perdu une trentaine et plus de quarante sont ici, sur les quais. Le calcul n'est pas bien difficile à faire.

Le cœur de la jeune femme se serra. Après une traversée interminable de l'océan, ces pauvres familles étaient de nouveau prisonnières d'un sinistre destin, pour une durée indéterminée, cette fois, et assistaient, impuissantes, aux ravages de cette maladie qui emportait leurs proches les uns après les autres. Comment ces gens supportaient-ils cette nouvelle prison flottante qui ressemblait de plus en plus à un tombeau ? La jeune femme songea qu'un état de leurs besoins était urgent. Mais la perspective de se trouver face à Eckermann la déstabilisa. Elle n'était pas prête. Après réflexion, elle décida d'y envoyer Joséphine.

Dès le lendemain, la jeune quarteronne suivit le médecin pour dresser un bilan sanitaire du navire : état de propreté général, organisation des repas, besoins en eau. Joséphine Bruno n'était pas mécontente de la responsabilité qui lui avait été confiée après les corvées de la veille. Elle avait vécu un véritable enfer ! Elle grimpa sur la passerelle dans les pas du vieux médecin, ne sachant trop à quoi s'attendre. Presque aussitôt, un sentiment d'appréhension la saisit. Quelques hommes à l'œil sombre, la barbe en bataille et l'air plus ou moins hagard, erraient sur le ponton. D'autres somnolaient, affalés sur les piles de sacs de marchandises. Ils avaient tout d'une meute de loups en cage. L'un d'eux, les sens en alerte, sauta aussitôt sur ses pieds et s'approcha d'elle comme s'il examinait une marchandise nouvellement livrée. Il avait l'œil et le cheveu noirs, les épaules larges et la parole facile.

— Alors, docteur, c'est le jour 23, aujourd'hui ! Quand est-ce que vous nous libérez ? Z'allez pas encore nous garder dix-sept jours ici, non ?

Le vieux médecin lui adressa à peine un regard et souffla d'une voix lasse :

— Monsieur Turner, deux cas se sont déclarés cette nuit. Nous ne sommes pas encore sortis d'affaire…

Le dénommé Turner détailla Joséphine de pied en cap, comme on évalue une future proie. Elle l'ignora, hautaine.

— Vous nous amenez de la belle compagnie, dites donc !

Il s'approcha plus encore pour humer son odeur fraîche de jeune fille.

— Ben en voilà une jolie négresse ! Elle est à vous, docteur ?

Indignée, Joséphine eut un mouvement de recul.

— Comment osez-vous ?!? s'écria-t-elle.

Le médecin s'interposa.

— Oui, elle est à moi, Turner. Ça vous pose un problème ?

Ce dernier toisa le vieil homme d'un œil mauvais. Cet énergumène devait peser deux fois le poids du médecin. À cet instant, une voix rugit au-dessus d'eux :

— Turner !

Joséphine leva les yeux au ciel. Un homme blond, de belle prestance, était accoudé au bastingage du premier étage et fusillait du regard l'importun.

— Est-ce qu'il y a un problème, docteur ?

Le médecin retrouva son sourire.

— Ah ! Monsieur Eckermann !

L'homme blond descendit la volée de marches d'un pas agile et se planta devant l'agresseur. Ce dernier faisait une bonne tête de moins que lui mais essaya pourtant de braver le regard bleu acier qui le fusillait. Il finit par céder devant l'autorité qui se dégageait de son adversaire et émit un grognement rageur avant de retourner s'asseoir auprès de ses compagnons d'infortune. Le docteur s'empressa de saluer le migrant allemand.

— Merci. J'ai besoin de vous parler. Votre sœur…

Julian Eckermann prit le docteur par le bras et l'entraîna un peu plus loin. Joséphine les suivit à distance.

— Comment vont-elles, docteur ? s'enquit Eckermann, inquiet.

Le médecin prit un air grave.

— Votre nièce a toujours beaucoup de fièvre mais son état est stable. Quant à sa mère…

— Quoi, docteur ? Dites-moi donc !

— Eh bien… Sa fièvre a redoublé d'intensité hier. Je crains le pire, monsieur Eckermann.

Joséphine vit les yeux bleus de l'étranger devenir gris et perdre leur éclat. Son visage se ferma.

— Que me conseillez-vous ? Je dois être présent pour le dernier moment, quitte à abandonner les petits quelques heures. Je ne peux pas laisser ma sœur affronter cela toute seule.

— Seule, elle ne l'est pas. Nous avons de l'aide depuis deux jours. Une aide spirituelle et médicale.

Le vieil homme adressa un regard à Joséphine.

— Elle est entre de bonnes mains. Je vous promets de vous faire chercher si les choses devaient… Enfin, vous me comprenez.

Eckermann hocha le menton en silence, résigné.

— En attendant, je dois m'occuper des autres passagers, reprit le médecin. La jeune fille que voici – il désigna d'un mouvement de tête Joséphine – va faire un état des lieux des besoins du bateau : eau, vivres, savon, lessive. Pouvez-vous lui servir de guide ?

— Oui, bien sûr. Le capitaine est dans sa cabine, il attend votre rapport.

Le médecin salua Eckermann et Joséphine puis se dirigea vers le pont supérieur. Julian Eckermann dévisagea un instant la jeune fille. Cette femme-enfant était terriblement belle. Fière aussi. Et mulâtre, comme disent les gens d'ici.

— Par où souhaitez-vous commencer ? demanda-t-il.

La quarteronne sortit un petit bout de papier sur lequel était griffonnée une liste d'instructions.

— Voyons… Montrez-moi les cuisines et la buanderie, s'il y en a une.

La tournée d'inspection dura une petite heure. Beaucoup de cabines étaient maintenant vides. Une poignée de femmes avait pris en charge les enfants et s'occupait de l'organisation des lessives et du nettoyage des cabines. L'équipage, lui, était réduit de moitié, ravagé par la maladie. Seuls les esclaves montés à bord à Cap-Girardeau ne déploraient aucune perte.

Au moment de raccompagner la jeune femme, Julian Eckermann osa une question qui le taraudait depuis son arrivée une heure plus tôt :

— Au risque de vous paraître direct, vous *appartenez* réellement au médecin ? Je n'aurais pas cru que cet homme était du genre à…

— … à être propriétaire d'esclaves ? Non, je ne lui appartiens pas. Je ne le connais même pas.

— Mais alors, pourquoi l'avoir laissé prétendre le contraire ?

Elle le défia du regard.

— Dans ce pays, il est parfois plus dangereux d'être un nègre libre, sans maître pour vous protéger, que d'être un esclave. Surtout ici, dans le Missouri. Ce médecin m'a rendu un fier service…

Eckermann imagina un instant à quoi pouvait être confrontée une femme de couleur, seule et face à des hommes comme Turner. Il ne se ferait décidément jamais à cette idée d'esclavage. Il regarda la jeune femme quitter le bateau en silence mais ses pensées étaient plus sombres encore qu'avant son arrivée : Anna malade, Theresa probablement mourante, et maintenant ce rappel criant de la sauvagerie des hommes de ce pays. Julian Eckermann commençait à douter sérieusement d'avoir pris la bonne décision en traînant ici sa propre sœur avec ses trois enfants, comme s'il les avait jetés dans la gueule du loup. Et quand la maladie s'était déclarée, il s'était même surpris à demander à Dieu de bien vouloir épargner Anna et Theresa, lui qui avait renoncé à sa foi il y avait si longtemps. Abattu, il décida de rejoindre les enfants à l'arrière du pont principal. Il s'assit un peu à l'écart, comme il le faisait chaque jour, et dévora les petits des yeux. Ses neveux Franz et Johann, Dieu merci, débordaient d'énergie. Depuis le départ de leur mère, Julian inspectait minutieusement leur santé, guettant avec anxiété le moindre signe de fièvre, le moindre mal de tête, le moindre signe de fatigue. Avec le départ d'Anna, les enfants encore à bord du *Flying Cloud* n'étaient plus que sept, dont trois étaient aujourd'hui orphelins de père et de mère. Julian Eckermann tremblait à l'idée que ce malheur puisse frapper Franz et Johann.

19

À cœur perdu

C'était le milieu de la nuit. Le médecin se précipita hors de la tente et pressa le pas, bien qu'il se méfiât des pavés inégaux de la levée. Ses 60 ans ne lui permettaient plus de courir comme jadis et il craignait de s'étaler de tout son long sur les pavés humides. Cependant, il y avait urgence. C'était une question de minutes. Lorsqu'il grimpa sur la passerelle, il était déjà à moitié hors d'haleine. Il se précipita vers l'escalier à l'avant du navire mais ne put monter les marches qu'en s'agrippant à la rampe. Essoufflé, il longea le bastingage jusqu'à la cabine numéro 21 et frappa du poing. Quelques gémissements d'enfants se firent entendre à l'intérieur. L'instant suivant, Julian Eckermann apparut à la porte, encore ensommeillé et les cheveux ébouriffés. Lorsqu'il aperçut la mine grave du médecin, l'Allemand comprit immédiatement. Il se précipita à l'intérieur de la cabine, enfila un pantalon et une veste, borda les enfants en leur murmurant quelques mots apaisants et referma la porte derrière lui.

— Allons-y, jeta-t-il.

— Passez devant, vous êtes plus rapide ! Elle est vraiment au plus mal…

Julian Eckermann ne se le fit pas dire deux fois. Il dévala les marches à toute vitesse, bondit au-dessus des ballots de coton qui encombraient son chemin et courut à travers le campement pour rejoindre sa sœur, sa chère Theresa. Il s'arrêta net devant l'entrée de la tente. S'approcher si près de l'infection était dangereux et ses neveux n'auraient bientôt plus que lui au monde… Mais rien ne l'empêcherait d'être au chevet de Theresa en un tel moment. Il ouvrit le pan de toile et pénétra dans la tente. La faible lueur d'une lampe à huile éclairait faiblement les ténèbres. Il distingua, au fond à droite, la silhouette d'une religieuse penchée au-dessus d'un grabat, sûrement celui de Theresa. Il traversa la tente, sinuant prudemment entre les lits d'où s'échappaient de faibles gémissements et des râles désespérés. Il aperçut d'abord le doux visage de sa petite Anna. Elle dormait paisiblement, allongée sur le lit mitoyen à celui de Theresa. Au moins la petite avait-elle peut-être encore une chance de s'en sortir. Il fit quelques pas de plus et se retrouva aux côtés de la religieuse. Celle-ci releva la tête, dévoilant un visage d'ange triste et fatigué. Ce visage, il le connaissait bien, il en avait rêvé si souvent…

— Vous voilà…, murmura l'ange. Il n'est pas trop tard.

La jeune femme se releva et s'écarta de la malade.

— Je ne sais pas si elle peut vous entendre mais prenez-lui la main. Elle devrait percevoir votre présence.

Theresa n'était plus que l'ombre d'elle-même. Son visage avait perdu toute épaisseur et ses yeux grands ouverts étaient sans expression au fond des orbites creusées par la maladie. Ses lèvres n'avaient plus rien de ces boutons de roses qu'il lui connaissait. Ses joues avaient fondu, la peau s'était tendue et laissait voir les os saillants de ses pommettes. Il s'effondra sur le tabouret laissé libre par la religieuse. L'instant suivant, il saisit doucement la main de Theresa et fut surpris de voir à quel point elle était légère. Il sentit alors une autre main, réconfortante celle-ci, se poser doucement sur son épaule et y rester un moment, suffisamment longtemps pour lui communiquer une sensation de chaleur rassurante. C'était l'ange, Julian le savait, et il pouvait percevoir toute sa compassion dans ce geste discret. Puis la sensation s'envola quand sœur Judith le laissa seul avec Theresa. Il resta muet longtemps, n'osant briser le silence.

— Franz et Johann vont bien, finit-il par murmurer à l'oreille de sa sœur. Moi aussi, je vais bien. Franz s'est battu hier avec le fils McDowel, mais au moins, il a eu le dessus ! Tu n'aurais pas aimé voir ça !

Il fut tout à coup secoué d'un sanglot. Il pleura quelques instants, puis reprit :

— Je suis désolé, Theresa, si désolé… Je n'aurais jamais dû ! Nous aurions dû rester à Schopfheim. Ce n'était pas facile tous les jours mais tu ne serais pas dans cet état aujourd'hui, et Anna non plus ! Pardon, Theresa…

Il sentit les doigts de la malade presser doucement sa main. Il reprit espoir.

— Theresa ? Tu m'entends ?

Sa sœur respirait avec difficulté. Sa bouche était grande ouverte, exsangue, ses yeux mi-clos fixaient le vide. Il avait pourtant perçu un mouvement, un geste…

— Mon Dieu, aidez-moi ! Theresa, ne me laisse pas…

Il sentit la frêle main lâcher prise et retomber sur la couverture, inerte. C'était fini.

Julian Eckermann refoula ses larmes et serra les dents. Il caressa le front brûlant de sa sœur puis abaissa délicatement ses paupières. Sœur Judith s'était retirée à l'entrée de la tente et l'observait en silence. Cette nuit, elle ne dormirait pas. Elle resterait postée à cet endroit pour veiller sur lui. Lorsqu'elle le vit caresser le visage de son aînée, la moniale se signa puis murmura du bout des lèvres une prière pour l'âme de Theresa, pour ses enfants dorénavant orphelins, et pour monsieur Eckermann dont l'avenir s'avérait maintenant incertain.

Ce dernier ne s'arracha à la dépouille de sa sœur qu'au petit matin. L'aube pointait déjà à l'horizon. Un ciel teinté de rose et de bleu annonçait une journée magnifique. L'air était frais et doux. En voyant ce ciel radieux, Julian Eckermann se dit avec ironie que rien ne laissait deviner que son monde venait de s'écrouler. Ce matin annonçait un jour qui serait identique au précédent. Il perçut un bruit de pas léger dans son dos et devina immédiatement qui se trouvait là.

— Je dois retourner auprès des enfants, lâcha-t-il.

Il fit volte-face et soutint le regard de la religieuse.

— Depuis quand étiez-vous à son chevet ?

— Dès le lendemain de son arrivée au campement. Theresa n'a jamais repris conscience, au contraire d'Anna.

Il baissa la tête. Son calvaire n'était pas terminé, la vie d'Anna était toujours en jeu.

— Tenez-moi informé de l'évolution de son état, s'il vous plaît.

Sœur Judith hocha simplement le menton. Julian Eckermann regagna le bateau en silence, sous le regard triste de la religieuse. Sa silhouette haute et large allait lentement et ses épaules s'étaient affaissées, portant tout le poids de son chagrin.

La fièvre d'Anna tomba le lendemain. Le médecin resta prudent et ne voulut pas crier victoire, mais les chances de la petite de s'en sortir n'étaient pas négligeables. Sœur Judith s'assura de la visiter régulièrement tout au long de la journée afin qu'elle ne se sente pas perdue. Eckermann avait tenu à ce qu'on ne lui annonce pas le décès de sa mère. Il souhaitait le faire lui-même, à sa manière. Trois jours plus tard, la jeune Anna fut autorisée à quitter le campement et à rejoindre sa famille à bord du navire. Elle restait faible mais était définitivement sortie d'affaire. Elle avait quitté à regret son « amie Judi », comme elle l'appelait, et s'était jetée au cou de son oncle avant de gravir la passerelle, ce qui fit sourire la religieuse, surprise par cette démonstration d'affection débordante. Restait à Eckermann la lourde tâche de lui annoncer la perte de sa mère…

Dans les jours qui suivirent, Gibbons se félicita de ne plus compter aucun nouveau cas déclaré. Y voyant un possible ralentissement de l'épidémie, il s'astreignit à doubler ses visites de contrôle. La bonne nouvelle se confirma après une semaine d'un suivi méticuleux des passagers. L'épidémie semblait s'éteindre d'elle-même. L'abbé Fournerie émit l'idée que le froid hivernal y était peut-être pour quelque chose. Le médecin se garda bien de confirmer, la propagation de cette maladie restant pour lui un mystère. Durant les deux dernières semaines de décembre, on déplora encore quelques décès, mais surtout de nombreux rétablissements. Gibbons se sentait enfin prêt à présenter un rapport qui justifiait la levée de la quarantaine. Les règles de circulation s'étaient déjà assouplies. Les familles quittaient maintenant le navire librement pour visiter leurs malades sur les quais. L'abbé Fournerie proposa de tenir une grand-messe la veille de Noël. La nouvelle année approchant, le maire de Saint-Louis, conscient de l'imminence des prochaines élections, se sentit d'humeur bienfaitrice et débloqua quelques fonds pour offrir aux survivants du *Flying Cloud* une soirée de Noël digne de ce nom. La fin de la quarantaine fut officiellement confirmée pour le 9 janvier.

Sœur Judith prenait soin des malades du *Flying Cloud* depuis plus d'un mois à présent, et une routine s'était installée. Elle se levait aux aurores, préparait le café de la matinée, distribuait les biscuits secs aux personnes en état de s'alimenter. Ensuite s'enchaînaient les lessives, les toilettes des patients, la préparation des repas de la journée. Elle n'avait plus qu'une dizaine de personnes sous sa garde, celles qui avaient passé le cap fatidique de « l'entre-deux-fièvres » mais étaient encore trop faibles pour quitter l'hôpital de fortune. Elles s'en sortiraient.

Le soir du 24 décembre, les survivants du *Flying Cloud* se surprirent à vouloir jouir pleinement de l'instant présent malgré le drame qu'ils venaient de traverser.

Une effervescence inhabituelle régnait sur le pont du navire. On livra vers midi une demi-douzaine de dindes fraîchement abattues, des pains frais et des caisses de pommes de terre, de poireaux, de farine et d'œufs. Voilà plus de six semaines que les passagers se contentaient de viande bouillie, et le festin qui s'annonçait avait de quoi regonfler d'espoir ces cœurs fatigués, éprouvés par la perte de certains des leurs. Sœur Judith ne se laissa pas gagner par l'enthousiasme général. Son rôle ici prenait fin. Ce soir, elle irait proposer son aide au cuisinier et se tiendrait aux côtés de son parrain à la table des festivités. Consciencieuse, cependant, elle tenait à ce que le campement soit en ordre. Elle s'astreignit à finir les lessives des quelques grabats laissés vides, libéra Joséphine de ses obligations pour le restant de la journée et prit sur elle de terminer le nettoyage des marmites et des gamelles.

La quarteronne alla retrouver les passagers du *Flying Cloud*. L'un d'eux sortit son violon de son étui et entama timidement une mélodie. Les enfants s'agglutinèrent aussitôt autour du musicien comme des abeilles autour d'un pot de miel. Ravie, Joséphine se joignit à la joyeuse compagnie. Julian Eckermann installa Anna à côté du musicien et l'emmitoufla dans une épaisse couverture. Sa nièce se mit à battre des mains au rythme de la musique, pouffant de rire aux maladresses de ses frères qui faisaient mine de suivre les pas d'une danse imaginaire. De voir son sourire revenir à ses lèvres arracha une bouffée de bonheur à Julian.

— Quel beau brin de fille, hein ?

C'était Zach Bennett. Il s'était approché, attiré par la musique. Lui aussi avait survécu à la maladie. « Les mauvaises herbes, ça résiste à tout ! » avait-il plaisanté quelques jours après qu'il eut été tiré d'affaire. Julian dévisagea Anna avec curiosité. On ne pouvait pas vraiment dire qu'elle fût belle. Son visage était amaigri, ses yeux cernés de noir, et son air benêt l'empêchait définitivement d'être qualifiée de « beau brin de fille ».

— Pardon ? demanda Julian.

Bennett donna un coup d'épaule complice à son ami.

— Si j'avais ton âge, j'hésiterais pas, mon gars !

Bennett désigna du menton la jeune Joséphine. Elle dansait avec élégance, tenant par la main un enfant roux d'une dizaine d'années. Le vieux bonhomme à la moustache hirsute dévorait ses formes gracieuses d'un œil gourmand.

— Bennett ! pesta Julian. Tu devrais avoir honte, à ton âge !

— Rabat-joie ! ronchonna le vieil homme. Je ne fais que regarder… Mais toi, tu as toutes tes chances, mon garçon !

Julian Eckermann dissimula un léger sourire dans sa barbe de quelques jours.

— Laisse-moi donc tranquille ! Je dois m'occuper des enfants.

Bennett grogna un instant, puis se ravisa.

— Bon ! Toi, t'as besoin d'une bonne bière. Suis-moi jusqu'aux cuisines, on va voir ce qu'on peut siffler.

Un éclair d'intérêt passa dans le regard fatigué du migrant. Il confia la garde de ses neveux à madame Prescott qui jusqu'alors avait veillé sur les enfants comme elle aurait surveillé le lait sur le feu. Après tout, la musique n'allait pas les rendre malades, se rassura-t-il. Les deux compagnons se dirigèrent vers les cuisines.

L'œil pétillant, le vieux Bennett était déterminé à fêter dignement la fin de la quarantaine. L'épidémie n'avait pas réussi à entamer sa bonne humeur, il en avait vu d'autres. Eckermann était plus taciturne. Bennett s'était attaché à lui. Il avait été soufflé par sa force de caractère et admirait ses valeurs simples et solides. Le vieux pilote était persuadé que son pays avait désespérément besoin d'hommes comme lui, honnêtes et droits.

Les cuisines du *Flying Cloud* n'étaient ni plus ni moins qu'un réduit équivalant à deux cabines de troisième classe, doté de trois fourneaux de grande capacité flanqués d'une grande table clouée au sol pour plus de sécurité et d'un évier débouchant à même le fleuve. Aujourd'hui, les vivres encombraient les moindres recoins, ce qui n'était pas arrivé depuis longtemps. Le cuisinier avait perdu ses deux commis lors de l'épidémie et il avait fait appel aux bonnes volontés. Mesdames Bellassi et Zielinski, aidées de mademoiselle Mullany et de sœur Judith, étaient de corvée de pommes de terre. Les quatre éplucheuses étaient attablées derrière une montagne de ces tubercules et n'étaient pas au bout de leur peine. Julian Eckermann fit irruption aux côtés de Bennett, déterminé à mettre la main sur une bouteille de vin ou un cruchon de bière. Bennett disparut très vite derrière la porte du garde-manger. Le vieux filou savait parfaitement où trouver ce qu'il cherchait. Quant à Julian, il resta interdit en voyant l'amas de pommes de terre.

— Ah, tiens ! Voilà t-y pas qu'on vient nous aider ! s'écria madame Zielinski, une Polonaise robuste à la voix criarde.

Un sourire discret apparut sur les lèvres du migrant.

— Volontiers, mesdames, mais j'aurais peur de vous encombrer plutôt qu'autre chose. Monsieur Bennett et moi-même, on ne fait que passer…

On entendit ce dernier ronchonner depuis la petite remise dans laquelle il s'était engouffré. Des bruits étouffés de caisses que l'on empilait et que l'on désempilait parvinrent jusqu'à la tablée. Madame Zielinski fit de gros yeux.

— Je vois ! Le vieux Bennett vient encore piocher dans les réserves ! Ah, celui-là ! C'est bien dommage que vous ne restiez pas, monsieur Eckermann, on est de corvée pour le restant de l'après-midi. On n'a pas idée de faire une veillée pour soixante personnes alors qu'il n'y a plus qu'un seul cuisinier ! C'est folie, je vous le dis !

Julian Eckermann ne l'écoutait plus et dévorait des yeux la jeune religieuse qui restait obstinément absorbée par l'épluchage d'une insignifiante pomme de terre. Elle avait retroussé ses manches jusqu'aux coudes pour mieux travailler et ses avant-bras apparaissaient dans leur nudité délicate. Elle avait également attaché son long voile derrière ses épaules pour libérer ses mouvements. On aurait dit de longs cheveux noirs lissés dans son dos. Elle maniait un petit couteau d'ivoire avec des gestes rapides et précis. Il crut voir ses joues s'empourprer.

— Allons donc ! Qu'est-ce que vous faites là, vous ? grogna soudain un petit homme rond qui venait d'apparaître sur le seuil de la cuisine.

C'était monsieur Thomson, le cuisinier. Il était encombré de caisses de poireaux et son visage roux luisait de sueur. Alerté par les cris, Bennett montra le bout de son nez à l'encoignure de la remise. Flairant les ennuis, le vieux pilote sortit de la remise en coup de vent et entraîna Julian vers la sortie, deux bouteilles de vin coincées sous le bras.

— Oh là ! On est partis, on est partis ! s'écria-t-il. Adieu, Thomson ! Surtout, faites-moi bien rôtir ces jolies dindes !

Il adressa un clin d'œil à madame Zielinski qui lâcha un « Oh ! » offusqué. Sœur Judith pouffa de rire tandis que mademoiselle Mullany, la vieille institutrice, s'indigna à son tour en criant : « Grossier personnage ! » Les deux compères disparurent sous les cris de Thomson, furieux de ne pouvoir leur courir après. Il avait bien trop à faire.

Lorsque la nuit tomba sur le fleuve, on avait déjà installé le banquet. De vulgaires planches reposaient sur des tonneaux à même le pavé. Les bancs provenant du ponton du *Flying Cloud* avaient fait l'affaire. On aurait dit quelque grande tablée de fête de village. Trois grands feux éclairaient maintenant la levée. Deux des tonneaux de bière étaient largement entamés ; l'ombre mortelle de l'épidémie et la douleur avaient momentanément disparu des esprits. Ce soir, on ne penserait qu'à la veillée de Noël, au festin qui s'annonçait et aux notes de musique qui s'égrenaient déjà, accompagnées de chants rythmés.

Monsieur Thomson n'avait pas chômé. Des odeurs délicieuses montaient de la cuisine du bateau et mirent en appétit toute la compagnie. Les jeux de cartes qui avaient distrait certains passagers depuis le milieu de l'après-midi ne parvenaient plus à contenir leur impatience. Aussi, lorsque le cuisinier fit son apparition sur la passerelle en brandissant fièrement un premier plat de dinde fumant, suivi de ses quatre aides-cuisinières chargées elles aussi de plats débordant de viande, de pommes de terre et de légumes, un brouhaha joyeux monta des quais et des ponts. Un mouvement de foule s'ensuivit, et telle une envolée de moineaux, la cinquantaine de convives s'attabla en toute hâte, guettant l'arrivée du festin dans son assiette. Les familles de migrants se mêlèrent aux rescapés de l'équipage dans une bonne humeur communicative que rien n'aurait pu entamer.

Sœur Judith s'attabla à côté de son parrain tandis que Joséphine avait rejoint les enfants installés en bout de table. Même le taciturne père Bellecour, qui pourtant n'avait fait office que de croque-mort durant le mois écoulé, affichait un léger sourire aux côtés du vieux docteur Gibbons. Seuls les nègres, que l'on avait cantonnés à l'écart du festin, n'avaient pu se joindre au banquet. L'équipage et les passagers du cru n'auraient pas admis qu'il en fut autrement. Un certain nombre d'entre eux avaient perdu leur maître au cours de l'épidémie mais ils ne s'étaient pas enfuis pour autant, ce qui laissait sœur Judith perplexe. Ce soir, ils s'étaient donc installés un peu en retrait, assis sur les sacs de coton du *Flying Cloud*, se contentant de quelques pommes de terre et de restes de viande bouillie. Soudain, l'abbé Fournerie se leva de table et appela au silence.

— Mes amis ! cria-t-il.

Les vivats et le brouhaha joyeux firent place à des chuchotements étouffés.

— Mes amis..., poursuivit-il. Quelle joie de se retrouver en cette veille de Noël ! Nous sommes tous ici rassemblés pour fêter ce moment fondateur de notre calendrier chrétien : la Nativité. Que nous soyons américains, allemands, français ou encore irlandais, cette fête aura pour nous tous une signification particulière après les épreuves que nous venons de traverser. Plus que jamais, ce soir, nous célébrerons le Seigneur et le remercierons de sa bonté, de ce message merveilleux de renaissance qu'il nous délivre en cette nuit du 24 décembre. Ne s'agit-il pas à présent de reprendre le cours de notre vie, de se relever et se reconstruire après cette terrible épreuve ? À minuit, nous célébrerons ensemble la messe de la Nativité. Je vous inviterai à prier avec moi pour le salut des âmes de nos chers disparus. Ce soir, nos frères et nos sœurs si soudainement rappelés à Dieu seront plus que jamais dans nos cœurs et nous les célébrerons dans nos prières. Mais, pour l'heure…

Il leva les deux mains vers le ciel et entreprit de réciter le bénédicité.

— *Benedicite, Domine, nos et haec tua dona, quae de tua largitate sumus sumpturi. Per Christum Dominum nostrum. Amen.*

Un murmure de « *amen* » monta à l'unisson de la tablée. Dans les heures qui suivirent, les convives burent plus que de raison, les dindes furent dévorées jusqu'à l'os et les livres de pommes de terre englouties comme par magie. On coucha la plupart des enfants bien avant la messe de minuit, tandis que les dames débarrassaient les plats maculés de graisse déjà nettoyés par de multiples doigts avides et gourmands. Les quelques hommes d'équipage s'accrochaient maintenant à leurs bouteilles de vin à moitié vides pour garder l'œil ouvert. À l'autre bout des quais, on entendait les esclaves entonner de tristes chants. Un peu plus loin, on entendit des éclats de voix. Une altercation entre les gardes. Pas de doute, ces deux cerbères avaient définitivement le vin mauvais.

Peu avant minuit, Julian Eckermann et Zach Bennett quittèrent la grande tablée pour faire quelques pas, abandonnant leurs verres vides. Angus McFadden, le pilote en second, les rejoignit presque aussitôt. Tous trois avaient besoin de reprendre leurs esprits.

— Vingt Dieu ! Mes jambes me suivent plus…, s'écria Bennett.

Il sortit une vieille cigarette à moitié consumée de son veston et se dirigea vers un feu où les braises mouraient doucement. Il y plongea sa cigarette et l'alluma à même le charbon incandescent. Eckermann et McFadden continuèrent sans lui. Ils longèrent la levée et descendirent vers les eaux noires du Mississippi, puis s'arrêtèrent au bord du fleuve. La lune éclairait les vaguelettes qui mouraient sur la berge, mélange de sable et de terre. Julian Eckermann émit un long soupir.

— Tu sais quoi, McFadden, j'ai bien trop bu. Puis il ajouta, défiant son compagnon : J'aurais bien besoin de me rafraîchir les idées !

L'autre partit d'un rire lourd, embué dans les vapeurs d'alcool.

— Je crois que j'suis partant, Eckermann !

Les deux hommes défirent en toute hâte leurs vestes, leurs chemises et leurs bottes, ne gardant que leur pantalon de toile. Bennett les rejoignit et s'écroula dans le sable, à quelques pas de là.

— Ah ! Vous êtes bien courageux ! Mais pas question que je me gèle là-dedans, moi !

Eckermann courut dans l'eau et plongea sans hésiter. Il en ressortit presque aussitôt en poussant un cri de rage et de douleur.

— *Verdammt ! Es ist eiskalt*[1] *!*

Il s'ébroua dans un frisson violent et s'élança dans une brève course le long de la berge, projetant de hautes gerbes d'eau tout autour de lui, puis replongea dans les eaux glacées. Son compagnon, lourdaud et hésitant, finit par se jeter à l'eau lui aussi, pour en ressortir subitement en criant, tout aussi frigorifié que son ami.

— Bravo, les gars ! s'écria Bennett en applaudissant des deux mains.

Les deux hommes s'attardèrent dans les eaux noires du fleuve le temps de faire quelques brasses à grands cris et à grands coups d'éclaboussures. Ils ressortirent pâles et luisants sous le clair de lune et se précipitèrent auprès du feu le plus proche, au pied de la passerelle. La chaleur des flammes sur leur peau nue leur redonna quelque couleur, leurs muscles se détendirent et McFadden cessa de trembler. Des pas se firent entendre juste au-dessus d'eux et un cri retentit.

— Monsieur Eckermann !

Ce dernier fit quelques pas en arrière pour mieux voir qui se trouvait sur la passerelle et aperçut la jeune Joséphine, le visage éclairé par les flammes. L'air radieux, elle dévorait des yeux le migrant dans sa demi-nudité, un grand sourire accroché aux lèvres. Elle s'éclaircit la gorge.

— Vous, hum… Vous n'allez pas à la messe, monsieur Eckermann ?

---

1. Bon sang ! C'est glacé !

McFadden recula à son tour et claironna :

— Ah, ça non, mam'selle, on n'a pas l'intention d'aller à la messe ! On n'est pas en état, voyez-vous !

Le pilote en second écarta les bras au ciel et fit un tour sur lui-même dans une pirouette ridicule, secouant sa grosse bedaine qui débordait de son pantalon trempé. Joséphine pouffa de rire. L'instant suivant, d'autres pas se firent entendre sur la passerelle et une ombre émergea des ténèbres. Un visage pâle entouré d'une aura blanche apparut. Des yeux noirs étincelants se posèrent sur Eckermann et se détournèrent presque aussitôt dans un réflexe de pudeur.

— Monsieur Eckermann, vous allez prendre froid ! souffla sœur Judith. Couvrez-vous donc !

Elle attrapa Joséphine par la main. Celle-ci, toujours captivée par la nudité séduisante du migrant allemand, adressa un sourire béat à ce dernier.

— Bonne nuit, messieurs, lança sœur Judith avec fermeté, traînant la quarteronne à sa suite.

— Bonne nuit, monsieur Eckermann ! renchérit Joséphine, décidément ravie de cette rencontre.

Les deux jeunes femmes disparurent dans la nuit.

— Peuh ! Ces nonnes ! cria Bennett. Drôles de bonnes femmes, tout de même !

Eckermann se retourna vers son ami, l'œil noir.

— Bennett, pas un mot de travers, je te prie…

McFadden et Eckermann étaient maintenant réchauffés. Ils rejoignirent leur vieux compagnon et revêtirent des vêtements secs.

— Faut avouer que cette petite négresse est à croquer ! constata McFadden. Elle n'avait d'yeux que pour toi ! ajouta-t-il un brin jaloux, en donnant un large coup d'épaule à Julian.

— Ouais, beaucoup plus charmante que cette nonne dans son triste habit noir ! conclut Bennett.

Eckermann réagit instantanément et saisit son ami par le col.

— Suffit, Bennett ! Je t'ai dit de la fermer !

— Ouh là ! On se calme, l'ami ! gémit Bennett en levant les mains en l'air. J'ai rien dit de mal, voyons ! Juste qu'avec son air pincé, elle est moins avenante que cette petite beauté colorée qui l'accompagne, c'est tout !

— Eh bien, garde tes commentaires pour toi !

Julian Eckermann avait perdu sa bonne humeur. Une douleur aiguë lui barrait le front, probablement la conséquence des mélanges de vin et de bière qui secouaient son estomac. Soudain, il voulut être seul. Bennett et McFadden l'ennuyaient. Il se remit debout. Son équilibre était mal assuré mais il avait à nouveau les idées en place. Il leur souhaita une bonne nuit et les laissa seuls au beau milieu du quai. Il n'avait pas sommeil et entendait bien profiter de cette nuit d'ivresse et de liberté. Les deux cerbères censés boucler le périmètre de la quarantaine gisaient ivres morts à l'entrée du campement. Il les évita et marcha un moment, songeur, le long des quais. Il se dirigea vers la ville, admira les reflets de la lune sur l'eau. Il passa l'Exchange Square, gagna le centre-ville puis l'Arsenal, avant de s'arrêter quelques instants pour goûter à la tranquillité des berges du fleuve. Après une bonne heure de marche, rassasié d'air frais, il décida de faire demi-tour. Alors qu'il apercevait à nouveau les timides lumières du *Flying Cloud*, il entendit un brouhaha lointain. Il devina les silhouettes des fidèles qui quittaient le pont du vapeur où l'abbé Fournerie avait dû donner sa messe. Tout le monde partait certainement se coucher. Il était temps de rentrer ; les enfants devaient dormir à poings fermés et ils auraient assez tôt besoin de lui demain matin. Lorsqu'il s'approcha du bateau, il discerna dans les ténèbres une ombre assise à même les pavés de la levée, face au fleuve, à peine éclairée par le feu qui finissait de se consumer au pied de la passerelle. Julian aurait reconnu cette silhouette entre mille. Il s'approcha sans bruit et demanda :

— Ma sœur ?

Elle se retourna, surprise. Il s'assit à même le sol à ses côtés.

— Quelle nuit, n'est-ce pas ? dit-il.

— Quelle journée ! répondit-elle.

— Il est tard. Ne devriez-vous pas vous reposer ? Vous n'avez pas chômé aujourd'hui encore.

— Certainement. Mais je souhaitais profiter du silence. Toute cette agitation…

Il acquiesça.

— Vous n'êtes donc pas venu à la messe ? demanda-t-elle.

— Non. Je suis un peu en froid avec le Seigneur ces derniers temps…

Elle l'examina un moment et le trouva vieilli. Était-ce cette barbe blonde qui lui couvrait à présent une partie du visage ? Ou ce regard dur et amer qu'il affichait ce soir ?

— Comment allez-vous, monsieur Eckermann ?

— J'ai mal à la tête. Le vin…

Elle sourit.

— Vous m'en voyez désolée. Mais je pensais plutôt à votre récent deuil.

Il baissa la tête, émit un long soupir puis ramassa un caillou qu'il lança dans l'eau.

— Je fais front. Je n'ai pas le loisir de m'apitoyer sur mon sort. Je dois déjà penser à l'impact de la perte de Theresa.

— Que voulez-vous dire ?

— Soyons pragmatiques. Il va m'être difficile de construire une ferme avec des enfants si jeunes et si dépendants, sans personne pour m'aider.

— Ah… J'y ai pensé aussi. Mais peut-être avez-vous des connaissances là où vous allez ? On vante souvent l'entraide des colons entre eux…

Il la dévisagea.

— Vous vous faites du souci pour moi ?

La religieuse se détourna, évitant le regard bleu acier.

— Bien sûr, c'est tout naturel.

— Si vous le dites…, lâcha-t-il d'un ton abrupt.

Il lança un nouveau caillou dans le fleuve, plus loin encore que le premier.

— Je ne vous ai pas encore remerciée, ma sœur.

— Pour quoi donc, monsieur Eckermann ?

— Pour tout. Vous avez veillé Theresa jusqu'à ses derniers instants et pris soin d'Anna par deux fois…

— Je n'ai fait que mon devoir, et du mieux que je le pouvais. Sans grand succès, parfois.

— Néanmoins, je vous remercie, insista-t-il.

Gênée, elle lissa son habit noir sur ses jambes, veillant à ce qu'il recouvre complètement ses bottines.

— Et puis j'ai un aveu à vous faire, continua-t-il.

Cette fois, elle noua ses bras autour de ses jambes et enserra ses genoux pour se protéger du froid.

— Je dois reconnaître que je vous ai mal jugée. Notez bien, je vous crois toujours bien trop jeune et sans expérience pour accomplir ce voyage, dit-il dans un sourire.

Elle se dérida à son tour. C'était bien plus une taquinerie teintée de bienveillance qu'un réel reproche.

— Vous avez fait des merveilles ces dernières semaines, poursuivit-il. Cela n'a pas dû être facile tous les jours, pourtant. Cette maladie est vraiment… rebutante. Je dois admettre que vous ne manquez pas de cran. Peut-être aurez-vous une chance sur la Frontière, après tout !

— Vous êtes trop aimable, dit-elle en lui rendant son sourire.

— Vous méritez de réussir, en tout cas, continua-t-il. Tout comme le père Fournerie. C'est un homme juste, comme il y en a peu.

Elle inspira profondément. Les battements de son cœur s'accéléraient sans qu'elle ne puisse les réfréner. Il lança un troisième caillou dans l'eau et ajouta :

— Pour ma part, je suis dans une impasse.

— Pourquoi donc ?

— Je sais bien qu'il n'est pas raisonnable de poursuivre cette aventure seul.

Elle le considéra avec gravité.

— Je ne parle pas de quelqu'un qui remplacerait Theresa dans le cœur des enfants, bien entendu, mais j'aurais besoin d'avoir à mes côtés une femme qui puisse s'occuper d'eux au quotidien.

Se forçant à prendre un air détaché, sœur Judith approuva.

— Ce serait plus commode, c'est certain.

Il eut un rire amer.

— Commode… Quel vilain mot ! Si je dois avoir quelqu'un à mes côtés pour le restant de mes jours, j'aimerais que cela soit plus agréable que seulement « commode ».

Contrariée qu'il la reprenne ainsi, elle continua cependant sur le même ton :

— Vous savez, c'est pourtant ce que vivent la plupart des ménages. Il est rare d'avoir le choix dans de telles circonstances.

— Peut-être, mais vous et moi ne sommes pas du genre à nous contenter de ce que l'on nous donne, ni d'une vie en demi-teinte. N'est-ce pas ?

Le cœur tout à coup gonflé par ce point commun qui venait de les unir à l'improviste, sœur Judith se tut.

— Même si cela doit nous coûter très cher, conclut-il.

Il lança machinalement d'autres cailloux dans l'eau et demanda :

— Puis-je vous poser une question indiscrète ?

— Essayez toujours.

— Judith… Est-ce votre vrai nom ?

Elle le dévisagea un instant puis finit par répondre :

— Oui, c'est le seul nom auquel je réponds maintenant. Mais mon nom de baptême est différent.

— Quel était votre nom, *avant* ?

— Pourquoi voulez-vous le connaître ?

— Simple curiosité.

— Eugénie, souffla-t-elle.

Il prononça à son tour le prénom, doucement, comme si celui-ci pouvait lever le voile sur un mystère qui le taraudait depuis longtemps. La jeune femme resta impassible mais ses mains s'agrippaient aux pans de son habit noir comme aux planches d'un radeau de fortune.

— Il est plus que temps pour moi d'aller me reposer, lâcha-t-elle soudain, en se relevant.

Julian Eckermann resta impassible. Il consentit tout juste à dire un « bonne nuit » poli du bout des lèvres. La religieuse partie, il fixa obstinément la course effrénée du fleuve. Il était bel et bien dans une impasse.

20

Un vent d'insurrection

La quarantaine fut levée comme prévu le 9 janvier. L'extrémité du quai, restée déserte si longtemps, fut tout à coup envahie d'une nuée de dockers s'agitant autour du *Flying Cloud*. Telle une colonie de fourmis, ces hommes formaient de longues colonnes sur la passerelle, cachés sous leur fardeau, déchargeant les ballots de coton et de tabac restés à même le pont plus de six semaines. Bagages à la main, les passagers, hagards et hésitants, descendaient la rampe du navire, soulagés de quitter cette maudite levée qu'ils n'avaient que trop vue. Les familles amputées d'un des leurs allaient plus lentement que les autres, désorientées, ne sachant où s'adresser pour visiter la tombe de leur cher disparu et leur rendre un dernier hommage avant de poursuivre leur route. Les survivants de l'équipage, au contraire, se précipitaient sur la levée en courant, décidés à profiter au plus vite des plaisirs que pouvait offrir Saint-Louis avant que le bateau ne reparte vers La Nouvelle-Orléans. De son côté, le vieux docteur Gibbons supervisait le démontage des tentes qui avaient servi d'hôpital de fortune durant les longs mois de novembre et de décembre, pestant de-ci de-là contre les hommes dépêchés par la ville qu'il jugeait maladroits et peu soigneux.

Auguste Bellecour restait en retrait, sagement posté près de la voiture envoyée par le diocèse. Le prêtre observait d'un œil attentif les nègres devenus orphelins de maître qui se laissaient passivement examiner par un marchand d'esclaves local. Celui-ci tirait sur leurs lèvres sans ménagement, inspectant leurs gencives et leurs dents, puis fouillait leur crâne à la recherche de vermine avant de tâter leur musculature. Cette marchandise humaine ne serait pas perdue pour tout le monde... Bellecour s'amusait de voir les yeux exorbités de sœur Judith, outrée par ce spectacle brutal et cru. Il redressa le menton, satisfait d'afficher sa supériorité sur cette nonne ignorante. Il avait appris de quelle manière il fallait traiter ces nègres grâce aux conseils de Georges Bauer. Il ne fut d'ailleurs pas surpris de voir la mine sombre de la quarteronne que le père Fournerie avait réussi à imposer à leur petit groupe. Il savait qu'il devrait s'en méfier, elle leur causerait des ennuis tôt ou tard, c'était certain.

Bellecour s'impatientait. Le père Fournerie, aidé des deux jeunes femmes, avait déjà passé presque une heure à installer avec d'infinies précautions les orphelins et les convalescents à l'intérieur des voitures envoyées par les Sœurs de la Charité[1]. Tout ce petit monde était enfin prêt à prendre la route pour regagner la rue Spruce, où se

1. L'institution des Sœurs de la Charité s'est établie à Saint-Louis en 1854.

trouvait l'hospice. Mais voilà maintenant que Fournerie s'attardait, en grande discussion avec ce migrant allemand, l'oncle de la petite Anna ! Que pouvaient-ils bien se dire ? Dès qu'il s'agissait de cette famille, Auguste Bellecour se raidissait, craignant à tout instant que la petite simplette bénéficie d'un éclair de lucidité et reconnaisse en lui l'homme qui l'avait entraînée dans les profondeurs des cales du *Saint-Nicholas* pour chercher à lui arracher quelques caresses coupables. Il avait été surpris lui-même qu'elle ne le reconnaisse pas, à aucun moment, ni dans les semaines qui avaient suivi l'incident sur le navire ni depuis que leurs chemins s'étaient à nouveau croisés sur cette maudite levée, infectée des miasmes de la fièvre jaune. Cette gamine était vraiment une sombre idiote. Une chance…

La discussion s'éternisait. Bellecour faillit crier victoire quand il vit les deux hommes se serrer enfin la main. L'instant suivant, l'abbé et les deux jeunes femmes avaient rejoint le prêtre.

— Nous partons ! lança l'abbé.

Bellecour n'eut pas besoin qu'on le lui répétât deux fois, pressé de retrouver le confort au diocèse au plus vite. Le père Fournerie se saisit des rênes de l'attelage alors que le prêtre se calait à ses côtés et que les deux jeunes femmes s'installaient à l'arrière de la voiture.

— J'ai une bonne nouvelle ! commença Fournerie.

Son voisin tiqua. Fournerie n'avait certainement pas la même conception de ce qu'était une bonne nouvelle. La suite confirma ses craintes.

— Nous allons rattraper un peu du temps que nous avons passé ici. Nous partons dès demain pour Kansas City ! Notre ami Eckermann nous a trouvé des billets à un prix avantageux sur un vapeur qui part demain matin. Qu'en pensez-vous ? N'est-ce pas une excellente nouvelle ?

Bellecour serra les dents. Il ne manquerait plus qu'il faille poursuivre le voyage en leur compagnie. Bien trop dangereux ! pensa-t-il.

— Nous serons sur le même bateau que les Eckermann ? risqua-t-il.

— Non, le détrompa Fournerie. Monsieur Eckermann et ses enfants partiront d'ici quelques jours vers Omaha, au nord. Il a prévu de loger quelques jours ici. Chez des amis de sa famille, je crois. Bellecour, avez-vous idée que la moitié des habitants de Saint-Louis sont des immigrés allemands, soit plus de soixante-dix mille âmes ?

Bellecour n'écoutait déjà plus l'abbé, savourant sa chance de voir s'éloigner la menace que représentait la petite idiote. Finalement, ce départ précipité était une bonne chose… À cet instant, aucun des deux hommes d'Église ne remarqua, à l'arrière de la voiture, les yeux brillants de sœur Judith qui s'était détournée vers la rue et ses passants, dissimulant un trouble qu'elle savait visible.

C'était déjà la fin de l'après-midi. La voiture transportant le petit groupe de missionnaires venait de quitter la pension de la rue Payne et se rendait aux appartements diocésains, au croisement de la Quatrième Rue et de Walnut Street. Légèrement chahutée par les cahots d'une route aux nombreuses ornières, la jeune religieuse se laissait à nouveau enivrer par l'exaltation de la découverte. Son regard s'accrochait à une foule de détails inédits et exotiques. La voiture déboucha bientôt sur Broadway Street, l'une des rues les plus larges que la jeune femme n'ait jamais vues. De grands immeubles modernes de briques rouges, des hôtels aux façades récentes qui auraient pu rivaliser avec ceux de Paris, des églises rouges flambant neuves… Les trottoirs, abrités sous de larges porches en enfilade permettant de longues promenades à l'abri des intempéries, regorgeaient de marchandises attrayantes. Mais plus que tout, c'étaient l'espace et la largeur de cette rue extraordinaire qui fascinaient la jeune femme. Cinq ou six voitures attelées auraient pu s'y croiser simultanément sans même bloquer la rue. Et pourtant, loin du chic auquel on aurait pu s'attendre au milieu de toute cette modernité, baignant dans la boue crayeuse d'un macadam[1] insuffisamment drainé, des équipages crasseux et brinquebalants de pionniers à la mine tannée par le soleil arpentaient ces mêmes rues sans surprendre ni choquer personne…

Pierre Fournerie, lui, affichait depuis quelques instants un air soucieux. Il avait remarqué ici et là quelques groupes d'hommes jeunes, fusils en main, arpentant fièrement ce même macadam, arrêtant les carrioles, invectivant ceux qui ne s'écartaient pas assez vite de leur chemin. Cela n'avait pas échappé à Bellecour non plus.

— Mais que se passe-t-il, donc ? demanda ce dernier, inquiet à son tour.

L'abbé Fournerie n'en savait fichtre rien. Il ne leur restait que quelques rues à traverser pour rejoindre le diocèse et il espérait bien faire ce trajet sans encombre. Au fur et à mesure que l'équipage se rapprochait du

1. Revêtement constitué de calcaire concassé, utilisé à partir des années 1840 à Saint-Louis.

croisement de Pine Street, la foule se fit de plus en plus dense et envahit la chaussée.

— Tout ça ne me dit rien qui vaille, marmonna l'abbé.

Plus loin devant, la rue était envahie d'une foule compacte rendant impossible toute progression en voiture attelée. Les chevaux, nerveux, hennirent d'inquiétude. Des groupuscules de jeunes gens armés affluaient maintenant des rues adjacentes et convergeaient tous vers un même point : une large bâtisse située au croisement de la Cinquième Rue et de Pine Street. Pierre Fournerie stoppa la voiture et se retourna pour évaluer la situation. Une foule de plus en plus nombreuse s'était amassée tout autour d'eux. Il n'hésita plus.

— Tout le monde descend ! Ne restons pas là !

L'abbé aida sœur Judith et Joséphine à sauter de la voiture puis les entraîna à travers la cohue jusqu'au trottoir. Le petit groupe se posta contre la façade d'une draperie, dans un renfoncement. Bellecour les rejoignit aussitôt. La voiture, abandonnée au milieu de la rue, était maintenant chahutée par la foule. Les chevaux piaffaient, de plus en plus énervés. Soudain, un coup de feu retentit. Des cris surgirent, puis une forte voix monta depuis le perron d'une grande bâtisse[1] un peu plus loin. Désorientée, sœur Judith étreignit la main de Joséphine.

— Parrain, que se passe-t-il ? s'écria-t-elle.

Celui-ci gardait un visage fermé et scrutait la marée humaine, tentant d'évaluer la situation.

1. Berthold Mansion, siège de la milice sudiste *Minutemen*, une organisation paramilitaire sécessionniste établie à Saint-Louis en 1861.

— Suivez-moi ! s'écria-t-il.

Il rebroussa chemin, longea la façade de la draperie puis s'enfonça dans une petite rue qui descendait vers le fleuve. La ruelle était déserte. Les deux jeunes femmes s'engouffrèrent main dans la main à la suite de l'abbé, suivies d'Auguste Bellecour qui fermait la marche. Ils cheminèrent ainsi quelques minutes, laissant derrière eux le grondement sourd de la foule sur Pine Street. Tout à coup, un groupe d'hommes armés jusqu'aux dents entama l'ascension de la ruelle. Fournerie s'arrêta net.

— Parrain, qu'est-ce que c'est ? demanda sœur Judith. Pourquoi fuyons-nous ?

— Je n'en ai pas la moindre idée, répondit l'abbé tout en scrutant les hommes en contrebas. Mais cette agitation n'annonce rien de bon. Il nous faut gagner le diocèse en évitant la cohue.

Derrière eux, de nouveaux coups de feu retentirent. Les missionnaires se trouvaient coincés entre la foule agitée et les hommes armés qui remontaient la rue. Ils avaient accéléré le pas, déterminés. L'abbé se questionna sur leurs intentions. Tous ces hommes n'étaient pourtant que des dockers ou des pionniers crasseux et inoffensifs. Un instant plus tard, ces derniers arrivaient à la hauteur des missionnaires.

— Écartez-vous, somma l'un d'entre eux, l'œil vif et la main sur le fusil.

L'abbé Fournerie, sœur Judith, Bellecour et Joséphine s'exécutèrent aussitôt pour laisser passer le petit groupe armé. Le dernier des hommes, un brun à l'œil sombre et aux larges épaules, s'arrêta brusquement.

— Hey ! Je te connais, toi ! lança-t-il en toisant la quarteronne.

Joséphine était pétrifiée. L'abbé Fournerie s'interposa et la jeune fille s'effaça derrière la soutane.

— Tu me remets, la négresse ? cracha l'inconnu. On s'est rencontrés sur le *Flying Cloud* !

L'homme en tête du groupe armé se retourna.

— Turner ! Pas le temps pour ça ! On nous attend, là-haut !

— Ça va ! J'vous rejoins ! Je crois que je tiens un truc pas clair, là !

Le meneur du groupe haussa les épaules.

— Dépêche-toi !

Puis il hissa son fusil en l'air et harangua les autres.

— *Minutemen !* En marche !

L'abbé commençait à comprendre. Il dévisagea ledit Turner.

— Alors c'est de ça dont il s'agit ? Vous prenez les armes et vous vous enrôlez dans une milice ?

— Yep ! La plupart des hommes d'honneur en sont, l'abbé ! Si Jackson[1] n'a pas ce qu'il faut dans le pantalon, nous on l'a ! On va pas se laisser faire…

À cet instant, il lorgna à nouveau Joséphine.

— D'ailleurs, celle-là, la dernière fois que je l'ai vue elle appartenait à un médecin ! Il est où, ton maître ? Tu serais pas en train de lui fausser compagnie ?

Il essaya d'écarter Pierre Fournerie d'un coup d'épaule mais celui-ci résista.

— Monsieur, laissez cette jeune femme en paix ! Que lui voulez-vous ?

Turner le prit de haut.

---

1. Claiborne Fox Jackson, gouverneur du Missouri de janvier à juillet 1861.

— Allons, l'abbé, me la faites pas… Je parie que vous êtes incapable de me montrer un titre de propriété pour celle-là ! Vous savez ce que vous risquez ? Puis, s'adressant à Joséphine : Toi, tu vas venir avec moi !

Il la saisit par le poignet et la tira violemment vers lui. Pierre Fournerie repoussa Turner mais celui-ci ne lâchait pas la jeune femme.

— Lâchez-la immédiatement ! s'écria sœur Judith à son tour.

Joséphine se tordait de douleur.

— Arrêtez ! J'ai mes papiers ! Je suis libre !

Turner relâcha légèrement sa prise.

— Ah oui ? Montre-moi ça !

— Mais enfin, qui êtes-vous pour exiger ces papiers ? réagit sœur Judith. Pour qui vous prenez-vous ?

L'homme toisa la nonne d'un air de mépris.

— L'ordre nouveau, ma sœur ! Nous, la milice, nous sommes le seul rempart face à ces voleurs de fédéraux.

Joséphine, tremblante, sortit péniblement un papier de sa manche.

— Voici ! cria-t-elle en brandissant une lettre portant le sceau du gouverneur de La Nouvelle-Orléans.

Turner la dévisagea et jeta un œil distrait sur le papier. Il semblait hésiter. Fournerie le soupçonna de ne pas savoir lire.

— Monsieur Turner, vous voyez bien que c'est un document officiel, bluffa-t-il sans même vérifier la teneur dudit document.

L'autre, d'un calme désarmant, rendit le papier à la jeune femme.

— Officiel ou faux, peut-être, mais j'ai pas de temps à perdre. Tiens, reprends ça.

L'homme détailla avec gourmandise la silhouette de la jeune femme alors qu'elle rangeait son précieux sésame. Cela n'échappa pas à sœur Judith qui lâcha, les mâchoires serrées :

— Vous avez fini ? Nous pouvons reprendre notre chemin ?

Turner lui répondit par un sourire gonflé d'arrogance et porta une main à son chapeau en guise de salut. Il tourna les talons aussi sec et remonta la rue au pas de course, pressé de rattraper ses acolytes qui venaient de disparaître à l'angle de la Quatrième Rue.

*

* *

— Je vous assure qu'on nous a presque tiré dessus ! s'écria Auguste Bellecour, encore sous le coup des événements.

Il venait de siffler son verre de brandy d'un trait, sous le regard sans complaisance de Pierre Fournerie. L'abbé rassura l'archevêque Kenrick.

— Les coups de feu que nous avons entendus ne servaient probablement qu'à attirer le plus possible de badauds. Ils tiraient en l'air, Excellence.

L'archevêque, un vieil homme auréolé de mèches blanches, secoua la tête de dépit. Il s'était légèrement avachi dans son fauteuil, accusant le poids des mauvaises nouvelles que l'on venait de lui porter. Un parfum d'insurrection flottait en ville.

— Il semble que les forces de chaque camp se mettent en place. J'imagine que vous avez entendu la nouvelle ?

Fournerie l'interrogea du regard.

— Trois États ont fait sécession ces derniers jours. La milice va sûrement pousser le gouverneur Jackson à faire de même. Et il faut s'attendre à ce que l'Union réagisse.

— Que pensez-vous que nous risquions ? demanda sœur Judith.

— Oh ! vous, pas grand-chose, mon enfant, répondit le vieil homme. En revanche, ces miliciens sont incontrôlables. Pierre, vous souvenez-vous, il y a cinq ans… ?

L'abbé hocha le menton, grave et songeur.

— De plus, vous voyagez avec une personne de couleur qui se dit libre, poursuivit l'archevêque. Une proie évidente pour la milice.

Le vieil homme jeta un regard compatissant à Joséphine qui trempait ses lèvres dans son verre de brandy.

— Je ne comprends pas, s'étonna la moniale.

— Un des points de discorde, pour ne pas dire ce qui a mis le feu aux poudres, est le devenir des esclaves en fuite qui réussissent à rejoindre les États du Nord, expliqua l'archevêque. L'Iowa ou l'Illinois, par exemple, donnent asile à ces pauvres gens et interdisent à leurs propriétaires de les poursuivre sur leur sol. Les États du Sud considèrent que c'est une atteinte à la propriété et à leurs droits légitimes. Les milices comme *Minutemen* ont clairement proclamé qu'ils ne laisseront plus aucun esclave passer de l'autre côté…

Joséphine jeta un regard noir à sœur Judith.

— Je vous l'avais dit, ma sœur. M'arracher à La Nouvelle-Orléans n'était pas la meilleure idée.

La religieuse ne releva pas, embarrassée.

— Ma fille, vous êtes bien ingrate, lâcha Pierre Fournerie avec froideur. Dois-je vous rappeler ce que vous nous devez ?

La quarteronne soutint le regard de l'abbé mais ne pipa mot. À quoi bon ? Cet abbé, tout comme sœur Judith, ne comprenaient rien à sa condition. Tout homme de cœur qu'il fût, il aurait été vain d'essayer de le convaincre de revenir sur l'accord qu'ils avaient passé à La Nouvelle-Orléans. Dépitée, Joséphine trempa à nouveau ses lèvres dans son brandy. Un lourd silence s'installa. L'ombre des tensions politiques et des violences naissantes planait sur le petit salon du diocèse, et la compagnie n'avait décidément pas le cœur à faire la conversation. Constatant qu'il était déjà 18 heures, Pierre Fournerie décida de rentrer à la pension de Payne Street au plus tôt pour éviter de battre le pavé de nuit. L'archevêque y consentit, et au lieu d'un dîner formel comme il l'avait prévu, il leur proposa une rapide collation avant de les faire raccompagner en voiture.

Le trajet du retour, s'il fut sans encombre, demeura bien silencieux. Tous n'avaient qu'un objectif en tête à présent : quitter Saint-Louis au plus vite. Enfin, presque tous…

Le lendemain à l'aube, sœur Judith s'éveilla avec difficulté. Elle avait passé la majeure partie de la nuit à prier, agenouillée sur le plancher froid de la petite chambre qu'elle partageait avec Joséphine. Dressée sur ses genoux face au crucifix qui ornait le mur gris, mains jointes, elle avait alterné durant de longues heures des *Je vous salue Marie* et des *Notre Père*, et d'autres psaumes encore, pensant apaiser la douleur qui enserrait sa poitrine. Mais rien n'y faisait. Un vide immense semblait avoir grandi en elle ces derniers jours, comme un mal la rongeant lentement de l'intérieur. Un mal délicieux et terrible qui obnubilait ses pensées. Oh, ce n'était pas la violence des rues de Saint-Louis qui la préoccupait. Après tout, l'archevêque lui-même avait assuré que rien de fâcheux ne pourrait leur arriver. Aussi belliqueux que pouvaient être ces miliciens, ils restaient civilisés. Ce n'était pas non plus ce départ probablement définitif vers l'ouest qui allait l'éloigner pour longtemps des grandes villes comme Saint-Louis qui l'inquiétait. Non. Mais c'était cette douleur à la fois atroce et merveilleuse qui lui enserrait la poitrine quand elle posait les yeux sur Eckermann, une douleur qui lui rendait insupportable l'idée de se séparer de lui pour toujours. Alors, cette nuit-là, elle avait prié encore et encore pour trouver cette force qu'elle craignait de voir lui manquer au moment crucial des adieux, quand il lui faudrait faire preuve de retenue et de dignité et que cet homme quitterait sa vie à jamais.

Au cœur de la nuit, elle avait fini par s'écrouler, étourdie de sommeil, à moitié effondrée sur son lit. Elle ne s'était réellement allongée que lorsqu'une église marqua trois coups à son clocher, lui faisant reprendre partiellement conscience. À présent que l'aube était là, un mal de crâne vrillait ses tempes. La journée s'annonçait mal. Machinalement, elle prépara son petit sac de voyage. Joséphine l'imita, silencieuse elle aussi. Puis les jeunes femmes rejoignirent l'abbé Fournerie et le père Bellecour qui les attendaient sur le pas de la porte de la pension. Ils montèrent ensemble à bord d'une voiture et filèrent aussitôt en direction de la levée.

C'était un matin frileux de janvier. Sur le quai, l'activité battait son plein comme à l'accoutumée et plus rien ne transparaissait de l'agitation de la veille. Sœur Judith suivait docilement son parrain sans mot dire. Ce dernier avait convenu avec Eckermann d'un point de rendez-vous proche de la capitainerie. Joséphine était étonnamment silencieuse elle aussi. Pourtant, elle ne manquait jamais de critiquer avec dédain ce monde proche de la Frontière, un monde qu'elle trouvait rustre, sans raffinement et si éloigné de sa chère Nouvelle-Orléans, élégante et presque aristocratique. Ce matin, elle restait muette comme si elle s'était finalement résignée à cet univers brutal et grossier des dockers et des migrants.

Soudain, au milieu de la foule, sœur Judith l'aperçut. Eckermann était là, avec Anna, Franz et le petit Johann à ses côtés. Comme à leur habitude, les deux petits garçons ne restaient pas en place et se poursuivaient en riant, jouant entre les piles de marchandises. Anna était pendue au bras de son oncle, le visage fendu d'un sourire absent. Lui avait ce regard doux et triste dans lequel la religieuse aurait tant aimé se perdre. Il dominait la foule de sa large stature, ses cheveux blonds lumineux se détachaient des badauds au teint gris.

L'instant suivant, l'abbé Fournerie remercia chaleureusement Eckermann quand ce dernier lui remit les billets pour Kansas City avant de lui donner une franche accolade.

— Qui sait, risqua Fournerie, nos chemins se croiseront peut-être de nouveau ! L'Ouest est vaste et ces territoires gigantesques ne comportent encore que peu de villes.

Joséphine s'anima soudain, comme pour interrompre ces adieux.

— Mon père, avez-vous pris une adresse où l'on pourrait joindre monsieur Eckermann ? Il serait opportun de pouvoir lui envoyer de nos nouvelles, non ?

— Pourquoi pas ? acquiesça l'abbé.

— Je n'ai pour l'instant qu'une adresse provisoire, précisa le migrant. Ici même. Mes amis feront suivre le courrier dès que je serai installé à Omaha, si vous voulez.

Joséphine sortit avec empressement un papier et un crayon de graphite de sa poche.

— Mon père, je vais noter cette adresse pour vous…

Ainsi fut fait. Eckermann salua poliment le père Bellecour, suivi de Joséphine qui avait du mal à décrocher Franz et Johann de ses jupes. Enfin, les yeux du migrant croisèrent ceux de la moniale. Sœur Judith resta de marbre. Pour elle, cet instant était bien plus qu'un simple adieu. C'était un renoncement. Espérant peut-être renvoyer une image de sérénité, elle eut un tressaillement de surprise lorsqu'il referma ses deux mains sur les siennes dans un geste bien plus tendre que ce que la simple politesse exigeait.

— Je regrette que nos routes se séparent, souffla-t-il. Vous nous avez été d'un si grand secours… Prenez soin de vous, ma sœur.

Elle prit une profonde inspiration, sourde au vacarme des battements de son cœur.

— Je m'y efforcerai, monsieur Eckermann. Vous de même, prenez soin des enfants.

Elle planta ses yeux dans les siens, se mettant au défi de montrer la moindre émotion. Il lui répondit par un sourire énigmatique. La jeune femme crut un instant que cet homme serait capable de lire dans son cœur et deviner l'âpreté de la lutte intérieure à laquelle elle se livrait.

— C'est un adieu, alors ? insista-t-il.

Elle hocha simplement le menton, pétrifiée à l'idée de laisser transparaître la tempête qui se déchaînait dans sa poitrine. Il lâcha sa main après un long moment de silence et lui rendit définitivement sa liberté, sans un mot de plus mais avec un air bien trop mélancolique pour être tout à fait indifférent.

L'instant suivant, Julian Eckermann héla les enfants et quitta la levée en direction du centre-ville sans un regard en arrière.

Le petit groupe de missionnaires monta à bord d'un nouveau vapeur, le *WH Russel*. Les dames prirent possession de leur cabine dans un silence inhabituel. Elles se rendirent sur le pont quelques minutes plus tard. Sœur Judith s'installa sur un banc alors que Joséphine s'excusait déjà de devoir retourner dans sa cabine. La religieuse ne fut pas mécontente de se retrouver seule. Elle n'avait aucune envie de soutenir une conversation avec la quarteronne. Les battements sourds de son cœur cognaient sa poitrine à un rythme effréné et ses mains tremblaient. Elle lissa à plusieurs reprises le tissu de toile noire sur ses genoux, un réflexe machinal qui trahissait son inconfort. Elle inspira profondément et fit le vide dans son esprit, repoussant le souvenir de ces adieux qu'elle voulait enfouir dans un recoin de sa mémoire auquel elle n'accéderait plus jamais.

Les machines du vapeur démarrèrent dans un vacarme assourdissant et les cheminées sifflèrent deux coups, annonçant le départ. L'abbé Fournerie rejoignit sa filleule sur le pont et prit place à ses côtés sur le banc.

— Te voilà bien songeuse, Eugénie, commença-t-il.

Elle le regarda d'un air de reproche.

— Pourquoi continuez-vous à m'appeler ainsi, parrain ? J'aimerais que vous cessiez !

Interloqué, Pierre Fournerie s'apprêtait à lui demander les raisons de cette amertume soudaine, lorsqu'un gamin à la figure sale et dont les épaules étaient à l'étroit dans sa veste usée se présenta devant la religieuse.

— Un mot pour vous, madame.

Il brandit un billet sous son nez. Sœur Judith se redressa, curieuse.

— Tu es sûr, petit ? Comment ça ?

Le gamin gardait le bras tendu, immobile et insistant. Elle saisit la lettre et la retourna dans tous les sens. Le papier plié ne portait aucune adresse, ni de nom d'expéditeur au verso.

— Qui t'a donné ce mot, petit ?

Le gamin secoua la tête et s'enfuit aussitôt à toutes jambes.

— Ah, ça ! Voilà bien des mystères ! s'étonna l'abbé.

Sœur Judith ouvrit le pli et lut les quelques lignes qu'il contenait, affichant étonnement et stupeur. Soudain, elle se leva et se pencha par-dessus le bastingage, cherchant manifestement à apercevoir quelque chose ou quelqu'un sur la levée. Le quai s'éloignait déjà doucement de sa vue et bientôt, elle ne distingua plus les visages des passants.

— Eh bien ? s'étonna Pierre Fournerie. Que se passe-t-il ?

La jeune femme fit volte-face et lui tendit la lettre, catastrophée.

— Lisez !

Le père Fournerie déplia le billet et lut à voix haute les quelques lignes du message.

« *Ma sœur, je tiens à m'excuser pour le souci que je vais causer mais ma décision est prise : je ne vous accompagne pas plus loin. Je vous remercie encore de votre sollicitude, vous et l'abbé, mais je ne peux rester à vos côtés. Malgré toute votre bonne volonté, vous serez bien incapables de me protéger contre ce qui m'attend. J'ai trouvé un bien meilleur appui. Ne vous inquiétez pas pour moi. Adieu.*

Joséphine. »

*

* *

Mulberry Street remontait doucement depuis le fleuve jusqu'à la Septième Rue en coupant à travers les faubourgs. À cette heure tardive, le quartier était désert, l'effervescence de la journée s'était envolée et la poussière du macadam était retombée. Une jeune fille se tenait droite au beau milieu de la chaussée, le regard fixé sur l'une des petites maisons alignées en rang d'oignons le long de cette rue poussiéreuse. Elle tenait dans une main un papier froissé où figurait une adresse écrite à la va-vite et dans l'autre son petit sac de voyage en velours brun. Songeuse, elle resta indifférente au coup d'œil appuyé d'un passant qui venait de se retourner sur sa silhouette gracieuse et élégante, attiré probablement aussi par ses cheveux bouclés et flamboyants sous le soleil couchant. La jeune femme fit quelques pas pour rejoindre le porche de briques rouges, gravit les trois marches du perron et frappa du poing à la porte de chêne. Elle savait que son salut l'attendait de l'autre côté.

III

La chute de l'ange

21

La mission Osage

Au loin, les jappements d'un coyote déchirèrent le silence du petit matin. Une brise légère soufflait sur les hautes herbes et effleurait les rares buissons qui accrochaient le regard. L'aube teintait déjà le ciel de rose et de rouge orangé, faisant fuir les ténèbres à petits pas. Un bruit timide mais lancinant succéda aux aboiements. Une poulie que l'on actionnait avec peine gémissait sur son axe. Drapée dans l'obscurité, une silhouette noire s'acharnait à actionner la manivelle du puits. Péniblement, le seau rempli d'eau fraîche remontait par à-coup à l'air libre. Il était bien trop lourd pour l'ombre qui tentait maintenant de l'attraper, manquant de basculer en avant.

Reprenant son équilibre, sœur Judith hissa le seau sur la margelle, le saisit à pleines mains et dans un dernier effort l'emporta à bout de bras. Elle traversa ensuite un bout de prairie que le père Schoenmaker appelait pompeusement la « cour ouest », qui n'était rien d'autre qu'un espace vide recouvert d'herbes rases battues par les vents et bordé de quelques constructions de rondins grossièrement taillés. Il y avait là une petite église de bois brut terni par les années et les intempéries, une grange sommaire faite de planches disjointes, et une troisième construction plus récente que les autres, aux bardeaux barbouillés de blanc, qui tenait lieu à la fois de cuisine, de buanderie et de logement à l'unique religieuse de la mission. Les bâtiments principaux – la demeure des frères jésuites et l'école de garçons – étaient un peu plus loin, de l'autre côté de l'église. Au nord gisaient les ruines calcinées d'une habitation dont ne subsistaient qu'un plancher noirci et une cheminée de pierre dressée vers le ciel, vestiges d'un vieil incendie.

Sœur Judith se savait être au milieu de nulle part. Elle en avait pris toute la mesure cinq mois plus tôt sur cette piste sans fin du Kansas, lorsqu'elle avait vu le paysage changer au rythme lent de l'attelage et les fermes se faire de plus en plus rares sur leur chemin. L'équipage avait laissé derrière lui les hautes collines verdoyantes du Missouri et il avait fallu une longue semaine d'un voyage inconfortable sur cette piste poussiéreuse pour rejoindre la mission en Territoire Osage[1]. La jeune femme s'était laissée bercer au rythme des cahots de la route, observant le monde autour d'elle se transformer peu à peu. Les denses forêts et les hautes collines s'étaient peu à peu effacées. Les fermes avaient disparu, la piste aussi. Ne restaient plus que le vent, les hautes herbes à perte de vue et de rares buissons pour tout horizon. Et le ciel… Un ciel immense dont le bleu faisait écho au vert infini

1. Nation indienne des grandes plaines dont le vaste territoire s'étendait du sud-est du Kansas jusqu'au Missouri.

de la Grande Prairie. Une immensité vierge aux collines presque planes, dont on pouvait embrasser l'étendue d'un simple regard. La jeune femme avait été immédiatement séduite par ce paysage. Elle y avait découvert un silence nouveau, absolu, à peine troublé par le bruissement des herbes sous la brise. Ce silence était tel que l'on pouvait percevoir le battement des ailes d'un oiseau à une centaine de mètres à la ronde. Depuis son arrivée à la mission, sœur Judith ressentait une profonde plénitude. Un calme infini, entier, presque divin.

C'était déjà l'été. Un parfum fleuri était suspendu dans l'air. La jeune femme fit une halte sur le seuil de la cuisine et inspira à pleins poumons la douceur de la brise avant de s'engouffrer de nouveau dans la petite bâtisse. L'intérieur était encore sombre. L'unique fenêtre qui trouait la façade à l'avant du bâtiment était trop étroite pour y laisser pénétrer les premières lueurs de l'aube. Cette construction avait tout d'une cabane de berger perdue dans l'immensité de la plaine, avec son plancher et ses parois de bois brut, son mobilier rustique, une table, quelques chaises de ce même bois terne, des étagères et deux buffets. Tout y était fonctionnel mais rudimentaire. Seule la cheminée, un assemblage grossier de pierres grises au mortier sans couleur, détonnait sur cette toile de fond uniforme.

— Oh, quelle misère ! V'là qu'mes pains de maïs ont brûlé ! bougonna une vieille femme au fond de la pièce.

C'était madame Gilbert, une Bruxelloise de plus d'une soixantaine d'années au caractère bien trempé.

— Quel malheur ! Quel malheur ! répéta-t-elle en gesticulant devant la cheminée.

Elle secoua frénétiquement son torchon, dispersant une fumée blanche à l'odeur âcre. Cette petite femme grasse au teint buriné par le soleil, ardue à la tâche, était dévouée aux pères jésuites depuis plus de dix ans. Ses cheveux poivre et sel rassemblés sous un bonnet à la couleur indéfinie, sa robe usée Linsey-Woolsey[1] et son fichu d'un brun passé donnaient le ton : madame Gilbert faisait partie du décor depuis bien longtemps.

— Et le soleil qu'est bientôt levé ! renchérit la vieille femme. Bon sang de bon sang de bonsoir !

— Allons donc ! tenta de l'apaiser sœur Judith.

Sans plus de commentaires, la jeune femme saisit un sac de semoule de maïs, en versa une bonne rasée dans un large récipient de terre cuite, avant d'y ajouter un peu de farine de blé, une poignée de bicarbonate de soude et du lait. Madame Gilbert regardait faire sœur Judith avec étonnement.

— Ah, ça, pour sûr, vous ne vous laissez pas abattre, ma petite ! Bougez pas, j'vais vous aider !

Joignant le geste à la parole, la vieille dame attrapa quelques œufs qu'elle cassa au-dessus du récipient. Sœur Judith remua la préparation avec énergie.

— Et voilà, madame Gilbert ! Faites-nous donc d'autres délicieux pains de maïs ! Ces messieurs pourront bien attendre une demi-heure de plus…

La vieille dame versa la préparation dans une large poêle de fonte qu'elle déposa sur le feu avant de s'écrouler sur un tabouret.

— Vous allez bien ? s'inquiéta sœur Judith.

---

1. Tissu grossier et bon marché, mélange de lin et de laine, très répandu aux XVIIIe et XIXe siècles.

La vieille bigote épongea fébrilement son front avec un coin de son tablier. Elle soufflait comme un bœuf.

— Je dois avouer… J'ai un peu la tête qui tourne.

Sœur Judith s'agenouilla auprès d'elle.

— Vous sentez-vous mal ?

Elle tenta d'apposer la main sur le front de la vieille femme mais celle-ci se dégagea vivement.

— Non, non ! C'est rien qu'un coup de fatigue, répondit celle-ci.

— Bien. Restez donc assise. Pour une fois, c'est moi qui vais m'occuper du petit déjeuner.

La vieille femme prit un air contrarié.

— Manquerait plus que ça, tiens ! J'ai jamais raté un petit déjeuner ou un dîner depuis presque quinze ans que je vis dans cet enfer du bout du monde ! Ça va pas commencer aujourd'hui !

Sitôt dit, elle tenta de se lever malgré sa fatigue manifeste, mais tituba et s'écroula à terre presque aussitôt.

— Madame Gilbert ! s'écria la religieuse.

La pauvre femme gisait au sol, inerte. Sœur Judith prit son pouls ; il ne battait que faiblement. Sans hésiter une seconde, elle se précipita au-dehors, traversa la cour à grandes enjambées, longea l'église, grimpa les trois marches menant au porche du petit édifice religieux avant d'en ouvrir les deux battants avec fracas. La pénombre régnait encore dans l'église. Quelques bougies scintillaient sur l'autel, éclairant l'espace d'une lueur vacillante. Drapées dans leur ample soutane brune, les silhouettes solennelles des frères jésuites se tenaient droites et parfaitement alignées, tels cinq piliers dressés dans le chœur. Les cinq visages, blêmes et graves, se retournèrent aussitôt. Le père Bellecour cala ses poings sur les hanches et fusilla du regard la religieuse. Debout derrière le lutrin, Pierre Fournerie interrompit brutalement son *Benedictus Dominus*.

— Sœur Judith ? s'écria-t-il, presque fâché.

— C'est madame Gilbert ! s'écria la moniale. Elle a perdu connaissance !

Celle-ci fut immédiatement amenée dans sa petite chambre, à l'arrière de l'école de garçons. La petite dame logeait là depuis le jour de son arrivée, à l'automne 1847. Dans une autre vie, sur un autre continent, elle avait été de ces dévotes qui consacrent leur vie à leur paroisse de campagne, entretenant méticuleusement l'église et le presbytère, dévouée corps et âme au curé de son village et ne jurant que par lui. À tel point qu'à la mort du père Janssens, après avoir officié pendant plus de trente ans, la petite dame n'avait pu s'imaginer servir un autre curé. Aussi, lorsqu'on lui proposa de partir au loin avec des frères jésuites de Turnhout, elle n'eut guère d'hésitation. Malgré son âge – elle accusait déjà plus de 50 ans –, cette petite femme replète avait embarqué à bord d'un *packet boat*[1] dans le sillage du père Schoenmaker et de quatre de ses coreligionnaires. Dans ce coin perdu de la Grande Plaine, sa vie avait alors changé du tout au tout. Les attentions soignées et sophistiquées qu'elle avait portées pendant trente ans à sa petite église des Flandres n'avaient tout simplement plus de sens. Ici, pas de chandelier à faire briller ni de napperon à amidonner. Il s'agissait de survivre avant

1. Bateau de marchandises à voile utilisé aux XVIIIe et XIXe siècles pour relier les pays européens à leurs colonies. L'expression est à l'origine du mot « paquebot ».

tout et de subvenir aux besoins primordiaux de la mission, comme l'entretien du potager et de la basse-cour, la culture du maïs et des pommes de terre, la blanchisserie, la cuisine ou le reprisage des linges. Ses cheveux bruns avaient blanchi en l'espace de six mois seulement.

La mission Osage ne comptait pas de médecin dans ses rangs, et le chirurgien le plus proche se trouvait à Fort Scott, à plus d'une journée de cheval. Par la force des choses, les frères jésuites avaient appris à se débrouiller seuls… Mais là, ils se trouvèrent bien démunis et n'eurent rien d'autre de mieux à faire que de veiller durant plusieurs jours la pauvre madame Gilbert, sans guère pouvoir faire plus. Celle-ci resta inconsciente sans qu'aucun autre symptôme ne puisse donner la moindre indication sur son état, et au matin du quatrième jour, son cœur s'arrêta de battre.

Elle s'était éteinte paisiblement, comme victime d'une grande fatigue. Elle s'en était allée presque sans quitter ses fourneaux, ardue à la tâche jusqu'au bout. De toute sa vie elle n'avait jamais fait de bruit, ou si peu, s'autorisant parfois à bougonner toute seule devant ses marmites sans que jamais personne ne remarquât sa présence… Elle ne laissait aucun vide derrière elle, si ce n'est que toute l'intendance de la mission s'arrêta brutalement. Tout à coup, les poules, les cochons, les frères jésuites et la vingtaine de petits pensionnaires de l'école de garçons ont commencé à avoir faim. Les deux vaches débordaient de lait, le blé et le maïs n'étaient plus coupés et les lessives s'entassaient. Deux semaines s'écoulèrent ainsi…

*

* *

La nuit venait de tomber sur la plaine, bercée par une douce brise et le chant lancinant des grillons. Les frères jésuites venaient de quitter l'église où ils avaient ardemment célébré complies. Pierre Fournerie souhaita faire quelques pas au-dehors avant de regagner ses appartements dans le bâtiment principal. Il longea l'église, se dirigea vers le puits, cherchant l'inspiration pour sa promenade. C'est alors qu'une lumière vacillante sous la porte du logement de sa filleule attira son regard. Il bifurqua dans cette direction, poussa les battants de la cuisine et entra, manquant de tomber sur sœur Judith agenouillée à même le plancher, penchée sur un bac de lessive, qui frottait avec énergie une longue pièce de linge. Elle leva la tête. Son visage était marqué par de larges cernes de fatigue.

— Mon enfant, que fais-tu donc ici à cette heure ? s'étonna l'abbé.

Essoufflée, elle se renversa en arrière et porta à son front une main rougie par l'eau froide. Puis elle essaya de rassembler fébrilement les mèches de cheveux noirs qui dépassaient de son carré de cou.

— La lessive, comme vous voyez, répondit-elle dans un soupir las.

— Je le vois bien… Nous venons de dire complies. Il est plus que temps que tu prennes du repos toi aussi, souffla doucement l'abbé.

Le visage de la jeune femme se referma. Elle jeta un œil de côté, là où se trouvait la pile de linge sale. Non, elle terminerait cette lessive avant de se coucher.

— Pas encore…, murmura-t-elle.

L'abbé se désola de voir sa filleule ainsi. Ses mains étaient gonflées, sa mine défaite, ses cheveux collés sur le front. Des cernes lui mangeaient la moitié des joues… Pierre Fournerie décida de s'asseoir quelques instants. Il se saisit d'un tabouret.

— Est-ce que tout va bien, mon enfant ? demanda-t-il, inquiet.

— Oui, bien sûr…, marmonna-t-elle.

— Nous n'avons pas eu l'occasion de beaucoup parler depuis la triste disparition de madame Gilbert. Il y a tant à faire, n'est-ce pas ?

La jeune femme quitta sa position agenouillée et se laissa tomber à même le sol pour s'y asseoir plus confortablement.

— C'est le moins que l'on puisse dire, lâcha-t-elle avec un sourire timide. Mais ce n'est rien, je vais prendre le rythme.

— Allons… Tu es la première levée et voilà que je te trouve encore à faire des lessives après complies. Ce n'est pas raisonnable.

— J'en suis capable, parrain ! s'offusqua-t-elle.

— Je ne dis pas le contraire. Le frère Coglan avait proposé de s'occuper de la basse-cour et du moulin. Pourquoi avoir refusé ?

— Parrain, vous le savez comme moi, la tâche des frères est bien plus conséquente que la mienne. Entre les offices, les classes, les pensionnaires à surveiller, ils n'ont pas une minute.

— Toi non plus. Tu as déjà pris sur ton temps de prière. Peut-être devrais-tu réduire tes heures de classe aux petites Osages d'ici à ce que l'on ait trouvé une remplaçante…

Sœur Judith se rembrunit immédiatement.

— Est-ce une punition ?

— Non, bien entendu. Mais tu ne peux pas tout mener de front. Te rendre malade n'avancerait à rien. Nous avons besoin de toi en pleine santé…

L'abbé s'interrompit un instant et plongea ses yeux gris dans les prunelles noires de sa filleule.

— Contrairement à ce que tu penses, ajouta-t-il, tu n'as pas besoin de faire tout cela pour te faire accepter dans cette communauté, mon enfant.

Elle baissa les yeux.

— Ne m'empêchez pas de tenir la classe, je vous en prie…

Il soupira. Malgré les années, la jeune fille restait convaincue que seul un travail acharné pourrait la faire accepter de sa mère. Qui plus est, elle présumait clairement de ses forces. Si ce séjour dans le Kansas avait bien pour but de la préparer à affronter les territoires encore vierges du Nebraska, il n'était pas question qu'elle y laisse sa santé avant la véritable épreuve : celle de la vie en autonomie sur la Frontière.

— Nous en reparlerons demain, conclut-il.

Sœur Judith s'éveillait chaque matin à 4 heures. La fatigue et les efforts physiques incessants avaient mis à l'épreuve sa constitution pourtant solide et sa physionomie s'était encore amincie. Seule dans sa petite maison silencieuse, elle se passa un filet d'eau fraîche sur son visage pour se remettre les idées en place. Puis elle peigna machinalement ses cheveux, les attacha à l'aide d'un ruban de toile simple, se coiffa de sa guimpe et de son voile, et enfin ajusta son habit du mieux qu'elle pouvait. Dans la nuit encore noire, elle traversa à grandes enjambées le petit bout de prairie, recroquevillée dans son habit de laine, frissonnant sous la fraîcheur de la brise nocturne. Puis elle entra dans l'église. La porte de rondins rompit le silence de la nuit dans un grincement sinistre que personne d'autre qu'elle ne pouvait entendre. La jeune femme n'aimait pas cette église. À la vérité, ce n'était rien d'autre qu'une cabane un peu plus grande que les autres, flanquée d'un modeste clocher fait de vieilles planches. Un édifice sordide qui n'appelait à aucune élévation spirituelle. De fait, depuis son arrivée, elle lui préférait mille fois la vaste plaine. L'immensité du ciel et l'infini de l'horizon imprimaient bien plus à son âme ce sentiment de grandeur divine si cher à son cœur. Consciencieuse, elle faisait pourtant contre mauvaise fortune bon cœur. Prête au recueillement, elle s'agenouillait avec application, puisant au plus profond d'elle-même cette foi qu'elle avait emmenée avec elle depuis Châtillon.

Comme chaque matin, cette sensation de plénitude que lui apportait la prière s'empara de tout son être. La douleur qui irradiait ses genoux s'évanouit, la médiocrité de la petite église s'effaça dans les ténèbres et son âme s'éleva vers le Seigneur. À 5 heures, après une heure de cet exercice spirituel nocturne, le cœur gonflé d'une foi inébranlable, la moniale retraversa avec entrain le petit coin de prairie pour gagner le puits. Là, elle livra sa première bataille de la journée avec la poulie récalcitrante. Une fois sa victoire acquise et son seau rempli, elle se rafraîchit de nouveau le visage pour éloigner définitivement les derniers engourdissements de sommeil. La basse-cour l'attendait. Encore ensommeillées, les poules se laissèrent bousculer en douceur et cédèrent leurs œufs frais sans réelle protestation. De là, elle gagna la grange où les trois maigres vaches de la mission passaient la nuit. Les pauvres bêtes avaient été traînées jusqu'à ce coin du bout du monde au péril de leur vie et ne donneraient jamais autant de lait que leurs consœurs de l'Est, mais la jeune femme prenait soin de les soulager dès la première heure…

À 6 heures, la petite communauté se rassembla autour des restes d'un ragoût fumant, de pain de maïs moelleux et de savoureuses omelettes préparées avec soin par la jeune moniale. Celle-ci se joignit à l'assemblée, les frères jésuites, Bellecour et l'abbé Fournerie, pour un repas reconstituant autour de la table des communs. Les braves moines n'étaient guère bavards. Après avoir célébré laudes une heure durant l'estomac vide, ces courageux hommes d'Église engloutissaient avec avidité ce premier repas. La moniale, de son côté, rayonnait. Elle s'amusait de la gourmandise manifeste du frère Bax quand il lorgnait chaque matin la portion de Bellecour qui, de nature ascétique, ne finissait jamais son assiette. Le frère Coglan, lui, avait une prédilection pour le délicieux pain de maïs préparé par sœur Judith. Elle lui en gardait toujours un de côté pour le milieu de la matinée. Et puis la jeune femme surprenait souvent son parrain, à l'autre bout de la table, la couvant d'un regard tendre, mélange de fierté et d'amour presque paternel… La petite communauté, unie dans le silence des cœurs simples, était maintenant son foyer. À nouveau, elle faisait partie d'un tout.

À 7 heures, il ne lui restait qu'une heure avant l'arrivée de ses jeunes élèves. Il s'agissait de ne pas traîner. Avec entrain et application, elle se dépêcha de faire bouillir le lait de la traite avant qu'il ne tourne, de le remiser dans des pots émaillés, de récolter la crème de la veille et de battre le beurre en baratte. Elle se rendit ensuite dans la grange et sortit les vaches pour la journée, les menant dans un pré derrière l'école de garçons, puis elle remplaça la litière souillée par de la paille fraîche pour évacuer les odeurs de lait rance et de lisier. À 8 heures, enfin, sœur Judith quitta la cour ouest et se rendit sur la colline. Elle se planta alors devant l'horizon et scruta la plaine par le sud. Face au vent, debout dans cet océan d'herbes hautes, elle médita. Seul le doux crissement de la végétation ondulant sous la brise emplissait l'air, rompant le silence. Une pause apaisante après ce tourbillon de tâches qui l'avait emportée jusqu'ici. Ce matin-là, une frêle silhouette apparut derrière un bosquet à environ un mile. Avec ses longs cheveux noirs flottant au vent, sa tunique de peau de daim portée au-dessus d'un pantalon retenu par une ceinture rouge nouée autour de la taille, elle la reconnut immédiatement. C'était Kimimela. La petite fille courait en tête du cortège tout au long du chemin qui la menait à la mission, rouspétant constamment contre ses consœurs, moins véloces. Les élèves n'étaient qu'une poignée. Il y avait Kimimela, Niabi, Misae et Ehae, ainsi que trois autres fillettes, toutes ravies d'échapper pour quelques heures aux corvées du campement à une heure de marche de là. Ces enfants avaient toutes des cheveux noirs souples et brillants, parsemés de fines tresses décorées de perles d'os. Elles affichaient un regard fier et franc qui captivait la jeune Française. Kimimela accéléra le pas puis se mit à courir tout à fait en direction de la moniale.

— *Howa !* s'écria-t-elle, maintenant à portée de voix.

Elle se planta devant la religieuse, un large sourire accroché aux lèvres, bientôt rejointe par les autres fillettes. Sœur Judith n'eut guère le temps de prononcer le moindre mot de bienvenue, submergée par le pépiement incompréhensible de cette volée de jeunes moineaux rieurs. Les plus jeunes se mirent à courir jusqu'au bas de la colline en direction de la grange, alors que Niabi et Misae, les plus âgées, restèrent sagement aux côtés de la religieuse.

— *Stanica*[1] ? lança soudain Niabi.

Celle-ci présenta à la jeune femme un bout de peau de daim soigneusement replié. Sœur Judith scruta tour à tour le paquet puis le visage candide de la jeune Indienne.

— Un présent ? Pour moi ? demanda-t-elle, ravie.

Elle le déplia et y découvrit une substance brune et jaunâtre découpée en fines lanières.

— *Stanica*, répéta Niabi, un large sourire aux lèvres.

Ce n'était pas la première fois que sœur Judith recevait un cadeau. Ces jeunes filles étaient habiles et aimaient mettre en valeur leur savoir-faire. Avec une innocence et une candeur qui ravissaient la jeune femme, les enfants de la mission Osage lui faisaient chaque jour découvrir un peu plus leur monde, à la fois simple et élaboré. Bien plus futées qu'elle-même ne l'avait jamais été, elles savaient lire le ciel et prédire la pluie ou l'orage, débusquer un chien de prairie dans son terrier et manier un arc avec dextérité. Perdues dans la prairie, nul doute qu'elles sauraient survivre

1. Le *stanica* est composé de pulpe de kaki sauvage séché sur le feu, formant des lanières de pâte de fruits qui se conservent plusieurs semaines.

malgré leur jeune âge, alors qu'elle-même s'en sentait bien incapable.

La jeune religieuse se saisit d'une pâte de fruits.

— Merci, dit-elle en détachant un petit morceau qu'elle porta à sa bouche.

Niabi avait la réputation d'être une excellente cuisinière. Elle offrait régulièrement du pain frit, du *pemmican*[1] ou de la viande séchée par ses soins. Chaque fois, la jeune Indienne guettait la réaction de la sœur avec une impatience tout enfantine. Pourtant, Niabi était une femme déjà accomplie. Bien qu'elle eût à peine 15 ans, elle se marierait bientôt. Sœur Judith le savait fort bien et avait à cœur de lui enseigner au plus vite les rudiments les plus élémentaires de français, d'hygiène et de catéchisme. Une fois mariée, elle éduquerait à son tour ses enfants, voire peut-être son mari, et contribuerait ainsi à la civilisation de ce coin de la prairie…

La matinée passa comme un éclair. Confortablement installées sur le lit de paille fraîche de la grange, les plus jeunes élèves peinaient à rester en place. Sœur Judith était parvenue à maintenir l'attention du petit groupe deux heures durant, mais les rires et les chuchotements avaient remplacé le recueillement et l'écoute attentive. La religieuse se désolait parfois d'avoir du mal à canaliser l'énergie de ces enfants habituées au grand air. Un peu avant midi, elle était sur le point de rendre les armes quand le brouhaha cessa de lui-même. Les jeunes filles s'immobilisèrent brusquement. Une tension emplit l'espace.

1. Préparation amérindienne à base de baies et de viande séchée réduite en poudre.

— Allons donc ! s'étonna sœur Judith. Vous voilà enfin raisonnables…

Niabi posa son index sur ses lèvres pour imposer le silence. Elle ne riait plus. Elle frappa son oreille d'un geste sec et rapide pour faire comprendre à sœur Judith qu'elle aussi devait tendre l'oreille. Au début, elle ne perçut que le sifflement de la brise qui s'engouffrait entre les lattes disjointes de la grange, puis un léger grondement, comme un tonnerre lointain. Sauf que ce tonnerre s'amplifia encore et encore, emplissant le silence de la plaine.

— Qu'est-ce que… ? s'écria la jeune femme, se demandant de quoi il pouvait bien s'agir.

Elle se précipita au-dehors malgré les protestations des petites Osages et scruta le ciel. Elle ne remarqua rien de particulier, sinon un ciel azur et sans nuages. Ne comprenant toujours pas, elle fit rapidement le tour de la grange, chercha un nuage noir à l'horizon. Rien. Niabi surgit alors précipitamment, agrippa la religieuse par le bras pour l'entraîner à l'intérieur.

— Mais enfin, qu'est-ce qui te prend ? S'il s'agit d'un orage, il est bien loin ! réagit vivement sœur Judith.

Niabi secoua la tête. La religieuse concentra à nouveau son attention sur le grondement qui ne cessait de s'amplifier. Non, ce n'était pas un orage. Elle ressortit de la grange malgré les protestations de la jeune Indienne.

— Restez ici et refermez la porte ! ordonna-t-elle.

Inquiète mais déterminée à comprendre ce phénomène, sœur Judith traversa la cour ouest au pas de course et se dirigea vers l'église. Elle contourna l'édifice religieux et rejoignit la cour principale, au pied du bâtiment où logeaient les frères jésuites et les missionnaires. Au même moment, Pierre Fournerie sortit sur le perron, aussitôt suivi du père Bellecour, tandis que le père Schoenmaker apparaissait sur le seuil de la porte de l'école de garçons, libérant les cris des enfants indisciplinés. Dans les classes, les éclats de voix des élèves se mêlèrent à ceux des frères jésuites qui tentèrent désespérément de ramener le calme. La jeune religieuse interrogea son parrain du regard. Celui-ci scrutait l'horizon vers le nord. Elle fit de même en direction de la plaine. C'est alors qu'elle aperçut au loin un nuage de poussière monter des collines. L'instant d'après, elle distingua enfin l'origine de ce grondement sourd : une cinquantaine de cavaliers venait d'apparaître dans un tourbillon de sable et de terre, à un ou deux miles de là, sur la route de Humboldt.

22

Les Deux-Chênes

Julian Eckermann était fourbu. De la paume de sa main il caressa le madrier dans le sens de la fibre, jugeant de la planéité de l'ouvrage. Le bois était doux, tendre, encore chaud d'avoir été poncé si longuement et avec tant d'application. Il recula de quelques pas et s'accroupit dans l'alignement de la poutre afin de mieux appréhender le résultat de son travail. Le madrier était parfaitement rectiligne. Il avait finalement pris le tour de main. Demain, il pourrait commencer à assembler la structure de la charpente.

Il se redressa, satisfait, mais son corps le rappela à l'ordre, et les muscles de ses épaules lui arrachèrent une grimace de douleur. Il étira son dos avant de se tourner face au soleil. L'astre déclinait déjà sur l'horizon. S'essuyant le front d'un revers de main, il embrassa sa propriété d'un regard. Il ne se lassait pas d'admirer ce coin de prairie, soixante-cinq hectares de bonne terre déclinée en douces collines, longés à l'est par une petite rivière bordée de saules, au nord par un large bosquet de chênes et de noyers, ouverts à l'ouest et au sud sur la prairie. C'était le paradis. Nichée en hauteur, la maison, faite de planches neuves encore blondes, baignait dans la lumière rouge orangé du crépuscule. Julian remarqua derrière les vitres d'une des trois fenêtres donnant sur la façade une bougie dont la flamme vacillait dans la pénombre. L'heure du dîner approchait. Cinq mois plus tôt, lorsqu'il avait choisi cet emplacement, il avait eu un pincement au cœur en pensant à Theresa. Elle aussi aurait aimé cet endroit. Lui-même avait été avant tout guidé par son pragmatisme en choisissant de construire la maison à l'est du terrain, à proximité de la rivière pour un accès à l'eau plus facile, juste derrière deux magnifiques chênes qui protégeraient la construction du vent. Et c'est ainsi qu'il avait baptisé sa propriété Les Deux-Chênes.

Quatre longs mois de travail acharné lui avaient été nécessaires pour bâtir cette maison de trois pièces et une partie de ses économies avaient été englouties dans l'achat de planches à Omaha. Mais Julian était plus que satisfait du résultat. Il venait de s'attaquer à la grange. Il lui avait fallu minimiser les frais et, cette fois, il n'avait pas acheté la matière première et avait tout préparé lui-même, du choix des arbres en passant par l'abattage, le débardage… Voilà trois semaines qu'il avait débuté ce chantier et il était si absorbé par son travail qu'il en avait oublié la chaleur de cette belle journée de juillet. Sa chemise était maculée de sueur. D'un coup d'œil, il repéra le baquet d'eau à proximité mais celui-ci était vide. Il s'en empara à la volée, contourna le chantier – un fatras de poutres et de planches mêlées aux copeaux d'écorce – et se dirigea plein est vers la rivière. Il dévala la colline, dépassa quelques saules le long du cours d'eau et déboucha sur la grève. Il ôta sa chemise, fit quelques pas dans le ruisseau, remplit le baquet d'eau cristalline puis remonta sur la grève avant de s'en asperger le visage. Il renversa le reste du baquet sur ses épaules nues, balayant d'un coup la fatigue de sa journée de travail. Lorsqu'il se pencha pour ramasser sa chemise, deux mains légères se posèrent sur son dos, glissèrent lentement le long de ses côtes et s'arrêtèrent sur son torse nu, l'emprisonnant dans une douce étreinte. Il se retourna aussitôt.

— Tu as fini pour aujourd'hui ? demanda Joséphine.

La jeune femme le dévorait de ses yeux verts noyés de soleil. Elle se hissa sur la pointe des pieds pour déposer un baiser sur ses lèvres.

— Oui, répondit-il.

Il détacha doucement les mains de la jeune femme de son dos, se libérant de son emprise.

— Je suis à peine lavé…

— Cela ne me dérange pas, tu le sais bien ! répondit-elle, ravie.

Julian enfila son habit rapidement avant de demander :

— Les enfants ?

— Ils sont déjà à table. Ils nous attendent.

Il lui adressa un sourire de gratitude.

— Rejoignons-les, lâcha-t-il.

Ils quittèrent la petite rivière et gravirent la colline pour rejoindre la maison. Celle-ci était sobre et fonctionnelle et ressemblait à toutes les fermes que Julian et Joséphine avaient pu apercevoir sur le trajet depuis Omaha : des murs et un toit composés de simples planches, deux fenêtres encadrant la porte principale, une cheminée rudimentaire à chaque extrémité et un étage en mezzanine troué d'une petite lucarne pour laisser pénétrer un minuscule rai de lumière. Julian regrettait de n'avoir pu encore construire le porche. Il s'y attèlerait cet automne, après les semis. L'intérieur de la maison était simple et fonctionnel, propre et chaleureux. L'unique table, rudimentaire mais solide, trônait devant la cheminée, flanquée de trois bancs neufs. Pas de poêle moderne, ici, mais un chaudron toujours fumant dans l'âtre. La petite famille se contentait du strict nécessaire. Les rares produits manufacturés qui meublaient l'intérieur avaient été achetés à Omaha, à une demi-journée de cheval de là. Le reste, outils et ustensiles de maison, avait été confectionné par Julian lui-même à la lueur d'une lampe à huile. Les lits, les bancs, la table, quelques plats, le meuble à victuailles, tout avait été travaillé et assemblé avec ses propres mains. Ces cinq derniers mois, il n'avait jamais dormi plus de cinq heures par nuit.

Le chef de famille fut accueilli par de bruyants vivats dès qu'il apparut sur le seuil. Anna, Franz et Johann étaient sagement assis devant leur assiette d'étain émaillé. Julian s'attabla en s'écroulant à moitié sur sa chaise. Joséphine prit son assiette, alla devant l'âtre et versa une louche de ragoût fumant dans l'assiette.

— Demain, je pourrai commencer à monter la structure, annonça-t-il.

— Avec l'aide de Larsson ? demanda Joséphine.

— Oui. J'enverrai Franz le chercher demain matin…

Son neveu se redressa sur sa chaise, fier de se voir confier une mission d'importance. Joséphine versa dans chacune des autres assiettes une louche de ragoût puis s'installa à son tour.

— Tu es sûr ? s'inquiéta-t-elle. Il y a quand même une heure de marche jusqu'à leur ferme !

— Pour le retour, il y aura le cheval de Larsson. Ça ira, ne t'inquiète pas…

Joséphine acquiesça, résignée, puis joignit ses deux mains, fusillant du regard le petit Johann qui avait déjà plongé sa cuillère dans le ragoût. Le petit garçon se figea instantanément et redéposa le couvert sur la table, joignit à son tour ses deux mains puis ferma les yeux. Julian put commencer à réciter le bénédicité.

La nuit enveloppa très vite la petite maison de son manteau de ténèbres. Une fois le repas terminé, les enfants grimpèrent dans la mezzanine en escaladant la petite échelle confectionnée par Julian. Joséphine les suivit et les prépara pour la nuit. Anna avait toujours besoin d'aide pour se dévêtir et enfiler sa chemise de nuit. Franz réclama une histoire et Anna battit des mains d'impatience. Assis devant la cheminée, Julian Eckermann sourit en silence. Il ne pouvait espérer mieux pour eux. De doux murmures lui parvenaient par bribes. Un dragon et un prince livraient bataille sous le toit de la mezzanine… La jeune femme rejoignit Julian au coin du feu quelques instants plus tard. Elle remua les braises à l'aide d'un tison avant de se caler sur sa chaise. Son regard glissa sur l'homme qui partageait maintenant sa vie. Ses épais cheveux blonds avaient éclairci sous le soleil du Nebraska et son teint hâlé illuminait plus encore le bleu limpide de ses yeux. « Décidément, Julian ne reste jamais inactif », pensa-t-elle en le voyant manier son canif avec habileté.

Il sculptait un morceau de bois qui se transforma peu à peu en petit soldat. Le regard de Joséphine glissa le long de ses bras et remonta jusqu'à ses épaules, parfaites. Elle embrassa avec satisfaction cette silhouette charpentée avant de s'arrêter sur ses avant-bras. Les muscles jouaient sous sa peau à la lueur des braises. La jeune femme se leva de sa chaise et prit délicatement la main de Julian, l'interrompant dans son travail de création. Il leva sur elle des yeux interrogateurs et comprit ses intentions en voyant les prunelles de la jeune femme devenir incandescentes. Elle l'entraîna vers la chambre que Julian avait séparée de la pièce à vivre par un simple mur de planches et une petite porte à loquet. Il la suivit sans résistance et Joséphine referma la porte sur eux avec soin.

Le lendemain, Joséphine ne s'éveilla qu'une fois le soleil déjà haut sur l'horizon, comme à son habitude. Elle se retourna sur l'oreiller et trouva la place vide à ses côtés. Elle soupira de déception. Cet homme se levait toujours aux aurores… Camille Sheperd n'aurait jamais rechigné devant une grasse matinée, lui. Résignée, elle se leva à son tour et passa un châle autour de ses épaules avant de sortir de la petite chambre. Le soleil inondait déjà l'intérieur de la maison. Julian était attablé devant son livre de comptes. Agenouillé à même le sol aux pieds de son oncle, le petit Johann jouait à disposer des lettres de bois pour former des mots.

— Bonjour, dit-elle.

— Bonjour, répondit Julian machinalement.

Elle l'enlaça, déposa un baiser dans son cou sans réussir à le distraire de ses calculs, puis se prépara du café.

— Où sont Franz et Anna ? demanda-t-elle.

— Anna dort encore et Franz est parti il y a plus d'une heure. Il devrait revenir avec Larsson d'un instant à l'autre, répondit-il, levant enfin les yeux de son livre de comptes. Il va falloir restreindre nos dépenses, poursuivit-il. Nous devrons garder ce qu'il nous reste pour les semences d'automne.

— Tu es sûr ? demanda distraitement Joséphine, accaparée par la préparation de son café.

— Je suis très sérieux. Regarde-moi, s'il te plaît.

Il planta ses yeux dans ceux de la jeune femme et prit un air grave.

— C'est important. À partir de maintenant, je te demande de ne plus faire de dépense superflue.

Elle détourna vivement le regard.

— Bien, je ferai un effort…

— Merci, conclut-il.

Le trot d'un cheval se fit entendre au loin. Julian referma son livre d'un geste sec.

— Les voilà ! s'écria-t-il en se précipitant vers la porte avant de s'arrêter net. Joséphine, peux-tu t'habiller, s'il te plaît ? Je n'aimerais pas que Larsson te voie en chemise.

Il sortit sans se retourner. Joséphine se mordit la lèvre. Peut-être aurait-elle dû se lever plus tôt. Elle jeta un œil sur la table, puis sur la console. Tout était impeccablement rangé… Trois assiettes et trois tasses séchaient à côté de l'évier. Julian avait déjà dû faire manger les enfants. Elle se sentit coupable une seconde mais se ravisa presque aussitôt. Après tout, ce n'était pas sa faute si elle n'arrivait pas à se réveiller de bonne heure. Ces choses-là ne se commandent pas. Décidée à se rattraper néanmoins, elle s'habilla à la va-vite, monta réveiller Anna et la fit déjeuner à son tour. Puis elle aida la fillette à s'habiller et à se débarbouiller avant de mettre le nez dehors pour saluer Torsten Larsson. La quarteronne trouva les hommes à pied d'œuvre sur le chantier. Trois troncs d'arbres bruts avaient déjà été érigés vers le ciel, formant un angle droit. Il restait le quatrième poteau à installer, dont la base était immobilisée dans un trou étroit creusé à même le sol. Le jeune Johann faisait mine de guider la manœuvre depuis le bord. Julian et Larsson soulevaient progressivement le tronc à bout de bras, s'aidant de puissants « Ho ! Hisse ! ». Julian poussa un cri de victoire quand le poteau se planta verticalement de lui-même.

— Encore deux ? jeta-t-il d'un air de défi à Larsson.

Ce dernier passa la manche de sa chemise sur son front perlé de sueur alors que Joséphine venait à leur rencontre.

— M'am ! s'écria-t-il avec un large sourire aux lèvres.

Torsten Larsson était un solide fermier suédois. Il portait une barbe rousse broussailleuse qui se terminait en pointe sur son large torse et des cheveux du même roux doré. Sa mine réjouie et joufflue avait rapidement conquis les enfants. Joséphine, elle, le trouvait plutôt rustre et mal dégrossi, comme tous les *homesteaders*[1] des environs. Elle échangea les amabilités de rigueur, demanda des nouvelles de sa femme Lotta et de ses enfants, puis se résigna enfin à entamer les corvées de la journée.

---

1. Colons de l'Ouest vivant en autosuffisance sur leur propriété.

La quarteronne avait pensé pouvoir s'adapter à sa nouvelle vie au fil du temps, en vain… C'était pourtant bien elle qui avait pris son destin en main six mois plus tôt, lorsqu'elle s'était enfuie du vapeur, plantant là sœur Judith et les deux prêtres. Ce jour-là, elle n'avait pas agi sur un coup de tête, et ses certitudes n'avaient fait que s'affirmer au cours de leur voyage. Elle s'était d'abord inquiétée de voir sœur Judith retrousser ses manches et se jeter à corps perdu dans la gestion de l'épidémie. Pas une fois la religieuse n'avait vacillé devant ces corps décomposés, alors même que le malade était encore vivant ! Cette jeune femme avait fait preuve d'une endurance et d'une résilience qu'elle-même n'aurait jamais. Si c'était ce que l'on attendait d'elle, jamais elle n'en survivrait… Joséphine Bruno avait été éduquée pour être une femme du monde, pas pour se tuer à la tâche au fond d'une mission oubliée du reste des vivants !

Elle fut brutalement arrachée à ses pensées par l'une des cinq poules qui caquetait plus haut que les autres. La jeune femme dévisagea un instant les pitoyables volatiles qui piétinaient dans un mélange d'excréments, de paille et de boue. Tout à coup, sa condition médiocre lui sauta au visage comme un chat enragé. Elle regarda ses mains. Des callosités étaient apparues à la base de ses doigts. Ses ongles, autrefois si parfaits, étaient cassés et ternes. Elle frotta machinalement ses mains. Rugosités, coupures et autres cornes, voilà à quoi ressemblaient maintenant ses mains autrefois si raffinées. Cette vision lui fit l'effet d'une gifle. Serait-elle tombée dans le même piège que celui auquel elle avait essayé d'échapper ? Agacée, elle ramassa les œufs du jour en un éclair et fendit l'air d'un grand coup de pied à l'intention des misérables volailles, comme pour se venger de sa misérable condition. Elle passa le chantier sans lever le nez, s'engouffra dans la petite maison, jeta négligemment les quelques œufs dans une jatte de terre cuite et retira son tablier qu'elle eut soudain en horreur. De colère, elle le roula en boule et le lança de toutes ses forces à travers la pièce.

Elle faisait maintenant les cent pas devant la cheminée, sous le regard interdit de Franz et Anna. Elle leur jeta un regard de travers et s'écria :

— Oh, vous ! Ne me regardez pas comme ça !

L'instant d'après des larmes montèrent aux yeux de Franz. Joséphine se précipita vers le petit garçon et le prit dans ses bras. Ce pauvre enfant n'y était pour rien… Le fait de consoler le petit lui fit peu à peu reprendre ses esprits. Elle devait changer d'air, fuir ces quatre murs, cette prairie déserte et ces maudites corvées qui l'appelaient sans cesse aux quatre coins des Deux-Chênes. Une demi-heure plus tard, Julian Eckermann eut la surprise de la voir se diriger en trombe vers leur chariot dans un froufrou de robe élégante, traînant Anna et Franz derrière elle, endimanchés eux aussi. Tout en attelant leur unique cheval, la jeune femme annonça son intention de rendre visite à madame Dewinckers, une voisine dont la propriété se trouvait à une demi-heure de là, sur la route d'Omaha. Elle serait de retour avant la tombée de la nuit. Ignorant le regard contrarié de Julian, la jeune femme installa les enfants à l'arrière de la carriole et lança le cheval au trot.

Elle ne réapparut que tard dans la soirée alors que le soleil déclinait déjà. Dans la pénombre du crépuscule, elle mena l'attelage au pas sous les deux chênes. Après avoir dételé la jument, elle la conduisit dans le petit enclos que Julian avait aménagé à quelques pas de la maison. Anna et Franz dormaient profondément à l'arrière de la carriole et elle dut s'y prendre à deux fois pour les réveiller afin de les faire descendre. Ils regagnèrent l'habitation alors que la nuit enveloppait peu à peu la prairie de son linceul noir. Le dîner fut expédié en silence, les enfants dormant à moitié devant leurs assiettes. Ils allèrent se coucher sans même avoir fini de manger. Lorsque Joséphine redescendit de la mezzanine, Julian l'attendait, prostré sur sa chaise, les mains jointes. Il leva sur elle un visage fermé.

— Je crois qu'il faut qu'on parle, lâcha-t-il.

Elle s'assit à bonne distance, près de la cheminée, fit mine de ne pas entendre, absorbée par les braises rougeoyantes qui se consumaient dans l'âtre.

— Nous avions passé un marché, Joséphine, continua-t-il.

Elle le regarda d'un air de défi.

— Je sais. C'est même moi qui en ai eu l'idée, rappelle-toi.

Il eut un mouvement de tête de dépit.

— Et je l'ai accepté de bon cœur, jeune fille. Je ne recherche pas l'affrontement, mais ces derniers jours, j'ai dû prendre en charge un certain nombre de choses qui m'ont ralenti sur le chantier. Tu sais, je n'en suis pas revenu lorsque tu as débarqué chez les Lanzmann à Saint-Louis…, ajouta-t-il doucement en voyant sa mine renfrognée.

Joséphine leva un sourcil d'intérêt.

— Je te l'ai alors dit ouvertement, poursuivit-il. Une jeune femme comme toi, si éduquée… C'était évident que tu n'étais pas la candidate idéale pour me suivre dans ces contrées. On dirait que tu commences à le comprendre, toi aussi. C'est ça ?

— C'est-à-dire, commença-t-elle, ce n'est pas tout à fait ce que j'avais imaginé. J'ai échappé aux corvées que m'auraient sans doute imposées ces maudits prêtres et me voilà jusqu'au cou dans celles de la ferme.

— Mais qu'est-ce que tu t'étais donc imaginé, ma petite ?

— Je ne sais pas… Je pensais bien que ça ressemblerait à ça, du moins pour un temps. Mais ça fait déjà cinq mois qu'on est installés ici et je n'en vois pas le bout. Quand pourrons-nous avoir du personnel et vivre sur un autre pied, hein ? Quand ?

— Tu n'es pas sérieuse ! Du personnel ? Moi qui croyais que tu cherchais avant tout la sécurité en me suivant ici. Je t'ai offert un toit et ma protection en t'emmenant loin du Missouri, devenu bien trop dangereux pour toi…

Joséphine bondit sur ses deux pieds, les yeux furibonds.

— Mais moi, je croyais qu'il s'agissait avant tout de s'occuper de tes enfants et de leur donner une éducation ! Certainement pas de faire des lessives ou de faire pousser un potager !

— Bon, nous voilà tous les deux déçus par la tournure que prennent les choses, n'est-ce pas ?

Son regard clair et limpide s'était radouci. Il n'avait fait là qu'un constat posé et rationnel. Le cœur de Joséphine se gonfla de tendresse. Elle haïssait cette ferme, mais lui, Julian Eckermann, avait tout pour la séduire. Ambitieux, tenace et courageux, cet homme savait se montrer si doux et si tendre… Et, surtout, il était séduisant. Alors que sa colère l'avait fait réagir avec véhémence, elle ressentait à présent un besoin irrépressible de se réfugier dans ses bras. En un instant, elle franchit la distance qui la séparait de son compagnon et posa doucement une main sur les siennes.

— Allons, ce n'est pas si terrible après tout, murmura-t-elle. Il y a bien des avantages, non ?

Elle se pencha et déposa un baiser sur ses lèvres. Il eut un mouvement de recul.

— Joséphine, on ne peut pas tout résoudre de cette manière…

Insistante, elle s'assit sur ses genoux et se blottit contre lui. Puis, doucement, elle glissa sa main dans l'ouverture de sa chemise et le caressa.

— Tu crois ? souffla-t-elle. Tu sais combien je peux être persuasive… Et puis rappelle-toi, tu m'avais promis de me traiter comme ta propre femme même si nous ne pourrions jamais nous marier. Nous serions bêtes de ne pas en profiter, non ?

Malgré sa réticence première, Julian Eckermann ne put résister aux caresses de cette belle créature, *sa* femme, et il s'abandonna sans retenue au désir qu'elle venait d'éveiller en lui.

23

La garde du Missouri

La troupe de cavaliers fit irruption au milieu de la cour dans un tonnerre de poussière. Leurs chevaux puissants et musculeux soufflaient tels des dragons, les narines maculées d'écume, furieux d'avoir été contraints de stopper leur course effrénée. Seule au milieu de la cour devant cette horde déchaînée, sœur Judith se figura être un David minuscule et insignifiant devant un troupeau de Goliath. Elle entendait derrière elle les voix des enfants restés devant le bâtiment qui tenait lieu d'école et de pensionnat. Ils s'étaient agglutinés autour des frères Coglan, Bax et Sheehan, agrippés à leurs soutanes. Les moines avaient formé un rempart pour protéger les enfants du danger qu'incarnaient ces hommes. Médusée, sœur Judith restait figée devant ce qu'elle croyait être une armée entière. De sa vie, elle n'avait jamais vu autant de chevaux rassemblés en un même endroit.

La poussière retomba peu à peu et le calme de la prairie reprit ses droits dans la cour de la mission. Seul le souffle des bêtes au regard fou, les nasaux maculés d'écume, brisa le silence. Un cavalier se détacha du groupe et poussa sa monture au pas vers le porche de l'école des garçons. Sœur Judith sursauta lorsqu'il s'écria d'une voix tonnante :

— Qui est en charge, ici ?

C'était un homme d'une trentaine d'années, aux cheveux bruns mi-longs, portant une large moustache et une barbe noire soignée. Son regard était froid et direct. Un revolver et un sabre étaient attachés à sa ceinture. La jeune femme remarqua également un fusil attaché sur la selle de son cheval. Ses yeux volèrent fébrilement d'un cavalier à l'autre. Le père Schoenmaker descendit les quatre marches de l'école et s'avança vers le cavalier en silence. De petite taille, le crâne à moitié dégarni et le visage habité d'une douceur toute chrétienne, le moine n'impressionna guère l'auditoire.

— Je vous souhaite la bienvenue à la mission du Territoire Osage. Vous êtes ?

— Capitaine Joseph Shelby, répondit l'inconnu en inclinant brièvement sa casquette de feutre bleu. Garde de l'État du Missouri, ajouta-t-il.

— John Schoenmaker, dit l'ecclésiaste. Je dirige cette mission catholique. Soyez en paix, mon fils.

Le cavalier eut un rire sarcastique.

— Je crains qu'il ne soit trop tard pour ça…

L'homme sauta de son cheval dans un craquement de cuir sonore. De belle prestance, il affichait un air presque aristocratique dans son uniforme de laine gris clair.

— Nous avons besoin d'eau et de vivres ! lâcha-t-il.

La jeune moniale scruta le groupe de cavaliers d'un œil apeuré. Seule une poignée d'entre eux arborait ce même uniforme de confédéré, le reste de la troupe n'étant qu'un ensemble éclectique et dépareillé de paysans et de garçons imberbes. Aucun n'était équipé du sabre réservé aux officiers, chacun des hommes ne disposant que de modestes fusils de chasse ou de simples revolvers pour armes de combat. Cette troupe était bien loin de l'idée qu'elle se faisait d'une armée régulière, avec uniformes flambant neufs, bottes rutilantes, drapeau, tambour et clairon…

Les hommes sautèrent à terre les uns après les autres. Le frère de Bruyn mena un petit groupe au puits pour étancher la soif de leurs bêtes. Trois hommes à la peau noire, que la moniale n'avait pas remarqués au premier abord, furent jetés à bas de leur monture. Un soldat à la barbe hirsute leur assena de violents coups de pied, les forçant à se relever malgré leurs mains ligotées. Du sang encore frais maculait la chemise de l'un d'entre eux. À cet instant précis, Pierre Fournerie agrippa sa filleule et lui souffla en aparté :

— Dépêche-toi de renvoyer les petites. Qu'elles ne reviennent à la mission sous aucun prétexte. Ensuite, enferme-toi dans la cuisine et n'en sors que si je viens te chercher.

Cette précaution s'avéra bien inutile car les petites Indiennes s'étaient déjà envolées lorsque la jeune femme rejoignit la grange. Ces enfants avaient l'instinct sûr et avaient fui aussitôt en voyant la troupe de soldats arriver. La jeune femme rejoignit sa cuisine comme son oncle le lui avait ordonné, mais elle était incapable de tenir en place. Une foule de questions se pressaient dans sa tête. Qui étaient ces soldats déguenillés ? Que venaient-ils faire dans ce coin perdu du Kansas ? Et qui étaient ces nègres prisonniers ? Au printemps, les missionnaires avaient appris qu'une guerre avait éclaté dans l'est du pays et, deux semaines plus tôt, ils avaient eu vent d'une bataille non loin de Kansas City, à Boonville. Mais en dehors de ça, la région était restée calme et peu concernée par ce conflit lointain.

Les minutes s'égrenaient lentement. La jeune moniale faisait les cent pas dans sa cuisine. Son sang bouillait dans ses veines. Il y avait un blessé, là-bas, il avait besoin de soins. Elle manquait à tous ses devoirs en ne lui portant pas secours ! N'y tenant plus, elle attrapa au vol une petite fiole d'opium, un drap de lin, un petit nécessaire de chirurgie, et sortit en coup de vent de la petite maison. D'ordinaire, la mission catholique était un temple de silence et de recueillement. Or, à cet instant, la jeune femme ne reconnut plus la cour, devenue tout à coup un centre-ville un jour de marché. Une dizaine de soldats gravitaient autour du puits et remplissaient des seaux d'eau fraîche en chahutant à grands éclats de voix. Un autre groupe avait fait main basse sur un tonneau de bière et entendait bien continuer à s'y abreuver malgré les véhémentes protestations du frère Coglan. Une discussion animée s'était engagée entre le frère Bax et cinq soldats sur le point de forcer l'entrée du poulailler… Désemparé, le père Schoenmaker semblait perdu au milieu de tout ce chahut et ne savait plus où donner de la tête. Sœur Judith aperçut alors son parrain traverser la cour d'un pas déterminé, prêt à en découdre avec le capitaine Shelby. Ce dernier était affairé à donner des instructions à l'un de ses lieutenants.

— Capitaine ! rugit Fournerie.

Ce dernier se retourna aussi sec, surpris par le ton autoritaire.

— Capitaine, je vous conjure de mettre de l'ordre ! répéta Fournerie, invitant l'officier d'un geste de la main à jeter un œil sur l'anarchie qui régnait dans la cour. Capitaine, reprit-il plus doucement, vos hommes ne peuvent pas piller nos vivres en dépit du bon sens. Nous sommes en mesure de vous fournir tout ce dont vous avez besoin, alors je vous en prie, laissez-nous organiser cela ! C'est dans notre intérêt à tous !

Le jeune capitaine considéra l'homme d'Église avec curiosité. Il savait ces prêtres et la mission à sa merci. Ses hommes auraient pu prendre possession de tout ce dont ils avaient besoin sans craindre la moindre résistance. Il lut dans les yeux du prêtre que celui-ci en avait parfaitement conscience. Un éclair passa sur le visage du militaire, et un sourire aussi subit que contrefait se peignit sur ses lèvres.

— Bien évidemment, mon père. Nous sommes entre hommes civilisés, n'est-ce pas ?

Fournerie comprit très clairement le message. Seule la bonne volonté de Joseph Shelby pourrait préserver la mission des débordements des soldats. Le capitaine dégaina son revolver et le brandit vers le ciel. Tétanisée, sœur Judith n'avait toujours pas quitté le seuil de sa petite maison et observait la scène avec anxiété. Le coup de feu lui arracha un cri d'effroi. Au même instant, tout se figea dans un silence irréel.

— Wilson ! McAllister ! rugit Shelby.

Les deux lieutenants se précipitèrent au rapport ventre à terre.

— Rassemblez immédiatement vos hommes et dressez un campement à l'est. Nous passerons quelques jours ici.

Les cinquante hommes accoururent sous une pluie de hurlements aussi secs que péremptoires. La troupe se mit en ordre. Les trois nègres agenouillés au milieu devant la maison des jésuites furent embarqués avec les chevaux et le reste de l'équipement. La cour se vida en un éclair. Les moines rouvrirent timidement les portes de l'école, libérant les murmures empressés des enfants. La moniale rejoignit son parrain et le militaire sans attendre.

— Capitaine, commença-t-elle prudemment, il y a parmi vos troupes un blessé... M'autorisez-vous à lui prodiguer les soins nécessaires ?

— Un blessé ? s'étonna Shelby, un brin dédaigneux. Non, je vous assure qu'aucun de mes hommes ne déplore. Attendez ! Vous parlez de ce nègre ?

Le regard déterminé de la jeune femme le lui confirma.

— Celui-là n'a que ce qu'il mérite, reprit Shelby avec assurance. S'il ne passe pas la nuit, c'est qu'il n'était pas assez solide pour m'être utile.

Sœur Judith ne put cacher son désarroi et dévisagea Shelby comme s'il venait de commettre le plus abject des crimes.

— Mais enfin, capitaine, vous ne pouvez pas...

— Je ne peux pas quoi ? cracha-t-il.

Shelby considéra la moniale avec dédain. Il n'aimait pas les religieuses, ces femmes qui n'en étaient plus tout à fait. Une vie entière de sacrifice... C'était bien là un concept catholique. Il s'en méfiait d'autant plus qu'elles n'obéissaient guère aux dictats dont la gent féminine était esclave : le besoin de séduire, l'instinct maternel et la quête d'un foyer. En bref, elles étaient ingouvernables. Imperturbable, pourtant, il se tourna vers le père Fournerie.

— Tenez vos ouailles, mon père. Nous sommes en guerre et je ne saurais trop vous conseiller de ne contrarier ni mes hommes ni mes ordres.

L'abbé obtempéra.

— Dans l'immédiat, j'imagine qu'il nous faut organiser la répartition des vivres pendant que vos hommes installent le campement.

— J'apprécie votre sens pratique, mon père, reprit Shelby avec satisfaction.

Les heures suivantes s'écoulèrent au rythme des va-et-vient des soldats prenant possession des vivres de première nécessité, farine, maïs, bière, café. Le capitaine avait fait dresser un campement sommaire derrière l'école des garçons, le long de la route de Lamar. Trois tentes, seulement, dont une pour le capitaine, la deuxième pour les trois lieutenants et la troisième pour abriter les vivres, les armes et les munitions. Ce soir-là, les soldats se contenteraient des hautes herbes en guise de matelas et de la lueur réconfortante d'un feu de camp.

À la nuit tombée, assise sur le seuil de la salle commune le regard perdu sur l'horizon, sœur Judith goûtait la douceur du crépuscule de cette chaude journée d'été quand une clameur monta du campement tout proche. Des vivats célébraient le retour de quelques soldats partis chasser le lièvre. Toujours à l'affût des bruits et des rires, la jeune femme tendit l'oreille, inquiète.

Un éclat de voix dans la salle commune capta son attention.

— Nous leur avons déjà cédé l'équivalent d'une semaine de vivres ! s'écriait le frère Coglan. On ne peut aller plus loin ! Que vont manger les enfants ?

L'ensemble de la communauté jésuite ainsi que les pères Fournerie et Bellecour tenaient conseil. Les sept hommes d'Église s'étaient attablés devant un verre de madère, l'air grave.

— Vont-ils s'arrêter là ? gémit Joseph de Bruyn. Cinquante soldats ! Pensez-vous ! Ce qu'ils nous ont pris ne va les nourrir que trois jours !

Le père Schoenmaker inspira profondément.

— Mes frères ! Du calme ! Le plus important est de garantir la sécurité des enfants et la nôtre. Tout d'abord, il faut s'assurer que les Osages ne montrent plus le bout du nez, et ce jusqu'à nouvel ordre.

— J'irai à la réserve demain à la première heure, proposa le frère Sheehan.

Le père Schoenmaker hocha la tête en signe d'approbation.

— Il nous reste à protéger les pensionnaires, continua-t-il. Nous n'avons pas d'autre choix que de les garder enfermés tant que ces soldats seront dans les environs. Je ne veux pas risquer d'accident.

— De quel accident parlez-vous ? demanda Bellecour.

— Ces hommes sont armés, on ne sait jamais, lâcha Schoenmaker.

— Avez-vous remarqué l'âge de ces soldats ? fit remarquer le frère Coglan. Certains n'ont même pas 16 ans ! Vous parlez d'une armée !

— Ce n'est pas une armée régulière, précisa Pierre Fournerie. Le capitaine nous l'a dit lui-même. Il s'agit de la garde de l'État du Missouri. Probablement une milice constituée à la va-vite…

— Vous avez certainement raison, répondit le frère Bax. Cela expliquerait leur manque de discipline.

— Ils n'en sont que plus dangereux, ajouta Fournerie. Il va falloir être particulièrement sur nos gardes.

— Et le blessé ? demanda sœur Judith qui venait de faire irruption dans la salle commune. Allons-nous laisser mourir un homme sans rien faire ?

Un silence gêné s'installa. Schoenmaker et Fournerie hochèrent la tête, l'air affecté. Bellecour fusilla la jeune femme de son regard acéré.

— Nous n'allons pas risquer de contrarier le capitaine pour un misérable nègre, voyons !

— Misérable nègre ? s'insurgea le frère Sheehan.

— On se demande bien ce que vous pensez de nos petits Indiens, Bellecour ! renchérit le frère Coglan.

— Allons, messieurs ! les rappela à l'ordre Fournerie. Quoi qu'il en soit, même si la charité chrétienne nous commande d'aider cet homme, quelle que soit sa couleur de peau, il serait bien trop dangereux pour nous tous, pensionnaires compris, de tenter quelque chose ce soir. Néanmoins, sœur Judith, j'irai parler au capitaine demain matin. Si l'homme a survécu, Shelby devrait être plus enclin à ce qu'on le remette définitivement sur pied. Je l'espère, du moins.

Une heure plus tard, la jeune novice ne cessait de se retourner sur sa couche sans pouvoir fermer l'œil. Elle guettait le moindre bruit, tentait de discerner les sons en provenance du campement, aussi faibles fussent-ils.

Des éclats de voix lui parvenaient de temps à autre, des rires aussi. À quoi ces hommes pouvaient-ils bien rire ? Comment pouvaient-ils avoir le cœur léger alors qu'un pauvre bougre agonisait à leurs pieds et qu'eux-mêmes se dirigeaient probablement vers une bataille à l'issue fatale ? Une nouvelle angoisse étreignit le cœur de la jeune femme. Une angoisse faite d'incertitude et d'incompréhension. Pour la première fois, elle craignit de ne pas être en mesure de comprendre le cœur de ces hommes et encore moins de l'atteindre.

Le lendemain matin, l'abbé Fournerie se présenta à elle alors qu'elle rafraîchissait la paille de la grange. Le soleil était déjà haut et chacun s'affairait à sa tâche malgré la menace silencieuse que constituait la présence des soldats. L'abbé lui demanda de rassembler bandages, morphine et onguent. Heureuse, la jeune femme s'exécuta sur-le-champ et suivit son parrain qui se dirigeait d'un pas déterminé vers le campement. Pierre Fournerie était familier de ces hommes installés à l'abri du bosquet longeant la piste de Lamar. Ils étaient jeunes, téméraires, la tête farcie d'idéaux plus ou moins précis et le cœur habité d'une haine aveugle dont ils n'en comprenaient pas bien l'origine. Fils de fermiers ne possédant souvent aucun esclave, ils étaient pourtant révoltés à l'idée que l'on puisse abolir cette institution particulière sur laquelle s'était faite la richesse des grandes plantations de leur Missouri ou Kentucky natal. Ils avaient tout de ces révolutionnaires des barricades de Juillet dont le père Fournerie avait été lui-même jadis, confondant nobles idéaux et intérêts privés, prêt à mourir pour le profit des autres. Et puis, surtout, ces hommes avaient à leur tête un chef charismatique. Par son assurance et ses beaux discours, le capitaine avait gonflé leur cœur de ce sentiment de gloire que seule la perspective d'une bataille héroïque pouvait procurer.

L'abbé et la religieuse descendirent la colline qui menait au bosquet dans le sillage des cavaliers. Les hautes herbes qui ondulaient d'ordinaire sous le vent avaient été plaquées au sol par le passage des hommes et de leurs chevaux. Les deux missionnaires pénétrèrent dans le sous-bois clairsemé et aperçurent les tentes un peu plus loin. Sœur Judith était sur la réserve et gardait la tête baissée, n'osant répondre aux regards sans expression de ces hommes en bras de chemise, la plupart très sales, le visage assombri d'une barbe de trois jours. Certains étaient trop occupés à nettoyer les pièces de leur fusil pour s'inquiéter des nouveaux venus. D'autres, oisifs, gisaient adossés à un tronc d'arbre, mastiquant un tabac noir tout en jouant négligemment aux cartes. D'autres encore vidaient un gibier qu'ils venaient d'attraper et s'apprêtaient à le faire rôtir sur une broche improvisée. L'abbé et la moniale n'eurent aucun mal à trouver le capitaine, assis sur une chaise pliante devant sa tente, occupé à bourrer une pipe de corne blanche. Il leva un œil, à peine étonné de voir les deux étrangers venir à lui.

— Bien le bonjour, mon père, lâcha le militaire. Que nous vaut l'honneur ?

La jeune femme détailla le capitaine qu'elle voyait pour la seconde fois. Il n'avait rien d'un rustre. Shelby était un homme particulièrement élégant, avec ce port de tête presque aristocratique des planteurs du Sud. Il arborait fièrement son uniforme et ses bottes avaient été brossées avec soin. La jeune femme ne pouvait le savoir, mais Joseph Orville Shelby était un homme du Kentucky fier de ses origines et de ses racines. Il avait grandi dans l'une des familles les plus puissantes de cet État et après de brillantes études avait fait fortune dans la culture du chanvre. À 30 ans, il avait racheté l'une des plus importantes plantations du Missouri, devenant ainsi l'un des plus gros propriétaires d'esclaves de tout l'État. Convaincu de la légitimité de l'« institution particulière[1] » grâce à laquelle il avait fait fortune, il avait levé sur ses fonds propres un détachement d'une cinquantaine d'hommes et entendait bien briller face aux troupes fédérales. Ce jour serait proche : il attendait d'un moment à l'autre un message du général Sterling Price[2].

— Capitaine, le salua l'abbé, deux choses m'amènent, en vérité. La première est de savoir combien de temps vous entendez rester ici. Nos réserves ont fortement diminué depuis hier et nous devons nous rationner… Pensez-vous recevoir des vivres de votre commandement sous peu ?

Le jeune capitaine tira sur sa pipe par deux fois avant de répondre.

— Le gouverneur Jackson ne dispose pas encore de tels moyens, mon père. Nous dépendons uniquement de l'aide que nous pouvons trouver en chemin. Il vous faudra encore subvenir à nos besoins quelques jours.

---

1. Terme pudique utilisé dans les milieux politiques pour désigner l'esclavage.

2. Avocat, planteur, gouverneur du Missouri de 1853 à 1857, nommé général de la garde d'État du Missouri par le gouverneur Claiborne Fox Jackson, en mai 1861.

Mais nous ne tarderons pas à reprendre la route, je vous l'assure.

— Je vois. Le niveau de nos réserves va donc devenir critique. Il n'y aura pas de problème pour l'eau et le café, mais pour le reste… Je ne saurais qu'encourager vos hommes à chasser ce qu'ils peuvent dans la plaine.

— Bien entendu, conclut l'officier, condescendant. Il hésita un instant, avant de poursuivre : La deuxième question ?

— Avez-vous toujours ce blessé parmi vous ?

Un sourire se peignit au coin de sa barbe brune. Il dévisagea la religieuse.

— Je crois qu'il a survécu à cette nuit. C'est bien simple, il doit être en état d'ici trois ou quatre jours. Si vous voulez tenter de le remettre sur pied, je vous en prie…

Il fit un mouvement du menton pour désigner l'arrière du campement.

— Merci, capitaine, conclut l'abbé.

Shelby observa avec curiosité les deux robes noires s'éloigner. Il se demanda ce qui avait décidé ce prêtre à venir ce matin. Était-il réellement un saint homme dont il se donnait les airs, ou faisait-il tout simplement honneur à la réputation de ces Français qui cèdent aux caprices de leurs femmes ? Le capitaine soupçonnait la religieuse d'être une forte tête. Fort jolie, mais incontrôlable. Une dévote effrontée, voilà qui était un mélange dangereux. Songeur, il se renversa dans son fauteuil, se décidant malgré tout à savourer pleinement ce fameux tabac de Caroline du Sud.

Sœur Judith aperçut les prisonniers alors qu'elle venait de contourner une vingtaine de chevaux attachés sagement à une même longe. Les nègres gisaient à même le sol, chacun ligoté à un tronc d'arbre différent pour plus de sécurité. Un homme à peine plus vieux qu'elle montait la garde, avachi et à moitié endormi sur son fusil.

— Soldat ! s'écria l'abbé.

Celui-ci sursauta et perdit sa casquette de feutre qui tomba à terre. Il leva des yeux éberlués qu'il promena autour de lui pour s'arrêter sur les missionnaires.

— Nous avons l'autorisation du capitaine d'examiner les prisonniers, continua Pierre Fournerie.

L'autorité naturelle de l'abbé ôta tout doute à l'esprit embrumé du jeune soldat. Celui-ci acquiesça et ne bougea pas d'un pouce. La religieuse s'agenouilla aux côtés du blessé. Il était inconscient. C'était un homme noir d'une quarantaine d'années, de gabarit moyen mais de constitution robuste. Ses vêtements n'étaient pas ceux des esclaves qu'elle avait pu croiser auparavant. Sa chemise blanche à liseré bleu était en lin et non en vulgaire coton, et son pantalon de laine grise n'avait rien de la toile brune de mauvaise qualité qu'elle voyait partout. Alors qu'elle soulevait délicatement un pan de la chemise pour constater l'étendue de la blessure, l'abbé s'agenouilla à son tour.

— On dirait une blessure par balle, murmura-t-il. Je vais chercher de l'eau pour nettoyer tout ça afin qu'on y voie un peu mieux.

La jeune femme acquiesça et entreprit de découper la chemise pour avoir accès à la blessure. Son parrain revenu, elle nettoya la plaie avec application. À la vue du trou béant qui ornait le flanc droit, l'abbé confirma :

— C'est bien une blessure par balle.

— Je n'en ai jamais soigné de telles… J'imagine que je dois simplement recoudre pour arrêter l'hémorragie ?

— Malheureusement non. Il va falloir extirper la balle.

La jeune femme pâlit. Extirper la balle… Encore fallait-il la localiser ! Et le pauvre bougre souffrirait le martyre. Elle ne s'était pas trompée. Les hurlements du patient se firent entendre à travers tout le campement, jusqu'à la mission. Il fallut l'aide de deux solides gaillards pour le maîtriser tandis que l'abbé Fournerie triturait la plaie à la recherche de la balle perdue. De son côté, sœur Judith maintenait l'orifice aussi grand ouvert que possible, réprimant un haut-le-cœur qui allait grandissant. Lorsque ce fut terminé, le blessé s'était évanoui, l'abbé Fournerie couvert de sang et sœur Judith se soulageait derrière un buisson, à quelques pas de là. Après avoir recouvré leurs esprits, les deux missionnaires s'affalèrent sur le sol, épuisés. Les deux soldats s'éloignèrent, les laissant seuls. La jeune femme respira un grand coup.

— Croyez-vous qu'il va s'en sortir ? demanda-t-elle.

— C'est possible, répondit l'abbé. Nous n'avons touché aucun organe vital.

La jeune femme reprit son souffle, l'espoir chevillé au cœur.

— Merci, lâcha soudain une voix inconnue.

C'était l'un des deux autres nègres. Occupés à opérer le patient, sœur Judith et le père Fournerie ne s'étaient pas inquiétés des deux autres prisonniers. La moniale étudia celui-ci d'un peu plus près. Le jeune homme était âgé de 16 ou 17 ans, il avait l'œil vif et intelligent.

— Ce n'est rien, murmura l'abbé. Nous n'avons fait que notre devoir, mon garçon.

— Vous connaissez cet homme ? demanda sœur Judith.

— C'est not'père, à Isaac et moi.

Se retournant, elle découvrit un jeune garçon qui la fixait avec une terreur profonde au creux des yeux. La jeune femme interrogea son parrain du regard. Son visage était fermé.

— Il est temps de partir, dit-il en se relevant.

— Mais…, commença-t-elle.

Elle n'eut pas le temps de poursuivre, l'abbé se mettait déjà en marche. À regret, la jeune moniale dut laisser derrière elle le mystère de cette famille retenue prisonnière par la garde d'État du Missouri.

24

Un cas de conscience

Il n'était que 7 heures du matin mais le soleil était déjà haut, annonçant l'une de ces chaudes journées de juillet où l'ombre se fait rare sur les collines du Kansas. La petite communauté religieuse venait de quitter la salle commune où elle s'était restaurée d'une maigre collation. Chacun s'apprêtait à vaquer à ses occupations ordinaires malgré la présence inopportune de ce détachement de soldats à quelques centaines de mètres de là.

Comme chaque matin, Pierre Fournerie et John Schoenmaker restèrent attablés un moment. Ils avaient pris cette habitude de se retrouver un court moment seuls tous les deux pour traiter de certaines affaires. Pierre Fournerie affichait une mine soucieuse qui n'échappa pas à John Schoenmaker.

— Vous voilà bien silencieux…

L'abbé Fournerie leva ses yeux gris sur son coreligionnaire.

— Nous sommes sur le fil du rasoir, John, lâcha-t-il.

— Il est certain qu'il va falloir redoubler de prudence le temps que durera cette guerre.

— Précisément. D'ailleurs, je me demandais... Pensez-vous que cette intrusion est la conséquence de ce raid que vous avez subi l'an passé ? Cela risque-t-il de rendre notre position encore plus délicate ?

— Non, je ne le pense pas. Ce raid était l'œuvre d'un groupe de forcenés isolés qui n'avaient aucune légitimité, ni fédérale ni territoriale. Ils ont tous été arrêtés ou mis hors d'état de nuire par les troupes de Fort Scott.

— Ils n'étaient pas si isolés que ça, rétorqua l'abbé. Manifestement, on les avait bien renseignés. Ils savaient parfaitement ce qu'ils cherchaient en venant ici, non ? Allez-vous me dire qu'ils avaient découvert vos protégés par hasard ?

— Non, bien sûr que non. C'est bien pour cela que nous avons cessé toute activité depuis. Nous avons clairement communiqué au reste du réseau qu'il était nécessaire de nous faire oublier pour quelque temps.

— Savez-vous d'où venaient ces hommes ?

— Pas précisément. Lorsqu'ils ont débarqué ici, ils étaient une quinzaine, tous armés jusqu'aux dents. Ils n'ont pas pris le temps de faire la conversation et ont mis à sac la grange et nos cellules. Comme vous le savez, ils ont rapidement trouvé cette pauvre famille d'esclaves en fuite qu'ils ont froidement exécutés sous nos yeux avant de mettre le feu à leur cache. Ils hésitaient encore à décider de ce qu'ils allaient faire de nous quand les troupes de Fort Scott sont arrivées. Fort heureusement, celles-ci avaient été alertées par Clavenger chez qui ces ruffians avaient fait une halte deux jours auparavant. Vous voyez, nous en avons réchappé de peu… Depuis un an, les esclavagistes ne peuvent plus rien nous reprocher. Nous nous sommes retirés du chemin de fer clandestin[1].

— J'espère seulement qu'aucun officier confédéré qui passerait par ici n'est au fait de cet épisode dramatique. Nous serions automatiquement soupçonnés d'être de connivence avec l'État fédéral.

— Oui… Même si nous le sommes de fait et dans notre cœur.

— Bien sûr. Tant que nous ne prenons pas officiellement part aux hostilités, les apparences sont sauves et ils n'oseront rien…

L'abbé Fournerie pinça les lèvres, à nouveau préoccupé.

— Il y a ces prisonniers, les trois hommes noirs détenus par le capitaine Shelby. Ils n'ont rien de prisonniers de guerre ; il s'agit d'un père et de ses deux fils. Il est fort probable que Shelby projette de les vendre pour renflouer les caisses de son détachement.

— Rien de surprenant…

— Non, effectivement. Mais c'est toujours aussi révoltant, d'autant que le père est sérieusement blessé. Le traîner à dos de cheval des jours durant n'est pas le meilleur moyen de l'aider à se remettre.

John Schoenmaker haussa les épaules, dépité.

— Nous ne pouvons pas nous en mêler, mon ami. Vous venez de le dire vous-même.

Fournerie hocha simplement le menton en signe d'assentiment. Sa nature combative et ses valeurs

1. Organisation clandestine visant à escorter vers les États du Nord les esclaves en fuite.

profondément humaines ne lui permettaient pas d'accepter facilement un tel état de fait. Cependant, il savait pertinemment que toute intervention mettrait fin à cette neutralité indispensable à la survie de la mission.

Les jours suivants, la présence de la garde d'État du Missouri se fit de plus en plus pesante. Que les soldats aient pour ordre de s'entraîner au tir ou qu'ils soient tout simplement à la poursuite d'un lièvre suffisamment malin pour échapper à leurs pièges, ils tiraient des coups de feu à tout bout de champ et tout au long de la journée. Les missionnaires et leurs pensionnaires étaient maintenant privés d'œufs, de vin, de bière et de farine de maïs. Les poules n'avaient dû leur survie qu'à l'exigence formulée par le capitaine d'avoir tous les matins trois œufs sur le plat dans sa gamelle, réduisant à néant les rêves de poulet rôti des soldats.

Les nerfs de sœur Judith étaient mis à rude épreuve. Elle sursautait à chaque coup de feu et ne supportait plus d'entendre les éclats de voix et les rires gras qui montaient du campement, craignant à chaque instant que les trois prisonniers fassent les frais des brimades cruelles des soldats. Pour la première fois de sa vie, elle expérimentait la peur. Peur de la guerre, monstre inconnu et menaçant, et peur de ces soldats. N'avaient-ils pas traîné un père et ses deux garçons jusqu'ici sans aucune pitié ? Et puis il y avait leurs yeux… Vides d'expression, fatigués et indéchiffrables, dénués du respect naturel auquel elle avait été habituée, dépourvus de cette déférence qu'imposait d'ordinaire l'habit sacerdotal. Même les migrants du *Saint-Nicholas*, du fond de leur crasseux entrepont, avaient manifesté plus de respect à son égard. Ces soldats, ces *homesteaders* de la Frontière n'exprimaient rien, sinon parfois une curiosité teintée de défi. Malgré tout, la religieuse bravait courageusement son appréhension en se rendant chaque soir au chevet du blessé. Les yeux rivés au sol, les épaules écrasées sous le poids des dizaines de regards posés sur elle, elle traversait le campement en toute hâte, courant presque. Ce soir-là, une fois de plus, le diagnostic n'était pas bon. La blessure était loin d'être cicatrisée et la jeune femme ne voyait pas comment le pauvre homme pourrait reprendre la route. D'ordinaire silencieux, le patient sortit soudain de son mutisme.

— Ça ne sert pas à grand-chose, vous savez…, murmura-t-il dans un souffle.

Tout à coup effrayée, la religieuse chercha du regard le soldat de garde, appréhendant sa réaction, mais celui-ci avait disparu. Elle darda des yeux interrogateurs dans ceux de son patient.

— Je ne serai pas en état de les suivre et encore moins d'être vendu de sitôt, répondit-il.

— Être vendu ? N'êtes-vous pas soldat ? s'étonna-t-elle.

— Non, M'am. Il hésita un instant : Vous n'êtes pas d'ici, hein, M'am ?

— Non. Je viens de très loin.

— C'est pour ça. Vous perdez vot' temps, vous savez…

L'homme eut une grimace de douleur. Il détourna ses yeux fatigués et se mura de nouveau dans le silence. Le plus âgé des deux garçons, bien moins timide que son père, prit la parole :

— Y vont nous emmener à la guerre, miss. Oh ! Pas pour qu'on se batte, non, mais pour l'intendance, qu'y z'ont dit. Ils auraient trop peur de nous mettre un fusil dans les mains, allez ! C'est ça, ou nous vendre pour acheter de nouvelles armes…

— Z'ont pas l'droit ! On est libres ! On n'appartient à personne ! s'écria son petit frère.

— Isaac, tais-toi ! s'écria son père, soudainement pris de panique.

À ce moment, une autre voix s'éleva derrière les chevaux.

— La ferme !

C'était le soldat de garde, de retour à son poste, un homme d'une trentaine d'années au teint sombre et au regard dénué d'intelligence. Il fonça droit sur le père, bousculant sœur Judith au passage, et décocha un violent coup de crosse de fusil dans la mâchoire du blessé. L'homme encaissa en gémissant alors que les deux garçons protestaient à grands cris. Scandalisée, sœur Judith se précipita sur le soldat pour l'empêcher de frapper à nouveau. Celui-ci la maîtrisa sans peine et l'immobilisa d'une poigne ferme.

— Paix, femme ! s'écria-t-il. Vous voulez qu'on aille voir le capitaine Shelby ?

Elle se figea. Ce serait trop stupide de se voir interdire l'accès au blessé. Aussi recula-t-elle prudemment, muette de terreur. Elle hésita un instant, puis ramassa le baquet et les bandages souillés avant de quitter les lieux sous le regard triomphant du soldat aux yeux jaunes. Sur le chemin du retour, chaque pas qui l'éloignait davantage des prisonniers pesait un peu plus sur sa conscience. Elle venait d'abandonner trois pauvres hommes à la violence arbitraire de ce soldat. « Trois hommes !? » s'écria-t-elle soudain. C'était bien là se voiler la face. Plutôt un père et ses deux garçons qu'elle laissait aux mains de brutes armées, voilà la vérité ! Un mot lui revint à l'esprit. Le jeune garçon ne lui avait-il pas dit qu'ils étaient « libres » ?

Encore sous le coup de l'émotion, sa filleule alla tout droit chez son parrain malgré l'heure tardive. Aussitôt, elle lui fit part de ce qu'elle avait appris de ces pauvres esclaves. Toute retournée, ses mains tremblaient et elle mit quelques instants à retrouver son calme.

— Libres ? soupira Pierre Fournerie. Mon Dieu ! Voilà le genre de situation auquel je redoutais d'être confronté un jour…

— Mais, parrain, comment est-ce possible ? Comment un homme libre et ses enfants peuvent-ils se retrouver à la merci de telles brutes ?

— On peut se demander ce qui est le plus choquant, à la vérité. Que d'honnêtes chrétiens puissent aussi facilement se muer en féroces bourreaux simplement parce qu'un homme est noir de peau ? Ou qu'ils soient capables d'arracher des innocents à leur existence honnête pour en faire des esclaves à l'autre bout du pays ?

L'abbé se tut et fit quelques pas pour réfléchir.

— Franchement, mon enfant, je n'ai toujours pas compris ce qui pouvait motiver de tels comportements, reprit-il, considérant sa filleule avec gravité.

Ses grands yeux noirs épouvantés trahissaient son indignation. Il fallait pourtant bien qu'elle apprenne et qu'elle comprenne la triste réalité du monde dans lequel elle vivait à présent, à mille lieues de son petit village de Châtillon…

— Ces trois hommes, vois-tu, ne sont pas des cas isolés. Des témoignages similaires ont défrayé la chronique. La maltraitance des esclaves et la cruauté dont ils sont victimes sont choses courantes dans les États du Sud. Mais pire encore sont les agissements de ces marchands d'esclaves qui kidnappent sans vergogne ces pauvres bougres affranchis vivant dans les États du Nord, pour les livrer ensuite aux planteurs du Sud moyennant un bon prix.

Sœur Judith, atterrée, s'effondra sur le bord du lit de son parrain. Cela dépassait de loin tout ce qu'elle avait pu imaginer. Jamais elle n'aurait pu concevoir pareille noirceur. La ride profonde qui barrait le front de l'homme d'Église se creusa un peu plus.

— Pour couronner le tout, ajouta-t-il, une guerre est en marche. Quel que soit l'enchaînement des événements qui ont jeté cette famille dans les griffes de la garde du Missouri, nous ne pouvons intervenir sans risquer de déclencher des représailles. Comprends-tu ?

Non, elle ne comprenait pas, put lire son parrain dans son regard éploré. Une mise en garde était nécessaire.

— Toute tentative pour aider ces hommes risquerait de déclencher la colère du capitaine, ajouta-t-il. Il pourrait vite conclure que nous avons placé nos intérêts dans le camp de l'Union au lieu de rester neutres comme nous le lui avons promis. Et va savoir… Il pourrait nous faire prisonniers à notre tour en nous considérant comme des belligérants, voire pire. Mais je n'ose l'envisager à ce stade.

La jeune femme resta muette. Qu'est-ce que cela voulait dire ? Que ni elle ni son parrain, ni même le père Schoenmaker, pourtant une autorité reconnue dans la région, ne pouvaient venir en aide à ces pauvres malheureux ? Comment était-ce possible ? Elle eut beau protester, l'abbé ne lui donna aucun espoir. Il était bien trop dangereux pour la mission, les religieux et leurs pensionnaires de tenter quoi que ce soit pour libérer cette famille des griffes de la garde du Missouri. Restait la prière… L'abbé lui conseilla de prier pour que le capitaine ne soit pas un si mauvais homme et qu'il fasse preuve de mansuétude. Prier aussi pour que le Seigneur veille sur eux, quel que soit le destin que leur réserverait Joseph Orville Shelby.

Le lendemain, le capitaine reçut enfin le signal qu'il attendait depuis plusieurs jours. Un cavalier avait fait son apparition en milieu de matinée et apportait des nouvelles fraîches. Les troupes de Price et de Jackson se regroupaient à Lamar, à une demi-journée de cheval. Après la défaite de Boonville le 17 juin[1], les forces confédérées s'étaient repliées pour mieux se rassembler et prendre leur revanche sur les troupes fédérales du colonel Sigel[2]. Le cœur de Shelby se gonfla. Lui et ses hommes se devaient d'en être ! L'officier donna rapidement des ordres pour lever le camp dès le lendemain à l'aube et dépêcha l'un de ses lieutenants à la mission pour annoncer leur départ. Il se fit livrer

1. La victoire de l'Union lors de la bataille de Boonville établit le contrôle du gouvernement fédéral sur la rivière Missouri et aida à contrarier les efforts entrepris pour rallier l'État à la Confédération.

2. Franz Peter Sigel, officier allemand immigré aux États-Unis en 1848, colonel puis major général dans l'armée de l'Union lors de la guerre de Sécession.

quelques provisions supplémentaires en prévision de leur court voyage et autorisa une dernière visite de la moniale au blessé afin « de préparer celui-ci au départ ». Cette fois, l'abbé Fournerie ne laissa pas sa filleule se rendre seule au chevet du blessé. Bien qu'il éprouvât une tendresse infinie pour la jeune femme, il connaissait sa nature trop émotive…

Joseph Orville Shelby, déjà occupé à boucler son barda en vue d'un départ aux aurores, s'interrompit néanmoins lorsqu'il aperçut les deux missionnaires traverser son campement. Intéressé au premier chef par l'état de santé de ce nègre de prix, il décida d'aller aux nouvelles. L'abbé et la religieuse saluèrent son arrivée avec un soupçon d'inquiétude, ni l'un ni l'autre ne prêtant guère de sentiment charitable à ce capitaine. Celui-ci resta silencieux et se contenta d'observer la religieuse poursuivre son office. Sœur Judith détacha les bandes de lin les unes après les autres et bientôt la plaie apparut, maculée de croûtes de sang encore frais. Agenouillée près du blessé, la jeune femme se retourna et s'adressa à l'officier :

— Capitaine, je crains qu'il ne soit pas en état de voyager. Il doit rester ici pour poursuivre sa guérison. Un voyage à cheval le tuerait, c'est certain.

Shelby regarda la plaie et dévisagea la jeune femme. Le blessé, ainsi que ses fils, muets d'appréhension, guettaient la réaction de l'officier.

— Nous levons le camp demain à l'aube, annonça Shelby, impassible. Il partira avec nous quoi qu'il en coûte. Faites ce que vous pouvez pour qu'il survive et Dieu s'occupera du reste, ma sœur.

La jeune femme perdit alors contenance. Elle se dressa sur ses jambes et se planta devant le capitaine.

— Je vous répète que cela est impossible, monsieur ! Cet homme doit rester sur place pour être soigné convenablement !

L'abbé Fournerie posa une main sur l'épaule de sa filleule pour retenir sa fougue. Le capitaine était rouge de colère.

— Ma sœur, vous oubliez votre place ! siffla-t-il entre ses dents. De quel droit ?

— Du droit que m'a conféré le Seigneur en m'accueillant dans les rangs de Ses fidèles ! hurla-t-elle, furieuse.

L'abbé tenta d'intervenir, comprenant qu'elle venait de franchir la limite.

— Eugénie ! cria-t-il.

— L'emmener dans cet état c'est le tuer, voyons ! Ne le voyez-vous pas, parrain ? Puis, s'adressant de nouveau à Shelby : Autant l'achever sur l'heure, capitaine !

Pierre Fournerie n'eut pas le temps de s'interposer. Furieux, l'officier hurlait déjà :

— Très bien ! Puisque c'est vous qui le dites !

Tout se passa très vite. Shelby bouscula sans ménagement la moniale pour l'écarter de sa ligne de mire puis dégaina son révolver et tira sans ciller. La balle toucha l'homme déjà à terre en plein cœur. Une tache rouge sombre apparut aussitôt sur sa chemise de lin et se déploya comme les pétales d'une fleur. Sa tête roula contre le tronc d'arbre et bascula en arrière tel un pantin désarticulé. Sœur Judith hurla de terreur et tomba dans les bras de l'abbé. Les deux garçons hurlaient des « 'Pa ! 'Pa ! » à n'en plus finir, mêlant des larmes de désespoir à leurs cris horrifiés. Le soldat de garde assena un coup de crosse sur l'épaule du plus âgé, ce qui fit taire le plus jeune. Imperturbable, Shelby rengaina son revolver et darda un regard noir dans les yeux effarés de sœur Judith.

— Vous voilà exaucée ! Puis, s'adressant à Pierre Fournerie : Je vous laisse disposer du corps et l'enterrer chrétiennement si vous le souhaitez, mon père.

Sœur Judith ne parvenait plus à trouver sa respiration. Le père Fournerie restait muet, sous le choc de la barbarie de cet homme. L'officier le salua d'un geste sec de la main portée à la visière de son képi puis s'éloigna sans un mot.

*

* *

Les moines mirent en terre le pauvre homme à la nuit tombée. Ils l'avaient hissé sur le dos d'un cheval sous les pleurs et les gémissements des deux garçons, toujours attachés et sous bonne garde. Dans un silence pesant, les hommes d'Église avaient enterré leur père aux côtés de madame Gilbert, au pied de la colline sud.

Malgré l'heure tardive, John Schoenmaker convoqua un conseil exceptionnel dans la salle commune.

— C'est ma faute. J'ai tué ce pauvre homme, gémissait sœur Judith, effondrée.

La jeune femme, à la fois submergée de culpabilité et horrifiée par la cruauté de Shelby, tentait de retrouver ses esprits avec un verre de madère. Son parrain et le père Schoenmaker se tenaient à ses côtés dans la pénombre de la salle commune, le front bas et le regard sombre, entourés des frères Bax, Sheehan, Coglan et de Bruyn, ainsi que du père Bellecour.

— Allons, allons…, murmura le frère Bax devant la mine défaite de la jeune femme.

— Le seul responsable est ce monstre de Shelby, mon enfant, ajouta Fournerie. Dieu seul sait quel sort il va réserver à ces pauvres garçons.

— Que voulez-vous, mon ami ? souffla doucement Schoenmaker. Sur ce point, il nous est impossible d'interférer.

— Je le sais bien, John, murmura doucement Fournerie.

— D'ailleurs, ajouta le frère Bax, quand bien même nous voudrions intervenir, je ne vois pas bien ce que l'on pourrait faire !

— Absolument ! confirma Bellecour. Cet homme commande un détachement de cinquante hommes. Il fera bien tout ce dont il a envie !

Les yeux de sœur Judith s'allumèrent soudain.

— Je ne pourrai pas le supporter, intervint-elle. Je suis responsable de ces garçons maintenant. Je me dois de les arracher aux griffes de ce monstre. D'une manière ou d'une autre !

— Mon enfant, user de la force est hors de propos, continua le père Schoenmaker. Sept hommes de Dieu et une moniale… Soyez sérieuse, que pouvons-nous faire ?

Un silence lourd s'installa.

— Et pourtant…, lâcha soudain l'abbé Fournerie dans un murmure.

Le prêtre questionna de ses yeux clairs chacun des sept ecclésiastes siégeant à la table commune.

— Nous ne pouvons plus ignorer la nature de cet homme maintenant. Lequel d'entre nous pourra dormir l'esprit tranquille ce soir en sachant ces deux garçons aux mains de cette brute dénuée de tout sentiment chrétien ? Lequel d'entre nous pourra, à partir de ce jour, faire face à sa propre conscience ? Songez aux heures les plus profondes de la nuit, quand Dieu aime à nous confronter à nos actes. Pourrons-nous souffrir de nous regarder en face alors que nous n'avons rien tenté pour les sauver ?

Les frères Bax et Sheehan échangèrent des regards résignés tandis que le père Schoenmaker lâchait un profond soupir.

— Je ne vois qu'une solution..., avança Fournerie.

Les visages graves se dressèrent, attendant la suite.

— Je suis certainement trop vieux pour ces choses, mais...

— Vous n'allez pas tenter une folie, Pierre ! s'écria John Schoenmaker.

— John, comme ma filleule, je ne peux supporter l'inaction, reprit l'abbé. Jamais je ne me pardonnerais de n'avoir rien tenté, la culpabilité me hanterait jusqu'à la fin de ma vie. Pour vous et nos frères ici présents, c'est différent ; les représailles pourraient être dramatiques. Vous avez tant à protéger : la mission, vos petits pensionnaires, vos vies. Alors que moi... Si j'agis seul, je serai le seul mis en cause.

— Vous n'y pensez pas ! s'indigna sœur Judith.

— Que comptez-vous faire au juste ? s'inquiéta John Schoenmaker.

— Je peux me glisser dans le campement au cœur de la nuit, les libérer de leurs liens et les faire fuir au galop. Cela me rappellera ma folle jeunesse !

Un éclair brillait maintenant dans l'œil gris du quinquagénaire.

— Mais c'est de la folie ! s'écria Bellecour. Et quand bien même vous réussiriez seul, expliquez-moi en quoi la mission serait protégée de représailles ?

Fournerie garda le silence un instant, prenant le temps de réfléchir.

— L'un de vous devra me dénoncer une fois que nous serons loin et avant que l'alerte ne soit donnée. Ainsi, le capitaine sera assuré que vous ne m'avez apporté aucun soutien.

— Insensé…, murmura le frère Bax.

Le père Schoenmaker fronça les sourcils.

— Mais ce sera vous mettre en grand danger ! Ils se lanceront à votre poursuite !

— Il faudra les orienter dans une mauvaise direction. Et puis je n'ai jamais dit que cela serait facile ou sans danger.

Sœur Judith écoutait en silence, vibrante d'émotion, le regard perdu. Son parrain allait disparaître en pleine nuit, risquer sa vie pour sauver ces deux jeunes garçons, tout cela parce qu'elle avait osé défier ce capitaine. Devrait-elle aussi porter le poids de ce fardeau ? Et que deviendrait son parrain ensuite ? Braverait-il le danger ? Survivrait-il ? Et elle, que deviendrait-elle sans lui ?

— Le capitaine détachera certainement quelques hommes à votre poursuite, reprit Schoenmaker. Vous ne serez en sécurité nulle part. Sauf…

— Sauf ? le coupa sœur Judith.

— Sauf si notre ami Pierre suit les étapes du chemin de fer clandestin et parvient à gagner le Nebraska, l'Iowa puis le Wisconsin. La mission de la Prairie du Chien[1] est à quelques miles de Dubuque, c'est un refuge sûr. Je doute que la milice du Missouri envoie des hommes si loin dans le nord…

— Le chemin de fer clandestin ? grommela Bellecour. Je n'ai pas vu de chemin de fer dans la région !

— C'est le nom d'un réseau clandestin, il ne s'agit pas d'un réel chemin de fer, précisa le frère Coglan.

— Oui, nous devrons progresser de nuit et nous cacher le jour, confirma le père Fournerie.

— Mais s'il est clandestin, comment pouvez-vous en connaître les étapes ? demanda sœur Judith.

Les moines jésuites échangèrent un regard de connivence. Le père Schoenmaker éluda la question.

— Nous les connaissons, c'est tout. Il est inutile que vous en sachiez plus, mon enfant. Pour en revenir à cette expédition, Pierre, je crains que cela soit réellement une folie. Vous glisser dans le campement en pleine nuit et sans bruit ! Enfin, vous n'avez rien d'un aventurier, ni même d'un soldat ! Saurez-vous faire cela ?

— Je ne suis plus tout jeune, c'est vrai, mais je n'ai pas toujours été l'abbé rangé que vous connaissez aujourd'hui. Et puis je suis encore suffisamment fringant pour tenter un tel tour de force ! N'ayez crainte, le soldat de garde n'est pas bien vif. En revanche, il me faudra un cheval. Je ne vous en demanderai pas plus, John, mais je ne pourrai pas faire avec moins. L'un des deux gamins devra voler un cheval au campement, ce qui est déjà très risqué.

---

1. Petite ville du Wisconsin, étape du chemin de fer clandestin menant au Canada.

Le père Schoenmaker secoua la tête, dépité.

— Folie, folie… Bien entendu, prenez tout ce dont vous avez besoin. Prenez notre cheval bai, c'est le plus fougueux que nous ayons.

— Je le sellerai pour vous ! s'empressa de proposer le frère Bax. Je pourrai le mener derrière la colline, loin des oreilles de Shelby et de ses soldats. Vous viendrez m'y rejoindre avec vos deux protégés.

— Bien, salua l'abbé.

Un silence s'imposa, chacun prenant la mesure de ce qui se préparait. Les cœurs lourds se joignirent aux visages graves. Avec le départ de son bien-aimé parrain, sœur Judith voyait soudain son monde s'écrouler.

25

Folie !

Une silhouette noire disparut dans la pénombre. La nuit était sans lune. « Un signe du Seigneur ! » se félicita l'abbé Fournerie. Il avait quitté son habit sacerdotal pour un pantalon et une veste civile infiniment plus confortables pour l'expédition qu'il entendait mener ce soir. Il progressait maintenant à pas de loup dans les hautes herbes qui bordaient le petit bosquet, le long de la route de Lamar. Sa montre gousset indiquait 1 h 30. Les ronflements des soldats alentour emplissaient le silence, couvrant les crépitements des feux de camp qui se mouraient lentement. Le hululement d'un hibou le fit sursauter. Il s'arrêta net, refreinant un cri de surprise. Il ne manquerait plus qu'il se signale aux gardes ! Se reprenant, il continua sa progression, contourna le sous-bois par l'est afin d'éviter le gros de la troupe et aborda le campement par l'arrière, là où on avait attaché les deux garçons qui croupissaient depuis quatre jours. Il aperçut enfin les deux frères, les mains toujours attachées dans le dos autour de leur tronc d'arbre, somnolant tant bien que mal. Le soldat de garde dormait à poings fermés contre un autre arbre. Seconde aubaine…

Pierre Fournerie se glissa aux côtés du plus âgé des deux frères et entreprit de scier la corde qui lui liait les mains, ce qui ne tarda pas à le réveiller. L'abbé étouffa aussitôt d'une main ferme le cri de surprise du prisonnier qui se débattait déjà. Puis il murmura d'une voix ferme :

— Laissez-vous faire !

Une fois le garçon libéré de ses liens, Fournerie lui signifia qu'ils avaient besoin d'un cheval.

— Pouvez-vous en détacher un ?

— Sans problème, sir !

L'abbé hésita une fraction de seconde.

— Surtout, pas un bruit ! Je m'occupe de votre frère.

Soudain, une voix leur glaça le sang. Le soldat de garde, l'homme à la peau sombre et au regard jaune, venait d'émettre un grognement dans son sommeil. L'abbé scruta ses mouvements. Fausse alerte. Il renouvela l'opération et libéra le jeune Isaac qui se retrouva libre à son tour. Un bruit de pas immobilisa soudain l'abbé. Il eut à peine le temps de se retourner qu'un violent coup de crosse de fusil le heurtait à la tempe. Il s'effondra, inanimé, aux pieds d'Isaac. Le soldat aux yeux jaunes pointa son arme sur le jeune garçon, quand une ombre s'abattit sur lui en l'agrippant par derrière. C'était le frère d'Isaac… Il roula au sol et enserra le cou du soldat avec le reste de corde qui pendait à son poignet, l'étranglant de toutes ses forces. Isaac réagit aussitôt. Il se jeta sur le couteau abandonné par l'abbé et le lança à son aîné. Habile, ce dernier réussit à le saisir au vol et ouvrit la gorge du soldat d'un geste sec, comme avec les cochons de la ferme. C'en était fini pour lui. Les yeux ébahis, l'adolescent fixa un instant l'homme qui se vidait de son sang. Une flaque rouge se répandit sur le sol. Choqué, le frère d'Isaac finit malgré tout par reprendre ses esprits. Il fila vers l'enclos des chevaux tandis qu'Isaac aidait l'abbé Fournerie à se relever. L'instant d'après, tous les trois fuyaient le campement, entraînant à leur suite un cheval alezan.

Malheureusement, la lutte qui avait opposé le jeune homme au soldat avait provoqué quelque remue-ménage dans le campement. Le trio composé de l'abbé, d'Isaac et de son grand frère gravissait la colline qui bordait la route de Lamar quand un cri déchira le silence de la nuit : « Alerte ! Alerte ! » Les trois fuyards se figèrent. On venait certainement de découvrir la disparition des prisonniers et le corps du soldat inanimé. Malgré une douleur lancinante à la tempe, l'abbé rugit :

— Ne perdons pas de temps, courons !

Les deux jeunes gens ne se le firent pas dire deux fois et prirent leurs jambes à leur cou. Pierre Fournerie se hissa alors sur le cheval dérobé par l'adolescent et le lança au galop pour rejoindre les garçons, laissant derrière lui le campement qui s'éveillait maintenant tout à fait. Du sommet de la colline, la prairie s'étendait à perte de vue. Malgré l'obscurité, Fournerie crut apercevoir un peu plus bas un cheval et une silhouette en robe de bure. Le frère Bax ! Il piqua dans sa direction, suivi des deux garçons qui firent preuve d'une rapidité sans égale. Au fur et à mesure de leur approche, une troisième silhouette se dessina plus nettement, qui patientait aux côtés du frère Bax. Pierre Fournerie comprit aussitôt.

— Qu'est-ce que cela veut dire ??? s'écria-t-il à peine arrivé à hauteur de sœur Judith.

— Ne vous fâchez pas, parrain ! Je voulais vous dire adieu une dernière fois !

Le frère Bax semblait embarrassé. Il tenta de se justifier.

— Je ne l'ai vue arriver qu'il y a un instant, Pierre ! J'ai bien essayé de la renvoyer mais elle n'a rien voulu savoir !

— Mais enfin, s'écria l'abbé, furieux, quelle écervelée !!! Frère Bax, ramenez-la immédiatement à la mission ! Les soldats sont sur nos talons ! Puis, se tournant vers les fugitifs : Les garçons, enfourchez ce cheval ! Nous devons partir sur-le-champ ! Et vous, frère Bax, vous repartez à la mission à pied.

Un bruit d'un galop fit se retourner Fournerie sur sa selle. La silhouette d'un cavalier se détachait sur le sommet de la colline. Grands dieux ! Ils étaient déjà là ! Les deux garçons se hissèrent en un éclair sur la selle du cheval amené par le frère Bax. Lui et sœur Judith étaient comme interdits, immobiles au milieu des hautes herbes de la prairie. Impossible pour eux de regagner la mission sans être vus ! Un coup de feu retentit. Par chance, probablement grâce à cette nuit sans lune, le cavalier manqua sa cible. Ni l'abbé ni les deux jeunes garçons ne furent touchés. Fournerie priait pour que le frère Bax et sa filleule échappent à l'attention de leurs poursuivants, lorsqu'il vit avec effroi le frère Bax s'effondrer au sol. Sœur Judith poussa un cri de frayeur et courut vers son parrain. Fournerie n'eut guère le temps de réfléchir. Trois cavaliers étaient déjà rassemblés au sommet de la colline, prêts à tirer. Il était trop tard pour le frère Bax. Il tendit la main à sa filleule et cria :

— Grimpe, et vite !

Éperdue, la jeune femme interrogea du regard son parrain. Mais en voyant les trois cavaliers fondre sur eux, elle comprit que l'heure n'était plus aux tergiversations. Elle devait fuir elle aussi. Elle se hissa avec peine sur la monture et s'installa derrière l'abbé. Bien que lourdement chargés, les deux chevaux s'élancèrent aussitôt au galop en direction du nord. Secouée par la course effrénée du cheval, sœur Judith s'accrochait à l'abbé de toutes ses forces, se heurtant à lui à chaque foulée, manquant de lâcher prise à chaque instant. Elle souffrait le martyre d'un entrejambe mal installé à l'arrière d'une selle inconfortable. À bout de forces, bien qu'ils ne galopaient que depuis quelques minutes, elle n'osa se retourner pour voir si les soldats étaient toujours à leur poursuite. Une détonation la renseigna aussitôt. La jeune femme agrippa un peu plus fort son parrain et ferma les yeux, priant le Seigneur pour que ce cauchemar prenne fin. Au bout d'un temps qui lui sembla une éternité, et alors que les fusils s'étaient tus, elle sentit le cheval ralentir et continuer au trot. Elle rouvrit les yeux, découvrit qu'ils avaient atteint un sous-bois touffu et dense.

— Essayons de trouver un taillis où nous pourrons cacher les chevaux, souffla Fournerie à l'intention de l'aîné des deux garçons.

Ils avancèrent ainsi encore de longues minutes dans une obscurité quasi totale. L'absence de lune et l'épaisse cime des arbres rendaient leur progression difficile.

Bientôt, l'abbé stoppa son cheval devant un épais fourré de buissons et de lierre qui barrait la route. Une cache idéale… Le petit groupe mit pied à terre et se tapit derrière le buisson. Hélas, le galop de plusieurs chevaux se fit à nouveau entendre. Recroquevillée à même le sol, le visage enfoui dans ses genoux, sœur Judith serra dans ses poings le tissu de sa robe de moniale et cessa de respirer. Elle entendit le galop ralentir, puis passer au trot. Les trois cavaliers finirent par se séparer pour encercler le bosquet. Un silence sépulcral s'installa. Les minutes s'égrenaient si lentement que les heures parurent une éternité. Chaque bruissement de feuille, chaque craquement de brindilles faisaient sursauter la jeune femme dont les nerfs étaient à vif. Toujours assise sur le sol, elle ne voyait guère plus que le fond des yeux blancs de ce jeune garçon pour qui son parrain et elle risquaient leur vie. Au bout d'un moment, la tension céda peu à peu la place à une lourde fatigue. Elle ne put y résister et sombra dans le sommeil.

Un bruissement d'ailes réveilla la jeune femme. Le soleil était haut et une douceur matinale flottait dans le sous-bois. Elle était allongée sur un lit de feuilles mortes, seule. Elle bondit sur ses deux pieds et chercha à s'orienter dans cet amas de lierre qui les avait abrités la nuit passée. Elle eut toutes les difficultés à en sortir, et lorsqu'elle s'en échappa enfin, ce fut pour tomber nez à nez avec Isaac. Tous deux se figèrent, effrayés l'un par l'autre.

— Où est l'abbé ? l'interrogea-t-elle.

Le gamin recula de quelques pas et s'enfuit en courant. Sœur Judith n'eut cependant pas à chercher bien loin. Guidée par le son de la voix de son parrain, elle s'avança prudemment.

— Croyez-vous qu'ils soient encore dans les parages ? demandait le frère d'Isaac au prêtre.

— C'est possible, répondit Pierre Fournerie.

L'abbé et l'aîné des deux fugitifs se tenaient en lisière du bosquet, scrutant la plaine qui s'étendait à leurs pieds.

— Parrain ! s'écria sœur Judith, heureuse de retrouver son protecteur.

Celui-ci fit volte-face.

— Eugénie !

Ses yeux s'illuminèrent instantanément pour s'assombrir presque aussitôt. Il secoua la tête de dépit.

— Qu'est-ce qu'on va faire de toi mon enfant, hein ?

Sœur Judith ne comprit pas tout de suite.

— Comment cela ? Je vais retourner à la mission bien entendu !

— Non. C'est bien trop dangereux. Shelby a peut-être laissé quelques hommes sur place. Mais bon sang, qu'est-ce qui t'a pris de suivre le frère Bax ? Te rends-tu compte du danger que tu nous fais courir maintenant ?

La jeune femme ne pipa mot. L'abbé soupira bruyamment pour évacuer sa colère.

— Quoi qu'il en soit, rien ne s'est déroulé comme prévu cette nuit. Va savoir quelle réaction a eu le capitaine… Il faut espérer que dans l'urgence du départ il ne s'en soit pris ni à nos frères ni aux enfants. Quant à toi… Il marqua une pause, semblant réfléchir. Au point où nous en sommes, tu vas devoir nous accompagner à la mission de Prairie du Chien. Le prêtre jeta un regard de côté et eut une moue contrariée, puis ajouta : Même si cela ne va pas nous faciliter la tâche…

Sur ordre de l'abbé, les quatre fugitifs patientèrent dans le sous-bois toute la journée, somnolant à moitié. Ils se restaurèrent du peu de vivres dont Pierre Fournerie avait garni les sacoches de son cheval avant de fuir et se désaltérèrent à l'unique gourde qu'il avait pris soin de remplir avec l'eau du puits de la mission. Penaude, sœur Judith avait pris la mesure des conséquences de son erreur et ruminait dans un silence coupable. Elle se contenta d'alterner des périodes de somnolence et de prière, prenant son mal en patience. Par moments, elle écoutait son parrain questionner entre autres les deux garçons sur leur histoire.

— On vient de Olathe, m'sieur, commença l'aîné des garçons. C'est au sud de Kansas City. On y avait notre ferme depuis trois bonnes années.

— Quel est votre nom ? Avez-vous encore de la famille, là-bas ?

— Yates, m'sieur. Isaac et Tom Yates. Et non, on n'a plus personne…

Les larmes montèrent aux yeux d'Isaac, le plus jeune des garçons.

— Que s'est-il passé ? demanda l'abbé.

Tom marqua un temps. L'émotion lui enserrait la gorge.

— Notre ferme n'est pas très éloignée de la route de Kansas City qui mène à Emporia, m'sieur. La grange est visible depuis la route. Faut croire que ça a été notre malheur. On a commencé par voir quatre hommes se pointer et demander de l'eau. Mon frère et moi, on rentrait le foin à ce moment-là. On n'y a pas vu malice et on leur a donné leur eau.

— Mais cela ne leur a pas suffi, c'est ça ?

— Non. Quand ils nous ont vus dehors, Isaac et moi, ils ont cru qu'on appartenait au propriétaire de la ferme alors ils n'ont trop rien dit. Mais quand 'Pa est sorti de la maison avec un fusil, hurlant de toutes ses forces « foutez-moi le camp ! », là, rien n'allait plus. Y en a un qu'est allé chercher le reste de la troupe et, quand ils sont tous arrivés, 'Pa tenait toujours en joue les trois qu'étaient restés là. 'Pa, il n'osait pas tirer. C'était pas un tueur, notre père, mais sa ferme, c'était sa ferme. Il estimait que c'était à lui de décider qui pouvait y venir et qui ne pouvait pas. C'était sûr que ça allait mal tourner.

— Évidemment… Cela n'a pas dû plaire à un homme comme Shelby.

— Pour sûr. Quand 'Pa a compris que ça tournerait au vinaigre, il nous a envoyés à l'abri dans la maison. Depuis la fenêtre, on a vu notre père et Shelby se faire face. 'Pa demandait qu'ils déguerpissent de là et Shelby exigeait de voir ses papiers d'homme libre et son titre de propriété pour la ferme.

— Votre père n'a pas cédé ?

— Oh, que non ! De rage, Shelby a tiré sur 'Pa. On l'a vu s'effondrer à genoux. Il avait été touché sur le côté. Et puis Shelby a envoyé des hommes pour nous sortir de la maison, Isaac, maman et moi. Là, tout s'est emballé. Maman, qui était aussi têtue que not' père, a refusé qu'on touche à ses garçons. C'était une sacrée femme, notre mère. Elle n'a rien voulu savoir et s'est jetée comme une furie sur l'un des soldats. Celui-là, il ne faisait pas le poids. Pensez, elle lui a arraché une oreille avec les dents ! Alors les autres lui ont tiré dessus sans hésiter. Elle s'est effondrée devant la cheminée. Elle doit toujours y être…

— Paix à son âme ! s'exclama Pierre Fournerie.

— On n'a même pas pu l'enterrer et j'ai peur que le Seigneur ne la laisse pas entrer, là-haut… Je préfère ne pas y penser !

L'abbé posa une main sur l'épaule de Tom.

— Le Seigneur ouvre Ses portes aux innocents, mon fils. Ne vous inquiétez pas pour votre mère, ni pour votre père. Il les accueillera à bras ouverts sans aucun doute. Après un bref silence ponctué des seuls sanglots d'Isaac, l'abbé demanda : Vous n'avez donc plus personne à Olathe ?

— Non, il n'y avait que nous…

Adossée à un tronc d'arbre, sœur Judith ferma les yeux et s'enferma un peu plus dans le silence, bouleversée par le récit du garçon. Le monde semblait soudain être abandonné du Seigneur. Tout allait de mal en pis. Les crimes n'avaient plus de limites, les justes étaient martyrisés et les monstres sortaient vainqueurs. Tout cela annonçait-il l'Apocalypse ? Ce monde nouveau, le continent américain, était-il réellement abandonné de Dieu ? Elle entama de nouveau une prière, tentant d'alerter le Seigneur sur la nature des dangers qui guettaient les innocents, lui suppliant aussi de l'aider à oublier ce sentiment d'effroi qui ne la quittait plus.

L'abbé donna le départ une heure après le crépuscule. Prudent, l'homme d'Église souhaitait mettre un maximum de distance entre les fugitifs et les troupes confédérées qui se regroupaient au sud du Missouri. Son objectif : atteindre Greenville, une petite ville du nord du Kansas, en deux nuits tout au plus. Quitte à chevaucher à bride abattue plus de six heures d'affilée à travers la prairie… Sœur Judith crut en mourir. La jeune femme, pourtant alerte et souple, n'avait rien d'une excellente cavalière. À nouveau ballottée derrière son parrain des heures durant, elle sentait ses cuisses rougir jusqu'au sang tandis que le cheval filait au galop sur la plaine. Souffrant le martyre, elle se réfugia dans la prière, serra les dents et ne souffla mot de son calvaire durant toute la chevauchée. Les quatre fugitifs posèrent pied à terre près d'une grange isolée non loin de Richmond, à une cinquantaine de miles au sud de Greenville. La petite troupe se cacha à l'intérieur, les chevaux à leur suite. Après avoir ordonné à ses compagnons de se terrer là pour le restant de la nuit, l'abbé s'éclipsa, déclarant, laconique, « devoir prendre contact avec le réseau local ». Lorsqu'il revint une bonne heure plus tard, les bras chargés de vivres et d'une outre d'eau, sa filleule et les garçons dormaient déjà d'un sommeil lourd.

Le lendemain fut identique au jour précédent. Après un réveil tardif, les fugitifs ne quittèrent pas la grange de la journée. L'attente fut tout aussi longue mais les langues se délièrent petit à petit. L'abbé Fournerie avait brisé la glace en partageant ses convictions profondément humanistes et sa fierté d'appartenir à un pays qui avait aboli l'esclavage douze ans plus tôt. Tom, le plus méfiant des garçons, avait fini par s'ouvrir à son tour. Il brossa fièrement le portrait de son père, un esclave instruit et volontaire qui avait acheté sa liberté et celle de la femme qu'il aimait. Ils avaient connu une paix relative à Olathe, à l'abri des persécutions. Par chance, les Border Ruffians ne s'étaient jamais attaqués à la petite bourgade qui avait accepté la présence de cette famille noire sans trop de difficulté.

La journée passa ainsi, entre somnolence et confidences. Tout comme la veille, l'abbé donna l'ordre de départ une heure après le coucher du soleil, et la chevauchée reprit au même train infernal. Sœur Judith suivait bon gré mal gré en dépit de l'inconfort et du questionnement profond qui la taraudait, tant sur la nature humaine que sur le dessein divin. Mais après tout, il lui restait son parrain pour lui montrer le chemin, comme il l'avait toujours fait.

26

Morne plaine

Joséphine n'arrivait pas à dormir, se tournant et retournant sans cesse dans ses draps de coton grossier à défaut de trouver une position confortable. Sa peau délicate ne supportait plus ce tissu rêche et elle regrettait amèrement les draps de soie de sa chambre à la Ronde… La jeune femme se redressa sur le lit et jeta un coup d'œil de côté. Son compagnon était profondément endormi. Elle lâcha un long soupir ; aucun espoir d'obtenir quelque réconfort de sa part. Dépitée, elle décida de se lever et de prendre l'air frais du dehors. Elle quitta la chambre sans bruit, s'assit un instant sur les marches à l'entrée et inspira profondément. C'était une chaude nuit d'été, de celles que l'on aime savourer sous un clair de lune… Le ciel était tapissé d'une myriade d'étoiles minuscules qui scintillaient comme des milliers de lucioles. L'air était doux et le chant lancinant des grillons hypnotisant.

La jeune femme se laissa bercer un instant. Son esprit fut alors assailli d'images confuses de son récent passé.

Elle avait quitté La Nouvelle-Orléans depuis presque dix mois maintenant, dix longs mois qui l'avaient tenue éloignée de ses amies de l'Institut, de cette ville magique qui resterait à jamais *sa* ville, et de la Ronde, cette superbe plantation qui était devenue sa maison. Elle n'avait vécu que peu de temps aux côtés de son bien-aimé Camille, mais ces quelques mois avaient été un bonheur sans égal. Elle eut soudain un rire silencieux en se rappelant combien elle lui avait fait de difficultés au début. Ce riche planteur avait osé décider seul de son destin et s'était imaginé qu'elle allait le vénérer comme un bienfaiteur tombé du ciel… C'était bien mal connaître Joséphine Bruno ! La jeune fille se savait compter parmi les plus belles de toute la région et parmi les plus accomplies de l'Institut ; elle méritait ce qui se faisait de mieux et pouvait se permettre de faire la difficile…

La quarteronne adressa un sourire à la lune en repensant à ses débuts à la plantation. C'est qu'elle avait osé mener la vie dure à cet homme si puissant ! Juste assez pour se faire désirer mais suffisamment pour poser les bases de leur future relation où elle aurait tenu, à n'en pas douter, une position dominante. À vrai dire, elle avait assez vite compris sa chance. L'homme était riche, bien entendu, mais il avait aussi de belles manières, un esprit éclairé et un goût exquis… Et puis il était beau, ce qui ne gâchait rien. Elle avait même fini par l'aimer sincèrement. Lui, de son côté, était devenu fou de cette créature aussi belle qu'ambitieuse. Il l'avait couverte de bijoux, de fleurs et de soie, lui avait ouvert les portes de quelques cercles intimes où elle avait brillé par sa magnificence et son raffinement. Oui, elle avait été heureuse avec Camille Sheperd. Son assassinat était resté impuni et son propre exil restait une blessure profonde dont elle ne guérissait pas. Comme si le Seigneur avait souhaité lui donner un bref aperçu du bonheur pour le lui retirer presque aussitôt… Et maintenant ça ! songea-t-elle en embrassant du regard les collines qui se détachaient du ciel étoilé, consciente de cet abîme qui la séparait de la vie presque mondaine qu'elle avait menée à la Ronde. Elle se retrouvait à présent au milieu de nulle part, les pieds dans la boue, les mains usées et l'existence dépourvue de tout avenir. Pourtant, elle n'avait que 19 ans, autant dire la vie devant elle ! Réussirait-elle un jour à accepter de s'enterrer dans la glaise de cette morne plaine ? À cette question, la jeune femme réalisa qu'elle en connaissait parfaitement la réponse…

Quelques jours plus tard, une nouvelle rencontre vint élargir son horizon de manière tout à fait inattendue. Ce matin-là, Julian s'était rendu de très bonne heure chez Torsten Larsson pour lui prêter main-forte. Le Suédois venait d'acquérir, après deux ans de dur labeur, trois belles têtes de bétail. Julian s'était naturellement proposé de l'aider à construire l'enclos nécessaire pour mettre les animaux sous bonne garde. Il avait emmené avec lui Johann et Franz, fiers de passer une journée « entre hommes ». Joséphine était donc restée aux Deux-Chênes avec pour seule compagne la silencieuse Anna. Malgré son handicap, la petite fille continuait de grandir et ressemblait de plus en plus à une jeune adolescente, même si sa mise restait celle d'une enfant. Ses cheveux blonds tombaient toujours sur ses épaules, tristement défaits, sans qu'elle n'y prête la moindre attention. Ses vêtements étaient froissés la plupart du temps, tachés de boue ou couverts de poussière, ce qui désespérait Joséphine qui essayait de donner à la petite un minimum de tenue. Ses occupations restaient limitées à des jeux infantiles et simples. À défaut de pouvoir suivre une instruction digne de son âge, la gamine passait de longues heures dehors, assise dans le champ devant la ferme à tresser des brins d'herbes ou à capturer des fourmis ou des scarabées. Souvent, Joséphine profitait de ces instants où la petite jouait seule pour s'accorder un moment de répit, faire une sieste ou un peu de couture.

Joséphine s'était assoupie un peu plus longtemps que d'ordinaire. Lorsqu'elle consulta sa montre ruban – un cadeau de son cher Camille – au sortir de sa sieste, il était déjà 16 heures passées. Julian et les garçons ne seraient pas de retour avant la nuit tombée et il lui restait quelques travaux de couture à faire avant d'entamer la préparation du dîner. La jeune femme s'étira paresseusement sur le seuil de la petite maison et commença à défaire les épingles de ses cheveux pour rajuster son chignon. Elle avait presque complètement libéré sa chevelure quand elle s'aperçut qu'Anna avait disparu. Elle ne l'avait plus vue depuis un moment, ni devant la maison ni sous les deux chênes, son emplacement préféré.

— Anna ? cria-t-elle.

Pas de réponse. Elle insista, portant sa voix un peu plus loin.

— Anna ! Où te caches-tu ?

Toujours pas de réponse. Elle la soupçonna de lui jouer un de ces tours enfantins et cria de plus belle :

— Il est temps de venir boire ton verre de lait !

Inquiète, elle descendit la volée de marches de la petite maison à la recherche de la petite. D'ordinaire, elle n'osait pas s'aventurer au-delà des deux chênes et restait sagement à portée de voix. Où était-elle passée ? Joséphine fit le tour de la colline, explora la grange flambant neuve et ses alentours immédiats, en vain. Elle était peut-être allée jouer au bord de la rivière. Mais là non plus, aucune trace de sa présence… Joséphine commença à paniquer. Comment expliquer à Julian qu'Anna avait disparu ? Elle n'avait aucune excuse. Il ne le lui pardonnerait jamais ! Déterminée à la retrouver au plus vite, elle longea la rive sans cesser de hurler « Anna ! Anna ! ». Puis, méthodique, elle se résolut à fouiller les collines, les buissons et les bosquets, dans un périmètre plus large autour de la maison. Au bout d'une demi-heure, elle déboucha sur la route menant au Fort Kearney, à Omaha, à deux miles de la maison. Là, le désespoir la saisit. Cette petite ne serait jamais allée aussi loin toute seule ! Tout à coup, elle aperçut la silhouette d'un cavalier au sommet de la colline. De là où elle se trouvait, Joséphine ne remarqua que deux choses : le grand chapeau noir du cavalier et la frêle silhouette en jupons assise à califourchon devant lui.

— Anna ! s'écria-t-elle.

Affolée, la jeune femme se précipita sur la piste, courant presque. Elle ne s'était pas trompée, la fillette était bien Anna ! Le cavalier, qu'elle ne connaissait pas, avait une allure très citadine avec son complet gris sombre. Joséphine s'arrêta un instant, soudain consciente de son apparence. Elle tenta de lisser sa chevelure et rajusta sa robe. Une fois arrivé à sa hauteur, le cavalier tira sur les rênes de son cheval et marqua un arrêt.

— Madame, la salua-t-il en portant la main à son chapeau.

L'homme avait une quarantaine d'années, les traits réguliers, des cheveux châtains et une fine moustache. Son élégance étonna Joséphine. Que faisait cet homme civilisé dans ce coin du Nebraska si loin de tout ?

— Cette petite est à vous ? demanda-t-il.

Anna avait son air absent habituel. Elle triturait négligemment la crinière du cheval avec ses petits doigts et n'avait manifestement pas remarqué Joséphine.

— Oui, c'est Anna, la nièce de mon mari. Elle m'a fait une peur bleue ! Cela fait bien une heure que je cours la prairie à sa recherche !

Le cavalier souleva la petite et la fit descendre de son cheval. Elle glissa le long de la croupe de l'animal sans difficulté, semblant enfin se rendre compte de la présence de la quarteronne.

— 'Fine ! beugla-t-elle.

Joséphine la prit dans ses bras et lui caressa le visage tout en la grondant gentiment pour lui avoir fait si peur. Le cavalier descendit à son tour et prit son cheval par le mors. La jeune femme le détailla d'un peu plus près. Il était grand mais pas aussi solidement bâti que Julian. Il avait cependant la grâce de ces messieurs qu'elle avait côtoyés dans l'entourage de Camille. Cet homme était si différent des *homesteaders* mal dégrossis qui peuplaient la plaine ! Il la salua poliment.

— Arthur Middleton, madame. À votre service, dit-il en ôtant son chapeau.

— Monsieur… Je vous remercie infiniment… Comme vous avez pu le voir, cette petite n'a pas toute sa tête. Elle est incapable de se débrouiller toute seule. J'ai eu si peur !

L'homme considéra à son tour cette femme étonnante, la plus belle qu'il lui avait été donné de rencontrer depuis qu'il avait quitté New York deux mois plus tôt. Une beauté exotique au teint cuivré, avec des cheveux frisés flamboyants, des yeux verts en amande dans lesquels on se noierait et une silhouette diablement racée.

Il s'éclaircit la voix et répondit :

— Je crois qu'elle n'a rien, madame. Je l'ai trouvée errante sur la piste, visiblement perdue. Elle n'a répondu à aucune de mes questions, si bien que j'ai songé à l'emmener à Omaha où quelqu'un aurait certainement su quoi faire d'elle.

— Vous avez bien fait ! Merci encore… Puis-je vous proposer un café ? Ou un thé, peut-être ? Nous habitons à un mile d'ici à peine.

Pour la jeune femme, l'occasion était trop belle d'avoir des nouvelles du reste du pays. L'étranger ne se fit pas prier, brûlant d'en apprendre un peu plus sur cette inconnue sortie de nulle part. Arthur Middleton était grand reporter au *New York Times*. Il avait quitté New York un mois plus tôt avec la mission de couvrir un événement bien particulier : l'interruption du service de messageries du *Poney Express*, en passe d'être supplanté par le télégraphe transcontinental. Il y avait là un enjeu de taille pour les différents belligérants du conflit, car si la circulation des troupes et du matériel reposait essentiellement sur le développement du réseau ferré, la circulation des informations, elle, dépendait de la rapidité avec laquelle chacun des deux camps complétait son réseau de télégraphe. Et sur ce terrain-là, l'Union avait une longueur d'avance…

Joséphine écouta le journaliste avec intérêt tout au long du chemin qui les ramenait aux Deux-Chênes. Une fois à la maison, elle l'invita à s'asseoir devant la cheminée et prépara un thé noir qu'elle servit dans de vulgaires tasses d'étain émaillées en s'efforçant d'oublier la médiocrité de son foyer. Puis elle le questionna sur une foule de détails, depuis l'attaque de Fort Sumter jusqu'à l'investiture de Lincoln quelques jours plus tard en passant par la sécession de quatre nouveaux États et l'appel de l'Union à l'enrôlement de 75 000 volontaires pour une durée de quatre-vingt-dix jours. Quatre-vingt-dix jours seulement…, se dit Joséphine. Ainsi, le président lui-même pensait que cette guerre ne durerait pas ! Elle reprit espoir, buvant les paroles du journaliste, et songea qu'au loin, dans ces villes fourmillantes que sont New York, Washington, ou Richmond, la toute récente capitale des États confédérés, le monde bouillonnait. Tout s'accélérait et elle, perdue dans son coin de prairie, ne voyait rien de tout cela…

— Je vous ennuie ? demanda Arthur Middleton, soudain inquiet de son silence.

Non, il ne l'ennuyait pas du tout, bien au contraire. Cet homme lui apportait soudain ce souffle de vie qui lui manquait tant. Arthur Middleton resta une heure à bavarder, avant que Joséphine ne l'informe à regret qu'elle avait quelques tâches à accomplir avant la tombée de la nuit. En réalité, Julian n'allait pas tarder à rentrer et la jeune femme souhaitait éviter à tout prix de devoir lui expliquer la présence de cet homme aux Deux-Chênes. Ce serait alors avouer qu'Anna avait réussi à échapper à sa surveillance pour aller gambader dans la plaine.

Le crépuscule pointait sur l'horizon quand le reporter du *New York Times* s'éloigna des Deux-Chênes pour rejoindre la route d'Omaha, bercé par les mouvements de son cheval qui cheminait doucement. Le fil de ses pensées était fixé sur un seul et unique point : il devait revoir cette femme. Il en avait appris bien trop peu sur son compte mais il était certain d'au moins une chose : elle n'était pas faite pour se languir dans cette ferme perdue au beau milieu de la prairie…

27

Greenville, Kansas

Un feu crépitait dans l’âtre, projetant une lueur dansante dans les yeux gris de l’abbé Fournerie. Son élégant profil – nez droit, lèvres finement ourlées et menton volontaire – évoquait un de ces bustes grecs à la chevelure bouclée.

Sœur Judith leva les yeux de son petit missel et resta quelques instants à admirer son parrain en silence, ne pouvant détacher ses yeux de cet homme qu’elle aimait plus que son propre père. Le fait d’avoir failli être séparée de lui à jamais avait ravivé en elle l’attachement profond pour ce saint homme. Son périple depuis Châtillon, sa traversée de l’Atlantique et son voyage depuis le golfe du Mexique jusqu’aux grandes plaines du Nord avaient étanché sa soif de découverte et d’aventures, au point de négliger son bien-aimé parrain. Tout cela sans compter cet étourdissement, une folie qui avait ravi son cœur et l’avait éloignée encore un peu plus de son cher abbé… Il lui avait fallu avoir recours à toute sa force, toute sa volonté pour tuer dans l’œuf ce sentiment coupable. Au regard des derniers événements, tout cela semblait presque dérisoire et ce soir la jeune femme n'avait qu'une chose à l'esprit : mettre à l'abri ces deux jeunes garçons de la folie vindicative des milices sudistes. Une voix profonde la sortit de sa rêverie.

— Un peu de thé, ma sœur ?

Robert Compton s'était emparé de la théière et s'apprêtait à verser un peu du breuvage parfumé dans la tasse de porcelaine. Il observait depuis quelques minutes la jeune moniale, et ses petits yeux noisette souriaient derrière de fins binocles ronds.

— Volontiers, merci, murmura la jeune femme.

Robert Compton retourna s'asseoir aux côtés de Pierre Fournerie et lissa sa longue barbe broussailleuse qui lui mangeait la moitié du visage. Il sortit une montre à gousset de son veston de velours vert et s'écria :

— Déjà 21 heures. Vous devriez vous reposer. Si votre intention est de reprendre la route demain, profitez de cette nuit pour recouvrer vos forces.

Une autre voix se fit entendre depuis le fond du salon.

— Tom et moi, on n'a pas besoin de se reposer ! On veut quitter le Kansas au plus vite, lâcha Isaac Yates.

Le garçon de 14 ans se tenait droit aux côtés de son frère aîné, dans une attitude un peu gauche. Tous deux sirotaient de ce thé parfumé que leur avait également servi leur hôte. Méfiants, les deux fugitifs n'avaient toujours pas baissé leur garde. Ils avaient mis pied à terre quelques heures avant l'aube le matin même, non pas devant une vieille grange déserte au milieu de nulle part mais devant cette grande villa des abords immédiats de Greenville. C'était une jolie maison blanche au large porche occupant toute la façade, dotée d'un étage avec de grandes fenêtres et d'un toit à pans multiples, le tout posé dans un écrin de verdure où fleurissaient des rosiers blancs. Trop beau pour que ce ne soit pas suspect, avait alors pensé Tom Yates.

— La fougue de la jeunesse ! s'écria Compton.

Âgé d'une cinquantaine d'années, le petit homme, médecin de son état, les couvait d'un regard bienveillant. Membre actif du chemin de fer clandestin depuis de longues années, il avait été bien trop souvent témoin de la détresse de ces familles d'esclaves fuyant leur vie de servitude. Originaire de Boston, Massachusetts, cet humaniste engagé avait rejoint les rangs des cent quatorze premiers colons qui, mus par une volonté farouche de grossir les rangs des abolitionnistes du tout nouveau territoire du Kansas, avaient quitté la Nouvelle-Angleterre à l'automne 1854 pour fonder Greenville. Et cette installation n'avait pas été de tout repos…

— Je les comprends, murmura l'abbé Fournerie. Nous sommes encore bien trop proches du Missouri.

Le médecin laissa échapper un long soupir. Cinq ans auparavant, lui aussi avait combattu les ruffians sanguinaires de l'État voisin, des hommes qui surgissaient le plus souvent au cœur de la nuit, incendiaient les habitations et exécutaient des cibles choisies : hommes politiques, membres du chemin de fer clandestin, imprimeurs de tracts abolitionnistes…

— Demain matin, je ferai partir un message pour votre prochaine étape, lâcha-t-il, compréhensif.

Malgré leur fanfaronnade, les deux garçons finirent par s'endormir, le nez sur leur tasse de thé. Sœur Judith aida monsieur Cooper, l'homme à tout faire du médecin, à les coucher dans la petite chambre que l'on avait mise à leur disposition, puis elle se mit au lit à son tour. Elle était épuisée et reconnut volontiers qu'elle avait besoin de repos. Pierre Fournerie et Robert Compton étaient restés dans le salon maintenant silencieux et devisaient. Le crépitement des flammes accompagnait le chant des grillons qui emplissait l'air du dehors. Le regard malicieux de Compton quitta les braises pour scruter le visage de son vieil ami.

— Alors, dis-moi, Pierre, dans quel pétrin t'es-tu fourré cette fois-ci ?

— Oh ! je n'ai rien fait que tu n'aurais fait toi-même, soupira Fournerie.

Compton eut un rire léger.

— Ça, je veux bien te croire !

L'abbé posa sa tasse sur un guéridon et se renversa dans son fauteuil.

— Il se peut que je me sois mis à dos un capitaine de la garde d'État du Missouri et que j'aie entraîné ma malheureuse filleule dans mon malheur.

— Ces miliciens ! souffla Compton.

— Ce ne sont rien d'autre que ces mêmes ruffians qui nous sont tombés dessus il y a cinq ans, continua Fournerie.

— Avec, par-dessus le marché, un uniforme sur le dos et la bénédiction du gouverneur Jackson, ajouta Compton. Nous voilà revenus au temps où nous nous battions ensemble contre ces bandits…

— Mais cette fois, je crains que nous n'ayons aucune aide du gouvernement fédéral. Lincoln est bien trop préoccupé par cette fichue guerre et a les yeux tournés vers l'est ! fulmina l'abbé.

— Je ne lui en veux pas. La Géorgie et la Virginie, c'est bien là que vont se dérouler les batailles stratégiques…

Un court silence marqua ce dernier constat. Des heures sombres se profilaient sur l'horizon du Kansas.

— Beaucoup pensent que cette guerre ne durera que quelques mois, reprit Compton, presque optimiste. Cet exil dans le Wisconsin ne sera que provisoire. Que feras-tu, après ?

— Reprendre ma tâche initiale. Nous devions passer un an à la mission du Territoire Osage, notamment pour y former ma jeune filleule et le second prêtre qui nous accompagnait. Il était prévu ensuite que nous regagnions le nord de la rivière Platte afin d'installer une mission dans les Black Hills[1]. Mais maintenant… Je dois tout d'abord assurer la sécurité de ces garçons. Le reste attendra que les choses se calment.

— C'est plus sage, souffla Compton.

— Et toi, dis-moi, poursuivit l'abbé, tout semble s'être passé au mieux depuis mon départ, non ?

— Oui. L'hiver 1856 a été bien calme. Après le siège de Lawrence[2], les troupes fédérales ont remis de l'ordre. Il y a bien eu quelques échauffourées ici et là, mais rien de comparable avec les années précédentes.

— Greenville est une belle ville à présent, nota Fournerie.

---

1. Territoire indien situé dans l'actuel Dakota du Sud.

2. Fin août 1856, Lawrence abritait l'abolitionniste John Brown. La ville a été assiégée par une milice proesclavagiste du Missouri avant d'être secourue par les forces fédérales.

— Merci. Nous avons notre école, notre église, une scierie… Nous avons même une imprimerie, un hôtel et trois épiceries. Et six cent vingt-sept habitants ! Le Seigneur a été si bon avec nous…

— Voilà qui me réjouit. Dommage que je ne puisse pas faire de visite officielle. À la connaissance et au vu de tous !

— Non, il ne vaut mieux pas, bien que l'ensemble de nos habitants soutienne la cause. Personne ne vous dénoncerait. De cela j'en suis sûr et j'en remercie notre Seigneur chaque jour. Notre petite bourgade n'a plus été la cible des ruffians depuis l'été 1856…

— Que Dieu vous garde ! salua l'abbé.

Les deux amis conversèrent jusqu'au milieu de la nuit, se remémorant leur rencontre sept ans plus tôt, au début de 1854. L'abbé s'était porté volontaire pour escorter trois jeunes moniales depuis sa congrégation de Châtillon jusqu'à Saint-Louis, où celles-ci avaient rejoint comme prévu les rangs des Sœurs de la Charité. C'est au cours de son périple que la route de l'abbé avait croisé celle de Robert Compton et ses cent quatorze colons, un convoi d'hommes, de femmes et d'enfants qui traversait le pays depuis la Nouvelle-Angleterre pour peupler le futur État du Kansas d'habitants abolitionnistes. Les deux hommes s'étaient alors trouvé un objectif commun : celui de lutter contre la propagation de l'esclavage dans les nouveaux territoires. Séduit par le projet, Fournerie s'était mis en tête de suivre les colons dans leur périple afin de leur apporter un soutien spirituel indispensable au succès de l'expédition. Par la suite, l'abbé, bien qu'homme de paix, avait été contraint de prendre les armes, mais son action avait contribué à mettre en déroute de multiples tentatives d'intimidation qui menaçaient le convoi. Il ne s'était jamais senti plus utile que lors de ces deux années passées à Greenville. La fatigue terrassa les deux vieux amis qui regagnèrent chacun leur chambre. L'homme d'Église s'endormit avec une certaine nostalgie au cœur, convaincu qu'il n'aimait rien de mieux que cette vie trépidante…

De son côté, sœur Judith avait eu toutes les peines du monde à trouver le sommeil, troublé par de méchants rêves qui la ramenaient sans cesse aux événements des derniers jours. Elle s'était brutalement réveillée alors qu'elle n'avait dormi que quelques heures. Elle fixait depuis un long moment les ombres mouvantes des branches sur le plafond de sa chambre lorsque 4 heures sonnèrent à la petite horloge dorée. La nuit était bien trop avancée pour qu'elle se rendorme, aussi décida-t-elle de se lever. Le chant des grillons emplissait l'air. Attirée par la douceur de l'air, elle souleva un pan de fenêtre et se pencha au-dehors. Son cœur rata un battement. Ce n'était pas le chant des grillons qui emplissait le silence de la nuit, mais le crépitement de flammes immenses s'échappant d'un bâtiment du centre-ville. Au-dessus des arbres, le ciel étoilé avait pris une teinte rouge orangé. La jeune femme entendit alors un cri déchirant, puis un autre. Affolée, elle se précipita hors de sa chambre, courut jusqu'à celle de son parrain et tambourina à la porte.

— Au feu ! Au feu ! cria-t-elle.

Elle eut tôt fait de réveiller toute la maisonnée et retrouva tout le monde en costume de nuit dans le corridor. Hébétés, Pierre Fournerie, Robert Compton, Tom et Isaac Yates ainsi que Cooper, l'homme à tout faire du médecin, tentaient de reprendre leurs esprits. Sœur Judith expliqua ce qu'elle avait vu depuis la fenêtre de sa chambre et tenta de situer le lieu du sinistre.

— Bon sang ! L'imprimerie ! s'écria le médecin.

Les hommes enfilèrent un pantalon à la va-vite. De son côté, sœur Judith se contenta de jeter un châle sur ses épaules. Il ne fallait pas perdre une minute. La compagnie se précipita dans le jardin et courut en direction du centre-ville. Des habitants chargés de seaux et récipients divers étaient déjà rassemblés devant l'immeuble, déterminés à combattre l'incendie. Greenville ressemblait à ces petites villes tout en longueur, avec une seule artère bordée d'une enfilade de bâtiments aux planches blanchies. Quelques maisons, dont celle du médecin, se trouvaient en périphérie, disséminées dans un bois clairsemé. Il fallut à la petite troupe quelques minutes pour gagner la rue principale. Et quelle ne fut pas leur stupeur lorsqu'ils découvrirent l'ampleur du désastre ! Le Town Hall[1], l'école, l'église, l'imprimerie, l'hôtel, les boutiques, tous ces bâtiments étaient déjà la proie des flammes. Des colonnes de fumée s'échappaient des vitres éventrées et montaient jusqu'au ciel depuis les étages. La ville était en feu !

Et ce n'était pas tout…

Des cavaliers hurlaient à tout-va, armés de torches enflammées, terrorisant les habitants qu'ils jetaient sans ménagement hors de leurs habitations. Les coups de feu fusaient aux quatre coins de la ville. Le médecin et l'abbé échangèrent un regard où se lisait l'effroi. Cette vision d'Apocalypse confirmait ce qu'ils redoutaient

1. La mairie.

depuis longtemps. Tremblante, sœur Judith se blottit contre son parrain.

— Mon Dieu ! C'est la fin du monde ! s'écria-t-elle.

Fournerie lui prit la main.

— Non, c'est la guerre ! Vite, mettons Tom et Isaac à l'abri !

Médusés, les deux garçons assistaient au pillage de la ville sans broncher. La horde sauvage s'abattait sur Greenville comme les plaies divines sur l'Égypte. Par groupes de trois ou quatre, les ruffians s'attaquaient aux maisons les unes après les autres, enfonçaient les portes, tiraient des coups de feu, terrorisaient les occupants en hurlant comme des sauvages.

— Mon Dieu ! Mais combien sont-ils ? s'écria la jeune moniale.

— Je dirais une bonne centaine ! souffla Compton avec une désagréable impression de déjà-vu.

Des cris de terreur s'échappaient des maisons, suivis de grands bruits laissant entrevoir la violence du saccage infligé par les bandits. On devinait à travers les vitres le rougeoiement d'un ou plusieurs départs de feu, puis très vite, les habitants se précipitaient dehors en chemise de nuit, le visage hagard. Les femmes hurlaient, les enfants pleuraient et les pères de famille, craignant pour leur vie et celle des leurs, imploraient le Seigneur.

— Robert ! Regarde ! cria soudain Pierre Fournerie.

L'abbé comprit que les bandits n'étaient pas seulement venus pour effrayer la population. Deux hommes venaient de se faire abattre sous les yeux de leur famille agglutinée sur le seuil de leur maison. Les cris et les multiples coups de feu qui retentissaient un peu partout laissaient à penser que les mêmes scènes d'horreur se répétaient partout dans la ville. Ainsi, il s'agissait d'une opération punitive. Mais à ces drames s'en ajoutait un autre : les bandits ne quitteraient pas les lieux les poches vides. Les mains chargées de bijoux et les bras encombrés d'armes réquisitionnées, ils laisseraient des familles endeuillées, dépouillées, avant de fondre sur leur prochaine proie un peu plus loin.

— Retournons chez toi, Robert ! cria Fournerie. Vite ! As-tu des fusils ? ajouta-t-il, entraînant sa filleule par la main.

— Deux ! Et un revolver ! hurla Compton. Les garçons peuvent se cacher dans le cellier !

Le petit groupe repartit en toute hâte s'abriter dans la maison du médecin. Ils contournèrent l'imprimerie en flammes, longèrent un long bâtiment, traversèrent un minuscule sous-bois puis débouchèrent enfin devant le jardin de la maison. Trop tard ! Un groupe de quatre hommes avait déjà investi les lieux, révolvers au poing et armés de torches. L'un d'eux aperçut presque aussitôt les fugitifs et brandit son arme dans leur direction.

— Qui va là ? cria-t-il.

C'était un homme de grande taille, coiffé d'un large chapeau noir orné d'une étoile dorée. Une barbe taillée avec soin encadrait sa bouche. Un long manteau aux couleurs confédérées lui descendait aux genoux, ouvert sur un gilet de broderies et un foulard qui masquait son cou. Deux des trois autres bandits avaient tout de brutes minables. Le troisième, de meilleure prestance, s'avança vers le petit groupe.

— Ma sœur ! Comme on se retrouve !

Georges Bauer ! Il fixa sœur Judith de son regard acéré. Ses cheveux étaient gras mais il portait toujours cette moustache soignée et ce petit bouc en pointe. Sœur Judith se décomposa en un instant. Fournerie l'interrogea du regard.

— C'est le contremaître de la Ronde ! finit par répondre la jeune femme.

L'homme au chapeau noir dégaina alors son arme et mit l'abbé en joue. Sœur Judith s'interposa.

— Vous ne pouvez pas abattre un homme d'Église !

Le confédéré se figea. Son regard s'arrêta un instant sur le reste du groupe, passant de l'abbé au médecin et à l'homme à tout faire, puis il s'attarda sur Isaac et Tom avant de revenir au médecin.

— Docteur Compton ! En voilà une belle prise ! Deux ! Bien, bien…, s'écria-t-il d'un air satisfait.

— Je ne crois pas qu'on se connaisse, cracha le médecin.

— Vos activités sont bien connues et vous n'êtes pas difficile à identifier, doc'. Il était temps qu'on vienne vous rendre visite…

Il porta le canon de son révolver à son chapeau en signe de salut.

— Mais je manque à tous mes devoirs. William T. Anderson, pour vous servir ! Puis, se tournant vers sa bande : Bauer, tu les connais ?

— Yep, ces deux-là ! répondit-il en désignant l'abbé et sœur Judith. Des catholiques… Une bonne sœur et un curé ! On en fait quoi ? Tu nous as dit qu'on ne touchait pas aux femmes et aux enfants, seulement les hommes en âge de porter une arme… Mais on n'a rien prévu pour les catholiques !

— À ton avis, il est de mèche avec le doc' ? demanda le confédéré.

Bauer plissa ses petits yeux et lissa sa fine barbiche d'un air satisfait.

— Ça ne fait aucun doute…

— Eh bien, on va faire un prix de gros ! Emmenez-moi tout ça à l'entrée de la ville !

Le triste cortège se mit lentement en marche sous la menace des révolvers de Georges Bauer et de ses acolytes, tandis que l'homme au chapeau noir repartait en quête de nouvelles victimes. Fournerie fulminait, jetant des regards furtifs à Compton. Les deux hommes ne pouvaient imaginer se laisser faire sans réagir. Ils devaient absolument tenter quelque chose…

— Alors comme ça, vous avez quitté la Ronde ? lâcha l'abbé avec détachement.

L'autre eut un rire sardonique.

— Comme si vous ne le saviez pas ! C'est bien vous, l'abbé, qui avez convaincu Davenport de laisser partir cette maudite négresse, non ? Tout ça sur la bonne foi de cette bonne sœur ! dit-il en désignant sœur Judith d'un coup de menton. Résultat, les rumeurs sont allées bon train dans le coin, et la famille Sheperd m'a donné mon congé.

— Allons, ne mettez pas votre malheur sur notre dos, monsieur Bauer, répliqua sœur Judith. Vous seul êtes responsable !

— Taisez-vous ! Ne me provoquez pas…

L'ancien contremaître poussa le canon de son révolver entre les omoplates de la jeune femme qui se tut aussitôt.

— Après tout, c'était un mal pour un bien puisque me voilà de nouveau chez moi où j'ai pu rejoindre mes frères d'armes. De vrais patriotes, eux, avec la bénédiction de Jefferson Davis[1] !

L'un des deux bandits approuva d'un « Ouaip » enthousiaste tandis que Fournerie fixait avec effroi la scène qui se déroulait devant lui. Le petit groupe venait de déboucher à l'entrée de la ville. Une foule gémissante et larmoyante de femmes et d'enfants se tenait debout, encerclée par une troupe d'hommes fusils au poing. Un cri retentit dans la nuit.

— Lâchez-le ! Ne touchez pas à mon fils, vaurien !

Une femme, les cheveux rassemblés en une longue tresse, s'agrippait à un garçon d'environ 16 ans que l'un des bandits extirpait de la foule. L'homme gifla la femme qui tomba à terre.

— L'est en âge de porter un fusil, ton fils !

Révoltées, d'autres femmes se jetèrent sur les ruffians pour dégager l'adolescent de leurs griffes. « Laissez-le, c'est un enfant ! Assassins ! » hurlaient-elles. Pierre Fournerie fondit sur l'homme qui venait d'empoigner fermement le garçon et lui assena un puissant coup de poing dans la mâchoire, lui faisant perdre l'équilibre.

— Cours ! hurla-t-il à l'adolescent. Va te cacher dans la forêt !

Ce dernier détala vers les bois tout proches sous les cris encourageants de la foule. Un coup de feu retentit. Le gamin s'effondra devant la foule médusée. Il avait à peine atteint le sous-bois… Les cris éperdus de sa mère

1. Unique président de la république des États confédérés d'Amérique, de février 1861 à mai 1865.

déchirèrent le cœur de sœur Judith. Juché sur son cheval noir pangaré, William T. Anderson venait de tirer et de faire mouche. Pierre Fournerie le dévisagea quelques instants. Son visage d'ordinaire si doux se mua alors en un masque de rage.

— Comment avez-vous osé ?

Anderson rangea son révolver dans son étui, indifférent.

— Tuer un enfant de sang-froid ! continua Fournerie.

Le cavalier lui jeta un œil mauvais avant de hurler à son tour :

— Qu'on amène des cordes !

Instantanément, trois hommes d'Anderson disparurent pour réapparaître quelques instants plus tard avec les cordes demandées. Ils encerclèrent les frères Yates, l'abbé, le médecin et son homme à tout faire. Isaac et Tom se débattaient comme des diables. Pierre Fournerie se rua sur les trois hommes qui parvinrent facilement à le maîtriser avant de l'assommer. L'abbé s'effondra, inconscient. Compton et Cooper se laissèrent ligoter sans résister. Le médecin murmura dans un souffle à peine audible :

— Mes bons amis, je regrette tant de vous avoir offert l'asile ce soir…

Sœur Judith, jusqu'alors muette de terreur, explosa d'un coup :

— Vous n'avez rien de soldats ! Ce n'est pas une guerre que vous menez ! Bandits ! Assassins ! Sauvages !

Son cri fut bientôt repris par les femmes massées derrière elle. Georges Bauer la menaça de son arme.

— Taisez-vous, la nonne !

William T. Anderson tira un nouveau coup de feu, en l'air cette fois-ci.

— Habitants de Greenville ! hurla-t-il du haut de son cheval.

Les femmes et les enfants se turent instantanément, fixant le monstre qui venait de leur arracher tout ce à quoi ils tenaient ici-bas.

— Les voilà, les responsables de la bataille que nous venons de livrer contre cette ville ! cria Anderson en désignant les cinq prisonniers. En spoliant les États confédérés de leurs biens, ces hommes se sont rendus coupables de trahison ! Ils seront pendus ici même !

Des cris horrifiés montèrent à nouveau de la foule. Sœur Judith étouffa un hurlement dans sa gorge tandis que le jeune Isaac gémissait de désespoir. Déjà, les hommes de main d'Anderson passaient un nœud coulant autour du cou des cinq condamnés qu'ils menèrent sous de grands arbres. Il fallut deux hommes pour traîner l'abbé qui n'avait pas repris connaissance. Tom Yates tenta de nouveau de résister, il réussit même à assommer l'un des bandits mais fut rapidement neutralisé par les autres.

— Conscient ou pas, on te pendra, le nègre ! cracha l'un d'eux.

Sœur Judith ne pouvait croire à ce qui se déroulait sous ses yeux. Cette horreur dépassait l'entendement !

— Greenville servira d'exemple, continua Anderson. Que le Kansas et l'Union se le tiennent pour dit !

Les cordes furent lancées par-dessus les hautes branches, les hommes se postèrent au pied des arbres, attendant le signal de leur chef pour hisser les condamnés. Anderson poussa alors son cheval vers le groupe et dégaina son révolver, prêt à faire feu. Horrifiée, sœur Judith se mit à genoux devant le ténébreux cavalier et récita une prière. Tentant le tout pour le tout, elle en appela à sa foi et au peu d'humanité qui pouvait subsister dans son cœur. Bauer la mit en joue, prêt à parer à toute menace. Les habitants de Greenville retenaient leur souffle devant cette scène solennelle. Soudain, un rire tonitruant arracha la jeune femme à sa prière. Anderson raillait son acte de foi… Il fit feu l'instant d'après, implacable. Un coup de tonnerre déchira le ciel, puis les bourreaux s'attelèrent à leur sinistre tâche et hissèrent les condamnés qui se débattaient encore. Réalisant l'inutilité de son acte de foi, sœur Judith se releva d'un coup et bondit sur l'un des bourreaux qui perdit l'équilibre et lâcha sa prise. Isaac Yates, dont le nœud coulant commençait à s'étrangler, retomba immédiatement à terre. La jeune femme se ruait sur les autres bourreaux quand une nouvelle détonation retentit. Sœur Judith s'écroula au sol, aux pieds de son parrain. Sa chemise de nuit se teinta de rouge carmin.

— Bauer ! Stop ! Pas les femmes ! hurla Anderson, furieux.

Imperturbable malgré la bévue de son adjoint, William T. Anderson ordonna qu'on reprenne l'exécution. Les pauvres condamnés ne se débattirent pas bien longtemps, rattrapés par l'implacable emprise de la corde sur leur trachée. L'abbé Fournerie, toujours inconscient, fut secoué de spasmes violents au moment du dernier soupir. Des gargouillis indécents accompagnèrent les derniers instants de Cooper, de Compton et des deux frères Yates. Puis de longues minutes s'écoulèrent dans un silence sépulcral.

Tout était fini.

Anderson ordonna qu'on laisse les corps suspendus à leur arbre en guise d'avertissement. Puis, telle une nuée de démons, les bandits remontèrent en selle et disparurent dans la lumière du petit matin en poussant des cris de victoire.

28

La chute de l'Ange

Un soleil éblouissant lui brûlait la peau. Elle avait terriblement mal dans le dos. Elle n'avait jamais connu une telle souffrance jusqu'alors. Elle était étendue sur le sol, ventre contre terre, la moitié gauche de son visage exposée à la morsure de l'astre brûlant alors que l'autre gisait dans une poussière au goût âcre. La bouche pâteuse et le nez encombré de terre, elle émit un râle de douleur, mais seul un silence lugubre lui répondit. Lorsqu'elle ouvrit enfin les yeux, elle fut d'abord éblouie par le soleil, avant de deviner dans le ciel des ombres massives oscillant au gré de la brise. Puis l'image se précisa et elle distingua juste au-dessus d'elle des corps qui se balançaient au bout d'une corde. Son cher parrain figurait parmi eux, le visage défiguré, marqué par un horrible rictus. Un hurlement s'étrangla dans sa gorge et elle replongea dans une profonde léthargie. Une journée entière s'écoula avant qu'elle n'émerge des eaux profondes dans lesquelles le choc l'avait plongée, quand elle perçut des voix inconnues autour d'elle… On la retourna sur le dos, on pressa une oreille contre sa poitrine et on l'arracha à ce carré de poussière sur lequel elle était restée inerte pendant presque trente-six heures. On la transporta, on la manipula. Une douleur aiguë lui transperça le dos, lui extirpant de faibles gémissements, puis elle sombra de nouveau dans les ténèbres. Mais le pire l'attendait…

Après un temps qu'elle n'aurait su déterminer, une atroce souffrance au niveau de l'omoplate la sortit brusquement de sa léthargie. Elle était étendue sur ce qui semblait être une table et on lui maintenait fermement les bras. Un démon qu'elle ne pouvait voir la torturait, déchiquetant les chairs de son pauvre dos. Elle se tordit de douleur avant de tomber dans un coma salvateur. Lorsqu'elle s'éveilla tout à fait, c'était le crépuscule. Elle n'avait aucune idée de l'endroit où elle se trouvait, ni du temps qui s'était écoulé depuis cette funeste nuit. L'image de son parrain et de ses compagnons d'infortune sacrifiés, leurs visages convulsés, surgit de nouveau. Son cœur se déchira une nouvelle fois, des larmes inondèrent ses joues et brouillèrent sa vue. Elle pleura tout son saoul pendant de longues minutes, jusqu'à ce que la source de ses larmes se tarisse d'elle-même. Doucement, ses yeux s'acclimatèrent à l'obscurité de la pièce, une chambre modeste et chichement meublée. On lui avait immobilisé le bras gauche et le torse dans un bandage serré. Elle avait été lavée et on l'avait couchée dans un lit fait de draps propres en coton grossier. On l'avait soignée…

Un sentiment étrange l'envahit. Une grande lassitude. Oui, on l'avait soignée. Mais à quoi bon ? À quoi bon survivre à présent ? Pierre Fournerie, son guide, cet homme révéré n'était plus. Dieu l'avait abandonné, Il avait déserté cette Terre maudite. Tant d'innocents sacrifiés sous ses propres yeux, son parrain, le docteur Compton, mais aussi ces deux orphelins sacrifiés sans vergogne quelques jours seulement après l'assassinat de leurs parents… Et la liste s'allongeait. Combien étaient-ils, ces pères de famille que l'on avait froidement exécutés ? La jeune femme perdait pied. Cette Terre n'avait plus rien de ce monde dont elle avait rêvé. Elle se laissa glisser à nouveau dans un sommeil lourd, priant pour que tout cela ne fût qu'un horrible cauchemar dont elle se réveillerait bientôt.

Le lendemain à l'aube, une femme d'une cinquantaine d'années fit irruption dans la petite chambre. Ronde, d'allure modeste, elle affichait un air bonhomme mais sincère.

— Eh bien, enfin ! s'écria-t-elle. Bienvenue parmi nous, ma petite !

Elle déposa du linge et une carafe d'eau sur la console puis se pencha sur la blessée en apposant doucement une main sur son front.

— La fièvre est tombée. Bien. Votre blessure était infectée lorsqu'on vous a récupérée. Comment vous appelez-vous ?

Cette question pourtant si simple plongea sœur Judith dans un désarroi inattendu. Des larmes envahirent ses yeux alors qu'elle se sentait incapable de prononcer le moindre mot. Son nom ? Celui-là même qu'elle avait pris en rejoignant les rangs des serviteurs de Dieu ? Ce Dieu qui l'avait abandonnée, elle, son parrain et tous les gens de cette pauvre ville ? Elle se contenta de fermer les yeux et de garder le silence. La femme n'insista pas.

— Bon, reposez-vous. Je vous apporterai un peu de bouillon tout à l'heure.

Dans les jours qui suivirent, la jeune femme s'alimenta à peine et ne prononça que quelques mots. Elle avait la mine creusée, et ses yeux jadis flamboyants s'étaient éteints. Son charmant sourire, d'ordinaire accroché à ses lèvres, s'était comme envolé pour toujours. Un médecin vint la visiter et constata que la cicatrisation de sa blessure suivait son cours. Il lui reprocha cependant de se laisser sombrer dans la mélancolie. « Le reste dépend de vous, miss. Il faut vous battre plus que ça ! » bougonnait le vieil homme à chaque visite. Madame Johnson, cette inconnue qui avait eu la bonté de la recueillir, tenta de lui faire la conversation. Elle lui raconta comment on l'avait trouvée plus d'un jour après le drame, on lui expliqua combien les survivants s'étaient vite repris et ne s'apitoyaient déjà plus sur leur sort… Il leur avait d'abord fallu surmonter le choc. Oui, beaucoup avaient erré, hagards, durant les quelques heures qui avaient suivi l'aube, à la recherche de visages familiers ou en quête de réconfort. Dans l'après-midi, passé l'effroi, ils s'étaient organisés, avaient compté les morts par dizaines, dans les maisons, sous les porches, dans les jardins. On avait retrouvé le pasteur étendu dans son potager, certainement surpris par ses assaillants alors qu'il tentait de fuir. Le forgeron, lui, flottait dans la petite mare derrière le Town Hall. On les avait tous étendus en rang d'oignons au pied de l'église en ruines, puis on avait recouvert leurs visages des linges que l'on avait pu trouver dans les décombres. Vestes ou chemises pas trop calcinées, souvent celles des victimes elles-mêmes… C'était le moins que l'on avait pu faire en attendant les renforts. Les survivants dénombrèrent cent trois victimes. Le croque-mort se serait réjoui de cette aubaine s'il n'avait pas lui-même été abattu. Durant tout le jour qui avait suivi le massacre, personne n'avait osé s'approcher des cinq malheureux que l'on avait laissés pendus à l'entrée de la ville. La crainte de voir les bandits revenir, alliée à l'effroi provoqué par ces corps exposés dans toute leur horreur morbide, avait tenu les femmes et les enfants à bonne distance. Du secours était arrivé depuis la bourgade d'Arlington, à deux heures de marche de là. Le maire, le médecin et une dizaine d'hommes s'étaient mobilisés dès la nouvelle parvenue à leurs oreilles. À la mi-journée, un détachement d'une quinzaine de soldats de l'Union avait fait son apparition sur la route de Camden. Pour « sécuriser les lieux », avait-on annoncé sobrement. Force était de constater qu'il n'y avait plus grand-chose à sécuriser. C'étaient des soldats qui avaient trouvé sœur Judith étendue aux pieds des suppliciés, surpris de constater qu'elle était encore vivante. « Alors, voyez ! martelait madame Johnson. Si affreuse que fut cette attaque, la vie doit reprendre son cours maintenant. Ça fait une bonne semaine que vous êtes étendue là à vous morfondre ! Faut vous reprendre, ma petite. Votre blessure n'est pas si grave, après tout ! » Rien n'y fit.

Le lendemain matin, malgré tout, madame Johnson réussit à faire se lever cette inconnue qui persistait à taire son nom. Elle l'habilla d'une vieille robe à la couleur passée et trop large pour la jeune femme, essaya de rassembler ses cheveux en un chignon de fortune puis l'envoya faire quelques pas au-dehors. Le ciel affichait son humeur maussade, à l'image des lourds nuages gris venant du nord qui s'étaient amoncelés au-dessus de la ferme isolée. Sœur Judith posa son regard sur l'horizon et distingua les contours des premières maisons de Greenville et celles nichées dans le sous-bois, au pied d'une colline qui s'étirait sur la Grande Plaine. L'air doux lui faisait du bien et elle décida de marcher jusque-là. Lorsqu'elle arriva aux abords de la ville, on s'y affairait déjà. Le bruit des marteaux sur les clous neufs résonnait à travers les rues. On déblayait les décombres calcinés, on reconstruisait. Les maisons encore debout hébergeaient celles et ceux qui avaient tout perdu. On se prêtait l'essentiel, couvertures, lampes à huile, vêtements… Des chariots chargés de produits de première nécessité en provenance de tout le comté de Douglas[1] étaient stationnés devant l'écurie de monsieur Emerson, le seul bâtiment qui avait échappé à la furie des assaillants. Une armée d'hommes et de femmes des fermes alentours déchargeaient les précieux vivres et les stockaient dans l'écurie en vue d'une distribution ultérieure.

Sœur Judith se sentait complètement étrangère à toute cette effervescence, cette soif de reconstruire. Elle marchait d'un pas lent telle une somnambule, longeait les maisons comme une ombre, presque un fantôme. Elle sortit de sa torpeur lorsqu'elle réalisa qu'elle se tenait devant la maison de Robert Compton. Au milieu des massifs de rosiers blancs, tous intacts, gisait un amas de poutres et de planches calcinées en équilibre sur

1. Comté du Kansas, bordé au nord par la rivière Kansas.

les murs à moitié effondrés. La jeune femme repéra la grande cheminée du salon où elle avait pris le thé, les restes de l'escalier qui menait à l'étage, un trou béant, et le chambranle noirci de la porte d'entrée qui tenait encore debout par on ne savait quel miracle. Elle pénétra dans la ruine sans vraiment savoir ce qu'elle allait chercher. Peut-être trouverait-elle là un objet, un souvenir auquel se raccrocher ? Elle erra de longues minutes dans ce chaos domestique. Sous les plafonds effondrés, entre les murs éventrés et le plancher noirci se mêlaient de la vaisselle en morceaux, des horloges éventrées et du mobilier à moitié consumé. Rien qui aurait pu la raccrocher à son ancienne vie. Elle se serait contentée d'un signe, d'un infime fragment de son existence passée, comme un morceau de sa robe de moniale ou un objet auquel elle aurait pu associer le souvenir de son cher parrain, mais il n'y avait rien, décidément rien. Le Seigneur avait voulu qu'elle perde tout, jusqu'à ses souvenirs. Elle quitta les lieux, plus abattue qu'elle n'y était entrée.

Soudain, elle ressentit un besoin irrépressible de retrouver son parrain, du moins sa sépulture. On lui indiqua le cimetière, plus loin sur la colline. Malgré la fatigue qui l'assaillait déjà et le souffle qui commençait à lui manquer, elle entreprit de gravir la modeste pente qui bordait la ville au nord. Déséquilibrée par son bras en écharpe et son corps encore faible, la jeune femme tomba à plusieurs reprises. Lorsqu'elle atteignit enfin le sommet, la tête lui tournait et elle se retint de défaillir. À ses pieds s'étirait la Grande Plaine, infinie, un horizon balayé par les vents, un océan silencieux… Elle se sentit mieux. Elle repéra une quantité innombrable de tombes fraîches et bien alignées par des rangées de petites croix de bois brut. Tout semblait témoigner de la hâte avec laquelle ces pauvres gens avaient été enterrés. Les monticules de terre nue aux formes imparfaites, les croix constituées de deux planches cloutées à la va-vite… Elle parcourut lentement les allées à la recherche des seuls noms qu'elle aurait pu reconnaître. Ressentant un vague besoin d'accorder une ultime marque de respect aux défunts, elle lut à voix haute chacun leurs noms comme pour leur rendre un dernier hommage. Ainsi, elle égrena l'un après l'autre les noms de tous ces inconnus aux prénoms exclusivement masculins, tous suivis de la même date de décès : 15 juillet 1861. Sa litanie semblait sans fin. John Anderson, Samuel L. Bower, George H. Burt, Duncan C. Allison… À mi-parcours, elle identifia la sépulture du docteur Robert Compton et de Lewis Cooper, son homme à tout faire, mais ne trouva nulle part mention de Pierre Fournerie, abbé de Châtillon, ni celles d'Isaac et de Tom Yates. La jeune sœur poursuivit sa marche et finit par découvrir, un peu à l'écart, trois tombes où ne figurait aucun nom mais, pour l'une, la mention « inconnu » et, pour les deux autres, « inconnu nègre », suivies de la même date de décès : 15 juillet 1861. Elle tomba à genoux et toute sa fatigue se libéra d'un coup, l'assommant presque. Elle s'allongea en chien de fusil au pied de la tombe de l'abbé et lui ouvrit son cœur. Un cœur gonflé de chagrin, pétri de confusion, anéanti de doutes. À quoi bon vivre sans son cher parrain ? À quoi bon se relever puisqu'elle avait perdu la foi ? Car oui, elle avait perdu la foi. Trop de cruauté, trop de drames, trop d'injustices… Dieu, s'Il existait, n'était pas miséricordieux.

Alors à quoi bon se battre puisque cet être suprême balayait vos efforts d'un revers de la main ? Au fil des minutes, des heures, sa voix se fit murmure. Épuisée, elle sombra doucement dans un profond sommeil.

Le soleil était à son zénith lorsqu'elle rouvrit les yeux. Le ciel, balayé par une légère brise, était nettoyé des nuages gris du matin et rayonnait maintenant d'un bleu éclatant. La jeune femme se redressa et fit une grimace. Son dos blessé se rappelait à son souvenir. Une fois debout, elle considéra d'un œil nouveau l'horizon qui s'étendait tout autour. Elle jeta un regard vers la ville en contrebas. De là où elle se trouvait, on distinguait à peine les habitants, minuscules fourmis industrieuses occupées à rebâtir leur ville que l'on avait réduite à l'état de ruine. Une ville maudite, damnée, marquée à tout jamais du sceau de l'horreur… Sœur Judith crut même deviner l'emplacement exact du supplice de l'abbé. Une sensation de répulsion la saisit, elle détourna les yeux. La plaine s'offrit alors à sa contemplation, grandiose. Caressées par le vent, les hautes herbes formaient des vagues délicates aux reflets blonds. Elle inspira profondément et savoura cet apaisement, glissa un dernier regard de côté, s'arrêta un ultime instant sur la sépulture de son parrain. Puis, sans un mot, elle se remit en marche, tournant définitivement le dos à la bourgade de Greenville. Fuir cette ville, fuir les hommes et leurs malheurs et répondre à l'appel de la plaine… Telle fut alors son unique pensée. Cette immensité, ce vide l'envoûtaient, lui promettaient l'apaisement qu'elle ne trouverait plus en elle.

Lorsque, quelques heures plus tard, le crépuscule tomba sur l'horizon, elle marqua un arrêt. Elle tourna sur elle-même et scruta l'espace qui l'entourait. Il n'y avait rien, sinon cette immense prairie silencieuse. Rassurée, elle s'allongea dans les hautes herbes et s'installa confortablement, occultant la douleur sourde qui élançait son dos. Elle allongea ses jambes, cala sa tête du mieux qu'elle put et joignit les mains sur son ventre. Voilà. Elle était prête, déterminée à attendre que le Seigneur veuille bien la rappeler à Lui. Il lui avait tout pris, il lui devait bien ça en retour. S'il fallait en passer par la mort, qu'il en fût ainsi.

29

Là où l'herbe est plus verte

Chaque fois qu'elle se rendait en ville, Joséphine exultait. Non pas qu'Omaha fût une cité d'importance, mais c'était ce qui se rapprochait le plus d'une ville civilisée sur des centaines de miles à la ronde. Nichée au cœur de douces collines et bordée à l'est par la rivière Missouri, la capitale du territoire du Nebraska[1] pouvait s'enorgueillir de posséder un capitole visible depuis toute la vallée. À lui seul, l'édifice affichait l'ambition du tout nouveau territoire par son ostentation. Cette construction néogrecque d'un blanc immaculé comportait un seul étage coiffé d'un imposant fronton. Elle était dotée de hautes colonnes et d'une rangée de neuf grandes fenêtres au rez-de-chaussée et à l'étage. Majestueuse, elle trônait au sommet d'une colline en friche à un mile du fleuve.

Le centre-ville n'était pas en reste. Au milieu des traditionnelles façades de bois au fronton désespérément

1. Le Nebraska n'est devenu un État qu'en 1867.

rectangulaire se nichaient quelques beaux magasins en solides briques rouges, fait assez remarquable dans la région, qui distinguait le centre-ville de la grande majorité des misérables bourgades que l'on trouvait partout à l'ouest du Mississippi. Omaha, avec ses quelques milliers d'habitants, restait cependant une ville de la Frontière, avec tous les inconvénients que cette proximité pouvait comporter. Outre les larges rues poussiéreuses qui se transformaient en bourbiers au printemps et à l'automne, beaucoup d'habitants se révélaient frustes et rudes, *homesteaders* de la première heure remodelés par l'âpre quotidien de la prairie. Ainsi, l'absence d'une gouvernance locale stable laissait flotter un air d'insécurité permanent. À cela s'ajoutaient de rares mais notables incursions d'Indiens autochtones qui, bien que pacifiés par la présence des soldats de Fort Randall, ne manquaient pas d'effrayer femmes et enfants. Malgré tout, Omaha portait l'espoir de tout un pan de la nation. Véritable porte d'entrée sur le Grand Ouest, le site était l'un des points de départ de l'*Oregon Trail*[1] et un arrêt obligé pour tout Mormon[2] migrant vers Salt Lake City. Grâce à cet afflux de colons, la ville se développait à une vitesse galopante.

Joséphine y avait pris ses habitudes. Elle et Julian s'y rendaient chaque samedi pour les courses. L'épicerie du couple Porter, sur Douglas Street, leur fournissait les

1. L'*Oregon Trail* était l'une des voies principales de migration de pionniers, traversant les Rocheuses et menant vers l'Oregon ou la Californie.

2. Le *Mormon Trail* évoque l'exode massif des Mormons de l'Illinois jusque dans le désert du Grand Lac Salé de 1846 à 1865.

produits de base tels que la farine, le café et le tabac de Julian. Les souliers des enfants étaient réparés chez monsieur Hatton, sur Harney Street, et Julian aimait à passer chez monsieur Kroeger, un barbier berlinois échoué cinq ans plus tôt sur les bords du Missouri. Joséphine, elle, ne manquait jamais de s'arrêter devant les vitrines de miss Jackson où s'étalaient rubans, dentelles et tissus chatoyants, mais sans jamais oser pénétrer dans la boutique. De fait, la jeune femme n'accompagnait pas toujours Julian et les enfants à l'intérieur des échoppes, car bien qu'Omaha fût une ville du Nord, nombre de commerçants se refusaient encore à servir une femme de couleur, d'autant qu'elle n'était pas au service de Julian Eckermann mais bel et bien sa compagne. L'orgueil de la jeune femme, bien que heurté, avait dû s'en accommoder, aussi se contentait-elle de flâner ici et là, se consolant des quelques regards admiratifs, parfois appuyés, de la gent masculine.

Son plus grand plaisir, son unique luxe était de se rendre chaque samedi au bureau de poste pour s'y procurer les quatre pages hebdomadaires du *Nebraska Republican*, seul journal disponible à Omaha. Dans la modeste publication se mêlaient poésie, articles recopiés de grands journaux de l'Est, publicités locales et petites annonces. Cette feuille de chou de quatre pages était son unique lien avec le reste du monde, et elle aurait préféré se priver de viande plutôt que de se passer de cet hebdomadaire. Le vieux Scott, dépositaire du bureau de poste de la Cinquième Rue, était tombé sous le charme de la quarteronne. Chaque samedi, ce petit bonhomme sec et grisonnant, le visage enfoui sous une barbe hirsute, guettait son arrivée. Ses yeux fatigués retrouvaient alors leur jeunesse et leur éclat. Il sautait sur ses maigres cannes et époussetait à la va-vite sa chemise recouverte de miettes de biscuits, dévorant des yeux cette jeune femme à la chevelure flamboyante, au teint doré et à la silhouette voluptueuse. Son sourire gourmand et niais n'incommodait pas Joséphine. Après tout il n'était pas bien méchant, et lui, au moins, acceptait son argent… Ce jour-là, alors qu'elle s'approchait du bureau de poste, une silhouette familière accrocha son regard. Un homme en complet sombre était assis sous le porche et lisait un journal. Un sourire se peignit sur le visage de la jeune femme.

— Monsieur Middleton ? Que faites-vous donc ici ? demanda-t-elle.

L'homme posa sur elle des yeux ravis.

— Je vous attendais, madame.

Elle l'interrogea du regard.

— Les beautés colorées telles que vous ne courent pas les rues sur la Frontière. On m'a dit que vous veniez ici tous les samedis acheter votre journal, continua-t-il. J'ai tenté ma chance…

Flattée, elle se contenta de sourire, comprenant à demi-mot les motivations du journaliste.

— Pouvons-nous faire quelques pas ? osa-t-il.

Elle hocha simplement le menton, oubliant un instant son *Nebraska Republican*. Et Julian, qui pourrait la surprendre…

— Pardonnez mon audace, reprit Middleton, mais je ne pouvais pas quitter Omaha sans vous revoir.

Il fit une pause pour mesurer la réaction de la jeune femme. La mine peu farouche de Joséphine confirma ses premières impressions.

— Il m'est venu une idée d'article et je souhaitais vous en parler, poursuivit-il. Mais mes plans viennent de changer. Je dois me rendre dans une petite ville du Kansas à trois jours de cheval d'ici.

— Une idée d'article ? Que voulez-vous dire ?

— Un article qui parlerait de vous. Vous n'avez pas le profil typique des femmes de colons que l'on trouve sur la Frontière, madame, et je suis sûr que vous le savez. Vous ici, dans une ferme de la Grande Prairie… Votre histoire est loin d'être banale et je suis certain qu'elle intéressera mes lecteurs à New York.

Le journaliste ne mentait pas. Il en était persuadé, l'histoire de cette quarteronne ne passerait pas inaperçue. Pensive, Joséphine ne réagit pas. Que pouvait-elle savoir de ce qui intéresserait les habitants de la lointaine ville de New York ?

— Pour l'heure, reprit-il, je dois me rendre à Greenville de toute urgence. Je serai de retour d'ici une semaine, deux tout au plus.

Un sourire entendu accroché à ses lèvres, il avait cet air tranquille et sûr qui avait déjà retenu l'attention de Joséphine lors de leur première rencontre. Cet homme savait ce qu'il voulait et il ne s'embarrassait pas de conventions.

— Je saurai vous trouver à mon retour, conclut-il.

Arthur Middleton souleva son chapeau en guise de salut et abandonna poliment la jeune femme à ses occupations, avant de s'éloigner d'un pas déterminé vers le centre-ville.

*

*   *

Un bruit sourd arracha la moniale à l'état de léthargie dans lequel elle était plongée depuis des heures, certainement des jours. Elle avait perdu toute notion du temps. Couchée devant la tombe de l'abbé Fournerie, elle avait gardé ses sens en éveil durant un temps qui lui avait semblé une éternité, observant les yeux grands ouverts les nuages défiler dans le ciel et tendant l'oreille pour écouter les plus infimes frémissements de la prairie. Puis, à mesure que les levers du soleil et les crépuscules s'étaient succédé, que la faim avait grandi au creux de ses entrailles, que la soif avait enflammé sa gorge, elle avait clos ses paupières, se coupant définitivement du monde des vivants pour se préparer à son passage dans l'au-delà. Mais voilà que des coups frappés montaient depuis les profondeurs de la terre, l'arrachant à sa demi-mort. Elle reconnut le galop lointain d'un cheval. Incapable de faire le moindre mouvement tant son corps était affaibli et lourd, elle resta clouée au sol et pria pour que le cavalier et sa monture poursuivent leur route à bonne distance. Surtout, qu'ils la laissent en paix !

Soudain, la bête surgit au-dessus d'elle. L'animal se cabra, poussant un hennissement de terreur vers le ciel. Puis son cavalier mit les pieds au sol dans un juron que la jeune femme ne comprit pas. Recroquevillée au milieu d'un lit d'herbes hautes, elle enfouit son visage entre ses mains en une dérisoire protection, se refusant à faire face aux sabots meurtriers du cheval.

— Bon sang ! Qu'est-ce que ? grommela une voix masculine.

La jeune femme était pétrifiée. Tout à coup, l'homme saisit ses poignets et les écarta sans peine de son visage.

— Bon sang de bonsoir ! Mais qu'est-ce que vous foutez donc là ? jura-t-il.

Résignée, elle ouvrit enfin les yeux. L'étranger agrippa solidement ses frêles poignets et la mit debout sur ses deux pieds. La jeune femme gémit, vacilla. Elle resta cramponnée à l'inconnu qui la fixait d'un regard furieux.

— Allez-vous me répondre ? cria-t-il en la secouant sans ménagement.

Elle perdit à nouveau connaissance et s'effondra. L'étranger resta un instant interdit, puis l'examina avec plus d'attention. Elle avait une drôle d'allure avec sa robe de mauvaise façon et bien trop large pour elle, ses cheveux de jais presque courts… Pourtant, elle avait des mains fines, délicates, et un visage d'ange. Gracieux, certes, mais abîmé. Ses joues creuses portaient les stigmates de la faim et ses lèvres desséchées indiquaient une déshydratation sévère. La colère de l'étranger s'estompa. Cette femme était en train de mourir de faim et de soif. « Pas étonnant, vu l'endroit », rumina-t-il à voix haute. Il passa une main dans ses longs cheveux en bataille puis se coiffa de son chapeau noir à larges bords, semblant réfléchir. Il n'avait pas besoin de ça. Une femme, c'est toujours des ennuis en perspective. Il retourna à sa monture et décrocha de sa selle une petite gourde de cuir. Il s'accroupit aux côtés de la jeune femme et versa un peu d'eau sur ses lèvres.

Elle ne s'éveilla qu'à la nuit tombée. Une vilaine couverture de laine brune la réchauffait. Un feu de camp crépitait à quelques pas et éclairait les ténèbres d'une lumière douce. Une odeur de viande rôtie taquina ses narines.

— Va falloir manger un peu, lança l'étranger d'une voix caverneuse.

Assis en tailleur devant les braises, il avait les yeux rivés sur la jeune femme. Celle-ci se redressa péniblement et loucha sur la gamelle d'étain fumante que tenait l'étranger. Celui-ci la dévisagea plus avant. Malgré les cernes, les lèvres pâles et les cheveux poussiéreux, c'était un joli bout de femme. Ses grands yeux noirs, surtout, étaient d'une douceur remarquable. Sans un mot, il vint s'accroupir à ses côtés et piqua un morceau de viande d'un coup de fourchette qu'il porta aux lèvres de la convalescente. Celle-ci engloutit avidement trois bouchées, avant que l'homme ne l'arrête.

— Pas trop… Votre estomac ne le supporterait pas.

Il la fit ensuite boire par petites quantités, mais elle retomba sur le sol, trop faible pour se tenir en position assise plus longtemps. Elle resta figée un moment, méfiante, reprit son souffle et jeta quelques regards furtifs en direction du cavalier inconnu. Celui-ci avait repris sa place devant le feu de camp. L'homme accusait la quarantaine. Ses cheveux avaient dû être d'un brun profond mais étaient maintenant entremêlés de mèches poivre et sel. Sa barbe, correctement taillée, portait elle aussi les stigmates de l'âge. Il avait une physionomie tout à fait singulière. Son visage était souligné de pommettes saillantes, son teint buriné par le soleil donnait un éclat irréel à ses yeux gris qu'il avait enfoncés sous de profondes arcades sourcilières. Son allure était celle d'un homme de la Frontière : robuste sans être lourd, mince sans être maigre. Il portait aussi de grandes bottes solides mais usées, un pantalon de toile épaisse à l'épreuve des longues chevauchées. Un long manteau de cuir huilé complétait le tableau. La jeune femme referma les yeux, épuisée et incertaine des conclusions qu'elle pourrait tirer de cet examen.

Pendant deux jours et deux nuits, l'étranger la nourrit et la veilla. Sans un mot inutile, sans une question superflue. Toujours sur la réserve, sœur Judith ne se montrait guère plus loquace. Au matin du troisième jour, il dispersa les braises de quelques coups de bottes, ramassa la couverture et rinça la gamelle avec une lampée d'eau. Puis il lança ses deux lourdes sacoches en travers de la croupe de son cheval. La jeune femme, rassasiée d'une gamelle de haricots, l'observait sans oser dire un mot.

— Je peux vous emmener jusqu'à la prochaine ville si vous voulez, proposa-t-il après avoir terminé son chargement.

La religieuse essaya de se relever mais retomba aussitôt sur le sol. L'étranger lui tendit une main pour l'aider. Une fois debout, elle poussa un long soupir.

— Je ne sais pas ce que j'y ferais…

— Ça, ce n'est pas mon problème. Vous aurez le temps d'y réfléchir, on n'y sera pas avant ce soir. Ou alors je peux vous laisser ici… C'est à vous de voir.

Elle ne put réprimer une grimace de surprise. Cet homme serait donc capable de l'abandonner après avoir pris soin d'elle pendant deux jours et deux nuits ? Quelle logique était-ce, là ?

— Je vous suis, lâcha-t-elle, résignée.

L'homme se coiffa de son chapeau à larges rebords et enfourcha son cheval. Il aida la jeune femme à se hisser derrière lui avant de lancer son animal au trot, en direction du nord.

*
* *

À Omaha, la nouvelle avait vite fait le tour de la ville : les troupes de l'armée régulière de Fort Kearney, tout comme celles de Fort Randall, plus au nord, quitteraient sous peu le territoire du Nebraska pour rejoindre le front de Virginie. Le gouvernement fédéral, conscient d'exposer les colons à la menace indienne, avait sommé le gouverneur du territoire Alvin Saunders de former un régiment de volontaires pour assurer la sécurité de la région.

Le mois de juillet touchait déjà à sa fin. Julian Eckermann et Torsten Larsson s'étaient rendus comme tant d'autres jusqu'au capitole. Une foule se pressait dans la grande salle aux murs sombres qui occupait l'aile ouest de l'édifice. Cette salle était réservée pour toutes sortes d'occasions. On y rendait la justice, on y donnait le bal annuel du printemps et l'on s'y rassemblait pour prendre les grandes décisions. Cet après-midi-là, colons et commerçants d'Omaha, de Florence, de Saratoga, certains même de Fontanelle, étaient venus assister au discours de John Milton Thayer. Avocat de formation, instituteur puis grand propriétaire terrien, ce politicien incarnait l'autorité locale. D'un physique pourtant peu remarquable – il avait le corps plutôt enveloppé, la taille moyenne et des cheveux châtains coupés ras –, Thayer restait impressionnant. Une moustache broussailleuse barrait son visage, occultant ses expressions et masquant ainsi ses réelles intentions, tout comme ses yeux durs, froids et le plus souvent indéchiffrables achevaient de déstabiliser son auditoire. Personne ne pouvait ignorer son nom dans la région. Cet homme était partout. Propriétaire d'une des plus grandes fermes d'Omaha, membre de l'Assemblée législative territoriale, major général de la Milice territoriale, il s'était surtout fait connaître pour son ardeur féroce à combattre les Pawnees aux côtés des soldats de Fort Randall.

— J'en appelle à votre courage et à votre patriotisme, messieurs ! tonnait-il.

Un brouhaha entremêlé d'applaudissements et de contestations résonna dans la foule. Implacable, le charismatique orateur obtint le silence d'un seul signe de la main.

— Ce soir, continua-t-il, je vous annonce que je viens moi-même de rendre mon siège à l'Assemblée législative territoriale.

Un murmure impressionné parcourut l'auditoire.

— Oui ! renchérit-il. Car il est de mon devoir de prendre la tête du premier régiment d'infanterie de volontaires du Nebraska !

Cette fois-ci, un tonnerre d'applaudissements retentit.

— Oui ! Mes amis, nous allons former le premier régiment de volontaires de ce territoire et nous défendrons nos familles, nos fermes et nos villes ! Engagez-vous ! Suivez-moi ! s'enflammait Thayer, les yeux exorbités et le poing levé.

Nouveau tonnerre d'applaudissements entremêlés de cris d'approbation. Alors que l'enthousiasme retombait à peine, une voix s'éleva au fond de la salle. Un homme sans âge à la longue barbe brune et coiffé d'un chapeau de feutre venait de lever la main.

— Et qui va nous garantir qu'on ne nous enverra pas dans l'Est une fois qu'on aura signé, hein ?

— Ouais, c'est vrai, ça ! renchérit un second. Lincoln a bien envoyé les troupes de Randall et de Kearney à l'autre bout du pays alors qu'elles étaient censées nous protéger. Comment leur faire confiance ?

Thayer étendit les deux bras dans un signe d'apaisement.

— Messieurs ! Allons ! Cette guerre ne durera pas. Les troupes de l'Union auront bientôt raison de cette folie et ramèneront les États séditieux à la raison. De plus, l'appel aux volontaires a été entendu à travers tout le pays. Des régiments se constituent partout. Et s'il faut lancer un appel ici même pour rejoindre le front, nous le ferons aussi ! Ce dont il s'agit aujourd'hui, c'est la défense du territoire du Nebraska contre les hordes sauvages. Je vous le répète, une fois constitué, ce régiment devra rejoindre Fort Kearney pour un entraînement des plus sérieux et y rester jusqu'au retour de l'armée régulière.

Un murmure salua ces dernières paroles. Dans le brouhaha général, Julian Eckermann murmura à Larsson :

— Tu en penses quoi, toi ?

Le colosse suédois jeta un regard inquiet à son voisin.

— Je sais pas trop… Avec la ferme et les enfants, je peux pas laisser Lotta toute seule.

Eckermann fronça les sourcils, pensif.

— Moi, je pense que l'un de nous deux doit en être. L'autre pourrait prendre soin des deux familles et des deux fermes. Ce serait dur, mais c'est possible…

Larsson prit un air effrayé.

— Vraiment ?

— Oui ! Pense un peu, continua Eckermann. Nous ne sommes pas les seuls dans ce cas. On a tous une ferme, une famille, bientôt des semis à faire. Mais si personne ne se porte volontaire pour prendre les armes, qui arrêtera cette armée de Pawnees enragés, hein ?

Larsson baissa les yeux tel un grand ours penaud.

— Je sais pas. J'ai jamais été soldat, moi…

Eckermann lui donna une tape sur l'épaule.

— N'aie crainte. J'irai, moi. Mes terres sont encore presque vierges alors que toi tu as ton blé, ton maïs, tes bêtes… Et je serai tranquille si Joséphine et les enfants viennent vivre chez toi.

Le visage du colosse suédois se détendit d'un coup.

— Ah, ça, bien sûr, oui ! T'inquiète pas pour Joséphine et les petits, va. Ils seront bien chez nous. Je suis sûr qu'on pourra même planter ton blé. Au nord, comme tu m'as dit !

Julian Eckermann considéra son ami avec bienveillance, un demi-sourire accroché aux lèvres mais guère assuré de savoir dans quoi il venait de s'embarquer…

30

De Charybde en Scylla

Épuisée et la bouche empâtée de poussière, Eugénie venait de mettre pied à terre. L'endroit n'était pas tout à fait désert mais était loin de l'idée que l'on pouvait se faire d'une ville. Il n'y avait là qu'une petite vingtaine de constructions de planches grisâtres disséminées à l'ombre de quelques chênes isolés, disposées de part et d'autre d'un étrange carrefour où deux pistes désertes se croisaient en un angle presque droit au milieu de la prairie. Entre les baraquements s'étendaient de petits terrains plus ou moins en friche qui tenaient lieu de basse-cour, de potager et d'entrepôt de matériaux divers. Dans un effort presque ridicule de domestication, on avait méticuleusement délimité leur pourtour de courtes clôtures aux planches soigneusement alignées.

Le cavalier au chapeau noir enroula négligemment les rênes de sa monture à une barrière. Ils se trouvaient devant un hôtel, probablement le seul de la localité.

— Voilà. Vous y êtes, lâcha-t-il. Maintenant, chacun sa route…

Ses yeux n'exprimaient rien d'autre qu'une grande lassitude. S'il se souciait du devenir de sœur Judith, il n'en montra rien et se contenta de porter la main à son chapeau en signe d'adieu. Après avoir balancé ses sacoches par-dessus son épaule, il pénétra dans l'hôtel en laissant la jeune femme au milieu de la chaussée poussiéreuse. Décontenancée, celle-ci fit un rapide tour d'horizon. Le village ne respirait pas la prospérité. Les baraquements, loin d'être pimpants et charmants, étaient purement fonctionnels. Ici, on ne s'était pas embarrassé de décoration inutile, pas plus qu'on s'était donné la peine de peindre les façades. L'hôtel, l'écurie et la quincaillerie n'avaient même pas investi dans une enseigne.

Une légère toux secoua soudain sa poitrine. Elle eut quelque peine à reprendre son souffle, maudissant cette exécrable poussière. Son regard croisa celui de deux hommes avachis sur de vilaines chaises, devant ce qu'elle imagina être une épicerie. Ces deux-là n'étaient ni jeunes ni vieux, ni souriants ni tristes. Leurs visages, fatigués et inexpressifs, desséchés par le vent, avaient cette couleur de terre et de vin que l'on trouve partout dans les campagnes. Leurs yeux délavés étaient brûlés par le soleil et leurs mains épatées disparaissaient sous une peau épaisse, de celle qu'ont ces hommes qui travaillent la terre les pantalons maculés de boue, par tous les temps et sans un seul jour de repos dans l'année. Ils fixèrent la nouvelle venue d'un regard las, assommés par l'exténuante journée de labeur qu'ils avaient laissée derrière eux. Ces deux-là semblaient être les seuls survivants alentour malgré les faibles coups de marteau frappés sur une enclume qu'on entendait résonner plus loin dans le village. Que faire ? Ne supportant plus les regards inquisiteurs des deux hommes, Eugénie décida de se rendre à la rivière. Au moins pourrait-elle enfin y trouver un peu de repos et se rafraîchir… Elle marcha pendant quelques minutes, guidée par la douce musique du cours d'eau, puis déboucha derrière un bosquet donnant sur une large grève. L'eau de la rivière était claire et douce. Elle s'en aspergea le visage et le cou avec délectation puis s'assit un long moment sur la rive, captivée par l'eau cristalline bondissant sur son lit de graviers.

Le crépuscule s'annonçait, il lui fallait s'armer de courage. Le Seigneur, en lui refusant le repos éternel, l'avait condamnée à errer dans le monde des hommes. Mais à quelle fin ? Maintenant qu'elle avait rompu ses vœux, qu'elle avait définitivement tourné le dos à ce Dieu sans pitié ni miséricorde, que ferait-elle de sa misérable existence ? Sans but, sans destin et peut-être sans honneur… Car enfin, quel honneur restait-il à une moniale qui avait rompu ses vœux ? Un frisson parcourut son échine. Se reprenant, elle se releva d'un bond et se dirigea vers le village. Les commerces plaquaient déjà leurs petites affiches contre les vitres, annonçant leur fermeture. Les deux *homesteaders* avaient disparu, les rues étaient désertes. Elle tenta sa chance à l'hôtel. La porte vitrée de l'établissement grinça de manière sinistre lorsqu'elle en franchit le seuil, emplissant le vide de la salle de restaurant. Trois petites tables rondes dépourvues de nappes et de clients trônaient sur un plancher brut et terne. À sa gauche, un comptoir tenant lieu de débit de boissons occupait toute la profondeur de la pièce. Des rangées de verres et de bouteilles s'alignaient sur de maigres étagères. Debout derrière le comptoir, un homme au crâne dégarni l'accueillit d'un air méfiant.

— Madame ? risqua-t-il.

Eugénie s'éclaircit la gorge.

— Monsieur, je cherche de l'ouvrage. Je sais cuisiner et repriser. Pourriez-vous m'aider ?

Les yeux du petit homme se plissèrent. Il avisa sa mise d'une moue suspicieuse, sa robe poussiéreuse, ses cheveux défaits et ses souliers maculés de boue. À Saint Mary, on accueillait à bras ouverts les voyageurs tant qu'ils avaient de l'argent à dépenser, or, celle-ci semblait en être dépourvue.

— Non, miss... On est au complet, ici ! lâcha-t-il d'un ton sec.

L'homme avait cessé d'astiquer ses verres. Il était passé devant le comptoir et se tenait devant la jeune femme les poings sur les hanches, prêt à faire déguerpir cette importune au plus vite. À cet instant, une voix masculine s'éleva du fond de la pièce.

— Essayez la grande maison à côté du moulin, juste après la quincaillerie *Evans*...

Eugénie n'avait pas remarqué cet homme en entrant. Il se tenait dans l'ombre, sous l'escalier qui menait à l'étage, et se balançait doucement dans un fauteuil à bascule. Sa physionomie n'était guère engageante et ne rassura pas la jeune femme. Difficile de croire à la bienveillance de sa recommandation. L'homme s'était redressé de son fauteuil et la toisait, les bras croisés sur sa poitrine. Eugénie, déjà profondément incommodée par la situation, comprit qu'elle n'était pas la bienvenue. Elle salua poliment les deux hommes et se retira sur-le-champ. Le cœur lourd et l'estomac serré, elle fut tentée de quitter ce village hostile, de s'enfoncer dans la nuit et de disparaître de nouveau. Tout, plutôt que l'humiliation de devoir quémander un travail ou un abri pour la nuit. Un bref regard vers les ténèbres, au-delà des baraquements, l'en dissuada. Résignée, elle rassembla son courage et tenta sa chance un peu plus loin. Il ne lui fut pas bien difficile de trouver la grande maison que lui avait indiquée l'inconnu à l'hôtel. Elle avait repéré la quincaillerie juste à côté, dépourvue d'une enseigne elle aussi.

Au contraire de l'hôtel, l'endroit était accueillant. Une demi-douzaine de chevaux était stationnée au pied des larges marches qui menaient au porche. De l'extérieur, Eugénie pouvait voir les multiples lampes à huile qui illuminaient une salle haute de plafond et entendre un brouhaha animé. Elle s'approcha timidement, jeta un œil par une fenêtre et distingua un comptoir auquel étaient accoudés quelques clients, le nez sur un verre de whisky. Plus loin, quelques hommes étaient attablés par petits groupes. Certains jouaient aux cartes tandis que d'autres avaient la tête plongée dans leur assiette de ragoût fumant. Deux jolies femmes en tenue chatoyante tournaient autour de tout ce petit monde, servant des verres, débarrassant les assiettes en riant aux éclats. Eugénie hésita un instant avant d'actionner la poignée de la porte vitrée, d'où s'échappa une forte odeur de tabac et d'alcool qui la prit à la gorge. Cette fois-ci, personne ne remarqua son entrée. Tout à leur jeu, les joueurs de cartes s'invectivaient de noms d'oiseaux et fixaient leurs cartes d'un air préoccupé, les autres jetaient des œillades gourmandes aux serveuses en vidant d'un coup sec le contenu de leur verre au fond de leur gosier. Eugénie resta prostrée contre la porte d'entrée et se signa dans un réflexe effrayé. Une femme d'âge mûr s'arrêta devant elle et la détailla de haut en bas.

— Eh bien, c'est-y pas malheureux de voir ça ! s'esclaffa-t-elle.

De petite taille, la matrone avait déployé des trésors d'ingéniosité pour atténuer les effets du temps sur sa beauté fanée. Son teint, dissimulé sous une épaisse couche de farine, ses cheveux blonds assemblés en une coiffure élaborée et sa taille grasse étouffée dans une robe rouge vif ne trompaient personne. L'ensemble était grotesque.

— Alors, mon enfant, qu'est-ce qui vous amène ? insista-t-elle.

Eugénie hésita, ne parvenant pas à se défaire de ce mauvais pressentiment qui l'avait saisie quelques instants plus tôt.

— Je cherche de l'ouvrage, madame. Je sais cuisiner, repriser et tenir une cuisine. Je peux aussi assister un médecin dans sa pratique si nécessaire.

La matrone porta un éventail doré à ses lèvres et éclata de rire. Elle examina d'un peu plus près la nouvelle venue, achevant ainsi de la déstabiliser, puis sembla réfléchir un instant.

— On va bien vous trouver quelque chose, allez, finit-elle par lâcher. Mais pas dans cet état en tout cas ! Vous empestez, ma petite !

Elle agita son éventail avec frénésie, comme pour chasser une odeur incommodante. Eugénie se recroquevilla contre la porte. La femme, qui ne la quittait pas des yeux, héla un homme à la mine sombre, avachi sur une chaise au fond de la salle.

— Oh ! Pat ! Viens un peu par ici ! lança-t-elle.

L'homme bondit et se posta aussitôt derrière la matrone.

— M'aam Perry ? s'écria-t-il.

Avec son œil fourbe, il n'inspirait pas confiance. Eugénie resta sur ses gardes.

— Pat Bunch, adjoint de la patronne, se présenta-t-il.

Cette dernière lui ordonna de conduire Eugénie au premier étage et de lui apporter un nécessaire de toilette. Elle trouverait là-haut de quoi se changer. La jeune femme, toujours hésitante, rechigna un court instant à arracher son dos de la porte vitrée, luttant contre son instinct qui lui commandait de fuir à toutes jambes. Mais quel autre choix avait-elle ? Au-dehors, la nuit n'était guère plus accueillante. Elle traversa la salle enfumée le dos rond et le regard bas. Des regards insistants s'accrochèrent à sa silhouette. En silence, elle grimpa l'escalier à la suite de Pat Bunch en jetant un œil inquiet à la salle en contrebas. Elle s'arrêta soudain à mi-course. Elle venait de reconnaître le cavalier qui l'avait menée jusqu'ici. Ce dernier était assis à l'une des tables de joueurs, une bouteille de whisky à la main, les yeux rivés sur elle. Il détourna vivement la tête lorsqu'il croisa son regard et retourna à sa partie de cartes la seconde suivante.

Quelques instants plus tard, Eugénie pénétra dans une chambre lugubre, au décor de mauvais goût. Des rideaux rouges usés pendaient de chaque côté d'une fenêtre sans volets. Un vilain lit de fer forgé trônait sur un plancher aux lattes disjointes. Les murs étaient recouverts d'un papier vert jauni dans les coins, témoins d'anciennes infiltrations. Le moral au plus bas, épuisée, la jeune femme dut faire appel à ses dernières ressources pour se laver. Le petit pain de savon que Bunch venait de lui donner disparut entièrement dans l'opération. Une fois le corps et les cheveux méticuleusement astiqués, brossés, rincés puis séchés, elle trouva à l'intérieur d'une armoire quelques robes aux couleurs bien trop criardes à son goût. Elle se rabattit sur une jupe brune et une chemise de lin clair. Voilà qui lui correspondrait mieux. De nouveau présentable, elle s'assit sur une petite chaise et attendit. On ne lui avait donné aucune instruction et elle n'osa reparaître dans la salle de peur de devoir une fois de plus affronter les mines patibulaires des clients. On ne la fit pas attendre bien longtemps. Quelqu'un ouvrit la porte sans ménagement et se présenta sur le seuil. Sa démarche titubante témoignait d'un haut degré d'alcoolisation. Eugénie bondit sur ses pieds, se demandant ce que cet homme venait faire là. L'ivrogne se jeta sur elle et l'agrippa par les épaules, puis il tenta par tous les moyens d'approcher son visage repoussant du sien. La jeune femme se débattit, hurla, appela à l'aide. Elle finit par se dégager de l'emprise de son agresseur mais ce dernier revint à la charge et la gifla violemment. Elle tomba à terre sous la puissance du coup, sonnée. Reprenant rapidement ses esprits, elle constata qu'elle se trouvait à quelques pas de la porte de la chambre. Elle avait peut-être une chance d'échapper à son agresseur. Sans réfléchir, elle se releva d'un bond et s'engouffra sur le palier. Mais elle tomba nez à nez avec l'affreux Pat Bunch.

— Oh, là ! Qu'est-ce qui se passe, ici ? s'écria-t-il.

L'ivrogne se précipitait déjà hors de la chambre, prêt à fondre de nouveau sur sa proie. Pat interrogea du regard les deux protagonistes. Bunch eut un rictus de mépris.

— Eh bien, qu'est-ce que c'est que ça ? cracha-t-il à la jeune femme. On refuse de servir la clientèle ?

Eugénie s'indigna.

— Comment donc ? Il ne s'agit pas de ça ! Cet ivrogne m'a agressée !

— Agressée ? grogna l'autre. J'ai payé, moi !

Pat Bunch donna une tape amicale sur l'épaule de l'homme et afficha un large sourire, laissant voir ses dents gâtées.

— Bien sûr, monsieur Johnson ! Ne vous inquiétez pas pour ça. Nous allons régler ce petit problème.

Eugénie avait retrouvé son aplomb et s'impatientait.

— Il suffit, monsieur ! Jetez donc cette brute dehors et indiquez-moi mon office. Cela a assez duré !

Dans la salle, les clients avaient interrompu leurs bavardages dès le premier éclat de voix. N'y allant pas par quatre chemins, Pat Bunch attrapa Eugénie par le col de la chemise et la traîna sans ménagement dans la chambre, ignorant ses protestations. Il prit tout de même le temps de s'arrêter et jeta à monsieur Johnson :

— Un instant. Je vous la rends immédiatement…

Puis il referma la porte sur lui. La jeune femme, outrée par tant de violence, s'était réfugiée près de la fenêtre et se tenait cramponnée au dossier de la petite chaise, bouclier dérisoire.

— Ça suffit, maintenant ! s'écria Bunch. Ma petite, si tu veux payer le savon, l'eau et les vêtements que tu portes, va bien falloir faire ce que je te demande !

Il leva une main en l'air, prêt à frapper. Terrorisée, Eugénie comprit enfin dans quel piège elle était tombée. Ce constat acheva de l'anéantir. Désespérée, elle considéra la fenêtre juste derrière elle. Au point où elle en était, ne fallait-il pas mieux se rompre le cou ? Tout à coup, on tambourina violemment sur le panneau de la porte. Pat Bunch se retourna, l'air contrarié.

— Tu ne perds rien pour attendre, lâcha-t-il en pointant un doigt menaçant vers la jeune femme.

Le battant s'ouvrit sur la silhouette imposante du cavalier à la barbe poivre et sel. À sa vue, Eugénie se précipita vers lui, mais elle fut stoppée net par le coup d'œil foudroyant que lui lança Bunch, prêt à frapper.

— Ah, monsieur ! s'écria-t-elle. Je vous en prie, aidez-moi !

Le cavalier leva un sourcil impassible et se tourna vers Bunch.

— Combien ?

— Ça dépend…, répondit l'autre, un brin décontenancé. C'est pour une heure ?

Le cavalier eut un réflexe nerveux qui traduisait une rage contenue.

— Non… Combien vous doit-elle, crétin ?!?

Bunch objecta, soudain nerveux.

— Faut voir… Sais pas, moi, faut faire le calcul !

La jeune femme s'interposa.

— Du savon, de l'eau et ce que je porte à présent. Voilà ce que ce bandit me réclame !

— Pour ça, un dollar fera largement l'affaire, répondit le cavalier.

Il fouilla dans la poche de son veston de cuir et en sortit une pièce d'argent.

— Il serait malvenu de réclamer plus, assena-t-il.

— Et qui va dédommager le pauvre bougre sur le palier ? aboya Bunch.

Le cavalier eut un regard noir.

— Vous avez bien les quelques cents qu'il vous a donnés avant de monter, non ? Ne poussez pas votre chance…

Eugénie, trop heureuse de s'extirper de cette situation périlleuse, suivit docilement son protecteur hors de la chambre. Ils traversèrent la salle où le vacarme de cris et de rires avait repris et sortirent. La jeune femme retrouva l'air frais de la nuit avec soulagement. Elle s'apprêtait à remercier son sauveur, mais elle n'en eut pas le temps.

— Moi, c'est Coleman, se présenta le cavalier. Vous avez une dette et je ne fais pas dans la charité.

Eugénie blêmit. Avait-elle quitté un piège pour tomber dans un autre ?

— Rassurez-vous, nous trouverons un moyen honnête de rembourser cette dette. Suivez-moi, lâcha l'homme.

De nouveau sur ses gardes, la jeune femme s'exécuta, faute de meilleure alternative. Le cavalier l'emmena à l'hôtel où elle avait échoué en arrivant ici. Elle fut soulagée lorsqu'il lâcha quelques pièces au tenancier et demanda une seconde chambre.

L'instant suivant, elle s'écroula sur un lit miteux et sombra dans un sommeil sans rêve, se refusant à songer au lendemain.

31

À la croisée des chemins

Coleman avait un sérieux penchant pour le whisky, comme la plupart des clients de madame Perry. Le jour suivant, se désintéressant du sort d'Eugénie, il s'installa de nouveau à une table de poker noyée dans les vapeurs d'alcool et les volutes de mauvais tabac, une bouteille de bourbon dans une main, un jeu de cartes dans l'autre, maugréant contre la malchance. Il resta ainsi cloîtré deux jours durant, n'interrompant son jeu que pour engloutir un ragoût sans saveur ou se soulager à la va-vite derrière le tripot. Au crépuscule du deuxième jour, délesté une nouvelle fois de quelques dollars injustement perdus, il vida un dernier verre au fond de son gosier, quitta la table en grognant et sortit du bar. Il regagna l'hôtel en titubant pour s'écrouler quelques instants plus tard sur son lit, assommé de fatigue.

Eugénie, à la fois débitrice de cet individu mais incertaine de ses intentions, avait passé tout ce temps à se morfondre au bord de la rivière. Sa dette s'amplifiait à mesure que les jours passaient. Sa chambre d'hôtel était en effet payée par cet inconnu, tout comme son bol de *grits*[1] quotidien qui s'ajoutait à la note. La jeune femme, bien qu'à présent dépourvue de toute estime d'elle-même, n'était cependant pas prête à renoncer à son intégrité. Elle honorerait sa dette. Se sentant inutile et désœuvrée, elle passa ainsi des heures au bord de la rivière à laisser son esprit vagabonder et se perdre dans la course des eaux. Elle se refusait cependant à retracer les derniers jours de son errance, encore moins à se remémorer les tragiques événements qui l'avaient conduite jusqu'ici, bien trop pénibles à sa mémoire. Les souvenirs de son ancienne existence mettaient en exergue l'abîme de sa situation actuelle. Affaiblie, découragée, elle se complaisait dans un état apathique qui lui était étranger. Eugénie n'affichait plus ce sourire avenant qui la caractérisait jadis. Elle était devenue aussi peu bavarde que son compagnon de voyage.

Coleman avait décidé de reprendre la route le lendemain. Ils chemineraient vers le nord jusqu'à la prochaine ville d'importance. Ils partirent à l'aube. Les journées se succédèrent dans un silence monacal, au rythme des pas lents du cheval qui devait supporter le poids des deux cavaliers. Les arrêts étaient fréquents, il fallait laisser se reposer l'animal et manger. Coleman chassait avec adresse le chien de prairie[2] ou le tétras, puis rôtissait sa prise sur un feu improvisé. Il entama l'une des deux bouteilles de whisky qu'il avait emportées en quittant Saint Mary. Eugénie refusa à plusieurs reprises le verre d'alcool ambré que l'étranger lui présentait comme une

1. Gruau de maïs.
2. Petit rongeur dont le cri s'apparente à l'aboiement du chien.

évidence à chaque fois qu'il se servait. Elle ne noierait pas son désarroi dans l'alcool. Pas encore…

La plaine du Nebraska s'étendait à perte de vue. La course du soleil et le tracé de la piste, invisible aux yeux de la jeune femme, guidaient le cavalier dans cette immensité. Le deuxième jour, de lourds nuages s'amoncelèrent sur l'horizon. Une pluie fine, puis drue inonda la prairie, transformant le sol en un immense bourbier. Eugénie frissonnait depuis un long moment sous sa modeste chemise de lin détrempée quand le cavalier lui proposa de se couvrir avec l'unique couverture de laine brune dont ils disposaient, sans pour autant stopper leur progression sur la lande. La pluie tomba sans discontinuer jusqu'au milieu de la journée suivante, ôtant toute possibilité de repos. La prairie n'offrait aucun abri, aucun refuge au voyageur isolé et transi. Cette nuit-là, tremblante de froid, Eugénie ne put trouver le sommeil alors que le cavalier ronflait bruyamment non loin d'elle, adossé à un maigre tronc d'arbre, à l'abri dans son long manteau imperméable et son chapeau à larges bords. Le lendemain, la jeune femme fut secouée par une vilaine toux. Le soir suivant, la toux s'amplifia, la privant d'un sommeil réparateur. Malgré la chaleur du feu, elle se sentait au plus mal. Frissonnant sous ses vêtements encore humides, elle abaissa ses dernières défenses et finit par céder lorsque Coleman lui présenta une fois de plus sa bouteille de bourbon. Elle se laissa glisser dans les vapeurs enivrantes de l'alcool et oublia pour un moment sa toux et sa misère.

Lorsque deux jours plus tard le maigre convoi aborda enfin les contours d'une cité relativement importante, la jeune femme crut voir son calvaire prendre fin.

Toujours harcelée de profondes quintes de toux, elle se laissa porter par le rythme lent de leur monture fatiguée, indifférente à tout, ne remarquant ni le majestueux capitole isolé sur une petite colline ni les larges rues qui fourmillaient d'activité, ni les soldats qui traversaient la ville en haranguant la foule, appelant aux volontaires. Coleman fit halte dans l'une des auberges proches du fleuve Missouri. Il comptait y passer quelques jours, le temps de régler quelques affaires. Eugénie retrouva l'odeur désormais familière du whisky et du tabac froid qui empestait jusque dans les chambres, mais elle ne s'y attarda pas et sombra dans un demi-sommeil, interrompu parfois par de faibles quintes de toux.

Le cavalier disparut deux jours entiers, la laissant livrée à elle-même. Seule dans sa chambre d'hôtel, elle alternait périodes d'éveil engourdi et somnolence. La fatigue et son infection de poitrine lui avaient brouillé les sens. Les bruits lointains de la ville se mêlaient à ses rêves agités et l'épuisaient encore un peu plus. Le deuxième jour, affamée, elle s'arracha de sa couche et, munie de quelques pièces laissées par le cavalier, se décida à se procurer une potion contre la toux ainsi qu'un maigre repas. La jeune femme n'était plus que l'ombre d'elle-même. Négligeant sa mise, elle quitta la chambre sans même un regard pour le petit miroir accroché au mur. Celui-ci lui aurait renvoyé l'image d'une jeune femme aux yeux tristes et éteints, les joues creusées par la faim et les cheveux de jais vaguement rassemblés en un chignon vacillant. Pour ne rien arranger, sa chemise de lin clair était tachée par endroits et sa jupe maculée de boue. L'ensemble n'était guère flatteur.

Encore très faible, Eugénie se déplaçait d'un pas hésitant. Elle évitait de frôler quiconque pourrait déstabiliser son équilibre précaire. Elle fit quelques pas au-dehors, s'arrêta un instant, surprise par la chaleur revigorante du soleil. Elle se décida à partir en quête d'une apothicairerie. Un passant lui indiqua sans difficulté la plus proche, sur Oak Street. La ville était en effervescence. On entendait depuis la levée le rythme effréné d'un tambour jouant quelque marche militaire. De nombreuses familles accouraient, se dirigeant toutes vers un même point, à l'angle de la deuxième rue et de Oak Street. Effrayée par tant de tumulte, la jeune femme se réfugia dans l'apothicairerie.

— Ce sera ? s'enquit une petite dame sèche postée derrière un comptoir de chêne ciré.

Eugénie lui commanda une décoction pour soulager sa toux.

— Que se passe-t-il donc ? demanda-t-elle.

La petite dame s'anima soudain.

— Oh, ça ! Ce sont nos braves hommes qui partent pour Fort Kearney. Le régiment de volontaires. Vous n'êtes pas au courant ?

Encore de pauvres jeunes hommes condamnés à une mort certaine…, pensa Eugénie. La dame lui tendit une petite fiole du précieux remède, se fit payer 35 cents et souhaita une bonne journée à sa cliente. Sitôt franchi le seuil de l'officine, Eugénie se retrouva projetée dans la cohue. Au coin de la rue, dominant la foule se tenait un officier en grande tenue juché sur un cheval de belle prestance. Sabre rutilant à la ceinture, redingote bleu nuit ornée d'épaulettes couleur or, un *hardee hat*[1] à l'insigne bleue sur la tête, John Milton Thayer supervisait le rassemblement de sa troupe, encadré de deux jeunes capitaines fringants flanqués d'un petit tambour, perchés eux aussi sur de grands chevaux à la robe sombre. Les hommes s'alignèrent en une colonne indisciplinée sous les cris larmoyants de leurs femmes et les vivats de leurs voisins. On s'arrachait aux bras tendres des épouses, aux baisers volés d'une bonne amie, aux mains potelées d'enfants chéris pour rejoindre avec fierté les rangs du premier régiment de volontaires du Nebraska.

Contrairement à la milice d'État du Missouri, qui avait laissé un souvenir à la fois pitoyable et cruel à Eugénie, ceux-là avaient fière allure. Entièrement équipés par l'intendance de l'Union, les soldats affichaient une uniformité toute militaire avec leur redingote bleu nuit qui tombait sur un pantalon bleu ciel à liseré doré, leur sac en bandoulière de cuir arborant un médaillon frappé des deux lettres « US », une couverture brune roulée sur les épaules et un képi de feutre mou à visière noire, emblématique de l'US Army. Tous étaient équipés d'un fusil Springfield dernier modèle. Une silhouette un peu plus haute que les autres, un peu plus large aussi, émergea de la foule, accrochant le regard d'Eugénie. Avec ses cheveux blonds qui dépassaient de son képi, le soldat lui sembla étrangement familier. Une jeune femme à la chevelure flamboyante l'enlaçait tendrement. Quand le couple desserra son étreinte langoureuse, le cœur d'Eugénie s'arrêta soudain de battre.

---

1. Chapeau réglementaire des officiers de l'Union.

Julian Eckermann portait à ravir l'uniforme bleu des soldats de l'Union. Pendue à son cou, Joséphine venait de lui donner un ardent baiser d'adieu. Le migrant allemand l'enveloppait de ce regard triste et doux qu'Eugénie avait imprimé dans sa mémoire. Son teint avait foncé, ses cheveux étaient plus clairs et ses épaules s'étaient étoffées. Il rayonnait. Quant à Joséphine… La jeune fille s'était épanouie comme une rose au soleil, sa remarquable beauté resplendissait. Eugénie se recroquevilla contre la devanture de la droguerie. Elle aurait aimé disparaître sous le plancher, dans la poussière, ou s'évaporer dans l'air comme la brise du matin. Elle se sentit pitoyable. Ces deux êtres beaux et dignes lui rappelèrent avec cruauté ce qu'elle n'était plus. Mais plus encore ce qu'elle ne serait probablement jamais. Dans ses rêves les plus secrets, de ceux qu'elle peinait à s'avouer, elle avait gardé une porte ouverte sur un avenir impossible. Elle n'avait pas exclu cette infime probabilité qui aurait pu la mener un jour, peut-être, sur la route de cet homme. Son cœur, tel un destrier fou, s'était laissé emporter par des images confuses et imaginaires de tendres étreintes, de promesses échangées et de bonheur improbable. La réalité, implacable, venait de la rattraper. Tiraillée entre la douleur cruelle et évidente que lui causait cette réalité, la honte que lui procurait ce sentiment interdit et sa raison qui lui commandait de se réjouir du bonheur de ces deux êtres chers, elle perdit pied. Les larmes lui montèrent aux yeux sans qu'elle ne puisse les réfréner. Elle plaqua une main sur sa bouche pour étouffer le cri qu'elle sentait monter en elle, puis elle prit la fuite et disparut dans la cohue de Oak Street.

Julian Eckermann, tout à ses adieux, ne remarqua pas la frêle créature prostrée contre la devanture de la droguerie. Il ne perçut pas non plus son désarroi et ne la vit pas s'éclipser discrètement vers la levée. Il avait bien autre chose en tête… Presque indifférent à l'étreinte voluptueuse de sa compagne, il vagabondait déjà à quelques miles de là, survolant en pensée sa propriété des Deux-Chênes qu'il abandonnait pour un temps et bien à regret. Quelques mois, tout au plus, espérait-il. La construction du porche attendrait. La consolidation de la paroi nord de la grange aussi. Et puis sa seconde récolte de maïs donnerait-elle autant que la première ? Larsson le lui écrirait, il avait promis. Quant aux petits, il ne s'en faisait pas pour eux. Entre les ragoûts de Lotta et les jeux de Joséphine, ils n'auraient guère le temps de se morfondre en attendant son retour… Il s'arracha doucement aux bras de la belle quarteronne, déposa un dernier baiser sur son front, échangea quelques mots d'adieu puis rejoignit sa compagnie. Manouvriers, *homesteaders*, immigrants sans le sou avaient gonflé les rangs du peloton. Beaucoup d'entre eux, vêtus de neuf et équipés d'un lourd barda, se congratulaient. Une paye régulière, et pas des plus ridicules, les attendrait maintenant chaque fin de semaine. Les volontaires comme Julian, eux, étaient mus par la peur de voir déferler ces hordes de Pawnees sauvages sur les territoires colonisés du Nebraska. D'autres, comme le colonel John Milton Thayer, avaient hâte d'en découdre. Les Indiens n'auraient qu'à bien se tenir… Aucun de ces hommes n'avait reçu de formation militaire et très peu comprenaient la notion de discipline. Beaucoup s'écartèrent d'ailleurs de la colonne aussitôt placés.

Un lieutenant pointait les arrivants sur un cahier à reliure de cuir. Un autre les plaçait par rang de deux. Eckermann se retrouva aux côtés d'un gaillard à l'allure souple et agile, coiffé de boucles rousses et portant une barbe du même ton flamboyant.

— Nous voilà bien ! marmonna ce dernier. Ce gars-là ne m'a pas l'air des plus futé !

Eckermann se présenta.

— Moi, c'est Gallagher, répondit l'autre. Sean Gallagher. De Belfast. Installé depuis deux ans à Fontanelle, le long de la Platte River.

Les deux hommes échangèrent une poignée de main virile.

— Je disais, reprit Gallagher un ton plus bas, qu'avec un sous-officier incapable de maintenir les hommes en rang, on est mal partis.

Eckermann sourit.

— C'est un gamin. Je croyais que les lieutenants étaient élus par les soldats, non ?

— Celui-là est caporal, mais…

Gallagher ne put terminer sa phrase, interrompu par le tambour qui sonnait le rappel. Une pluie de coups secs résonna sur la caisse et annonça la mise en mouvement des troupes. Julian jeta un dernier coup d'œil à Joséphine. Sa beauté rayonnait au milieu de cette foule grise. Il fallait bien l'avouer, il quittait à regret sa compagne et ses caresses. Cependant, il ne pouvait se défaire de ce sentiment mitigé qui habitait son cœur depuis le début de leur vie commune, mélange de regret et de désir inassouvi. Il avait acquis la conviction, sans pour autant le formuler à haute voix, que cette aventure ne les mènerait pas bien loin. Mais son sens du devoir lui avait imposé de s'engager auprès d'elle pour le restant de ses jours… Il n'aurait pu en être autrement. Peut-être son départ et cet éloignement forcé lui permettraient-ils d'y voir plus clair à son retour. Il lui adressa un dernier sourire, eut encore une pensée pour les enfants restés à la ferme Larsson, entourés de Lotta et de Torsten, puis se mit en marche lui aussi.

IV

L'aube du jour nouveau

32

Fort Kearney

Eugénie marchait docilement sur les talons de Coleman dans le dédale de rues qui bordaient la levée. Elle avait le souffle court et haletait, sa fluxion de poitrine ne lui laissait guère de répit.

C'était le milieu de la matinée et les rues d'Omaha étaient fourmillantes d'activités. Dès la première heure, on avait déchargé le vapeur en provenance de Saint-Louis, Memphis, ou de plus loin encore sur le fleuve. Tel le sang nourricier d'un corps jeune et fringant, les marchandises s'écoulaient à dos de mule à travers les artères de la ville, emplissaient les arrière-cours des magasins, complétaient les étals des marchés et gonflaient les stocks des entrepôts de tous les produits manufacturés que l'on ne trouvait pas encore sur la Frontière. Indifférente à l'agitation ambiante, Eugénie ignorait cette foule de colons fraîchement débarqués, fiévreux et fébriles, enthousiastes à l'idée d'avoir enfin atteint la porte de l'Ouest. De l'homme célibataire accompagné de sa seule mule et chargé de son maigre barda, en passant par la famille de six ou sept membres agglutinés autour de leur chariot empli à ras bord et qui à lui seul portait tous leurs espoirs, tous se préparaient à l'imprévisible et dangereuse traversée des Grandes Plaines. Certains visaient les terres fertiles de l'Oregon, d'autres les mines d'or de la Californie, d'autres encore espéraient rejoindre leur communauté de Mormons sur les bords du Grand Lac Salé. Eugénie, elle, ne visait rien, encore sous le coup de sa rencontre de l'avant-veille. Au choc avait succédé une foule d'interrogations, puis son cœur s'était serré à l'idée que Julian Eckermann ait rejoint quelque front meurtrier de l'Est et que Joséphine ait de son côté regagné leur foyer. *Leur* foyer ? La jeune femme n'avait cessé de tourner et retourner cette hypothèse dans sa tête. Par quel miracle Joséphine Bruno et Julian Eckermann s'étaient-ils retrouvés ? Plus encore, quand et comment s'était développée leur intimité ? Entre quintes de toux et questions restées sans réponses, Eugénie n'avait pas fermé l'œil les deux nuits suivantes. Jusqu'au petit matin, son imagination avait transformé les ténèbres de la petite chambre d'hôtel en un théâtre où se jouaient la rencontre de Julian et de Joséphine, leurs amours fantasmées et leur bonheur domestique auquel se joignaient Anna, Franz et Johann. Au petit matin du second jour, les fantômes de la nuit s'étaient envolés mais ni la fatigue ni sa fluxion de poitrine, ni même son affliction ne lui avaient accordé de sursis.

Ignorant ce flot ininterrompu de marchandises et de colons qui avaient jailli de la levée, le ténébreux Coleman s'arrêta à contre-courant devant une discrète officine portant l'enseigne *Jeremiah Moore, Bride Broker*. Il ouvrit la porte d'un geste sec. Une clochette tinta, réveillant le préposé à moitié endormi sur un comptoir rudimentaire. Au même instant, trois paires d'yeux fatigués se tournèrent vers les nouveaux arrivants. Trois femmes d'allure modeste se tenaient assises dans un coin, évoquant à elles seules la salle d'attente de quelque administration. De gros baluchons trônaient sur leurs genoux. Le préposé ne posa aucune question à Coleman qu'il semblait manifestement bien connaître. Il l'invita à le suivre et le précéda le long d'un couloir. Eugénie fut sommée d'attendre là et prit place sur une chaise vacante. Le préposé revint quelques instants plus tard, seul, et lui tendit un imprimé.

— Savez-vous lire et écrire ? demanda-t-il à la jeune femme.

— Bien entendu, jeta-t-elle, presque offusquée.

Le préposé, un quinquagénaire maigrichon à l'air pincé, prit la mouche à son tour.

— Oh ! Pas de grands airs avec moi, ma petite ! Remplissez donc ce formulaire.

Elle se releva pour rejoindre le comptoir et s'exécuta sous le regard attentif du préposé. La fiche de renseignements était très complète : date, lieu et pays de naissance, patronyme, situation maritale actuelle et antérieure, antécédents médicaux, antécédents judiciaires, possessions et biens, déclaration sur l'honneur… Eugénie buta sur une question et s'en inquiéta auprès de l'homme qui la fixait d'un air dédaigneux.

— Qu'entendez-vous par « montant de la dot » ?

Le préposé eut un petit rire nerveux.

— Eh bien, ne savez-vous pas ce qu'est une dot, mon enfant ? demanda-t-il, avant d'ajouter avec une moue condescendante : Je suppose que vous pouvez passer à la question suivante…

Le porteplume s'immobilisa entre les doigts d'Eugénie alors que Coleman faisait irruption dans la pièce, accompagné d'un homme au physique d'avocat ou de fonctionnaire. Habillé d'un complet veston tiré à quatre épingles, ce dernier était de petite taille. Il avait le crâne dégarni et des yeux bruns cernés de binocles en écaille. Il ajusta ses lunettes sur son nez et détailla Eugénie de pied en cap.

— C'est elle ? demanda-t-il à Coleman.

— Oui, répondit ce dernier. Entendons-nous bien, précisa Coleman, les 50 dollars habituels pour le convoyage, plus 20 autres pour vous l'avoir dénichée. Vous n'imaginez pas ce que cela m'a déjà coûté pour l'amener en un seul morceau jusqu'ici.

— Comme vous y allez ! s'indigna l'autre.

Coleman jeta un coup d'œil à Eugénie.

— Allons, Moore, ne me dites pas que toutes vos mariées sont aussi jolies que celle-ci… Et puis vous économisez sur les frais de voyage depuis Boston ou New York ! Ne me la faites pas…

Eugénie fronça le sourcil. Les autres femmes échangèrent de brefs regards. Le dénommé Moore s'approcha du comptoir.

— Vous avez fini ? demanda-t-il à Eugénie en tendant la main pour récupérer le formulaire.

Celle-ci hocha le menton et le lui tendit. Il parcourut le document à la va-vite.

— Française ? Très bien, ça. Et jeune, par-dessus le marché, en bonne santé, jamais mariée, pas d'enfants.

Mais je vois qu'il n'y a aucun bien. Évidemment, il fallait s'y attendre.

Il leva un sourcil soupçonneux et planta ses petits yeux bruns dans les prunelles noires de la jeune femme, avant de continuer son interrogatoire.

— Une dernière question. Bien entendu, vous possédez toutes les aptitudes courantes à la tenue d'un foyer ?

Désarçonnée, Eugénie balbutia trois mots inaudibles.

— Je le suppose, coupa Moore. Si ce n'est pas le cas, vous apprendrez sur le tas. Bien ! s'exclama-t-il soudain en posant le papier sur le comptoir.

— Cole, envoyez-moi ça à Fort Laramie !

Le préposé saisit le formulaire et sortit de l'officine d'un pas précipité. Moore s'adressa ensuite à Coleman.

— C'est bon. Vous aurez votre argent. Comme d'habitude, une première pour les frais, ajouta-t-il en lui tendant une enveloppe. Le reste à la livraison. J'y ajouterai ce que nous venons de convenir. Content de faire à nouveau affaire avec vous, monsieur Coleman. Vos quatre passagères sont à votre disposition.

Une poignée de main scella l'accord entre les deux hommes, puis Moore disparut dans son bureau. Coleman ouvrit la porte extérieure et lança :

— Mesdames, après vous !

Les trois inconnues attrapèrent leurs baluchons au vol et franchirent le seuil de l'officine d'un pas déterminé. Eugénie resta hésitante un instant et Coleman s'impatienta.

— Eh oui, vous aussi !

À l'extérieur, un chariot bâché les attendait, attelé de deux chevaux robustes. Les trois femmes y jetèrent leurs baluchons sans hésitation. Deux d'entre elles s'installèrent sur la banquette avant et une troisième prit place à l'intérieur du chariot en se frayant un chemin parmi les vivres et autres provisions. Eugénie suivit le mouvement et grimpa à l'arrière du véhicule à son tour. Coleman vérifia l'attelage et la bride de son cheval fixée à l'arrière du chariot. Il s'assura brièvement du confort des passagères avant de prendre place en tête. L'instant suivant, le chariot se mettait en branle. Calée approximativement contre un sac de haricots, Eugénie regarda sans regret les rues d'Omaha s'éloigner lentement par l'ouverture arrière de la bâche. Incertaine du sort qui lui serait réservé, elle restait cependant convaincue que cela ne pourrait être pire que ce qu'elle venait de vivre. Quoi qu'il en soit, elle ne pouvait que se féliciter de quitter cette région maudite…

*

* *

— Cet endroit n'a rien d'une garnison ! s'exclama Gallagher.

La troupe, épuisée par cinq jours consécutifs de marche forcée, arrivait en vue du poste-frontière. Une rumeur indistincte monta de la colonne de soldats. La plupart criaient leur soulagement de voir l'expédition prendre fin.

— Ce n'est pas ce à quoi je m'attendais non plus, murmura Eckermann.

Il avait beau scruter la ligne d'horizon, il ne distinguait rien d'autre que l'ombre de quelques baraquements dispersés çà et là au milieu de la plaine déserte. Aucune fortification n'était visible, pas même un mur d'enceinte, et Julian s'en étonna. Non pas qu'il regrettât que ce poste soit si réduit, ces bâtiments pouvaient abriter une communauté de deux cents ou deux cent cinquante âmes, ce qui était déjà beaucoup pour un homme qui appréciait l'isolement des Deux-Chênes, mais l'absence totale de fortification l'étonnait au regard de la féroce réputation des Pawnees…

Au fur et à mesure de leur approche, les soldats distinguèrent avec plus de précision les détails du fort. Un vaste terrain de parade était bordé d'une série de longs baraquements alignés avec une rigueur toute militaire. Il s'agissait probablement des quartiers des *privates*[1]. Plus loin, d'autres constructions à l'architecture plus élaborée se succédaient en bordure de ce même terrain à l'herbe rase, de petites maisons au large porche ombragé ainsi que d'un bâtiment plus cossu aux allures de maison coloniale. Au centre trônait l'immense mât portant les couleurs de l'Union. La bannière aux trente-quatre étoiles[2] flottait au vent à une bonne vingtaine de mètres du sol, visible à des miles à la ronde. On avait essayé, en vain, de rompre la monotonie de l'horizon en plantant une rangée de jeunes peupliers le long de la route. Le résultat était décourageant, et l'immensité et la platitude de la plaine n'en n'étaient que plus criantes. Plus loin encore, quelques constructions supplémentaires isolées du reste du campement semblaient ne pas avoir bénéficié du même souci d'ordre et de rigueur. Des écuries, des

1. Désignation des soldats de l'US Army.

2. Les États-Unis ne comportaient alors que trente-quatre États, le dernier ayant voté sa constitution, en janvier 1861, étant le Kansas.

entrepôts, un bureau de poste, un hôpital de fortune et une poignée de logements civils se répartissaient le terrain entre la route et la rivière.

Un peloton de l'US Army accueillit officiellement le colonel Thayer alors que les *privates* s'étonnaient de la présence de civils sur les lieux. Un petit groupe d'hommes, de femmes et d'enfants vinrent saluer l'arrivée de la troupe, curieux de voir défiler ces bleus encore inexpérimentés. Ces civils ne faisaient que compléter les effectifs d'un fort qui tenait lieu à la fois de poste-frontière, de garnison militaire, mais aussi de relais sur la route des migrants. Un chirurgien, le gérant du bureau de poste, un forgeron, un cuisinier et leurs familles respectives se présentèrent aux officiers. Gallagher remarqua la présence de trois blanchisseuses dont il se jura de faire la connaissance au plus tôt.

Les soldats prirent leurs quartiers. Après quelques instants de désordre général, chacun finit par se trouver un lit et défit son barda. La plupart des hommes étaient épuisés, nombreux s'affalèrent sur leur maigre paillasse qui serait la leur pour les mois à venir. Pour la première fois ce jour-là, les nouveaux arrivants sursautèrent au son du clairon. Un brouhaha général de grognements et de protestations s'ensuivit. Il leur faudrait s'y habituer… Dans les jours, les semaines et les mois à venir, ce clairon les réveillerait chaque jour à 6 heures précises. Il les rassemblerait dans la cour à 7 heures, marquerait en fanfare chacune des heures de la journée puis sonnerait le départ d'un défilé formel et quotidien à 17 heures, avant de terminer par l'extinction des feux à 21 heures.

La nuit tomba rapidement sur le campement. Des chuchotements se faisaient maintenant entendre ici et là dans les ténèbres du dortoir qui occupait toute la longueur du bâtiment numéro 2.

— Nous y voilà…, murmura Gallagher.

Eckermann, allongé sur le lit mitoyen, sourit.

— Oui. Jusque-là, ce n'est pas si terrible.

— Ce qui risque d'être terrible, c'est de ne pas pouvoir approcher ces blanchisseuses, grogna Gallagher.

— Attends, tu ne penseras plus à elles quand tu partiras en reconnaissance dans ce désert. Profite donc d'être à l'abri, au chaud et en sécurité pour te détendre ! continua Eckermann.

— Rabat-joie ! grogna Gallagher.

— T'inquiète pas, Gallagher, je saurai prendre soin d'elles quand tu seras au loin, murmura une autre voix à leur gauche.

C'était Sam Withers, un gamin de 16 ans impétueux et jovial.

— Mais écoutez-moi ce mioche, là ! pesta Gallagher, soudain prêt à rabattre son caquet au jeune soldat.

Ledit mioche pouffa de rire tandis que Gallagher menaçait de lui balancer une botte en travers de la figure. D'autres hommes prirent parti pour l'un ou pour l'autre et le brouhaha enfla, jusqu'à ce que la voix d'un caporal rugisse tout à coup. « SILENCE ! » hurla-t-il. Dès lors, on n'entendit rien d'autre que le chant de quelques grillons et la brise sifflant entre les jointures des fenêtres.

*

* *

Les ornières provoquaient d'incessantes secousses et le chariot brinquebalait sur la piste quand tout allait pour le mieux. Par moments, en effet, de violents soubresauts projetaient Eugénie au sol, manquant lui faire heurter l'une des caisses entreposées à l'arrière. Les trous, parfois profonds et glissants, se révélaient de véritables pièges pour les essieux fragiles.

L'équipage avait quitté Omaha depuis quelques heures, s'éloignant à chaque instant un peu plus de la Frontière, ce rivage délimitant les terres civilisées et pacifiées. Le *wagon*[1] s'enfonçait à présent plus profondément dans l'océan blond qu'était la vaste plaine. Confinée sous la bâche du chariot, Eugénie se laissait porter sur ce navire instable sans même jeter un regard sur l'extérieur. Sa toux des jours précédents s'était enfin atténuée, mais voilà qu'elle éprouvait à présent de réelles difficultés à inspirer à pleins poumons et que sa poitrine émettait de douloureux sifflements. Mettant le trajet à profit, la jeune femme s'efforça de reprendre des forces. Sa compagne de voyage, guère loquace, la laissa en paix. Elle s'était tout juste présentée d'une voix rude et sèche quelques minutes après le départ : « Emily Preston, du New Jersey. » C'était un petit bout de femme brune tout en nerfs, plus très jeune, dotée d'un accent sec et cassant. Ses mains courtes et trapues portaient les stigmates d'une vie de labeur.

— Savez-vous où nous nous rendons ? avait risqué Eugénie.

---

1. *Frontier wagon*, ou *Conestoga wagon* : désignation emblématique des chariots de migrants de l'Ouest américain.

L'autre l'avait dévisagée de ses yeux ronds dénués d'intelligence.

— Comment ça, vous ne savez pas ?

Eugénie avait secoué la tête.

— Oregon, avait lâché la petite femme comme une évidence.

Emily Preston s'était alors calée contre un sac de farine de maïs dans l'intention manifeste de faire un somme. Ainsi avait pris fin leur courte conversation. Eugénie avait patienté jusqu'au soir pour en apprendre un peu plus. Coleman avait décidé de camper au bord de la rivière Platte, non loin d'une source d'eau claire. La fraîcheur tombait de bonne heure sur la plaine, et les voyageuses s'étaient blotties devant un feu de camp dressé par le convoyeur. Une ration de haricots accompagnée de bacon frit était venue rassasier leur estomac. Eugénie avait abordé Coleman lorsque celui-ci s'était éloigné pour desseller son cheval pour la nuit.

— Allez-vous m'en dire plus ? avait-elle lâché sans préambule.

Il lui jeta un regard de travers.

— Vous avez entendu ma conversation avec Moore… Vous payez votre dette. Et de façon honnête.

— Expliquez-moi, insista Eugénie.

Coleman, de nature peu loquace, soupira, puis finit par lâcher :

— Ces colons de l'Oregon et ces chercheurs d'or de Californie, ils sont des milliers. Et ils ont besoin de femmes. D'épouses, je veux dire. Moore les leur fournit. Moi, je suis convoyeur…

— Et Moore se fait payer pour ça ?

— Plutôt bien, oui.

Eugénie le regarda avec curiosité.

— Et ces femmes, savent-elles qui elles vont épouser ?

— Demandez-leur. Moi, je ne fais que vous conduire…

Ce soir-là, Eugénie n'avait pas osé questionner ses compagnes de voyage. De fait, elle avait eu peur de ce qu'elle aurait pu découvrir. Allez savoir ce que ces femmes cherchaient à fuir ? Une vie de misère, la brutalité d'un compagnon, une vie de péché, voire tout cela à la fois ? Et cet eldorado, cet Oregon lointain, que représentait-il pour elles ? Peut-être pour ces femmes la promesse d'une vie meilleure, mais pour elle ? Ne serait-il que misère et désolation ? Le cœur lourd, elle s'était refermée dans un silence inquiet, essayant d'imaginer quel type d'homme serait prêt à *acheter* une épouse comme d'autres vont au marché aux bestiaux.

Le lendemain, alors que l'équipage progressait lentement le long de la rivière Platte, le ciel s'était noirci de nuages lourds. L'air s'était soudain rafraîchi ; l'automne se voulait précoce. Durant les jours qui suivirent, une pluie drue, lourde et froide s'abattit sur la plaine sans discontinuer. Pour autant, le convoi ne marqua pas d'arrêt. La saison était déjà bien avancée et Coleman comptait bien passer les Rocheuses avant les premières neiges de novembre. Insensible aux caprices du climat, le convoyeur ne quitta pas la banquette avant, rênes en main, indifférent aux trombes d'eau qui se déversaient sur son grand imperméable ciré. Les quatre femmes, plus délicates, se réfugièrent sous la bâche pour fuir le déluge. Elles ne réussirent cependant pas à se soustraire au froid saisissant et à l'humidité qui les transperça jusqu'aux os. Eugénie retomba malade. Sa fluxion de poitrine s'était réveillée et évolua en forte fièvre. Ses compagnes de voyage ne lui furent guère d'un grand secours. Craignant la contagion, Emily Preston se réfugia à l'autre bout du *wagon*, le plus loin possible de la malade. Helen Jackson, une jeune blondinette de Pennsylvanie, se contenta d'afficher un air désolé en récitant quelques prières. Seule Mary Connelly, solide Irlandaise échouée cinq ans plus tôt sur les rives de Boston, s'intéressa au sort d'Eugénie. C'était une fille robuste aux formes pleines et au verbe haut. Ardue à la tâche, elle avait trimé dans le froid des sinistres usines du Massachusetts avant de décider de tenter sa chance à l'Ouest. Mary veilla Eugénie durant une journée entière, avant que Coleman ne se décide à leur annoncer qu'ils arriveraient le lendemain au terme de la première étape du parcours. Il avait ajouté, presque à contrecœur : « Il y a un médecin, là-bas. On verra bien s'il peut faire quelque chose. »

Depuis qu'Eugénie était retombée malade, Coleman semblait contrarié. Alors que la pluie continuait à se déverser sur ses épaules, il rumina sur sa banquette. Cette femme lui avait coûté au moins 5 dollars, déjà. Il n'était pas question qu'elle décède en chemin et que les 70 dollars convenus avec Moore lui passent sous le nez…

33

Un rayon de soleil

La pluie n'avait cessé qu'à l'aube du jour suivant. Le ciel enfin clément déchirait son voile de nuages pour laisser de lumineux rayons de soleil réchauffer la prairie détrempée. Les chiens de prairie émergeaient timidement de leurs terriers et les coyotes montraient de nouveau le bout de leur museau craintif, humant l'humidité encore omniprésente. Les soldats de Fort Kearney, eux, n'avaient bénéficié d'aucun répit. Imperturbable, John Milton Thayer n'avait en rien modifié le programme quotidien de la troupe. Marches, exercices et corvées s'étaient déroulés au même rythme que d'ordinaire. Les hommes pataugèrent trois jours durant dans d'immenses flaques de boue et courbèrent le dos sous un déluge interminable, grelottant dans leurs uniformes de laine détrempés. Le régiment de volontaires avait pris ses quartiers à Fort Kearney depuis une dizaine de jours déjà. Les soldats, inexpérimentés et encore indisciplinés pour la plupart, pliaient peu à peu sous le joug de la rigueur militaire et l'implacable volonté du colonel

Thayer. La routine ne laissait guère de place à l'imprévu alors que les heures défilaient au son du clairon, impitoyable de régularité.

Julian Eckermann, lui, ne se laissa pas démonter. Ses projets d'avenir lui donnaient la force nécessaire de surmonter l'âpre quotidien de la caserne. Bien qu'il eût abandonné sa ferme à contrecœur, il se préparait à épargner la majeure partie de sa solde pour réinvestir dans de nouvelles semences dès son retour. En attendant, bien qu'il fût étranger à toute forme d'encadrement militaire et à toute routine de caserne, le migrant enchaînait sans rechigner les exercices physiques et les leçons d'entretien et de maniement des armes. La discipline et la répétitivité des tâches quotidiennes ne l'avaient pas encore assommé, même s'il ne savait trop dire si de longs mois à ce régime ne finiraient pas par lui taper sur les nerfs. Sean Gallagher, de son côté, rongeait déjà son frein. Il était de ceux qui avaient été séduits à la fois par le salaire hebdomadaire de 11 dollars et par un destin qu'ils s'imaginaient aventureux. Somme toute, il s'attendait à de trépidantes courses-poursuites à travers l'immensité de la prairie, ponctuées de longues soirées bien arrosées. Pour l'heure, le rythme monotone des exercices et des corvées l'insupportait tandis que l'unique heure de liberté quotidienne précédant le couvre-feu restait bien trop courte à son goût. Alors, sous le regard amusé d'Eckermann, Gallagher se défoulait chaque soir lors de parties de cartes animées qui finissaient une fois sur deux en pugilat. Sam Withers, lui, était aux anges. Originaire de De Soto, au nord d'Omaha, ce gamin de 16 ans avait fui la ferme familiale dès qu'il avait eu vent d'un appel aux volontaires.

Contre l'avis de son père, ce garçon au sang chaud s'était enrôlé pour en découdre, la tête pleine de rêves de batailles victorieuses et de gloire. Pour l'heure, il endurait les exercices avec application et entrain, fier de forger son destin de soldat à la sueur de son front.

Peu à peu, la vie de garnison s'organisait et chacun finit par s'y faire une place. La promiscuité de tous les instants et la rigueur de cette vie communautaire exacerbaient les animosités mais forgeaient aussi de solides amitiés. Eckermann et Gallagher avaient très vite appris à s'apprécier. L'Irlandais admirait Eckermann pour son courage et son goût de l'effort, Eckermann enviait à Gallagher son tempérament à la fois farceur et intrépide. Quant à Withers, impétueux et impulsif, il collait au train des deux acolytes, riant aux éclats des coups pendables de Gallagher et s'inspirant des prouesses du migrant allemand. Ce matin-là, dès l'aube, le peloton d'Eckermann et de Gallagher était à pied d'œuvre aux écuries. Au programme : nettoyage des stalles, inspection et soins des bêtes. Le soleil était à peine levé, les hommes avaient déjà conduit la moitié des animaux dans le corral qui longeait la route. Eckermann et Gallagher, tous deux amateurs de chevaux, avaient accueilli cette corvée en véritable récompense. Alors qu'ils cheminaient tous deux vers le corral, le soleil ajouta à leur bonne humeur et chassa le mauvais souvenir de ces journées maussades et détrempées. Gallagher aperçut un *wagon* en approche par l'est. C'était un chariot isolé, tracté par deux solides chevaux de trait. Une troisième monture, plus alerte, suivait docilement, attachée à une longe. À Fort Kearney, chaque jour ou presque apportait son lot de migrants, et d'avril à septembre il était coutumier de voir défiler dans une même journée trois ou quatre *wagons* les uns à la suite des autres. La longue transhumance de ces familles accrochées à leur chariot de fortune tracté par un couple de bœufs placides rythmait le quotidien de la plupart des forts situés sur l'*Oregon Trail.* Fort Kearney n'échappait pas à la règle.

Les deux soldats s'arrêtèrent en chemin pour saluer les nouveaux arrivants. Un homme et deux femmes se tenaient sur la banquette avant du chariot.

— Bienvenue à Fort Kearney ! s'écria Gallagher.

L'homme aux commandes, un grand gaillard au visage taillé à la serpe, portait un manteau de cuir ciré et un large chapeau noir vissé sur son crâne. Il hocha le menton.

— Foutue pluie ! jura-t-il.

— Ma'am, ajouta Gallagher, s'inclinant brièvement pour saluer les deux passagères.

— Le médecin est là ? demanda l'homme, un brin taciturne. On a une malade, là-dedans, ajouta-t-il.

— Oui, le médecin est là, répondit Eckermann. De quoi s'agit-il ? Est-il contagieux ?

L'homme lui jeta un regard furieux sans que Julian ne comprît pourquoi.

— Je ne pense pas, bougonna-t-il. Une fluxion de poitrine tout au plus…

— Ça ne vous ennuie pas qu'on vérifie ? Monsieur ? demanda Gallagher.

— Coleman.

— Pouvons-nous vérifier monsieur Coleman ? renchérit Gallagher. Le choléra et la fièvre jaune ne sont jamais bien loin. Il faut être prudent avec ces choses-là.

L'homme au chapeau noir hocha de nouveau le menton, sans un mot de plus. Joignant le geste à la parole, Sean Gallagher confia à Julian Eckermann les rênes du cheval qu'il tenait en main et flatta la croupe de l'animal pour calmer son impatience. L'Irlandais contourna le chariot. Une femme brune d'une trentaine d'années, petite et frêle, se cramponnait à l'arrière du *wagon*.

— Ma'am, salua Gallagher. Êtes-vous souffrante ?

— Non, pas moi, répondit-elle sèchement avant de désigner du menton le fond du chariot.

Gallagher se résigna à grimper à l'arrière. Il ôta son képi et le coinça à la ceinture de son uniforme, puis sauta dans le *wagon*. Il y avait là, comme dans tous les chariots de migrants, tout un fatras de vivres et d'affaires personnelles. Il fit un pas, puis un autre, courbé en deux. Il entendit soudain la voix sèche de la petite femme derrière lui.

— Vous me direz, hein ? Si c'est contagieux, je veux dire ?

Il acquiesça. Une forme emmitouflée sous plusieurs couches de couvertures était recroquevillée au sol. Sa respiration laborieuse faisait peine à entendre. Gallagher s'accroupit et dégagea le visage de la malade. Une jeune femme aux traits doux et délicats agonisait sous les couvertures, un visage d'ange au seuil de la mort. Elle était d'une pâleur à faire frémir et le creux de ses joues révélait son dramatique état de faiblesse. Inconsciente, elle n'eut pas la moindre réaction lorsqu'il s'adressa à elle. Il écouta sa respiration, posa le dos de sa main sur son front puis dégagea ses épaules en repoussant les couvertures.

— Alors ? cria soudain la voix du convoyeur au-dehors.

Gallagher se redressa sur ses jambes.

— Certainement une fluxion de poitrine ! cria-t-il à son tour.

Il sauta du *wagon* et enjoignit au convoyeur de se rendre immédiatement auprès du médecin. La malade requérait des soins d'urgence. Le chariot reprit sa route en direction de l'hôpital. Pensif, Gallagher regarda s'éloigner l'équipage avant de recoiffer son képi, l'œil sombre, et de rejoindre son compagnon.

— Qu'est-ce qu'il y a, Gallagher ? demanda Eckermann en lui tendant la longe du cheval.

— C'est bien triste. Un si joli brin de fille…

Eckermann lui donna une tape réconfortante sur l'épaule.

— Bah ! Le médecin fera de son mieux, va.

*
* *

Le soir était tombé sur le fort. Coleman ruminait ; il ne voulait pas s'éterniser. Il connaissait trop bien l'*Oregon Trail* ; cela faisait bientôt dix ans qu'il parcourait cette piste. Il avait guidé tant de convois à travers les Grandes Plaines et les montagnes Rocheuses qu'il en connaissait tous les dangers, et ce soir il savait parfaitement que ce voyage serait le dernier de la saison et qu'ils n'étaient pas en avance. L'automne, lui, était déjà là, mais qu'allait leur réserver l'hiver ? « Maudite soit cette femme », ronchonna-t-il. Si elle ne se remettait pas sur pied d'ici un jour ou deux, il risquait d'être bloqué pour le restant de l'hiver à Fort Laramie et ne toucherait pas sa paye avant le printemps ! D'un coup sec, il laissa tomber sa pinte de bière sur le plat de la table. Assis en face de lui, Gallagher le dévisageait, attendant qu'il abatte son jeu. « Cet Irlandais a bien trop de chance », songea Coleman. Il jeta un œil aux cartes qu'il avait en main. Pas même une paire ! Le convoyeur vida le reste de sa pinte d'un trait. Il avait pourtant déjà trop bu. Il fixa d'un œil noir les quelques pièces d'argent qui trônaient au milieu de la table, réalisant qu'il ne pouvait se permettre de les perdre aussi. Tout à coup, la colère lui monta au nez. Il se dressa sur ses jambes, renversa la table, les verres et tout ce qui s'y trouvait et balança ses cartes à la figure de Gallagher.

— Saleté d'Irlandais ! cracha-t-il.

Ce dernier bondit à son tour, saisit Coleman par le col avec la ferme intention d'en découdre. Vaine tentative. Son adversaire était une force de la nature. Le convoyeur agrippa l'Irlandais par les plis de son uniforme et le balança sans effort à travers la pièce comme un fétu de paille. Autour d'eux, tout se figea. La petite salle, un bar aménagé pour les *privates* juste derrière l'épicerie, était pleine à craquer ce soir-là. Les quelques dizaines de soldats venus pour une partie de cartes ou pour simplement siroter une bière s'immobilisèrent comme un seul homme. Griffin, le *postmaster*[1], bondit de derrière son comptoir. Eckermann s'élança au secours de Gallagher. Cependant, Coleman en avait

1. Le *postmaster* d'un fort occupait souvent la triple fonction de tenancier de bar, de gérant du bureau de poste et de l'unique magasin de vivres et produits divers.

déjà assez et titubait de fatigue. Griffin poussa le taciturne convoyeur vers la sortie tandis qu'Eckermann s'efforçait de calmer Gallagher qui s'apprêtait à poursuivre Coleman jusque dehors. Par chance, l'incident fut clos en un tournemain lorsque le clairon annonça le couvre-feu.

Le lendemain se poursuivit comme le jour précédent. Exercices et corvées se succédèrent dans la monotonie. Gallagher grommela tout au long de la journée, frustré de n'avoir pu en découdre la veille au soir avec le convoyeur. Eckermann et Withers s'en amusèrent à gorge déployée. Quelques colons prirent le départ ce jour-là. Coleman les regarda s'éloigner d'un regard sombre et envieux. Il s'était inquiété de l'état de santé de sa passagère auprès du chirurgien. « Il n'y a rien d'autre à faire qu'attendre que la fièvre baisse », avait répondu celui-ci, fataliste. Il devait donc patienter avant de reprendre la route, et ce contretemps le contrariait. Le soir même, l'escouade d'Eckermann et de Gallagher prenait son tour de garde. Elle devait veiller à la sécurité du campement par des rondes successives, toujours par groupe de deux, avec un relais toutes les deux heures. Le poste, situé à l'extrémité nord du fort, ne comprenait que trois pièces : l'armurerie, la salle de garde et une prison composée de deux cellules. L'endroit était spartiate, meublé d'une table et de quelques bancs qui n'autorisaient guère de véritable repos entre deux rondes mais permettaient tout juste de jouer aux cartes. Il était 11 h 30 passées. La nuit était décidément fraîche. Julian Eckermann et John Allen, un jeune soldat de Kenosha, effectuaient leur ronde depuis une trentaine de minutes quand Allen souffla d'un air dépité :

— C'est d'un calme…

— Je ne suis pas sûr qu'il faille s'en plaindre, répliqua Eckermann.

— En attendant, je serais mieux dans mon lit, ça c'est sûr, grommela l'autre.

Les deux *privates* cheminaient côte à côte fusil à l'épaule, sur un chemin de ronde à peine visible. La lune était pourtant belle et le ciel affichait ses constellations. Les deux soldats longeaient les écuries quand ils aperçurent le chirurgien Melvin H. Bryant sortant en trombe de l'hôpital de campagne. Le petit homme s'arrêta sur le seuil un instant, un seau dans une main, une lanterne dans l'autre. Eckermann accéléra le pas et vint à sa rencontre, suivi de près par Allen.

— Docteur ? Que se passe-t-il ? s'enquit-il.

Le médecin était aux abois.

— Ah ! C'est le ciel qui vous envoie, s'écria-t-il. Courez me chercher de l'eau fraîche, vite !

Eckermann confia son fusil à Allen, saisit le seau et fila vers le puits le plus proche, près du bureau de poste. Allen accompagna le médecin à l'intérieur, s'inquiétant de ce qui pouvait le troubler ainsi. L'hôpital de Fort Kearney n'était en réalité qu'un simple dortoir, un baraquement rectangulaire de taille modeste composé d'une seule pièce, aux planches grossièrement taillées et barbouillées de blanc, doté d'une douzaine de lits alignés en rang d'oignons de part et d'autre d'une allée étroite. Une lanterne éclairait l'entrée, trouant les ténèbres d'une lumière vacillante. Au fond, là où se tenaient Bryant et Allen, une bougie à la flamme vacillante trônait sur une table de chevet, projetant sur les murs des ombres d'une aura presque mystique. Une modeste horloge murale de bois ornait l'un des murs, meublant le silence d'un discret tic-tac.

Les bottes du soldat Eckermann résonnèrent sur le plancher lorsqu'il franchit la distance le séparant du chirurgien et du *private*. Le docteur se précipita à sa rencontre et plongea un linge dans l'eau fraîche.

— Ah, merci ! s'écria-t-il. Puis, empressé, il ajouta : Messieurs, aidez-moi à la soulever !

— Que se passe-t-il ? s'inquiéta Eckermann.

— C'est la fièvre. Elle est bien trop forte ! Il faut refroidir son corps…

Eckermann s'empressa au chevet de la malade. Il se pencha et s'immobilisa d'un coup quand il reconnut la patiente. Son cœur s'arrêta net. Sous le choc, comme assommé, il lui fallut quelques secondes pour se ressaisir. Le médecin et Allen retiraient déjà le drap qui recouvrait le corps gracile et s'apprêtaient à redresser la jeune femme toujours inconsciente pour lui ôter sa veste.

— *Private*, dit le médecin en s'adressant à Eckermann, ne restez pas les bras ballants ! Apportez-moi donc ce seau au plus près, je vous prie.

Eckermann s'exécuta. Bientôt, la jeune femme se retrouva bras et pieds nus, seulement vêtue d'une longue chemise. Le chirurgien pressa un linge gorgé d'eau sur son front puis l'appliqua sur son torse.

— Voilà ! conclut le médecin. Je vais maintenir les linges humides tout au long de la nuit. J'espère que cela suffira pour faire baisser sa température.

Allen s'apprêtait à retourner à sa ronde mais Eckermann l'arrêta. Il lui demanda de patienter un instant.

— Docteur, je connais cette femme, déclara-t-il au médecin. C'est une amie de la famille. Une amie… proche.

Le médecin lui jeta un regard désolé.

— En ce cas, *private*, je vais être franc avec vous. Les heures à venir seront décisives. Il se peut qu'elle ne passe pas la nuit…

Eckermann accusa le coup, les yeux rivés sur Eugénie.

— Laissez-moi la veiller, lâcha-t-il l'instant suivant. Je ne supporte pas l'idée de la laisser, surtout en un tel moment.

Le médecin et Allen échangèrent un regard. Eckermann ajouta :

— J'insiste. Je m'en expliquerai au lieutenant.

Le médecin finit par acquiescer.

— C'est vous qui voyez… Dans ce cas, je vais en profiter pour dormir quelques heures. Surtout, rafraîchissez-la régulièrement et vérifiez sa fièvre.

Eckermann opina. Quelques instants plus tard, le soldat se retrouva seul avec la patiente, et un silence gêné s'installa. Les ténèbres le firent frissonner. Il attrapa une chaise postée près d'un autre lit et prit place au chevet de la jeune femme. Le soldat l'observa un moment avant d'ôter son képi. Quelle ironie ! Combien de fois avait-il rêvé de pouvoir la contempler, alors que tout le lui interdisait ? Mais ce soir, il aurait préféré mille fois subir son regard noir d'indignation plutôt que de la voir ainsi, si faible, agonisante. Il prit sa main dans les siennes, comme lors de leurs adieux huit mois auparavant. Il n'avait pas oublié.

— Ma sœur ? murmura-t-il.

Rien. Ses paupières restaient désespérément closes. Seule sa respiration laborieuse trahissait un souffle de vie. Une foule d'interrogations se bouscula dans l'esprit d'Eckermann. Comment était-elle arrivée jusqu'ici ? Pourquoi ne portait-elle plus son habit ? Où était l'abbé ? Il soupira profondément, las de ces questions sans réponses, puis replongea le linge dans l'eau claire et l'appliqua sur le front délicat de la jeune femme. Il humidifia ses longs cheveux noirs et, ce faisant, réalisa que c'était la première fois qu'il la voyait sans son voile. Elle lui apparut soudain dans toute sa fragilité et sa délicatesse. Ce soir, elle n'était plus cette religieuse volontaire et farouche prête à abattre des montagnes mais une femme belle et fragile, et si mal en point. Il se reprocha de savourer ce moment d'intimité et se réfugia dans l'exécution scrupuleuse de sa tâche. Le linge, l'eau, le front, puis le cou…

Les heures s'écoulèrent doucement. Le *private* Eckermann veilla Eugénie toute la nuit, la rafraîchissant à intervalles réguliers avec application, miné par l'angoisse. Et si elle ne se réveillait pas ? Au petit matin, quand le médecin fit son apparition, Eckermann était assoupi, avachi sur la petite chaise. L'homme de médecine rajusta ses lunettes sur son nez et se pencha sur la patiente. Dubitatif, il posa une main sur son front, avant de s'exclamer :

— Voilà qui est mieux !

Il posa une main sur l'épaule du *private* qui s'éveilla en sursaut.

— On dirait que notre malade est sortie d'affaire, soldat ! souffla le médecin.

Eckermann, encore abruti de sommeil, se pencha à son tour sur Eugénie. La jeune femme semblait dormir paisiblement.

— La fièvre est tombée, lâcha le médecin. Allez, dehors ! Allez vous reposer ! ajouta-t-il.

Encore groggy, le migrant ramassa son képi, son fusil, et quitta le chevet de la patiente d'un pas lent. Il s'immobilisa un instant sur le seuil, renâclant à quitter les lieux, puis rejoignit les baraquements aux premiers rayons de l'aube.

34

Face à face

On ne lui avait accordé qu'une misérable mule ! C'était un véritable affront. Une bête aussi lente que stupide, par-dessus le marché. Par la force des choses, Auguste Bellecour avait dû s'habituer aux réactions butées de cet animal rustre et indocile depuis plusieurs semaines à cheminer au rythme nonchalant des pas de l'animal. Les images de ce funeste jour où son destin s'était joué le hantaient encore : les cris sauvages de l'enfant, le regard courroucé du jésuite, le couteau tranchant de ce vieil Indien qui avait bien failli le tailler en pièces…

Un frisson parcourut son échine. Juché sur le dos de sa pitoyable monture, le prêtre secoua nerveusement la tête pour chasser ces souvenirs effrayants. Tenaces et persistants, ceux-ci refusaient cependant de le laisser en paix. Oh, bien sûr, les frères jésuites s'étaient accordés le beau rôle dans cette affaire. Drapés dans leur dignité, les moines avaient endossé l'habit du juge et du jury en condamnant sans appel leur confrère, leur pair, leur égal devant Dieu. Ils n'avaient même pas hésité à jeter l'opprobre sur celui qui avait été des leurs, celui à qui monseigneur Bazin avait accordé toute sa confiance, celui qui, enfin, seul contre tous avait perçu la nature perverse de ces sauvages en peau de daim. Les jésuites, eux, ces soi-disant saints hommes, après tant d'années de promiscuité avec ces primitifs, en étaient devenus aveugles. Ils ne voyaient plus l'horreur des rites païens sanguinaires pratiqués par ces peuplades oubliées du Seigneur, ni le caractère résolument diabolique de cette population courant la plaine à moitié nue. Les moines n'avaient pas même considéré la perversité de l'enfant en question, pourtant évidente… Peu farouche, cette fillette de 12 ou 13 ans l'avait poursuivi de ses attentions provocatrices : les grands sourires, les pirouettes de-ci de-là, ses fines jambes nues virevoltant tout autour de lui. Elle lui avait retourné les sens à dessein, la pécheresse ! Mais non ! Personne n'avait voulu l'écouter, lui, l'homme d'Église éduqué et civilisé… Quoi qu'il en soit, les moines l'avaient chassé. Officiellement, le père Schoenmaker l'avait envoyé « en mission de reconnaissance ». Quelle fumisterie ! Inquiet du silence du père Fournerie et n'ayant pas eu confirmation de son arrivée à la mission de Prairie du Chien, Schoenmaker, magnanime, avait dépêché le père Bellecour vers le nord afin de retracer les pas des disparus au long de la route de Dubuque. Il n'y avait pas eu matière à discuter.

Et c'était bien ce que le prêtre s'appliquait à faire, à contrecœur et à dos de mule. Il suivit donc les étapes les unes après les autres depuis Saint-Paul jusqu'à Greenville en passant par la ferme de Richmond. Dès son arrivée à Greenville, il apprit avec effroi le drame qui avait frappé la petite ville du Kansas un mois auparavant. Alors même qu'il s'était félicité de devoir finalement fuir cette mission Osage, bien trop exposée dans sa proximité avec les troupes confédérées, voilà que l'horreur et la sauvagerie de ces milices sudistes le rattrapaient à la frontière du Nebraska. Sur place, bien que personne n'ait pu formellement lui confirmer la présence d'un abbé nommé Fournerie, plusieurs témoins rapportèrent avoir assisté à l'horrible pendaison de deux nègres et d'un inconnu à la chevelure argentée. Ces pauvres créatures de Dieu, ainsi injustement assassinées, accompagnaient un certain docteur Compton dans cet affreux trépas. Ce dernier, bien que visiblement estimé de ses concitoyens, traînait derrière lui un parfum de souffre. « Pensez-vous, mon père ! On l'avait bien mis en garde par ici ! » lui souffla une vieille dame qui semblait faire autorité dans la paroisse. C'était pourtant bien ce nom-là, « Compton », que lui avait indiqué le père Schoenmaker comme point de contact. Un autre témoin corrobora les propos de la vieille dame en ajoutant qu'une inconnue avait été blessée lors des affrontements. Là encore, personne ne sut dire s'il s'agissait bien d'une religieuse et encore moins ce qu'elle était devenue… Auguste Bellecour ne chercha plus loin. Bien qu'il n'en eût pas la preuve formelle – il était hors de question d'exhumer les corps des malheureux suppliciés –, il estima que deux et deux faisaient quatre et envoya sur-le-champ une missive annonçant le décès de Pierre Fournerie ainsi que la disparition de sœur Judith.

Estimant avoir rempli sa « mission de reconnaissance », il décida de prendre quelques jours de repos bien mérités dans l'auberge flambant neuve de Greenville en attendant de nouvelles instructions par retour de courrier. Le prêtre savoura cette période de calme et de solitude qu'il consacra à la lecture et à la prière, enfin libéré des contraintes séculières de la mission et de la proximité de ces sauvages à peau sombre. Une lettre du père Schoenmaker arriva au bout d'une semaine, qui interrompit, hélas, sa bienheureuse retraite. Le missionnaire lui ordonnait, avec approbation du diocèse, de se rendre à Prairie du Chien et, chemin faisant, de poursuivre ses recherches concernant la disparition de sœur Judith. « *La pauvre enfant – si elle a survécu – aura certainement cherché à rejoindre la mission proche de Dubuque* », jugeait Schoenmaker.

Le prêtre quitta donc Greenville, toujours à dos de mule, pour Omaha d'où il traverserait le fleuve Missouri. De là, il rejoindrait Council Bluffs, espérant pouvoir emprunter cette toute récente ligne de chemin de fer qui reliait Des Moines à Iowa City. Après trois jours d'un voyage inconfortable et spartiate, Omaha apparut enfin sur l'horizon un beau matin de début septembre. « Une cité, la civilisation ! » souffla le prêtre, livide et fatigué, trop heureux de pouvoir laisser derrière lui, une bonne fois pour toutes, cette maudite Frontière et tous ces barbares qui la peuplaient, qu'ils soient de peau rouge, noire ou blanche. Bellecour fit halte chez le père Dewitt, un petit bonhomme simple et modeste envoyé de la Belgique dix ans plus tôt pour évangéliser ce coin de frontière naissante. Il était depuis lors l'unique représentant de la sainte Église dans tout le comté d'Omaha. Restreinte, sa paroisse se résumait à quelques familles irlandaises et néerlandaises implantées au sud de la ville, sur la route de Bellevue. Auguste Bellecour se félicita de retrouver un cadre sobre qui lui rappelait sa chère paroisse du Mans. Le père Dewitt tenait en effet son église et son presbytère de manière tout à fait exemplaire. Après huit longs mois de purgatoire à endurer la vue de sauvages dénudés et l'inconséquence de jésuites laxistes, Bellecour revivait. Décidé à savourer un peu de cette sérénité retrouvée, le prêtre s'installa au presbytère quelques jours, le temps de vendre sa mule et de se refaire une santé. Au cours de ce séjour, il ne sortit guère, prêcha modérément mais pria beaucoup. Du moins jusqu'à ce fâcheux incident survenu le samedi suivant son arrivée. Auguste Bellecour avait accepté d'accompagner le père Dewitt en visite chez quelque pieuse famille. Prêches et leçons de morale étaient au menu et le prêtre français pensait être tout particulièrement en verve. Le centre-ville d'Omaha était fort animé, comme à l'ordinaire en ce jour de fin de semaine. *Homesteaders* et fermiers locaux s'y rendaient pour compléter leurs réserves de produits de première nécessité, encombrant les rues de leurs chariots rudimentaires et d'une tripotée de bambins impatients et sales.

La silhouette noire et longiligne des prêtres catholiques apparut sur la chaussée du centre-ville, se détachant nettement de la toile de fond monochrome de ce centre-ville de bois et de boue. Ces derniers venaient de clore leur visite chez les O'Brian, sur Devon Street, et longeaient maintenant les devantures de quelques commerces. C'est alors qu'un cri aigu retentit à quelques pas. On eût dit que le temps s'arrêtait. Les passants se figèrent, les chariots s'arrêtèrent et les deux prêtres s'immobilisèrent au beau milieu de la chaussée.

Très vite, les têtes des passants se tournèrent en tous sens, tentant d'identifier l'origine de ce cri. Quand soudain, Auguste Bellecour l'aperçut... La petite demeurée du *Saint-Nicholas*, cette simplette qu'il avait entraînée à fond de cale dans un moment de folie le fixait de ses gros yeux ronds et stupides. Elle se tenait à quelques pas de lui, droite et statufiée, encadrée d'un impressionnant colosse à barbe rousse et d'une forte femme encombrée d'un bambin morveux. Celle-ci fixait la gamine apeurée, essayant de comprendre l'origine de cette frayeur aussi soudaine qu'incompréhensible.

— Allons donc, qu'est-ce là ? s'étonna le père Dewitt, incrédule.

Bellecour, tétanisé par cette rencontre, hésita un instant quant à l'attitude à adopter. Un éclair passa dans ses yeux, puis il ajusta ses binocles ronds sur son nez crochu pour se donner une contenance. Il redressa la tête, prit un air digne et dévisagea à son tour la petite idiote.

— Ma foi, il me semble reconnaître cette enfant, souffla-t-il à son coreligionnaire. Cependant, je ne m'explique pas cette attitude, ajouta-t-il d'un air pincé.

— Allons ! Rien qui ne puisse s'arranger, je suppose..., continua le père Dewitt avec sa bonhomie coutumière. Allons donc saluer ces gens et calmer l'enfant, voulez-vous ?

Les deux prêtres s'approchèrent. La petite se coula derrière l'imposante matrone tandis que le colosse à barbe rousse bombait le torse en prenant un air méfiant. Le couple adressa de froides amabilités aux deux prêtres avant de s'inquiéter des frayeurs de l'enfant. Bellecour prit alors un air affecté et se fit plus doux qu'un agneau.

Il expliqua avoir fait la connaissance de cette jeune fille et de sa famille plus d'un an auparavant sur le *Saint-Nicholas* et témoigna de sa compassion pour ces malheureux.

— Pauvre enfant ! s'écria-t-il. Je me souviens tout à fait de sa difficulté à surmonter les affres de cette longue et difficile traversée. Ah ! comme nous avons eu du mal à soulager ses angoisses sur cet horrible navire ! Mon visage lui aura sans doute rappelé de mauvais souvenirs. C'est bien triste…

Le visage de Larsson s'éclaira tout à coup. Rassuré, il bougonna :

— Oh, pardonnez-la, mon père ! Faut pas y voir malice, la petite n'a pas toute sa tête, vous savez bien ! Et le sort s'acharne sur elle et ses frères. Pensez donc ! Après avoir perdu leur mère l'hiver dernier, on vient d'apprendre…

— Quoi donc ? demanda Dewitt, affecté par la détresse de la pauvre enfant.

— Eh bien, madame Eckermann…, continua Larsson.

— Voyons ! le coupa madame Larsson. Ce n'était pas son épouse !

La figure rouge de la grosse femme s'était transformée en un masque de dédain.

— Ces deux-là vivaient dans le péché et voilà où ça les a menés, marmonna-t-elle.

Le géant à barbe rousse fronça les sourcils et ses joues s'affaissèrent.

— Oui, enfin ça, ce n'était pas de leur faute à ces gamins. En tout état de cause, mon père, les enfants s'étaient attachés à Joséphine, continua Larsson.

Elle était quand même presque devenue leur seconde mère. Hein, ma Lotta ?

Il s'interrompit, jetant un coup d'œil prudent à sa femme, avant de poursuivre :

— Une mulâtresse belle comme un soleil, mon père. Bien trop belle et trop délicate pour la vie rude qu'on mène par ici, moi je vous le dis…

Le fermier affronta le regard courroucé de sa forte moitié tandis que Bellecour plissait ses petits yeux acérés.

— Eh bien, que lui est-il donc arrivé, mon brave ? demanda-t-il.

— Oh, elle s'est enfuie pas plus tard qu'il y a deux jours ! Les Sandberg l'ont vue monter dans une diligence avec un grand monsieur, et depuis, pfuitt ! Disparue sans un mot, sans une explication…

— Un monsieur de New York, paraît-il ! siffla Lotta. Et mon Torsten et moi, on se retrouve avec les trois petits à consoler.

La grosse femme coula un regard apitoyé sur la petite Anna qui ne comprenait rien de ce qui se disait autour d'elle.

— C'est pas chrétien d'agir comme ça ! s'écria-t-elle de nouveau, indignée. Alors même que leur oncle est parti se battre contre ces sauvages de Pawnees !

Bellecour se détendit. Abandonnée et livrée à elle-même, l'enfant ne représentait plus aucune menace pour lui. Elle était bien incapable de raconter ce qui s'était passé sur le bateau et plus personne ne serait en mesure de l'identifier. Le père Dewitt posa une main rassurante sur l'épaule du géant joufflu.

— Je suis certain que leur oncle reviendra vous aider dès qu'il le pourra. Lui avez-vous déjà écrit ?

Larsson prit un air gêné.

— C'est-à-dire… Je le connais bien, Eckermann, il n'abandonnera pas son poste pour courir après une femme. Alors après tout, qu'est-ce que ça va lui faire d'apprendre qu'elle est partie, hein, à part le mettre en souci ? Et peut-être la faire tuer si cette histoire lui retourne les sangs ?

Le colosse serra contre lui la jeune fille au regard absent dans un geste tendre et affectueux.

— Non, non…, reprit-il. Tant pis si elle est partie. On prendra bien soin des enfants, nous. Notre aînée, Ida, nous aide déjà avec les deux petits.

— Vous avez mille fois raison ! s'empressa d'acquiescer le père Bellecour.

Il ne manquerait plus qu'Eckermann ne précipite son retour et déchiffre la signification des frayeurs de la petite…

— Laissez donc ce brave homme en paix, continua-t-il avec une autorité toute bienveillante. Comme l'a dit votre femme, cette union n'avait pas reçu la bénédiction du Seigneur. Alors pourquoi tourmenter ce pauvre homme, maintenant si loin d'ici ? Laissez-le donc en paix…

Le père Dewitt, en homme de bien, conseilla aux Larsson d'entourer cette enfant de toute l'attention possible jusqu'au retour de son oncle, et surtout de ne pas hésiter à solliciter l'aide du pasteur Carter, en charge de leur paroisse. Auguste Bellecour, de son côté, se para de nouveau de son air affecté et pria les Larsson de transmettre ses meilleurs sentiments à monsieur Eckermann à son retour.

Le lendemain, le père Bellecour pliait bagages. Il lui était apparu urgent de mettre la plus grande distance possible entre cette famille et lui-même. Ainsi, l'austère prêtre catholique quitta Omaha sans un regret, avec la ferme intention de ne jamais remettre les pieds sur la Frontière.

*

* *

Le froid arracha Eugénie à son sommeil. Un frisson parcourut ses épaules. Lorsqu'elle ouvrit les yeux, elle ne reconnut pas l'endroit. Une triste pièce tout en longueur, meublée d'une douzaine de lits vides, se détachait du clair-obscur créé par les trop rares fenêtres. La jeune femme se redressa péniblement sur ses coudes pour mieux s'orienter. Non, décidément, cet endroit ne lui disait rien. Elle passa une main dans ses cheveux défaits puis réalisa qu'elle ne portait que sa chemise. On lui avait ôté sa veste, son corset, sa jupe… Dans un réflexe de pudeur, elle ramena précipitamment sur elle le drap et la couverture que l'on avait rejetés au pied du lit. Soudain, l'unique porte d'entrée du bâtiment s'ouvrit sur un petit homme sec en costume de toile simple, un pichet dans une main, un bol fumant dans l'autre. Son visage s'éclaira en apercevant la jeune femme éveillée.

— Voyez-vous ça ! s'écria-t-il.

Eugénie détailla le nouveau venu, un homme d'une quarantaine d'années à l'allure modeste mais aux yeux pétillants, déformés cependant par d'affreuses lunettes cerclées de fil de fer.

— Miss, je vous apporte un bol de soupe bien chaude. Vous devez reprendre des forces.

L'inconnu déposa le bol et la cuillère sur le chevet, puis se redressa tout à coup.

— Mais, j'y pense, je ne me suis pas présenté ! Melvin Bryant, chirurgien de Fort Kearney, annonça-t-il avec un franc sourire. Le moins que l'on puisse dire, c'est que vous nous avez fait une de ces frayeurs, miss. Ces messieurs se sont empressés toute la matinée pour prendre de vos nouvelles…

Le regard d'incompréhension de la jeune femme encouragea le médecin à poursuivre.

— Oui, ce grand gaillard de soldat qui vous a veillée cette nuit est déjà venu deux fois ce matin. Quant à cet homme avec lequel vous voyagez, il semble impatient de vous voir reprendre la route !

Eugénie se redressa tout à fait sur le lit. Un mal de crâne lui vrilla les tempes. Concernant Coleman, elle n'avait aucun doute sur l'origine de son impatience. Quant au soldat, elle ne vit pas de qui le médecin parlait. Pour l'heure, la jeune femme n'avait pas le courage de le questionner plus avant. Seule la perspective de cette soupe chaude aux parfums de maïs retenait son attention.

Une demi-heure plus tard, le potage était englouti. Le chirurgien procéda à quelques vérifications d'usage, température corporelle, qualité de la respiration. Il trouva les poumons encore très encombrés. C'est alors que Coleman fit son apparition sur le seuil du petit hôpital. Toujours vêtu de son grand imperméable ciré et coiffé de son large chapeau noir, il affichait un air sombre et préoccupé. À son entrée, Eugénie et le médecin se figèrent.

— Content de vous voir rétablie, lâcha le convoyeur d'une voix rauque.

Il marqua un silence, s'immobilisant dans l'embrasure de la porte.

— Soyez prête dans une heure, ajouta-t-il. Nous partons.

Le médecin ouvrit grand la bouche pour protester, mais l'homme de la Frontière avait déjà tourné les talons et quitté le seuil en refermant la porte sur lui. Bryant, contrarié, se retourna vers sa patiente.

— Miss, vous êtes loin d'être remise ! Il ne faut pas être devin pour voir que vous n'êtes pas en état…

Eugénie le dévisagea et son regard triste glaça le sang du médecin.

— Où sont mes affaires, docteur ? souffla-t-elle. Je souhaite me préparer au départ, s'il vous plaît.

— Miss ! protesta le médecin. Si vous partez maintenant, avec cet automne précoce qui s'abat sur la plaine…

La jeune femme détourna le regard, puis réitéra sa demande :

— Mes affaires, je vous prie…

Une heure plus tard, Eugénie guettait patiemment le retour de Coleman, sagement assise sur son lit de convalescente. Elle avait revêtu sa jupe brune et son unique corsage, puis rassemblé ses cheveux en une tresse toute simple. Son souffle haché la préoccupait. Le simple fait de se vêtir avait coupé sa respiration et décuplé son mal de tête. Était-elle si mal en point, comme le suggérait le médecin ? Elle soupira de dépit. Quand bien même, quelle alternative avait-elle donc ? Prier Coleman d'attendre qu'elle soit remise ? Ce serait retarder le voyage, anéantissant les chances du convoi de passer les montagnes avant l'hiver. Rester ici, au fort ? Et vivre de quoi ? Sans compter cette dette qu'elle se refusait de ne pas honorer… Seule depuis un moment dans la salle d'hôpital, la jeune femme ressassait ses inquiétudes sans pouvoir trouver d'échappatoire. Il fallait se rendre à l'évidence : elle suivrait Coleman sur l'heure.

La porte s'ouvrit enfin. La jeune femme s'attendait à voir surgir le sinistre convoyeur, avec sa carrure occupant toute la largeur de la petite porte et ses yeux froids jetant des éclairs. Au lieu de cela, la silhouette élancée d'Eckermann apparut sur le seuil, vêtu de l'habit bleu de l'Union. Le cœur de la jeune femme se serra si fort qu'une vive douleur lui transperça le torse. Dans un réflexe, elle porta une main à sa poitrine comme pour s'assurer que son cœur battait toujours. Égal à lui-même, le migrant allemand rayonnait de force et de tranquillité. Ses yeux avaient cette expression douce et triste qui avait tant ravi le cœur de la moniale autrefois. Il s'approcha doucement pour ne pas l'effrayer, puis s'arrêta à quelques pas. Un sourire se peignit sur son visage.

— Comment allez-vous ? murmura-t-il.

Eugénie baissa les yeux, honteuse. Le souvenir de sa misérable apparence lui sauta au visage. Elle n'avait plus rien de la fière servante de Dieu que cet homme avait connue. Eckermann, lui, considéra sa charmante silhouette avec attendrissement, avant de réaliser soudain qu'elle n'était plus alitée.

— Mais que faites-vous déjà hors du lit ? s'étonna-t-il. Qu'a dit le médecin ?

— Je dois partir, balbutia-t-elle.

Le migrant s'apprêtait à protester lorsque le docteur Bryant fit irruption à son tour.

— Ah, *private* Eckermann ! s'écria-t-il. Vous tombez bien. Aidez-moi à convaincre cette jeune personne de garder le lit. Un départ dès à présent serait quasi suicidaire !

Eckermann dévisagea la jeune femme, incrédule.

— Pourquoi devez-vous partir si vite ?

Une grande lassitude s'abattit sur les épaules d'Eugénie. Elle n'aurait pas la force d'argumenter. Il lui fallait rejoindre Coleman sur l'heure. Un bref regard vers Julian Eckermann la convainquit d'agir promptement. Elle ne méritait pas la compassion qu'elle crut lire dans ses yeux. À moins que ce ne fût de la pitié, ce qui serait pire que tout. Elle se leva avec difficulté, fit un pas en avant, puis deux. La tête lui tourna. Soudain, tout devint flou, son cœur s'emballa... Eckermann se précipita vers elle et la rattrapa avant qu'elle ne s'effondre au sol. Il la porta jusqu'à son lit et l'allongea avec précaution, tandis que le médecin se précipitait à son tour.

— Et voilà ! C'était certain !

— Évidemment ! grogna Eckermann. On ne se relève pas d'une forte fièvre aussi vite, voyons ! Qu'est-ce qu'il lui prend ?

Une voix rauque retentit derrière eux.

— Il lui prend qu'on ne peut plus attendre ! aboya Coleman, exaspéré. Ôtez-vous de là, je vais la porter jusqu'au chariot.

L'individu s'avança d'un pas déterminé vers la jeune femme toujours inconsciente. Eckermann se mit en travers de son chemin, le défiant de faire un pas de plus.

— Il n'en est pas question ! s'écria-t-il. Et vous êtes ?

L'individu toisa le soldat. Les deux hommes, de corpulence et de taille comparables, se jaugèrent.

— La dame et moi on est en affaires. Le reste ne vous regarde pas, soldat.

Eckermann ne bougea pas d'un pouce, les yeux plantés dans ceux du convoyeur, les mâchoires serrées.

— Vous faites erreur, affirma-t-il sans ciller. Tout ce qui touche à sa santé me concerne. Permettez qu'on en parle à l'extérieur ?

Coleman, un temps immobile, fit un pas en arrière puis acquiesça. Il sortit le premier, Eckermann lui emboîta le pas non sans jeter un regard en arrière pour signifier au médecin qu'il lui confiait la jeune femme.

35

Ordres et contrordres

De timides murmures de protestations parcouraient la troupe. La frayeur que leur inspirait John Milton Thayer peinait à contenir l'indignation qu'on lisait sur les visages des soldats alignés en rangs. Quelques minutes plus tôt, tout le régiment s'était rassemblé au signal du clairon. Les deux compagnies de Fort Kearney au complet se tenaient maintenant au garde-à-vous au milieu du terrain de parade. Face à eux, encadré de ses deux lieutenants, le colonel Thayer faisait preuve d'un sang-froid imperturbable. Et pourtant… L'officier peinait à croire ce qu'il venait d'annoncer à ses hommes. Un léger tressaillement de son épaisse moustache trahit son émotion. Il se reprit aussitôt.

— Départ demain à l'aube ! hurla-t-il. Rompez !

Au signal, la troupe se dispersa et un murmure enfla presque instantanément. La plupart des visages affichaient le désarroi et l'incompréhension. Certains étaient déjà noirs de colère. Visiblement préoccupé, Thayer se tourna vers Ellis, l'un des lieutenants.

— Ce soir, vous doublez la ronde. Certains vont certainement tenter de nous fausser compagnie.

L'officier acquiesça d'un hochement de tête bref. Eckermann se tenait un peu plus loin, aux côtés de Gallagher et de Withers.

— Je n'en reviens pas ! cracha Gallagher, éberlué. Seulement trois semaines après notre arrivée… Saleté de politiciens !

Sa bouche se déforma en un rictus de mépris. Outré, Withers répliqua aussitôt :

— Hey, l'Irlandais, n'insulte pas l'Union !

Gallagher lui rit au nez.

— Oh, pardon… *Monsieur* est patriote, peut-être ?

La tension monta d'un cran. Les deux hommes se toisèrent, l'air menaçant. Withers, bien plus petit que Gallagher, ne se démonta pas. Ce dernier le regarda avec mépris. Il attrapa le jeune homme par le col de son uniforme.

— Mon pauvre gars, t'as rien compris ! Ton Union, c'est qu'un ramassis de vermine qui n'est pas foutue de tenir une parole plus de trois semaines !

Eckermann s'interposa et sépara les deux hommes.

— Hey, calmez-vous, les gars ! Calmez-vous ! On vaut mieux que ça…

Les deux soldats croisèrent le regard du migrant et leur colère chancela.

— Faut reconnaître que ce gouvernement vient de perdre en crédibilité, ajouta l'Allemand avec calme.

— C'est le moins qu'on puisse dire ! jeta Gallagher qui s'écarta de Withers en rajustant son uniforme. Nous annoncer ce soir qu'on abandonne le fort et qu'on envoie tout le régiment combattre les confédérés ! Si c'est pas une trahison, qu'est-ce que c'est ?!?

— T'as pas écouté le colonel ? aboya Withers. Y a personne à combattre, ici ! On n'a pas vu un seul Pawnee en trois semaines ! On sert à rien sur cette Frontière, alors que d'autres se font massacrer par les rebelles.

— C'est pas la question ! s'enflamma l'Irlandais. Une parole est une parole ! On avait leur engagement ! Moi, j'ai signé pour refouler ces sauvages loin de la Frontière. J'ai rien à faire sur le front de l'Est ! Pourchasser quelques Pawnees, ça oui, mais se battre pour des ronds-de-cuir de Washington qui veulent… Qui veulent quoi, d'abord ?

Eckermann soupira de dépit. Tout se bousculait dans sa tête. Il y a une heure il renvoyait ce sinistre convoyeur sur la route de l'Oregon en lui cédant une partie de ses économies. Il n'avait même pas eu le temps d'en informer sœur Judith. Maintenant, on les envoyait, lui et tout le régiment, quelque part dans le Tennessee… Il posa une main sur l'épaule de Gallagher et annonça posément :

— On en parle ce soir avec les autres. Pour l'instant, on fait profil bas, comme tout le monde.

Le soir venu, une atmosphère lourde régnait sur le campement. Un climat de tension s'était installé sur le fort. Les conversations étaient rares, les chuchotements nombreux. Les affinités des jours précédents étaient bien trop récentes pour qu'une confiance solide permette les confidences. Ceux qui suivraient Thayer ne s'en vantaient pas. Au fond, ils étaient bien conscients de se faire mener par le bout du nez par un commandement défaillant, ayant perdu toute crédibilité. Quant aux soldats qui envisageaient de reprendre leur liberté, ils se gardaient bien d'en faire état. Le peloton d'exécution attendait tout déserteur, qu'il soit issu d'un régiment de volontaires ou non…

Griffin, Eckermann et Gallagher s'étaient attablés un peu à l'écart devant leur dernière bière de la soirée. La tension était palpable ici aussi. Ce soir-là, aucun éclat de voix, aucun rire ne meubla le silence de la nuit. Les annonces des joueurs de cartes se faisaient sans enthousiasme et les prouesses des billardistes n'étaient saluées que par de timides acclamations.

— T'en penses quoi, toi, Eckermann ? chuchota Gallagher.

L'Allemand soupira. Quelques mèches indisciplinées de ses cheveux blonds barraient son regard sombre. Ses mâchoires se desserrèrent à peine.

— Je t'ai dit. Je n'ai qu'une parole, répliqua-t-il.

À cette réponse, Gallagher s'agita. Il passa machinalement une main dans ses boucles rousses et se pencha vers son ami.

— Ça veut dire quoi, ça ? Tu vas les suivre sans même rechigner ?

— C'est ça, lâcha Eckermann, imperturbable.

— Non, vraiment, je ne te comprends pas. Toi qui as une famille à protéger, tu vas les laisser sans défense ?

Eckermann lança un regard assassin à son ami.

— Tu crois que je n'y pense pas ? Ma seule motivation quand j'ai signé pour ce foutu régiment, c'était de les protéger, et maintenant on m'envoie à l'autre bout du territoire !

— Et alors ? s'enflamma l'Irlandais. Il s'interrompit et jeta un regard alentour avant de poursuivre un ton plus bas : Et alors, pourquoi tu ne te tires pas comme Allen et Patterson ?

— Encore une fois, je n'ai qu'une parole. Je ne suis pas un déserteur. Et puis fuir pour aller où ? Auprès des miens ? C'est là qu'ils viendront me chercher en premier, évidemment ! Et le peloton d'exécution, très peu pour moi !

Il secoua la tête de dépit.

— Non, là, je suis bel et bien piégé. J'ai encore de la chance d'avoir Torsten et Lotta pour veiller sur les petits et sur Joséphine.

Il engloutit une gorgée de bière, avant de défier Gallagher à son tour.

— Et toi, Sean ? Tu as décidé ?

— Non, pas encore. Ces politicards me dégoûtent. Ils ne méritent pas qu'on se sacrifie pour eux !

Il s'interrompit pour finir son verre de bière qu'il renversa d'un coup sec dans son gosier.

— D'un autre côté, continua-t-il, j'ai signé avant tout pour la solde. Personne ne m'attend à Fontanelle et j'ai besoin de cet argent.

Eckermann lui sourit.

— En fait, tu avais déjà décidé.

L'autre grogna dans sa barbe.

— C'est ça, fais le malin, rumina l'Irlandais.

Eckermann se redressa, tapa du plat de la main sur la table et jeta soudain :

— Bon, j'y vais. Il se fait tard.

— Pourquoi ? s'étonna Gallagher. Le couvre-feu n'est que dans une heure.

— J'ai quelqu'un à voir, avoua Julian, laconique.

Les yeux de l'Irlandais étincelèrent.

— Eh ben, mon vieux, tu crois que c'est le moment d'aller faire le joli cœur ?

L'Allemand eut une grimace d'exaspération.

— Tu n'y es pas du tout, lâcha-t-il. C'est une amie, elle a besoin de mon aide…

Eckermann s'éloigna avec empressement, agacé. Gallagher n'était pas un mauvais bougre mais il avait tendance à se mêler de ce qui ne le regardait pas et à s'imaginer que tout le monde n'avait comme lui qu'une idée en tête : prendre du bon temps. Eckermann n'était pas fait de ce bois-là. Le migrant avait pris un engagement vis-à-vis de la jeune quarteronne qui partageait sa vie depuis bientôt un an et il comptait bien l'honorer, mais cela ne l'empêcherait pas d'aider en tout bien tout honneur cette religieuse à qui lui et ses enfants devaient tant. Même s'il ne pouvait empêcher son adorable et divin sourire de madone de le ravir à chacune de leurs rencontres… Il quitta le bar de Griffin avec empressement, indifférent au sourire goguenard de Gallagher.

Les ténèbres avaient déjà englouti la plaine. Eugénie se tenait recroquevillée sous sa maigre couverture, le cœur lourd. Elle n'aimait pas cet endroit. Triste en journée, le petit hôpital devenait lugubre au crépuscule. Autant que ses pensées. Elle avait recouvré ses esprits tôt dans l'après-midi mais ne se sentait guère vaillante. Bien qu'elle fût infiniment reconnaissante au médecin d'avoir insisté pour qu'elle restât alitée, la jeune femme se désespérait de se voir si faible. Et si inutile. Elle qui avait toujours eu la force de surmonter toutes les épreuves, elle qui s'était toujours estimée bénie entre tous d'avoir une santé si solide, voilà qu'elle en était réduite à garder le lit pour une durée indéterminée. Fallait-il que le Créateur lui enlève cela aussi, qu'Il la dépouille de tout ce qui faisait sa force ? Et qui plus est, fallait-il qu'Il expose sa pitoyable déchéance au regard de cet homme qu'elle estimait tant ? Le grincement des gonds de la porte interrompit brutalement ses pensées. Dans la pénombre, la silhouette de Julian Eckermann apparut sur le seuil, faisant bondir le cœur de la jeune femme. Elle lissa machinalement son drap et sa couverture. À défaut d'être présentable, au moins pouvait-elle lui épargner la vue du désordre. Le soldat s'approcha, attrapa au vol une chaise et prit place à ses côtés. Une tension se lisait sur son visage.

— Vous sentez-vous mieux ? souffla-t-il.

Elle hocha la tête.

— Oui. Beaucoup mieux, dit-elle d'une voix qui se voulait assurée.

— Bien. Qu'a dit le médecin ?

Un léger soupir d'exaspération s'échappa des lèvres de la jeune femme.

— Que seul du repos me permettra de recouvrer mes forces.

— Ne lui en voulez pas, dit-il doucement. Vous auriez prescrit la même chose à quiconque dans votre état, non ?

— C'est possible, en effet.

Gênée, elle se renferma dans un silence timide. Une question lui brûlait pourtant les lèvres.

— Le médecin m'a informée que monsieur Coleman s'était entretenu avec vous. C'est exact ? finit-elle par demander.

Les yeux de Julian Eckermann s'assombrirent.

— Coleman est parti, coupa-t-il. Il a pris la route de l'Oregon cet après-midi.

— Mais comment ? Il ne peut pas avoir fait ça !

— Et pourquoi donc ? la défia-t-il sans hésiter.

Ses yeux bleus teintés de colère intimidèrent la jeune femme qui s'abstint de répondre.

— Écoutez, reprit Eckermann, soudain radouci, je ne sais pas comment vous en êtes arrivée là et je ne vous demande pas d'explication. Mais croyez-moi, vous n'avez rien à faire avec cet individu. Il mène ces pauvres femmes à l'autre bout du pays comme on convoierait du bétail. Saviez-vous à quoi vous vous engagiez ? Savez-vous ce qui les attend ?

Elle baissa les yeux, ne pouvant soutenir son regard lourd de reproches.

— Leur situation n'a rien de malhonnête, affirma-t-elle timidement. Elles fuient probablement un sort bien plus triste encore.

— Ce qui n'est pas votre cas ! s'emporta Julian.

Il bondit de sa chaise, exaspéré, puis fit quelques pas avant de retrouver son calme. Eugénie, blessée par cette colère si soudaine et, lui semblait-il, injuste, sentit des larmes lui monter aux yeux.

— Qu'en savez-vous ? murmura-t-elle d'une voix mal assurée.

Il vint se rasseoir à ses côtés et plongea son regard inquisiteur dans les yeux de la jeune femme.

— Ma sœur, je ne suis pas venu dans l'intention de me quereller avec vous. J'ai… Il marqua un temps d'arrêt avant de poursuivre : Les enfants et moi nous vous devons beaucoup. Sachez que nous serons toujours là pour vous. Vous êtes comme un membre de la famille, maintenant. Alors cela me met hors de moi de vous voir vous jeter dans le premier piège venu. La Frontière regorge de dangers. Des Coleman, ou bien pire encore, il y en a des dizaines par ici. Sans compter cette guerre qui va jeter sur les routes des milliers de soldats plus ou moins bien encadrés…

Un flot de tristesse gonfla soudain le cœur d'Eugénie. Elle contint avec peine son émotion.

— Je ne vais pas vous mentir, répondit-elle, je ne sais pas où aller maintenant que monsieur Coleman est parti. Lui seul aurait pu m'offrir une situation honnête, même si celle-ci n'était guère avantageuse.

L'incrédulité se peignit sur le visage du soldat.

— Je ne comprends pas… Pourquoi ne rejoignez-vous pas le diocèse ? Et l'abbé ? Je ne peux croire un seul instant qu'il vous ait laissée ainsi, livrée à vous-même.

— Il… il n'est plus, avoua-t-elle. Ils sont tous morts, là-bas. Quant à l'Église… Dieu m'a abandonnée, monsieur Eckermann. Je ne peux plus retourner en arrière, vous comprenez ?

Un profond désarroi s'empara du soldat. Atterré, il s'affala contre le dossier de sa chaise et lissa sa barbe de quelques jours. Eugénie pensa qu'elle en avait déjà trop dit. Réciter la litanie de ses malheurs ne reviendrait qu'à s'apitoyer sur son propre sort et cela, elle s'y refusait.

— Pouvez-vous me laisser, maintenant ? reprit-elle aussitôt. Je suis si fatiguée…

Eckermann leva sur elle des yeux étonnés.

— Mais non. Pas avant d'avoir clarifié votre situation, voyons. Je ne vais pas vous abandonner comme ça, d'autant que le régiment tout entier part dès demain matin. Nous rejoignons le Tennessee.

Une frayeur se lut sur le visage de la jeune femme.

— Ah ? Mais… le médecin aussi ? Il ne restera personne ?

— Non, non… Mais n'ayez crainte, les civils restent ici avec un détachement d'une dizaine d'hommes. Ce fort est un relais pour les migrants, les militaires ne peuvent pas l'abandonner complètement.

Il l'observa un instant, évaluant son état.

— Vous pourrez vous remettre, ici, sans aucun doute. Mais que comptez-vous faire ensuite ?

Elle baissa le menton, désarmée. Comment le saurait-elle ? Un éclair passa dans les yeux d'Eckermann.

— Cela étant dit, reprit-il, Bryant sera probablement appelé d'ici peu sur le front lui aussi. Les hôpitaux militaires manquent déjà de chirurgiens, paraît-il. Je suis certain qu'ils auront besoin de gens comme vous, là-bas.

— Cela m'étonnerait, murmura-t-elle, le regard fuyant. Je ne sais plus me rendre utile, maintenant.

— Ne dites pas de sottises, voyons. Parlez-en au médecin, conclut-il avec fermeté.

Elle laissa échapper un soupir de lassitude. Argumenter avec Julian serait au-dessus de ses forces. Elle ne voulait ni de sa pitié ni de son aide. De plus, l'avoir à ses côtés en cet instant, savoir qu'il contemplait sa déchéance lui était insupportable. Qu'il parte donc, qu'il sorte de sa vie, lui et tous les rêves impossibles qu'il traînait derrière lui…

— Non. Il est trop tard pour moi, murmura-t-elle d'une voix lasse. Et puisqu'il faut que vous partiez demain matin, autant nous dire adieu dès à présent, voulez-vous ?

Il secoua la tête d'étonnement.

— Voyons, ma sœur, ce n'est pas vous, ça. Ça ne vous ressemble pas.

— Ne m'appelez plus comme cela, souffla-t-elle. Ma foi m'a quittée, et comme vous le voyez, mes forces aussi.

Eckermann la dévisagea, incrédule.

— Et alors ? Sans votre foi vous n'êtes plus vous-même, c'est ça ? Seriez-vous tout à coup devenue incapable de reprendre le dessus ?

— Quelque chose comme ça, admit-elle.

— Je n'y crois pas un instant, affirma-t-il avec assurance. Je vous ai vue à l'œuvre. Ce que vous avez accompli à Saint-Louis, ce n'était pas Dieu qui agissait à travers vous, mais vous seule. Vous n'avez pas besoin de votre Église pour accomplir de grandes choses. Il marqua une pause, puis conclut : Mais ça, il n'y a que vous qui pouvez le décider.

Le visage sévère, il quitta sa chaise et se coiffa de son képi.

— Si vous le désirez, nous serons heureux de vous accueillir aux Deux-Chênes les enfants et moi. C'est à quelques miles d'Omaha, sur la route de Fontanelle. C'est facile à trouver.

Eugénie leva sur lui des yeux cernés de fatigue.

— Adieu, murmura-t-elle, lui donnant ainsi congé.

Résigné, Julian Eckermann fit quelques pas en direction de la porte. Puis il se retourna vers la jeune femme, son regard s'était animé d'une détermination farouche.

— Non ! déclara-t-il. Ce n'est pas un adieu. Le destin semble vouloir que nous nous retrouvions toujours. À bientôt, donc.

L'instant d'après, il disparut dans la nuit noire qui enveloppait la plaine. Une fois la porte refermée sur lui, la jeune femme se sentit soudain oppressée. Elle haleta, cherchant sa respiration. Puis, sans crier gare, des larmes silencieuses coulèrent sur ses joues. À sa grande surprise, il ne s'agissait pas de chagrin. Bien au contraire. Un profond soulagement venait de s'emparer d'elle, bien qu'elle ne pût se l'expliquer de prime abord. Comme si tout à coup son corps se vidait de l'angoisse et de la tension accumulées durant les semaines précédentes. Un moment s'écoula avant qu'elle ne retrouve son calme. Puis, alors que le silence avait envahi le camp, que plus aucun bruit de pas ne se faisait entendre, que plus aucun éclat de voix ne lui parvenait à travers les murs de l'hôpital, elle comprit : elle ne serait plus jamais seule. Cet homme ne l'abandonnerait pas. Mieux encore, il croyait en elle, en sa capacité à se relever, avec ou sans l'aide de Dieu. Et, plus que tout, il croyait si fort en leur destin commun qu'il se refusait aux adieux… Elle le reverrait. Cette soudaine certitude gonfla le cœur de la jeune femme d'un espoir si intense, si violent que des larmes de joie roulaient maintenant sur ses joues. Son avenir ne serait plus celui d'une âme errante et solitaire, sans aucun visage familier ni point d'ancrage. Lui serait là. Cela changeait tout ! Elle inspira profondément, savourant ce nouveau constat.

Plus tard, alors que les heures s'égrenaient doucement à la petite pendule murale de bois sombre et que le silence régnait partout dans le campement, elle se plut à se remémorer leur conversation, encore et encore, et s'accrocha aux dernières paroles de Julian Eckermann : « À bientôt, donc. » S'abandonnant à la toute nouvelle sérénité que lui procurait cette certitude, elle glissa doucement dans un sommeil apaisé, pour la première fois depuis longtemps.

Deux semaines s'écoulèrent avant qu'elle ne puisse enfin faire ses premiers pas au-dehors. Durant tout ce temps, lentement, jour après jour, son corps avait recouvré ses capacités. Allant de pair, sa vigueur et sa détermination lui étaient revenues elles aussi, à sa grande satisfaction. Clouée au lit le temps de cette interminable convalescence, alternant de longues heures de sommeil avec de non moins longs moments d'éveil désœuvré, la jeune femme avait eu tout le loisir de se remémorer en détail sa dernière conversation avec le soldat et de se faire une idée quant à sa signification. Elle se souvenait de chaque mot, de chaque intonation de voix. Certaines phrases restaient gravées dans sa mémoire. « Vous êtes comme un membre de la famille, maintenant. » C'était inespéré. Une famille… Pouvait-elle vraiment y prétendre ? Serait-il possible de faire à nouveau partie d'un tout ? Mais quelle serait donc sa place dans la famille de monsieur Eckermann ? Et lui serait-il possible de souffrir la vue du bonheur de cet homme et de sa belle quarteronne au quotidien, alors même qu'il resterait à jamais l'objet de toutes ses pensées ? Oh ! bien sûr, elle se refusait à imaginer un quelconque avenir romanesque pour elle-même, elle n'en était pas digne. Elle avait tourné le dos à Dieu et à l'Église, s'estimant trahie par l'Être suprême, et s'était rendue coupable à son tour de trahison. Elle porterait à jamais la honte d'avoir rompu ses vœux. Seule une vie de labeur et de renoncement lui permettrait, s'il était possible, de se racheter à ses propres yeux… Ainsi, peu à peu, du fond de son lit d'hôpital, la jeune femme se fit à l'idée de son possible destin. Guidée par le souvenir des paroles de Julian Eckermann, revitalisée par sa santé enfin revenue, elle finit par prendre sa décision.

Ce matin de fin septembre 1861, ses premiers pas hors de l'hôpital étaient encore hésitants. Fébrile, Eugénie inspira à pleins poumons la fraîcheur matinale. Elle perçut ce parfum si particulier de tourbe humide qui accompagne les premières couleurs blondes et rousses dont se pare la plaine à l'automne. Autour d'elle, dans l'enceinte de Fort Kearney, plus loin aussi, par-delà la rivière, le vert tendre de la prairie n'était plus qu'un lointain souvenir. Les hautes tiges d'herbe à bison maintenant blondes et sèches flottaient sous la légère brise, formant un tableau mouvant. Plus que jamais, la jeune femme se sentit vibrante de vie et de taille à affronter son avenir. « Vous n'avez pas besoin de votre Église pour accomplir de grandes choses », se remémora-t-elle. Elle réalisait combien Julian Eckermann était dans le vrai. Eugénie se sentait prête à présent. Et ce matin-là, une aube nouvelle s'était levée sur la Grande Plaine, mais aussi sur son existence.

36

Guerre civile

Janvier 1862

Un frémissement dans les buissons décharnés attira l'attention des chevaux et fit pivoter leurs oreilles qui se dressèrent à l'unisson. Nappées dans une brume hivernale que peinaient à transpercer les premiers rayons de l'aube, les bêtes s'ébrouèrent bruyamment et tirèrent sur leur longe. Un puissant nuage de vapeur s'échappa de leurs naseaux, les parant un court instant d'une aura de meute fantastique. À quelques mètres de là, au creux d'un petit vallon boisé tapi de feuilles mortes, un feu mourait doucement au centre d'un cercle formé de quelques grosses pierres. Les silhouettes d'un petit groupe de soldats adossés à quelques arbres semblaient recroquevillées dans leur uniforme gris confédéré. Malgré le froid de ce petit matin de janvier, des ronflements réguliers montaient du campement.

Le craquement d'une brindille que l'on écrasait au sol résonna soudain. Une ombre furtive glissa derrière les troncs d'arbres, effrayant les chevaux plus encore. D'autres ombres, emmitouflées dans de longs manteaux bleu nuit et fusils en main, se postèrent sans bruit qui derrière un chêne ou un frêne, qui derrière un buisson de houx. Immobiles, elles attendaient les ordres. Campé derrière un chêne, Eckermann scrutait le visage de son officier à quelques pas de lui, guettant lui aussi les instructions à venir. Après tout, ce n'était qu'une mission de reconnaissance. Ils avaient pour ordre de rendre compte de l'importance du détachement qui campait là sans intervenir, aussi Eckermann s'attendait-il à devoir rebrousser chemin à tout moment. Mais, contre toute attente, il aperçut son lieutenant se raidir, puis armer son fusil avant de le porter à l'épaule. Le déclic de sa gâchette résonna dans tout le sous-bois.

— Vous êtes cernés ! Rendez-vous ! cria l'officier.

La panique s'empara soudain des dormeurs qui se retrouvèrent aussitôt sur leur séant, cherchant leur propre fusil avec frénésie. L'un d'entre eux, plus vif que les autres, saisit son arme et mit en joue l'un des assaillants. Une détonation retentit aussitôt en riposte. Gallagher venait de faire feu. Le confédéré s'étala de tout son long, un trou rouge béant au beau milieu de la poitrine. Une autre détonation répondit et l'un des longs manteaux bleu nuit s'écroula à son tour.

— Harris ! s'écria Eckermann à quelques mètres de là.

Il se précipita vers l'homme à terre et se pencha sur le corps inerte. Soudain, des cris surgirent un peu plus loin, depuis les profondeurs de la forêt. Une clameur monta, diffuse, mêlée au cliquetis d'une multitude de fusils que l'on armait.

— Bon sang ! cria Gallagher, on s'est fait avoir. Il y a tout un régiment, là-bas ! Eckermann, laisse tomber Harris, il est mort !

Eckermann ne pouvait que confirmer. Harris avait perdu la moitié de son front, déchiqueté par une balle de calibre 58, et gisait à présent dans une mare de sang. Le *private* Eckermann se releva aussitôt et s'abrita derrière un bouleau. Des balles sifflaient maintenant tous azimuts, immobilisant la vingtaine de soldats yankees. Leur mission de reconnaissance allait tourner au carnage… Dans un réflexe, Eckermann fouilla de sa main libre la sacoche accrochée à sa ceinture et en extirpa une cartouche. Malgré les cris et le chaos alentour, le regard à l'affût, il enchaîna les automatismes acquis ces derniers mois : déchirer le papier entre ses dents, introduire la balle dans le canon puis y verser la poudre. Il ne se laissa pas incommoder par le goût âcre de celle-ci dans sa bouche ; il y était habitué maintenant. Une silhouette en tunique grise dissimulée derrière un taillis traversa son champ de vision. L'ombre s'immobilisa et pointa le canon de son fusil en direction du lieutenant. Eckermann mit en joue, puis fit feu. La silhouette s'écroula au sol. Il enchaîna, rechargea son fusil en toute hâte, visant à présent une autre ombre grise adossée à un large tronc. Il tira sans hésitation et rechargea de nouveau. Malgré tout, très vite, la poignée de soldats sudistes surpris dans leur sommeil parvint à se replier sur la colline d'en face et à rejoindre le reste de son régiment. C'était de cette colline, justement, que partait un feu nourri. À chaque soldat qu'Eckermann abattait, dix autres semblaient faire feu en représailles. La petite section de reconnaissance de l'Union était maintenant en situation périlleuse, acculée sous les tirs ennemis. Eckermann se résolut à alerter son officier, apparemment inconscient de la gravité de la situation.

— Lieutenant, s'écria-t-il, on n'a aucune chance !

Le lieutenant Bruckner, 25 ans, la barbe blonde, se tenait immobile, le dos plaqué contre un chêne, comme médusé. Les balles fusaient de part et d'autre de ses épaules sans qu'il ne réagisse.

— Lieutenant ! hurla Eckermann de nouveau. Il faut qu'on se replie !

L'officier roula de gros yeux paniqués vers le *private*. Son front était en sueur et ses yeux injectés de sang. Sa lèvre inférieure tremblait. Il n'était pas en état d'ordonner quoi que ce soit. Eckermann se tourna de l'autre côté et hurla :

— Gallagher ! Travis ! Quelles sont les pertes ?

— Peterson et White, cria Gallagher.

— Walker est tombé. Et deux autres que je n'arrive pas à voir d'ici, hurla Travis.

— Johnson, Williams et Townsend aussi ! répondit une autre voix.

Soudain, le silence envahit le sous-bois. Les fusils ennemis s'étaient tus.

— Vous êtes faits ! cria une voix lointaine depuis la colline d'en face. Considérez-vous prisonniers !

Gallagher et Eckermann échangèrent un regard de connivence. Leur section de vingt hommes était à moitié décimée mais il était hors de question de se laisser prendre. Il se tourna vers son officier et murmura, désespéré :

— Mon lieutenant !

Celui-ci dévisagea son subordonné d'un air éploré mais ne montra aucune réaction. Eckermann prit les choses en main et sans attendre, lança la manœuvre de repli d'un coup de menton à l'attention des autres. Gallagher et Travis transmirent l'ordre aux hommes suivants. Eckermann, fusil en mains, entama sa marche à reculons vers le petit vallon à partir duquel ils étaient arrivés. Après seulement quelques pas, il sursauta au son d'un coup de feu. Il provenait de l'endroit où se tenait le lieutenant quelques instants plus tôt. Eckermann et la section s'immobilisèrent un court instant. Une salve de tirs ennemis fit aussitôt écho. Un cri s'éleva. « Le lieutenant… », souffla Gallagher. Travis fit un signe négatif de la tête. C'en était fini de Bruckner. Eckermann enrageait. Quel gâchis ! Qu'est-ce qui avait pris au lieutenant de déclencher les hostilités ? Il reprit sa marche de repli silencieuse tout en s'assurant que les quelques hommes de sa section suivaient le mouvement.

*

* *

Le ciel de ce mois de janvier était gris et bas. Il y avait bien longtemps que Julian Eckermann n'avait pu contempler d'horizon azur au-dessus de sa tête. Voilà deux mois déjà qu'ils se terraient, lui et les deux mille cinq cents hommes de l'armée du brigadier général Lew Wallace[1], dans une forêt de pins aux confins de l'Illinois et du Missouri. Avec ça, l'hiver n'avait guère été

1. Lewis « Lew » Wallace (1827-1905), avocat et brigadier général de la US Army of Volunteers pendant la guerre civile.

clément. De longues journées de pluie et de neige mêlées avaient transformé le campement en bourbier, interdisant toute manœuvre militaire d'envergure. L'inaction de ces longs mois d'hiver n'en fut que plus insupportable et les quelques missions de reconnaissance n'avaient guère suffi à remonter le moral des troupes.

La petite section du lieutenant Bruckner, ou ce qu'il en restait, pénétrait à présent dans le campement, Eckermann et Gallagher en tête. Les premières toiles de tentes apparurent au creux d'un vallon déboisé. Tendus sur un piquet au-dessus d'un petit muret de rondins, ces abris de fortune constituaient le triste et unique refuge des hommes contre le froid. Les maigres efforts des soldats pour les rendre plus confortables, notamment en tapissant le sol d'aiguilles de pin ou de feuilles mortes, ne suffisaient guère à les rendre réellement habitables. Au détour d'une colline, le camp se révéla au regard du petit groupe : des dizaines, des centaines de tentes de couleur claire disséminées entre les pins dans des clairières déboisées à la va-vite. Partout, la boue. Partout, ces mêmes bottes de cinq ou six fusils dressés en épi vers le ciel. Les soldats, prostrés devant l'entrée de leur tente, le visage noir de crasse, les mains enserrant fébrilement une tasse de café fumant, saluèrent l'arrivée de la section d'un hochement de tête. Leur regard las en disait long. La fatigue, le froid et l'ennui avaient eu raison de leur ardeur des premiers jours, et les conditions sanitaires déplorables du camp avaient achevé de réduire à néant leur fougue combative. Eckermann fronça le nez. L'odeur le prenait à la gorge à chaque fois qu'il rentrait de mission. Là, une odeur pestilentielle de vermine, de déjections et de miasmes inondait tout le campement. Deux mille cinq cents hommes, trois cents chevaux et cinq cents mules s'entassaient dans ce paramètre restreint depuis deux mois déjà, avec leurs excréments, leurs ordures et leur vermine. Eckermann et Gallagher se présentèrent au rapport en lieu et place de Bruckner. Ils essuyèrent une tempête prévisible et justifiée de jurons et de noms d'oiseaux. Le colonel Thayer n'avait pas le mot tendre. Il faut dire que cette perte de huit hommes était la plus lourde des deux derniers mois, si l'on mettait de côté les décès liés à la dysenterie, la typhoïde ou la pneumonie. Après leur avoir passé un savon en règle, Thayer s'assura que les informations sur la localisation et l'ampleur du régiment confédéré fussent dûment consignées et transmises à l'aide de camp du brigadier général Wallace. Et l'on en resta là pour la journée.

Le soir venu, les hommes se rassemblèrent autour d'un feu à la chaleur et à la lueur réconfortantes. Comme chaque soir, Gallagher mâchonnait pensivement les restes d'une cigarette tandis qu'Eckermann savourait une dernière tasse de café fumant. D'autres sirotaient une eau chaude parfumée avec le whisky que Travis avait reçu au courrier quelques jours plus tôt.

— C'est moche pour Bruckner, lâcha le jeune Sam Withers.

Son visage fin et long affichait autant de fatigue que de gravité. Les yeux verts de Gallagher lui jetèrent des éclairs.

— Il a eu ce qu'il méritait, grogna-t-il. Ceux pour qui c'est moche, ce sont Peterson, White, Williams et les autres qui eux ont suivi les ordres. Je ne comprends toujours pas ce qui a pu lui passer par la tête, bon sang ! s'emporta-t-il.

— Comme quoi, avoir fait West Point ne fait pas de vous le plus malin des soldats, cracha Travis, amer.

— Il était bizarre depuis quelque temps, continua Withers. L'autre jour, il m'a passé un savon pendant l'entraînement, tout ça parce que j'étais noir de boue jusqu'au nombril.

Eckermann lâcha un long soupir.

— Vous avez tous la mémoire courte. Bruckner est celui qui a découvert le gamin pendu par la milice. Il ne s'en est jamais remis.

Un silence lourd s'installa. Gallagher et Travis, présents sur les lieux ce jour-là, furent tout à coup assaillis de sinistres souvenirs… Cela remontait à la mi-décembre. Des éclaireurs avaient signalé un mouvement de troupes confédérées non loin de la rivière Hubble, au sud-est du Missouri. Thayer y avait envoyé un détachement d'une trentaine d'hommes en reconnaissance. Malheureusement, ce qu'ils y trouvèrent allait hanter leur mémoire pour toujours. La propriété d'Irmo, une plantation prospère de tabac ouvertement pronordiste, avait fait l'objet d'un raid punitif. On soupçonna immédiatement une de ces légions de criminels sécessionnistes qui écumaient alors les routes du Missouri. Ces bandes sauvages s'autoproclamaient « milice confédérée » et ciblaient les villes, les hameaux ou les fermes ayant démontré à un moment ou à un autre quelque soutien aux troupes du Nord. Il ne s'agissait de rien d'autre que des hordes barbares assoiffées de sang et de rapine qui se déversaient sur les petites villes ou les bourgs isolés telles de véritables furies tout droit sorties des enfers, répandant terreur et désolation sur les populations sans défense. À Irmo, l'habitation principale avait été pillée, les bâtiments de l'exploitation incendiés, les domestiques fusillés et la famille entière massacrée. Tous sans exception. Jusqu'à ce garçonnet d'à peine 10 ans que Bruckner s'était empressé de décrocher du nœud coulant qui lui avait été fatal. Pour tous les hommes présents ce jour-là, l'horreur de la guerre se jouait moins sur les champs de bataille que dans les campagnes. Bruckner, jeune officier de bonne famille fraîchement émoulu de West Point, n'avait pas été préparé à cela. Au demeurant, personne ne l'était. Mais lui, trop jeune, trop impressionnable, trop inexpérimenté, trop longtemps isolé de la dure réalité du monde dans son cercle privilégié new-yorkais, n'avait pas réussi à reprendre le dessus.

Le silence grave qui s'était imposé au petit groupe assemblé autour du feu fut soudain interrompu par un gémissement. C'était Travis. Il se tenait fermement le pied gauche des deux mains.

— Qu'est-ce qui t'arrive ? demanda Eckermann.

Tous les regards sortirent de leur torpeur et se tournèrent vers le soldat. C'était un fermier d'Archer, une petite ville aux limites du Kansas, solide gaillard noir de poil et de cheveux, aux larges mâchoires et au regard franc. Son courage compensait bien souvent son manque de raisonnement.

— Sais pas trop. Le pouce de mon pied me fait terriblement mal ! gémit-il.

— Eh bien, si tu as une blessure au pied, faut la soigner, lâcha Gallagher, placide.

Travis dévisagea l'Irlandais d'un air désemparé.

— Je peux pas…

— T'es drôle ! Retire ta botte, voyons, qu'on voie ce que t'as ! renchérit Withers en riant.

— J'peux pas, j'te dis ! gémit-il.

— Ben quoi ? Et pourquoi ça ? insista Gallagher.

Travis prit un air penaud.

— Je les ai pas retirées depuis qu'on a quitté Omaha et maintenant je crois que c'est tout collé, là-dedans…

— Tu plaisantes ? s'écria Gallagher, incrédule.

— Ben quoi ? Me regardez pas comme ça ! s'emporta Travis.

Un éclat de rire général s'empara du petit groupe.

— Laisse tomber, coupa Eckermann. Tu n'es pas le seul à ne pas avoir vu de savon depuis des semaines. Mais va voir le chirurgien, il découpera la botte. Ce qui est sûr, c'est que ça ne risque pas de guérir tout seul…

À cet instant, le caporal Willis fit son apparition, une lettre à la main.

— Eckermann ! Du courrier ! lâcha-t-il.

Le soldat dévisagea le caporal, étonné. Ce n'était ni l'heure ni le jour de la distribution du courrier.

— Maintenant ? Mais la distribution était hier, non ?

— Oui, mais celle-ci était restée au fond du sac de la semaine dernière…

Gallagher donna une grande tape dans le dos d'Eckermann.

— Veinard, va ! Des nouvelles de ta petite femme ?

Willis prit place autour du feu et se fit servir une tasse d'eau chaude au whisky. Assis à ses côtés, Julian Eckermann déchiffrait l'écriture sur la lettre qu'il tenait entre ses mains. Ce n'était pas celle de Joséphine… Celle-ci ne lui avait écrit qu'une fois depuis son départ.

Sa lettre était arrivée à Fort Kearney peu avant que le régiment ne se mette en route pour le Tennessee. Elle y donnait des nouvelles de Torsten, de Lotta et des enfants tout en l'assurant de sa tendre affection. Eckermann avait alors quitté le Nebraska rassuré, la tête emplie de douces images d'un foyer chaleureux et sécurisé où se blottissaient les enfants de Theresa. De son côté, il avait pris soin d'écrire régulièrement, s'imaginant combien les enfants devaient être impatients de recevoir ses lettres. Il y décrivait ses journées, le caractère de ses compagnons d'infortune et toute anecdote qui pouvait laisser croire aux enfants que sa vie de soldat n'était pas si difficile ni aussi monotone qu'elle pouvait l'être en réalité. Il ouvrit le pli et ses yeux sautèrent au bas de la page. Elle était signée de Torsten, chose qui l'étonna car ce dernier était analphabète. Il lut par-devers lui, à la lueur du feu.

« *Mon ami,*

C'est à mon tour de t'écrire par le truchement du ministre Carter qui m'a vivement conseillé de te donner des nouvelles de la famille. Note bien, mon idée de départ était de ne pas t'embêter avec tout ça, mais le père Carter m'a convaincu qu'il ne serait pas chrétien de te laisser dans l'ignorance...

Tout d'abord, les enfants vont très bien. Anna est toujours fidèle à elle-même, le petit Johann pousse vite, quant à Franz, il devient un petit homme chaque jour un peu plus. Ma Lotta les adore, mais tu sais comment elle est avec les enfants.

Voilà la nouvelle : madame Joséphine est partie. Elle est partie un beau matin il y a quatre mois de ça, sans un au revoir, sans une explication. Des voisins l'ont vue monter à bord de la diligence pour Des Moines en compagnie d'un monsieur élégant. Au début, comme je t'ai dit, je ne voulais pas t'ennuyer avec ça, tu as bien d'autres soucis là où tu es. Et puis les enfants vont très bien et n'ont pas si mal pris la chose. Sois rassuré, on leur donne tout l'amour et les soins dont ils ont besoin. Mais voilà, je fais mon devoir...

Les enfants m'ont demandé de te dire ceci : surtout, continue à écrire souvent, donne-nous de tes nouvelles. Et fais attention à toi.

Ton ami Torsten. »

Julian resta bouche bée quelques instants. Une foule d'émotions s'emparèrent de lui, se bousculant dans sa tête. La colère tout d'abord. Comment cette femme avait-elle osé abandonner ses enfants de la sorte ? Sans un mot d'adieu qui plus est ? Qu'en avaient pensé les pauvres petits, arrachés à leur père, puis à leur mère, par une mort soudaine ? Ne s'étaient-ils pas sincèrement attachés à Joséphine ? Il serra les dents, furieux. Cette femme n'avait aucun cœur ni aucun scrupule. Ah, ça ! Elle savait ce qu'elle voulait ! Lui et ses enfants n'avaient été qu'un moyen d'échapper aux milices du Missouri et lui s'était laissé prendre à ses charmes... Ah ! elle avait su y faire, c'était certain. Allez savoir... Elle avait dû réaliser que son bonheur se trouvait ailleurs et avait tout bonnement renouvelé sa manœuvre : s'attacher à un autre homme, un homme qui pourrait lui promettre un avenir plus brillant, plus citadin, plus... Il soupira profondément. En fait, il avait toujours su. Joséphine n'avait jamais été faite pour les Deux-Chênes, même si elle lui avait juré le contraire un bon millier de fois. Il s'était laissé aveugler par l'offre providentielle de la jeune femme, par son charme aussi…

Assis à ses côtés, Gallagher avait noté un changement dans la physionomie de son ami.

— Oh ! ça va pas ? demanda-t-il. Mauvaise nouvelle ?

Eckermann lui plaqua la lettre contre le torse d'un geste sec.

— Lis toi-même, souffla-t-il.

Ce que l'Irlandais s'empressa de faire.

— Je vois ! lâcha ce dernier après avoir pris connaissance du courrier. Ah ! Les femmes !

Il glissa une œillade amusée à son compagnon.

— Bah, tu sais ce qu'on dit : une de perdue…

Eckermann lui jeta un regard froid.

— Tu n'y es pas. Il ne s'agit pas de ça. Je n'étais pas vraiment attaché à elle. Enfin, c'est compliqué.

— De quoi s'agit-il, alors ?

— Je pense aux enfants. Ils doivent se sentir abandonnés une fois de plus.

Sean Gallagher semblait toujours ne pas comprendre.

— Oui, enfin, ce n'était pas leur mère non plus, renchérit-il. Tu m'expliques ?

Eckermann poussa un long soupir.

— On avait passé un accord elle et moi, expliqua-t-il. Je l'emmenais avec moi au Nebraska, loin de ceux qui pouvaient voir en elle une esclave. Je pensais l'épouser, mais les lois ne me le permettaient pas. Je lui ai offert un toit, un foyer, ma protection. Elle ne manquait de rien. En échange, elle prenait soin des enfants, leur donnait l'amour et l'éducation que leur mère ne pouvait plus leur offrir.

— Je vois, répondit Gallagher en plissant les yeux. C'est plutôt ton orgueil qui en a pris un coup, mon vieux. À moins, bien sûr, que tu ne te sois entiché d'elle. D'ailleurs, je l'ai vue le jour du départ, ta belle... Mon vieux, quelle femme !

Gallagher affichait à présent un large sourire goguenard.

— Sans scrupules, oui ! rugit Eckermann.

Il s'enferma dans le silence. Gallagher avait peut-être vu juste. La déception des enfants était une chose, mais ce qui le mettait hors de lui, c'était d'avoir été trahi. Attaché aux valeurs de droiture et d'intégrité, il ne parvenait pas à comprendre que l'on puisse être opportuniste à ce point et faillir ainsi à une parole donnée. Oh, il reconnaissait sans difficulté certaines qualités à la jeune femme. Elle était intelligente, déterminée et prenait son destin en main. Mais quel manque de moralité, quelle absence de probité ! Décidément, même si son cœur et sa raison pouvaient l'aider à pardonner, son orgueil, non. Julian Eckermann en était incapable.

— J'ai vraiment de la chance d'avoir un ami solide comme Torsten, là-bas. Quand je rentrerai, il faudra bien que je me débrouille seul avec les enfants.

Cette nuit-là, alors qu'il s'était emmitouflé dans son uniforme sous la maigre couverture de laine réglementaire, Julian Eckermann ne réussit guère à dormir. Pourtant, ni le froid, ni l'humidité ambiante ni les divers ronflements des tentes voisines ne l'incommodèrent plus que d'ordinaire. De fait, il s'était accoutumé à presque tout : son nez gelé au petit matin malgré la protection de la toile de tente, l'odeur âcre des pieds de Gallagher qui embaumait leur petit abri commun, les bruits inquiétants de la forêt ou les brusques chutes de température au cœur de la nuit qui frigorifiaient les soldats mal équipés pour cet hiver rigoureux. Non, cette nuit-là, le soldat Eckermann était agité par des pensées confuses. Tour à tour la colère, la frustration puis la culpabilité s'emparèrent de lui, le forçant à se tourner puis se retourner encore sur son lit de feuilles sèches. Pire, la trahison de la jeune femme avait ouvert une plaie béante dans la cuirasse de son orgueil, et cela l'insupportait. Quant au désarroi des enfants, qu'il s'imaginait désespérés par ce nouvel abandon, il ne pouvait le souffrir… Très vite, cependant, une autre sensation pointa le bout de son nez au milieu de ce chaos, un vague sentiment de contentement. Une évidence, surtout : il avait recouvré sa liberté. La présence de Joséphine à ses côtés, malgré les charmes indéniables de celle-ci, lui pesait déjà depuis quelque temps. En quelque sorte, en quittant les Deux-Chênes, la sulfureuse quarteronne lui permettait d'y voir plus clair.

37

Fort Henry

Février 1862, Tennessee River

La puissance de cette armée avait quelque chose de fascinant. De sa vie, la jeune Eugénie n'avait jamais vu autant d'hommes, de chevaux, de mules, de chariots, de canons rassemblés en un même point et portant les mêmes couleurs, dirigés d'une même main de fer et animés d'un même objectif. À chaque heure du jour, de nouvelles troupes se joignaient à cette force fantastique rassemblée par le brigadier général Ulysses S. Grant en un point névralgique le long de la rivière Tennessee. Des compagnies entières d'infanterie débarquaient depuis d'impressionnants cuirassés à vapeur tels que le *Saint-Louis*, le *Cincinnati* ou le *Conestoga*. De multiples régiments de cavalerie de plusieurs centaines de chevaux rejoignaient le campement par le nord. Le bruit circulait que cette armée, forte de quinze mille soldats, atteindrait les vingt-cinq mille hommes dans la journée.

Eugénie avait voyagé avec cette troupe trois jours durant, dans le sillage du docteur Bryant. Quelques jours plus tôt, ils avaient quitté Cairo, une petite bourgade au confluent du Missouri et de l'Ohio dont Ulysses S. Grant avait fait son quartier général d'hiver pour s'embarquer aux côtés de deux régiments d'infanterie sur le *Lexington*, un vapeur transformé en cuirassé dans les chantiers de Carondelet. Ainsi carapacé, ce bateau avait tout d'une immense tortue de métal sur laquelle on aurait planté deux immenses cheminées noires. Les deux régiments, accompagnés d'une division logistique et d'une unité médicale, avaient débarqué à deux miles en amont du Fort Henry, là où le brigadier général avait ordonné que l'on installât le campement et les hôpitaux de campagne. Fort Henry fut pris en deux jours, les 5 et 6 février. Cette victoire de l'Union créa une large brèche dans les défenses confédérées et ouvrit ainsi la route à l'invasion du Tennessee par les troupes du Nord. Ce fut la première victoire significative du futur général Grant.

Ce jour-là, Eugénie n'avait rien vu de la bataille. Cantonnée au campement à deux miles de là avec le reste des troupes logistiques et l'unité médicale, elle s'était tenue prête dès l'aube, alors que les blessés n'arriveraient probablement pas avant le milieu de la matinée. La jeune femme imaginait déjà l'afflux de corps ensanglantés charriant avec eux les horreurs de la bataille : les cris, le sang, les corps brisés et mutilés… La violence de ces images qui lui avaient empli la tête l'avait tourmentée et il lui avait été particulièrement difficile de rester tranquille et inoccupée. De fait, elle s'était évertuée depuis l'aube à faire bouillir des ustensiles qui avaient déjà été bouillis, à faire une charpie plus fine d'une charpie grossière. Autant de tâches inutiles qui n'avaient pour but que de soulager la tension qui avait mis ses nerfs à rude épreuve. Contre toute attente, aucun blessé n'avait été à déplorer ce 5 février. De fortes pluies s'étaient abattues sur la région, ralentissant de façon significative la progression des troupes de Grant. La bataille n'avait pas eu lieu. Le second jour, sur les coups de midi, un coup de tonnerre terrible avait retenti au loin. Les cuirassés de l'Union avaient entrepris de pilonner sans relâche le Fort Henry. Aux aguets, Eugénie, l'oreille tendue, s'était plantée à l'entrée de l'une des tentes constituant l'hôpital de campagne. Le monde s'était arrêté autour d'elle et dans le campement, chacun retenait son souffle. Ce n'était pourtant qu'un début. Une pluie de coups de canons ininterrompue allait s'enchaîner une heure durant, écrasant les défenses du Fort Henry. La jeune femme n'avait pu empêcher son imagination de s'emballer. Un tel déploiement de forces ne pouvait en effet que présager de nombreuses pertes humaines, et l'horreur d'un tel bain de sang ne pouvait la laisser indifférente.

Elle poussa un profond soupir puis lissa les pans du tablier épinglé sur sa robe de toile grise. Désirant oublier son angoisse et ses sombres pensées, elle regarda autour d'elle en espérant distraire son attention. Ici, un convoi de munitions venait d'être débarqué du *Cincinnati* et était acheminé vers le reste du stock, là, on taillait des rondins de bois en pieux acérés, se préparant à monter quelque fortification autour du campement. Là-bas encore, un lieutenant blessé à la jambe plongeait une louche dans une marmite fumante de café suspendue à un trépied. Le docteur Bryant, lui, se tenait assis sur un siège pliant à l'entrée de la tente voisine et fumait tranquillement sa pipe. Le petit homme ne semblait guère affecté par les événements alentour. Le regard de la jeune femme croisa celui de madame Bickerdyke[1], cette veuve au visage sévère qui régnait en maître sur la troupe des infirmières du campement, réduite il est vrai à une petite dizaine de personnes. Elle lut sur ce visage austère un mélange de détermination et de compassion. Un peu plus loin, on s'activait sous la tente des photographes Caruthers. Les deux frères avaient entrepris de fixer leur lourd équipement sur un chariot à foin pour les prises de vues en extérieur. Eugénie s'étonna de cet empressement à immortaliser l'horreur du champ de bataille, ce qui, selon elle, trahissait un certain goût du morbide.

Soudain, son attention fut captée par un son harmonieux qui montait d'une large tente installée à l'orée de la forêt. L'hymne, pourtant puissant, ne réussit pas à couvrir le tonnerre ininterrompu des canonnades. Sous cette tente, une trentaine d'épouses d'officiers et de volontaires de la Commission chrétienne des enfants de Jésus chantaient à pleins poumons une prière en soutien aux soldats déjà au front. Le visage de la jeune femme, de songeur, devint soucieux. L'Être suprême entendrait-il cette prière et daignerait-Il soulager les souffrances du champ de bataille ? Elle en doutait fortement… Grâce à Dieu, pourtant, au soir du second jour, on ne déplora que très peu de blessés : une quarantaine en tout et pour tout. Une poignée de soldats rebelles se

---

1. Mary Ann Bickerdyke (1817-1901) a établi et administré plusieurs hôpitaux de campagne durant la guerre de Sécession.

rendit en début d'après-midi, vaincue par la puissante canonnade de la flotte fédérale, et livra un fort presque vide aux troupes de l'Union. On découvrit alors avec stupéfaction que les confédérés avaient déserté les lieux plus tôt dans la journée, fuyant vers un fort mieux armé et mieux défendu : le Fort Donelson.

Eugénie se réjouit d'un tel dénouement. La tension de la journée retomba et ses angoisses s'envolèrent. Les docteurs Bryant, Mitchell et Lewis s'attelèrent à remballer les malles de chirurgie. Madame Bickerdyke, quant à elle, donna des ordres pour que ses infirmières chargent brancards, linges et autres matériels sur les chariots désignés à cet effet. Eugénie se joignit à l'effort sans lambiner ; il fallait s'attendre à tout moment à ce que Grant donne l'ordre du départ. La jeune femme n'avait croisé le fameux brigadier général qu'une seule fois, lors d'une inspection de l'hôpital de Cairo en octobre dernier. À cette époque, le docteur Bryant et elle-même venaient de se joindre à l'armée du Tennessee. Ils manquaient alors de tout : vivres, matériel médical, médicaments, draps et couvertures, personnel qualifié. En fait d'hôpital, il s'agissait d'un hôtel réquisitionné en urgence et dont les chambres avaient été transformées à la va-vite en une dizaine de salles dortoirs et deux salles d'opération. Le personnel se résumait alors à un médecin militaire, Simus Mitchell, deux assistants, de simples soldats désignés parmi la troupe sans aucune expérience médicale, et trois veuves vieillissantes du comté d'Alexander, Illinois, qui s'étaient portées volontaires. Mary Ann Bickerdyke était de celles-là. Ce jour-là, elle avait traîné tout l'état-major par le coude pour une visite de l'hôpital.

— Mais voyez donc, enfin ! avait-elle rugi en faisant brusquement irruption dans la salle où se trouvait Eugénie.

Celle-ci, alors occupée à changer le bandage purulent d'un soldat, avait assisté, médusée et ravie, à une scène qu'elle ne serait pas près d'oublier. Ce petit bout de femme d'une cinquantaine d'années, à l'allure modeste et insignifiante, s'adressait à Grant comme à un simple subalterne.

— Voyez ! Cet hôpital est plein comme un œuf ! Cent quarante-sept patients et seulement deux médecins et quatre infirmières ! rugit-elle à nouveau.

De petite taille et affichant une silhouette encore svelte pour son âge, cette femme en imposait. Engoncée dans un habit noir de veuve, elle était dotée d'un regard dur et déterminé, d'un menton pointu et volontaire, et portait ses cheveux grisonnants lissés en bandeau austère sur ses petites oreilles. C'était elle qui, en réalité, menait l'hôpital à la baguette. À ses côtés, le brigadier général Grant en imposait lui aussi, mais d'une autre manière. Avec son regard bleu simple et authentique, son visage harmonieux et une barbe châtain coupée court, il laissait une forte impression d'intelligence bienveillante. De taille et de carrure moyennes, l'homme dégageait une autorité naturelle et était doté d'un charisme certain. Eugénie remarqua qu'il portait son manteau déboutonné et que son chapeau ne correspondait pas à son rang, bafouant ainsi le protocole. Elle eut un sourire presque attendri. Ce grand militaire ne s'encombrait ni des conventions ni du décorum. Visiblement préoccupé, Grant restait muet alors que les deux officiers qui l'accompagnaient s'évertuaient à calmer les discours véhéments de la veuve acariâtre. Le groupe de visiteurs resta un bref instant sur le seuil de la salle puis continua sa visite. Eugénie ne perçut ensuite que quelques bribes de la conversation qui se poursuivit dans le corridor. Madame Bickerdyke exhortait Grant à demander de nouveaux crédits pour faire livrer des vivres et du matériel « sur-le-champ » ! Le blessé que soignait Eugénie à ce moment-là eut un sourire en coin malgré la profonde blessure qu'il portait au bras.

— Mademoiselle, vous êtes un ange… Mais celle-là, c'est un dragon !

Au matin du 7 février, l'armée de Grant se trouvait victorieuse. L'esprit, cependant, n'était pas encore à la fête. Les hommes restaient sur le qui-vive, attendant les ordres. Au cours de la matinée, une pluie glacée et mêlée de grésil s'abattit sur les troupes et ne discontinua pas du restant de la journée, freinant Grant qui s'apprêtait à lancer un ordre de mouvement de troupes. Ce dernier, conforté par sa récente victoire, venait de s'engager auprès du haut commandement à conquérir le Fort Donelson sous une semaine tout au plus. Il enrageait. Après quelques heures de tergiversation, tenu par son engagement mais aussi persuadé qu'il tenait là une occasion unique de remporter une seconde victoire décisive, le militaire refusa finalement de se laisser vaincre par le mauvais temps et lança son ordre de marche. Les troupes se préparèrent alors pour l'une des campagnes qui marqueraient leur mémoire à tout jamais.

Chacun s'équipa comme il le put. Les *privates* enfilèrent leur cape pardessus et remontèrent le col de leurs tuniques. Les infirmières superposèrent plusieurs couches de vêtements, espérant ainsi s'isoler du froid et du ruissellement de la pluie. Eugénie, de son côté, fit bon usage des dons gracieux des épouses des officiers du Fort Kearney et enfila trois vestes l'une sur l'autre. Engoncée dans cet accoutrement étrange, elle trouva ses mouvements limités mais s'estima suffisamment équipée. La jeune femme jeta un regard alentour. Ses compagnons de route, soldats, brancardiers et infirmières, s'étaient mis en marche et bravaient les éléments sans qu'aucun d'entre eux ne songeât à se plaindre. La progression de cette vaste armée s'avéra lente et laborieuse. Les compagnies prirent le départ les unes après les autres sous la pluie battante, traînant derrière elles toute une logistique qui s'accommodait fort mal des routes boueuses sinuant dans la forêt vallonnée du Tennessee. Les chariots de munitions, de fourrage, de tentes et de ravitaillement, les mules et les chevaux lourdement chargés bravaient les éléments avec difficulté. Il fallut six jours entiers pour parcourir les dix-huit kilomètres qui séparaient Fort Henry de Fort Donelson. Six jours de progression éreintante dans un froid humide, à patauger dans une boue collante qui épuisait hommes et bêtes, immobilisant plus d'une fois les roues des chariots lourdement chargés. Six nuits passées à grelotter à même le sol sous de simples toiles tendues entre deux arbres, bien souvent à la merci d'une pluie glacée. Plus d'une fois Eugénie crut abandonner et plus d'une fois le doux visage de son parrain lui apparut, lui apportant un peu de réconfort. S'ajouta l'abnégation exemplaire et silencieuse de ses compagnons de route qui lui montraient la voie à suivre.

Au bout d'une semaine, l'accalmie tant attendue s'annonça enfin. Un ciel clair salua l'arrivée de l'armée de Grant aux abords de la rivière Cumberland. Le brigadier général fit établir un campement en forêt, à un mile environ de la cible. Il installa son quartier général dans la maison d'une veuve qui se trouvait là et envoya aussitôt la majeure partie des troupes se positionner face aux lignes ennemies. Quelques coups de canons résonnèrent à travers la forêt. Les cuirassés de l'Union testaient leur portée sur le Fort Donelson tout en signalant leur arrivée à l'infanterie de Grant.

À nouveau, l'équipe médicale installa les quelques tentes qui serviraient dès le lendemain d'hôpital de campagne. Les malles furent déballées, quelques lits installés et les tentes du personnel plantées.

— Allez savoir ce qu'a prévu le brigadier général, marmonna le soir même le docteur Lewis en se frictionnant les mains l'une contre l'autre.

Le médecin, assis sur le tronc d'un arbre abattu, partageait la chaleur d'un feu de camp avec quelques civils.

— Cela ne nous regarde guère ! siffla madame Bickerdyke, assise un peu plus loin autour du même foyer.

La petite dame, emmitouflée dans une épaisse couverture de laine, affichait un visage fermé et revêche. Les flammes du foyer dansaient dans ses yeux noirs dénués d'émotion.

— Notre rôle est de nous préparer à bien recevoir les centaines de malheureux qui vont se faire étriper demain, ajouta-t-elle sur un ton sec.

La respectable veuve glissa un regard de côté, en direction des tentes de l'hôpital.

— Nous voilà avec une armée de vingt-cinq mille hommes, mais nous sommes bien trop peu et n'aurons ni le matériel, ni les lits ni de quoi soigner correctement tout ce monde-là.

Le docteur Bryant lui lança un regard rieur par-dessus ses binocles cerclés de fer.

— Avec un peu de chance, Grant va remporter cette victoire aussi facilement que la précédente ! s'exclama-t-il.

La veuve Bickerdyke fusilla le médecin du regard.

— William ! En voyant toujours le verre à moitié plein, vous ne risquez pas de vous préparer au pire !

Autour du foyer, les visages s'assombrirent. Des regards entendus furent échangés. Bien qu'elle fût parfois inutilement cinglante, la veuve Bickerdyke était très souvent dans le vrai, et les médecins, les infirmières et autres assistants le savaient très bien. Agacée, elle posa ses mains sur ses cuisses puis entreprit de se lever péniblement de son fauteuil pliant.

— Ah ! Et quelle misère ces sièges de campement ! grogna-t-elle avant de s'adresser au petit groupe rassemblé devant la flambée. Dormez sur vos deux oreilles, si vous le pouvez !

Puis, s'éloignant, elle salua à la ronde les « messieurs », accompagné d'un bref hochement de tête. Un murmure respectueux parcourut le petit groupe. La dame en noir fit quelques pas et s'arrêta net dans son élan : elle avait aperçu Eugénie un peu plus loin à l'orée de la forêt, qui admirait le clair de lune. Elle se dirigea vers la jeune femme d'un pas décidé.

— Eh bien, mon petit ? commença-t-elle.

Eugénie sursauta. Profondément absorbée dans sa contemplation de l'astre nocturne, elle n'avait pas perçu la présence de la petite dame. Elle frissonna et resserra autour de ses épaules le maigre châle qui se superposait à ses multiples vestes.

— Madame, répondit-elle une fois sa surprise passée.

Sans préambule, la veuve lâcha :

— Je vous ai observée à Fort Henry…

Eugénie dévisagea la petite veuve. Celle-ci la fixait de son regard dur et noir, inquisiteur.

— Oh ! murmura Eugénie, ne sachant trop que répondre. Et qu'avez-vous vu ?

— Vous avez peur, n'est-ce pas ?

Eugénie soupira. Son appréhension était-elle donc si visible ?

— J'ai peut-être trop d'imagination, répondit-elle. Je crains que cette bataille ne soit terrible.

— Mon petit, je ne vais pas vous mentir, annonça la vieille femme d'une voix calme. Les pneumonies, le typhus, ou même les quelques blessés que vous avez soignés à Cairo, ce n'était rien en comparaison de ce qui nous attend. Malgré tout, demain, et les jours suivants si Dieu l'exige, nous devrons nous tenir prêtes.

— Je le sais bien, murmura Eugénie. J'espère avoir la force, madame.

— Tsss… Tsss… Ayez confiance en vous, mon petit. Vous êtes parmi les plus solides d'entre nous. Voilà quatre mois que vous êtes à mes côtés et j'ai eu le temps de vous voir à l'œuvre. Croyez-moi, vous êtes d'une efficacité redoutable. Vous n'avez aucune raison d'avoir peur de vous-même.

Eugénie surprit un voile de douceur sur le visage d'ordinaire si sévère de madame Bickerdyke.

— Et puis vous, au moins, vous avez du bon sens, contrairement à d'autres ! poursuivit la veuve, glissant un regard lourd de reproches vers le foyer auprès duquel se blottissaient toujours Lewis, Bryant et quelques autres.

Elle posa une main sur l'épaule d'Eugénie.

— Bonne nuit, mon enfant. Tâchez de vous reposer. Vous aurez besoin de toutes vos forces, demain.

Madame Bickerdyke s'éloigna d'un pas lent. Avec sa silhouette légèrement voûtée enveloppée de sa couverture de laine noire, elle avait des airs de sorcière. Eugénie savait pourtant qu'il n'en était rien. Sous des dehors acariâtres, cette femme se dévouait corps et âme pour soulager le triste sort de ces soldats que l'on envoyait à la mort. On racontait qu'elle avait spontanément quitté, six mois plus tôt, la paisible existence de sa ferme de l'Illinois pour pallier humblement les insuffisances d'une administration bien trop jeune encore pour organiser efficacement la prise en charge des victimes de guerre. De fait, à Cairo, elle avait fait la différence. Infirmière de formation, ce qui était déjà un exploit en soi, cette veuve acariâtre avait installé puis structuré l'hôpital du campement de Grant, organisé des collectes de dons pour compléter les besoins en vivres, médicaments, couvertures, et elle suivait maintenant Grant et ses hommes dans leur route vers la conquête du Tennessee. Eugénie s'était attendrie en voyant ce dragon de femme houspiller les officiers, pester contre l'inefficacité de tel médecin ou bousculer Grant lui-même pour obtenir plus de moyens. Cette femme cachait décidément un cœur d'or sous une volonté de fer et possédait une autorité que lui enviait Eugénie. Ce soir-là, la jeune femme se dit qu'elle avait trouvé en cette figure singulière une nouvelle source d'inspiration…

38

Fort Donelson

La nuit du 14 février fut terrible. La température avait chuté progressivement tout au long de la journée alors que de lourds nuages gris s'étaient amoncelés au-dessus des fortifications. De puissants tirs de canon, suivis d'impressionnants craquements et d'explosions étouffées, avaient rythmé l'offensive de la flottille nordiste stationnée sur la rivière Cumberland, au nord du Fort Donelson. Depuis les fortifications au sud, on ne pouvait que deviner l'ampleur des dégâts infligés de l'autre côté de la colline… De multiples escarmouches s'étaient succédé tout le jour le long de la ligne de front. Le crépitement des fusillades isolées ici et là avait retenti dans le sous-bois et claqué dans l'air sec et glacial de cette journée d'hiver.

Le premier régiment de volontaires du Nebraska, mené par le colonel Thayer, s'était positionné en formation de combat au centre de la ligne occupée par l'armée du brigadier général Wallace. Celui-ci s'était placé sous les ordres de Grant une semaine plus tôt, tout comme les brigadiers généraux McClernand et Smith. Les deux armées, Union et Confédérés, se faisaient maintenant face par bataillons entiers à une distance plus que respectable de cinq cents mètres, le long d'une ligne qui s'étalait sur plus de cinq kilomètres, encerclant le sud du fort et la petite ville de Douvres. De là où ils étaient, Eckermann, Gallagher, Travis, Withers et les autres pouvaient deviner la position et le nombre de troupes confédérées qui leur faisaient face. Le sous-bois, bien que mis à nu par l'hiver, ne permettait guère de voir nettement les positions ennemies. En revanche, le Fort Donelson, avec ses fortifications, se détachait telle une énorme masse sur le ciel gris et bas de l'horizon. En arrière-plan, à environ un mile des troupes de Grant, une colline de trente mètres de haut aux formes planes et presque rectilignes, aux pentes rases et nues, montait au ciel. C'était le fort lui-même. Un peu plus bas, à seulement quelques centaines de mètres, des fortifications rudimentaires faites de terre et de poutres abritaient les pièces d'artillerie confédérées et les bataillons d'infanterie en poste avancé. C'était du moins ce que soupçonnaient Grant et ses aides de camp, car tout ce petit monde était invisible depuis le vallon où se tenaient les troupes fédérales. Sur la crête des fortifications se dressait une forêt de pieux hérissés entre terre et ciel, pointant leur pic acéré vers le sous-bois où se tenaient Thayer et ses hommes. Enfin, depuis ces remparts et jusqu'au sous-bois se déroulait une langue de terre rasée de toute végétation et où il était impossible de se mettre à couvert.

Vers 17 heures, il commença à neiger. Le vent se leva, formant de violentes bourrasques mouchetées de flocons immaculés.

— Bon sang ! Après une semaine à patauger dans une boue glacée, voilà une tempête de neige ! Rien ne nous sera donc épargné ? grommela Gallagher.

Allongés au sol, recroquevillés contre un enchevêtrement de branchages jetés pêle-mêle en guise de rempart, les soldats de l'Union frissonnaient dans leurs uniformes de laine. Inquiet, Eckermann dévisagea Withers allongé un peu plus loin.

— Petit, tu es pâle comme un linge… Ça va ? demanda-t-il.

Le gamin d'à peine 16 ans grelottait et claquait des dents. Il tourna un visage livide vers son aîné.

— Je suis gelé, souffla-t-il avec difficulté.

Eckermann se leva, à moitié accroupi, et se glissa jusqu'à lui en prenant garde de ne pas hisser son dos plus haut que l'abri de branchages. Il prit les mains du jeune soldat entre les siennes et les frictionna.

— Oui, tu es glacé, Withers. Faut pas rester comme ça…

Assis à ses côtés, Travis s'empressa d'ajouter :

— Si seulement on pouvait faire un feu…

— Oublie, Travis, grommela Gallagher. Tu connais les ordres. On se ferait tirer comme des lapins si on signalait notre position par un feu !

— Va falloir se serrer les uns contre les autres, les gars, si on veut profiter un peu de notre chaleur à tous, renchérit Eckermann.

Il s'installa contre Withers et invita Travis et Gallagher à faire de même.

— T'avise pas de te mettre trop près ! rugit Gallagher à l'intention de Travis.

Le trait d'humour se perdit dans le silence. Il faisait décidément trop froid pour en rire. Avec la nuit, le silence était retombé sur le vallon. La neige s'amassait doucement, recouvrant peu à peu les hommes, les bêtes et les pièces d'artillerie d'un manteau moelleux et immaculé. Les fusils s'étaient tus. Les canons aussi. La nuit serait longue… Les soldats allaient devoir affronter un ennemi bien plus sournois que les bataillons confédérés : l'hiver implacable, le souffle glacé du vent qui précipitait la température nocturne bien en dessous de zéro. Au petit matin, un soleil radieux illuminait le sous-bois. Une bonne dizaine de centimètres de neige s'était déposée au cours de la nuit, conférant au fort et aux collines environnantes un éclat d'une blancheur étincelante. À l'abri du sous-bois, un étrange spectacle s'offrait au regard. Blottis contre des remparts de branchages, on devinait des corps ici et là disparaissant sous une épaisse couche de neige. Au pied des pièces d'artillerie, d'autres masses informes gisaient immobiles, elles aussi blotties sous la neige. On aurait dit un champ de bataille jonché de cadavres au lendemain d'un affrontement et sur lequel il aurait neigé abondamment. Il n'en était rien. Peu à peu, avec l'aube claire, le tableau s'anima. Des voix s'élevèrent ici et là et les formes que l'on aurait pu confondre avec des cadavres se redressèrent.

— Hey, Withers ! chuchota Travis.

Eckermann, Travis et Gallagher n'avaient pas pu fermer l'œil de la nuit. Le froid mordant les avait maintenus éveillés, tremblants et rageurs. Gallagher avait pesté presque sans discontinuer contre le vent, la neige, les confédérés, Grant… Même Dieu en avait pris pour Son grade ! Travis récita plusieurs prières d'une voix tremblante alors que Eckermann distribuait de temps à autre des *hardtacks*, ces biscuits durs et secs, immangeables. Les mâchonner leur avait permis de tromper l'attente interminable dans cette nuit glaciale… Withers, lui, n'avait pas fait de bruit. Coincé entre Travis et Eckermann, il avait grignoté ses *hardtacks* en silence.

— Withers ! répéta Travis.

Maintenant que l'aube était levée, c'était toute la ligne de front qui s'animait. On entendait le crépitement de quelques fusils un peu plus loin.

— On va peut-être enfin bouger un peu, grommela Gallagher. Rester là à ne rien faire va finir par tous nous tuer !

Il sauta sur ses pieds engourdis et secoua la neige de son uniforme. Il fallait qu'il s'étire, qu'il bouge. Malheureusement, le bleu de son uniforme fédéral se détachait sur le fond blanc du paysage enneigé et il fut immédiatement repéré. Une balle siffla à ses oreilles. Il retomba aussitôt sur ses genoux, à l'abri du rempart de branchages.

— Bon sang ! jura-t-il.

Au même moment, Travis secoua Withers par l'épaule. Recouvert de givre, le képi du jeune homme dégringola et s'enfonça dans la neige en un « pouf » étouffé sans que son propriétaire ne réagisse. Du givre recouvrait ses sourcils, et des cristaux brillants pendaient à son nez. Travis le secoua de plus belle.

— Petit, réveille-toi donc ! s'emporta-t-il.

Gallagher et Eckermann se précipitèrent aux côtés de Travis, craignant le pire pour le gamin. Withers avait fini par se laisser engourdir quelques heures avant l'aube, glissant dans un sommeil dont on ne se réveille pas. Il gisait maintenant sous un linceul de neige immaculée, les yeux clos, les joues pâles et décolorées. Gallagher poussa un cri de rage. Eckermann serra les mâchoires tandis que Travis recouvrait avec précaution le visage du jeune homme de son képi de feutre.

Withers ne fut pas un cas isolé. Cette nuit-là, des centaines de soldats, aussi bien des confédérés que des yankees, périrent de froid le long des fortifications. Gallagher enrageait. C'était une mort vraiment trop stupide, surtout lorsqu'on avait 16 ans et que l'on rêvait d'en découdre. L'immigré irlandais en voulait maintenant à Grant, à Wallace, à cette guerre qui n'avait plus de sens ! À quoi servait-il d'envoyer des soldats au combat si personne n'avait l'intention de lancer l'assaut ? À quoi servait-il de faire mourir cette armée de froid sans même l'avoir fait combattre ? Hors de lui, ulcéré par l'absurdité de la mort de Withers, il s'empara soudain de son fusil, se saisit d'une cartouche, la déchira à pleines dents et versa la charge dans le canon. Puis il se positionna à plat ventre contre le tas de branchages et visa la colline d'en face.

— Qu'est-ce que tu fais ? souffla Eckermann en lui saisissant le bras.

Gallagher n'eut guère le temps de répondre. Sur le flanc droit, une fusillade venait d'éclater, mêlée à un son puissant, étrange et aigu.

— Qu'est-ce que c'est ? rugit Gallagher.

C'était le cri de tout un régiment, multitude de cages thoraciques résonnant à l'unisson. Ce cri, les troupes de l'Union l'entendraient souvent pendant les quatre années qui allaient suivre, un cri de rebelles, un cri de guerre[1] dans lequel les hommes du Sud mettraient toute leur rage de vaincre. La fusillade s'amplifia. Tout indiquait que le flanc droit de l'armée confédérée lançait un assaut d'ampleur contre les hommes de McClernand. Les hommes de Thayer et de Wallace, non directement visés par cette attaque, trépignaient d'impatience. Gallagher se dressa sur ses jambes, épaula son fusil et fit feu au hasard.

— C'est bon, tu es soulagé ? demanda Travis, exaspéré.

L'Irlandais lui jeta un regard furieux. Une action se déroulait manifestement, là-bas. Allaient-ils rester sans rien faire après toute une journée et toute une nuit d'inaction ? L'ordre tant attendu ne vint qu'un bon quart d'heure plus tard. Thayer venait d'apparaître sur son cheval en arrière des barricades. Il brandit son sabre vers le ciel et hurla des ordres à pleins poumons tout en s'élançant à la tête de l'assaut. Les troupes suivirent le mouvement. Quittant enfin leurs positions, les soldats formèrent une ligne de combat et marchèrent de concert sur le flanc droit. Alors qu'il avait déjà chargé son fusil et qu'il rejoignait les rangs, Eckermann jeta un regard en arrière, abandonnant à regret le corps de Withers, toujours à moitié enseveli sous la neige… Il se jura de

1. Ce cri, le *rebel yell*, emblématique de l'armée confédérée, était poussé par les soldats au moment de l'attaque. Il ressemble au *yee haw* des premiers westerns au début du cinéma.

revenir plus tard, que la bataille soit perdue ou gagnée. Le gamin méritait une sépulture digne de ce nom.

L'armée du Tennessee se jeta à corps perdu dans le chaos de la bataille, entraînant Eckermann, Travis, Gallagher et leurs compagnons dans la tourmente.

Vers midi, à un mile en arrière de la ligne de front, Eugénie accueillait déjà les premiers blessés. Cette fois, la bataille tant redoutée avait commencé, elle n'en doutait plus. Le crépitement des fusillades lui était parvenu du lointain dès l'aube et n'avait cessé depuis lors. Des soldats ramenaient maintenant les premiers blessés sur des charrettes à foin. La jeune femme aida un brancardier à décharger trois d'entre eux. Dans sa maladresse et sa précipitation, elle saisit le premier par les chevilles. Un horrible gargouillis se fit entendre, du sang gicla depuis la déchirure de son uniforme et le pied du pauvre bougre prit une position anormalement inclinée par rapport à son tibia. Le soldat hurla de tous ses poumons et perdit aussitôt connaissance. Le brancardier hurla à son tour, fusillant la jeune femme du regard.

— Imbécile ! Vous n'avez pas vu que son pied ne tient presque plus à la jambe !?!

Non, elle n'avait pas vu. Elle s'immobilisa à la vue du pied inerte et désarticulé. Un haut-le-cœur lui monta aux lèvres. Soutenant toujours le blessé sous les aisselles, le brancardier continuait à hurler, exhortant Eugénie à saisir correctement les jambes et le pied ballant. Ses cris finirent par sortir la jeune femme de sa torpeur. Elle se ressaisit de son fardeau et aida le brancardier à le déposer un peu plus loin, sous l'une des tentes. Son haut-le-cœur ne la quittait plus. Le brancardier la bouscula, l'entraînant déjà vers deux autres blessés. Eugénie se reprit. Ce n'était pas le moment de flancher. L'un des deux blessés gisait sur la charrette. Le brancardier le tira par les épaules pour mieux le saisir, puis sembla remarquer quelque chose. Il s'immobilisa soudain.

— Attendez ! cria-t-il.

Il entrebâilla les pans de l'uniforme du blessé et mit au jour sa cage thoracique noyée dans une mare de sang.

— Quel est l'imbécile !?! s'écria-t-il. Celui-là est déjà mort ! On a perdu notre temps à le ramener ici !

Grommelant et jurant tout à la fois, le soldat désigna d'un signe de tête l'endroit où déposer le cadavre. Les mêmes scènes se répétèrent par vagues successives tout au long de l'après-midi. Lorsqu'il n'y eut plus de charrette à vider, la jeune femme aida à nettoyer les plaies ou à découper les uniformes déchiquetés pour mettre à nu les blessures. Elle donnait de l'eau à ceux qui ne souffraient pas trop, du whisky à ceux qui se tordaient de douleur. Au fil des heures, les corps s'amoncelèrent, s'étalant en rang d'oignons sur des civières d'abord sous les tentes, puis, par manque de place, à même le sol couvert de neige, sur de simples couvertures. Les cadavres, eux, n'étaient pas nombreux. Ceux-là restèrent sur le champ de bataille, là où ils étaient tombés…

Vers 17 heures, le crépuscule s'annonça et le crépitement des fusillades cessa. Eugénie n'avait aucune idée du résultat de la bataille ni de l'avancée des troupes. Elle ne pouvait que constater l'ampleur du massacre. Les blessés, qu'elle estimait à plusieurs centaines, gisaient un peu partout dans le campement. Désemparée par l'ampleur de la tâche, elle s'arrêta un instant sur le seuil de la tente où officiait Bryant. Seuls les râles et les gémissements des blessés peuplaient à présent le silence de la nuit qui s'annonçait. Elle jeta un regard en arrière. Sous la tente, Bryant pratiquait une opération, assisté d'un soldat et d'une infirmière. Plus loin, de nombreux blessés n'avaient pas encore été secourus. Il y avait tant à faire… Soudain, quelqu'un agrippa Eugénie par le bras. La jeune femme se retourna. C'était madame Bickerdyke. Derrière elle se tenaient trois autres infirmières. Elles s'étaient habillées chaudement, visiblement prêtes à passer la nuit dehors.

— Venez ! Nous avons besoin de vous, assena la veuve.

— Mais… Il y a tellement de travail, ici ! s'étonna Eugénie, interloquée.

— Venez, je vous dis ! répéta la veuve.

L'honorable femme l'entraîna fermement par le bras et s'éloigna du campement d'un pas déterminé. Elle héla au passage trois soldats, Patterson, Davis et Wilkes, qui suivirent le petit groupe sans hésiter. Une fois arrivé près des charrettes à foin, le groupe se scinda en deux. La veuve Bickerdyke pria Eugénie de grimper à sa suite dans l'une des charrettes.

— Patterson, vous prendrez le flanc gauche, lança la veuve au soldat sur la seconde charrette. Faites attention à vous, on entendait encore des tirs il n'y a pas un quart d'heure.

— Comme d'habitude, M'aam ! cria celui-ci.

Les deux chariots s'élancèrent dans la nuit. La lune brillait ce soir-là, se réfléchissant sur le manteau neigeux déposé la veille. Assise au bord du plateau de la charrette brinquebalante, Eugénie écoutait le silence. Après le tumulte de la journée, après les cris, le hennissement des chevaux, le sifflement des boulets de canon, le crépitement des fusillades, après le chaos, enfin, le sous-bois semblait à présent plongé dans un sommeil presque paisible. Eugénie avait deviné l'objet de l'excursion. Le moment était particulièrement propice au ramassage des blessés restés sur le champ de bataille. La jeune femme se cramponnait aux planches de la charrette et scrutait le sous-bois avec acuité. La survie des hommes abandonnés au beau milieu de ce qui ressemblait très certainement à un charnier pourrait dépendre de sa capacité à les distinguer parmi les ombres. Le sous-bois n'était pas très dense à cet endroit, mais aucune route, ni même aucun chemin ne facilitait la progression de la charrette vers la ligne de front. Le cortège se fraya un chemin à travers bois durant une bonne vingtaine de minutes, avant que l'un des soldats ne souffle :

— On devrait descendre là. On n'est pas tout à fait sur le flanc droit, mais il y a eu des pertes, ici, en début d'après-midi.

Madame Bickerdyke freina les chevaux et fit descendre Eugénie, les deux soldats et la seconde infirmière.

— Êtes-vous sûre qu'on ne va pas se faire tirer dessus ? demanda l'infirmière à la veuve.

— Il y a toujours un risque, répondit madame Bickerdyke, mais ceux d'en face ont aussi des blessés à ramasser, vous savez…

La vieille dame s'avança dans la neige.

— Eugénie, Davis, vous venez avec moi. Prenez une civière. Wilkes et Mary, descendez dans ce vallon, là, avec la seconde civière.

La quête des blessés commença. Eugénie suivait prudemment la veuve quelques pas en arrière, attentive au moindre mouvement alentour. La vieille infirmière rompit le silence et se mit à crier :

— Y a quelqu'un ? Est-ce qu'il y a des vivants par ici ?

Elle répétait cela à l'infini tout en progressant à pas de loup. Eugénie repéra bientôt les premiers corps. Elle se précipita sur eux, s'accroupit, toucha délicatement la joue d'un des soldats inanimés. Sa peau glacée ne laissait aucun doute possible. Elle répéta son geste sur le suivant, puis sur un autre, mais ne rencontra aucun survivant. Un peu plus loin, un gémissement répondit enfin aux suppliques. Eugénie, madame Bickerdyke et le soldat Davis se précipitèrent aux côtés d'un homme à la barbe rousse et au front ensanglanté. Une blessure à la jambe lui rendait tout mouvement impossible. La veuve se saisit d'une gourde qu'elle portait en bandoulière et fit boire l'homme à terre, puis elle le déposa sur la civière avec l'aide du soldat Davis. Eugénie et le soldat se chargèrent ensuite de transporter le blessé jusqu'à la charrette stationnée un peu plus loin, tandis que la veuve poursuivait ses recherches de son côté. Une fois leur précieux fardeau déposé avec précautions dans le véhicule, Eugénie et Davis se hâtèrent de rejoindre madame Bickerdyke. Alors qu'ils longeaient le flanc d'une petite colline, Eugénie s'immobilisa soudain dans la neige. Elle avait cru percevoir un bruit étouffé sur sa gauche. Elle se tourna vers Davis.

— Vous avez entendu ?

Le soldat hocha le menton en signe d'approbation.

— Allons voir ! lança la jeune femme.

Ils gravirent la petite colline enneigée. Arrivés au sommet, ils aperçurent des ombres entre les arbres. Un peu plus bas dans le vallon, trois hommes en uniforme fédéral creusaient avec acharnement le sol gelé. « Quels imbéciles ! » pesta le soldat Davis. Eugénie approuva. Si ce n'était pas pour venir en aide aux blessés, rien ne justifiait la présence de ces hommes ici. Ils manquaient certainement à l'appel quelque part ! Davis héla les trois hommes à mi-voix :

— Hé, vous ! souffla-t-il.

Les trois compères se retournèrent alors qu'Eugénie et Davis les rejoignaient.

— Qu'est-ce que vous foutez là, les gars ? demanda le soldat.

Eugénie dévisagea les trois *privates*. Le premier, un rouquin de taille moyenne au regard vif et railleur, était prêt à bondir sur Davis. Le deuxième, un gaillard à la peau brune, court sur pattes, tenait fermement l'une de ces petites pelles dont se servaient les troupes pour creuser les fortifications. La jeune femme ne put détacher son regard du troisième homme, ni réprimer l'émotion qui l'étreignit.

— Et vous ? rétorqua Gallagher non sans agressivité.

— Nous, on cherche les blessés ! répondit Davis avec mépris.

Le soldat Davis abaissa ses yeux sur le fossé que creusaient les trois hommes et remarqua le cadavre d'un gamin étendu au bord.

— Ma parole ! Vous n'avez que ça à faire ? fulmina-t-il. Y en a des centaines comme ça partout. Là-bas ! dit-il en désignant du menton la direction du champ de bataille.

Gallagher et Davis continuèrent de s'invectiver l'un l'autre. Eckermann, lui, ne pouvait détacher son regard d'Eugénie. Comme bien d'autres soldats en campagne, son teint s'était assombri, donnant un éclat particulier à ses yeux clairs. Collés à son front ou emmêlés à sa barbe blonde, ses cheveux trahissaient l'effort qu'il venait de fournir. Son uniforme avait souffert des longs mois d'errance, de l'âpre quotidien d'une vie sans confort. Indifférent à la conversation animée qui se déroulait à ses côtés, Eckermann afficha un sourire discret dans lequel pointait un soupçon de satisfaction.

— N'avais-je pas raison ? souffla-t-il à la jeune femme. Vous voilà de nouveau sur mon chemin…

Il promena un regard soucieux sur sa silhouette gracile.

— Je constate que vous avez repris le dessus. Voilà qui est bien, conclut-il avec gravité.

Son attention fut soudain captée par les éclats de voix de Gallagher. Le ton montait entre les deux *privates*.

— Foutaises ! s'écriait Davis. Venez donc nous aider au lieu de perdre votre temps !

Eckermann posa une main sur l'épaule de son ami en un geste d'apaisement.

— Bien sûr qu'on vient vous aider, dit-il avec calme, s'adressant à Davis. On avait presque fini, de toute façon.

Comme bien souvent, l'aplomb et l'assurance d'Eckermann firent retomber la tension. Davis concéda qu'ils pouvaient bien terminer ce qu'ils avaient commencé. Au point où ils en étaient… Quelques minutes plus tard, lorsque Travis eut apposé les derniers coups de pelle aplanissant le petit monticule de terre, Eckermann se tourna naturellement vers Eugénie :

— Voulez-vous dire une prière, ma sœur ?

Elle se figea, surprise, et lui lança un regard lourd de reproches. Il réalisa son erreur.

— Pardonnez-moi… Je vais dire quelques mots, se reprit-il.

Le moment de recueillement fut bref, interrompu par Davis qui s'impatientait.

— Faut y aller, maintenant…

Personne ne songea à protester. Le petit groupe dévala la colline avec empressement et reprit la direction du champ de bataille. Celui-ci s'était déplacé de plus d'un mile vers l'est dans le courant de l'après-midi, laissant dans son sillage un sinistre charnier. La neige, ici, n'avait plus rien d'immaculé. La boue, le sang et la glace s'entremêlaient à l'infini. Les corps gisaient dans les fossés, baignaient dans le lit d'un ruisseau, semés au hasard de l'assaut partout dans le sous-bois. Ils n'avaient rien de ces morts au visage paisible qu'Eugénie avait pu accompagner vers le repos éternel au fond d'un lit d'hôpital, ou même sur l'une de ces paillasses du quai de Saint-Louis lors de l'épidémie de fièvre jaune. Non. Ceux-là restaient figés dans la violence de leur mort atroce. Certains étaient étalés face contre sol, le visage collé dans la boue avec des plaies béantes au dos, d'autres soufflés par une balle en pleine tête, le corps tordu, stoppés net dans leur course pour échapper au projectile assassin, la face convulsée dans une expression de terreur… Ils gisaient ainsi par centaines.

Davis, Gallagher, Travis et Eckermann enjambèrent les corps inertes avec respect et précaution. Ils étaient à l'écoute du moindre râle, à l'affût du moindre mouvement, efficaces, appliqués à leur tâche. Les soldats ne paraissaient guère affectés par l'horreur de ce tableau d'apocalypse. Pour Eugénie, c'en était presque trop. Elle ne pouvait détacher son regard de ces visages figés dans l'horreur, de ces yeux froids et vides, de ces corps ensanglantés, ne se figurant que trop bien les souffrances de ces pauvres soldats au moment fatidique. De temps à autre, elle jetait un regard alentour, cherchant la silhouette de Julian Eckermann. Dès qu'elle le repérait, un profond sentiment de sécurité et de paix s'emparait d'elle. Sa présence la rassurait. Quelle joie de l'avoir retrouvé ! Mais aussitôt un profond sentiment de culpabilité la rattrapait. Comment pouvait-elle se féliciter ainsi ? Comment pouvait-elle se réjouir, alors que tant de souffrances s'étalaient à ses pieds ? Pourtant, son regard était comme irrésistiblement attiré par lui. Elle s'attardait à admirer sa haute stature, juste le temps de s'émerveiller de l'avoir retrouvé si fidèle à lui-même. Puis, rassasiée et apaisée, elle retournait à sa tâche, non sans un furtif sentiment de culpabilité.

Un son l'arracha soudain à ses pensées. À quelque distance de là, la voix de madame Bickerdyke retentit entre les arbres. La petite silhouette de l'infirmière apparut, penchée sur un corps à première vue inerte. Seul être vivant dans ce tableau enneigé, elle soutenait la tête du soldat étendu à ses pieds. Les yeux rivés sur Eugénie, Davis et les autres, elle répéta à nouveau :

— Par ici !

Cette nuit-là, la troupe de madame Bickerdyke convoya plus d'une cinquantaine de blessés jusqu'au campement. Effort bien dérisoire en regard de l'ampleur de la tâche. La bataille du 15 février 1862 fit plus de cinq cents victimes et mille neuf cents blessés dans les rangs de l'Union, et tout autant du côté de l'ennemi…

39

Une reddition sans condition

Inexplicablement, l'aube qui se leva sur la colline du Fort Donelson au matin du 16 février 1862 fut calme et silencieuse. Les canons restèrent muets, les fusils aussi. Aucune escarmouche ne fut entendue sur la ligne de front et sur le flanc droit des lignes fédérales. Les troupes de Lew Wallace et de John McClernand piaffaient d'impatience, dans l'attente d'un ordre de mouvement qui ne venait toujours pas.

Julian Eckermann et ses compagnons n'avaient guère fermé l'œil de la nuit. Pour la deuxième fois, ils avaient arpenté le champ de bataille à la recherche de survivants, guidés par les râles étouffés ou par d'imperceptibles mouvements parmi la multitude de corps gisant à même le sol. Chaque blessé pris en charge avait été une victoire. Chaque regard échangé avec l'un de ces hommes, faibles mais encore vivants, abandonnés durant des heures, seuls au beau milieu des corps sans vie, à la merci du froid et de leurs blessures, avait été un pur moment de grâce. Eckermann,

Gallagher et Travis avaient rejoint leur régiment au point du jour, épuisés mais le cœur gonflé d'un sentiment d'accomplissement profond. Au moment de quitter les lieux, Julian avait un court instant observé la charrette emporter au loin madame Bickerdyke et ses adjoints, qui abandonnaient le champ de bataille avec le cœur lourd. Soucieuse du sort de ces soldats comme de celui de ses propres enfants, la maîtresse femme se retournait à chaque instant, s'inquiétant du confort des quatre blessés à l'arrière du chariot. Vraiment, madame Bickerdyke et ses adjoints sont une véritable bénédiction pour ces hommes, pensa-t-il alors. Et sœur Judith non des moindres. Julian peinait encore à songer à la jeune femme en la nommant par son véritable prénom. Il gardait d'elle cette image immaculée, cette vision d'un ange auréolé de sa guimpe blanche et de son voile d'ébène, telle qu'il l'avait vue pour la première fois sur le pont du *Saint-Nicholas* dix-huit mois plus tôt.

À présent adossé au tronc d'un chêne, son fusil entre les mains, Julian souriait, songeur. La veille, il avait reconnu en elle l'ange de son souvenir. Son visage émacié de l'été passé avait retrouvé son ovale parfait, ses yeux noirs se paraient à nouveau de leur éclat de velours envoûtant et, chose nouvelle à ses yeux, sa robe civile laissait deviner de ravissantes courbes. Voilà que tout cela l'interpellait et ravivait une douce sensation au creux de sa poitrine. Gallagher, qui tournait en rond depuis de longues minutes, cessa enfin son manège et vint s'adosser au même tronc d'arbre. Il bouscula son ami en se laissant chuter à même le sol.

— Qu'est-ce qu'ils attendent, hein ? rumina-t-il.

Il ajusta son képi sur sa tignasse rousse et dévisagea son compagnon encore perdu dans ses songes, puis demanda :

— C'est quoi, ce sourire niais sur ta figure, Eckermann ?

À ce moment, une clameur retentit au loin. Eckermann leva le menton, Gallagher se tut. Un cheval au galop s'approchait. Le bruit des sabots de l'animal martelant le sol se fit plus précis, bientôt accompagné des cris de son cavalier, puis d'une clameur qui semblait gonfler à chaque seconde. Le cavalier venait de l'ouest. Soudain, il déboucha au sommet de la colline, criant de plus belle : « Victoire ! Victoire ! Les rebelles se rendent ! » Le long de la ligne de front, les hommes de l'Union se dressèrent les uns après les autres, et la clameur se propagea comme une onde de choc depuis l'ouest, gagna bataillon après bataillon, régiment après régiment. Et bientôt, les hommes de Thayer s'écrièrent à leur tour « victoire ! » sans vraiment savoir pourquoi… De fait, la veille, les troupes du brigadier général C. Smith postées sur le front ouest avaient suffisamment resserré leur étau autour du fort pour que la menace d'un assaut victorieux fût plausible aux yeux de Buckner, le chef des troupes confédérées du Fort Donelson. En conséquence de quoi, ce dernier venait d'accepter une « reddition sans condition » imposée par Ulysse S. Grant[1].

— Victoire ?! s'écria Travis, un large sourire dévoilant ses grandes dents jaunes.

1. Cette « reddition sans condition » valut à Ulysses S. Grant le surnom de *Unconditionnal Surrender Grant*.

Le fermier du Kansas serra Gallagher dans ses bras et claqua deux grosses bises sonores sur les joues de l'Irlandais. Ce dernier le repoussa fermement, préférant une chaleureuse mais virile accolade. Partout, le long des fortifications ennemies, les soldats fédéraux exultaient. Une multitude de képis de feutre bleu s'envolèrent vers le ciel, accompagnés de cris de joie. Ce matin-là, les hommes de Grant venaient de donner à Abraham Lincoln sa première victoire décisive sur les rebelles de la Confédération. La nouvelle ferait très rapidement la une des journaux de tout le pays… Mais pour l'heure, les soldats se libéraient de la tension des derniers jours, des souffrances de cette campagne éprouvante et de l'angoisse des batailles à venir. Leurs cœurs se gonflaient de fierté, de joie et de soulagement. Depuis leur interminable périple dans la boue, dans le froid et les ténèbres, jusqu'à cette nuit glacée qui avait enlevé nombre des leurs, ces soldats avaient survécu à l'horreur de cette première bataille qu'ils avaient emportée. La liesse s'était emparée de l'armée de l'Ouest.

À plus d'un mile de là, l'heure n'était pas encore à la fête. Eugénie, madame Bickerdyke et ses infirmières, mais aussi les docteurs Bryant, Mitchell et Lewis s'affairaient au secours des blessés. Le manque de sommeil, le froid, mais aussi l'ampleur du massacre, pesaient sur le moral du personnel soignant. Eugénie ne tenait debout que par sa seule volonté. Elle s'était reposée à peine deux heures au retour de leur équipée nocturne, puis s'était réveillée en sursaut, brutalement tirée de son sommeil par un hurlement plus haut que les autres quelque part dans les rangs des blessés. Une fois éveillée, il lui avait été impossible de prendre plus de repos, sachant que l'on avait besoin d'elle. Abrutie de fatigue, elle officiait tel un automate, enchaînait les bandages sur les plaies recousues, les soins, les pansements, ne s'émouvant même plus du regard désespéré du soldat qui venait de perdre un bras ou de la jeunesse du petit tambour qui venait de succomber à ses blessures.

Vers 9 h 30 du matin, la nouvelle de la victoire arriva enfin au campement. Celle-ci ne rencontra pas le même enthousiasme qu'au front. Les blessés ne disparaîtraient pas par enchantement et les mourants ne retrouveraient pas leur vitalité avec un miracle…

— Bon ! maugréa madame Bickerdyke. Au moins va-t-on pouvoir avoir de l'aide !

Effectivement, si Grant envoya le gros de ses troupes prendre possession du fort et se saisir des dix mille prisonniers confédérés, des provisions, des chevaux et des munitions, il dépêcha tout un contingent sur le champ de bataille pour y ramasser les blessés. Eugénie, de son côté, éprouva un immense soulagement : *il* n'irait pas au combat aujourd'hui. Peut-être même *le* reverrait-elle ce jour si par bonheur son régiment était amené à renforcer les effectifs des brancardiers. Depuis la nuit précédente, la jeune femme s'était efforcée de rester de marbre, contenant l'explosion de joie qui avait secoué sa poitrine lorsqu'elle s'était retrouvée face à Julian Eckermann. Si pendant un moment elle s'était cru bénie du destin, se surprenant même à remercier le Seigneur de lui avoir accordé cette nuit de labeur à côté du migrant, elle avait depuis ressenti le besoin de raison garder. Après tout, ne risquait-il pas de se retrouver bientôt parmi ces blessés, ou pire parmi les cadavres ? Mais la nouvelle de cette victoire venait de tout changer. Il était en vie, du moins pour le moment, et elle pouvait se réjouir de l'avoir retrouvé, sans peur d'un danger immédiat.

Cette journée de la victoire fut un chaos indescriptible. Les blessés affluaient, portés sur des brancards, à dos de cheval ou simplement à bout de bras en un nombre bien supérieur à tout ce que l'on avait pu imaginer. Eugénie courut dans tous les sens sans même prendre le temps de se restaurer ni de reprendre des forces. Madame Bickerdyke constata avec accablement que des soldats rapatriés le matin même avaient succombé à leurs blessures faute de soins. Les hémorragies n'avaient pas été stoppées, les balles que l'on n'avait pas pu extraire avaient fini d'achever les blessés au moindre faux mouvement. En fin d'après-midi, le docteur Mitchell demanda audience au brigadier général Grant afin d'organiser de toute urgence l'évacuation des blessés par vapeur vers Cairo, Cap-Girardeau, ou même Saint-Louis s'il le fallait. Vers 18 heures, madame Bickerdyke rassembla sa dizaine d'infirmières autour d'un feu et d'une ration de haricots agrémentée d'un morceau de lard. Les pauvres femmes n'étaient plus que l'ombre d'elles-mêmes. Il y avait là mesdames Watson et Clemens, deux veuves quinquagénaires discrètes, affichant toute leur bonhomie de mère de famille sur leur visage rond et replet. Ces deux-là avaient suivi leur amie de toujours depuis le début de sa croisade, quittant elles-mêmes leur Illinois natal pour soulager les soldats de cette terrible guerre. Les pauvres femmes n'avaient plus ni la force ni la fougue de leurs 20 ans mais compensaient au centuple par un cœur débordant de compassion. Il y avait aussi mesdames Pike, Cornell, LeBlanc et Swann, toutes quatre femmes d'officiers, volontaires par la force des choses. Comme beaucoup, elles avaient suivi leurs maris en campagne afin de leur apporter un minimum de confort au quotidien, jouant tour à tour le rôle de blanchisseuse, de cuisinière et d'infirmière personnelle pour leurs époux. Sans enfants à charge, les quatre femmes d'officiers n'eurent pas d'autre choix que de proposer leur aide à l'hôpital de campagne, agissant par bienséance plutôt que par grandeur d'âme, sans l'ardeur et l'énergie que madame Bickerdyke pouvait trouver en Eugénie. De fait, cette dernière était de loin la plus vaillante de tout l'effectif. Son jeune âge faisait d'elle une exception, son dévouement tout autant. Pour finir, mesdames Morgan et Cramer, deux quadragénaires solides et discrètes, épouses de rudes *homesteaders* de la Frontière, complétaient l'effectif. Sans enfants elles aussi, ces femmes au teint mat et aux mains calleuses s'étaient portées volontaires après le départ de leurs soldats de maris à l'automne 1861. Ces deux-là ne rechignaient devant aucune tâche mais manquaient cruellement de délicatesse et d'empathie.

Le silence se fit autour de la flambée.

— On ne va pas pouvoir continuer comme ça, commença madame Bickerdyke.

Mesdames Clemens et Watson échangèrent un regard interrogateur.

— Eugénie, Mathilda, vous n'avez quasiment pas dormi ces dernières vingt-quatre heures. Je ne veux plus vous voir ce soir, assena-t-elle avec autorité. Faites une nuit complète, vous me serez plus utiles demain.

Eugénie s'apprêtait à protester en arguant de son jeune âge et de sa nature solide, mais un regard sans appel de la veuve l'arrêta net. Mathilda Clemens, elle, acquiesça sans rechigner. Madame Bickerdyke distribua ensuite les rôles pour la nuit et le lendemain. Il lui fallait ménager les forces de ses troupes tout en essayant de garder un effectif le plus complet possible. Eugénie était contrariée. Même si elle n'en pouvait plus, elle ne voulait pas renoncer. C'était maintenant que l'on avait besoin d'elle. Dans quelques jours, l'évacuation débuterait et allégerait considérablement le fardeau de madame Bickerdyke et de ses infirmières. Pourquoi donc se reposer maintenant ? Et comment, alors qu'il y avait encore tant à faire ? La jeune femme n'avait pas conscience de l'image effrayante qu'elle renvoyait d'elle-même. Ses cheveux partiellement défaits, son tablier couvert de sang et ses yeux cernés de noir trahissaient son niveau excessif de fatigue. Recroquevillée sur l'un des troncs d'arbres tenant lieu de banc face au foyer, elle finit par engloutir son bol de haricots et regagna sa couche.

Une fois allongée, son sentiment de culpabilité s'effaça irrésistiblement devant le souvenir de Julian Eckermann. Il avait suffi d'un instant, d'un moment unique où son regard avait croisé le sien pour retrouver ce feu brûlant qui dévorait de nouveau sa poitrine. Elle se repassa à l'envi les images de ce visage si beau et pourtant marqué par cette terrible guerre, de ce regard à la fois doux et triste, envoûtant, dont elle n'arrivait plus à se détacher. Sa mâchoire anguleuse était assombrie d'une barbe d'une semaine ou deux tout au plus et des mèches rebelles s'échappaient de ses cheveux en bataille glissant dans son large cou. Et il y avait sa bouche, si fine, parfaitement dessinée… La sensation délicieuse fut de courte durée. Son cœur, soudain, se serra à lui faire mal. Le souvenir de Joséphine venait de s'interposer entre elle et sa rêverie, faisant voler en éclats son rêve aussi éphémère qu'enivrant. Mais sa raison reprit aussitôt le dessus, lui fournissant tous les prétextes nécessaires pour bannir définitivement son irrésistible inclination : sa honteuse trahison envers l'Église, l'austère destin qu'elle s'était imaginé pour elle-même… Ballottée de droite et de gauche, la jeune femme erra ainsi une bonne heure durant, entre éveil et somnolence, avant de glisser dans un sommeil réparateur.

L'armée du Tennessee s'installa pour quelques semaines au Fort Donelson. En fait de place forte, celle-ci n'était qu'un monticule de terre rase et plane en son sommet, d'une surface d'environ six hectares, bordé d'épaisses fortifications de terre de dix pieds de haut. Quelques cabanes de rondins disséminées derrière les remparts et réservées aux logements des officiers en constituaient les principaux bâtiments alors que le gros de la troupe bivouaquait dans ces mêmes tentes sommaires que l'on retrouvait partout dans le sillage des armées en campagne. On y récupéra force munitions et vivres, ainsi que trois cents chevaux et une batterie de quarante-huit canons. L'hôpital de campagne fut transféré à l'intérieur des remparts, bénéficiant d'un accès direct à la rivière Cumberland, décisif pour le transfert des blessés.

Alors que le fort se vidait peu à peu des dix mille prisonniers confédérés embarqués par bataillons entiers sur des vapeurs à destination du camp Douglas[1] ou du camp Morton, les régiments de l'Union prenaient possession des lieux et s'apprêtaient à se refaire une santé après cette pénible campagne. Les rations furent agrémentées de vivres supplémentaires trouvés sur place. Certains soldats prirent enfin le temps de prendre un bain, le premier depuis des semaines, sur les rives pentues de la rivière Cumberland alors que d'autres rattrapaient le sommeil qui leur avait tant manqué. Ainsi, une ville de vingt-cinq mille âmes s'organisa autour du fort.

Eugénie n'avait toujours pas revu Julian Eckermann et commençait à s'inquiéter. Son unité aurait-elle déjà quitté les lieux ? Elle avait pourtant bien cherché à se renseigner. Il n'y avait qu'un seul régiment de volontaires du Nebraska sur le site et il ne devait pas être très difficile de savoir ce qu'il était devenu. Cependant, elle ne put rien apprendre. Cette armée, constituée pour la plupart de soldats et d'officiers inexpérimentés, avait encore bien du mal à s'organiser, et retrouver un bataillon de deux cents hommes dans cette cohue de milliers d'âmes s'avéra difficile. Peu à peu, cependant, les choses rentrèrent dans l'ordre. L'hôpital se vida petit à petit et l'on prit enfin le temps d'enterrer les morts. L'odeur pestilentielle dégagée par les centaines de cadavres laissés à l'air libre et macérant dans la tourbe était devenue insupportable et il avait fallu agir de toute urgence.

---

1. Le camp Douglas, situé à Chicago, était l'un des plus grands camps de prisonniers de l'Union. Le camp Morton, plus modeste, était situé à Indianapolis.

On finit par recevoir les journaux de Chicago, de Saint-Louis et de Boston. Les soldats se les arrachaient. On y célébrait « l'éclatante victoire de Grant », on y acclamait Grant, « promu major général à la suite de son exploit aux Forts Henry et Donelson » ! Et l'on pouvait y découvrir les heureuses répercussions de la victoire, comme « Nashville est à nous ! ». Le *New York Times* porta à la postérité l'image d'Ulysses S. Grant remportant la victoire un cigare aux lèvres. Le major général victorieux s'empressa alors de faire expédier des centaines de boîtes de cigares au Fort Donelson pour ses troupes. Le soir, à la flambée, on ressortit les violons de leur étui ou les banjos abandonnés ces dernières semaines et l'on réaccorda les guitares ayant réchappé de cette terrible campagne. Et l'on chanta, et l'on dansa…

Eugénie ne prit guère part aux réjouissances. Nombre de blessés encore restés sur place attendaient leur transfert. D'autres, dont l'état ne leur permettait pas d'être transportés, requerraient toute son attention. Et puis la jeune femme se savait être tout à fait gauche et embarrassée lorsqu'elle se trouvait inoccupée. Aux côtés de ses patients, au moins y avait-elle toujours à faire et il ne lui était nullement nécessaire de se composer une contenance. Décidément, elle ne se sentait jamais autant en paix que lorsqu'elle se consacrait à sa tâche. Cinq jours s'étaient écoulés depuis la victoire mais Eugénie restait sans nouvelles de Julian Eckermann. Un vide s'était peu à peu creusé dans sa poitrine, mélange d'angoisse et de désespoir. L'absence du soldat, cruelle, se doublait de multiples questionnements. Où était-il ? Était-il en bonne santé ? Pourquoi ne lui rendait-il pas visite ? Puis, invariablement succédaient à ces questions la douleur insondable imposée par sa raison et le constat implacable qu'il valait mieux pour elle ne pas le revoir. Tout cela ne l'encourageait que davantage à se consacrer à sa tâche corps et âme.

Ce jour-là, elle avait passé tout l'après-midi auprès de John Clemson. Le pauvre garçon avait dû être amputé de la jambe gauche quatre jours plus tôt sans que cela permette d'enrayer la progression de la gangrène. Ce jeune homme d'à peine 20 ans s'était battu tout le jour durant contre une violente fièvre, la main d'Eugénie enserrée dans la sienne avec la force des derniers instants. Alors que le crépuscule s'annonçait, plongeant peu à peu la tente dans les ténèbres, le *private* rendit l'âme. Il laissait derrière lui une jeune épouse et un nourrisson de 6 mois. Eugénie ferma les yeux du gisant avec douceur puis recouvrit son visage blafard de la couverture tachée de sang et d'humeurs qui lui tiendrait lieu de linceul.

Une grande lassitude s'empara de la jeune femme. Elle dénoua les liens de son tablier et défit les épingles qui le fixaient à sa poitrine. Passant une main négligée dans ses cheveux, elle se dirigea vers le seuil de la tente. La nuit était déjà tombée. Un violon solitaire s'éleva dans l'air du soir, quelque part dans le bivouac. La mélodie douce et lancinante résonna en elle comme l'écho de sa propre tristesse. Un jeune John Clemson n'avait pas mérité une telle agonie. La finesse de la mélodie et la justesse de l'instrument l'interpelèrent. Après avoir jeté un bref regard en arrière et s'être assurée que la quiétude régnait dans les rangs des convalescents à l'abri sous la tente, elle décida d'aller à la rencontre de l'instrument qui restituait si justement cet air mélancolique. Elle contourna les cabanes des officiers, salua au passage un groupe de soldats disputant une partie de cartes à la lueur d'une bougie, contourna une large partie du bivouac d'où s'échappaient rires, éclats de voix, mais aussi d'appétissants fumets de cuisine. Elle déboucha enfin sur une assemblée installée autour d'un joyeux feu de camp. Les *privates* trinquaient à la victoire, savourant ce whisky de Virginie confisqué aux confédérés. Certains se laissaient porter par la musique en se balançant doucement d'une jambe sur l'autre. Deux épouses d'officiers s'affairaient devant une large marmite suspendue à un trépied et mitonnaient un ragoût fumant. Au milieu de cette assistance, un homme sans âge à la longue barbe grisonnante jouait admirablement d'un violon qui ne payait pas de mine. Il était fascinant de regarder cet homme à l'allure misérable, les pieds dans la boue, arracher à ce vulgaire instrument une si jolie mélodie. Oubliant un instant le triste sort du soldat Clemson, la jeune femme ferma les yeux et se laissa porter.

Un moment plus tard, alors que les notes mouraient doucement sur les cordes de l'instrument, quelques applaudissements retentirent, la tirant brusquement de sa rêverie. Eugénie se joignit à la liesse générale et applaudit à son tour. « Quel artiste ! » s'écria un officier. « Une autre ! Une autre ! » scandèrent quelques *privates* en battant des mains. Le violoniste, les yeux pétillants de satisfaction, repositionna avec délicatesse son archer sur les cordes et entama un air d'une tout autre nature, cette fois rythmé et dansant, joyeux et enlevé. Un soldat esquissa quelques pas de danse, bientôt suivi d'un officier et sa femme qui délaissa sans regret sa marmite sous les applaudissements de l'assemblée. Tout à coup, sortant de nulle part, un homme roux d'une trentaine d'années attrapa Eugénie par la taille et la fit virevolter jusqu'au milieu de l'assistance. Décontenancée, la jeune femme prit peur. Son cavalier ne sembla pas s'en inquiéter. Il affichait un large et franc sourire et guidait la malheureuse tant bien que mal dans ce qui ressemblait à une gigue. Reprenant contenance, Eugénie dévisagea l'inconnu qu'elle identifia aussitôt. Il s'agissait du compagnon quelque peu fanfaron de Julian Eckermann, cet Irlandais au verbe haut et au tempérament impétueux. Emporté par son propre entrain, Gallagher ne prêta guère attention au regard affolé d'Eugénie, tout à sa joie d'effectuer quelques pas de danse avec une si jolie cavalière. Soudain, une large main se posa sur l'épaule de l'Irlandais, l'arrêtant net dans son élan et stoppant Eugénie au beau milieu d'un quart de tour.

— Eh, l'ami, tu permets ? demanda posément Julian Eckermann.

La mine enjouée de Gallagher s'affaissa tout à coup en une expression déconfite.

— Ah ! Te voilà, toi ? s'écria-t-il. Il glissa un regard dépité vers Eugénie avant de conclure : Bah, c'était couru d'avance, puis remit la main de cette dernière dans celle de son ami.

Eckermann resta un instant silencieux, embarrassé, la main d'Eugénie au creux de la sienne. Il détailla la jeune femme de son regard doux et observateur.

— Hum, vous n'avez pas l'air à votre aise, dites-moi. Venez donc par ici, conclut-il en libérant aussitôt sa main.

Il se dirigea vers l'une de ces marmites fumantes à quelques pas de là, puis plongea une grande louche dans le liquide noir avant d'en verser le contenu dans une timbale.

— Tenez, un peu de café, cela vous fera du bien.

Soulagée, Eugénie saisit la timbale des deux mains et porta le liquide brûlant à ses lèvres.

— Merci, murmura-t-elle, enfin réconfortée.

Julian Eckermann l'examina à nouveau et déclara, sourire aux lèvres :

— Il va falloir vous y faire, vous savez.

Elle leva sur lui un regard interrogateur. Égal à lui-même, il avait cet air qui laissait croire qu'il avait deviné jusqu'au plus profond de ses pensées.

— Que voulez-vous dire ? demanda-t-elle.

— Eh bien, vous n'aviez pas l'air d'apprécier la compagnie de Gallagher à l'instant.

Elle éluda la remarque d'un haussement de sourcils.

— Oh, ça ? Je n'ai jamais été très douée pour la danse.

— Non, reprit-il. Je veux dire…

Il hésita un instant, comme s'il craignait de froisser la susceptibilité de la jeune femme.

— Vous ne pouvez plus vous cacher sous cet habit noir qui vous dissimulait si bien, finit-il par lâcher. Ni vous retrancher derrière les murs de votre couvent, maintenant.

Décontenancée, la jeune femme hésita un moment, ne sachant que répondre, avant de replonger son nez dans la timbale de café.

— Vous vous trompez, murmura-t-elle, je n'ai nullement besoin de me cacher, voyons.

— Vous avez raison, approuva-t-il avec le plus grand sérieux. En ce qui me concerne, il est déjà trop tard.

Elle sentit ses joues s'enflammer. Julian Eckermann n'y fut pas indifférent. Il ouvrit la bouche, s'apprêtant à poursuivre, mais Eugénie coupa court à leur échange.

— Merci pour le café, monsieur Eckermann. Je vais rentrer me reposer à présent. Bonne nuit !

Elle lui tendit la timbale avec empressement puis quitta les lieux d'un pas précipité, bien trop effrayée par la tournure que prenait la conversation. Le lendemain, à nouveau happée par les tâches quotidiennes, Eugénie s'efforça de ne pas y songer davantage. Dans le courant de l'après-midi, elle s'affairait auprès d'un blessé lorsque madame Bickerdyke s'approcha d'elle et lui glissa à l'oreille :

— Votre ami est là, dehors, mon petit.

Eugénie releva le menton et détacha son attention du pansement qu'elle était en train de fixer au bras du patient. Elle suivit le regard de la petite veuve qui pointait en direction de l'extérieur de la tente. Julian Eckermann se tenait à quelque distance, planté sur ses deux jambes, les mains rangées dans les poches de son uniforme. Il avait tout de l'artisan couvant son apprenti d'un regard à la fois bienveillant et protecteur. La jeune femme s'éclaircit la voix et lissa machinalement les pans de son tablier sur ses hanches.

— Oh ! C'est monsieur Eckermann. Vous le connaissez, madame.

Son trouble était par trop visible. La veuve Bickerdyke répondit innocemment :

— Bien entendu que je le connais, mon petit… Il vient souvent par ici, vous savez ? Mais il ne reste jamais bien longtemps.

Eugénie s'en étonna. Elle ne pouvait croire qu'elle ne l'ait jamais aperçu. La veuve eut un sourire presque maternel.

— Mon petit, vous êtes bien trop accaparée par vos tâches pour remarquer quoi que ce soit !

Laissant la jeune femme à son étonnement, madame Bickerdyke lui tapota affectueusement l'épaule puis s'empressa auprès d'un autre patient qui réclamait un peu d'eau. Eugénie se tourna vers l'extérieur. Julian Eckermann était toujours là, imperturbable. Que voulait-il ? Il planta un regard clair et déterminé droit dans les yeux de la jeune femme puis lui adressa un sourire. Eugénie le lui rendit malgré elle, dissimulant mal son embarras. Le soldat enfonça alors son képi sur sa tête et quitta son poste d'observation. Il s'en retourna à ses quartiers sans avoir prononcé un seul mot. D'aucuns auraient pu croire que ce timide sourire était précisément ce qu'il était venu chercher… La jeune femme en resta déconcertée un long moment, s'abandonnant bien malgré elle à de folles conjectures.

40

Shiloh

Il s'écoula une semaine supplémentaire avant que le major général Grant ne communique enfin son ordre de marche. Les vingt-cinq mille hommes victorieux de Donelson, auxquels s'étaient ajoutés quinze mille hommes de l'armée du Kentucky, s'apprêtaient à quitter le bivouac. Destination : Corinth, Mississippi. Les troupes rebelles défaites à Henry et Donelson avaient effectivement fui vers le sud, déserté la cité de Nashville, évacué Columbus, en un mot avaient abandonné tout l'État du Tennessee à l'armée fédérale et rejoint l'armée d'Albert S. Johnston en son quartier général à Corinth, au nord du Mississippi. C'était là l'objectif de Grant.

Les préparatifs du départ occupèrent la troupe le restant du mois de février. Grant fit affréter plus de cent soixante-dix bateaux à vapeur pour déplacer toute son armée sur plus de cent trente miles vers le sud. Entre le démontage du campement, la logistique d'affrètement des bateaux et l'installation d'un nouveau campement à distance raisonnable de l'objectif, la manœuvre se déroula en moins de vingt-huit jours, ce qui fut un exploit en soi. Cependant, si Grant, à l'échelle de son armée, embrassait l'ensemble de sa stratégie d'un regard parfaitement clair, il n'en était pas tout à fait de même sur le terrain. Ce qu'Eugénie expérimenta à son échelle fut une cohue indescriptible. Elle vit des régiments entiers démonter leur bivouac dans la confusion la plus totale, empaqueter leur barda puis se présenter à l'embarquement pour se faire refouler aussitôt et s'entendre dire que leurs sections ne quitteraient les lieux que quelques jours plus tard. *A contrario*, d'autres bataillons furent contraints d'abandonner une partie de leur équipement sur place, faute de temps nécessaire pour tout remballer. Au milieu de ce chaos général, l'hôpital de madame Bickerdyke s'était vidé de ses patients. Les convalescents avaient été expédiés vers Saint-Louis alors que les estropiés étaient tout bonnement renvoyés chez eux, sans même une pension d'invalidité.

Mi-mars, Eugénie embarqua avec le personnel médical par une belle journée ensoleillée de printemps et gagna à son tour la nouvelle base d'opérations de Grant : Pittsburg Landing, sur les rives du Tennessee, à une vingtaine de miles au nord de Corinth. Au fil des jours, à mesure que l'hôpital de campagne se vidait, la jeune femme, craignant de se trouver désœuvrée, avait proposé ses services un peu partout. Elle renforçait à présent les équipes préposées aux cuisines de la division du brigadier général Sherman et prêtait main-forte aux blanchisseuses du brigadier général Smith. Alors que les docteurs Lewis, Bryant et Mitchell prenaient un repos bien mérité en prévision de la prochaine bataille et que des équipes de madame Bickerdyke, seules les veuves Clemens et Watson secondaient encore la petite veuve, Eugénie se maintenait ainsi occupée de l'aube au crépuscule, fuyant le désœuvrement comme la peste.

Un soir, la douce madame Clemens s'inquiéta de voir Eugénie courir du matin jusqu'au soir, alors que chacun reprenait des forces tout en profitant du printemps qui s'éveillait. Celle-ci éluda la question avec désinvolture : « Allons, madame Clemens, il y a tant à faire, vous savez bien ! » En son for intérieur, la jeune femme n'était guère fière de son attitude. Elle savait pertinemment que son dévouement n'avait pas d'autre origine que son manque de courage. Convaincue que le sourire échangé avec Julian Eckermann, aussi insignifiant fût-il, était un acte de trahison envers la jeune Joséphine, mais sans être pour autant capable de faire face à cet homme pour clarifier la situation, elle s'était contentée de prendre la fuite. Et quoi de plus efficace pour ce faire que de se tuer à la tâche ? Aussi avait-elle ignoré Eckermann en prétextant avoir bien trop à faire et elle disparut de l'hôpital fort à propos lorsqu'il était revenu le jour suivant, puis le jour d'après, porteur du même sourire. Elle ne l'avait plus jamais revu.

Dans un premier temps, elle s'en préoccupa chaque minute, puis ce fut chaque heure du jour et de la nuit, avant que son attention ne soit détournée par les préparatifs du départ. Et quelques jours plus tard, elle embarquait sur le vapeur à destination de Pittsburg Landing. La cohue et l'inimaginable mouvement de foule que représentait le transfert de cette armée de quarante mille hommes eurent raison de ses derniers espoirs de le croiser à nouveau. Peut-être avait-il lui aussi abandonné toute tentative de la revoir…

*
* *

Pittsburg Landing, 6 avril 1862. Ce dimanche matin à l'aube, une légère brume flottait paresseusement sur les eaux calmes du Tennessee, sous un ciel de nuages déclinant une infinité de nuances de gris. Sur les rives du fleuve, la forêt s'éveillait paisiblement, saluant le début de cette journée de printemps qui s'annonçait douce et radieuse. Au cœur de la forêt, sur la rive ouest, un silence tranquille régnait encore parmi les tentes du campement fédéral endormi. Ici et là, de fines colonnes de fumée s'élevaient depuis des foyers presque éteints, maigres vestiges de la veillée du jour précédent. Par endroits, d'insistants ronflements se mêlaient aux premiers chants d'oiseaux que seuls les chevaux, les oreilles dressées, écoutaient avec curiosité, déjà sur le qui-vive.

Soudain, quelques coups de fusil retentirent à l'autre bout du camp. Ils étaient cependant trop peu nombreux et trop ténus pour tirer de leur sommeil les quarante mille hommes de l'armée de Grant. Ces derniers campaient là depuis quelques semaines[1] et restaient pour l'heure persuadés de l'absence de l'ennemi dans les parages immédiats. Les détonations se multiplièrent, puis se muèrent en une véritable fusillade. Dans le campement, on commença à s'agiter. Tirés brusquement de leur sommeil, les hommes se précipitèrent à l'extérieur

---

1. Grant avait reçu ordre d'attendre l'arrivée de l'armée de l'Ohio, en marche vers Pittsburg Landing, avant de déclencher les hostilités à Corinth.

des tentes les uns derrière les autres, les cheveux ébouriffés et les visages hagards, sans même avoir pris le temps d'enfiler leurs bottes et de prendre leur képi. Au loin, la fusillade se confirma. Ce feu nourri n'avait plus rien d'une timide escarmouche. Mais quel ennemi était-ce donc là, si loin de l'emplacement présupposé du quartier général de Corinth ? Une patrouille ? Un bataillon ?

Eugénie se précipita au-dehors à son tour, encore en chemise.

— Qu'est-ce que c'est ? demanda madame Clemens d'une voix enrouée depuis l'intérieur de la tente.

— Des coups de fusil, voyons ! observa madame Watson depuis sa couche.

Au-dehors, les soldats se hâtaient de boutonner leurs uniformes et de boucler leurs ceintures tandis que les officiers couraient en tous sens en quête d'instructions. Eugénie se pencha vers l'intérieur de la tente.

— Habillez-vous vite, mesdames ! Ça ne sent pas bon, cette fois-ci !

Elle enfila une jupe et une veste à la va-vite par-dessus sa chemise, ne prit même pas le temps de passer son corset et de coiffer sa tresse en chignon. Un clairon sonna l'alarme. Il était 5 heures du matin. L'armée confédérée du général Albert S. Johnston venait de lancer une attaque massive sur le campement des troupes d'Ulysses S. Grant stationnées autour de la petite église du lieu-dit Shiloh, à deux miles de Pittsburg Landing. La confusion était totale. Les bataillons se rassemblèrent tant bien que mal dans cette cohue extraordinaire et tentèrent de former une ligne de front au sud du campement, face à l'armée de Johnston. Le feu ininterrompu de l'ennemi faisait rage. Les cris des hommes, le hennissement des chevaux affolés, les clairons retentissant à travers tout le campement avaient subitement transformé ce matin paisible en un véritable enfer.

Eugénie, ainsi que mesdames Clemens et Watson, les trois médecins et madame Bickerdyke s'étaient regroupés près de la tente des officiers de la division de Sherman, non loin de l'hôpital de campagne. Terrorisés, aucun ne savait quelle attitude adopter. Les troupes réussiraient-elles à sécuriser le campement ? Ou bien au contraire fallait-il fuir dès à présent ? Mais où ? Le bivouac entier était-il attaqué ? Tous avaient les yeux rivés vers le sud. Bien qu'elle ne pût, de là où elle se tenait, voir directement les échanges de tirs et distinguer l'ennemi, Eugénie perçut la violence sans précédent de la bataille. Le feu de milliers de fusils pétaradait sans discontinuer, dans un vacarme assourdissant. Les cris de milliers de soldats hurlant leur détermination et leur rage de vaincre emplissaient le sous-bois et prenaient des airs de fin du monde. Soudain, Eugénie crut apercevoir au loin, entre des troncs d'arbres, des soldats fédéraux courant dans leur direction. Puis d'autres encore, plus proches… Tous fuyaient manifestement la ligne de front. Dressé sur son cheval alezan, un officier apparut aux côtés des soldats, sabre brandi vers le ciel, galopant vers l'arrière du campement. « Mon Dieu, ils ont sonné la retraite ! » s'exclama tout à coup Eugénie. Bientôt, une multitude de *privates* de l'Union envahit le campement. Tous fuyaient à toutes jambes, dépassant de droite et de gauche le petit groupe de civils médusés. Il fallut se rendre à l'évidence : la division de Sherman tout entière se repliait. Un officier fit soudain irruption et se dirigea droit devant eux. Arrivé à leur hauteur, il tira violemment sur les rênes de sa monture et stoppa net la course de l'animal qui se cabra en roulant de gros yeux paniqués.

— Bon sang ! Que faites-vous donc ici ! hurla l'officier. Nous nous replions ! Évacuez les lieux sur-le-champ ! Évacuez !

Il ne fut pas nécessaire de le leur dire deux fois.

— Mesdames, par ici ! cria Bryant à l'attention de madame Bickerdyke et des trois infirmières, alors que Lewis et Mitchell bondissaient déjà à travers le sous-bois.

Médusée, madame Clemens fut prise de panique. Eugénie attrapa sa main et l'entraîna de force à la suite du petit groupe qui s'élançait vers le nord. S'ensuivit une course folle à travers le sous-bois, au milieu des cris des soldats, des clairons sonnant la retraite et des officiers hurlant leurs ordres de repli. Au bout d'un temps qui lui parut interminable, Eugénie, à bout de souffle, déboucha dans une vaste clairière. Elle s'immobilisa et se laissa dépasser par les soldats qui s'élançaient à la suite de leurs officiers dans une course effrénée.

— Il faut continuer ! cria Bryant, inquiet de la voir ainsi s'arrêter à l'orée de la forêt.

Eugénie se retourna vers madame Clemens. La pauvre dame était à bout de forces. Son visage et son cou étaient violacés, son souffle court.

— Nous n'en pouvons plus ! Jusqu'où allons-nous, comme cela ?

Bryant jeta un œil sur la plaine.

— Regardez, ils reforment leurs rangs ! Il faut nous abriter de l'autre côté, derrière les lignes !

Effectivement, Eugénie vit se reformer une ligne de front au beau milieu de la clairière. Les officiers rassemblaient leurs hommes en bataillons organisés.

— Allons-y, je vais y arriver ! souffla madame Clemens.

Eugénie lui adressa un sourire d'encouragement puis reprit sa course, traînant toujours la bonne dame à sa suite. À peine mit-elle un pied dans la clairière qu'elle fut saisie par la clarté du ciel. Ce vaste espace baignait déjà dans la lumière dorée du jour. Ces pauvres hommes sont soudain si vulnérables, ainsi à découvert, pensa la jeune femme. Elle reprit sa course effrénée malgré les hautes herbes blondes qui lui fouettaient les jambes, entravant ses mouvements. Ils rejoignirent la ligne qu'avaient reformée les *privates* de l'Union, déjà occupés à recharger leurs fusils, puis les dépassèrent. Enfin, ils atteignirent le sous-bois situé au-delà de la clairière et retrouvèrent la pénombre protectrice de la forêt. Madame Clemens s'effondra au sol. Eugénie s'accroupit aussitôt à ses côtés et s'employa à la rassurer.

— Reprenez vos forces, Mathilda !

Au grand étonnement de Sherman, juché fièrement sur sa jument Dolly en avant de ses troupes, les yeux rivés sur ce sous-bois d'où devaient surgir à tout instant les bataillons confédérés, une bonne heure s'écoula sans qu'aucun soldat ennemi ne montrât le bout de son fusil. De fait, l'armée de Johnston, lancée à la poursuite des divisions de Sherman, Prentiss et McClernand, s'était soudain disloquée en arrivant sur le campement fédéral. Affamés, les hommes, victimes des failles logistiques du ravitaillement de l'armée confédérée, s'étaient jetés sur les provisions et pillaient les tentes, dévorant tout ce qui se trouvait sur leur passage. Les officiers confédérés eurent toutes les peines du monde à reformer les rangs et à reprendre l'assaut…

L'attente parut interminable mais permit aux dames de recouvrer leurs esprits. Le petit groupe avait fini par s'installer à l'abri de quelques arbres, à l'orée de la forêt. Soucieux, les médecins gardaient un œil sur le théâtre des opérations et attendaient la suite des opérations. Au bout d'une bonne heure, Bryant s'écria :

— À couvert !

Une ligne de soldats en uniforme gris, fusils en main, venait d'apparaître de l'autre côté de la clairière. Un clairon retentit. La bataille s'engagea. Eugénie, terrorisée, prit pour la première fois la mesure de la violence de l'assaut. Durant de longues minutes qui lui parurent des heures, elle assista, impuissante au milieu de cette clairière baignée de lumière, à un véritable massacre. Heurtés de plein fouet par des projectiles invisibles, soufflés par le choc d'une violence inouïe, les soldats étaient projetés en arrière, une gerbe de sang éjectée dans les airs à l'instant même de l'impact, avant de s'effondrer au sol. Les balles frappaient semblait-il à l'aveugle, touchant indifféremment les soldats positionnés sur le flanc droit et gauche ou au centre du bataillon. Les cris des hommes tombés à terre ne venaient que plus tard, lorsque la victime, quand elle en réchappait, reprenait ses esprits et que le choc laissait place à une indicible souffrance.

Devant tant d'horreurs, Eugénie n'avait qu'une pensée en tête : où était-*il* ? Où était monsieur Eckermann ? Était-il blessé ? Tué déjà ? Mon Dieu ! Comment avait-elle pu lui tourner le dos d'une manière aussi lâche ? Comment avait-elle pu se montrer si hostile à son égard, lui qui courait à présent un tel danger ? Lui qui allait au-devant de la mort peut-être en cet instant même, quelque part sur l'un de ces champs de bataille ? Et une nouvelle terreur s'empara d'elle, effaçant d'un coup toutes ses résolutions. Allait-il mourir aujourd'hui sans qu'elle n'ait pu lui témoigner son affection ? Était-il déjà trop tard ?

De toute la journée, l'intensité de la bataille ne faiblit pas. Un feu nourri fit rage depuis l'ouest, là où les divisions de Sherman et de McClernand affrontaient celles de Hardee et de Polk, jusqu'aux rives du Tennessee, à l'est, où les fédéraux Prentiss, Hurbult et Wallace affrontaient les divisions de Bragg et Brekinridge. En milieu de matinée, un bref espoir gonfla le cœur des troupes de l'Union lorsque Sherman et McClernand réussirent une brève percée. Las, l'euphorie fut de courte durée. Dans le milieu de l'après-midi, en effet, l'ensemble des troupes dut se replier plus loin encore, deux miles en arrière du camp de base. Les divisions de Prentiss et de Wallace furent quant à elles encerclées puis en partie capturées par les confédérés. À la nuit tombée, le bilan n'était guère encourageant. Le plus gros de l'armée de Grant, du moins ce qu'il en restait, se reforma en un front solide sur une hauteur proche de Pittsburg Landing.

Au fil de la bataille, Eugénie avait rejoint les hauteurs de Pittsburg Landing avec l'ensemble des civils. Là, derrière la nouvelle ligne défensive, régnait une grande confusion. Sans provisions, sans vivres ni munitions, sans aucun matériel médical, les troupes fédérales manquaient de tout, et leur moral était au plus bas. Pour autant, madame Bickerdyke ne baissa pas les bras. Avec Eugénie, mesdames Clemens et Watson, elle installa les blessés du mieux qu'elle le put, à même le sol dans le sous-bois, offrant à ces pauvres hommes le maigre réconfort qu'un regard doux et quelques paroles compatissantes pouvaient apporter. Ces femmes courageuses réalisèrent des garrots de fortune avec ce qu'elles pouvaient trouver, bandèrent les blessures avec les chemises en lambeaux des soldats… Eugénie passait d'un blessé à l'autre parfois sans pouvoir faire quoi que ce soit pour soulager ces pauvres gars livrés à eux-mêmes. Soudain, à la lueur de l'un des feux de camp, elle reconnut parmi les blessés l'homme roux qui l'avait invitée à danser, ce Gallagher. Adossé à un arbre à même le sol, il avait une vilaine blessure au bras qui n'avait pas encore été traitée. Elle se précipita vers lui pour l'examiner de plus près. Il leva vers elle un regard d'abord absent qui s'éclaira tout à coup lorsqu'il la reconnut.

— Ah, tiens ! Vous voilà, vous !

Elle ne prêta pas attention à sa gouaille, attentive avant tout à son examen.

— Quelle journée, hein ? reprit-il. Ah ! Ils nous ont bien eus ces chiens de rebelles, je vous le dis, moi !

Il poussa un gémissement lorsque Eugénie décolla le tissu brûlé de ses chairs à vif.

— L'os n'est pas touché, monsieur Gallagher, lui dit-elle. Il faut cependant faire un garrot pour arrêter le saignement…

Elle souleva sa jupe et déchira un pan de son jupon sous les yeux d'un Gallagher ravi malgré la douleur qui le défigurait un instant plus tôt.

— J'en ai de la chance, dites-moi ! s'amusa-t-il en fanfaronnant, les yeux rivés sur le jupon de la jeune femme.

— Taisez-vous donc ! le réprimanda Eugénie, occupée à réaliser le garrot.

Lorsqu'elle eut fini, elle le dévisagea un moment, hésitante, toujours accroupie à ses côtés. Comme s'il avait deviné ses pensées, Gallagher lança :

— Eh bien, pourquoi ne me demandez-vous pas comment va Eckermann ?

Les joues de la jeune femme s'enflammèrent.

— Comment va-t-il ? parvint-elle à articuler.

Gallagher passa une main dans sa barbe rousse et sembla réfléchir.

— Quand je l'ai quitté, au milieu de l'après-midi, il était toujours vivant, finit-il par répondre. Et entier, à ce que j'ai pu en voir…

Elle inclina le menton, le remercia. Elle s'apprêtait à se relever quand le soldat saisit son poignet, l'arrêtant net dans son mouvement.

— C'est un gars bien, vous savez… Il ne mérite pas la façon dont vous l'avez traité.

— Comment ça, la façon dont je l'ai traité ? s'indigna Eugénie.

— Vous savez bien, allez. Y a bien que les femmes pour faire les innocentes comme ça…

— Écoutez, je ne comprends pas !

— Mais si, mais si, vous me comprenez très bien, insista l'Irlandais d'un ton presque moqueur.

Il s'interrompit une seconde, grimaçant de douleur.

— Et d'abord, qu'est-ce qu'il vous faut, hein ? reprit-il. Oh, il n'est pas parfait, c'est sûr. Il est beaucoup moins séduisant que moi, je vous l'accorde, mais quand même…

Cet homme était tout à fait incohérent. Eugénie crut qu'il délirait.

— Il est beaucoup trop sérieux aussi, continua-t-il avec la même verve. J'ai jamais compris ça, chez lui. Et puis avec sa belle qui l'a tout simplement laissé tomber et vous qui ne voulez pas de lui, y va finir par broyer du noir, le pauvre garçon. Pensez-vous, seul avec trois mioches !!!

Eugénie pâlit. Son cœur cogna si fort dans sa poitrine qu'elle crut défaillir. Elle passa machinalement une main dans ses cheveux pour les remettre en ordre. C'était pourtant à l'intérieur de sa jolie tête brune que le chaos régnait, non dans sa coiffure. Reprenant ses esprits, elle s'éclaircit la gorge, inspira un grand coup puis fixa Gallagher droit dans les yeux.

— Monsieur Gallagher, où avez-vous dit qu'il se trouvait ?

41

Une journée sans fin

La nuit noire enveloppait à présent les collines boisées de Pittsburg Landing qui s'étiraient paresseusement sur les berges du fleuve Tennessee. Eugénie arpentait la ligne de défense depuis si longtemps qu'elle ne savait plus très bien où elle allait, ni même où elle se trouvait. Elle avait quitté Gallagher environ une heure plus tôt et s'était élancée dans le sous-bois avec empressement, bien que le *private* eût été incapable de lui indiquer où elle pourrait trouver Julian Eckermann. Le soldat n'avait plus revu son ami depuis le moment précis où la balle confédérée avait heurté violemment son épaule, lui déchirant les chairs. Il avait momentanément perdu connaissance et depuis, avait perdu la trace de son régiment. « S'il est vivant, il doit être posté sur la ligne de défense », avait soufflé Gallagher sans grande conviction.

Eugénie distinguait avec difficulté les pièges du sous-bois et trébuchait régulièrement sur quelque branchage ou quelque ronce. La jeune femme suivait avec peine le dénivelé du terrain le long de ces fortifications rudimentaires pompeusement qualifiées de « ligne de défense ». Les soldats, groupés en pelotons, pointaient leur fusil plein ouest, en direction opposée à la rivière. Certains étaient sur le qui-vive, tendus comme un arc, scrutant le sous-bois à l'affût du moindre mouvement, là, quelque part dans la forêt. D'autres fumaient paresseusement une cigarette, adossés aux quelques branchages jetés à même le sol en guise de fortifications. D'autres encore chuchotaient en se racontant des histoires d'un autre temps, d'un autre lieu où la guerre n'existait pas, oubliant ainsi qu'ils se trouvaient là, si loin de chez eux, à attendre qu'une balle les prive de leur avenir.

La fatigue et le découragement s'étaient emparés de la jeune femme. À chacune de ses tentatives pour identifier les soldats postés, un sombre caporal ou un vilain sergent s'interposait avec plus ou moins d'amabilité. Ils la dévisageaient d'abord, d'un regard qui semblait dire : « N'est-elle pas folle d'arpenter les lignes ainsi ? », puis confirmaient invariablement : « Non, ce n'est pas le premier régiment du Nebraska ici, miss ! » D'autres étaient bien moins prévenants. Un air de mépris déformait leur bouche sale, encombrée d'une barbe mal taillée, et ils crachaient sans plus de forme : « Déguerpissez ! N'avez rien à faire là ! », sans lui fournir le renseignement demandé. Son inconfort atteignit son paroxysme lorsque trois hommes à l'haleine fortement alcoolisée promenèrent un regard ardent sur ses hanches et que l'un d'entre eux lâcha d'un air crâne : « Nous, c'est le dix-septième, Illinois ! Mais pour sûr, on veut bien un peu de compagnie par ici ! »

Eugénie finit par perdre toute notion du temps. Vers minuit, une pluie drue et froide s'abattit sur les environs et acheva de réduire à néant le peu de courage qui lui restait. Abattue, elle décida de s'accorder un peu de repos avant de poursuivre ses recherches. La faible lueur d'un feu de camp entre les troncs d'arbres attira son regard. Elle entreprit de le rejoindre. Une fois sur place, la jeune femme s'effondra à même le sol, sans force, aux côtés de soldats tout aussi épuisés. Ces derniers jetèrent à peine un œil sur la nouvelle venue. Tous se tenaient recroquevillés sur eux-mêmes, blottis sous leur cape, se protégeant de la pluie comme ils le pouvaient. Eugénie contempla ce triste tableau avec une amertume qui ne lui était pas coutumière. Était-ce encore l'un de Ses tours ? se demandait-elle. Dieu s'amusait-Il une nouvelle fois à lui faire entrevoir une lueur d'espoir pour, l'instant suivant, moucher la bougie qu'Il venait d'allumer ? Tout cela n'était-il qu'un vilain jeu pour le Très-Haut ? Un jeune *private* jeta quelques regards timides sur Eugénie avant de se lever et de lui proposer sa cape. Vaincue par la fatigue, elle accepta de bon cœur et se cala contre le tronc d'un chêne et finit par s'assoupir.

Au petit matin, le cliquetis d'une multitude de fusils que l'on armait résonna dans le sous-bois. Eugénie s'éveilla en sursaut. Une brume éthérée flottait alentour et caressait les pentes douces de la colline, enveloppant le sous-bois d'un silence trompeur. L'air humide de ce matin d'avril décuplait les arômes de tourbe et d'humus sublimés par le printemps et chatouilla les narines de la jeune femme. Elle s'assit sur son séant et promena son regard. Elle s'était endormie à flanc de colline, à quelques centaines de mètres de cette ligne de défense où étaient encore postées quelques troupes. À ses côtés, les braises du feu de camp étaient éteintes et le bivouac était désert. Elle se frotta le visage de ses mains glacées dans l'espoir de sortir définitivement de sa torpeur et retrouva peu à peu ses esprits. Ses doux yeux noirs se figèrent soudain, droit devant elle. Il était peut-être encore temps ! réalisa-t-elle. Oui ! En plein jour, il lui restait encore une chance de l'apercevoir, *lui*, avant qu'il ne rejoigne le champ de bataille. Elle se mit sur ses pieds avec difficulté, et une grimace assombrit furtivement son visage. Les effets de l'inconfort de la nuit écoulée se faisaient sentir. Elle se sentait sale, courbaturée et certainement laide à faire frémir, mais que lui importait ? Un besoin irrépressible de *le* retrouver commandait tout son être, soumettant sa propre raison.

Autour d'elle, des bataillons progressaient vers l'ouest, marchant de concert avec des colonnes d'artillerie qui manœuvraient elles aussi dans la même direction. Au loin, les claquements secs de quelques coups de fusil retentirent. On s'entretuait déjà… Elle dévala la colline, le regard à l'affût. De toutes parts, les mêmes bataillons de soldats au teint blafard avançaient docilement sous les ordres sommaires de leurs officiers. Tous ces *privates* avaient ce regard grave et absent des hommes qui se préparent à mourir… Leurs officiers étaient effrayants. Ils hurlaient à pleins poumons, brandissaient leur sabre vers le ciel à la gloire de leur toute-puissance et excitaient leurs chevaux à dessein, espérant ainsi galvaniser les troupes. Cette foule silencieuse et ces officiers fous furieux inquiétaient Eugénie. La tension était palpable, le feu pouvait reprendre à tout instant. Gardant ses distances, elle longea le flanc des bataillons, des brigades et des pelotons d'un pas précipité. Plus d'une fois elle trébucha, pourtant, jamais elle ne cessa de scruter fiévreusement chacun des visages qui lui jetaient parfois un œil curieux et étonné. Plus d'une fois elle crut *le* reconnaître. Tous les *privates* de haute taille et de carrure comparable à celle d'Eckermann attiraient son regard. Son cœur cognait alors violemment dans sa poitrine et un tressaillement parcourait son échine. Mais à chaque fois, une cruelle déception la frappait en plein cœur lorsque ses yeux se posaient sur le visage d'un étranger.

Soudain, le rugissement d'une bête tout droit sortie des enfers résonna dans son cou. Elle tressaillit violemment et poussa un cri d'effroi. Dans un réflexe, la jeune femme tourna sur elle-même en levant le coude pour se protéger. Une jument grise se dressait de toute sa hauteur au-dessus d'elle et frappait le vide de ses sabots. L'animal roulait des yeux fous dans ses orbites en retroussant ses babines, dans un vacarme de hennissements effrayés. Cramponné sur sa selle, l'officier tira frénétiquement sur les rênes tout en vociférant un chapelet de jurons fleuris. C'était un homme d'une cinquantaine d'années au regard dur et aux favoris taillés avec soin. Il parvint non sans peine à calmer l'animal puis tourna sa figure rouge de colère vers Eugénie qu'il interpella avec véhémence.

— Bon sang de bonsoir ! Que faites-vous donc là, vous !

Retrouvant aussitôt les bases de son éducation, il baissa d'un ton et ajouta :

— Madame, ôtez-vous de là ! Rejoignez la base arrière !

Désorientée, confuse, Eugénie s'écarta du chemin de l'imposant cavalier et courut se blottir contre un arbre à quelques pas de là, laissant passer l'officier ainsi que la brigade d'infanterie. C'était une longue colonne de soldats fatigués, boueux et sales. Certains uniformes avaient perdu leur couleur bleu nuit au profit d'une teinte de terre et de poudre, d'autres étaient tachés de sang brun. Les visages, marqués par l'intensité de la bataille de la veille, étaient blêmes. Mais alors qu'elle s'y attendait le moins, ses yeux croisèrent ce regard doux et gris qu'elle avait cherché pendant des heures. Eckermann était là, à une cinquantaine de mètres d'elle, au milieu de cette colonne qui progressait au pas, fusil à l'épaule. Des cernes marquaient ses yeux fatigués, et une barbe de quelques jours assombrissait un peu plus ses joues noircies de traces de poudre. Ses cheveux blonds avaient été coupés court. Il portait toujours admirablement son uniforme, bien que celui-ci fût, comme les autres, largement défraîchi et d'une couleur indéfinissable.

Eugénie bondit de côté, quitta l'ombre de son abri et fit irruption à seulement quelques pas de la colonne qui s'avançait vers elle. À sa vue, le regard du soldat s'illumina. Malgré sa robe teintée de boue, malgré ses cheveux défaits et les traces brunes qui sillonnaient son cou et ses joues, c'était bien l'ange de ses rêves qui se tenait devant lui. Il aurait reconnu entre mille ce doux visage à l'ovale parfait, et surtout ce regard noir, brillant et enflammé. Eugénie se précipita à sa rencontre alors que lui sortait du rang, abasourdi, se demandant ce qu'elle pouvait bien faire là, au milieu de cette armée en mouvement. Incapable de prononcer un mot, Eugénie se trouva tout à coup stupide et gauche. Ses mains se crispèrent sur le tissu grossier de sa robe. Que pourrait-elle bien dire ? Que faisait-elle là, après tout ? Les motifs de sa présence n'étaient-ils pas ridicules et dérisoires en regard de la bataille que lui s'apprêtait à livrer ? Des larmes montèrent inexorablement à ses yeux malgré ses efforts pour contenir son émotion. Incapable de formuler à voix haute tout ce qu'elle aurait aimé lui dire, elle ne consentit finalement qu'à s'inquiéter poliment des dangers qui s'annonçaient.

— Prenez garde à vous ! murmura-t-elle.

Un sourire attendri se peignit sur le visage du soldat et son regard bleu teinté de gris s'abandonna dans celui de la jeune femme. Vaincue par la vague qui frappa de plein fouet sa poitrine, Eugénie baissa enfin sa garde.

— Surtout… revenez-moi, supplia-t-elle.

La flamme au fond des yeux de Julian Eckermann vacilla. Il hésita une seconde. Puis il tendit sa main vers elle et apposa le creux de sa paume contre la joue de la jeune femme, enveloppant délicatement l'ovale de son visage.

— Je vous le promets, souffla-t-il, habité d'une gravité soudaine.

Une farouche détermination venait de s'emparer de lui. En cet instant, rien au monde ne comptait plus pour lui que cette promesse qu'il venait de faire. À leurs côtés, le bataillon continuait d'avancer dans un silence respectueux. Eckermann arracha à regret sa main de la joue de la jeune femme puis s'écarta presque aussitôt. Il ne pouvait rester hors du rang plus longtemps.

— Courez vous mettre à l'abri ! cria-t-il avant de rejoindre son peloton.

Le soldat Eckermann disparut derrière la colline non sans avoir jeté plusieurs regards en arrière, comme pour prolonger de quelques instants cette brève et miraculeuse rencontre.

*

* *

Ce lundi matin du 7 avril 1862, les rangs des armées confédérée et fédérale s'étaient dramatiquement éclaircis. Les pertes de la veille avaient été considérables, et ce, dans les deux camps[1], laissant néanmoins un avantage certain aux rebelles. Ces derniers, galvanisés par ce qu'ils pensaient être une éclatante victoire, s'étaient repliés dans le campement abandonné par l'Union et avaient consacré une bonne partie de la nuit à vider les provisions qui n'avaient pas encore été pillées et à dénombrer les pertes. Celles-ci étaient conséquentes : plus de huit mille soldats étaient tombés au combat et l'on comptait des déserteurs par centaines. Ceux-là, bien que cette journée eût été proclamée victorieuse par leurs officiers, avaient été bien trop effrayés par l'ampleur du massacre du 6 avril et s'étaient décidés à fuir les famines à répétition qui frappaient l'armée du Mississippi. Pour finir, un coup fatal fut porté au moral des troupes rebelles dans le courant de l'après-midi.

1. La journée du 6 avril 1862 à Shiloh fut à elle seule la plus meurtrière de toute l'histoire des États-Unis jusqu'alors, avec plus de vingt mille victimes.

Le charismatique Albert S. Johnston, général en chef de cette armée sudiste, était tombé au combat. Il laissait son commandement au général de brigade P.G.T. Beauregard, certes héros de Fort Sumter mais bien moins apprécié des troupes.

À l'aube de ce jour nouveau, le rapport de force était sur le point de s'inverser. Les vingt mille hommes de l'armée fédérale de l'Ohio, en approche depuis plusieurs jours sous la direction du major général Don Carlos Buell, avaient rejoint Pittsburg Landing dans le courant de la nuit. Frais et dispos, ces renforts portaient à présent le nombre de soldats de l'Union à plus de quarante-cinq mille hommes qui, réfugiés sur les hauteurs de Pittsburg Landing, allaient être ravitaillés d'un instant à l'autre, un bateau à vapeur chargé de munitions, de fourrage et de vivres étant attendu sous peu. À 7 heures, alors que Grant lançait l'assaut en plusieurs points le long d'une nouvelle ligne d'attaque, on débarqua tout un fret de ravitaillement. Les chirurgiens, assistés de madame Bickerdyke, installèrent un hôpital de fortune en moins de temps qu'il ne fallut pour le dire, mettant à profit l'apport en matériel de l'armée de Buell ainsi que l'arrivée de son personnel soignant. En milieu de matinée, les brancardiers affluèrent de toutes parts, chargés de corps ensanglantés et noirs de boue et de poudre, dans le vacarme assourdissant des fusillades et des canonnades. Les mêmes scènes déjà observées à Donelson se répétèrent : les hurlements, les corps mutilés par centaines étalés à même le sol, les médecins aux tabliers écarlates, les infirmières courant de droite et de gauche, essoufflées et débordées… Eugénie naviguait au milieu de tout cela avec une aisance et un sang-froid dont elle se surprit elle-même. Une force insoupçonnée l'habitait à présent. Des ailes s'étaient greffées à son dos au moment même où la main de Julian Eckermann avait effleuré sa joue. En un instant, en un geste, un portail céleste s'était entrouvert sur un monde inconnu et enchanteur, quoique encore hypothétique. À présent, grisée par cette infime espérance, elle se sentait de taille à tout affronter. La guerre, la mort, le Béhémoth, le Léviathan ou toute autre créature fantastique et monstrueuse pouvaient bien se dresser sur son chemin, elle vaincrait !

Elle se jeta ainsi corps et âme dans le chaos. Chaque opération était une tragédie. Chaque patient se débattait en hurlant, refusant à tout prix que l'on diminue sa personne d'un bras, d'une jambe ou des deux. La lutte désespérée de ces pauvres hères ne prenait fin que lorsque Eugénie plaquait sur leur nez un tissu imbibé d'opium. Leur corps s'effondrait alors, à la merci d'un chirurgien armé d'une scie tranchante. Pour finir, la jeune femme se saisissait de ce morceau de corps, de cette partie d'eux-mêmes à laquelle les soldats tenaient tant, pour le déposer sur le sinistre amoncellement de membres humains qui se dressait à présent à l'arrière de la tente hôpital. Au milieu de la matinée, cet horrible monticule ensanglanté atteignait un mètre cinquante de haut sur deux mètres de diamètre…

Sur le champ de bataille, les combats firent rage sans discontinuer, depuis Pittsburg Landing jusqu'à la petite église de Shiloh en passant par les abords de Hamburg Purdy Road, où la fusillade fut si intense que le général Sherman rapportera plus tard y avoir entendu les tirs « les plus nourris » de toute sa carrière militaire. Malgré une résistance que l'on pouvait qualifier de tout à fait honnête, les confédérés ne purent contenir les avancées de l'armée de Grant, bien supérieure en nombre et bien mieux coordonnée. À 17 heures, Beauregard avait perdu dix mille hommes, et ses troupes étaient réduites de moitié. Devant le constat implacable de sa défaite, il se résolut à fuir en ne laissant qu'un bataillon à l'église de Shiloh afin de couvrir sa retraite. La victoire d'Ulysses S. Grant fut totale. Dans l'heure qui suivit, alors que l'après-midi touchait à sa fin, les troupes de l'Union réinvestirent leur bivouac abandonné en toute hâte la veille. Au même moment, la nouvelle de la victoire parvint aux équipes médicales qui, de leur côté, se préparèrent à vivre les moments les plus difficiles…

Eugénie volait d'une opération et d'un blessé à l'autre avec la même célérité et le même dévouement qu'auparavant, bien qu'une lourde fatigue lui pesât maintenant sur les épaules. La promesse solennelle de Julian Eckermann l'avait portée, soutenue tout au long de la journée, mais à présent, ses certitudes vacillaient. À 19 heures, le soleil baissa sur l'horizon, annonçant le crépuscule. La jeune femme scrutait sans relâche les abords de l'hôpital tout en accomplissant sa tâche. Que faisait-il donc ? Où était-il ? Vers 20 heures, les ténèbres engloutirent les collines de Pittsburg Landing. Dans les campements, la vie reprit son cours. On alluma des feux, on s'apprêta à se nourrir d'une maigre soupe et de *hardtacks* insipides. Et l'on tenta d'oublier les horreurs de la journée…

L'afflux des blessés, lui, ne faiblit pas. Eugénie s'abandonna à sa tâche tout en se refusant à songer à l'absence de Julian Eckermann. Elle ne pouvait la concevoir. Ne lui avait-il pas donné sa parole ? Aux alentours de minuit, madame Bickerdyke la congédia et lui imposa de prendre un peu de repos. Elle s'effondra sous sa tente sans même retirer les épingles de son tablier ensanglanté. La peur au ventre et la tête emplie de conjectures, il lui fut impossible de trouver le sommeil… Après tout, il était tout à fait possible qu'il fût retenu par quelque mission ou quelque tâche qui aurait pu différer son retour au campement, se disait-elle. Peut-être même l'avait-on envoyé à la poursuite des rebelles en fuite. Oui, tout était encore possible ! « Demain, il sera là », se répétait-elle sans cesse, jusqu'à ce qu'un sommeil profond finisse par l'engloutir. La même attente fébrile, les mêmes questions se bousculèrent dans sa tête durant toute la journée du lendemain, alors qu'une angoisse sourde et profonde se creusait peu à peu au fond de ses entrailles. Il en fut de même le jour suivant, et encore le jour d'après…

42

La promesse

Juillet 1865

Eugénie se tenait droite, les poings sur les hanches, plantée sur ses jambes au milieu d'une mer ondoyante aux reflets blonds. Les blés bruissaient doucement à son oreille, au rythme de la brise cuisante de cette fin d'après-midi de juillet. Les yeux fermés, elle leva le nez au ciel, humant avec délice les parfums chauds de l'été. Le soleil inondait son visage aux contours délicats et au teint maintenant légèrement doré. Ses longs cheveux de jais étaient tressés en une natte épaisse qui descendait le long de son dos jusqu'à sa taille. Elle rouvrit les yeux et caressa de ses doigts fins les épis à la barbe douce et fragile. Il était temps de moissonner. Demain, elle irait chercher de l'aide. Devant ce constat, elle se résolut à quitter sa contemplation, bien à regret pourtant… La plénitude du moment, le parfum de la terre chaude, le profil de ces collines aux formes douces qu'elle aimait à caresser du regard, le chant de cette alouette suspendu là-haut dans les airs, tout cela l'avait envoûtée et elle en avait presque oublié sa douleur. Elle ramassa contre elle les plis de sa robe de lin et se fraya un chemin dans les hautes herbes, préservant au mieux chaque pied de la précieuse céréale, puis rejoignit le sentier qui contournait la colline et menait jusqu'à la rivière en contrebas, non loin de la maison.

Plus de trois ans s'étaient écoulés depuis la bataille de Shiloh. Trois longues années à espérer des nouvelles, un signe, ou même une inscription qui aurait porté le nom d'Eckermann dans une liste de soldats tombés au combat. En vain. À l'issue de la bataille de Shiloh, Eugénie avait suivi l'armée d'Ulysses S. Grant sur les chemins de Corinth, de Vicksburg et de Chattanooga, puis avait rejoint durant l'été 1864 la division de William Tecumseh Sherman, alors à la conquête d'Atlanta. Dans le sillage de la veuve Bickerdyke, elle avait sacrifié sans même y songer ses jours et ses nuits à tenter de soulager ces pauvres *privates* que l'on envoyait se faire tuer à chaque nouvelle bataille. Pourtant, sa seule préoccupation, son seul but tout ce temps avait bien été de voir à chaque mouvement de troupe, à chaque rapport, le nom d'Eckermann apparaître quelque part…

Un cri la tira de sa rêverie.

— Eugénie !

Une voix enfantine l'appelait depuis le bosquet de saules au bout du chemin. L'enfant apparut au détour de la colline. C'était un garçon d'à peine 9 ans, doté de fins cheveux blonds et de grands yeux noisette. Il portait une chemise de coton clair débordant de son pantalon *Linsey-Woolsey*, lui-même suspendu à une paire de larges bretelles. Un sourire radieux se peignit sur le visage d'Eugénie.

— Eh bien, te voilà, toi ! s'écria-t-elle. Que fais-tu donc là ?

Le petit garçon courut vers elle. Hors d'haleine, il s'écria :

— M'aam Lotta est à la ferme !

Eugénie fronça les sourcils.

— *Madame* Lotta ! le reprit-elle. Voyons ! Combien de fois t'ai-je dit que l'on ne dit pas « M'aam », à moins de vouloir ressembler à ces garçons de mauvaise vie qui courent les routes !

Le petit garçon ralentit sa course et se mit au pas, la mine défaite. Eugénie arriva à sa hauteur et prit sa main dans la sienne. Elle caressa les cheveux de l'enfant et déposa un baiser sur son front. Son visage quelque peu sévère se radoucit.

— Allez, viens. C'est gentil d'être venu me chercher…

La jeune femme et l'enfant suivirent le sentier jusqu'aux saules. Une ombre rafraîchissante saisit Eugénie lorsqu'elle se glissa sous la frondaison. Le petit garçon lâcha soudain la main d'Eugénie et s'élança vers la rivière qui coulait au creux du bosquet. Bientôt, il sauta avec agilité d'un rocher à l'autre en prenant bien garde de ne pas glisser dans l'eau. Mais au second rebond, le rocher humide et glissant se déroba sous son pied et l'enfant perdit l'équilibre. Il bascula de côté et se trouva l'instant d'après immergé jusqu'aux genoux. Le gamin se releva tout penaud, sa lèvre inférieure se mit à trembler et des larmes lui montèrent aux yeux. Eugénie, attendrie, secoua la tête de dépit.

— Te voilà bien ! murmura-t-elle.

Vexé, l'enfant franchit le gué et s'arrêta au bord du ruisseau pour défaire ses souliers et poursuivre son chemin pieds nus. Tous deux gravirent la pente en dénivelé qui montait de la rivière. Au détour de la colline, ils aperçurent enfin la silhouette gigantesque des deux chênes, ces magnifiques arbres auprès desquels Julian Eckermann avait bâti sa maison. Ils distinguèrent l'équipage des Larsson stationné devant la grange. Lotta se tenait debout contre la carriole, occupée à tresser les cheveux blonds d'Anna qui, pour une fois, se tenait tranquille. La jeune fille avait grandi et affichait des formes marquant une féminité épanouie. Ses traits réguliers et ses yeux d'une jolie couleur noisette auraient pu faire d'elle une ravissante jeune femme si la pauvre enfant n'avait pas été enlaidie par un regard absent, une lèvre pendante et des épaules avachies. Lotta, fidèle à elle-même, promenait ses doigts potelés dans la chevelure soyeuse de la jeune fille en la couvant d'un regard maternel. Lorsqu'elle eut attaché la tresse à l'aide d'un morceau de tissu, elle murmura à son oreille :

— Voilà, ma petiote, tu es toute belle !

Anna se saisit de la natte et caressa maladroitement les formes rebondies du tressage du haut vers le bas puis de bas en haut, et ainsi de suite. Son regard fixait le vide tandis qu'elle s'absorbait complètement dans cette nouvelle activité de contemplation tactile, comme si la structure même de la tresse avait suffi à émerveiller son pauvre esprit.

Depuis l'intérieur de la grange, des coups de marteau résonnaient à un rythme soutenu. Eugénie se souvint qu'elle avait chargé Franz de réparer le box de la jument.

— Et voilà la plus belle ! s'écria Lotta lorsque son regard se posa sur la silhouette d'Eugénie.

Elle écarta ses larges bras potelés en signe de bienvenue et un franc sourire illumina son visage joufflu. Ses pommettes rebondies se dessinèrent avec plus de netteté, jusqu'à ressembler à deux grosses pêches dorées au soleil. Son front rouge et luisant de sueur indiquait combien la chaleur de cette journée de juillet l'incommodait. Eugénie, avec sa taille souple, son cou gracile et ses épaules finement sculptées, faisait figure de nymphe à côté de sa nouvelle amie. Les deux femmes échangèrent de franches amabilités, teintées d'affection sincère et réciproque. Peinée de la voir ainsi souffrir de la chaleur, Eugénie invita Lotta à venir prendre un rafraîchissement à la maison. Une fois installée autour de la table, la matrone suédoise demanda :

— C'est pour demain, alors ?

Elle s'essuya le front d'un revers de la main puis reprit une gorgée d'eau fraîche qu'Eugénie avait remontée de la rivière.

— Oui, si Torsten et toi pouvez venir nous aider, confirma Eugénie d'un air suppliant.

— Tu parles, ma belle ! s'exclama Lotta. Et notre grande Ida en sera, bien sûr !

— Voilà qui est parfait ! sourit Eugénie, rassurée.

La porte de la petite maison s'ouvrit d'un coup, inondant le plancher des rayons chauds du soleil. Éblouie, Lotta cligna des yeux avant de reconnaître le nouvel arrivant.

— Franz ! Ce grand gaillard ! s'écria-t-elle. Viens donc t'asseoir à côté de moi, mon garçon.

Elle tendit son gros bras vers lui en agitant sa main comme pour répéter : « Viens dans mes bras, mon grand ! » L'adolescent de 12 ans avait gagné en carrure et en gravité mais son visage rond portait encore la marque de l'enfance. Ses yeux, du même azur que ceux de son oncle Julian, et ses cheveux, du même blond pâle que ceux de son petit frère, trahissaient ses origines germaniques. Une fossette dont il n'était pas peu fier ornait son menton. Il jeta un regard à la ronde, les pouces accrochés à ses bretelles, et annonça crânement :

— Le box de la jument est comme neuf ! Mais bon sang, qu'est-ce que j'ai soif !

Les deux femmes échangèrent un regard complice et Lotta pouffa de rire. Depuis quelque temps, l'adolescent se risquait à prendre des airs de chef de famille. Lotta ne pouvait pas rester dîner mais accepta volontiers un pot de pâte de fruits confectionnée par Eugénie, librement inspirée du *stanica* de Niabi, cette jeune indienne Osage dont Eugénie se souvenait toujours avec tendresse. Torsten en raffolait... Quelques instants plus tard, la jeune femme regarda s'éloigner la carriole brinquebalante de Lotta sur le chemin de Fontanelle alors que le soleil déclinait déjà à l'horizon. Un long soupir accompagna ses pensées. Demain serait une longue journée.

Comme chaque soir depuis maintenant dix mois, Eugénie fit dîner les enfants dans une ambiance joyeuse. Franz se jeta littéralement sur les restes de ragoût sous prétexte qu'il assumait à présent la plus grande part des corvées de la maison. Le petit Johann dîna sur les genoux d'Eugénie comme pour s'assurer que cette dernière ne s'évapore pas sans prévenir, à l'instar de Theresa, Julian, puis Joséphine. Silencieuse, Anna jouait avec sa poupée et plongeait de temps à autre sa cuillère dans son écuelle. Eugénie devait toujours repasser derrière elle en fin de repas pour lui faire finir son assiette. Après le dîner, alors qu'Eugénie s'attelait à la vaisselle, Franz fit la lecture. Ce soir, il choisit un passage favori du livre saint du petit Johann, le chapitre 17 du Livre de Samuel. Pendant toute la demi-heure qui suivit, les yeux du petit garçon s'animèrent au fil du combat que livrait le valeureux David contre l'invincible Goliath. La vaisselle terminée, Eugénie s'assit de l'autre côté de la table et écouta d'une oreille distraite la fin du récit tout en brossant longuement les cheveux d'Anna. Les yeux dans le vide, l'adolescente savourait ce moment de volupté en se balançant doucement d'avant en arrière sur sa chaise.

Les pensées d'Eugénie ne restaient jamais bien longtemps ancrées dans le réel de cette image d'Épinal, et ses songes la portaient bien souvent jusqu'à la congrégation du Sacré-Cœur. Elle aimait à s'imaginer la mère supérieure grondant quelque novice récalcitrante ou travaillant à quelque paperasse à la lueur d'une bougie, assise à son bureau du rez-de-chaussée. Elle se rappelait tout particulièrement son profil à la fois sévère et généreux, ses petites lunettes rondes juchées sur le bout de son nez, ses joues rebondies… Lotta avait cette même sévérité bienveillante et maternelle. Ses rêves l'emmenaient ensuite au parc du manoir familial où elle avait tant aimé se balader, rêver, loin des reproches vindicatifs de sa mère. La silhouette noire et élancée de son parrain lui apparaissait alors dans toute son élégance, s'approchant d'elle les mains dans le dos, un air songeur accroché sur le visage, avec ce sourire qui lui allait si bien. Pierre Fournerie lui manquait tant.

Voilà cinq ans qu'elle avait quitté le monde tranquille de Châtillon. Une éternité. La jeune novice qu'elle était alors s'extasiait du monde merveilleux où elle s'était réfugiée, caché derrière les murailles du couvent. Dieu lui avait ouvert les bras, Il l'avait accueillie au sein de son Église et l'avait entourée des êtres les meilleurs, les plus avisés, les plus bienveillants. De ceux qui allaient l'inspirer pour le restant de ses jours… À cette pensée, ses sourcils se froncèrent. Cette jeune novice de 21 ans n'était plus, et c'était tant mieux. Remettre ainsi son destin entre les mains du Très-Haut et s'abandonner à ses décisions… Quelle inconséquence ! Elle avait été décidément bien trop naïve, bien trop ignorante et très loin d'être préparée à ce qu'elle allait alors devoir affronter. N'était-ce pas là exactement les paroles que Julian Eckermann avait prononcées à bord du *Saint-Nicholas* ? Son cœur se déchira. Oui, cet homme avait lu en elle aussi nettement que dans un livre ouvert, et ce, dès leur première rencontre. Cet homme sage, courageux, était capable de tant de tendresse. Un sourire s'afficha sur ses lèvres lorsque lui apparut l'image du migrant allemand, couvant ses neveux comme l'aurait fait une louve. Son regard s'embrasait dès qu'il s'agissait de leur sécurité. Et c'était ce même regard, à la fois doux et serein, qu'elle avait cru voir s'enflammer plus d'une fois lorsque leurs yeux s'étaient entrecroisés… La voix du petit Johann la tira de ses pensées.

— Pourquoi tu pleures ? demanda-t-il, inquiet.

Elle essuya ses pommettes d'un revers de main, visiblement confuse. Comment ne s'était-elle pas rendu compte qu'une larme avait roulé sur sa joue ? Souhaitant rassurer l'enfant, elle esquissa un sourire contrit.

— Ce n'est rien, répondit-elle. De bien jolis souvenirs…

Reprenant pied dans la réalité, elle attacha les cheveux d'Anna pour la nuit et quitta la table.

— C'est l'heure du lit ! lança-t-elle, de nouveau maîtresse d'elle-même.

Elle se mit en devoir de coucher les enfants avant de faire un dernier tour de la propriété pour s'assurer que le poulailler et la grange étaient bien clos et que tout était en ordre.

À 5 heures du matin le lendemain, Eugénie était déjà au travail, comme presque chaque jour. Elle expédia les corvées de l'aube avec empressement puis réveilla les enfants alors que le soleil pointait déjà à l'horizon. À 6 heures, la carriole de Lotta et de Torsten apparut sur le chemin de Fontanelle, à flanc de colline. Quinze minutes plus tard, tout le monde était à pied d'œuvre. Armé d'une faux, Torsten, impressionnant colosse roux à la bedaine rebondie, attaqua les sillons par la pointe nord. Sa fille aînée, Ida, le secondait dans la tâche. Âgée de 13 ans, l'adolescente était tout aussi rousse que son père et affichait déjà une carrure bien plus large que celle d'Eugénie. Courbée vers le sol, elle ramassait les pieds de céréales que son père venait de faucher puis, munie d'un lien solide, formait une gerbe qu'elle laissait choir sur place avant de s'attaquer à la suivante. Lotta et Eugénie, toutes deux dotées d'une faucille, étaient secondées respectivement de Franz et de Johann. Anna, qui souhaitait participer aux travaux des champs mais en était bien incapable, soulevait à pleines brassées les tiges fraîchement coupées en riant aux éclats. Les poussières de paille et d'épis voltigeaient dans la lumière du matin, baignant les travailleurs d'un nuage blond évanescent qui faisait parfois tousser Eugénie. Vers 9 heures, Torsten poussa un grand cri pour annoncer la pause. Seule une faible portion du champ avait été moissonnée. Eugénie promena un instant son regard sur les courbes de la colline. Une bonne demi-journée serait encore nécessaire pour terminer le travail. Harassés de fatigue et le dos perclus de douleur, les travailleurs s'effondrèrent sur le sol les uns après les autres. Ils étendirent leurs jambes avec un plaisir non dissimulé et se passèrent tour à tour l'outre d'eau fraîche. Lotta distribua les biscuits qu'elle avait confectionnés la veille en vue de l'événement, puis s'assit aux côtés d'Eugénie, à l'écart des enfants, les seuls à trouver encore de l'énergie pour courir et jouer. Torsten, lui, s'était allongé un peu plus loin et entendait bien faire une petite sieste.

— Ah, bon sang, s'exclama Lotta, encore une chose qui fait plaisir que quand elle se termine !

Eugénie acquiesça d'un hochement de tête.

— Merci encore, répondit-elle en coulant un regard humble vers Lotta.

Celle-ci tapota la cuisse de son amie d'un geste bienveillant.

— Qu'est-ce que tu me racontes là, ma belle ? C'est nous qui devrions te remercier. Tu nous es tombée du ciel à l'automne quand on en avait le plus besoin ! Et des travailleuses comme toi, on les garde ! Surtout que tu ne demandes rien en échange.

Eugénie rougit mais ne répondit rien. Elle ne devait sa présence ici qu'à la bonté de Torsten et de Lotta.

Ceux-ci l'avaient accueillie à bras ouverts dix mois plus tôt alors qu'elle s'était simplement présentée à leur porte comme étant une amie de la famille Eckermann. Pas une seconde ces derniers n'avaient douté de sa bonne foi, aidés il est vrai par les enfants qui se jetèrent dans les bras de la jeune femme au premier regard. Pourtant, rien ne les aurait empêchés de la renvoyer d'où elle venait, sans plus d'explication malgré son offre alléchante d'aider à l'entretien des Deux-Chênes et de prendre en charge les enfants. Oh, oui ! Elle n'était que trop consciente de la précarité de sa situation. Que ferait-elle lorsque l'on recevrait la confirmation de la disparition de Julian Eckermann ? Ou plutôt, que ferait-elle si par bonheur il revenait ? Lotta parut deviner ses pensées.

— Tout de même, murmura-t-elle, on ne devrait pas tarder à avoir des nouvelles. La guerre est finie depuis plus d'un mois maintenant…

Elle tourna son gros visage rouge vers la jeune femme et déchiffra son regard noir et songeur.

— Dis-moi, je ne t'ai jamais demandé… Je sais que tu étais proche de la famille, mais…

Eugénie détourna vivement son visage et essuya les larmes qui montaient à présent à ses yeux. Lotta dévisagea son amie avec attention.

— Dis donc, toi, est-ce que… ?

Eugénie se recomposa un visage serein et lissa les plis de sa jupe avec application. Elle ne put néanmoins réprimer un tremblement au coin de la bouche. Lotta, en fine connaisseuse des maladies du cœur, s'écria :

— J'en étais sûre ! Ma fille, tu t'en es amourachée ! Pas vrai ?

Eugénie ne sut que répondre. Mentir n'était pas dans sa nature, mais elle avait bien trop honte pour avouer ce sentiment qu'elle n'aurait jamais dû s'autoriser. Lotta prit un air contrarié et se redressa, comme pour marquer son ascendant sur son amie. Après tout, n'avait-elle pas la sagesse des mères de famille dont les jeunes femmes inexpérimentées telles qu'Eugénie manquaient tant ?

— Allons, nous voilà bien, marmonna-t-elle. Tu es une brave petite, ma fille. Travailleuse, sérieuse… Faudrait voir à pas tout gâcher. Oh ! c'est pas que j'aie grand-chose à lui reprocher, à Julian. C'est un bon garçon lui aussi, économe, ardu à la tâche et peu porté sur la boisson ! Mais les femmes ! Ah, pardon ! Je t'ai dit qu'il vivait dans le péché avec cette… fille ? Une paresseuse, celle-là ! ajouta-t-elle, un rictus de mépris déformant sa bouche. Oh, non, non et non ! Ma pauvre petite, toi, tu mérites un bon époux. Et je ne suis pas sûre que celui-là… Ses gros yeux se fixèrent sur Eugénie. Mais, dis-moi, reprit-elle, tu n'as pas commis l'irréparable, hein ? Si c'était le cas, il faudrait que tu t'en ailles sur-le-champ ! Je ne veux pas de ça dans les parages !

— Voyons, Lotta ! s'offusqua Eugénie, rouge comme une pivoine.

Lotta inspira profondément en soulevant sa grosse poitrine et poussa un gros soupir de soulagement.

— Je n'ai commis aucun autre péché que celui d'espérer son retour. Venir ici était mon dernier espoir de le retrouver. Oui, je l'avoue, mon cœur ne m'appartient plus depuis bien longtemps, mais je ne demande rien. Après tout, je n'ai pas vraiment ma place, ici.

Lotta tapota à nouveau la cuisse de son amie.

— Va, va… Ne dis pas de sottises. Dis ça aux enfants que tu n'as pas ta place ici ! Et puis tu as assez travaillé pour payer ta croûte. Quant au reste, nous verrons bien. Nous saurons bien assez tôt…

Lotta plia les jambes et entreprit de se relever. L'effort qu'elle imprima à son gros corps essoufflé lui arracha un gémissement. Une fois debout, elle posa ses mains à sa taille et étira son dos.

— Mais, pour l'heure, le blé n'attend pas ! s'écria-t-elle soudain.

Les moissonneurs reprirent le travail et ne chômèrent pas le restant de la matinée. La petite troupe fit une nouvelle pause sur les coups de midi alors que le soleil était à son zénith, pour un casse-croûte bien mérité. Vers 16 heures, les trois quarts du blé étaient couchés, ligotés en gerbes fines et dressés en mottes. On s'arrêta là pour la journée. Fourbus mais satisfaits de leur labeur, Torsten, Eugénie et Lotta prirent le chemin du retour, suivis des quatre enfants. Ces derniers, finalement vaincus par la longue journée de travail, se tenaient calmes et silencieux en queue de cortège. On longea le sentier, on enjamba le ruisseau après s'y être rafraîchi à l'envi, puis on grimpa la colline qui montait vers la maison. Torsten soufflait comme un bœuf en rêvant déjà au ragoût de sa Lotta. Lorsqu'il approcha des deux chênes, il s'arrêta un instant à l'ombre, le temps de soulever son chapeau et d'essuyer son front en sueur d'un revers de manche, puis il vissa de nouveau son chapeau sur son crâne. Alors qu'il était sur le point de reprendre sa marche, il s'immobilisa soudain, les yeux rivés sur la petite maison, droit devant lui. Lotta le rejoignit bientôt.

— Eh bien, quoi, mon homme ? pesta Lotta.

Elle s'apprêtait à poursuivre, mais Torsten l'arrêta d'un geste et tendit le menton vers la maison.

— Regarde donc, ma Lotta.

Celle-ci scruta les abords de la maison, s'attendant à voir apparaître un coyote ou un quelconque autre danger. Ses yeux s'arrêtèrent enfin sur une silhouette assise sur les marches du porche.

— Oh ! Mon Dieu ! Oh ! Mon Dieu ! s'écria-t-elle.

Elle tourna sur elle-même et fit de grands gestes, hors d'elle.

— Les enfants ! Les enfants ! Venez vite ! Eugénie, ma belle ! Viens donc voir !

Tout le monde se précipita pour rejoindre Lotta et Torsten sous les deux grands chênes majestueux. Bientôt, ils l'aperçurent. Un homme se tenait assis sur les marches de la maison, un chapeau à la main. Ses cheveux blonds cachaient ses yeux et son visage. Son costume bleu nuit était celui d'un soldat. Le cœur d'Eugénie fit un bond dans sa poitrine. Elle aurait reconnu cette silhouette entre mille. Aux cris de Lotta, l'homme releva tout à coup la tête. Il avait un peu maigri, une barbe sombre teintait ses joues d'une toison châtain, et des cernes ceignaient ses yeux clairs. Mais c'était bien lui, Julian Eckermann !

Anna courut la première vers la maison. Lotta et Torsten pressèrent le pas à sa suite. Johann et Franz, hésitants, fermèrent la marche aux côtés d'Eugénie qui, restant sur la réserve, peinait à contrôler les battements de son cœur. Julian quitta les marches alors qu'Anna se jetait dans ses bras en poussant un cri de joie presque guttural. Bientôt, Lotta et Torsten entourèrent le nouveau venu de leurs carrures imposantes, jusqu'à l'étouffer. Le soldat s'écarta peu à peu de leur étreinte et son regard s'arrêta sur Eugénie et les garçons. Il hésita une seconde, secoué par la surprise, quand Franz vint se jeter à son tour à son cou, accaparant de nouveau toute son attention. Après une longue hésitation, l'adolescent venait de réaliser qu'il s'agissait de son oncle parti quatre ans plus tôt à la guerre. Seul le petit Johann restait en retrait, intimidé. Il ne reconnaissait pas cet étranger. Julian posa un genou à terre et ouvrit les bras pour saisir l'enfant dans ses bras.

— Eh bien, Johann, tu ne me reconnais donc pas ? murmura-t-il.

Le petit se laissa embrasser puis, doucement gagné par la liesse ambiante, colla une grosse bise sur la joue rêche du soldat avant de retourner se réfugier dans les jupes d'Eugénie. Celle-ci n'avait pas dit un mot. À vrai dire, elle ne savait guère quoi dire ni quoi faire. Julian Eckermann se releva sur ses deux jambes et posa enfin ses yeux sur elle. Enfin, il brisa le silence.

— Eugénie… Voilà une excellente surprise, dit-il de manière très formelle en guise de salut.

L'instant suivant, Lotta le prenait par le bras puis l'entraînait à l'intérieur de la maison, suivie d'Anna et de Franz. Tous le bombardèrent de questions sans même lui laisser le temps de répondre. « D'où viens-tu ? » « As-tu été blessé ? » « Pourquoi n'as-tu donné aucune nouvelle tout ce temps ? » « As-tu faim ? » « As-tu soif ? » Lotta s'attela à la cuisine alors que Franz apportait un verre d'eau à son oncle. Johann, à présent séduit par l'aura du nouveau venu, s'était hissé sur ses genoux et le dévorait de ses grands yeux noisette. Torsten était attablé en face de son ami et découpait un morceau de lard séché qu'il entendait bien partager avec lui. Anna s'était saisie de sa poupée et fixait Julian d'un air heureux tout en se balançant doucement d'avant en arrière.

Eugénie, toujours silencieuse, ne savait trop où se placer. Sa présence était-elle légitime au milieu de telles retrouvailles ? Elle était debout non loin de la porte d'entrée, indécise, jusqu'au moment où Lotta la dévisagea de ses yeux ronds et s'écria :

— Eh bien, ma belle ! Viens donc m'aider par ici ! On va mettre un couvert de plus, rajouter un peu de viande salée et ça fera l'affaire !

La soirée fut une suite ininterrompue de bruyants brouhahas, de rires aux éclats et de questionnements incessants, ponctués parfois de silences religieux lorsque Julian Eckermann dévoilait une part du mystère de ces trois années de silence. Oui, il avait été fait prisonnier à Shiloh. Il avait changé de camp de détention à plusieurs reprises, il s'était même évadé deux fois de suite. Mais lui et ses camarades avaient été repris au cours des batailles suivantes. Et enfin, au mois de mai de cette année 1865, il avait quitté le camp de Florence, en Caroline du Sud. Il avait traversé les deux Caroline, dévastées par la grande marche de Sherman qui avait tout brûlé sur son passage. Puis il avait poursuivi son chemin à travers la moitié du pays, soit à pied, soit en train ou en carriole, pour se retrouver enfin de retour aux Deux-Chênes en ce beau mois de juillet.

Au crépuscule, on s'organisa pour la nuit. Torsten, Lotta et Ida avaient prévu de bivouaquer dans la grange pour être frais et dispos au point du jour afin de terminer la moisson. Comprenant la place qu'Eugénie avait tenue aux Deux-Chênes depuis quelques mois, mais aussi par simple galanterie, Julian insista pour se joindre à eux et renonça à dormir dans sa propre maison. Il demanda cependant à Eugénie l'autorisation de récupérer de quoi enfin quitter cet uniforme qu'il n'avait que trop porté. Les enfants regagnèrent leur mezzanine mais leur excitation était telle qu'Eugénie put entendre les garçons chuchoter jusque tard dans la nuit. Toute l'assemblée se coucha harassée de fatigue mais le cœur gonflé d'un bonheur neuf.

Cette nuit-là, Eugénie dormit peu et son sommeil fut très agité. Elle s'éveilla vers 3 heures du matin, incapable de se rendormir, s'alarmant des palpitations incontrôlables de son cœur, de ses mains moites et de cette douleur aigre qui grandissait au creux de ses entrailles. Diable ! Allait-elle retomber malade ? Non, se raisonna-t-elle. Elle était terrorisée, voilà tout. L'interminable attente et la terrible angoisse qui l'avaient étreinte depuis trois longues années n'étaient rien en regard du précipice au bord duquel elle se tenait à présent. Qu'allait-elle devenir ? Comment contenir le fol espoir qui venait de s'emparer de son cœur ? Car oui, tout avait peut-être changé ! Tant de temps s'était écoulé depuis qu'il lui avait promis de revenir. Et d'ailleurs, que lui avait-il exactement promis ? De rester en vie ? Était-ce là tout ? Vers 4 heures, cette fois tout à fait éveillée, elle se vêtit et sortit sans bruit de sa chambre. Elle prit une légère collation, composée de biscuits et de café. Avec cette terrible angoisse qui l'étreignait, il lui fallait absolument occuper son esprit. Aussi décida-t-elle de sortir pour nourrir les poules. En chemin, elle entreprit de trouver d'autres corvées à effectuer…

Dehors, l'aube pointait à peine à l'horizon. La nuit était éclairée d'une lune gibbeuse encore largement visible. Elle contourna la maison, dépassa la grange puis rejoignit le poulailler situé une cinquantaine de mètres plus loin. Encore endormies, les poules ne réagirent pas au bruit du balai qui raclait le sol pour le débarrasser des plumes, des matières fécales et autres déchets. Elles restèrent tout aussi imperturbables lorsque Eugénie entreprit de déverser de pleines poignées de grains dans l'enclos. Une fois ces tâches accomplies, elle sentit un léger mieux. Mais c'était encore insuffisant. La fébrilité sourde qui s'était emparée d'elle au cours de la nuit ne l'avait pas entièrement quittée. Elle décida d'aller faire un tour dans le potager. Arracher les mauvaises herbes lui avait toujours procuré un bien-être sans pareil.

C'était l'aube à présent. À l'est, le ciel se teintait peu à peu de pourpre et d'or, développant un relief à la fois fascinant et éphémère parmi les cirrus qui s'étiraient sur l'horizon. D'ici une demi-heure, trois quarts d'heure tout au plus, Torsten et Lotta se réveilleraient. Elle rejoignit le potager situé à mi-chemin entre la maison et la rivière. Elle y avait passé de longues heures au printemps et elle n'était pas peu fière du résultat. Totalement à l'abandon à son arrivée, les rangs de pommes de terre, d'ail et d'oignons, d'aubergines et de tomates, de courgettes et de petits pois s'étalaient maintenant en abondance à flanc de colline. Elle s'attela à la tâche. Un court moment s'était écoulé lorsqu'une voix résonna dans son dos.

— Vous avez fait de l'excellent travail, ici.

Elle se redressa d'un coup, une poignée de mauvaises herbes en mains. Julian se tenait à quelques pas. Il l'avait manifestement observée un moment avant de signaler sa présence.

— Bonjour, balbutia-t-elle une fois la surprise passée.

Il fit un pas vers elle et se pencha sur un pied de tomates. Il en cueillit une et la porta à ses narines pour humer pleinement son parfum particulier. Eugénie lâcha les mauvaises herbes qu'elle avait en mains et frotta ses paumes sur sa robe pour les débarrasser de la terre dont elles étaient recouvertes.

— Franz m'a beaucoup aidée, ajouta-t-elle, modeste.

Il se redressa tout en manipulant la tomate entre ses mains, admirant sa texture.

— Je ne m'attendais pas à vous voir ici, vous savez, dit-il avec douceur. Mais j'en suis heureux.

Elle baissa la tête, gênée, et fut presque tentée de reprendre son travail afin de dissimuler son embarras.

— Vous rappelez-vous de la promesse que je vous ai faite ? demanda-t-il.

Elle hocha le menton. Le soleil se levait à présent sur l'horizon et inondait la petite colline d'une clarté encore douce et timide. Dans cette lumière, elle décelait avec précision les différentes teintes de bleu qui illuminaient ses yeux.

— J'ai bien cru ne jamais pouvoir la tenir, ajouta-t-il.

Les mains d'Eugénie se crispèrent autour du tissu de sa robe. Elle essaya d'apaiser la tension qui venait de s'emparer d'elle en proférant une banalité :

— Mais vous voilà, murmura-t-elle. Vous avez survécu, c'est tout ce qui compte, n'est-ce pas ?

— C'est important en tout cas, répondit-il, évasif.

Eugénie, bien trop effrayée par la possibilité d'être rejetée, énonça exactement le contraire de ce qu'elle souhaitait.

— Vous savez, je ne m'imposerai pas ici. J'ai apporté mon aide autant que je le pouvais, mais maintenant que vous êtes rentré, je peux… enfin, si vous le souhaitez, je peux m'en aller.

Sa gorge se noua et elle ne put dire un mot de plus.

Julian secoua la tête, dépité.

— Vous ne me facilitez pas la tâche, Eugénie. Pourtant… Enfin, voyons ! Votre présence ici n'est-elle pas un aveu ? Je ne peux croire un instant que vous seriez venue ici si vous n'aviez pas…

Tout à coup, l'hésitation du jeune homme s'envola. Il fit un pas vers elle, saisit ses deux mains par les poignets et déposa dans les paumes un baiser passionné. À présent enhardi, il s'approcha encore et enlaça la jeune femme avant de l'embrasser avec fougue. Surprise d'abord, Eugénie s'abandonna à ce délice inédit et finit par lui rendre son baiser. L'instant d'après, il s'écarta avec douceur et la contempla. Son visage de madone que sublimait la douce lumière de l'aube était ce qu'il avait vu de plus beau dans toute sa vie. Ainsi, son ange aux yeux noirs était maintenant sienne. Il sourit tendrement et murmura :

— Voilà qui clarifie votre situation, Eugénie. Vous resterez ici, avec moi, pour le restant de vos jours, n'est-ce pas ?

Elle rougit, lui adressa un timide sourire et hocha le menton avant de se blottir au creux de son épaule. En un instant, le restant de l'univers fut englouti dans le néant. Tout, absolument tout fut emporté par la vague d'émotion qui venait de déferler dans sa poitrine : ses rêves de novice, son exigence de reconnaissance, la nécessité de se sentir utile, sa soif de lointain, son besoin de faire partie d'un Tout.

Julian Eckermann était son Tout. Pour toujours…

Sources bibliographiques

Frans C. Amelinckx (compilation, introduction et notes), *Michel Séligny. Homme libre de couleur de La Nouvelle-Orléans. Nouvelles et récits*, Presses de l'Université Laval, 1998.

Marjorie Bourdelais, « Les immigrants français à La Nouvelle-Orléans au XIXe siècle : une longue stabilité des formes d'intégration », *Annales de démographie historique*, 2000, p. 27 à 42.

Jean Braunstein, « En route vers l'Amérique : les émigrants allemands au Havre », *Annales de Normandie*, 1991, p. 29 à 48.

Agnès Brot et Guillemette de la Borie, *Héroïnes de Dieu. L'épopée des religieuses missionnaires au XIXe siècle*, Artège, 2016.

François Deynoodt (rédacteur), *Lettres choisies du révérend père Pierre-Jean de Smet de la Compagnie de Jésus*, M. Closson, 1875 ; numérisation Université du Minnesota, 2012.

Michel Fernand, *Dix-huit ans chez les sauvages, voyages et missions de Mgr Henry Faraud, évêque d'Anemour, vicaire apostolique de Mackenzie*, Régis Buffet & Cie successeurs, 1866.

Rose-Marie GUZZO, Isabelle LEHUU, Gilles VANDAL, *Les Créoles de couleur de La Nouvelle-Orléans et leurs relations avec les affranchis (1860-1896)*, thèse, Université du Québec, Montréal, 2013.

René LAURENTIN, *Vie de Catherine Labouré*, Desclée de Brouwer, 1980.

Phyllis E. LEBLANC, « Église catholique française en Louisiane (XIXe-XXe siècle) », *Encyclopédie du patrimoine culturel de l'Amérique française*, article paru sur le site *www.ameriquefrancaise.org.*

Eugène NEY, « Voyage sur le Mississippi », *Revue des Deux Mondes*, 1833.

François NIEF, « La vie d'une émigrante alsacienne en Louisiane », article paru sur le site *www.lisa90.org*, 2016.

SAINTE THÉRÈSE, *Histoire d'une âme. L'expérience vécue de la tendresse de Dieu*, manuscrits autobiographiques, Pocket, 2013 ; éditions de L'Emmanuel, 2015.

Alexandre-Antonin TACHE, *Vingt années de missions dans le nord-ouest de l'Amérique*, BiblioLife, 2008 ; Wentword Press (version anglaise), 2019.

Tangi VILLERBU, *Les Missions du Minnesota. Catholicisme et colonisation dans l'Ouest américain, 1830-1860*, Presses universitaires de Rennes, 2014.

– « Missionnaires catholiques français aux États-Unis, 1791-1920 », *Histoire et missions chrétiennes*, n° 17, 2011, p. 5 à 14.

Composition et mise en pages
Nord Compo à Villeneuve-d'Ascq

Imprimé en Espagne par
Liberdúplex
à Sant Llorenç d'Hortons (Barcelone)
en juin 2022

POCKET - 92, avenue de France - 75013 Paris

S32275/01